UNE FEMME FUYANT L'ANNONCE

DAVID GROSSMAN

UNE FEMME FUYANT L'ANNONCE

roman

TRADUIT DE L'HÉBREU
PAR SYLVIE COHEN

ÉDITIONS DU SEUIL
25, bd Romain-Rolland, Paris XIVᵉ

Ce livre est édité par Anne Freyer-Mauthner

La traductrice a bénéficié, pour cet ouvrage,
du soutien du Centre national du livre.

Titre original : *Icha boharat mibsora*
Éditeur original : HaKibbutz HaMeuchad Publishing House, Tel Aviv
© original : David Grossman, 2008

Cette traduction est publiée en accord
avec l'agence littéraire Deborah Harris, Jérusalem

ISBN 978-2-02-100462-5

www.seuil.com

À Michal
À Yonathan et Ruti
À Uri (1985-2006)

Prologue, 1967

Hé toi la fille, tu vas te taire !

Qui es-tu ?

Tais-toi, je te dis ! Tu as réveillé tout le monde !

Mais je la tenais

Qui ?

Nous étions assises sur le rocher

De quel rocher parles-tu ? Tu vas nous laisser dormir, oui ?

Et puis elle est tombée

Tout ce grabuge, ces hurlements…

Je dormais…

En plus tu as crié !

Elle m'a lâché la main et elle a basculé

Ça suffit ! Rendors-toi !

Allume la lumière

Tu es folle ! Ils vont nous tuer si on le fait

Attends…

Quoi encore ?

J'ai chanté ?

Oui, et tu as braillé aussi, la totale, quoi. Ça suffit maintenant, mets une sourdine

J'ai chanté quoi ?

Ce que tu as chanté ? !

Pendant que je dormais, qu'est-ce que j'ai chanté ?

Est-ce que je sais ? Dis plutôt que tu beuglais. Elle me demande ce qu'elle chantait, celle-là...

Tu ne te rappelles vraiment pas les paroles ?

Tu es tombée sur la tête ? Je suis à moitié mort

Qui es-tu, au fait ?

La chambre numéro 3

Tu es en quarantaine, toi aussi ?

Je dois y aller

Non, ne pars pas... Tu es encore là ? Attends... hé toi... il est parti... J'ai chanté quoi, à la fin ?

Il revint la nuit suivante, furieux parce qu'elle avait encore chanté à pleins poumons et réveillé l'hôpital. Elle insista pour savoir si c'était la même chose que la veille. Elle y tenait désespérément, à cause du rêve qui la hantait depuis des années. C'était un rêve entièrement blanc. Tout y était immaculé – les rues, les maisons, les arbres, les chats, les chiens, même le rocher au bord de la falaise. Ada, son amie rousse, était livide elle aussi, comme si le sang avait déserté son visage, ses membres et jusqu'à la racine de ses cheveux. Impossible de se rappeler ce qu'elle avait chanté. Il tremblait de partout, et elle grelottait de concert, allongée sur son lit. On dirait des castagnettes ! s'exclama-t-il. À sa grande surprise, elle éclata d'un rire qui le chatouilla à l'intérieur. Le trajet de sa chambre à la sienne, distante de trente-cinq pas, l'avait épuisé – il avait fait halte à chaque enjambée pour souffler en se tenant au mur, aux portes, aux chariots vides. Il s'effondra sur le linoléum gluant devant sa porte. Tous deux respiraient fort. Il aurait voulu la faire rire encore, mais il était incapable de parler. La voix de la jeune fille le réveilla en sursaut. Il avait dû s'assoupir.

Dis-moi...

Quoi ? Qui est-ce ?

C'est moi

Toi...

Je suis seule dans ma chambre ?

Comment veux-tu que je le sache ?
Tu as des frissons toi aussi ?
Des frissons ? Oui
Tu as de la fièvre ?
Quarante, ce soir
Moi, quarante et trois dixièmes. On meurt quand, à ton avis ?
À quarante-deux
Je vais mourir alors…
Non, non, tu as encore le temps
Ne t'en va pas, j'ai peur…
Tu entends ?
Quoi ?
Le silence, brusquement
Il y a eu des explosions avant ?
Les canons
J'ai dormi toute la journée, et il fait déjà nuit
C'est à cause du black-out
Je pense qu'ils vont gagner
Qui ça ?
Les Arabes
Jamais de la vie
Ils ont envahi Tel-Aviv
Qu'est-ce que tu… D'où sors-tu ça ?
Je ne sais pas. J'ai dû l'entendre dire quelque part
Tu as rêvé
Non, quelqu'un en a parlé ici tout à l'heure, j'ai entendu des voix
C'est la fièvre. Des cauchemars. J'en fais aussi
Dans mon rêve… J'étais avec mon amie
Peut-être sais-tu…
Quoi ?
De quelle direction je suis venu
Aucune idée
Depuis quand es-tu là ?
Je l'ignore
Moi, je suis arrivé il y a quatre jours. Peut-être une semaine

11

Où est passée l'infirmière?
La nuit, elle est en médecine interne A. Elle est arabe
Tu crois?
Ça s'entend à son accent
Tu trembles
La bouche, le visage
Où sont-ils tous passés?
Ils ne nous ont pas emmenés avec eux dans l'abri
Pourquoi?
À cause de la contagion
Il ne reste que nous?
Et l'infirmière
Je me disais…
Quoi?
Tu pourrais me la chanter
Encore!
La fredonner, si tu préfères
Je m'en vais
Je l'aurais fait pour toi, à ta place
Je dois y aller
Où ça?
Comment ça, où ça? Je rejoins mes ancêtres, je descends aux enfers, le cœur affligé, voilà!
Quoi? Qu'est-ce que tu racontes? D'abord, est-ce qu'on se connaît? Hé, reviens…

Le lendemain, un peu avant minuit, il reparut devant sa porte, pestant contre le réveil en fanfare, car elle avait encore chanté dans son sommeil. Riant sous cape, elle lui demanda si sa chambre était au bout du monde. Au son de sa voix, il devina qu'elle avait changé de place par rapport à la veille et l'avant-veille. C'est parce que je suis assise, expliqua-t-elle. Pourquoi? Je ne pouvais pas dormir. D'ailleurs, je ne chantais pas. Je t'attendais.
On aurait dit que les ténèbres s'épaississaient. Une vague de chaleur,

qui n'avait peut-être rien à voir avec la maladie, montait des pieds d'Ora, marbrant son cou et ses joues de taches rouges. Heureusement qu'il fait sombre, se réjouit-elle en relevant le col de son pyjama trop large. Il s'éclaircit la gorge. Je dois filer, déclara-t-il depuis le seuil. Pourquoi ? Il devait se rouler d'urgence dans le goudron et les plumes, répondit-il. Elle rit à retardement. Viens, idiot, arrête ton cinéma, il y a une chaise à côté de la mienne.

Il franchit la porte à tâtons, se heurtant aux placards métalliques, un peu partout, avant de s'immobiliser hors d'haleine, les bras appuyés au montant de l'un des lits. Je suis là, haleta-t-il. Approche, dit-elle. Attends, laisse-moi souffler. De quoi as-tu peur ? s'exclama-t-elle, enhardie par l'obscurité, d'une voix claire, la voix éclatante de santé qui évoquait la plage, les jeux de raquettes, les courses à la nage jusqu'au ponton, à Quiet Beach. Je ne mords pas, tu sais. D'accord, d'accord, j'ai compris, je suis à l'agonie, grogna-t-il. Sa mauvaise humeur et la manière dont il traînait les pieds l'émurent. On ressemble à deux petits vieux, songea-t-elle.

Aïe !

Qu'est-ce qu'il y a ?

Le lit a décidé de... Merde ! Ces foutus objets qui prennent un malin plaisir à vous empoisonner la vie...

Qu'est-ce que tu dis ?

Ces foutus objets qui prennent un malin plaisir à vous empoisonner la vie, tu vois ?

Bon, tu viens, oui ou non ?

Ils étaient secoués de frissons, qui se muaient parfois en tremblements convulsifs. Leur débit était saccadé, entrecoupé d'interruptions, le visage et la bouche déformés par des tics nerveux. Et puis ils se remettaient à discourir à toute vitesse d'une voix haut perchée, et leurs paroles étaient hachées, car leurs lèvres tremblaient. Quel-âge-as-tu ? Seize-ans-et-toi ? Seize-ans-et-quart. J'ai-la-jaunisse, toi-aussi ? Moi, une-infection-ovarienne, je crois.

Silence. Il respirait lourdement. Au-fait, c'était-une-blague, ajouta-t-il. Pas drôle, dit-elle. J'essaye de la dérider, mais son sens de l'humour est trop..., soupira-t-il. Elle se raidit et lui demanda à qui il parlait. Au

13

type qui écrit mes blagues, je vais devoir le virer, manifestement. Si tu ne viens pas t'asseoir tout de suite, je me mets à chanter, menaça-t-elle. Il frissonna en pouffant. On aurait dit le braiment discordant d'un âne, un rire qui se régénérait de lui-même et qu'elle absorbait comme un médicament, comme une récompense.

La plaisanterie douteuse le mit en joie, au point qu'elle dut se retenir de lui avouer que, depuis quelque temps, elle n'était plus le boute-en-train de jadis. Question humour, c'est pas du tonnerre, lui avait-on lancé à la figure, lors de la dernière fête de Pourim (mais peut-être n'avait-on pas trouvé une meilleure rime pour «Esther», avait-elle raisonné pour se consoler). Et s'il ne s'agissait pas d'une simple défaillance, mais d'un défaut susceptible de se transformer en handicap majeur? Cela concernait aussi d'autres facultés qui s'émoussaient depuis quelques années. L'intuition, par exemple. Comment pouvait-elle s'altérer si vite? Ou le sens de la repartie, dont elle était dotée autrefois et dépourvue aujourd'hui. Et quid de sa vivacité d'esprit? Avant, elle faisait des étincelles, un vrai feu d'artifice. Et l'amour? Elle avait perdu la capacité d'aimer, de s'enflammer pour quelqu'un, comme les autres filles, comme dans les films. Était-ce également lié à sa déchéance? Le cœur serré, elle se souvint d'Asher Feinblatt, son ami, qui fréquentait un internat militaire avant d'effectuer son service. Elle était son âme sœur, lui avait-il déclaré en se gardant bien de la toucher, dans l'escalier entre les rues Pevsner et Yosef. En deux ans, il avait soigneusement évité tout contact physique. Sa retenue aurait-elle quelque chose à voir avec le reste? Au fond d'elle-même, elle pressentait que c'était le cas et que son avenir se dévoilerait petit à petit, telles les pièces d'un puzzle s'emboîtant les unes dans les autres.

Elle se vit à cinquante ans – grande, maigre, desséchée, une fleur inodore marchant à grands pas pressés, la tête basse, un large chapeau de paille dissimulant son visage. Le garçon qui pouffait comme un âne s'avançait, puis reculait – à croire qu'il le faisait exprès, en manière de jeu. Il ricanait bêtement de sa maladresse, décrivait des cercles dans la pièce en la priant de temps à autre de dire quelque chose, afin qu'il puisse se repérer à sa voix. Pareil à un phare sonore, expliqua-t-il. Un petit malin, pensa-t-elle. Il réussit à atteindre le lit et s'effondra sur la chaise, qu'elle avait placée à son intention à côté de la sienne, en soufflant comme un phoque. Il exhalait l'odeur de la maladie. Il s'enroula sans un mot dans la couverture qu'elle lui tendit. Tous deux geignaient faiblement, tremblants de fatigue.

J'ai l'impression d'avoir déjà entendu ta voix quelque part, affirma-t-elle peu après, blottie sous sa couverture. Tu viens d'où ? De Jérusalem. Moi de Haïfa, dit-elle en accentuant légèrement la dernière syllabe. On m'a transportée en ambulance de l'hôpital Rambam jusqu'ici en raison de complications. Ma vie n'est qu'une longue suite de complications à moi aussi, ironisa-t-il. Le silence retomba, entrecoupé par des soupirs douloureux quand il se mit à se gratter le ventre et la poitrine jusqu'au sang. Elle l'imita. C'est fou, non ? Quelquefois, ça me démange tellement que j'aimerais pouvoir m'arracher la peau pour que ça s'arrête. Quand elle parlait, il entendait ses lèvres s'entrouvrir avec de légers bruits de succion. Les extrémités de ses doigts et de ses orteils l'élancèrent subitement.

L'ambulancier a dit que, par les temps qui courent, les véhicules étaient réquisitionnés pour des objectifs prioritaires, ajouta Ora.

As-tu remarqué que tout le monde nous en veut ? Comme si nous avions fait exprès de...

Parce que nous sommes les dernières victimes de l'épidémie.

Ceux qui allaient un tout petit peu mieux sont rentrés chez eux. En priorité les soldats. Aussitôt après, on les a renvoyés juste à temps pour la guerre.

Il y aura réellement la guerre ?

Tu retardes ! Voilà au moins deux jours qu'elle a éclaté !

˙Quand a-t-elle commencé ?

Avant-hier, je crois. Je te l'ai déjà dit hier, ou le jour d'avant, je ne sais plus, je suis un peu déboussolé.

Ora resta sans voix. Des bribes de rêves étranges et terrifiants remontèrent à sa mémoire.

C'est vrai, tu me l'as dit...

Tu es sourde ou quoi ? Les sirènes hurlent et les canons tonnent à longueur de journée. J'ai même entendu des hélicoptères atterrir.

Il doit y avoir des millions de blessés et de morts à l'heure qu'il est.

Que se passe-t-il exactement?

Je ne sais pas, et il n'y a personne à qui parler ici. Ils n'ont pas de temps à perdre.

Alors qui s'occupe de nous?

Seulement la petite Arabe maigre. Elle pleure à longueur de journée.

Ora n'en revenait pas.

C'est elle qui pleure? Tu es sûr? Je croyais qu'il s'agissait d'un animal.

C'est elle, sûr et certain.

Alors comment se fait-il que je ne l'aie pas encore vue?

Elle ne reste pas en place. Elle effectue les examens et apporte les médicaments et les plateaux-repas. Elle est seule ici, de jour comme de nuit. Il se mordit les lèvres, l'air songeur. C'est drôle qu'on nous ait laissés avec elle, non? Sans doute les Arabes n'ont-ils pas le droit de s'occuper des blessés.

Mais pourquoi pleure-t-elle? insista Ora. Qu'est-ce qui lui est arrivé?

Comment veux-tu que je le sache?

Ora se redressa, et son corps se raidit. Elle parla d'un ton calme et froid.

Ils ont envahi Tel-Aviv, je te dis. Nasser et Hussein sont en train de prendre un café à une terrasse, sur la rue Dizengoff.

Qu'est-ce que tu racontes? fit-il, la mine effarée.

On en a parlé la nuit dernière, ou alors aujourd'hui, j'en mettrais ma main au feu. Je crois même avoir entendu à la radio qu'ils ont pris Beersheba, Ashkelon et Tel-Aviv.

Non, non, tu délires! Probablement à cause de la fièvre. Ça ne tient pas debout! Ils ne peuvent pas gagner, impossible.

Si, c'est possible. Et puis d'abord, qu'est-ce que tu en sais? objecta-t-elle intérieurement.

Plus tard, elle émergea d'un petit somme et chercha le garçon des yeux. Tu es toujours là? Ben oui, quoi! Il y avait neuf autres filles

16

dans la chambre, et il ne reste plus que moi, c'est dingue, non? soupira-t-elle. Quant à Avram, après trois nuits passées en sa compagnie, il ne lui déplaisait pas d'ignorer encore son nom, et réciproquement. Il aimait bien les petits mystères de ce genre. Dans les saynètes qu'il écrivait, puis enregistrait sur son magnétophone à bobines – il interprétait tous les rôles, enfants, vieillards, hommes, femmes, fantômes, rois, voire oies sauvages, bouilloires magiques douées de parole et autres –, il y avait un tas de trouvailles ingénieuses de la sorte, créatures apparaissant et disparaissant, personnages issus de l'imagination d'autres protagonistes, etc. En attendant, il s'amusa à deviner : Rina? Yaël? Liora, peut-être? Avec son sourire lumineux, il la voyait bien porter un nom en rapport avec *or*, la lumière.

C'était pareil pour lui, confia-t-il. Presque tout le monde avait déserté la chambre numéro 3, y compris les soldats. Ils avaient dû rejoindre leur unité, même si, pour certains, ils pouvaient à peine tenir debout. Maintenant, ils n'étaient plus que deux. L'autre occupant n'était pas un soldat, mais l'un de ses camarades de classe. Il était arrivé deux jours plus tôt avec 41°2 de fièvre. Elle ne baissait pas. Il n'arrêtait pas de délirer et se racontait les mille et une nuits. Attends…, coupa Ora. Tu ne t'entraînais pas à Wingate? Tu ne joues pas au volley, par hasard? Avram poussa une exclamation d'effroi. Ora réprima un sourire. Tu n'aimes pas le sport? Avram s'accorda quelques secondes de réflexion. En tant que punching-ball peut-être, et encore. Quel mouvement de jeunesse fréquentes-tu? s'enquit Ora, exaspérée. Il sourit. Aucun. Aucun? répéta-t-elle, incrédule. Alors, tu es quoi? Ne me dis pas que toi, tu fréquentes un mouvement? reprit Avram, souriant de plus belle. Et pourquoi pas? rétorqua-t-elle, piquée au vif. Il poussa un gros soupir. Parce que ça va tout gâcher. Moi qui croyais que tu étais parfaite. Ah oui? En fait, je suis au Mahanot HaOlim, si tu veux le savoir. Il tendit le menton, allongea les lèvres et aboya comme un chien, un long jappement plaintif en direction du plafond. C'est terrible, ce que tu me racontes là. J'espère que la médecine finira par trouver un traitement contre ton mal. Ora tapa du pied. Ça y est, j'y suis! Tu campais avec des amis à Yesod HaMa'ala? Vous aviez planté vos tentes dans les bois, c'est ça?

17

Cher journal…, commença Avram avec un accent russe à couper au couteau. Par une froide nuit de tempête, alors que, le cœur brisé, j'avais enfin rencontré une fille qui était certaine de m'avoir déjà vu quelque part… – Ora renifla de mépris – bref, reprit Avram, imperturbable, nous avons passé en revue toutes les possibilités, et après avoir repoussé ses suggestions, plus terrifiantes les unes que les autres, je suis arrivé à la conclusion que nous avions fait connaissance dans l'avenir.

Ora poussa un cri aigu, à croire qu'elle venait de se piquer avec une aiguille. Que t'arrive-t-il ? demanda Avram, comme s'il compatissait à sa souffrance. Elle l'observa du coin de l'œil, cherchant à sonder l'obscurité et percer enfin sa vraie personnalité : Rien. Rien du tout.

Au prix d'un effort supersonique, si l'on peut dire, Avram fonça vers la chambre numéro 3 et atterrit au bord du lit de son camarade, lequel grelottait de tous ses membres, plongé dans une léthargie entrecoupée de soupirs et démangeaisons. Quel silence assourdissant, cette nuit, tu as remarqué ? murmura Avram. L'autre prit son temps avant de répondre d'une voix chevrotante : Un silence de tombe, plutôt. Peut-être que nous sommes déjà tous morts ? Avram cogita un moment : Écoute, quand nous étions en vie, je crois que nous étions dans la même classe. Le garçon tenta de redresser la tête pour mieux voir Avram, en vain. Quand j'étais en vie, je n'ai jamais rien fichu à l'école. Exact, approuva Avram avec un sourire admiratif. Quand j'étais en vie, il y avait un type dans ma classe qui n'en fichait pas une rame. Un certain Ilan. Un snob de première. Il ne parlait jamais à personne.

Qu'est-ce que tu voulais qu'il dise à cette bande de gamins et de mauviettes stupides, hein ?

Et que sais-tu mieux que nous ? questionna Avram, flegmatique.

Ilan émit un grognement qui pouvait passer pour un petit rire sans joie. Puis tous deux glissèrent dans un sommeil agité. Non loin de là, étendue sur son lit dans la chambre numéro 7, Ora se demandait si elle n'avait pas rêvé. Quelques jours auparavant, elle s'était évanouie dans la rue en rentrant de l'entraînement au stade du Technion. Aurait-elle séjourné dans l'un des camps militaires que l'on venait d'installer en prévision de la guerre ? Y avait-elle mangé quelque chose, ou utilisé les toilettes ? lui avait demandé le médecin de l'hôpital Rambam. On l'avait immédiatement transférée dans une ville inconnue, loin de chez elle, et enfermée dans une chambre au troisième étage d'un petit hôpital délabré avec interdiction absolue de sortir. Ses parents et ses amis n'étaient pas autorisés à lui rendre visite ou, au contraire, étaient-ils venus la voir pendant qu'elle dormait ? Debout autour de son lit, avaient-ils tenté de la ramener à la vie, lui parlant, l'appelant par son nom, avant de repartir avec un dernier regard en arrière ? Quel malheur ! Une si gentille fille ! Il n'y a rien à faire, la vie continue, il faut aller de l'avant, surtout maintenant qu'il y a la guerre, nous devons mobiliser toutes nos forces.

Je vais mourir, bredouilla Ilan.

Avram se secoua.

Ne dis pas de bêtises ! Tu ne vas pas mourir. Dans un jour ou deux, tu seras…

Je m'y attendais, c'était couru d'avance.

Non, non ! s'écria Avram, vaguement inquiet. Qu'est-ce que tu racontes ? Tu te fais des idées !

Je n'ai jamais embrassé une fille, tu te rends compte ?

Ça viendra, ne t'inquiète pas. Les choses s'arrangeront.

Quand j'étais en vie, il y avait dans ma classe un minus qui ne m'arrivait pas aux couilles, déclara Ilan un peu plus tard… voire une bonne heure après.

Avram éclata de rire.

C'est moi.

Il n'arrêtait pas de jacasser.

C'est bien moi.

Il en faisait toujours des tonnes.

C'est toujours moi !

Je me disais que son père avait dû lui allonger de ces raclées quand il était petit !

Comment le sais-tu ? questionna Avram, médusé.

19

J'ai le sens de l'observation, répliqua Ilan en se rendormant aussi sec.

Passablement ébranlé, Avram déploya ses ailes et plana dans le couloir courbe en se heurtant aux murs, avant d'atterrir à sa place attitrée sur la chaise, au chevet du lit d'Ora. Il ferma les yeux et sombra dans un sommeil agité. Quant à Ora, elle rêvait de son amie Ada. Main dans la main, elles arpentaient en silence, comme chaque nuit, une plaine blanche, interminable. Dans ses premiers rêves, elles bavardaient à longueur de temps. Elles aperçurent dans le lointain une falaise surplombant l'abîme. Quand elle osa la regarder, Ora nota que son amie s'était désincarnée. Ne restait que sa voix de crécelle comme à l'accoutumée. Et l'étreinte de ses mains, les doigts désespérément crispés dans les siens. Ora sentit le sang lui battre violemment les tempes : Ne pas la lâcher, ne pas la lâcher, ne la lâche pas, pas même une seconde...

Elle se réveilla en sursaut, baignée de sueur.

Non, murmura-t-elle. Je suis bête...

Elle coula un regard vers le corps effondré dans le noir. Une veine palpita dans son cou.

Avram se réveilla et tenta de se redresser sur son siège. Mais il glissait sans cesse, comme si une force tyrannique l'attirait irrésistiblement vers le sol pour y poser sa tête trop lourde.

Qu'est-ce que tu as dit ?

J'avais une amie qui parlait un peu comme toi, chuchota-t-elle. Tu es toujours là ?

Oui, je me suis endormi, on dirait.

Nous étions toujours fourrées ensemble depuis le cours préparatoire. Et plus maintenant ?

Ora n'arrivait pas à contenir le tremblement subit de ses mains. Elle n'avait parlé d'Ada à personne, ni prononcé son nom, depuis deux ans.

Avram se pencha légèrement.

Qu'est-ce que tu as ? Pourquoi es-tu comme ça ?

Écoute...

Oui ?

Tu veux que je te raconte ?

Il rit. Quelle drôle de question.

Elle ne dit rien. Elle ne savait que dire ni par quoi commencer.

Dis-moi.

Mais il ne la connaît pas, pensa-t-elle.

Si tu me racontes, je saurai, dit-il.

Elle déglutit avec peine.

Au CP, le jour de la rentrée, c'est la première fille que j'avais remarquée.

Comment ça ?

Parce qu'elle était rousse, elle aussi.

Non ? Tu es rousse ?

Le rire d'Ora fusa, un rire musical et éclatant de santé.

Se pouvait-il qu'il ait passé trois longues nuits avec elle sans se douter qu'elle était rouquine ?

Mais je n'ai pas de taches de rousseur, se hâta-t-elle de préciser.

Ada, si. Elle en avait plein le visage, les bras, les jambes. Tu es sûr que ça t'intéresse ?

Sur les jambes aussi ?

Partout, si tu veux le savoir.

Pourquoi n'êtes-vous plus amies ?

Que veux-tu que je te dise ? Je n'en sais rien.

Raconte quand même.

Ora hésitait à lui confier les secrets de la « confrérie ».

C'est un peu… Sache que la première chose que fait un gamin poil de carotte en arrivant quelque part, c'est de vérifier qu'il n'y a pas d'autres rouquins dans les parages.

Pour s'en faire des amis ? Non, c'est plutôt le contraire, hein ?

Elle esquissa un sourire admiratif. Le garçon était plus futé qu'elle ne le pensait.

Exactement. On les ignore.

Tiens, c'est comme moi avec les nains.

Pourquoi ?

Parce que.

Tu es… euh… tu es petit ?

On parie que je ne t'arrive pas aux chevilles ?

Ha ha.

Sérieusement, tous les cirques me courent après, tu ne peux pas imaginer.

Je voudrais te demander quelque chose.

Quoi?

Tu promets de me dire la vérité?

Je t'écoute.

Pourquoi es-tu venu me voir hier et aujourd'hui?

Sais pas. Comme ça.

Et…?

Il toussota avant de déclamer:

«Pour te réveiller avant que tu te mettes à chanter dans ton sommeil, mentit Avram.»

Pardon?

«Pour te réveiller avant que tu te remettes à chanter dans ton sommeil, mentit Avram, le baratineur.»

Ah, tu…

Oui.

Tu es en train de me réciter ce que…

Exactement.

Silence. Sourires en coin. Les rouages de leurs cerveaux fonctionnaient à plein régime.

Et tu t'appelles Avram?

Que veux-tu, mes parents n'avaient pas les moyens de m'offrir un prénom plus sophistiqué.

C'est un peu comme si je disais, par exemple: «Il est en train de faire son show comme s'il se croyait sur une scène, songea Ora.»

«Tu as pigé, la félicita Avram, tout en se disant à lui-même: Ouh là, ma chère âme, je crois qu'on se comprend…»

«Maintenant, tais-toi une minute, ordonna la géniale Ora, perdue dans un abîme de pensées plus profondes que l'océan.»

«Je me demande où l'entraînent ses pensées plus profondes que l'océan, s'interrogea nerveusement Avram.»

«Elle pense qu'elle aimerait bien le voir, même un instant… et alors, rusée comme un renard, Ora lui dévoila que, en plus de la chaise, elle lui avait aussi préparé ça.»

Un grattement, puis un second, une lueur, un point lumineux éclaire la chambre. Une main fine à la peau laiteuse brandit une allumette. Une lumière liquide danse sur la cloison. Une vaste pièce meublée de plusieurs lits vides, nus, des ombres mouvantes, un mur, le chambranle de la porte et, au centre du halo doré, Avram recroquevillé sur son siège, à moitié aveuglé par la flamme de l'allumette.

Elle en allume une troisième et l'abaisse machinalement, de façon à ne pas l'incommoder, dirait-on. La flamme révèle des jambes musclées dans un pyjama bleu, des mains étonnamment petites fébrilement croisées sur les genoux. En remontant plus haut, elle distingue un corps robuste et trapu, surmonté d'une bouille ronde habitée, en dépit de la maladie, d'un formidable appétit de vivre pour le moins troublant, et d'une insatiable curiosité, le nez bulbeux, les paupières lourdes, le tout couronné d'une épaisse tignasse noire.

Le plus surprenant est la façon dont il se rétracte devant son regard inquisiteur, les yeux obstinément clos, le visage incroyablement plissé sous l'effort. Comme s'il avait jeté un bibelot fragile en l'air et attendait avec anxiété qu'il se brise.

Ora se brûle les doigts à la flamme et les lèche avec un petit cri de souffrance. Elle marque une légère hésitation avant de gratter une autre allumette, qu'elle élève à la hauteur de son front. Elle ferme les yeux et la promène de haut en bas devant son propre visage en clignant des paupières. Les ombres dansent sur ses hautes pommettes, autour de son menton volontaire, de sa bouche charnue aux lèvres étirées dans une légère moue de défi. Un voile embué de sommeil glisse sur son beau visage, où se lit une sorte d'égarement un peu enfantin, peut-être le signe de la maladie. L'éclat du casque d'or bruni de ses cheveux éblouit Avram, vision qui s'imprime sur sa rétine longtemps après que l'allumette s'est éteinte et que l'obscurité l'a enveloppée.

Hé… !
Quoi, qu'est-ce qu'il y a ?
Avram ?
Quoi ?

Tu dormais?
Moi? Je pensais que c'était toi.
Tu crois vraiment qu'on va guérir?
Sûr.
Il y avait une centaine de malades ici quand je suis arrivée. Peut-être souffrons-nous de quelque chose qu'ils ne savent pas soigner?
Tu veux dire, toi et moi?
Oui, et les autres, ceux qui sont encore là.
Il n'y a que nous deux, en plus du garçon qui est dans ma classe.
Mais pourquoi nous?
Parce que nous avons des complications hépatiques.
C'est bien ce que je disais. Pourquoi nous?
Sais pas.
Je tombe de sommeil...
Je reste là.
Pourquoi ai-je tout le temps envie de dormir?
Faiblesse physique.
S'il te plaît, ne t'endors pas.
D'accord, à condition que tu me racontes quelque chose.
Quoi, par exemple?
Parle-moi de toi.

On les prenait pour des jumelles, lui confia Ora. On les appelait les «sœurs siamoises», même si elles ne se ressemblaient pas du tout. En classe, elles avaient été voisines pendant huit ans, depuis le cours préparatoire jusqu'à la fin du premier trimestre de la quatrième. Elles étaient inséparables, se retrouvant après l'école, chez l'une ou l'autre, au Mahanot HaOlim, lors des excursions...
Tu m'écoutes?
Quoi...? Oui, bien sûr... Mais il y a un truc que je ne comprends pas, pourquoi n'êtes-vous plus amies?
Pourquoi?
Oui.
Elle n'est plus...

24

Elle n'est plus quoi ?
En vie.
Ada ? !
Elle sentit qu'il tressaillait, comme si on l'avait frappé. Les jambes repliées, les bras autour des genoux, elle se balança d'avant en arrière. Ada est morte, morte depuis deux ans, se répéta-t-elle. Bon, tout le monde est au courant. Ce n'est pas nouveau. La vie continue. Pourtant, elle avait l'impression de lui avoir révélé un secret très intime, dont seules Ada et elle-même connaissaient l'existence.

Soudain, sans raison aucune, elle se détendit, s'immobilisa et se remit à respirer normalement, posément, avec précaution, comme si ses poumons étaient hérissés d'épines et que ce garçon était capable de les retirer une à une.

Comment est-elle morte ?
D'un accident de la route. Et tu sais...
Un accident ?
Vous avez le même sens de l'humour.
Qui ?
Toi et elle, pareil.
Alors c'est pour ça que...
Que quoi ?
Que tu ne trouves pas mes plaisanteries drôles.
Avram...
Oui ?
Donne-moi la main.
Quoi ?
Donne-moi la main, vite.
On peut ?
Tu es bête, donne-moi la main et arrête de discuter.
Non, je veux dire, à cause de la contagion.
Nous l'avons déjà attrapée, la maladie, alors...
Oui, mais...
Tu me donnes la main, oui ou non ?

C'est fou ce qu'on transpire, toi et moi.

Tant mieux.

Pourquoi?

Imagine qu'un seul de nous deux transpire?

Ou grelotte.

Ou se gratte.

Ou qu'un seul ait...

Quoi?

Tu sais bien.

Beurk! C'est dégoûtant!

Oui, mais c'est vrai, hein?

Alors dis-le.

Bon, d'accord: la merde.

Blanche comme de la chaux.

Et avec du sang dedans, plein de sang.

Je n'aurais jamais cru avoir autant de sang dans le corps, murmura Ora.

Qu'est-ce qui est jaune à l'extérieur, tremble comme une feuille et chie du sang? Ah, tu ris? Je me demandais aussi...

Écoute, avant de tomber malade, je pensais ne pas en avoir...

De quoi?

Du sang.

Comment ça?

Laisse tomber.

Tu le croyais vraiment?

Tiens-moi la main, ne t'en va pas.

Excepté la couleur de leurs cheveux, elles ne pouvaient être plus dissemblables. L'une était aussi grande et athlétique que l'autre était petite et grassouillette. L'une avait le visage ouvert et rayonnant d'une pouliche insouciante, celui de l'autre était crispé par l'inquiétude et criblé de taches de rousseur, le nez et le menton pointus, de grosses lunettes – elle ressemblait à un jeune érudit du *shtetl*, comme disait le père d'Ora. Leurs cheveux aussi étaient différents : Ada les avait épais, frisés et si emmêlés qu'on pouvait difficilement y passer le peigne.

Je les tressais en une grosse natte que j'enroulais autour de sa tête, un peu comme la *hallah*, précisa Ora. Elle ne les coiffait jamais autrement et elle insistait pour que ce soit moi qui le fasse.

Avec sa chevelure encore plus flamboyante que celle d'Ora, Ada ne passait pas inaperçue à l'école. Elle se pelotonna sur le lit et revit instantanément l'image. Ada, pareille à une tête d'allumette, une langue de feu incandescente. Ora la dévisagea, puis détourna les yeux, incapable de la regarder en face. Il y avait longtemps que je ne l'avais vue en couleurs.

Elle marchait toujours du même côté, parce qu'elle était pratiquement sourde de l'oreille droite depuis sa naissance, poursuivit Ora, en saisissant la main d'Avram. Et nous n'arrêtions pas de parler, de tout et de rien.

Elle se tut et lâcha la main d'Avram. Je ne peux pas, songea-t-elle. Qu'est-ce qui me prend de lui parler d'elle? Il ne me pose d'ailleurs aucune question, il se contente d'écouter, comme s'il attendait que je déballe toute l'histoire de ma propre initiative.

Elle prit une profonde inspiration en cherchant ses mots, qui ne vinrent pas. Ils pesaient sur son cœur, refusant de sortir. Qu'allait-elle ajouter? Et que serait-il à même de comprendre? J'aimerais y arriver, se dit-elle. Ses doigts s'enfoncèrent dans la paume de son autre main. C'est ainsi qu'elle se rappelait leur amitié, leur complicité. Elle sourit.

Tu sais, je me rappelle un détail, pas grand-chose. Une semaine avant qu'elle... avant que ça lui arrive, nous devions faire un commentaire littéraire de «Jeannot lapin». La comptine qui parle du petit lapin qui attrape un rhume, tu vois?

Tiré de sa torpeur, Avram sursauta et sourit à son tour.

Euh... raconte!

Ora pouffa.

Nous avions rédigé – enfin, surtout Ada, c'était la plus douée – une rédaction sur la catastrophe que représentait une épidémie de grippe au royaume des animaux, surtout lorsqu'elle frappait la plus pure de Ses créatures.

27

La plus pure de Ses créatures, répéta Avram à mi-voix.

Ora croyait l'entendre déguster chaque mot, enrouler sa langue autour. Soudain, pour la première fois depuis une éternité, la mémoire lui revint avec une grande précision. Leurs discussions interminables sur les garçons, qui avaient ou pas la « fibre artistique », les confidences à propos des parents – d'emblée, elles avaient décidé de ne pas avoir de secret l'une pour l'autre. Avant Ada, elle n'aurait jamais cru une telle intimité possible entre deux personnes. Et l'espéranto qu'elles avaient commencé à apprendre… Dans le car qui les transportait comme chaque année en excursion au lac de Tibériade, Ada avait eu mal au ventre et déclaré à Ora, assise à côté d'elle, qu'elle allait mourir.

J'avais éclaté en sanglots, raconta-t-elle à Avram. Mais quand c'est arrivé pour de vrai, je n'ai pas pleuré, je ne pouvais pas. Tout s'était desséché à l'intérieur de moi. Je n'ai pas versé une larme depuis qu'elle n'est plus là, tu sais?

Une route et une ruelle séparaient leurs maisons à Névé Sha'anan, le quartier où elles habitaient. Elles allaient à l'école ensemble en se tenant par la main pour traverser la rue – elles n'avaient pas dérogé à cette habitude depuis qu'elles avaient six ans, et cela avait continué jusqu'à l'âge de quatorze ans, en fait. Un jour qu'elles s'étaient disputées – elles avaient neuf ans –, Ora avait refusé de lui prendre la main pour traverser. Ada, qui marchait à deux pas derrière elle, avait été renversée par une camionnette de la voirie et projetée en l'air…

Ora revit la scène : le manteau rouge s'ouvrant comme un parachute. Elle marchait derrière Ada et avait couru se cacher dans les buissons bordant la rue. Aplatie sur le sol, les yeux fermés, les mains sur les oreilles, elle s'était mise à chanter à tue-tête pour ne plus rien voir ni rien entendre.

Je ne savais pas que c'était une répétition générale. Et puis je n'ai pas l'âme d'une secouriste, ajouta-t-elle pour elle-même, ou peut-être en guise d'avertissement.

Ensuite, il y a eu les fêtes de Hannouka, reprit-elle d'une voix étranglée. Mes parents, mon frère et moi les passions chaque année dans une pension de famille à Nahariya. De retour de vacances, je

28

l'ai attendue devant le kiosque sur le chemin de l'école, comme tous les matins. Et comme je ne la voyais pas arriver et que j'avais peur d'être en retard, j'ai décidé de repartir. Je ne l'ai pas trouvée en classe, ni sous notre arbre favori dans la cour, ni nulle part ailleurs. À la sonnerie, elle n'était toujours pas là. Je me suis dit qu'elle était peut-être malade, ou avait eu une panne d'oreiller et n'allait pas tarder. Le professeur principal est entré, et on a bien vu qu'il n'avait pas l'air dans son assiette. Il se tenait un peu de guingois. Notre Ada..., a-t-il bredouillé avant de s'interrompre, en larmes. On n'y comprenait rien. Certains se sont même moqués de lui, parce qu'il hoquetait...

Elle parlait à toute vitesse d'une voix presque inaudible. Avram serra sa main entre les siennes, si fort qu'il lui fit mal, mais elle ne broncha pas.

Ada a eu un accident la nuit précédente à Ramat Gan, où habitait sa cousine, annonça-t-il. Elle traversait la rue au moment où passait un bus. Et voilà...

Avram sentait son souffle chaud et précipité sur sa main.

Qu'est-ce que tu as fait ?

Rien.

Rien ?

Je suis restée assise à ma place, je crois... Je ne me rappelle pas.

Avram respirait fort.

J'avais rapporté les deux volumes de l'*Encyclopédie Junior* que je lui avais empruntés avant les vacances, et je n'arrêtais pas de me demander ce que j'allais en faire.

Alors c'est en classe que tu as appris la nouvelle ?

Oui.

Ce n'est pas possible.

Si.

Et que s'est-il passé ensuite ?

Je ne me souviens pas.

Et ses parents ?

Ses parents ?

Que sont-ils devenus ?

Je n'en ai pas la moindre idée.

Si un accident m'arrivait, ma mère deviendrait folle, je pense qu'elle en mourrait.

Ora se redressa, retira sa main et s'adossa au mur.

Je ne sais pas... ils n'ont rien dit.

Comment ça?

Je ne...

Approche, je n'entends rien.

Je ne leur ai pas parlé.

Pas du tout?

Pas depuis ce jour-là.

Attends, tu veux dire qu'ils sont morts, eux aussi?

Morts? Quelle idée! Non, ils habitent toujours au même endroit.

Mais tu disais... que vous étiez comme des sœurs...

Je ne suis pas allée là-bas.

Ora se raidit, le regard vitreux.

Non, non..., protesta-t-elle avec un petit rire, coupant comme un éclat de verre. Je n'y suis pas retournée. Ma mère pensait que je risquais de leur faire de la peine. C'est mieux comme ça, crois-moi, au moins, on n'a pas besoin de parler.

Avram renifla sans mot dire.

Chaque élève a rédigé quelques lignes à la mémoire d'Ada. Moi aussi. Le prof de littérature les a ramassées, elle les a reliées et les a envoyées à ses parents.

Elle pressa soudain son poing sur ses lèvres:

Je me demande bien pourquoi je te raconte tout ça!

Elle avait des frères et sœurs?

Non.

Elle était fille unique?

Oui.

Elle n'avait que toi alors?

Tu ne comprends pas. Tu te trompes complètement... Ils ont eu raison!

Qui? De qui parles-tu?

De mon père et ma mère. Ma mère surtout. Elle en connaît un bout sur la question. Elle a vécu la Shoah. Je suis sûre d'ailleurs que les parents d'Ada n'avaient pas envie de me voir, la preuve, ils ne m'ont jamais invitée à leur rendre visite. Rien ne les empêchait de le faire, non ?

Mais tu peux encore y aller ?

Ora dodelina de la tête, le corps secoué de spasmes.

Non, non. Je n'avais jamais parlé d'elle à personne avant, et elle... On n'y a plus jamais fait allusion en classe, pas une seule fois en deux ans...

Elle renversa soudain la tête en arrière et se mit à la cogner en cadence contre le mur : Comme-bang-si-bang-elle-bang-n'a-bang-vait-bang-ja-bang-mais-bang-exis-bang-té.

Arrête ! ordonna Avram.

Elle obéit docilement, le regard fixe dans la pénombre. Ils entendirent l'infirmière pleurer quelque part – une longue plainte monocorde provenant de l'une des chambres.

Dis-moi, reprit Avram après un temps, sa chaise, en classe, qu'est-ce qu'on en a fait ?

Sa chaise ?

Oui.

Comment ça ? Elle est restée là, sa chaise.

Vide ?

Oui, bien sûr. Je ne vois pas qui aurait pu s'y asseoir.

Ora s'interrompit, sur la défensive. Elle ne devait pas se laisser abuser par ses apparences de bon gros nounours un peu ridicule, songea-t-elle. Il avait le chic pour lui poser sans crier gare une question apparemment inoffensive qui l'affectait après coup.

Et tu es restée assise à la même place ?

Oui... euh... non. Je ne me souviens pas. J'ai reculé de trois rangs, du même côté, je crois...

Où ?

Où quoi ?

Où exactement ? Montre-moi !

Ora ressentit une lassitude inédite, due à sa totale soumission.

Disons que si notre table était là, alors moi, j'étais assise ici, fit-elle en illustrant son propos de l'index sur la paume de sa main.

31

Tu l'avais donc constamment en ligne de mire.

Oui.

Mais pourquoi ne t'es-tu pas assise ailleurs, devant, par exemple, où tu n'aurais pas eu à…

Arrête, ça suffit! Tais-toi! Ferme-la!

Ora…

Qu'est-ce qu'il y a encore?

Je me disais que, un de ces jours, peut-être…

Un de ces jours quoi?

Nous pourrions aller voir ses parents.

Toi et moi? Comment ça?

Si un jour je fais un saut à Haïfa, je t'accompagnerai.

Ora sentit un oisillon battre désespérément des ailes au fond de sa gorge.

Ses parents ont… une épicerie au coin de la rue et nous ne…

Oui?

Nous n'y sommes plus jamais retournés.

C'est-à-dire?

Mes parents… ma mère, a dit qu'il valait mieux ne plus y mettre les pieds.

Et tu étais d'accord?

Nous contournons le pâté de maisons…

Mais comment peux-tu…

Avram, serre-moi fort!

Partagé entre fascination et répulsion, il avança à tâtons, rencontra un genou, un coude pointu, une courbe lisse, quelques centimètres carrés de peau sèche, fiévreuse, une bouche humide. Quand il la saisit par l'épaule, elle s'accrocha à lui de toutes ses forces en tremblant, alors il la plaqua contre sa poitrine, submergé par sa douleur.

Ils étaient assis sur le lit, agrippés désespérément l'un à l'autre. Ora pleurait, la bouche ouverte, le nez dégoulinant comme une petite fille perdue. Avram respira son haleine qui sentait la maladie. Tout va bien, tout va bien, calme-toi, répéta-t-il en caressant ses cheveux humides de sueur et sa figure ruisselante. Ils étaient seuls au monde, songea-t-il, secrètement ravi. Pour sa part, la situation aurait pu durer encore plusieurs jours sans que cela le dérange le moins du monde. Parfois, comme mue par une volonté propre, sa main effleurait une nuque brûlante, de longs bras minces aux biceps durs comme des noix. Il luttait pour rester bon et généreux, et en même temps, malgré lui, il puisait l'inspiration pour les plaisirs masturbatoires, tortueux, auxquels il s'adonnait. La tête d'Ora était légèrement penchée en arrière, comme pour se nicher dans le creux de sa main. Ce moment, estima Avram dans le brouillard où il flottait, il pourrait l'exploiter pendant des semaines. Non, laisse-la en dehors de ça, se morigéna-t-il. Pas elle.

Plus tard, beaucoup plus tard, elle se moucha dans la manche de son pyjama.
Tu es très gentil, tu sais ? Tu n'es pas un garçon ordinaire.
Déjà des insultes ?
Continue... c'est trop bon.
Et comme ça ?
Aussi.

La nuit suivante – Ora avait perdu la notion du temps –, Avram débarqua dans sa chambre en poussant un fauteuil roulant. Elle se réveilla en sueur. Elle avait refait le même cauchemar étrange, où elle entendait une voix métallique s'insinuer subrepticement à son oreille et décrire des horreurs. Elle provenait d'un transistor quelque part dans le service, au fond du couloir ou dans l'une des chambres vides, finit-elle par comprendre. Elle reconnut « La Voix du tonnerre », l'émission en hébreu diffusée du Caire. Tout le monde en classe se moquait du langage fleuri du présentateur et de son hébreu boiteux, un peu ridicule. À d'autres moments, il lui semblait que la voix s'élevait du fond d'elle-même pour lui annoncer, en exclusivité, que l'entité sioniste était presque totalement détruite par les glorieuses armées

33

arabes, qui l'attaquaient sur tous les fronts. En ce moment précis, des vagues de vaillants combattants arabes envahissent Beersheba, Ashkelon et Tel-Aviv, déclara la voix, tandis qu'Ora était couchée dans son lit, baignée de sueur. Ada ne savait rien de ce qu'elle vivait en cet instant! Le temps de son amie était révolu. Qu'est-ce que cela signifiait? Dire qu'un jour elle avait partagé avec Ada le même temps, que ce temps était révolu et que, d'ailleurs, Ada n'appartenait plus au temps du tout? Comment pareille chose était-elle possible?

Elle perçut alors un grincement de roues et une respiration précipitée, sifflante.

Avram? Je suis si contente que tu sois là! Écoute un peu ce qui m'est arrivé...

Comprenant soudain qu'ils étaient deux à respirer dans la pièce, elle se recroquevilla entre les draps moites, le regard perdu dans les ténèbres.

Regarde qui est là, chuchota-t-il.

Elle avait attendu toute la journée qu'il revienne lui tenir compagnie, lui parler, l'écouter, comme si chacune de ses paroles était de la plus haute importance pour lui. Les caresses sur sa tête et sa nuque de ses doigts hypnotiques, pareils à ceux d'une fille ou d'un bébé, lui manquaient. Dans ses rares moments de lucidité, entre les frissons et les cauchemars, s'efforçant de revivre les nuits passées avec Avram, elle s'était aperçue qu'elle avait pratiquement tout oublié, hormis sa présence. En fait, elle ne se le représentait qu'imparfaitement, pas comme si elle l'avait réellement vu et connu. Étendue sur son lit pendant des heures, avant de replonger dans sa léthargie, elle imaginait la main du garçon effleurant son visage, s'égarant parfois dans son cou. On ne l'avait jamais touchée ainsi. Et pour autant qu'elle s'en souvienne, pratiquement personne ne l'avait touchée du tout. D'ailleurs, comment savait-il si bien s'y prendre avec elle, alors que, à l'en croire, il n'avait jamais fréquenté une fille de cette façon? Et alors qu'elle attendait avec impatience de reprendre leur discussion interrompue, blottie au creux de ses bras, voilà qu'il commettait une bourde propre à réfréner ses élans, une maladresse typiquement masculine, comme produire des bruits incongrus au moment de la scène du baiser, au cinéma, par exemple, ou comme emmener l'autre garçon dans sa chambre…

Lequel garçon, assoupi dans son fauteuil roulant, ronflait légèrement, inconscient du lieu où il se trouvait. Avram le pilota dans la chambre, se heurtant à la commode et au lit, tout en se confondant en excuses et en explications : Je n'aime pas le laisser seul à longueur de nuit. Ilan fait des cauchemars, il a quarante de fièvre, peut-être davantage, il souffre d'hallucinations, il a la frousse de mourir. Et quand je le quitte pour venir te voir, il entend des voix qui affirment que les Arabes ont gagné… des choses horribles, quoi !

Avram fit pivoter le fauteuil contre le mur avant de se diriger à l'aveuglette dans sa direction. De loin, il sentit qu'elle sortait ses griffes, et, avec un tact qui l'étonna, il ne s'assit pas sur le lit mais se percha sur la chaise placée à côté, où il patienta sagement.

Les jambes repliées contre son ventre, les bras croisés, Ora se mura dans un silence glacial en formant le vœu de se taire pour l'éternité, vœu qu'elle s'empressa aussitôt de rompre.

J'en ai plus qu'assez, je veux rentrer chez moi ! explosa-t-elle.

Impossible, tu n'es pas guérie.

Je m'en fiche !

Avram tenta de l'amadouer.

Il est né à Tel-Aviv, tu sais.

Qui ?

Lui, Ilan.

Tant mieux pour lui.

Il vit à Jérusalem depuis l'année dernière.

Grand bien lui fasse !

Son père est commandant d'une base militaire. Un colonel, je crois. Tu veux apprendre un truc marrant… ?

Non.

Avram loucha vers l'autre bout de la pièce et s'inclina vers elle.

Il parle sans le savoir.

C'est-à-dire ?

Il cause en dormant. Il bavarde à tort et à travers, il délire.

Ora se pencha à son tour et chuchota :

35

Ce n'est pas un peu gênant ?
Et je n'ai pas fini…
Raconte !
En temps normal, nous sommes fâchés.
Ah, pourquoi ?
Pas seulement moi, toute la classe, on ne lui adresse pas la parole.
Vous le snobez ?
Non, c'est le contraire, c'est lui qui nous snobe.
Il snobe toute la classe ?
Depuis un an, oui.
Et alors ?
Je te l'ai dit, il n'arrête pas de déblatérer à cause de la fièvre…
Je ne sais pas, mais ce n'est pas un peu…
Je m'ennuie à mourir, alors je m'amuse à lui tirer les vers du nez, si l'on peut dire.
Pendant son sommeil ?
Oui, enfin, il comprend plus ou moins.
Mais c'est…
C'est quoi ?
C'est comme lire le courrier de quelqu'un d'autre, tu ne crois pas ?
Tu voudrais peut-être que je me bouche les oreilles ? Et aussi…
Oui ?
Quand il est réveillé, je le déteste, comme à l'école, mais pendant qu'il dort…
Pendant qu'il dort ?
Il devient quelqu'un d'autre, on dirait. Il parle de ses parents, par exemple. De son père, de l'armée, et j'en passe… tu vois ?
Oui.
Du coup, je lui fais des confidences moi aussi, sur mes parents à moi, mon père qui nous a quittés, les souvenirs que j'ai gardés de lui, ce genre de choses.
Ah ?
Je lui raconte tout, comme ça, nous sommes à égalité.
Ora se redressa et s'entortilla dans sa couverture. Elle décelait une

sorte d'opacité dans la voix d'Avram, et sentit comme une tension dans ses mollets.

Hier, quand je suis retourné dans ma chambre après t'avoir quittée, au petit matin, il divaguait encore, poursuivit Avram. Il a croisé une fille dans la rue sans oser l'aborder, il avait peur qu'elle se moque de lui… Alors, moi aussi…, pouffa Avram.

Toi aussi quoi?

Ne t'inquiète pas. De toute façon, il ne pige rien.

Une minute, qu'est-ce que tu lui as dit?

Ce que toi et moi… enfin, tu sais… et ce que tu m'as raconté à propos d'Ada…

Comment?

Il dormait…

Ce sont des choses que je t'ai confiées, *à toi seul*! Mes secrets intimes!

Je sais, mais il n'a même pas…

Tu es fou ou quoi? Tu ne sais pas tenir ta langue? Même pas deux secondes?

Non.

Non?!

Oubliant sa faiblesse, elle sauta du lit et se mit à faire les cent pas, la mine dégoûtée, le plus loin possible d'Avram et de l'autre garçon qui, la tête sur la poitrine, dormait toujours en respirant par saccades.

Ora, ne… attends, écoute, en rentrant hier matin, j'étais tellement…

Tellement *quoi*? hurla-t-elle, le sang cognant dans ses tempes.

Je… j'avais tout le corps en… parce que j'étais si…

Ora s'approcha et se campa devant lui, l'index tendu. Avram se recroquevilla sur son siège.

Un secret, c'est un secret! C'est sacré! De toute façon, ça ne m'étonne pas de toi! Tout est lié!

Qu'est-ce qui est lié?

Tu n'appartiens à aucun mouvement de jeunesse, tu ne fais pas de sport, tu passes ton temps à couper les cheveux en quatre, et tu n'as pas d'amis, n'est-ce pas?

Je ne vois pas le rapport.

Elle grimpa sur son lit et se glissa dans les draps qu'elle tira sur sa tête, sans décolérer au fond de son antre. Il pouvait toujours attendre pour qu'elle lui livre d'autres confidences. Dire qu'elle avait cru pouvoir lui accorder sa confiance, pauvre naïve ! Comment s'était-elle laissé berner par une tache comme lui ?

Je le savais ! Tu es tellement… tellement… bref, on voit bien que tu viens de Jérusalem ! Va-t'en tout de suite ! Tu m'entends ? Ouste ! Fous le camp ! Je veux dormir.

Mais… attends…

Et ne reviens pas ! Plus jamais !

D'accord… Bonne nuit…

Bonne nuit ? C'est tout ? Et lui, tu le laisses ici ?

Lui ? Oh, désolé, je l'avais oublié.

Avram se leva et se dirigea vers la porte, la tête basse.

Attends !

Qu'y a-t-il encore ?

Je veux que tu me répètes mot pour mot ce que tu lui as raconté.

Maintenant ?

Bien sûr, maintenant. Tu veux attendre la venue du Messie ?

Tu crois que la mémoire va me revenir comme ça, juste en claquant des doigts ? D'abord, il faut que je me rassoie.

Pourquoi ?

Je suis claqué, voilà…

Bon, d'accord, concéda-t-elle après réflexion.

Elle l'entendit marcher d'un pas lourd, heurter le coin du lit, pester et localiser à tâtons la chaise sur laquelle il s'affala. Quant à Ilan, il avait le sommeil agité, entrecoupé de soupirs. Elle chercha à deviner le son de sa voix et discerner les traits de son visage dans l'obscurité. Que savait-il à son sujet ? La question lui taraudait l'esprit.

Quelque part résonna le hululement d'une sirène d'ambulance, suivi de l'écho lointain de plusieurs explosions. Les lèvres serrées, Ora se souvint de respirer. Une tempête se déchaîna dans sa tête. Elle comprenait que sa réaction était disproportionnée, un déploiement de colère pour combattre la tendresse déplacée que lui inspirait ce garçon. Elle s'aperçut avec horreur qu'elle s'était complètement détachée des êtres qui lui étaient chers. C'était à peine si elle avait pensé à Asher Feinblatt depuis qu'elle était à l'hôpital. Elle l'avait refoulé dans son inconscient, de même que ses parents et ses camarades. À croire que son univers se résumait à la maladie, la fièvre, aux maux de ventre et aux démangeaisons insupportables. Et Avram qu'elle connaissait depuis trois ou quatre jours à peine. Incroyable ! Comment avait-elle pu oublier tous les autres ? Où était-elle passée pendant ce temps ? À quoi avait-elle rêvé ?

Un frisson glacé parcourut sa peau brûlante. Avram dormait en soupirant légèrement, tandis qu'Ilan, à l'autre bout de la pièce, était parfaitement silencieux à présent. On aurait dit qu'ils s'effaçaient pour qu'elle puisse comprendre que quelque chose d'essentiel lui arrivait. Elle se redressa sur le lit, les mains autour de ses genoux, avec l'impression qu'on la dépossédait de sa vie et qu'un vague trou subsisterait à l'endroit qu'elle occupait l'instant d'avant.

Une voix sourde, enrouée, la tira de ses pensées, des limbes du sommeil où elle oscillait. Avram... Elle ne comprit pas immédiatement qu'il lui parlait et se hérissa, croyant que l'autre, son ami le dingue, monologuait dans son coin.

Dès que je t'ai vue frotter l'allumette, j'ai su que je pouvais te dire tout ce qui me passait par la tête, j'étais sûr aussi que tu allais prendre la mouche. Les rouquines incendiaires dans ton genre sont soupe au lait et démarrent au quart de tour, n'est-ce pas ? Si je t'énerve, tu n'auras qu'à me botter les fesses, tu sais ? Tiens, elle ne me botte pas les fesses ! Peut-être pratique-t-elle l'abstinence du bottage de fesses ? À moins qu'elle n'appartienne à une secte qui interdit de botter les fesses des nains incapables ? Elle sourit. Je distingue sa bouche dans le noir. Elle a une bouche à tomber...

Il s'interrompit. Baignée de sueur, Ora déglutit avec peine et remonta la couverture sur sa tête. Seuls ses yeux brillaient dans la pénombre.

Bon, si elle ne me botte pas les fesses, poursuivit Avram, cela signifie qu'elle va me laisser lui dire, par exemple... – Il hésita, allait-il oser... ? – espèce de trouillard, poule mouillée que tu es... Voyons voir, je pourrais lui déclarer qu'elle est très belle, la plus belle fille que j'aie jamais vue, même si elle est malade et qu'elle a la fièvre.

À la minute où j'ai posé les yeux sur elle, je me suis tout de suite aperçu qu'elle rayonnait dans le noir, comme la plus brillante et la plus pure des lumières... Et puis elle m'a révélé son visage à la flamme de l'allumette et, quand elle a fermé les yeux, ses cils tremblaient.

Avram s'excitait en parlant. Sa hardiesse le grisait. Le cœur d'Ora battait si fort qu'elle crut s'évanouir. Si l'un ou l'une de ses amis la surprenait en train d'écouter ces divagations sans réagir, il ou elle n'en croirait pas ses yeux : où était passée Ora la cynique ? L'explosive ?

Qu'elle n'aille surtout pas croire que je suis un héros, reprit Avram d'une voix éraillée. Je n'ai jamais parlé à une fille de cette façon, seulement en imagination. Il pressa ses deux poings sur ses joues, attentif au brasier qui lui consumait les entrailles. Et puis je n'ai jamais eu l'occasion d'approcher une fille aussi jolie, je tiens à l'inscrire sur mes tablettes au cas où elle penserait : Encore un beau gosse qui les a toutes à ses pieds.

Ora redressa le menton, les lèvres pincées, tandis qu'une ébauche de sourire creusait une fossette dans l'une de ses joues. Quel drôle de zèbre, pensa-t-elle. On ne sait jamais s'il est sérieux ou s'il plaisante, si c'est un génie ou un parfait imbécile. Un vrai caméléon. Elle essuya avec la couverture la sueur qui perlait à son front en s'avisant qu'il y avait chez lui un côté agaçant, franchement insupportable – il se glissait sous votre peau et ne vous lâchait plus. Dès l'instant où il avait surgi dans sa chambre l'avant-veille, ou elle ne savait quand, elle devinait toujours s'il était excité, heureux ou triste, et surtout lorsqu'il avait envie d'elle. Il ne manquait pas de culot, ce petit pickpocket, cet espion... Une mince anguille se glissa en elle, pareille à une langue minuscule, souple et écarlate. D'où venait-elle ? Glacée de terreur, elle bondit sur ses pieds :

Viens là une minute !

Quoi... ? Qu'est-ce qu'il y a ?

Lève-toi !

Qu'est-ce que j'ai fait ?

Tais-toi et tourne-toi !

Ils avancèrent à l'aveugle pour se retrouver dos à dos, tremblant de fièvre et d'autres ardeurs, le corps agité de soubresauts. Ilan gémit dans son sommeil. C'est bien ma chance, pesta intérieurement Avram, pourvu qu'il ne se réveille pas, celui-là. Il sentit les mollets musclés de l'adolescente contre les siens, ses fesses élastiques contre les siennes. Après quoi, il perdit le contrôle de la situation : ses épaules se retrouvèrent plaquées contre le dos d'Ora, la tête au creux de sa nuque.

Tu me dépasses d'une tête, observa-t-il d'un ton léger, constatant que ses pires craintes se réalisaient.

Elle pivota vers lui.

Oh, c'est toujours comme ça à cet âge, rétorqua-t-elle avec douceur.

En dépit de l'obscurité, elle entrevit son visage, les regards ardents qu'il dardait sur elle de ses yeux écarquillés. Vite, elle invoqua Ada pour qu'elle lui souffle une réplique cinglante, grâce à quoi elle pourrait réduire à néant son image, sa personne tout entière, le lieu où ils se trouvaient, sans oublier l'autre garçon qui lui cassait les oreilles, là-bas, au fond de la chambre. Mais son cœur se serra, comme si elle avait la prémonition d'une mauvaise nouvelle.

Dis, peux-tu me voir ? chuchota-t-elle.

Oui, répondit-il sur le même ton.

Comment est-ce possible ? s'étonna-t-elle, craignant d'être de nouveau le jouet d'une hallucination.

Avram éclata de rire.

Elle le considéra d'un œil méfiant.

Qu'y a-t-il de si drôle ?

C'est que tu n'aimes pas que je me sous-estime.

Ses traits changeaient quand il riait. Il avait de belles dents, blanches et régulières, et des lèvres... Comme si sa bouche appartenait à quelqu'un d'autre, pensa Ora. Le jour où une fille l'embrasserait, elle fermerait probablement les yeux et devrait se contenter de ses lèvres. Pouvait-on se satisfaire d'une bouche ? Quelle idée débile ! Elle avait les jambes en coton et craignit de défaillir. Cette maladie l'achèverait. Elle se sentait aussi fraîche qu'un vieux chiffon. Elle s'agrippa à la manche de son pyjama et faillit s'écrouler sur lui. Son visage était si près du sien qu'elle n'aurait pas eu la force de le repousser, s'il avait tenté de l'embrasser.

Et j'ai envie de lui parler de sa voix, repartit Avram. Pour moi, la voix compte davantage encore que le physique. Je ne connais aucune fille qui possède une voix pareille. Une voix orange, je te jure, avec un peu de jaune citron autour, une voix sautillante. Et si elle veut, je peux lui déclamer, là, tout de suite, quelque chose que j'aimerais écrire pour elle un jour. Curieux, elle ne dit pas non…

Oui, murmura Ora.

Avram déglutit et frissonna.

Ce sera une pièce pour voix seules. Voilà des jours que j'y pense, depuis que nous nous sommes rencontrés, en fait. Ça débutera par quatorze notes… Des sons isolés qui se succéderont l'un à l'autre, des voix humaines. Mes préférées. Il n'y a rien de plus beau au monde, tu ne crois pas ?

Si. Alors comme ça… euh… tu composes de la musique ?

Non, pas exactement. C'est plutôt un mélange de… aucune importance. Disons que je m'intéresse aux voix en ce moment, depuis quelques années, se disait-il à lui-même comme si Ora n'était pas dans la pièce.

Oh !

Mais pourquoi quatorze ? Je le sens, c'est tout. Je ne peux pas l'expliquer. Ça commencera par une note tenue. Une sorte de « ah… », sur six temps, et la deuxième voix « ah… » s'élèverait quand la première se serait tue. Un peu comme des bateaux qui sonnent la corne de brume dans le brouillard. Tu vois ?

Non… Oui, j'habite à Haïfa.

Ce serait triste, précisa-t-il entre ses dents.

Et, en un clin d'œil, elle ressentit sa mélancolie. Soudain, le monde n'était plus qu'affliction, un lourd chagrin lui étreignit le cœur.

C'est à cause d'Ada ?

À cause d'Ada ?

Oui, je t'ai dit qu'elle avait quatorze ans quand…

Quoi ?

Les notes… tu as parlé de quatorze notes ?

Oh, voyons voir, une pour chaque année ?

C'est possible.

Tu veux dire… un adieu pour chaque année ?

Plus ou moins.

C'est beau. Vraiment... Je n'y avais pas pensé. Une note pour chaque année.

C'est ton invention, non ? Il n'y a pas de quoi t'extasier.

Avram sourit.

Peut-être, mais c'est toi qui m'as mis sur la voie.

Tu m'inspires, répétait souvent Ada avec le sérieux enfantin qui la caractérisait. Je ne comprends pas comment un ourson sans cervelle comme moi pourrait t'inspirer ! s'esclaffait Ora. Ada, qui avait alors treize ans, une année avant sa mort, dont elle ignorait tout – terrifiante pensée ! –, se comportait avec une parfaite insouciance, inconsciente de ce qui l'attendait. En même temps, on aurait dit qu'elle avait acquis maturité, sagesse et aplomb au cours des derniers mois. Ada saisit la main de son amie et la secoua en signe de reconnaissance enthousiaste : Bien sûr que si. Tu restes tranquillement dans ton coin, et soudain, tu lances un mot, ou une petite question anodine, et bang, en plein dans le mille ! J'ai une illumination et tout s'éclaircit. Oh Ora, je me demande ce que je ferais sans toi, ce que je deviendrais sans toi.

Et elles échangeaient des regards complices, se rappela-t-elle. Mon Dieu, dire qu'il ne lui restait qu'un an à vivre !

Un souvenir presque insoutenable lui revint en mémoire : Ada lui lisant les histoires et les poèmes qu'elle écrivait dans un cahier, mimant les différents personnages de la voix et du geste, pleurant ou riant. Il lui arrivait même de se déguiser avec des chapeaux et des foulards. Sa figure criblée de taches de rousseur s'empourprait, comme si des flammes lui sortaient du crâne et des orbites. Assise en face d'elle, jambes croisées, Ora ne se lassait pas de la regarder, les yeux écarquillés.

Lorsque Ada terminait sa lecture, épuisée, égarée, à bout de souffle, Ora se ressaisissait promptement, car c'était à son tour d'intervenir : elle était aux petits soins, la réconfortait, la cajolait, ne la quittait pas d'une semelle.

Moi, je me demande si elle a un petit ami, soliloqua Avram de son timbre enroué, comme dans un rêve éveillé. Elle m'a assuré du contraire, je sais, mais comment la croire ? Une fille comme elle ne resterait pas seule une minute ! Les garçons ne sont pas tout à fait idiots à Haïfa, non ?

Il attendit une réponse, qui ne vint pas.

Elle ne veut pas me parler de son amoureux ? Ou bien il n'existe réellement pas ?

Il n'existe pas, murmura Ora.

Comment ça se fait ?

Elle n'en sait rien, répliqua Ora après un silence. Qu'elle le veuille ou non, elle était séduite par son style, estimant qu'il était beaucoup plus simple de parler d'elle de la sorte. Pendant longtemps, elle n'a pas voulu de petit ami, expliqua-t-elle, adoptant machinalement le tempo des lentes respirations qui s'élevaient de l'autre côté de la chambre. De toute façon, elle n'a pas rencontré la personne, enfin, la personne qui lui plaise.

Elle n'a jamais aimé personne ? s'étonna Avram.

Ora ne répondit pas. Dans l'obscurité, on aurait dit qu'elle était plongée dans de profondes réflexions, pensa Avram. Son long cou s'inclinait douloureusement sur son épaule, vers le fond de la pièce, comme si une force tyrannique la ligotait, pareille à celle qui le saisissait lui-même, l'y entraînait inexorablement. Donc, elle n'a jamais été amoureuse, résuma Avram.

Ora secoua la tête.

Non, non, elle a cru l'être, mais elle se trompait, elle s'en aperçoit maintenant. Une perte de temps, ça ne compte pas.

Lui parler d'Asher, pressentait-elle confusément, ouvrirait les vannes des confidences. La vérité sur ces deux années de néant se déverserait en flots tumultueux, et elle ne pourrait plus ravaler ses paroles. Elle brûlait de tout lui avouer ! Incroyable !

Je reviens tout de suite ! lança soudain Avram de la porte.

Où vas-tu ? s'écria Ora, éberluée. Ne pars pas, ne me laisse pas toute seule.

Une minute ! Je reviens.

Il rassembla ses dernières forces et s'éloigna, s'appuyant contre les murs, faisant halte pratiquement à chaque pas, en tenant sa tête entre ses mains. Retourne auprès d'elle, retourne tout de suite, s'intima-t-il sans toutefois rebrousser chemin. Il finit par regagner sa chambre et par s'asseoir sur son lit.

Ora l'appela à grands cris, puis tout bas, mais il ne se manifesta pas. L'infirmière apparut dans l'encadrement de la porte et, d'une voix amère, elle voulut savoir pourquoi elle s'égosillait. Troublée, Ora se recoucha et tenta de se rendormir, laissant son esprit s'enfoncer sous l'océan des pensées cohérentes, mais la maladie lui jouait des tours. Des fragments de cauchemars la hantaient. Ce n'est qu'un rêve, se persuada-t-elle. Elle eut beau se boucher les oreilles, elle entendait une voix proclamant en hébreu, avec un fort accent arabe, que les blindés de la glorieuse armée syrienne avaient écrasé la Galilée sioniste et les kibboutz sionistes criminels. Ils allaient libérer Haïfa et effacer l'ignominieuse expulsion de 1948. Elle devait se sauver, songea Ora, mais elle n'en avait pas la force. Elle se réveilla en sursaut, se redressa sur son séant, brandissant la boîte d'allumettes comme un bouclier, car, lui semblait-il, dans les profondeurs de la chambre, un garçon inconnu prononçait son nom, Ora, Ora, et lui parlait dans son sommeil d'une voix étouffée.

Plus tard, impossible de préciser à quel moment, Avram reparut avec sa couverture et celle d'Ilan. Il entra dans la chambre sans rien dire et s'approcha de son ami qu'il enveloppa de la tête aux pieds d'une couverture, avant de s'asseoir et s'emmitoufler à son tour, en attendant qu'Ora parle.

Je refuse de t'adresser la parole, espèce de malade ! Je ne veux plus te voir ! Disparais de ma vue !

Avram ne réagit pas.

Ora ne décolérait pas.

Un pauvre crétin, voilà ce que tu es !

Je ne vois pas ce que tu me reproches.

« Je ne vois pas ce que tu me reproches ! » Où avais-tu disparu ?

J'ai fait un saut dans ma chambre.

« J'ai fait un saut dans ma chambre ! » Speedy Gonzales ! Tu m'as abandonnée et tu as disparu pendant des heures…

Des heures ? Qu'est-ce que tu racontes ? Trente minutes au grand maximum. Et puis tu n'étais pas seule.

Tais-toi ! Tu ferais mieux de te taire.

Il ne réagit pas.

Ora passa un doigt sur ses lèvres. On les aurait dites en feu.

Dis-moi une seule chose.

Quoi ?

Il s'appelle comment déjà ?

Ilan. Pourquoi ? Il y a eu… il est arrivé quelque chose en mon absence ?

Que veux-tu qu'il arrive ? Tu as juste fait un aller-retour, alors…

Tiens, « j'ai juste fait un aller-retour » maintenant ?

Arrête ! Lâche-moi un peu, tu veux ?

Il a parlé ? Il a dit quelque chose dans son sommeil ?

Tu te prends pour le Shabak ou quoi ?

Tu as allumé la lumière ?

Ce ne sont pas tes oignons.

Je le savais, je l'aurais parié !

Bon, tu le savais, tu es un petit génie. Alors si tu le savais, pourquoi es-tu parti au moment où je…

Et tu l'as vu ?

D'accord, je l'ai vu, et alors ?

Alors rien.

Avram ?

Je t'écoute ?

Est-il vraiment très malade ?

Oui.

Plus que nous ?

Oui.

Tu crois qu'il est... euh... en danger ?

Comment veux-tu que je le sache ?

Si seulement je pouvais dormir pendant un mois, ou un an ! soupira-t-elle.

Ora ?

Quoi ?

Tu ne trouves pas qu'il est beau ?

Aucune idée, je ne l'ai pas regardé.

Reconnais qu'il est beau, quand même.

Ce n'est pas mon genre.

On dirait un ange.

Bon, ça va, on a compris.

À l'école, les filles sont toutes folles de lui.

Je m'en fiche royalement.

Tu lui as parlé ?

Je te répète qu'il dormait ! Comment veux-tu qu'il entende ?

Tu lui as adressé la parole ? Tu lui as dit quelque chose ?

Tu me fatigues à la fin, laisse-moi tranquille !

Ora ?

Quoi encore ?

Il a ouvert les yeux ? Il t'a vue ?

Je ne t'écoute pas, je suis complètement sourde, *la-la-la-la...*

Mais il t'a bien dit quelque chose ? Il t'a parlé ?

Dans la charrette qui le mène à l'abattoir, un veau meugle de désespoir...

Allez, dis-moi s'il a raconté quelque chose...

Très haut dans le ciel, voltige une hirondelle...

Ce ne serait pas ta chanson ?

Quelle chanson ?

La chanson, que tu chantais, la nuit où tu m'as réveillé... Si, si, c'est ça, j'en suis certain !

Tu es sûr ?

Sauf que tu hurlais si fort qu'on ne comprenait rien…

La chanson ?

Un veau meugle de désespoir… oui, *donna, donna…* Tu criais si fort qu'on aurait dit que tu te battais avec quelqu'un…

Ora avait l'impression de se détacher de son corps et de flotter quelque part, dans un lieu qui n'en était pas un, où son amie et elle entonnaient en chœur la chanson favorite d'Ada – et de sa mère, qui la fredonnait souvent en yiddish en faisant la vaisselle. La chanson du veau mené à l'abattoir et de l'hirondelle qui se moquait de lui, avant de s'éloigner à tire-d'aile dans le ciel, le cœur léger.

Avram, va-t'en vite ! s'exclama-t-elle soudain, très agitée.

Qu'est-ce que j'ai encore fait ?

Va-t'en, je te dis ! Et emmène l'autre avec toi ! Il faut que je dorme, tout de suite !

Pourquoi ? !

Je veux rêver d'elle…

Plus tard, aux premières lueurs de l'aube, Ora apparut sur le seuil de la chambre numéro 3 et appela Avram tout bas.

Il se réveilla en sursaut.

Qu'est-ce que tu fabriques ici ?

Je n'ai jamais rencontré quelqu'un comme toi, dit-elle tristement.

Puis elle se corrigea :

Un garçon comme toi.

Il se pencha et murmura :

Tu as rêvé d'elle ?

Non, je n'ai pas réussi à m'endormir. J'ai eu beau essayer, je tenais tant à trouver le sommeil qu'il n'est pas venu.

Mais pourquoi y tenais-tu à ce point ?

J'avais quelque chose de très important à lui dire.

Ora… euh… tu aimerais le revoir ?

Ça ne va pas ? Je te parle de toi, et tu ramènes tout à lui ! Tu le fais exprès ou quoi ?

Je ne sais pas. Je suis comme ça. Je n'y peux rien.

48

C'est à n'y rien comprendre ! maugréa-t-elle, découragée.

Ils étaient assis face à face dans un état de prostration extrême, à bout de forces. Quelle fatale erreur que de l'avoir laissée seule avec Ilan ! songea Avram, accablé par le poids des regrets. C'était s'exposer au pire.

J'ai un aveu à te faire, mais je doute que tu aies envie de l'entendre, avança-t-il avec précaution.

Elle devina ce qu'il avait à l'esprit et se ferma comme une huître.

Comme quoi, par exemple ? finit-elle par demander.

J'écris tout le temps, mais personne ne le sait, voilà.

La voix d'Ora se fit plus aiguë sans qu'elle y prenne garde.

Tu écris quoi ? Des récits ? Des limericks ? Des histoires à dormir debout ?

Avram se rengorgea.

Des tas de choses. Je n'arrêtais pas d'inventer des histoires, quand j'étais petit. Ce que j'écris aujourd'hui n'a plus rien à voir.

Je ne comprends pas, grinça-t-elle entre ses dents. Comment peux-tu scribouiller comme ça à longueur de temps ?

Un sentiment d'écœurement s'empara d'Avram. Il avait envie qu'elle parte. Qu'elle reste. Qu'elle redevienne comme avant. Le lien qui s'était tissé entre eux ces dernières nuits, ce miracle, ce secret délicat s'était évanoui. À moins qu'il n'ait jamais existé, qu'il ait tout inventé, comme d'habitude.

Ora revint à la charge.

Qu'est-ce que ça veut dire « ce que j'écris aujourd'hui n'a plus rien à voir » ? Explique-toi.

Déchiré par l'aiguillon de la trahison, Avram se replia sur lui-même.

Ora n'en démordait pas :

Et puis, les limericks, c'est épatant, super génial !

Il s'intéressait aux voix depuis quelques années, lui avait-il confié. « Depuis quelques années ! » Elle devait en déduire qu'avant, il se passionnait pour d'autres choses – quel snob alors ! – comme s'il savait déjà que, « les prochaines années » – ah ! –, il aurait encore d'autres centres d'intérêt. Gros malin, va ! Et elle ? Où était-elle ces dernières années ? À quoi avait-elle passé le temps ? Elle avait trompé son

49

monde et dormi tout éveillée, une vraie somnambule. Quel exploit! La reine de la triche! Championne du monde du somnambulisme! Elle «dormait» à la course, au saut en hauteur, en jouant au volley-ball, en nageant surtout, car c'était plus facile dans l'eau que sur le plancher des vaches. Elle «somnolait» sur le trajet du stade d'Ein Iron, où l'équipe se déplaçait les samedis – quand elles se rendaient au terrain du Maccabi, comme les autres, elle interpellait les passants à grands cris dans le minibus qui les conduisait à Tel-Aviv.

Et aussi en chantant à tue-tête pendant les randonnées, lors des soirées à la plage d'Atlit, des nuits blanches au Mahanot HaOlim – quand elle sautait dans une bâche du haut d'une plate-forme, ou suspendue à une tyrolienne, ou encore en construisant un pont de cordes avec ses camarades, ou en fabriquant des lettres de feu. À ces moments-là, elle ne pensait à rien. Ses mains, ses pieds, ses lèvres remuaient constamment, une vraie pipelette, bref, elle faisait beaucoup de bruit, s'agitait en tous sens, mais son esprit ressemblait à une coquille vide, et son corps à un désert aride.

Et avec Miri S., Orna et Shiffi, ses nouvelles amies après Ada, elle faisait des concours de chansons burlesques et d'airs d'opérette à chaque fête ou excursion, exactement comme avant. La vie continuait. Incroyable, mais c'était ainsi. Son corps se mouvait mécaniquement – elle mangeait, buvait, marchait, s'asseyait, se levait, dormait, déféquait, riait… Seulement, un an après la mort d'Ada, ses orteils étaient devenus insensibles. Parfois, le phénomène se prolongeait pendant des heures et gagnait sa main gauche. Et aussi les cuisses et le dos. Elle avait beau se gratter, elle ne sentait rien du tout. Elle avait même craqué une allumette, approché la flamme de sa jambe et regardé la peau tendre roussir et exhaler une odeur de brûlé sans éprouver la moindre douleur. Elle ne s'en était ouverte à personne. Comment l'aurait-elle pu?

Il y avait un trou, pensa-t-elle, frissonnante et glacée. Et ce n'était pas nouveau. Comment avait-elle pu ne rien remarquer? Depuis la disparition d'Ada, il y avait un trou en forme d'Ora à sa place habituelle.

Elle toussa, s'ébroua. Elle avait dû somnoler pendant sa dispute avec Avram. Elle en avait d'ailleurs oublié l'objet. Il lui tapait sur les nerfs, quelquefois, ce garçon. S'étaient-ils réconciliés entre-temps ? En dépit de l'obscurité, elle distingua sa silhouette étalée de l'autre côté du lit, le visage contre le mur, ronflant comme une toupie. Se trouvaient-ils dans sa chambre à lui ou dans la sienne ? Et au fait, où était passé Ilan ?

Il lui avait dit qu'il allait mourir. Cela arriverait un jour ou l'autre, il le savait, c'était dans l'ordre des choses. Dès sa naissance, il avait compris qu'il ne vivrait pas longtemps, n'ayant pas assez d'énergie vitale. Elle s'efforça de le calmer, de tempérer ses étranges propos, mais il ne l'écoutait pas, sans doute inconscient de sa présence. Il ne cessait de gémir et de se lamenter sur son sort – son existence avait été gâchée par le divorce de ses parents et la décision de son père de l'emmener vivre dans sa caserne, parmi les brutes qui la peuplaient. Depuis, tout avait été de mal en pis, et sa maladie s'inscrivait dans la continuité de ce merdier. Il brûlait de fièvre, de sorte qu'elle ne saisissait pas la moitié de ce qu'il disait. Des esquisses de mots, des pensées à demi articulées… Collée contre lui, baignant dans la chaleur qu'il irradiait, elle effleura du bout des doigts son épaule, son dos, son épaisse crinière, sans même savoir à quoi il ressemblait. Peut-être à Avram, soupçonna-t-elle vaguement, sans doute parce qu'ils étaient entrés en même temps dans sa vie. Elle lui répéta les paroles que lui chuchotait celui-ci, quand elle se sentait angoissée ou triste. Grâce à ce crétin, elle savait exactement quoi dire. Tout à coup, Ilan lui saisit la main, la pressa très fort et lui caressa le bras de haut en bas. Elle fut bouleversée, mais ne s'écarta pas. Joue contre joue, front contre front, il plaça d'autorité la paume d'Ora sur sa poitrine et, la tête lovée dans son cou, déposa une pluie de petits baisers torrides le long de son bras, sur ses doigts, au creux de sa main. Il l'embrassait sans même s'en rendre compte, comprit-elle, muette de stupeur, le regard dans le vague obscur. Ilan tremblait, saisi d'un brusque fou rire. Parfois il se glissait dehors, la nuit, pour griffonner à la craie sur les murs de la caserne : « Le fils du commandant est pédé. » À la vue des graffitis, son père se mettait en rogne et, armé d'un seau rempli

51

de chaux, il faisait le guet pour pincer le coupable. Tu le gardes pour toi, mon vieux, sinon gare à toi, avait ricané Ilan. Il lui avait parlé aussi de la soldate grassouillette que son père sautait dans son bureau. Tout le monde, à la base, les entendait. Mais c'était quand même mieux que lorsque ses parents étaient ensemble, au moins, le cauchemar était terminé. Il ne se marierait jamais, affirma-t-il, son front bouillant plaqué contre la poitrine d'Ora, au point de lui faire mal. Elle le serra contre elle en spéculant qu'il n'avait probablement parlé à personne depuis une bonne année. Ilan pouffa de rire, la tête enfouie dans le pli de son coude, respirant son parfum. Il avoua qu'il aimait l'odeur douceâtre du magasin de musique, rue Allenby. Cela sentait la colle utilisée pour fixer les tampons sous les clés des saxos. L'année précédente, il avait déniché un Selmer Paris d'occasion en excellent état. Il jouait dans un orchestre à Tel-Aviv. Ils se retrouvaient le vendredi soir et passaient la nuit à écouter de nouveaux disques – John Coltrane, Charlie Parker –, inventant le jazz urbain...

On aurait dit que la chaleur de son corps pénétrait dans le sien. Transie d'admiration pour ce garçon, affalé dans ses bras, Ora aurait voulu que l'instant dure jusqu'au lendemain matin, toute la journée. J'aimerais tellement pouvoir l'aider, se dit-elle, j'aimerais tellement, tellement... Le feu du désir l'embrasait, comme si son corps crépitait d'étincelles. Même ses orteils étaient brûlants. Il y avait si longtemps qu'elle n'avait éprouvé pareille sensation. S'emparant de son autre main, Ilan appliqua les deux paumes d'Ora sur ses yeux clos et déclara qu'il connaissait la recette du bonheur.

La recette du bonheur?

Elle sentit son souffle chaud courir le long de ses poignets, ses cils soyeux lui picoter la peau. Elle s'écarta une fraction de seconde, comme brûlée par une flamme dévorante.

Ilan émit un petit rire sec, torturé, la tête renversée en arrière.

J'ai une méthode infaillible. Il suffit de me partager en plusieurs segments. Si l'un va mal, je me réfugie dans un autre. C'est une façon de minimiser les risques. Je m'échappe, personne ne peut plus m'atteindre, je...

Il s'interrompit au milieu d'une phrase, sa tête inclinée sur la poitrine; épuisé, il sombra dans un profond sommeil. Ses doigts relâchèrent leur étreinte et glissèrent avant de retomber mollement sur ses genoux.

Ora se leva et craqua une allumette pour le regarder. Les yeux clos, son visage auréolé de lumière était pareil à une goutte de la plus belle eau. Elle frotta une autre allumette. Il marmonnait tout bas, comme s'il était prêt à en découdre avec quelqu'un dans son rêve, secouant violemment la tête, les traits crispés de colère – en raison de la lumière aveuglante ou de la scène qu'il vivait en imagination? –, ses épais sourcils noirs sévèrement froncés. Ora se perdit dans la contemplation de son front pur, de la forme de ses yeux, de ses lèvres sublimes, chaudes et légèrement gercées dont elle ressentait encore le feu cuisant sur les siennes.

Elle s'obligea à garder le silence. De toute façon, quoi qu'elle dise, ce serait une erreur, la preuve de sa bêtise et de sa légèreté. Si seulement elle avait la force de s'extirper du lit d'Avram pour regagner sa chambre à elle et l'oublier pour toujours, ainsi que *l'autre*.

Je t'énerve, je sais, observa-t-elle.

Pas grave.

Mais pourquoi… pourquoi es-tu parti? Juste au moment où…

Je ne sais pas… vraiment pas… Tout à coup, j'ai…

Avram?

Oui?

On retourne dans ma chambre? On y sera mieux.

Et lui, on le laisse là?

Oui, allez, viens…

Attention, on va tomber.

Doucement, j'ai la tête qui tourne.

Appuie-toi sur moi.

Tu l'entends?

Elle n'arrête pas.

J'ai déjà rêvé d'elle. C'était affreux. Un vrai cauchemar.

Ses sanglots, c'est épouvantable…

Écoute, on dirait qu'elle chante pour elle-même.
Ou qu'elle est en deuil.

Dis-moi, reprit-elle un peu plus tard, quand ils furent dans son lit…
Oui?
Est-ce que tu vas écrire l'une de tes…
Mes quoi? Mes limericks? Mes histoires à dormir debout?
Ah! Ah! Tes *récits*. Est-ce que tu parleras de cet hôpital?
Peut-être, je ne sais pas. J'ai une idée, tu sais, mais…
Une idée? Raconte…
Avram se redressa péniblement, le dos contre le mur. Il avait renoncé à comprendre Ora et ses sautes d'humeur, mais tel un chaton jouant avec une pelote de laine, il ne pouvait résister à un «raconte».
Alors voilà, il s'agit d'un garçon hospitalisé pendant la guerre, il monte sur le toit avec une boîte d'allumettes…
Comme moi…
Oui, enfin pas exactement. Ce garçon-là décide de guider les avions ennemis à la lueur de ses allumettes pendant le black-out.
Quoi? Il est cinglé?
Non. Il veut se faire bombarder.
Pourquoi?
Je ne sais pas. Je n'y ai pas encore réfléchi.
Il est si malheureux?
Oui.
Avram avait dû s'inspirer des confidences d'Ilan, se dit Ora. Mais elle n'osa pas le questionner.
C'est flippant, non?
Tu crois? Explique.
Elle s'absorba dans ses réflexions. Ses petites cellules grises se mirent à grincer dans son cerveau. Avram attendait patiemment, à croire qu'il les entendait lui aussi.
Je le vois là-haut sur le toit en train de craquer des allumettes à la chaîne, c'est ça?
Avram s'étira.

Oui.

Il observe le ciel tous azimuts. Il les attend. Il ne sait pas d'où ils vont surgir...

Exactement.

Il vit peut-être ses derniers moments. Il est mort de trouille, mais il ne peut plus reculer. Il est comme ça, obstiné et courageux.

Tu crois ?

Oui. Pour moi, il est seul au monde à cet instant.

Tiens, je n'avais pas pensé à sa solitude, admit Avram avec un petit rire gêné.

Il n'en serait pas là s'il avait un ami.

Sans doute pas, non...

Tu pourrais lui en inventer un ?

Pourquoi ?

Comme cela, il aurait... je ne sais pas moi, quelqu'un sur qui compter.

Le silence retomba. Elle pouvait l'entendre penser. Une sorte de ruissellement très doux. Elle aimait bien ce bruit.

Avram ?

Quoi ?

Tu écriras quelque chose sur moi un jour ?

Qui sait ?

Bon, dans ce cas, je préfère me taire. J'aurai trop peur que tu rapportes mes âneries.

Tes âneries ?

Si je dis des bêtises, n'oublie pas que c'est à cause de la fièvre, d'accord ?

Mais je ne reproduis jamais fidèlement la réalité, tu sais ?

Bien sûr, tu inventes aussi, c'est beaucoup plus drôle, je me trompe ?

Qu'est-ce que tu vas inventer à mon sujet ?

Ne me dis pas que tu écris toi aussi ?

Moi ? Bien sûr que non ! Allez, avoue...

Avouer quoi ?

Que tu as l'intention de m'appeler Ada dans ton histoire, hein ?

Comment as-tu deviné ?

Ora entoura ses épaules de ses bras.

Je le sais, c'est tout. Remarque, je n'ai rien contre. Appelle-moi Ada, si tu veux.

Non.

Comment, non?

Je t'appellerai Ora.

Vraiment?

Ora…, répéta Avram, comme s'il se délectait de son nom dont la douceur se répandait dans sa bouche, partout dans ses veines. O . ra.

Quelque chose en elle remonta à la surface, une vague réminiscence : c'était un artiste, et elle savait d'expérience ce que cela signifiait. Beaucoup de temps était passé depuis, mais la mémoire lui revenait. Elle irait mieux, elle réussirait à vaincre la maladie, elle en avait la certitude, son intuition féminine ne la trompait pas.

Elle ferma les yeux avec un petit frisson de plaisir. Comment, cédant à l'impulsion, avait-elle pu embrasser éperdument un parfait inconnu sur la bouche? Elle l'avait embrassé, encore et encore. À présent qu'elle osait y repenser sans retenue, elle revivait ce baiser, son premier, il la stimulait, s'insinuait dans chacune de ses cellules, lui fouettait le sang. Et maintenant? Lequel des deux vais-je…, se demanda-t-elle, le cœur singulièrement joyeux et léger.

En fait, j'écris un peu moi aussi, s'entendit-elle déclarer à sa grande surprise.

C'est vrai?

Pourquoi était-elle incapable de tenir sa langue?

Oui, mais pas comme toi. Laisse tomber, j'ai parlé sans réfléchir. Je compose des chansons, enfin plutôt des chansons de marche, pour les rallyes et les camps. Des sortes de limericks, tu vois? Rien de bien passionnant, en réalité.

Ah ça? fit-il avec un sourire poli dont la tristesse la blessa. Tu ne voudrais pas me chanter quelque chose?

Ora secoua vigoureusement la tête.

Pas question! Ça ne va pas? Jamais de la vie!

Elle le connaissait à peine, mais elle savait ce qu'elle éprouverait si elle lui débitait une de ses œuvres alambiquées et prétentieuses. Ce

56

qui, paradoxalement, l'incita à faire étalage de son talent. Pourquoi avoir honte, au fond ?

Elle lui décocha son plus éblouissant sourire.

Puisque tu tiens à pénétrer le sens caché des paroles, voilà quelque chose que j'ai écrit avec Ada il y a des siècles, le dernier jour d'une sortie à Mahanaïm. Nous avions trouvé le moyen de nous perdre pendant une course au trésor, tu imagines ?

Avram sourit.

Non.

Bon, d'accord, pose-la, ta question.

De quoi as-tu parlé avec Ilan ?

Tu ne le sauras jamais.

Tu l'as embrassé ?

Ora paniqua.

Pardon ?

Tu as parfaitement entendu.

Mutine, elle haussa les sourcils à la manière espiègle d'une Ursula Andress dévergondée.

Peut-être que c'est *lui* qui m'a embrassée. Bon, maintenant écoute. C'est sur l'air de *ziplaboum*, tu vois ?

Très bien, affirma Avram avec circonspection, tout en frétillant de plaisir anticipé.

Ora se mit à chanter en battant la mesure sur sa cuisse :

> *La chasse au trésor avait commencé,*
> *ziplaboum !*
> *Le mono était super mignon, ziplaboum !*
> *Il devait nous aider, ziplaboum !*
> *Et nous guider pour revenir,*
> *ziplaboum !*

Ziplaboum ! fredonna Avram en écho.

Ora lui lança un regard et un nouveau sourire, fragile comme un bouton de rose, illumina son visage dans l'obscurité. Elle est une créature pure et innocente, incapable de mentir, contrairement à lui, songea Avram. La plus innocente de Ses créatures, se rappela-t-il. Je suis heureux. Je la veux, je veux qu'elle soit à moi, toujours, pour l'éternité. Comme à l'accoutumée, son esprit vagabonda jusqu'aux limites du possible, en rêveur impénitent qu'il était : Elle sera ma femme, l'amour de ma vie...

Deuxième strophe ! claironna Ora.

Les indices et le trésor furent trouvés,

Ziplaboum ! ponctua Avram d'une voix douce en scandant le rythme sur sa cuisse, voire, dans un moment d'inattention, sur celle d'Ora.

Mais on s'en fichait,
ziplaboum !
Car un seul de ses sourires éblouissants,
ziplaboum !
Nous menait toutes au bord de
l'évanouissement...

Avram posa soudain la main sur le bras d'Ora.
Chut ! il y a quelqu'un.
Je n'entends rien.
C'est lui.
Il vient ici ? Depuis votre chambre ?
Impossible ! Il est à moitié mort.
Qu'est-ce qu'on va faire ?
Il rampe à quatre pattes. Écoute !
Demande-lui de partir ! Ramène-le !
Où est le problème ? Il peut rester un peu avec nous.
Je n'ai pas envie ! Pas maintenant !
Attends une minute ! Salut, Ilan ! Approche, là, encore un peu !
Je m'en vais ! menaça Ora.
Ilan, c'est moi, Avram, celui qui est dans ta classe. Et elle, c'est Ora. Allez, dis-lui...
Je lui dis quoi ?

N'importe quoi.

Ilan… ? C'est moi, Ora.

Ora ?

Oui.

Tu existes pour de vrai ?

Évidemment, Ilan. Allez, viens ! Reste un peu avec nous, tu veux ? On sera ensemble un moment.

Le voyage, 2000

Le convoi s'égrène, chapelet hétéroclite de véhicules civils, jeeps, ambulances militaires, tanks et énormes bulldozers juchés sur des semi-remorques. D'humeur sombre et taciturne, la main posée sur le levier de vitesse de la Mercedes, sa nuque épaisse, raide comme un piquet, le chauffeur les ignore, elle et Ofer, depuis un bon moment.

À peine était-il monté en voiture que, avec un soupir exaspéré, son fils lui jeta un regard qui signifiait : Qu'est-ce qui t'a pris de commander ce taxi-là pour un trajet pareil, maman ? À cet instant, elle se rendit compte de son erreur. À sept heures du matin, elle avait appelé Sami pour le prier de l'emmener dans la région du Guilboa. À présent elle se souvient que, pour une raison ou une autre, elle ne lui avait donné aucun éclaircissement, ni indiqué la destination, contrairement à son habitude. « À quelle heure ? » avait demandé Sami. « Trois heures », avait-elle répondu après une légère hésitation. « Ora, il risque d'y avoir des embouteillages monstres, nous devrions nous mettre en route plus tôt. » L'allusion au chaos général était claire, mais elle n'avait pas compris, se bornant à répéter qu'elle ne pouvait pas partir avant. Elle désirait passer ce temps avec Ofer, lequel avait accepté un peu à contrecœur. Sept ou huit heures, voilà ce qui restait de l'excursion d'une semaine qu'elle avait programmée pour eux deux. Ofer l'accompagnait, elle avait omis de le signaler à Sami. L'aurait-elle mentionné que, pour une fois, il se serait probablement défilé, ou lui aurait envoyé l'un de ses employés juifs

– « mon secteur juif », comme il disait. Quand elle l'avait appelé tout
à l'heure, elle était en transe, et l'idée ne l'avait même pas effleurée
que pour cette course, un jour comme celui-là, il aurait mieux valu
ne pas s'adresser à un chauffeur arabe.

« Même si c'est l'un de chez nous », lui martèle Ilan dans la tête,
quand elle tente de se justifier. Sami fait pratiquement partie des
meubles. Voilà plus de vingt ans qu'il sert de chauffeur aux collabo-
rateurs d'Ilan, son mari, dont elle est séparée, ainsi qu'au cercle de
la famille. C'est son salaire régulier, sa principale source de revenus.
En contrepartie, il est corvéable à merci, disponible vingt-quatre
heures sur vingt-quatre. Ilan et Ora se rendent chez lui à Abou Gosh
à l'occasion des fêtes familiales, ils connaissent son épouse Inaam
et, grâce à leurs relations et leur argent, ils ont aidé leurs deux fils
qui désiraient émigrer en Argentine. Ils ont parcouru des centaines de
kilomètres ensemble, et c'est la première fois qu'il observe le silence
– lui qui, d'ordinaire, est un fameux boute-en-train, drôle, malin,
bien que, politiquement parlant, un faux jeton faisant feu de tout bois
et jouant un double jeu. En tout cas, elle n'aurait jamais eu l'idée
d'appeler quelqu'un d'autre. Après trois accidents et six infractions
au code de la route en douze mois, palmarès plutôt impressionnant,
même selon ses propres critères, elle a interdiction de prendre le
volant pendant un an. Elle pouvait le remercier, car il lui rendait
un grand service, on pouvait même dire qu'il lui sauvait la vie, avait
asséné l'ignoble juge qui lui avait retiré son permis. Tout aurait été
tellement plus simple si elle avait pu accompagner Ofer elle-même.
Elle aurait gagné encore quatre-vingt-dix minutes de tête-à-tête, et
l'aurait peut-être même convaincu de s'arrêter en route – ce ne sont
pas les bons restaurants qui manquent à Wadi Ara. Au fond, une heure
de plus ou de moins, cela ne fait pas une grande différence. Pourquoi
es-tu si pressé ? Dis-moi, qu'est-ce qui t'attend là-bas ?

Quoi qu'il en soit, conduire avec lui, ou seule, est exclu pendant un
bon bout de temps. Elle doit prendre son mal en patience et cesser de
se lamenter sur la perte de sa sacro-sainte liberté. Elle peut s'estimer
heureuse d'avoir encore Sami qui continue à la servir après la séparation. Elle-même était incapable de réfléchir à ce genre de détails,

et il avait fallu l'insistance d'Ilan pour inclure une clause concernant le chauffeur dans l'accord de divorce. Sami se partageait entre eux, comme les meubles, les tapis et l'argenterie, aimait-il à plaisanter. « Remarquez, depuis le plan de partage, nous avons l'habitude de nous diviser, nous, les Arabes... », rigolait-il de toutes ses grandes dents. Le souvenir de sa plaisanterie lui donne envie de rentrer sous terre, tant elle a honte de sa bévue. Comment, dans l'affolement général, a-t-elle pu négliger cette facette de sa personnalité, son identité arabe ?

Depuis que, ce matin-là, elle avait vu Ofer, le téléphone à la main et le regard gêné, on aurait dit que quelqu'un lui avait gentiment, mais fermement, confisqué la direction des opérations pour la reléguer au rang d'observateur passif, de témoin impuissant. Ses pensées n'étaient plus qu'un flot d'émotions. Elle rôdait d'une pièce à l'autre avec des gestes anguleux, saccadés. Un peu plus tard, elle l'accompagna au centre commercial pour faire quelques emplettes – des vêtements, des sucreries et des CD ; un nouvel album de Johnny Cash venait de sortir. Elle ressemblait à un zombie, pouffant comme une gamine dès qu'il ouvrait la bouche. Elle le dévorait des yeux, accumulant goulûment des réserves en vue des interminables années de famine à venir – lesquelles ne manqueraient pas d'arriver. Elle en avait eu la conviction, dès l'instant où il lui avait annoncé son départ. À trois reprises au cours de la matinée, elle se précipita aux toilettes publiques – elle avait la diarrhée. « Qu'est-ce qui t'arrive ? s'esclaffa Ofer. Tu as mangé quelque chose ? » Avec une sorte de rictus, elle le regarda rire, la tête renversée en arrière, et grava son image dans son esprit.

Le rouge aux joues, la jeune vendeuse de la boutique de prêt-à-porter ne cessait de lorgner dans sa direction, tandis qu'il essayait une chemise. « *Mon bien-aimé est pareil à un faon* », se rengorgea Ora. L'employée du magasin de disques, une grande jeune fille aux formes pleines, fréquentait le même lycée, une classe au-dessous. En apprenant où il se trouverait trois heures plus tard, elle le prit dans ses bras et le serra contre elle, lui demandant même de l'appeler à son retour. Son fils était totalement insensible à ces débordements d'affection, constata Ora, signe qu'il était toujours entiché de Talia. Qui l'avait quitté depuis un an, mais n'avait jamais cessé de l'obséder.

Ofer était fidèle, comme elle, songea-t-elle non sans tristesse, et bien plus monogame qu'elle ne l'avait jamais été. Dans combien d'années parviendrait-il à en guérir – en admettant qu'il ait encore quelques années devant lui ? Elle se frotta les tempes des deux mains pour chasser cette pensée de son esprit, mais la scène était vivace : Talia venant présenter ses condoléances, peut-être lui demander rétro-activement son pardon ? Ora sentit son visage se contracter de colère. « Tu te rends compte du mal que tu lui as fait ? » grommela-t-elle à haute voix. Ofer se pencha : « Tu as dit quelque chose, maman ? » questionna-t-il avec douceur. Une fraction de seconde, elle ne dis-tingua plus rien – les traits d'Ofer s'étaient brouillés – et son regard se perdit dans un vide sidéral, terrifiant. « Non, rien. Je pensais à Talia. Tu lui as parlé dernièrement ? » « Laisse tomber, c'est fini », lâcha-t-il avec un geste de la main.

Elle consultait l'heure toutes les cinq minutes. Sur sa propre montre, sur la montre d'Ofer, sur les horloges de la galerie marchande, sur les pendules des écrans de télévision, dans les vitrines. Le temps se comportait étrangement, tantôt filant, tantôt s'éternisant ou se figeant. Elle aurait pu revenir en arrière sans difficulté, lui semblait-il, oh, pas de beaucoup, elle se serait contentée d'une demi-heure, voire d'une heure. Il suffisait parfois d'un petit marchandage de rien du tout pour venir à bout des grandes choses – le temps, le destin, Dieu... Ils déjeunèrent dans un restaurant du souk où ils commandèrent quantité de plats, alors que ni l'un ni l'autre n'avaient d'appétit. Histoire de détendre l'atmosphère, il lui raconta des anecdotes sur le barrage de Tapouah, où il avait servi sept mois durant. Il contrôlait les milliers de Palestiniens qui le traversaient à l'aide d'un vulgaire détecteur de métaux, semblable à ceux utilisés à l'entrée du centre commercial. « Tu n'avais vraiment que ça ? » murmura-t-elle. Il pouffa : « Qu'est-ce que tu croyais ? » « Je ne sais pas, je n'y ai jamais pensé. » « Tu n'as jamais pensé à ce qu'on y fabriquait ? » répéta-t-il, une pointe de déception enfantine dans la voix. « Tu ne m'en avais jamais parlé avant », protesta-t-elle. Il la regarda d'un air de dire « tu sais parfai-tement pourquoi », mais, avant qu'elle ne puisse répondre, il posa sa grande main hâlée et calleuse sur la sienne. Ce simple contact, si rare, la prit au dépourvu, lui ôtant l'usage de la parole. Et comme s'il voulait rattraper in extremis le temps perdu, il lui parla ensuite de la casemate au nord de Jénine, où il avait séjourné quatre mois. Chaque matin, à cinq heures, il ouvrait le portail de la clôture entourant le bunker pour vérifier que les Palestiniens ne l'avaient pas minée au cours de la nuit. « Tu y allais seul ? » « En général, un gars me couvrait depuis l'abri, s'il était réveillé, évidemment. » Elle avait la gorge trop sèche pour le questionner plus avant. Ofer haussa les épaules. « *Kullu min Allah !* », tout procède de Dieu, proféra-t-il, imitant un vieil Arabe sagace. « Je ne savais pas », répéta-t-elle d'une petite voix. Il éclata d'un rire sans amertume, comme s'il s'était fait à l'idée qu'elle ne pouvait effectivement pas deviner. Sans transition, il décrivit la casbah de Naplouse, l'une des plus intéressantes et des plus anciennes. Certaines maisons dataient de l'époque romaine et paraissaient enjamber les petites rues étroites, tels des ponts. Un aqueduc souterrain communiquant avec un entrelacs de canaux et de tunnels traversait la ville d'est en ouest. Les fuyards s'y planquaient, sachant que personne n'irait jamais les poursuivre là-bas. Ofer s'emballait, comme s'il s'agissait d'un nouveau jeu vidéo, et elle luttait contre l'envie de prendre sa tête entre ses mains pour contempler son âme au fond de ses yeux – une âme qui lui échappait depuis des années –, avec un sourire chaleureux et un clin d'œil, comme si, d'un commun accord, ils jouaient à chat pour s'amuser – mais elle n'en avait pas le courage. Et n'osait pas non plus lui parler franchement, d'une voix exempte de rancœur ou de reproches : « Dis, Ofer, pourquoi ne sommes-nous plus amis comme avant ? Bon, d'accord, je suis ta mère, et après ? »

Sami viendrait les chercher à quinze heures pour les conduire au point de rassemblement. Elle était incapable de penser au-delà, et n'avait pas non plus la force de se projeter dans l'avenir, preuve qu'elle n'avait aucune imagination. Elle n'en avait jamais douté, même si ce n'était plus vraiment d'actualité. Depuis quelque temps, en effet, elle en débordait jusqu'à l'overdose. Sami lui faciliterait les choses, surtout le trajet du retour, qu'elle prévoyait autrement difficile que l'aller. Ils avaient leurs habitudes, tous les deux. Elle aimait l'entendre parler de sa famille, des relations complexes entre les clans d'Abou Gosh, des intrigues au sein du conseil municipal, de celle dont il était secrètement amoureux depuis l'âge de quinze ans, même après son mariage avec sa cousine Inaam. Il la croisait de loin en loin, tout à fait par hasard, affirmait-il. Elle était enseignante – elle avait d'ailleurs été le professeur de ses filles – avant de devenir inspectrice régionale. À ses dires, c'était une femme forte, aux idées bien arrêtées. Il faisait traîner en longueur, de sorte qu'Ora ne résistait pas à l'envie d'en savoir plus. Sami ne rechignait jamais à satisfaire sa curiosité sur un ton révérencieux : un autre enfant, son premier petit-fils, une médaille décernée par le ministère de l'Éducation, la mort de son mari, victime d'un accident du travail. Il relatait par le menu à Ora les discussions qu'il avait avec elle chez l'épicier, à la boulangerie ou dans son taxi, les rares fois où elle y montait. Elle devait être la seule à qui il se confiait, subodorait Ora, probablement parce que, il en était sûr, elle ne lui poserait jamais la question dont la réponse allait de soi.

Sami était un débrouillard à l'esprit vif, qualités décuplées par un sens aigu des affaires grâce auquel il avait créé sa petite compagnie de taxis. Quand il avait douze ans, il possédait une chèvre qui mettait bas deux petits chaque année. Un chevreau en pleine santé valait mille shekels, lui avait-il expliqué un jour. Il le vendait et mettait l'argent de côté. « Au fur et à mesure, j'étais parvenu à économiser huit mille shekels. À dix-sept ans, j'avais passé mon permis et racheté à l'un de mes professeurs une Fiat 127, un ancien modèle qui marchait encore très bien. J'étais le seul garçon du village à venir à l'école en voiture. L'après-midi, après la classe, je faisais le taxi, je me chargeais de commissions diverses et variées, chercher ceci, rapporter cela, de sorte que, petit à petit… »

L'année précédente, alors que de graves bouleversements affectaient sa vie, l'un de ses amis avait proposé à Ora de travailler à mi-temps pour le compte d'un nouveau musée sur le point d'ouvrir ses portes dans le Nevada – lequel musée, pour on ne savait trop quelles raisons, s'intéressait notamment à la culture matérielle en Israël. Ora adorait cette activité originale, qui tombait à pic pour lui changer les idées. Concernant les mobiles secrets du musée, les raisons pour lesquelles ses fondateurs avaient résolu d'investir une fortune dans la reproduction de l'État d'Israël en plein désert du Nevada, elle préférait ne pas trop s'y attarder. Elle collaborait avec l'équipe des « chineurs » chargés des années cinquante. Il en existait des dizaines d'autres appartenant à différents groupes, qu'elle n'avait jamais rencontrés. Toutes les deux ou trois semaines, elle se lançait donc avec Sami dans de joyeuses équipées, sur lesquelles, se fiant à son intuition, elle préférait ne lui fournir aucune précision. Il ne lui posait aucune question, d'ailleurs, au point qu'elle se demandait ce qu'il en pensait et de quelle manière il en parlait ensuite à sa femme Inaam. Au cours de leurs pérégrinations, ils avaient déniché une collection de coupes en inox dans un kibboutz de la vallée du Jourdain, une vieille machine à traire dans un moshav, au nord du pays, une glacière rutilante, comme neuve, dans un quartier de Jérusalem, sans parler d'articles de consommation courante totalement oubliés et dont la découverte la transportait d'une joie quasi charnelle : une brique de savon Tasbin, un tube de crème pour les mains Velveta, un paquet de serviettes hygiéniques, des protège-pouces en caoutchouc utilisés autrefois par les chauffeurs de bus Egged, des fleurs séchées entre les pages d'un carnet, des piles de manuels scolaires et des romans - Ora avait pour mission, entre autres choses, de reconstituer la bibliothèque standard des kibboutz de l'époque. À chaque voyage, observait-elle, la séduction chaleureuse et terre à terre de Sami Jubran accomplissait des merveilles. Les vieux kibboutzniks étaient persuadés qu'il avait été autrefois l'un des leurs (ce qui, confirma Sami dans un éclat de rire, était l'exacte vérité, puisque la moitié des terrains de Kiryat Avanim appartenait à sa famille !). Dans un club local de backgammon, à Jérusalem, intimement convaincus qu'ils avaient grandi ensemble à Nahlaot, des joueurs lui avaient sauté au cou. Il grimpait aux pins pour regarder les matches du Hapoël dans le vieux stade, se rappelaient-ils. Il venait sans nul doute du Kerem, décréta une énergique veuve de Tel-Aviv aux bracelets tintinnabulant sur sa peau hâlée. Il était peut-être un peu enveloppé pour un Yéménite, mais on voyait tout de suite ses origines, commenta-t-elle en téléphonant à Ora le lendemain, sans raison apparente. « Il est charmant, ce garçon, et il a sûrement dû se battre dans les rangs du Etzel, ajouta-t-elle. Au fait, il serait libre pour un déménagement, vous croyez ? » Sami, constatait Ora, parvenait toujours à persuader les propriétaires de se séparer de leurs chers bibelots, dédaignés par leurs enfants, lesquels n'attendaient que la disparition de leurs vieux parents pour s'en débarrasser. C'était un peu comme s'ils restaient dans la famille, observaient-ils. Quelle que soit la durée du trajet, même dix minutes, ils parlaient politique et se lançaient dans des discussions animées sur les derniers développements. Il y avait des années, depuis le fiasco avec Avram, en fait, qu'elle se désintéressait de la « situation ». « J'ai déjà donné, merci ! » lançait-elle avec un sourire contraint. Cependant, elle ne résistait pas à la tentation de croiser le fer avec Sami. Ses analyses – les sempiternels poncifs éculés dont on lui rebattait les oreilles – n'étaient pourtant pas particulièrement passionnantes, et elle les avait déjà entendues mille fois dans sa bouche ou dans celle d'autres personnes. « Qui pourrait encore opposer un argument décisif sur la question ? » soupirait-elle lorsque le sujet revenait sur le tapis. Mais quand Sami et elle débattaient de la situation en se décochant force flèches et sourires circonspects, paradoxalement, elle radicalisait ses positions à droite, elle qui, aux dires d'Ilan et des garçons, était une gauchiste hystérique, alors qu'elle-même aurait été bien en peine de se situer sur l'échiquier politique. « Et puis, de toute façon, il faudra attendre la fin de cette histoire pour savoir qui avait tort ou raison, non ? » concluait-elle avec un petit haussement d'épaules absolument charmant. Bref, pendant que, dans son hébreu orné d'arabesques, Sami fustigeait l'hypocrisie grandiloquente, indignée et cupide des juifs et des Arabes itou, épinglait les dirigeants des uns et des autres avec un savoureux proverbe arabe, comparable à tel adage yiddish cher à son père, une étrange sensation se faisait jour en elle. Comme si, en lui parlant, elle s'avisait soudain que l'issue de ce conflit, la Grande Histoire, devrait être heureuse, et le serait, ne fût-ce que parce que l'homme un peu balourd à la face lunaire assis auprès d'elle était capable de préserver dans les replis de sa chair une seule étincelle d'ironie, et surtout parce qu'il parvenait à rester lui-même au milieu de tout cela. Parfois, se disait-elle, elle s'inspirait de lui pour apprendre ce qu'il lui faudrait savoir au cas où – le jour où la situation se retournerait en Israël, Dieu les préserve, et où les rôles s'inverseraient. Ce n'était pas impossible, après tout. La menace guettait constamment. Et peut-être même que lui aussi y pensait, peut-être qu'en restant égale à elle-même, au milieu de tout cela, elle lui enseignait quelque chose.

Il était donc essentiel de l'observer très attentivement, afin de comprendre comment il avait réussi à ne pas concevoir de l'amertume au cours des ans. Autant qu'elle puisse en juger, il n'avait pas l'air de dissimuler une haine féroce, contrairement à ce qu'affirmait Ilan. Et elle constatait avec stupeur – elle aurait bien voulu en prendre de la graine – qu'il ne s'estimait pas non plus responsable des humiliations quotidiennes, profondes ou légères, qu'il pouvait subir, comme elle n'aurait pas manqué de le faire si elle avait été, Dieu la préserve, à sa place – ce qui, à vrai dire, avait été le cas au cours de l'épouvantable année qu'elle venait de vivre. Au cœur de la tourmente, Sami demeurait libre, exploit dont elle-même était le plus souvent incapable.

À présent, elle enfle, prête à éclater, sa stupidité, son incapacité à prendre des gants ici et maintenant, en ces temps troublés. Il ne s'agit pas seulement de se piquer de délicatesse, de se comporter en vraie lady – elle croit encore entendre la voix de sa mère –, car c'est dans sa nature et qu'elle ne peut agir autrement, mais de faire preuve de tact avec une détermination farouche, au point de se précipiter la tête la première dans la cuve d'acide locale. Sami était doué d'un tact admirable, alors que sa taille, sa corpulence et ses traits empâtés laissaient augurer le contraire. Ilan lui-même était bien forcé de l'admettre, quoique du bout des lèvres et non sans méfiance : « Du tact, d'accord, si tu veux, mais à la manière d'Allah, par l'épée dès qu'il en aura l'occasion, tu verras. »

Depuis qu'elle connaissait Sami, elle le surveillait sans relâche avec une insatiable curiosité, telle une petite fille intriguée par ce qui lui paraissait être chez lui une anomalie congénitale due à sa condition, son existence coupée en deux, sa double vie, en un mot. Elle était sûre et certaine qu'il n'avait pas failli une seule fois. Concernant son sens de la délicatesse, s'entend.

Un jour, il les avait conduits à l'aéroport, les enfants et elle-même, chercher Ilan qui rentrait de voyage. Les services de sécurité l'avaient retenu pendant une demi-heure, tandis qu'Ora et les garçons – Adam avait six ans et Ofer presque trois – se morfondaient dans le taxi. Ils venaient de comprendre que leur Sami était arabe. À son retour, pâle et suant, il refusa de leur raconter ce qui s'était passé. « Ils m'ont traité d'Arabe merdeux, et moi, j'ai répondu qu'ils avaient beau me "chier" dessus, je n'étais pas merdeux pour autant », se borna-t-il à déclarer.

Ora n'avait jamais oublié ces paroles, qu'elle se répétait ces derniers temps pour se donner du cœur au ventre, chaque fois qu'on lui « chiait » dessus, tout le monde, par exemple les deux directeurs obséquieux – onctueux, comme disait Avram – de la clinique où elle avait travaillé encore récemment, ainsi que les quelques amis qui lui avaient plus ou moins tourné le dos pour lui préférer Ilan après leur séparation (elle aussi aurait préféré Ilan, si elle avait pu), sans oublier ce salaud de juge qui l'avait privée de sa liberté de mouvement, et ses enfants aussi, Adam surtout, pas Ofer, pas vraiment, pas sûr, elle ne savait plus, de même qu'Ilan, bien entendu, le roi des chieurs. Le but de sa vie, avait-il affirmé trente ans auparavant, était de veiller à ce que les commissures des lèvres d'Ora se relèvent toujours vers le haut. Ah ! Elle effleura machinalement sa lèvre supérieure, un peu affaissée, vide – même sa bouche se liguait avec ceux qui lui chiaient dessus. Après ses multiples voyages en compagnie de Sami, les minuscules défis imprévisibles, les regards méfiants qu'il essuyait parfois, les remarques affreusement grossières de la part d'interlocuteurs si sympathiques et éclairés, au hasard des rencontres, les épreuves identiques auxquelles le quotidien les soumettait tous les deux, un climat de confiance réciproque, tacite, s'était instauré entre eux, pareil à celui qui se crée entre un couple de danseurs esquissant une figure complexe, ou lors d'un exercice de haute voltige périlleux – vous savez qu'il ne vous décevra pas, que sa main ne tremblera pas, quant à lui, il n'imagine pas que vous transgresserez jamais certains tabous.

Aujourd'hui, elle avait commis un faux pas en l'entraînant dans sa chute, et, le temps de le comprendre, il était trop tard. Sami s'empressait de lui ouvrir la porte comme à l'accoutumée, quand il avisa Ofer descendant les marches du perron, en uniforme, son fusil en bandoulière – ce garçon qu'il connaissait depuis sa naissance. Sami était venu la chercher à la maternité pour la ramener à la maison avec le bébé et Ilan, qui avait refusé de conduire ce jour-là sous prétexte que ses mains tremblaient trop fort. Sa vie avait réellement commencé à la naissance de Yousra, son aînée, leur avait-il confié pendant le trajet. À l'époque, il n'avait qu'un enfant, puis étaient arrivés deux garçons et deux autres filles – « j'ai cinq problèmes démographiques », plaisantait-il quand on lui posait la question. Sami, ce jour-là, avait conduit avec une extrême prudence pour éviter les nids-de-poule afin de ne pas réveiller Ofer endormi dans les bras de sa mère. Par la suite, c'était encore lui qui transportait les garçons à l'école, au centre-ville, dans le système de covoiturage qu'Ora avait organisé pour cinq enfants au départ de Tsour Hadassah et d'Ein Karem. Quant à elle, Sami lui servait de chauffeur chaque fois qu'Ilan partait en voyage au point que, au fil des ans, il avait fini par faire partie intégrante de la famille. Puis, quand Adam eut grandi mais n'avait pas encore son permis, c'était encore Sami qui le ramenait de ses virées en ville, le vendredi soir. Plus tard, lorsque Ofer se joignit à son frère, tous deux lui téléphonaient d'une discothèque pour qu'il vienne les chercher. Sami arrivait d'Abou Gosh n'importe quand, à trois heures du matin, même s'il dormait, ce qu'il démentait catégoriquement, et attendait devant le club qu'Adam, Ofer et leurs amis daignent enfin en sortir. Sami avait probablement écouté leurs conversations, des anecdotes sur leur service militaire, songea Ora, horrifiée à l'idée de ce qu'il avait dû entendre, alors que les garçons faisaient les idiots, lançaient des plaisanteries imbibées d'alcool à propos des contrôles aux barrages, pendant qu'il les raccompagnait à la maison. Dire qu'aujourd'hui le chauffeur transportait Ofer qui devait participer à une opération à Jénine, ou bien à Naplouse, détail sans importance qu'elle avait oublié de mentionner lorsqu'elle lui avait téléphoné ce matin-là. Mais Sami avait l'esprit vif. Le cœur serré, elle remarqua qu'il se rembrunissait, la mine défaite et courroucée. En voyant Ofer descendre les marches avec son arme et son uniforme, il avait immédiatement compris qu'Ora le priait d'apporter sa modeste contribution à l'effort de guerre israélien.

Son teint basané était devenu de cendre, la suie d'un brasier aussi soudainement éteint qu'il s'était allumé. Il resta pétrifié, on aurait dit qu'il avait reçu une claque, ou qu'elle-même avait surgi devant lui, un large sourire amical illuminant son visage, pour le gifler à toute volée. Pendant une fraction de seconde, tous trois se figèrent, comme surpris par le flash : Ofer en haut de l'escalier, son fusil au chargeur maintenu par un élastique ballottant de droite à gauche, elle avec son absurde sac en daim violet beaucoup trop chic, voire grotesque pour un pareil voyage, et Sami, immobile, qui paraissait se ratatiner à vue d'œil, à croire qu'il se vidait lentement de l'intérieur. Il avait pris un coup de vieux, songea-t-elle. Il ressemblait à un adolescent, quand elle l'avait rencontré, vingt et un ans auparavant. Il était de trois ou quatre années son cadet, mais avait l'air plus âgé. Il lui vint cette pensée curieuse qu'on vieillissait vite dans ce pays, eux aussi. Même eux.

Pour ne rien arranger, elle s'installa sur la banquette arrière, ignorant la portière passager que Sami lui tenait ouverte – elle s'asseyait toujours près de lui, comment faire autrement ? Et tandis qu'Ofer prenait place à côté d'elle, leur chauffeur resta planté devant la porte les bras ballants, la tête légèrement de guingois. On aurait dit qu'il tentait de se rappeler un souvenir, ou parlait dans sa barbe, des mots enfouis au fond de sa mémoire, peut-être une prière, un vieux dicton, un dernier adieu à quelque chose qu'il ne reverrait jamais plus. À moins qu'il ne profite d'un moment d'intimité pour aspirer une bouffée d'air en cette glorieuse journée de printemps, où éclatait l'exubérante floraison jaune solaire du genêt épineux et de l'acacia. Un moment plus tard, il monta en voiture et, assis raide comme la justice derrière le volant, il attendit les instructions.

« Le trajet va être un peu long aujourd'hui, Sami, je ne sais pas si je vous l'ai dit ce matin au téléphone », signala Ora. Sami ne hocha pas la tête en signe d'assentiment ou de refus, il s'abstint de jeter un coup d'œil dans le rétroviseur et se borna à incliner légèrement sa nuque épaisse, patiente. « Il faut conduire Ofer à cette... vous savez... cette opération là-haut, près du Guilboa, vous avez dû en entendre parler à la radio. Allons-y, je vous expliquerai en route. » Ora parlait vite, d'une voix monocorde. « Cette opération... », reprit-elle, comme si elle évoquait une campagne publicitaire – « cette opération stupide » ou même « l'opération de votre gouvernement », faillit-elle ajouter. Elle se rattrapa de justesse, sachant qu'elle risquait de contrarier Ofer, à juste titre : comment pouvait-elle comploter derrière son dos un tel jour ? D'un autre côté, peut-être fallait-il frapper un grand coup, comme son fils avait tenté de l'en convaincre pendant le déjeuner au restaurant, même si, de toute évidence, on ne les éliminerait pas définitivement, et on ne leur ôterait pas non plus l'envie de continuer à nous agresser – au contraire, avait-il souligné, mais au moins, cela pourrait contribuer à rétablir notre pouvoir de dissuasion. Ora se mordit les lèvres et remonta vers sa poitrine le genou gauche, qu'elle entoura de ses bras, regrettant son indélicatesse à l'égard du chauffeur. Pour se donner une contenance, elle s'évertua à entamer la conversation avec son fils, puis avec Sami, et se heurtant au mur du silence, loin de capituler, elle se lança dans une anecdote concernant son propre père, lequel avait manqué devenir aveugle à quarante-huit ans, « vous vous rendez compte ! ». Il avait commencé par perdre l'œil droit à cause d'un glaucome, « c'est ce qui m'attend un jour », précisa-t-elle, puis quelque temps après l'œil gauche avait été atteint de cataracte, réduisant son champ de vision à la grosseur d'une tête d'épingle, « vu mon héritage génétique, je n'y couperai pas », conclut-elle avec un rire forcé. Son père craignait de se faire opérer de la cataracte sur l'unique œil à peu près valide qui lui restait, poursuivit-elle d'une voix enjouée. Sami ne disait mot, tandis qu'Ofer gonflait les joues et regardait par la fenêtre en secouant la tête, comme s'il refusait de croire que sa mère s'abaisse à ce point pour regagner les bonnes grâces du chauffeur, n'hésitant pas à entrer dans des confidences intimes en réparation de sa bourde. Ora en avait conscience, ce qui ne l'empêcha pas de poursuivre. On aurait dit d'ailleurs que l'histoire était dotée d'une vie propre. En effet, grâce à l'acharnement d'Ofer qui, au terme d'interminables palabres, avait réussi à convaincre son grand-père, celui-ci avait pu vivre encore quelques belles années avant sa mort. Elle s'aperçut soudain que son fils était sa mémoire vivante, le réceptacle de ses souvenirs – l'école, ses camarades, ses parents, les voisins de son quartier, à Haïfa où elle habitait autrefois. Ofer avait recueilli ses récits avec une gourmandise inattendue chez un garçon de son âge. Il savait toujours lui tirer les vers du nez au bon moment, et, au fond d'elle-même, elle se disait qu'il était le gardien de son enfance et de sa jeunesse, raison pour laquelle elle en avait fait le dépositaire de ses secrets, laissant petit à petit, presque à son insu, Ilan et Adam à l'écart. Elle soupira – un soupir d'une nature singulière, un nouveau soupir émanant d'une autre partie d'elle-même, acéré comme un dard de glace. Elle se retrouva subitement dans la peau d'une petite fille terrorisée, refusant de lâcher la main d'Ada qui voulait sauter de la falaise. Voilà des années qu'elle n'y pensait plus. Pourquoi son amie avait-elle choisi ce moment précis pour s'accrocher à elle et l'abandonner dans la foulée ? Ora continua à bavarder à tort et à travers en tentant de meubler le silence, accablée à l'idée que Sami et Ofer, en dépit de tout ce qui les séparait aujourd'hui, réussissaient à se liguer contre elle. Il y avait une alliance qu'Ora découvrait, une alliance à ses dépens, plus profonde et plus efficace que les clivages et les divisions qui les séparaient.

Un coup de trompette l'interrompit. Ofer souffrait d'un rhume. Ou d'une allergie. Ces dernières années, semblait-il, les symptômes se déclenchaient au mois d'avril et se prolongeaient pratiquement jusqu'à la fin mai. Il s'essuya le nez avec un mouchoir qu'il tira d'une jolie petite boîte en bois d'olivier sculpté, disposée sur la plage arrière à l'usage des passagers. Ofer y puisait sans discontinuer et se mouchait avec bruit avant de fourrer le papier dans le cendrier. Son fusil d'assaut Glilon se retrouva coincé entre eux deux, le canon dirigé contre la poitrine d'Ora qui, excédée, lui signifia de l'écarter. Il obéit et le plaça entre ses jambes d'un mouvement si brusque que le viseur érafla le rembourrage du toit, arrachant un lambeau de tissu. « Désolé, Sami, j'ai fait une bêtise, là ! » lança Ofer. Le chauffeur lorgna la déchirure du coin de l'œil dans son rétroviseur : « Pas grave », dit-il d'une voix éraillée. « Non, non, j'insiste, c'est à nous de payer les réparations ! » riposta Ora. Sami prit une profonde inspiration : « Pas la peine, ce n'est vraiment pas grave », répéta-t-il. Il pourrait au moins replier la crosse, murmura Ora à son fils, lequel répliqua à mi-voix que c'était contraire au règlement, sauf à l'intérieur d'un tank. Elle se pencha et demanda à Sami s'il y avait des ciseaux dans la voiture pour couper le bout de tissu. Devant sa réponse négative, elle dut maintenir à bout de bras l'étoffe qui se balançait devant son nez, telles des entrailles béantes. « Je pourrai le recoudre tout de suite, si vous avez du fil et une aiguille », suggéra-t-elle. Sa femme s'en chargerait, répondit le chauffeur. « Veillez à ce que le fusil n'abîme pas la garniture des sièges, on l'a changée la semaine dernière », ajouta-t-il d'une voix atone, s'adressant à la mère et au fils sans distinction. « D'accord, Sami, nous ferons attention », promit Ora avec un sourire contraint. Elle surprit dans son regard une expression qu'elle ne lui connaissait pas et qu'il s'empressa de masquer en baissant les paupières.

Ora avait remarqué le nouveau revêtement – une imitation léopard – en empruntant le taxi, la semaine précédente. « Vous n'aimez pas ? avait observé Sami, auquel sa mimique n'avait pas échappé. Voilà qui ne correspond pas vraiment à vos critères de beauté, n'est-ce pas ? » Elle n'appréciait pas vraiment la fourrure sur les sièges, même synthétique, répliqua-t-elle. « Non, dites plutôt que, pour vous, c'est un exemple typique du goût arabe, hein ? » s'esclaffa-t-il. Ora se raidit en percevant une certaine animosité dans sa voix. Aussi loin qu'elle s'en souvenait, il n'avait jamais manifesté une prédilection particulière pour ce genre de choses, avança-t-elle prudemment. Au contraire, il trouvait cela très beau et il n'était pas du genre à changer d'avis comme de chemise, objecta-t-il. Ora ne réagit pas, se figurant qu'il avait eu sans doute une journée éprouvante. Un client lui avait probablement mené la vie dure, à moins qu'on ne l'ait insulté à un barrage, une fois de plus. Ils étaient parvenus tant bien que mal à surmonter la gêne qui s'était installée entre eux, mais le malaise d'Ora avait persisté toute la journée. En regardant le journal télévisé, le soir venu, elle comprit. L'engouement subit de Sami pour le revêtement de

75

son taxi avait peut-être quelque chose à voir avec un attentat fomenté par un groupe de colons, projetant de faire sauter une voiture piégée près d'une école, à Jérusalem-Est. À la suite de leur arrestation, l'un d'eux avait expliqué que le véhicule avait été maquillé, à l'intérieur comme à l'extérieur, conformément au «goût arabe».

Ora se remit à parler pour meubler une fois de plus le silence qui devenait oppressant. Son père lui manquait, et sa mère n'avait plus toute sa tête, tandis qu'Ilan et Adam se la coulaient douce en Amérique du Sud. Sami gardait un masque impassible, seuls ses yeux bougeaient, aux aguets, examinant le convoi au milieu duquel ils étaient coincés depuis plus d'une heure. Tout petit déjà, il comptait les camions, civils ou militaires, qu'il voyait passer sur les routes, lui avait-il raconté un jour, au début de leurs équipées. En réponse à sa question muette, il avait expliqué qu'on viendrait les chercher en camion, lui, sa famille et tous les Arabes de 48 pour leur faire traverser la frontière. «C'est bien ce que vos *transféristes* nous promettent, non? avait-il renchéri dans un éclat de rire. Les promesses sont faites pour être tenues, pas vrai? Il y aura toujours des imbéciles chez nous pour les conduire, ces camions, en échange de quelques billets, croyez-moi.»

Ofer n'arrête pas de se moucher avec un bruit de tonnerre qui ne lui est pas coutumier et contraste avec sa sensibilité naturelle. Il froisse l'un après l'autre ses mouchoirs en papier dont il bourre le cendrier débordant, avant d'en prendre un autre. Ils s'entassent par terre sans qu'il prenne la peine de les ramasser. De guerre lasse, Ora renonce à se baisser pour les ranger dans son sac. Une jeep «Soufa» leur fait une queue de poisson en klaxonnant furieusement. Un gigantesque Hummer leur colle au train. Sami se passe constamment la main sur son crâne rond et chauve, son large dos calé contre le dossier ergonomique de son siège. Il se trémousse chaque fois que les grandes jambes d'Ofer lui vrillent les reins. Son odeur virile qui sent un peu le brûlé, mêlée à un après-rasage coûteux dont Ora aime le parfum, exhale à présent des effluves douceâtres de transpiration. Ils emplissent bientôt l'habitacle en dépit de la climatisation. À demi suffoquée, Ora respire par la bouche, n'osant ouvrir la fenêtre. De grosses gouttes de sueur perlent du front dégarni de Sami, dégoulinant le long de ses bajoues. Malgré son envie, elle ne se risque pas à lui offrir un mouchoir, songeant à ses gestes précis quand il plonge les doigts dans le bol d'eau parfumée à la rose qu'on apporte à la fin du repas dans son restaurant favori, à Majd el'Krum.

Les yeux de Sami papillonnent sans cesse de la jeep qui les précède à celle qui les suit. Il glisse deux doigts dans le col de sa chemise pour dégager sa nuque. C'est le seul Arabe du convoi, pense Ora, qui sent à son tour la transpiration lui picoter la peau. Il est terrorisé, voilà, il meurt de peur. Que lui a-t-il pris de l'embarquer dans cette galère ? Une lourde goutte de sueur roule sur le menton du chauffeur où elle reste suspendue. Dense comme une larme. Pourquoi ne tombe-t-elle pas, et qu'attend-il pour l'essuyer ? Est-ce délibéré ? Le visage en feu, Ora a du mal à respirer. « Il fait chaud », peste Ofer en ouvrant la fenêtre. « La climatisation fonctionne mal », renchérit Sami.

Elle se renverse sur la banquette et ôte ses lunettes. Des fleurs jaunes ondulent devant elle. Sans doute de la moutarde sauvage que son regard de myope décompose et dissout en un piquetis bariolé. Les yeux fermés, elle croit sentir le pouls du convoi battre dans ses veines, tel un rugissement rauque. Il se dissipe dans une explosion de lumière quand elle les rouvre. Elle se cache les yeux. Le vacarme retentit de nouveau avec un roulement de tambour, un bruit sourd, insistant, caverneux, un fouillis de moteurs et de pistons dominant les battements des cœurs, les pulsations des artères, les légers crépitements de frayeur. Se retournant, elle observe la longue file de véhicules qui s'étire à perte de vue. L'atmosphère est presque festive, surexcitée, un impressionnant cortège animé et haut en couleur : parents, frères, fiancées, grands-pères et grands-mères escortant un être aimé pour l'événement de la saison. Un jeune homme assis dans chaque voiture, l'offrande des prémices, la fête du printemps qui s'achève en sacrifice humain. Et toi ? s'interroge-t-elle durement. Regarde-toi, tu prends tranquillement ton fils, ton unique – ou presque –, celui que tu aimes, et c'est Ismaël que tu as choisi comme chauffeur.

Arrivé au point de rassemblement, Sami se gare dans le premier espace disponible, il tire le frein à main, croise les bras sur sa poitrine en déclarant qu'il attendra Ora ici. Et il la prie de se dépêcher – ce qui est totalement nouveau. Il ne bouge pas davantage quand Ofer descend du taxi, et grommelle entre ses dents quelque chose qu'Ora ne comprend pas. Un «au revoir», peut-être, du moins l'espère-t-elle, mais comment savoir ce qu'il a dit ? Elle suit son fils, les yeux plissés dans la lumière éblouissante : les canons des fusils, les lunettes de soleil, les rétroviseurs. Elle ignore où il l'emmène, redoute de le perdre parmi les centaines de jeunes gens et de ne plus jamais le revoir. C'est-à-dire, se reprend-elle aussitôt, rectifiant le sombre constat qu'elle a ruminé dans sa tête depuis le matin, qu'elle ne le reverra qu'à son retour à la maison. La foule se mue en un grouillement de taches bigarrées sous un soleil de plomb. Elle fixe du regard le dos longiligne couleur kaki de son fils. Il a une démarche guindée, un peu arrogante. Elle s'aperçoit qu'il carre les épaules et allonge la foulée. À l'âge de douze ans, se rappelle-t-elle, il s'amusait à contrefaire sa voix au téléphone, proférant un «allô» d'un timbre affecté, presque grave. L'instant d'après, il s'oubliait et retrouvait son fausset aigu. L'air résonne de cris, de sifflets, d'appels par haut-parleurs, de rires. «Chérie, c'est moi, réponds-moi ! Chérie, c'est moi, réponds-moi ! » rabâche la sonnerie d'un téléphone portable qui semble la suivre à la trace. Dans le brouhaha général, elle entend avec une étonnante clarté un bébé gazouiller quelque part et une voix lui répondre tendrement. Elle tente sans succès de les repérer dans la cohue, et se figure la mère penchée sur son enfant pour le changer, peut-être sur le capot d'une voiture, en lui chatouillant le ventre. Ora s'immobilise, l'oreille tendue, son sac en daim serré contre son cœur, buvant littéralement les douces inflexions jusqu'à ce qu'elles s'éteignent.

Elle a commis une erreur monstrueuse, irréparable. À mesure que l'heure des adieux approche, les familles et les soldats semblent transportés d'une allégresse factice, à croire que tous ont absorbé une drogue destinée à leur obscurcir l'entendement. L'endroit est en pleine effervescence, comme lors d'une excursion scolaire, ou d'une randonnée familiale. Des hommes de son âge – les pères des jeunes recrues – fêtent les retrouvailles entre anciens réservistes et se congratulent avec force rires et claques dans le dos. « Nous avons payé de notre personne, maintenant, c'est leur tour », commentent deux bonshommes rondouillards. Les équipes de télévision se précipitent sur les familles prenant congé de leurs enfants bien-aimés. Assoiffée, la gorge sèche, Ora suit Ofer au petit trot. Chaque fois qu'elle croise le regard d'un soldat, elle détourne machinalement la tête pour éviter de le reconnaître plus tard – Ofer lui a en effet expliqué qu'ils se prenaient parfois en photo avant une opération, et qu'ils veillaient à garder leurs distances afin de laisser un espace pour le cercle rouge qu'on tracerait plus tard autour de leurs visages dans les journaux. Des mégaphones dirigent les soldats vers le point de rassemblement de leurs bataillons respectifs, le PRB, comme ils disent. Ora croit entendre sa mère : « Des barbares qui violent la langue. » Ofer stoppe si brusquement qu'elle manque de le bousculer. Il se retourne et l'inonde d'invectives. « Qu'est-ce qui t'a pris ? Si jamais on trouve un Arabe ici, on croira qu'il va commettre un attentat suicide. Et ce qu'il a dû éprouver en me conduisant jusqu'ici, l'idée ne t'a pas effleurée, hein ? Tu te rends compte de ce que ça signifie pour lui ? »

Ora n'a pas la force d'argumenter, d'expliquer. Son fils a raison, mais elle n'était pas en état d'aligner deux pensées cohérentes. Pourquoi ne comprend-il pas ? Elle était incapable de raisonner. Depuis qu'elle avait appris que, au lieu de leur petite équipée en Galilée, il devait se rendre dans elle ne savait quelle casbah ou moukataa, elle avait l'esprit trop embrumé pour réfléchir. À six heures du matin, réveillée en sursaut, elle l'avait entendu chuchoter au téléphone. Elle se précipita dans la pièce voisine.

– Ils t'ont appelé ? demanda-t-elle, le visage décomposé.

– On m'a dit de venir.

– Quand ?

– DQP.

Cela ne pouvait-il pas attendre deux ou trois jours, le temps de l'excursion ? plaida-t-elle, comprenant aussitôt qu'une semaine entière avec lui était un rêve irréalisable. « On avait prévu de prendre un peu de bon temps en famille, non ? » ajouta-t-elle avec un pauvre sourire.

Il rit. « Maman, ce n'est pas un jeu, c'est la guerre. » Alors à cause de leur arrogance – la sienne, celle de son père et de son frère, leur pantomime condescendante autour de ses points faibles –, elle répliqua qu'elle doutait que le cerveau masculin sache distinguer entre la guerre et le jeu, tout en se félicitant de son sens de la repartie avant même sa première tasse de café. Ofer se borna à hausser les épaules et s'en fut préparer son paquetage dans sa chambre, et son silence, alors qu'il avait généralement la riposte cinglante, suffit à lui mettre la puce à l'oreille.

Elle le suivit : « Ils t'ont appelé pour t'avertir ? » Elle n'avait pas le souvenir d'avoir entendu la sonnerie du téléphone.

Ofer sortit de l'armoire ses chemises d'uniforme et ses chaussettes grises, qu'il fourra dans son sac. « Qu'est-ce que ça peut faire qui m'a appelé ? grogna-t-il derrière la porte. On a planifié une opération et un ordre de mobilisation a été lancé tous azimuts. »

Ora ne s'avoua pas vaincue. Elle n'allait pas rater une si belle occasion d'enfoncer le clou, non ? Adossée au chambranle, les bras croisés sur la poitrine, elle exigea qu'il lui relate par le menu le déroulement des événements jusqu'à ce fameux coup de téléphone. Elle n'en démordit pas, si bien qu'il finit par reconnaître avoir lui-même appelé ce matin-là. Il avait téléphoné à son bataillon à l'aube pour supplier qu'on le réquisitionne, alors que ce même jour, à neuf heures tapantes, il était censé se trouver au centre d'incorporation et de sélection pour retirer sa fiche de démobilisation avant leur départ en Galilée. En l'écoutant bredouiller des explications, les yeux baissés, Ora découvrit avec horreur que personne ne lui avait demandé de rempiler. Officiellement, il était libéré de ses obligations militaires et redevenu un civil. C'était son initiative, admit Ofer, le front buté, virant à l'écarlate, il n'allait pas manquer l'aubaine ! Pas question ! « Durant trois ans, j'en ai bavé pour me préparer à ce genre d'opération. » Trois années de barrages et de patrouilles, au cours desquelles il s'était fait matraquer à coups de pierres par les gamins des villages palestiniens ou des colonies, sans parler du fait qu'il n'était pas monté dans un tank depuis six mois, et maintenant, avec la déveine qui le caractérisait, il allait louper une expédition pareille avec trois unités blindées ! Il en avait les larmes aux yeux. On aurait dit qu'il lui demandait la permission de rentrer tard d'une soirée avec ses camarades de classe. Comment pourrait-il se prélasser à la maison ou se promener en Galilée pendant que ses camarades iraient au casse-pipe ? Bref, elle comprit qu'il s'était porté volontaire de son propre chef, pour vingt-huit jours.

Oh ! souffla-t-elle d'une voix blanche. *Et puis j'ai traîné ma carcasse dans la cuisine*, songea-t-elle, reprenant la formule favorite d'Ilan, son ex, l'homme qui avait partagé et enrichi son existence dans les jours heureux. *La plénitude de la vie*, disait-il en ce temps-là, le visage empourpré, débordant de reconnaissance avec une émotion retenue, un peu honteuse. Alors elle se pendait à son cou dans un grand élan d'amour. Ora avait longtemps cru qu'au fond de lui, il s'étonnait d'avoir reçu ce cadeau en partage. Quand les enfants étaient petits, se souvient-elle, à l'époque où ils habitaient dans la maison rachetée à Avram, à Tsour Hadassah, ils adoraient étendre le linge ensemble à la nuit tombée – la dernière tâche domestique après une dure journée de labeur. Ils transportaient la grande bassine dans le jardin, face aux champs obscurs, au wadi, au bourg d'Hussan. Le grand figuier et les grévilléas bruissaient doucement d'une vie riche et mystérieuse, tandis que les cordes ployaient sous de minuscules vêtements, pareils à des hiéroglyphes en miniature : chaussettes microscopiques, bodys, chaussons, pantalons à bretelles, salopettes aux couleurs vives. Un villageois sorti prendre l'air aux dernières lueurs du crépuscule les tenait-il pendant ce temps dans son viseur ? s'imaginait Ora, frissonnant d'horreur à cette pensée. À moins qu'étendre la lessive, celle-ci particulièrement, ne vous garantisse une totale immunité ?

Par association d'idées, elle repense au jour où Ofer leur est apparu dans sa nouvelle combinaison de tankiste. Ils avaient vendu la villa de Tsour Hadassah et déménagé à Ein Karem pour se rapprocher de la ville. Arborant son ample uniforme ignifugé, Ofer émergea de sa chambre en sautillant, les bras en croix : « Papa, maman, les Télétubbies ! » s'écria-t-il avec un sourire craquant. Vingt ans plus tôt, dans le jardin, la nuit, Ilan l'avait rejointe sous les cordes à linge. Étroitement enlacés, ils avaient tourbillonné au milieu des vêtements

81

mouillés, entre rires étouffés et soupirs passionnés. « Tu vois, Orinkah ? N'est-ce pas ça, la plénitude de la vie ? » lui avait-il chuchoté dans le creux de l'oreille. Elle l'avait serré de toutes ses forces contre son cœur, un bonheur au goût de sel au fond de la gorge. L'espace d'un instant, elle avait cru détenir le secret de ces années fructueuses, bouillonnantes, bénies dans la chair de son mari, la sienne, leurs deux jeunes enfants, le foyer qu'ils avaient fondé ensemble, leur amour qui, après des années d'errance et d'indécision, et la tragédie arrivée à Avram, avait apparemment retrouvé un équilibre.

Pendant qu'Ofer bouclait son bagage, elle se réfugia à la cuisine, le cœur gros, songeant qu'Ilan avait encore gagné : elle n'irait pas randonner avec son fils, ne passerait même pas une semaine avec lui. Il dut deviner sa souffrance, comme toujours, même s'il refusait parfois de le reconnaître, car il vint se poster derrière elle : « Allez, maman, arrête... », dit-il avec la délicatesse dont il avait le secret. Elle s'endurcit, refusant de s'attendrir. Voilà un mois qu'ils préparaient cette excursion en Galilée. C'était le cadeau qu'elle lui offrait pour fêter sa démobilisation, et qu'elle se faisait aussi à elle-même, après tout ce qu'elle avait enduré pendant ces trois longues années. Ensemble, ils avaient fait l'acquisition de deux tentes, grandes comme des mouchoirs de poche une fois repliées, de sacs à dos sophistiqués, de duvets et de chaussures de marche – uniquement pour elle, Ofer ne voulant pas renoncer à ses godillots pourris. À ses heures de loisir, elle s'était procuré des sous-vêtements Thermolactyl, des chapeaux, des pochettes bananes, des pansements spécial ampoules, des gourdes, des allumettes étanches, un réchaud de camping, des fruits secs, des crackers et des boîtes de conserve. De temps à autre, Ofer soupesait avec effarement les sacs ventrus entreposés dans la chambre de sa mère : « Ils profitent bien, on dirait, grâce à Dieu ! » pouffait-il, ajoutant qu'elle allait devoir dénicher un sherpa galiléen pour se coltiner ce chargement. Ora l'imitait avec une franche bonne humeur. Les dernières semaines, à mesure qu'approchait le jour J, on aurait dit que le goût et l'odorat lui revenaient après un long exil. Même les sons paraissaient plus clairs, comme lorsque les oreilles se débouchent. De minuscules incidents la surprenaient, des combinaisons de sensations inattendues : en décachetant sa facture d'eau, par exemple, elle avait l'impression de humer une botte de persil fraîchement cueilli. « Une semaine rien que nous deux en Galilée », se répétait-elle souvent à haute voix, pour mieux s'en convaincre. « Ofer est démobilisé ! clamait-elle dans le vide. Il a fini son service militaire indemne, en un seul morceau ! »

« Le cauchemar est fini, les somnifères aussi ! » chantait-elle la dernière semaine sur tous les tons aux murs de sa maison, comme par bravade, consciente de tenter le sort. Ofer était en congé depuis deux semaines et allait être libéré dans quelques jours. Aucune menace de conflit ne se profilait à l'horizon. Même si le conflit majeur, quasi éternel, dont elle s'était déconnectée depuis des années, formait toujours les mêmes cercles sinistres autour d'elle, un attentat ici, un assassinat ciblé là, une course d'obstacles que l'âme franchissait imperturbablement, sans un regard en arrière. Peut-être s'enhardissait-elle à espérer que c'était bel et bien terminé, parce que Ofer lui-même commençait à y croire. Quelques jours plus tôt – il ne dormait plus dix-huit heures d'affilée –, elle avait remarqué un subtil changement, une certaine civilité tempérant son langage guerrier, ses traits s'adoucissaient de jour en jour, et même sa manière de bouger se modifia, une fois qu'il fut certain d'être sorti indemne de ces trois années pourries de service militaire. « Mon fils revient à la maison ! » annonça-t-elle avec circonspection au réfrigérateur, au lave-vaisselle, à la souris de l'ordinateur, aux fleurs qu'elle mettait dans un vase, bien qu'elle sût d'expérience – Adam ayant précédé son cadet trois ans auparavant – que rien ne serait jamais plus pareil. Il avait changé. Elle avait définitivement perdu son enfant du jour où il avait été mobilisé – comme s'il s'était perdu à lui-même. Mais rien ne disait qu'Ofer suivrait le même chemin qu'Adam. Les deux frères ne se ressemblaient guère. La seule chose qui comptait pour le moment, c'était qu'Ofer en finisse avec les blindés – et brise son armure par la même occasion, pensat-elle dans une envolée poétique. Telles ces gouttelettes de douceur dont elle s'était abreuvée la veille au soir. Ofer s'était assoupi avec la télécommande, qu'elle avait retirée de sa main avant de l'envelopper dans une légère couverture et de s'asseoir pour le regarder dormir. Ses lèvres pleines, légèrement entrouvertes, esquissaient un sourire ironique, comme s'il avait conscience d'être observé. Son front bombé lui conférait une expression sévère même dans son sommeil, et avec son visage ouvert, son crâne hâlé aux cheveux coupés ras, il avait l'air plus énergique et vivant que jamais. C'était un homme, constata-t-elle avec stupéfaction, un homme fait. Chez lui, tout semblait possible, accessible, dynamique, on aurait dit qu'un avenir radieux l'illuminait de mille feux, de l'intérieur comme de l'extérieur. Et maintenant ce fichu raid tombe vraiment comme un cheveu dans la soupe, soupira Ora en se préparant un café serré dans la cuisine, le lendemain matin. Si elle l'avait pu, elle serait bien retournée au lit pour dormir jusqu'à ce que tout soit terminé. Combien de temps cette expédition durerait-elle ? Une semaine ? Deux ? La vie entière ? Elle n'avait même plus la force de se recoucher, de faire un seul pas. On aurait dit que la sentence était définitive et irrévocable. Son corps, son ventre le savaient, elle le ressentait dans ses tripes.

À dix-neuf heures trente, ce soir-là, elle s'active dans la cuisine en T-shirt et en jean sans oublier, pour parachever le tableau, le tablier à fleurs de la parfaite maîtresse de maison : un vrai cordon-bleu. Et tandis que casseroles et poêles fumantes frétillent sur le feu, que des volutes de vapeur odorante s'élèvent jusqu'au plafond, Ora se dit que tout ira bien.

Pour damer le pion à son ennemi juré, elle se lance dans la bataille avec son tiercé gagnant : le chop suey au poulet d'Ariela, du riz aux raisins et pignons, une recette iranienne de la belle-mère d'Ariela, sa version personnelle des aubergines fondantes à l'ail et à la sauce tomate de sa mère, sans parler des quiches aux champignons et aux oignons. Y aurait-il un fourneau digne de ce nom dans cette maison qu'elle confectionnerait une ou deux autres tourtes, au moins. Quoi qu'il en soit, Ofer s'en léchera les doigts. Elle évolue entre le four et la cuisinière avec un entrain inattendu et, pour la première fois depuis qu'Ilan est parti, qu'ils ont quitté la maison d'Ein Karem et emménagé dans deux locations séparées, elle éprouve une espèce de tendresse, une sorte d'attachement pour la cuisine en général et celle-ci en particulier, vieillotte, malpropre, s'approchant avec précaution pour frotter contre elle ses louches et écumoires, comme autant de museaux humides. La table derrière elle est encombrée de récipients sous un film plastique contenant de la salade d'aubergines et de chou, ainsi qu'une grande assiette de crudités aux couleurs vives, agrémentées de cubes de pomme et de mangue, dont Ofer détectera ou non la saveur, au cas où il reviendrait déguster ses petits plats. Il y a aussi une coupe de taboulé concocté à sa façon, pour lequel Ofer se ferait tuer – ou plutôt qu'il aime à la folie, se reprend-elle sur-le-champ, pour sa gouverne.

Tout marche comme sur des roulettes : cuisant sur le gaz, au four, mijotant à petit feu. Elle n'a plus rien à faire. Pourtant elle ressent le besoin de poursuivre sur sa lancée, au cas où Ofer rentrerait en permission et réclamerait un bon repas. Ses mains s'agitent inlassablement dans le vide. « Où en étais-je ? » Elle attrape un couteau et les rares légumes rescapés de sa frénésie qu'elle entreprend d'émincer en fredonnant : «*Les tankistes démarrèrent dans un grincement de chaînes / le corps badigeonné d'ocre foncé...*» Elle s'interrompt brusquement. D'où sort-elle cette vieille chanson ? Et si elle préparait un steak braisé au vin rouge, comme il l'aime, au cas où il reviendrait ce soir ? Quant aux messagers, sont-ils réunis en ce moment même dans un bureau de la garnison pour un briefing, un recyclage – si tant est qu'ils aient besoin de se recycler ? Comment pourraient-ils oublier leur mission d'ailleurs ? Il ne se passe pas un seul jour dans ce pays sans que l'on vienne prévenir une famille du terrible drame qui la frappe. Curieux, quand on y songe, on nomme ces oiseaux de malheur en même temps qu'on mobilise les soldats devant participer à ce raid. L'opération est parfaitement orchestrée, pense-t-elle avec un petit ricanement. Ada surgit sans crier gare, les yeux écarquillés, comme si elle l'épiait sans relâche. Ora se rend compte que depuis plusieurs minutes elle regarde fixement le panneau en verre dépoli au bas de la porte. Il y a un problème, mais lequel ? Elle retourne à ses casseroles, remuant, rectifiant l'assaisonnement – son fils aime les plats relevés –, le nez dans l'épais fumet qui se dégage des marmites. Elle s'abstient d'y goûter. Elle manque d'appétit et sera prise de nausées à la moindre bouchée. Elle considère sa main arrosant à profusion le bouillon de paprika. Le téléphone sonne invariablement lorsqu'elle accomplit certains gestes. Voilà longtemps qu'elle a noté cette étrange coïncidence : quand elle prépare une sauce, par exemple, essuie la cocotte ou la poêle qu'elle vient de nettoyer. On dirait que les mouvements circulaires ont le chic de le ressusciter. Et aussi – intéressant ! – quand elle change l'eau des fleurs. Uniquement dans le vase de cristal ! L'appareil et ses petits caprices la mettent en joie. Elle balance le riz aux raisins secs et aux pignons à la poubelle et lave le récipient avec application avant de le sécher longuement, voluptueusement. Rien. Le téléphone est mort (enfin disons... muet). Ofer doit être très occupé. Il s'écoulera des heures avant qu'il se passe quelque chose, et ils ne partiront pas avant le lendemain, voire le surlendemain. « *Et quand deux roquettes s'abattirent sur son tank / il se retrouva au cœur du brasier...* » fredonne-t-elle. Elle s'interrompt net. Il lui faut trouver une occupation pour le lendemain, où elle n'a rien de particulier à faire. Elle était censée crapahuter en Galilée avec son fils cadet, mais il y a eu un os. Et si elle appelait la nouvelle clinique à Rehavia pour leur proposer ses services, même gratis ? Elle assurera le secrétariat, le cas échéant. Disons que ce sera sa période d'essai. Mais on lui a précisé, à deux reprises, que l'on n'aura pas besoin d'elle avant la mi-mai, date à laquelle leur kinésithérapeute est censée accoucher. Un petit être viendra au monde, songe Ora en avalant sa salive qui a un goût amer. Comme elle a été stupide de ne rien avoir prévu jusqu'en mai ! Elle avait été si absorbée par les préparatifs du voyage qu'elle n'avait pensé à rien d'autre. Elle avait pressenti que la Galilée marquerait un tournant dans sa vie. Un nouveau départ pour elle et Ofer. Elle et ses intuitions !

Elle jette les aubergines à la sauce tomate aux ordures, gratte la poêle et la sèche dévotement en jetant un regard oblique au téléphone perfide. Et maintenant ? Où en est-elle ? Ah oui, le bas de la porte. Quatre courts barreaux par-dessus le verre dépoli. Elle prélève trois feuilles de papier A4 dans l'imprimante et les scotche contre la vitre. De cette façon, elle ne verra pas leurs godillots. Bon, et après ? Le frigo est pratiquement vide. Elle déniche quelques pommes de terre et des oignons dans le garde-manger. Une petite soupe vite fait, peut-être ? Demain matin, elle ira acheter des provisions pour remplir les placards. Ils pourraient débarquer à n'importe quel moment, remâche-t-elle. Pendant qu'elle range les aliments dans le frigo, au moment où elle s'installe devant la télévision, ou encore dans son sommeil, à la salle de bains, à la cuisine, en train de préparer une soupe…

Elle oublie de respirer, puis court allumer la radio, comme si elle ouvrait la fenêtre. Elle tombe sur Radio Classique et s'immerge dans la musique médiévale pendant une ou deux minutes. Non, elle a besoin de dialogues, de voix humaines. Sur une station locale, un jeune journaliste interviewe par téléphone une dame d'un certain âge au fort accent de Jérusalem. Ora abandonne ses légumes et, s'appuyant contre l'évier fendillé, elle s'essuie le front d'un revers de main. La femme à la radio parle de son fils aîné, lequel se bat à Gaza, cette semaine-là. « Sept soldats ont été tués, dit-elle. C'étaient ses camarades, ils appartenaient au même bataillon. » La veille, on lui avait accordé une permission de quelques heures, et il était retourné à sa base tôt ce matin-là.

– Et quand il était à la maison, vous l'avez allaité ? questionne le journaliste, à la grande stupéfaction d'Ora.

– Si je l'ai allaité ? répète la femme, non moins surprise.

Le journaliste s'esclaffe.

– Non, je vous ai demandé si vous l'aviez dorloté.

– Bien sûr, répond la femme avec un petit rire. J'ai cru que vous disiez… J'ai mis les petits plats dans les grands, je l'ai chouchouté…

– Racontez-nous de quelle façon, insiste le journaliste.

Et la mère, avec un dévouement qui va droit au cœur d'Ora :

– Je l'ai gâté comme il faut. Un bon repas, un bain chaud avec une serviette toute douce, son shampoing préféré, acheté spécialement pour lui. Mais voyez-vous, ajoute-t-elle sur un autre ton, j'ai deux autres fils, des jumeaux qui ont suivi l'exemple de leur aîné. Les trois servent dans le même bataillon Tzabar, et je voudrais profiter d'être à l'antenne pour adresser une requête à notre armée, je peux ?

– Je vous en prie, acquiesce le journaliste, un brin moqueur. Que voulez-vous demander à Tsahal ?

La mère pousse un soupir à fendre l'âme et le cœur d'Ora bat à l'unisson :

– Quand ils faisaient leurs classes, mes jumeaux ont signé une décharge pour pouvoir rester ensemble. Bon, à ce moment-là, il n'y avait rien à redire, mais maintenant qu'ils vont à la frontière, et personne n'ignore que, pour la brigade Givati, la frontière c'est Gaza, je n'ai pas besoin de vous faire un dessin, alors j'aimerais demander à l'armée d'y réfléchir à deux fois et de penser un peu à moi, voilà, excusez-moi si j'ai...

Et s'ils surviennent pendant qu'elle pèle une pomme de terre ? médite Ora, les yeux fixés sur le gros tubercule à moitié épluché au creux de sa main. Ou un oignon ? Chacun de ses gestes peut être le dernier avant qu'on ne frappe à la porte. Oui, mais Ofer doit encore se trouver au mont Guilboa, il n'y a aucune raison de paniquer, se raisonne-t-elle. Le doute insidieux la tarabuste, s'enroule autour de ses doigts tenant l'économe, si bien que les coups à la porte lui paraissent inévitables, constituant un aiguillon si intolérable de la propension au malheur inhérente à la condition humaine que, confondant la cause et l'effet, elle en vient à considérer ses mouvements lents, monotones autour du légume comme le préambule nécessaire des poings toquant à sa porte.

En ce moment d'éternité, elle-même, Ofer au loin, chaque incident survenu dans la distance immense qui les sépare... sont comme une révélation subite, la trame serrée d'une étoffe, au point que le simple fait de peler bêtement cette pomme de terre – les jointures blanchies sur le manche du couteau –, chacun de ses gestes insignifiants, automatiques, répétitifs, ces bribes de réalité, apparemment fortuites, deviennent les pas vitaux d'une danse mystérieuse, lente, cérémonieuse, dont les partenaires involontaires sont Ofer et ses camarades se préparant au combat, les officiers supérieurs étudiant la carte des futures batailles, les colonnes de chars qu'elle a aperçues au point de rassemblement, les douzaines de véhicules qui évoluaient parmi eux, les habitants des villes et des villages là-bas, les autres qui, par les persiennes closes, observeraient les soldats et les blindés envahissant rues et venelles, et l'adolescent vif comme l'éclair qui, demain, après-demain, voire cette nuit même, frapperait Ofer d'une pierre, d'une balle ou d'une roquette (curieusement, les mouvements de ce garçon contrastent avec la lenteur solennelle de la danse, la brouillent), les oiseaux de mauvais augure, peut-être en réunion d'information dans les bureaux de l'état-major, à Jérusalem, au même instant, sans oublier Sami, probablement rentré dans son village à cette heure tardive, et occupé à raconter les événements de la journée à Inaam. Tous sans exception participent de ce processus gigantesque, global, y compris, à leur insu, les malheureuses victimes du dernier attentat, dont nos soldats s'apprêtent à venger la mort. Même cette pomme de terre, devenue lourde comme une plaque de fonte, qu'elle n'a plus la force d'éplucher, elle aussi constitue sans doute un chaînon minuscule, mais indispensable, d'un sombre mécanisme concerté, pompeux, procédant d'un dispositif plus vaste incluant des milliers de personnes, militaires et civils, véhicules, armes, cuisines roulantes, rations de combat, réserves de munitions, caisses de matériel, instruments de vision nocturne, fusées de signalisation, brancards, hélicoptères, gourdes, ordinateurs, antennes, téléphones, grands sacs en plastique noir étanche... Ces objets, devine Ora, ainsi que les fils visibles et invisibles qui les relient les uns aux autres, tournoient autour d'elle, au-dessus de sa tête, tel un immense filet de pêcheur aux mailles serrées qui, jeté en l'air dans un geste ample, se déploie languissamment dans le ciel nocturne. Elle lâche la patate qui roule sur la paillasse de l'évier et atterrit sur le sol entre le réfrigérateur et le mur, où elle luit vaguement. Appuyée des deux mains sur la table, Ora la considère d'un œil fixe.

À vingt et une heures, elle grimpe aux murs. Quelle n'est pas sa surprise quand elle croit se reconnaître à la télévision, embrassant Ofer pour lui dire au revoir sur le lieu de rassemblement. On les avait filmés au moment où il lui reprochait d'avoir appelé Sami, se rappelle-t-elle avec horreur. Il s'était interrompu en remarquant qu'elle virait à l'écarlate et, bien que toujours en colère, il l'avait serrée contre sa large poitrine: « Maman, maman, tu planes encore... » Elle bondit sur ses pieds, renversant une chaise au passage, et colle son nez à l'écran, sur son fils...

Lequel la fait pivoter avec une morgue un peu autoritaire vers la caméra pour montrer à l'opérateur sa mère folle d'inquiétude. Sous le coup de la surprise, elle avait failli trébucher et s'était rattrapée à lui de justesse avec un petit rire nerveux. Tout y était, jusqu'à son stupide sac violet. À la réflexion, c'était vraiment déloyal la façon dont il l'avait exhibée devant l'objectif. Elle avait aussitôt discipliné ses cheveux avec les doigts et affiché un sourire obséquieux qui signifiait : « Qui ça, moi ? » Quoi qu'il en soit, la duplicité couvait entre eux depuis la veille, lorsqu'il avait décidé sans rien dire de s'engager dans la prochaine expédition en sacrifiant allégrement leur petite équipée. Et pire encore, cette conduite incongrue, intolérable, l'image du va-t-en-guerre plus vrai que nature, la maestria avec laquelle il jouait son rôle, sa joyeuse insolence, son empressement à se lancer dans la bataille, l'obligeant à camper la femme terne et ridée, rayonnante de fierté (le blason d'un miséreux : la Mère du Soldat), la parfaite imbécile minaudant bêtement devant le courage viril en présence de la mort. Il est là, hilare, face à la caméra, tandis que sa bouche à elle – à la télévision, comme à la maison – imite machinalement son sourire éclatant avec les trois ridules magiques autour des yeux. Quand rediffusera-t-on cette image ? se demande-t-elle, chassant bien vite cette pensée de son esprit. Et alors elle le distingue avec netteté au milieu de l'écran : le cercle rouge autour de sa tête. Et puis quelqu'un tend un micro entre eux : « Qu'est-ce qu'un fils peut dire à sa mère en pareille circonstance ? » questionne le journaliste, l'œil amusé. « Garde-moi de la bière au frais jusqu'à mon retour ! » glousse le fils dans l'hilarité générale. « Attendez… ! » Ofer brandit le doigt pour réclamer le silence et l'attention de la foule – exactement comme Ilan, à qui il suffisait de lever la main pour que tout le monde se taise. « J'ai encore quelque chose à lui dire », poursuit son fils sur l'écran avec un sourire entendu. Le visage animé, fixant l'objectif d'un regard brillant et espiègle, il colle sa bouche contre l'oreille de sa mère. Ora se rappelle ce contact, son souffle chaud sur sa joue, et elle remarque le mouvement rapide de la caméra, tâchant d'envahir l'espace entre la bouche et l'oreille, son expression très concentrée à elle, sa détresse jetée en pâture, pendant qu'elle affiche

au vu et au su de tous, et d'Ilan en particulier – reçoit-on la deuxième chaîne aux Galápagos ? –, la douce intimité qu'elle partage
avec Ofer. Le monteur ayant décidé de couper et de passer à un autre
plan, on voit à présent le journaliste plaisanter avec un autre soldat
et sa fiancée, laquelle l'enlace étroitement en même temps que sa
future belle-mère, toutes deux vêtues d'un T-shirt exhibant le nombril.
Ora s'écroule dans un fauteuil, le cœur palpitant, une main autour
de son cou. Heureusement qu'on ne l'a pas vue grimacer et s'écarter
de son fils en entendant ce qu'il lui chuchotait à l'oreille. Ce souvenir lui fait l'effet d'une gifle. Pourquoi a-t-il fallu qu'il le lui dise ?
Quand y a-t-il pensé ? Comment l'idée lui est-elle venue ?

Elle se relève sur-le-champ. Elle ne doit pas rester assise. Ne pas
être la cible immobile du faisceau lumineux braqué sur elle, de l'immense filet de pêcheur qui se tend lentement au-dessus de sa tête. Elle
prête l'oreille. Rien du côté de la porte. Par la fenêtre, elle aperçoit
un bout de chaussée et le bord du trottoir. Elle scrute les environs
sans remarquer de véhicule suspect, de voiture portant une plaque
minéralogique militaire, les chiens des voisins n'aboient pas furieusement, et pas d'essaim d'anges malfaisants. De toute façon, il est
trop tôt. Pas pour eux, se reprend-elle. Ces gens-là peuvent débarquer
à cinq heures du matin, alors que vous êtes profondément endormi,
hagard, sans défense, trop faible pour les chasser avant qu'ils ne
transmettent leur funeste message. De toute façon, il est trop tôt, et
elle ne pense pas qu'il ait pu se passer quoi que ce soit dans le court
laps de temps écoulé depuis qu'elle a quitté Ofer. Elle se masse la
nuque. Détends-toi, ils sont encore là-haut, au Guilboa, il y a une
procédure à suivre, de la paperasserie, des réunions, un processus
complexe. Il faut d'abord mélanger leurs odeurs, raviver l'éclat de
leurs yeux et accélérer les pulsations au niveau de leur nuque. Elle
croit voir son fils renouer avec ses camarades, leur agressivité calculée, leur désir d'en découdre, la sève qui bouillonne dans leurs
corps de guerriers, leur peur soigneusement réprimée, choses essen-
tielles qu'il intègre puis répercute dans une brève accolade, les poi-
trines s'effleurant à peine, deux bourrades dans le dos, leurs cœurs
battant à l'unisson, scellant leur amitié. Ses pas la mènent au seuil de

la chambre, où tout désormais restera en l'état. Elle découvre que la pièce l'a prise de vitesse, arborant l'air absent d'un lieu abandonné. Les objets paraissent orphelins : les sandales aux lanières fatiguées, la chaise devant la table de l'ordinateur, les manuels d'histoire sur la table de chevet – son fils aimait cette matière à l'école, enfin... elle veut dire qu'il l'aime, bien sûr, et continuera à l'aimer, les œuvres complètes de Paul Auster sur l'étagère, les volumes de Donjons et Dragons qu'il adorait quand il était petit, les posters des footballeurs du Maccabi Haïfa, dont il était fan à douze ans et avait refusé de retirer du mur à vingt et un, vingt et un, quand il avait vingt et un ans...

Elle aurait intérêt à ne pas trop déambuler ici et là, au risque de brouiller les vibrations de ses mouvements encore en suspens dans l'air, ou d'assourdir la résonance lointaine de son enfance, répercutée parfois par un oreiller, une balle de tennis pelée, un soldat commando en plomb équipé d'une foule d'accessoires miniatures, les figurines rapportées de l'étranger, achetées dans des boutiques de jouets qu'Ilan et elles ne fréquentaient plus depuis qu'Adam et Ofer avaient grandi, espérant y retourner d'ici quelques années quand ils auraient des petits-enfants. Ils ne se berçaient guère d'illusions, mais en un rien de temps tout était devenu si compliqué, irréalisable. Ilan s'est envolé vers d'autres cieux pour goûter aux joies du célibat. Adam l'a suivi. Et Ofer est loin, lui aussi. Elle sort à reculons, attentive à ne pas tourner le dos, et, postée à l'entrée de la chambre, elle promène autour d'elle le regard nostalgique de l'exilée : un T-shirt froissé portant le logo de Manchester United, une chaussette militaire roulée en boule dans un coin, une lettre dépassant de l'enveloppe, un vieux journal, un magazine de football, une photo de Talia et Ofer posant devant une cascade, quelque part dans le Nord, des haltères de trois et cinq kilos éparpillés sur le tapis, un livre ouvert posé à l'envers – quelle est la dernière phrase qu'il a lue ? La dernière image que captera sa rétine ? Une ruelle, un pavé fendant l'air, le visage encagoulé d'un jeune garçon, les yeux brûlants de colère et de haine. Sans transition, elle se prend à songer à un bureau de l'état-major où une secrétaire ouvre un classeur métallique rempli de dossiers – mais, c'était à son époque, autant dire la préhistoire, aujourd'hui, on se sert d'un ordinateur : un clic, le clignotement du curseur, le nom du soldat s'inscrivant sur l'écran avec les personnes à contacter en cas de malheur. A-t-il songé à signaler le changement d'adresse après la séparation de ses parents ?

La sonnerie stridente du téléphone. C'est lui. Surexcité. « Tu nous as vus à la télé ? » Des amis l'avaient appelé pour l'avertir.

– Dis-moi, vous n'êtes pas encore partis, n'est-ce pas ? murmure-t-elle.

– Tu parles ! À ce train-là, on sera encore là demain soir !

Elle ne l'écoute pas vraiment, attentive au timbre de sa voix, des inflexions épaisses, inconnues, l'écho de sa traîtrise, la traîtrise du seul homme qui s'était toujours montré loyal avec elle. Depuis la veille, depuis qu'il avait goûté au plaisir de la trahison, on aurait dit qu'il voulait en savourer le goût encore et encore, tel un chiot mordant dans un morceau de viande pour la première fois.

« Ne quitte pas, maman ! » Elle l'entend rire et hurler à quelqu'un : « Pourquoi en faire tout un plat ? On va se pointer, s'amuser un peu avec nos fusils et se tirer vite fait. Hé, maman, tu pourrais m'enregistrer *les Soprano* demain ? poursuit-il de but en blanc avec une vivacité fébrile qui désarçonne Ora et paraît beaucoup amuser son fils. Il y a une cassette vierge sur la télé. Tu sais faire marcher le magnétoscope, hein ? » Le téléphone à la main, elle cherche dans le tiroir aux cassettes le bout de papier où elle a griffonné le mode d'emploi qu'Ofer lui a dicté un jour. « Tu appuies sur le bouton de gauche, puis sur la touche pomme… »

« Que faites-vous en attendant ? » insiste-t-elle, déplorant le gaspillage inutile de ces heures précieuses qu'il aurait pu passer à la maison, auprès d'elle. D'un autre côté, elle n'aurait pas été d'une agréable compagnie avec sa tête d'enterrement. Il finira lui aussi par louer une chambre quelque part, ou déménager chez son père, comme Adam. Pourquoi pas ? On rigole bien avec Ilan, c'est tous les jours la fête, trois adolescents sans parents ronchons et rabatjoie. Dans l'intervalle, Ofer lui dit quelque chose, mais elle est incapable de discerner les mots. Ora ferme les yeux. Il lui faut inventer un prétexte pour appeler Talia plus tard. La jeune fille doit parler à Ofer avant son départ.

93

« La ferme, je parle à ma mère ! » vocifère-t-il pour faire cesser le vacarme. Un concert de hurlements joyeux, de piaulements de chacals en chaleur s'ensuit, il doit saluer sa fantastique maman de leur part, qu'elle lui expédie ses friandises au plus vite ! Ofer part se réfugier quelque part au calme. « Des brutes épaisses, commente-t-il. Tous des canonniers. »

Elle l'entend respirer en marchant. À la maison, il a l'habitude de se déplacer quand il est au téléphone. Adam aussi. À l'image d'Ilan. Mes gènes à moi sont comme du beurre, se dit-elle. Souvent, les garçons et leur père téléphonaient en même temps, chacun sur son portable, déambulant à grandes enjambées dans le salon, traçant des diagonales qui ne se télescopaient jamais.

Un brusque silence. Peut-être s'est-il abrité derrière un tank ? Ce court répit embarrasse la mère, de même que le fils, semble-t-il, comme s'il se retrouvait livré à lui-même face à elle, sans l'Armée de Défense d'Israël pour servir de tampon. Ofer se hâte d'ajouter que cent dix pour cent des effectifs sont là, « ils piaffent d'impatience et meurent d'envie de se battre…, proclame-t-il sur un ton martial. L'adjudant nous a dit qu'il n'avait jamais vu une mobilisation pareille ». Ils pourraient très bien se passer de toi, alors, raisonne-t-elle, en tenant sa langue de justesse. « Du coup, il n'y a pas assez de gilets pare-balles et il manque des véhicules, vu que la moitié des porte-chars sont coincés dans les embouteillages à Afula. » Celui qui a fourré ces petits cailloux dans la bouche de son fils est probablement le même qui la pousse à lui demander s'il sait quand ce sera terminé. Ofer laisse la question planer dans l'air, le temps que son incongruité se dissipe. C'était une des petites ruses dont Ilan avait le secret. Les enfants captent ces choses-là et vous les renvoient sans comprendre qu'ils manient une arme multigénérationnelle. Au moins, Ofer lui revient très vite, mais jusqu'à quand, se demande-t-elle, à quel moment lui plantera-t-il dans le corps l'une des grandes aiguilles d'Ilan, sans lui porter secours ?

– *Nu*, maman, voyons… Sa voix est chaude, lénifiante, comme l'étreinte de ses bras. Ce sera terminé quand nous aurons éliminé les infrastructures du terrorisme… – elle devine qu'il sourit, pastichant le ton arrogant du Premier ministre – pas avant que nous ayons démantelé ces bandes de criminels, tranché la tête du serpent et mis le feu à ces nids de...

Elle se hâte de s'engouffrer dans la brèche.

– Écoute, Oferiko, je pense séjourner quelques jours dans le Nord, finalement.

– Ne quitte pas, le réseau est mauvais. Attends... tu disais ?

– J'envisage une excursion dans le Nord.

– Tu veux dire en Galilée ?

– Oui.

– Seule ?

– Seule, oui.

– Mais pourquoi seule ? Il n'y a personne avec qui tu... – Il prend immédiatement conscience de sa bévue. – Tu pourrais y aller avec une amie ou...

Elle digère son remarquable manque de tact :

– Non, il n'y a personne, et je n'ai pas envie de voyager avec une amie, ou va savoir qui, ni de rester à la maison en ce moment.

– Ta logique m'échappe, maman, dit-il d'une voix chevrotante. Tu tiens vraiment à y aller seule ?

Le bouchon qu'elle a au fond de la gorge saute soudain.

– Et avec qui devrais-je partir, à ton avis ? Mon partenaire m'a posé un lapin à la dernière minute pour se porter volontaire dans la brigade juive, et...

Il l'interrompt avec impatience.

– Donc, tu vas là où nous avions prévu, si je te suis bien ?

Elle ignore superbement le « nous » qui lui a échappé.

– Je ne sais pas. Je viens d'y penser.

– Au moins, ton sac est prêt, raille-t-il.

– Les deux sacs.

– Je ne comprends pas très bien...

– Il n'y a rien à comprendre. Rester ici est au-dessus de mes forces. J'étouffe.

Un grondement de moteur s'élève à l'arrière-plan. Quelqu'un crie de se dépêcher. Elle lit dans ses pensées. Il a besoin d'elle à la maison en ce moment, voilà, et il a raison, elle manque de renoncer, il n'en tient qu'à un fil, mais elle se reprend de justesse, consciente que, cette fois, elle n'a guère le choix.

Un silence poisseux s'installe. Ora se voit forcée de prendre la fuite, tandis que la carte jalonnée de ses innombrables dérobades remonte instantanément à sa mémoire : Ofer à trois ans, sur le point de subir une intervention de chirurgie dentaire. Quand l'anesthésiste avait placé le masque sur son nez et sa bouche, il avait prié Ora de sortir. Malgré le regard suppliant de l'enfant terrorisé, elle avait obéi et quitté la pièce. À quatre ans, elle l'avait abandonné s'époumonant, les doigts crispés à la grille de l'école maternelle – ses cris l'avaient poursuivie le reste de la journée. Il y avait eu beaucoup d'autres désertions de ce genre, fuites, aveuglements délibérés, faux-semblants, jusqu'à la pire des démissions, aujourd'hui. Chaque minute passée à la maison représente une menace pour elle, elle le sait, et une menace pour lui. Ofer est incapable de le comprendre, et il est vain d'espérer le contraire. Il est trop jeune. Il a des désirs simples et frustes : il exige qu'elle l'attende sans rien changer, ni à la maison, ni en elle-même, il voudrait même qu'elle ne bouge pas du tout pendant ce temps-là – la crise de colère qu'il avait piquée, à cinq ans, parce qu'elle avait fait un défrisage ! –, de sorte que, le jour où il reviendra en permission, il l'embrassera, la « décongèlera » pour pouvoir se servir d'elle, l'impressionner par des fragments d'horreur semés avec une indifférence affectée, des secrets qu'il ne devrait jamais lui révéler. Ora écoute son souffle et respire à l'unisson. Tous deux sentent les tendons s'étirer à se rompre – ceux du dos qu'elle lui tourne.

– Alors, combien de temps tu penses t'absenter ? s'enquiert-il d'une voix empreinte de colère, de faiblesse et d'une once de déconvenue.

– Ofer, comment peux-tu poser cette question ? Tu sais à quel point ce voyage avec toi me tenait à cœur, avec quelle impatience je l'attendais.

– Maman, ce n'est pas de ma faute s'il y a une mobilisation générale !

Avec un héroïsme admirable, Ora s'abstient de relever qu'il s'est porté volontaire.

– Je ne te reproche rien. Nous le ferons, ce voyage, quand tout sera terminé, c'est promis. J'y tiens. En attendant, je dois partir, rester seule ici est au-dessus de mes forces.

– Bon, évidemment, je ne dis pas que... mais... tu ne vas quand même pas dormir à la belle étoile... euh... seule?

– Ne raconte pas de bêtises! s'esclaffe Ora. Bien sûr que je ne vais pas dormir seule à la belle étoile, comme tu dis.

– Et tu prendras ton portable, hein?

– Je ne sais pas. Je n'y ai pas encore réfléchi.

– Écoute, maman, je voulais te demander... Est-ce que papa est au courant que tu...

– Qu'est-ce que ton père a à voir là-dedans? Parce que tu crois qu'il m'informe de ce qu'il fait, lui?

Ofer fait machine arrière.

– D'accord, d'accord, maman, je n'ai rien dit.

Il pousse un soupir involontaire, tel un petit garçon dont les parents ont décidé de se séparer dans un accès de folie. Ora le perçoit et sent que son ardeur combative retombe. Qu'ai-je fait? s'inquiète-t-elle, une boule d'amertume dans la gorge. Comment ai-je pu l'envoyer se battre, alors qu'il est complètement désorienté, découragé? Et d'abord, d'où sort-elle cette expression, «l'envoyer se battre»? Ce n'est pas du tout son genre. Elle ne ressemble pas à ces mères qui expédient leurs fils au combat, et n'appartient pas non plus à l'une de ces dynasties guerrières d'Umm Juni, de Beit Alpha, Negba, Beit Hashita ou Kfar Giladi. Pourtant, elle le découvre à sa grande surprise, c'est exactement ce qu'elle est: elle l'a conduit au lieu de rassemblement, l'a serré dans ses bras avec la retenue exigée par les convenances, afin de ne pas l'indisposer devant les autres, elle a sagement hoché la tête et haussé les épaules avec un sourire crâne et désarmé, destiné aux autres parents, lesquels agissaient de même. Où avons-nous appris cette chorégraphie? s'étonne-t-elle. Comment se fait-il que j'obéisse aveuglément aux usages, et à ceux qui l'ont expédié là-bas? Pour couronner le tout, les paroles qu'Ofer lui a chuchotées à l'oreille au moment où la télévision a capté la scène distillent encore leur poison dans ses veines. Sa dernière requête. Elle en était restée bouche bée de chagrin, pas seulement à cause de ce qu'il lui avait dit, mais du parfait détachement qu'il avait affiché, comme s'il avait répété chaque mot à l'avance, ensuite il l'avait de nouveau serrée dans ses bras, pour l'éloigner des caméras cette fois. Elle avait fait des siennes quelques années auparavant, lors de la cérémonie à l'issue de la phase d'instruction des jeunes recrues, dans la cour carrée de Latrun. Assise parmi le public, Ora avait éclaté en sanglots pendant que la parade défilait devant le long mur sur lequel étaient inscrits les milliers de noms des morts tombés au champ d'honneur. Alors qu'elle pleurait bruyamment, les parents, les officiers, les soldats la dévisagèrent avec insistance et le commandant se pencha vers le chef de division pour lui chuchoter quelque chose à l'oreille. Alors, fort de son expérience, Ofer se jeta sur sa mère, telle une couverture sur le feu, il l'étouffa presque avec son bras, promenant autour de lui, par-dessus sa tête, un regard embarrassé : « Arrête, maman, tu te donnes en spectacle ! »

Pour l'heure, il semble si abattu que c'en est affligeant.

– Bon, alors, dis-moi, maman, raconte, c'est quoi cette histoire ? soupire-t-il.

– Quelle histoire ? Il n'y a pas d'histoire.

– Je te trouve vraiment bizarre, si tu veux mon avis.

– Bizarre ? Qu'est-ce qui est bizarre ? Parce que randonner en Galilée, c'est bizarre, et envahir la casbah de Naplouse, c'est normal, d'après toi ?

– Tu seras là quand je rentrerai à la maison ?

– Je ne sais pas.

– Comment ça, tu ne sais pas ? (Il renifle.) Tu n'as pas l'intention de… euh… t'évanouir dans la nature, hein ? ajoute-t-il du ton soucieux, presque paternel, qu'il adopte parfois avec elle, touchant le point sensible.

– Ne t'inquiète pas, Ofer'ke, je ne vais pas faire de bêtises. Je m'absente quelques jours, c'est tout. Je ne me sens pas capable d'attendre ici seule.

– Attendre quoi ?

Ora ne peut décemment pas le lui avouer, mais il finit par comprendre. Un ange passe. Vingt-huit jours ni plus ni moins, calcule-t-elle avec une irréfutable évidence. Jusqu'à la fin de la mobilisation générale.

– Et si tout est terminé sous quarante-huit heures et que je rentre à la maison ? objecte-t-il avec une irritation croissante. Imagine que je sois blessé ou va savoir… comment va-t-on te retrouver ?

Ora garde le silence. On ne la retrouvera pas, justement. Une autre pensée lui effleure l'esprit : si on ne la retrouve pas, s'il est impossible de l'atteindre, alors Ofer ne risque rien. Elle ne la comprend pas elle-même. Pourtant, ce n'est pas faute d'essayer. La logique de cette pensée lui échappe, si tant est qu'elle existe.

– Et l'enterrement, tu y as songé ? poursuit aimablement Ofer, changeant de tactique et imitant sans s'en rendre compte Ilan, dont les allusions à la mort et ses dérivés ponctuent les discours.

Ora est loin d'être immunisée contre ce genre de réflexions, aujourd'hui surtout, et sa plaisanterie, si on peut la qualifier de la sorte, les secoue tous les deux, car elle entend son fils déglutir avec difficulté.

La pensée fugitive qui lui a traversé l'esprit cet après-midi-là lui revient : pourquoi accepte-t-elle de coopérer au lieu d'être honnête avec…

La voix d'Ofer la tire de sa rêverie.

– Je suis sérieux, maman. Tu pourrais peut-être prendre ton portable, pour être joignable au cas où…

Mais le plan d'Ora se précise de minute en minute.

– Non, non, surtout pas !

– Mais pourquoi pas ? Même si tu ne l'allumes pas, tu recevras au moins les messages.

En fait, elle est devenue championne de textos et autres SMS grâce à son nouvel ami, son improbable amant, ce Type, avec un T majuscule, parce que c'est la seule façon de communiquer avec lui.

Elle s'accorde le temps de la réflexion et secoue la tête.

– Non. Au fait, tu sais ce que SMS veut dire ? ajoute-t-elle, passant du coq à l'âne.

Il lui lance un regard interloqué à l'autre bout du fil.

– Pardon ? Tu peux répéter la question ?

– Est-ce que cela pourrait signifier *Save my Soul*[1]?

– Franchement, maman, je n'en ai aucune idée.

Ora reprend ses esprits:

– Décidément, non, je ne prendrai pas mon portable. Je ne veux pas être joignable.

– Y compris pour moi? insiste-t-il d'une voix atone.

– Non, même pas toi, personne, confirme douloureusement Ora.

Sa vague intuition se précise: elle doit disparaître, tant qu'il sera là-bas. Voilà. C'est le mode d'emploi. Tout ou rien. Tel un serment d'enfant, un pari fou sur la vie.

– Et s'il m'arrive vraiment quelque chose? s'époumone Ofer, révolté contre ce chaos incompréhensible, scandaleux.

– Non, non, il ne t'arrivera rien, je le sais. Je dois simplement m'éloigner pour quelque temps, essaie de comprendre. Au fond, je ne m'attends pas à ce que tu comprennes. Imagine que je pars à l'étranger – comme ton père, réussit-elle à ne pas dire.

– Tu pars à l'étranger? En un pareil moment? Pendant la guerre?

Il la supplie presque. Ora pousse un gémissement, son corps, son âme tendus vers un point unique, sur sa bouche cherchant son sein.

Elle s'efforce de détourner le regard. C'est pour son bien, elle le quitte pour son bien. Mais il ne comprend pas. «Je dois partir», répète-t-elle comme une profession de foi, les sourcils froncés. Elle renie son fils pour son bien, elle ne se l'explique pas non plus, le devine instinctivement...

Elle parvient enfin à extraire une pensée claire de son esprit embrumé: comment peut-elle être loyale envers eux, ceux qui l'expédient là-bas, plutôt qu'envers son sentiment maternel?

– Arrête de crier, Ofer, et écoute-moi. – Apparemment, quelque chose dans sa voix a dû effrayer son fils: la froideur de l'autorité? – Le moment est mal choisi pour nous disputer. Je vais m'en aller un certain temps. Je t'expliquerai plus tard, pas maintenant. C'est pour toi que je le fais.

---

1. «Sauve mon âme», en anglais dans le texte. *(Toutes les notes sont de la traductrice.)*

– Pour moi ? Comment ça ?

Tu comprendras quand tu seras grand, manque-t-elle de dire. Au fond, c'est le contraire, elle le sait : Tu comprendras quand tu seras petit, quand tu redeviendras un enfant, conjurant les ombres menaçantes et les cauchemars par des pactes stupides, et peut-être que tout s'éclairera à ce moment-là.

C'est décidé. Elle doit obéir à la voix qui lui ordonne de partir, sans délai, à la minute. Elle ne doit pas rester ici. Curieusement, obscurément, cette voix semble être son instinct maternel, qu'elle pensait émoussé et dont elle avait fortement douté ces derniers temps.

– Tu prendras bien soin de toi, tu me le promets ? prie-t-elle avec douceur, tâchant de dissimuler la détermination inflexible qui se lit dans son regard. Et ne commets pas de bêtises, tu m'entends ? Sois prudent, Ofer, essaie de ne blesser personne, ni toi non plus, et sache que je le fais pour toi.

– Tu fais quoi pour moi ? !

Il est las de ses lubies. Il ne la connaissait pas sous ce jour. Depuis quand sa mère agit-elle par caprice ?

– Dis-moi, tu as fait un vœu, c'est ça ? s'exclame-t-il dans une illumination subite.

Il a saisi, se réjouit Ora, il est tout près. Qui d'autre que lui pourrait comprendre ?

– Oui, plus ou moins. Et pense que nous serons bientôt réunis quand ce sera fini… ta fameuse mobilisation générale.

– Si tu le dis, soupire-t-il.

Elle sent qu'il se détache imperceptiblement d'elle, de cet instant de communion. Il y a encore des moments, très rares, où il se met à nu devant elle. Et si c'était la raison pour laquelle il préférait les casbahs et les moukataas à une semaine en Galilée en sa compagnie ? Ce n'est pas tant son vœu qui le trouble que de la voir – elle – s'angoisser et se livrer à on ne sait quelle magie noire.

Ofer recule encore d'un pas.

– D'accord, maman, conclut-il d'une voix normale, jouant à présent les adultes se pliant aux enfantillages d'une gamine. Si c'est ce que tu veux, alors, cool, vas-y, je n'ai rien contre. Bon, je dois raccrocher.

– À bientôt, Oferiko, je t'aime.

– Ne commets pas d'imprudences, maman, promis ?

– Ce n'est pas mon genre, tu le sais bien.

– Non, promets-le-moi.

Il sourit, elle sent la chaleur dans sa voix et fond de tendresse.

– Je te le promets, ne t'inquiète pas, tout ira bien.

– Idem pour moi.

– Promis ?

– Promis.

– Je t'aime.

– Super !

– Fais attention à toi !

– Toi aussi, et ne te tracasse pas, tout ira bien. Salut !

– Au revoir, Ofer, mon chéri…

C'est peut-être la dernière fois qu'elle entend sa voix, songe-t-elle avec lucidité, immobile, épuisée, trempée de sueur, le récepteur à la main. Pourvu qu'elle ne l'oublie pas ! Combien de fois va-t-elle se répéter cette conversation insipide, sans queue ni tête ? Elle lui a dit de prendre garde, et il lui a répondu de ne pas s'inquiéter, que tout ira bien. Si ce raid s'achevait d'ici trois ou quatre jours, leur dialogue se mêlerait à des centaines d'autres avant de tomber dans l'oubli. Mais jamais auparavant elle n'a eu ce genre de pressentiment. Toute la journée, elle a senti comme des aiguilles de glace s'enfoncer dans son bas-ventre, endurant le calvaire à chacun de ses mouvements. Elle perçoit l'écho de sa voix qui résonne encore dans l'appareil. Quand Ofer était petit, se souvient-elle, ils avaient transformé les baisers d'adieu en un rituel interminable et complexe – voyons, était-ce Ofer ou Adam ? Cela commençait par des câlins à n'en plus finir, de gros baisers sonores, de plus en plus doux et suaves, jusqu'à un bisou papillon dans le cou, à lui et à elle, puis sur le bout du nez, qui se muait en un frôlement impalpable, une caresse pareille à une brise légère, immatérielle.

Le téléphone sonne de nouveau. Une voix d'homme, rauque, hésitante demande à parler à Ora. Elle s'assoit, haletante, l'écoutant respirer

102

bruyamment. « C'est moi », déclare-t-il. « Je sais. » Elle entend sa respiration légèrement sifflante, les battements de son cœur, du moins le croit-elle. Elle tressaille. Il a dû voir Ofer à la télévision, et maintenant il sait de quoi il a l'air.

– Ora, c'est fini ?

– Qu'est-ce qui est fini ? s'enquiert-elle, terrifiée par l'ombre que projette ce mot.

– Son service militaire. La dernière fois que nous nous sommes parlé, juste avant qu'il commence, tu ne m'as pas dit qu'il serait libéré aujourd'hui ?

Elle se rend compte que, dans toute cette agitation, elle n'y a plus pensé, qu'elle l'a oublié, lui. Elle s'est débrouillée pour l'écarter de cet imbroglio, lui qui a besoin de réconfort, aujourd'hui plus que jamais.

– Écoute…, commence-t-elle – encore cet « écoute » pontifiant, lèvres pincées.

La tension qui agite cet homme la frappe de plein fouet, tel un courant électrique. Elle va devoir se concentrer, peser ses mots ; elle n'a pas le droit à l'erreur.

– Oui, Ofer devait effectivement être libéré aujourd'hui – elle parle lentement, avec circonspection, elle perçoit l'effroi dans son âme, croyant presque le voir lever les bras pour se protéger la tête, comme un enfant battu –, mais tu sais que l'état d'urgence a été décrété, tu l'as sûrement entendu aux informations, et il a été mobilisé pour cette opération. D'ailleurs, je viens de le voir à la télévision.

Se rappelant brusquement qu'il n'a pas de poste, elle comprend le choc que la nouvelle doit lui causer, par sa faute, aux antipodes de ce à quoi il s'attendait.

– Avram, reprend-elle, je vais tout t'expliquer, ce n'est pas une catastrophe, ni la fin du monde.

Elle lui répète qu'on a rappelé Ofer à cause de ce raid. Avram l'écoute, ou pas.

– Ce n'est pas bon du tout, commente-t-il quand elle a terminé.

– Ce n'est pas bon du tout, tu as raison.

– Non, je veux dire par là que ce n'est pas le bon moment.

Le bras d'Ora est douloureux à force de serrer le téléphone humide entre ses doigts, à croire qu'Avram pèse de tout son poids à l'intérieur du combiné.

– Comment vas-tu ? murmure-t-elle. Il y a des siècles qu'on ne s'est pas parlé.

– Tu m'avais bien dit qu'il terminait son service militaire aujourd'hui, oui ou non ?

– Oui, c'est vrai, c'était aujourd'hui.

– Alors pourquoi ne l'ont-ils pas libéré ? hurle-t-il. Tu m'as affirmé que c'était aujourd'hui ! Tu l'as dit, oui ou non ?

On croirait qu'un lance-flammes l'attaque à travers l'écouteur. Elle l'écarte de son visage. *Oui, il était censé être libéré aujourd'hui !* veut-elle crier à l'unisson.

Le silence retombe. Elle pense qu'il s'est calmé.

– Comment ça va, dis-moi ? insiste-t-elle. Tu n'as pas donné signe de vie depuis trois ans.

Il ne l'entend pas, se répétant à lui-même : Ce n'est pas bon. L'obliger à faire du rab à la dernière minute, c'est encore pire.

Ayant limité ses vœux et talismans à trois ans, à la seconde près, Ora en a épuisé la force, y compris la sienne propre. Elle perçoit derrière les paroles d'Avram un savoir plus aiguisé que le sien.

– Combien de temps devra-t-il rester là-bas ? questionne Avram.

– Impossible à savoir. Il était en congé de fin de service, quand on lui a demandé de rempiler.

– Pour combien de temps ? s'entête-t-il.

– C'est un ordre de mobilisation générale. Ça pourrait durer des semaines.

– Des semaines ?

– Disons vingt-huit jours. Il y a des chances pour que ce soit terminé bien avant.

Ils n'en peuvent plus, l'un comme l'autre. Ora se laisse glisser du fauteuil sur le tapis, ses longues jambes repliées sous elle, la tête penchée, ses cheveux lui cachant à moitié la joue, adoptant machinalement la posture qu'elle affectionnait quand, à dix-sept, dix-neuf ou vingt-deux ans, elle se lançait dans d'interminables palabres avec

Avram au téléphone et qu'ils mettaient à nu leur cœur. À l'époque, il en avait un, de cœur, intervient Ilan de très loin.

Il y a de la friture sur la ligne, interférences du temps et de la mémoire. Ora redessine les motifs du tapis du bout de l'index. On devrait chercher un jour pourquoi passer le doigt sur un tapis de laine suffit à ranimer les souvenirs et les regrets, médite-t-elle avec amertume. Soit dit en passant, il lui est impossible d'ôter son alliance, et elle n'y parviendra probablement jamais. Le métal est incrusté dans sa chair, refusant de s'en détacher. Dans le cas contraire, l'enlèverait-elle ? Ses lèvres s'affaissent. Où se trouve Ilan à présent ? En Équateur ? Au Pérou ? Déambulant avec Adam parmi les tortues des Galápagos, ignorant qu'une guerre se prépare ici ? Ni qu'elle a dû accompagner Ofer elle-même.

– Ora…, reprend Avram avec difficulté, comme s'il se hissait hors d'un puits. Je ne peux pas rester seul.

Elle saute sur ses pieds.

– As-tu envie que je… Attends… euh… qu'est-ce que tu veux au juste ?

– Je ne sais pas.

Prise de vertige, elle s'adosse contre le mur.

– Il n'y a personne qui pourrait te tenir compagnie ?

Il marque une pause.

– Non, pas en ce moment.

– Tu n'as pas d'ami, un collègue ? – Une femme ? ajoute-t-elle pour elle-même. À propos, la jeune fille avec qui il sortait, qu'était-elle devenue ?

– Je ne travaille plus depuis deux mois.

– Ah, comment ça ?

– Le restaurant est en travaux. Tout le monde est en congé.

– Le restaurant ? Et le pub alors ?

– Quel pub ?

– Là où tu étais employé…

– Ah, là ! Je suis parti depuis deux ans. Ils m'ont viré.

Elle-même s'est gardée de lui avouer ses propres échecs, tant professionnels que familiaux.

105

– Je n'ai plus d'énergie, tu vois. Mes forces m'ont trahi aujourd'hui, justement, ajoute-t-il.

– Écoute, commence-t-elle d'une voix pondérée, réfléchie. J'ai prévu de partir en excursion dans le Nord demain. Je pourrais faire un saut chez toi avant...

Elle entend sa respiration asthmatique, saccadée, mais curieusement il ne la rembarre pas. Elle appuie son front contre la vitre. La rue a l'air tout à fait normale. Pas de véhicules suspects. Les chiens des voisins n'aboient pas.

– Ora, je n'ai pas compris ce que tu viens de dire.

Elle s'écarte de la fenêtre.

– Laisse tomber, c'était une idée stupide.

– Tu veux venir?

Elle nage en pleine confusion.

– Oui.

– C'est bien ce que tu as proposé, non?

– J'imagine que oui.

– Quand?

– C'est toi qui vois. Demain. Maintenant. Je préférerais tout de suite. Je ne te cache pas que j'ai un peu peur de rester seule moi aussi.

– Tu veux venir maintenant?

– Je ne resterai pas longtemps. J'allais partir, de toute façon...

– Tu risques d'être déçue. C'est un trou ici.

Elle déglutit avec effort, le cœur battant.

– Je n'ai pas peur.

– Je vis dans un taudis, je te préviens.

– Ça m'est égal.

– On pourrait sortir se promener, si tu veux?

– D'accord.

– Je t'attendrai en bas, et puis on ira faire un tour.

– Dans la rue?

– Il y a un pub dans le coin.

– J'arrive. On avisera ensuite.

– Tu connais mon adresse?

– Oui.

– Je n'ai rien à t'offrir. C'est le désert, chez moi.

– Je n'ai besoin de rien.

– Je suis seul depuis un mois environ.

– Ah bon ?

– L'épicerie est fermée, je crois.

Le téléphone à la main, elle déambule dans l'appartement, comme si elle se cognait aux murs. Il lui faut s'organiser, finir ses bagages, écrire des messages. Elle va partir. Elle va s'enfuir. Et elle va l'emmener avec elle.

– Je n'ai pas faim.

– On pourrait peut-être… Il y a une buvette pas loin.

– Avram, je suis incapable d'avaler quoi que ce soit. Je veux te voir, c'est tout.

– Moi ?

– Oui.

– Et après, tu rentreras chez toi ?

– Oui. Non. J'irai peut-être en Galilée.

– En Galilée ?

– On en parlera plus tard.

– Dans combien de temps ?

– Pour venir ou partir ?

Pas de réponse. Peut-être n'a-t-il pas compris sa petite plaisanterie.

– J'en ai pour une heure grosso modo, le temps de finir ce que j'ai à faire ici et d'arriver à Tel-Aviv, précise-t-elle.

Un taxi, se rappelle Ora, le cœur serré. Elle doit appeler un taxi. Et comment se rendra-t-elle en Galilée, d'ailleurs ? Elle ferme les yeux, reconnaissant les signes avant-coureurs d'une migraine. Ilan avait raison. Avec elle, un plan quinquennal dure cinq secondes au maximum.

– C'est un vrai trou, ici, je te dis, répète Avram.

– J'arrive.

Ora raccroche avant qu'il ne change d'avis et elle se démène comme une enragée dans l'appartement. Elle s'assoit pour écrire un message à Ofer, et se retrouve en train de griffonner debout, le dos courbé. Elle précise une fois de plus ce qu'elle-même a du mal à s'expliquer, lui demande de lui pardonner, lui réitère sa promesse de l'emmener en randonnée dès son retour, lui recommande de ne rien tenter pour la retrouver, elle reviendra dans un mois, il a sa parole. Elle glisse la feuille dans une enveloppe cachetée qu'elle pose en évidence sur la table, laisse à Bronya, la femme de ménage, une liste d'instructions rédigée dans des mots simples, en gros caractères. Elle part en vacances à l'improviste, lui indique-t-elle, elle la prie de réceptionner le courrier et de s'occuper d'Ofer au cas où il reviendrait en permission – faire la lessive, le repassage et la cuisine –, et elle lui laisse un chèque mensuel plus important que d'habitude. Après quoi, elle expédie plusieurs e-mails succincts, passe quelques coups de fil, essentiellement à ses amies à qui elle résume la situation sans déguiser la vérité, mais sans la révéler non plus totalement – elle omet de spécifier que son fils s'est volontairement réengagé le jour même –, et esquive avec brusquerie un feu roulant de questions. Elles sont bien sûr au courant de l'excursion prévue avec Ofer, qu'elles attendaient avec presque autant d'impatience qu'elle-même. Elles ont plus ou moins saisi que quelque chose cloche et qu'un autre projet, complètement loufoque, auquel Ora ne peut pas résister, s'est concrétisé à la dernière minute. Elles la trouvent bien bizarre, un peu étourdie, comme si elle avait absorbé une quelconque substance. Ora s'excuse de faire tant de mystères. « C'est encore un secret », confie-t-elle dans un sourire, laissant ses amies se perdre en conjectures, lesquelles amies s'empressent d'ailleurs de se téléphoner les unes les autres afin d'examiner la question sous toutes les coutures et tenter de deviner ce qui se passe. On avance des hypothèses croustillantes, on imagine quelque passion tumultueuse, probablement à l'étranger, et sans doute quelques-unes éprouvent-elles une pointe d'envie pour leur amie, qui se sent pousser des ailes.

Elle appelle le Type chez lui, en dépit de l'heure tardive et de l'interdiction formelle. Sans même lui demander s'il peut lui parler, sourde à ses grognements exaspérés, elle l'informe qu'elle part pour un mois et qu'ils aviseront à son retour. Là-dessus, elle raccroche en jubilant. Elle enregistre une nouvelle annonce sur le répondeur. « Bonjour, c'est Ora. Je serai absente probablement jusqu'à la fin avril. Inutile de me laisser un message, je ne pourrai pas y répondre. Merci et à bientôt.» Sa voix est étranglée, trop sérieuse, lui semble-t-il, pas du tout celle d'une femme à la veille d'un voyage exaltant et mystérieux. Elle modifie donc son message, adoptant le ton guilleret d'une skieuse ou d'une adepte du saut à l'élastique, espérant qu'Ilan l'écoutera quand il aura vent de la situation en Israël et cherchera à prendre des nouvelles d'Ofer – il sera vert de jalousie, stupéfait de constater qu'elle mène vraiment la belle vie. Et puis elle se dit qu'Ofer pourrait l'appeler lui aussi et que cette voix enjouée risquerait de le blesser. Du coup, elle enregistre un troisième message de la manière la plus neutre et formelle possible, mais son timbre dénué d'artifices, laissant toujours transparaître une pointe de surprise, la trahit. Tout en se blâmant de s'attarder à ces broutilles, elle appelle machinalement Sami.

Après avoir quitté Ofer au point de rassemblement, assise à côté du chauffeur dans le taxi, Ora s'était excusée de la bourde monumentale qu'elle avait commise en sollicitant ses services. Elle lui avait expliqué avec simplicité dans quel état d'esprit elle se trouvait quand elle lui avait téléphoné ce matin-là, comme le reste la journée au demeurant. Tandis qu'elle s'épanchait sans retenue, Sami conduisait en silence, évitant de tourner la tête dans sa direction. «J'aimerais pouvoir hurler de toutes mes forces pour avoir provoqué un tel drame entre nous», déclara-t-elle, un peu surprise de son silence. Sami pressa le bouton, côté passager, pour baisser la vitre. «Allez-y, ne vous gênez pas», répondit-il sans se départir de son calme. Un peu déconcertée, elle se pencha à la fenêtre et s'époumona jusqu'au vertige. Puis, se renversant au dossier de son siège, elle rit de soulagement, les yeux embués de larmes à cause du vent, la peau marbrée de rouge. «Vous ne voulez pas crier vous aussi?» demanda-t-elle. Et lui: «Il ne vaut mieux pas, croyez-moi.»

Il passa le trajet du retour agrippé au volant, concentré sur la route, sans desserrer les dents. Elle décida de ne plus le harceler et, épuisée, elle s'assoupit jusqu'à la maison. Depuis, à force de repasser dans sa tête leur conversation – en admettant qu'on puisse la nommer ainsi, Sami ayant à peine ouvert la bouche –, elle avait conclu qu'elle avait bien fait. Son silence ne l'avait pas empêchée de se mettre à sa place après cet incident en refusant tout compromis. Dorénavant, elle lui vouerait une reconnaissance éternelle, lui avait-elle déclaré sans le regarder, après qu'il se fut garé devant son immeuble. Un Juste parmi les Nations, avait-elle songé, très émue. Il l'avait écoutée avec gravité en remuant les lèvres, on aurait dit qu'il répétait ses paroles. En gravissant l'escalier après son départ, elle avait eu le sentiment que, malgré ce qui s'était passé, en dépit de son singulier mutisme pendant tout le voyage, leur amitié s'en était peut-être trouvée renforcée, comme purifiée par une flamme plus authentique : l'épreuve de la réalité.

Mais quand elle le rappelle, sans lui laisser le temps de lui exposer qu'elle doit se rendre d'urgence à Tel-Aviv, Sami lui répond avec une froideur extrême qu'il ne se sent pas bien. Il a le dos en compote après leur expédition, au point qu'il a dû s'allonger quelques heures. Le cœur gros, Ora comprend à sa voix qu'il ment. Et ce qu'elle tentait de refouler depuis qu'elle l'avait quitté, la morsure des sarcasmes et des doutes, devient brusquement concret, lui révélant sa naïveté et sa bêtise, telle une gifle. Au lieu de répondre qu'elle comprend et appellera un autre taxi, elle s'entend insister pour le convaincre de venir.

– Madame Ora, il faut que je me repose maintenant. J'ai eu une rude journée, et je ne peux pas faire deux grands trajets dans la foulée.

Ce «madame Ora» la blesse, au point qu'elle manque de lui raccrocher au nez. Elle s'abstient, comprenant qu'elle n'aura pas l'esprit en paix tant qu'elle n'aura pas mis les choses au point. Patiemment, sans se fâcher, elle entreprend de lui expliquer qu'elle aussi, il le sait très bien, a eu une journée difficile, mais que... Sami l'interrompt brusquement pour lui proposer l'un de ses chauffeurs. Ora se ressaisit, elle a sa fierté, se rappelle-t-elle, même si son amour-propre en a pris un coup. Pas la peine, merci, elle se débrouillera, rétorque-t-elle avec hauteur. La sécheresse de son ton doit avoir alerté Sami, qui l'implore de ne pas le prendre mal avant de se réfugier dans un silence hésitant. «Impossible de ne pas le prendre mal venant de vous, Sami, c'est comme ça», ne peut-elle s'empêcher d'ajouter, le sentant faiblir. Il soupire. Ora patiente. Quelque part dans la maison, elle entend vociférer un homme, à qui Sami intime de se taire, le ton las. Alors, à cause de l'épuisement teinté de désespoir qu'elle devine dans sa voix, elle éprouve le besoin pressant de le voir sur-le-champ. Elle a le sentiment qu'elle pourra se racheter, à condition de passer un peu de temps avec lui, même quelques minutes. Sa première tentative a avorté, mais cette fois elle lui parlera d'autre chose, de sujets qu'ils n'ont jamais abordés ensemble, les racines de son erreur d'aujourd'hui, les peurs et les haines qu'elle et lui ont bues avec le lait maternel. Peut-être n'ont-ils jamais eu de véritable conversation ? Peut-être les innombrables heures passées ensemble sur la route à pérorer, se chamailler ou se tordre de rire n'ont-elles à aucun moment débouché sur une discussion sincère ?

Le vacarme redouble. Une discussion orageuse entre trois ou quatre personnes, dont une femme. Ora ne reconnaît pas la voix, mais c'est probablement Inaam, l'épouse de Sami. Elle se demande si elle y est pour quelque chose, à cause de ce qui s'est passé un peu plus tôt, et s'il est possible – idée saugrenue, mais en un pareil jour, dans ce pays, tout était possible – que l'on ait dénoncé Sami pour avoir conduit un soldat là-bas.

– Ne quittez pas ! prie Sami qui se met à parler en arabe à un jeune homme d'un ton vif et tranchant.

Il s'emporte avec une violence dont Ora ne l'aurait jamais cru capable. Loin de s'en émouvoir, l'autre répond d'une voix accusatrice et méprisante, on dirait qu'il éructe des borborygmes, ou crache son venin. Elle entend les pleurs d'un jeune garçon, qui a l'air beaucoup plus jeune que le fils cadet de Sami, puis un bruit sourd, comme un coup de pied dans un meuble, ou une chaise renversée. Ora a la nette impression que la scène houleuse qui se déroule là-bas n'est pas sans rapport avec leur périple de la journée. Elle voudrait interrompre la communication et disparaître à jamais, ne plus lui causer du tort. Sami lance brutalement le récepteur sur la table, elle entend ses pas pressés, manque de raccrocher, mais continue à écouter, comme hypnotisée – un pan secret de leur vie se dévoile, lui ménageant un observatoire unique, fascinant. Voilà ce qu'ils sont vraiment sans nous, si tant est qu'un « sans nous » existe, raisonne-t-elle. Puis elle perçoit un cri déchirant, sauvage – elle ne saurait dire qui de Sami ou de son interlocuteur l'a poussé –, suivi de deux coups secs, comme des battements de mains, ou des claques sur les joues, et puis le silence, troublé uniquement par les sanglots étouffés, désespérés d'un enfant.

Ora s'appuie en chancelant à la table de la cuisine. Qu'est-ce qui lui a pris de le rappeler ? Quelle idiote ! Pensait-elle vraiment qu'après avoir effectué l'aller-retour au Guilboa, il pourrait encore la conduire à Tel-Aviv ? Elle commet bêtise sur bêtise. Tout ce qu'elle touche tourne mal.

Sami reprend la parole d'une voix rauque, effarée, avec un débit précipité, presque inaudible. Où a-t-elle exactement l'intention de se rendre à Tel-Aviv ? s'enquiert-il. Et il lui demande aussi si elle voit un inconvénient à ce qu'il effectue un petit détour par le sud de la ville où il a à faire. Ora ne sait que penser : elle s'apprête à lui dire qu'elle se passera de ses services, mais devine qu'il a vraiment besoin d'elle et que c'est la bonne occasion de s'acquitter de sa dette. Elle se promet de le quitter à Tel-Aviv où elle trouvera un autre taxi pour la conduire en Galilée, à n'importe quel prix.

– D'accord, Ora ? insiste-t-il, impatient. Je peux passer vous prendre ? Êtes-vous prête ?

Le tumulte a recommencé dans son dos. Cette fois, il ne s'agit plus d'une dispute. On dirait que l'autre homme crie pour lui-même, tandis qu'une femme gémit comme en prière – sans doute est-ce Inaam, songe Ora –, une sorte de longue plainte affligée, un sanglot lointain qu'Ora se rappelle avoir entendu des dizaines d'années auparavant : les pleurs de l'infirmière arabe dans le petit hôpital de Jérusalem où, autrefois, elle a été placée en quarantaine avec Avram et Ilan.

A-t-il l'intention de s'attarder longtemps dans le sud de Tel-Aviv ? questionne-t-elle.

– Cinq minutes, répond Sami. Vous me rendriez un grand service, ajoute-t-il, la sentant hésiter, la suppliant presque, ce dont il n'est pas coutumier.

Elle se souvient de la promesse qu'elle lui a faite à peine quelques

113

heures plus tôt. Un Juste parmi les Nations, tu parles! pense-t-elle
dans une belle envolée lyrique.

– Oui, c'est d'accord, assure-t-elle.

Elle traîne son sac à dos sur le trottoir et, cédant à une impulsion,
remonte chercher celui d'Ofer, oublié dans un coin. Elle ignore la
sonnerie insistante du téléphone: effrayé par son audace, Avram a
dû se raviser et l'appelle pour lui demander de ne pas venir. À moins
que Sami n'ait changé d'avis? Elle descend l'escalier quatre à quatre,
comme une voleuse, ces marches que les messagers, qui viennent généralement à trois, à ce qu'on dit, graviront dans un jour, une semaine,
peut-être jamais – mais elle ne doute pas de les voir surgir tôt ou tard.
C'était incroyable, mais vrai: ils monteront l'escalier, une marche après
l'autre, même celle qui est ébréchée, en se répétant intérieurement
ce qu'ils vont lui annoncer. La nuit, depuis qu'Adam a commencé son
service militaire, durant le temps où il a servi dans les Territoires, et
enfin les trois années où ça a été le tour d'Ofer, elle n'a jamais cessé
de les guetter! Combien de fois a-t-elle répondu à un coup de sonnette, certaine que c'était la fin? Mais la porte restera close un jour,
puis deux, une semaine, une autre encore, et la mauvaise nouvelle ne
lui sera pas transmise, car, pour cela, il faut être deux, l'expéditeur et
le destinataire – et comme il n'y aura personne pour les accueillir, ils
ne pourront pas la lui délivrer. C'est un trait de génie, une idée brillante
qu'elle a eue là, on dirait une pluie d'éclairs fulgurants et jubilatoires,
surtout maintenant que la maison est fermée, alors que le téléphone
n'arrête pas de sonner et qu'elle arpente le trottoir en attendant Sami.

À la réflexion, elle trouve sa trouvaille de plus en plus excitante
– d'autant que cela ne lui correspond absolument pas, constate-
t-elle avec étonnement, c'est plutôt une élucubration digne d'Avram,
voire d'Ilan. Quoi qu'il en soit, elle ne doute pas du bien-fondé de sa
démarche et de sa protestation, se délectant de ce mot qu'elle tourne
et retourne dans sa bouche, y mordant à belles dents: protestation,
ma protestation. Elle aime la façon dont sa langue s'enroule autour
de sa nouvelle petite proie frétillante, sa protestation, et l'on dirait
que son corps fourbu retrouve une nouvelle tonicité très agréable.
C'est une protestation pitoyable et pathétique, qui se dissipera dans

une heure ou deux, lui laissant un goût fade dans la bouche, elle ne l'ignore pas, mais a-t-elle le choix ? Doit-elle attendre patiemment qu'on vienne lui enfoncer la nouvelle dans le crâne ? Je ne resterai pas ici, ressasse-t-elle pour se donner du courage. Pas question de les laisser faire. Elle émet un petit rire sec, sans joie : voilà, c'est décidé, elle refuse, elle sera la première refuznik en la matière. Elle s'étire, inspirant l'air vif et piquant du soir à pleins poumons. Un sursis, elle obtiendra un sursis, pour elle-même et, surtout, pour Ofer. Elle ne peut espérer davantage pour le moment. Un bref sursis, le temps d'une protestation. Le cerveau en ébullition, elle fait les cent pas autour des sacs posés par terre. Seulement, son plan présente une faille, une incohérence qui fera capoter son projet, et tôt ou tard, elle deviendra la risée générale et sera bien obligée de rentrer à la maison avec ses deux sacs. D'ici là, elle est libre de ses mouvements, délivrée de la pusillanimité où elle est engluée depuis une année. Elle se répète à mi-voix ce qu'elle s'apprête à faire et, curieusement, elle en déduit qu'en se sauvant de chez elle le marché sera ajourné, même provisoirement, du moins le croit-elle – celui que l'armée, la guerre et l'État risquent de lui imposer sous peu, voire cette nuit même. Ce marché arbitraire qui l'oblige, elle, Ora, à accepter d'apprendre de leur bouche la nouvelle du décès de son fils, de sorte qu'elle leur prête main-forte pour mener le processus complexe et pénible à son terme logique, et, en validant cette mort, elle se fait en quelque sorte complice du crime.

Ses forces l'abandonnent et elle s'affale sur le trottoir, entre les deux sacs à dos, bourrés à craquer, qui semblent à présent se presser contre elle, tels des parents protecteurs. Elle serre les bagages sur son cœur, leur expliquant en silence qu'elle est un peu désaxée en ce moment. Elle ne va pas flancher dans le combat qu'elle mène contre ces oiseaux de malheur, elle doit leur tenir tête dans l'intérêt d'Ofer, pour ne pas regretter ensuite de s'être rendue sans résistance. Elle sera donc absente quand ils viendront l'avertir. Le colis sera retourné à l'expéditeur, la roue s'arrêtera momentanément, elle pourra même basculer sur son axe d'un ou deux centimètres au maximum. Bien entendu, la triste nouvelle lui sera renvoyée aussitôt après, elle ne se

115

fait aucune illusion. Ils ne baisseront pas les bras, ils ne peuvent pas s'avouer vaincus, car leur défaite, même devant une femme, signi-fierait l'effondrement du système tout entier. Où irait-on si d'autres familles adoptaient l'idée et n'acceptaient pas non plus la nouvelle concernant la mort de l'être cher ? Elle ne fait pas le poids, elle le sait, elle n'a aucune chance. Mais elle luttera, ne serait-ce que quelques jours. Exactement vingt-huit, un peu moins d'un mois. Pourquoi pas, elle en a les moyens, et, en fait, c'est l'unique issue, la seule chose en son pouvoir.

Ora se retrouve une fois de plus à l'arrière du taxi de Sami, assise à côté d'un enfant de six ou sept ans – Sami lui-même ignore son âge exact –, un petit Arabe maigrichon et brûlant de fièvre. « C'est le fils de quelqu'un », commente le chauffeur, sibyllin. « Quelqu'un de chez nous », précise-t-il devant l'insistance d'Ora. Sami doit le reconduire dans sa famille, quelque part au sud de Tel-Aviv. La famille de Sami ou celle de l'enfant ? N'obtenant pas de réponse claire, Ora décide de ne plus le harceler avec ses questions. Sami est visiblement paniqué, à bout, et il a la joue enflée, comme s'il souffrait d'une rage de dents. Il ne s'étonne pas de la voir trimballer deux sacs à cette heure indue. Elle n'a pas surpris la moindre lueur d'intérêt dans son regard, il a l'air inerte, transformé, et il est donc inutile de remettre l'épisode du Guilboa sur le tapis. Malgré la pénombre régnant dans l'habitacle, elle reconnaît les vêtements du garçon : un jean avec des motifs en forme de lapin aux genoux, ayant autrefois appartenu à Adam, et un vieux T-shirt d'Ofer portant le slogan électoral de Shimon Peres. Il flotte dans ses habits, trop grands pour lui. C'est la première fois qu'il les met, soupçonne Ora. Elle se penche pour demander à Sami si l'enfant est malade. « Oui », répond le chauffeur. « Rami, il s'appelle Rami », lâche-t-il, quand elle veut savoir son prénom. « Raami ou Rami ? » questionne-t-elle. « Rami, Rami », confirme-t-il impatiemment.

S'il n'avait pas eu besoin d'elle, il ne serait jamais venu la chercher, songe Ora. Il passe ses nerfs sur elle, après la scène à laquelle il a eu droit chez lui. À la première occasion, elle informera Ilan du comportement scandaleux de Sami à son égard, se dit-elle pour se consoler – on verra bien s'il jouera encore les fanfarons. Ilan lui passera un savon et sera même capable de le licencier, pour lui plaire, lui prouver qu'il tient encore à elle, à la protéger. Ora se redresse sur la banquette. Elle ne va quand même pas appeler son mari à la rescousse ! Cette histoire ne le concerne pas, c'est entre Sami et elle, quant à son soutien, sa protection chevaleresque, elle n'en a que faire, merci bien.

Elle se rencogne au fond de la voiture, le visage agité de tics nerveux, déchirée par son abandon. Plus que par la solitude, ou l'affront subi, elle est anéantie par la séparation, la souffrance fantomatique, l'amputation que lui inflige l'absence de son mari à ses côtés. Elle observe son reflet dans la vitre obscure, ressent avec une douloureuse acuité la torture de sa chair, mal aimée depuis tant d'années, de son visage, que personne n'a vraiment regardé avec cette dévotion nourrie par des années de vie commune. Ce Type, Eran, qui lui a procuré son emploi au musée du Nevada, ressemble à un météore, un génie de l'informatique bouillonnant de projets, de dix-sept ans son cadet. Elle ne sait d'ailleurs même pas comment le qualifier : ami ? amant ? partenaire sexuel ? Et elle, que représente-t-elle pour lui ? L'amour est un terme trop généreux pour définir la nature de leurs relations, se dit-elle en riant sous cape, mais au moins c'est la preuve que, même après Ilan, son corps émet encore des particules capables d'attirer quelqu'un, un autre homme. Tandis qu'elle rêvasse, perdue dans ses réflexions, ils traversent Sha'ar HaGai, bloqués dans un silence surnaturel et un embouteillage de plus en plus monstrueux à mesure qu'ils approchent de l'aéroport.

– Il y a des barrages partout aujourd'hui, on dirait, note Sami.

Quelque chose dans sa voix l'alerte, comme s'il cherchait à lui communiquer un message. Elle attend qu'il précise, mais il n'en fait rien.

L'enfant s'est endormi. Son front luit de sueur et sa tête ballotte étrangement sur son cou gracile. Sami a étalé une vieille couverture sur la banquette, constate Ora, probablement pour que la transpiration n'en souille pas le nouveau revêtement. Voyant le garçon agiter convulsivement sa main droite, maigre et fragile, devant sa figure, puis au-dessus de sa tête, elle l'entoure de son bras et le presse sur

117

son cœur. Il se fige, ouvre les yeux – il a le regard trouble, presque aveugle – et la dévisage d'un air hébété. Ora se garde de bouger, espérant qu'il ne la repoussera pas. Sa poitrine décharnée se soulève et s'abaisse au rythme de sa respiration précipitée, et, n'ayant plus la force de comprendre ni de résister, il s'abandonne mollement contre elle, les yeux clos. Ora perçoit sa chaleur à travers ses vêtements. Quelques minutes plus tard, elle se hasarde à resserrer son étreinte et le sent raidir ses épaules, frêles comme les ailes d'un oiseau. Elle patiente, appuyant doucement sa tête dans le creux de son cou, et se rappelle alors de respirer.

Sami se redresse pour les surveiller dans le rétroviseur d'un œil atone. Ora a le curieux sentiment qu'il compare la scène à une autre, imaginaire. Mal à l'aise, elle manque de repousser l'enfant, puis se ravise, répugnant à le réveiller. Elle trouve ce contact très agréable, en dépit de l'intense chaleur que dégage son corps, la sueur qui ruisselle de son front, mouillant son épaule, et le filet de salive qui lui dégouline sur le bras – à moins que ce ne soit pour toutes ces raisons à la fois, la chaude moiteur, l'empreinte oubliée de l'enfance qui se ranime. Elle l'examine à la dérobée : à travers ses cheveux grossièrement coupés à ras, elle distingue une profonde balafre en forme de faucille mal cicatrisée. Son visage étroit, plaqué contre son épaule, a une expression butée. On dirait un petit vieillard acariâtre. Ses longs doigts fuselés sont très beaux, remarque-t-elle, émerveillée. Il les pose inconsciemment sur le bras d'Ora et les déplie en remuant dans son sommeil : sa paume est douce comme celle d'un bébé.

Le cœur d'Ora se serre : Ofer ! Elle n'a plus pensé à lui depuis près d'une heure. Elle ne sentira pas aujourd'hui sur les siennes les grandes mains de son fils aux veines apparentes, aux ongles rongés, noirs de graisse, laquelle ne disparaîtra pas complètement, même trois mois après sa libération, elle en a fait l'expérience avec Adam, sans parler des jointures calleuses, des cicatrices, des coupures, des coutures, des écorchures, brûlures, égratignures, entailles, des éraflures, de la peau reconstituée, desquamée, enduite, pansée, formant une sorte de croûte brunâtre d'aspect cireux. Cette main guerrière et néanmoins si expressive et généreuse, sa manie puérile d'effleurer les extrémités de ses doigts avec le pouce comme pour les compter, de se mordiller l'ongle de l'auriculaire tout en affirmant : *Tu te trompes, maman* – elle ne se rappelle plus à quel propos. Ne subsiste qu'une image tronquée d'Ofer se mordillant distraitement le petit doigt, les sourcils froncés. *Tu as tort sur toute la ligne, maman.*

Pour l'heure, l'enfant se love contre elle avec une confiance admirable, ce qui inexplicablement chatouille sa vanité et lève ses doutes. « Tu es une mère indigne », lui avait lancé Adam, peu avant de quitter la maison. Ainsi, sans autre préambule, d'un ton détaché, il l'avait brisée, niée avec ce jugement à l'emporte-pièce, objectif, quasi scientifique. Un lointain souvenir remonte à sa mémoire, lui serrant la gorge tel un lasso. Elle revoit le minuscule poing fermé d'Ofer, nouveau-né. On avait posé le bébé sur sa poitrine pendant que quelqu'un s'activait dans son bas-ventre, fouillant, suturant, bavardant à tort et à travers. « C'est bientôt fini, le temps passe vite quand on rigole, hein ? » avait plaisanté cet homme. Trop fatiguée pour le prier de se taire, elle avait tenté de puiser du courage dans les grands yeux bleus extraordinairement sereins qu'Ofer fixait sur elle. Dès sa naissance, il cherchait à croiser les regards. Quant à elle, depuis le premier jour, elle tirait sa force de son fils. À présent, elle avait la vision de son poing miniature – *sa petite pogne*, aurait dit Avram s'il avait été là dans la salle de travail ; Ora a encore du mal à admettre son absence auprès d'elle et de l'enfant ; comment a-t-il pu ne pas être là ? – avec le profond sillon autour du poignet et la petite main rose vif qui, tout à l'heure, était encore un organe interne, ou du moins en avait l'air. La main s'était lentement déployée, dévoilant pour la première fois la paume en forme de conque énigmatique – que m'as-tu ramené des profondeurs obscures de l'univers, mon fils ? – marquée d'un faisceau de lignes et recouverte d'une espèce de toile d'araignée blanchâtre et visqueuse, les ongles translucides, pareils aux pépins d'une grenade. Les doigts s'étaient étroitement refermés autour de l'index de sa mère : « *Car tu m'es consacrée par la sagesse millénaire des temps anciens.* »

Le jeune garçon émet une sorte de râle et se lèche les lèvres. Ora demande à Sami s'il a de l'eau. Elle porte la bouteille, oubliée dans la boîte à gants lors du voyage précédent, à la bouche de l'enfant, qui s'étrangle à la première gorgée. Peut-être n'en aime-t-il pas le goût ? Ora verse quelques gouttes dans le creux de sa main, et lui humecte le front, les joues et les lèvres sèches. Sami la fixe avec intensité. On dirait un metteur en scène visionnant la dernière séquence qu'il vient de tourner. Le petit frissonne et se blottit encore plus près. Il ouvre soudain les yeux et la regarde sans la voir, un étrange sourire rêveur aux lèvres, la grâce de l'enfance... Ora se penche une nouvelle fois.

– Quel est son vrai nom ?

Sami inspire profondément.

– Pourquoi tenez-vous à le savoir, Ora ?

– Dites-moi comment il s'appelle, répète-t-elle, les lèvres blêmes de colère.

– Yazdi, il s'appelle Yazdi.

Entendant son nom, l'enfant tressaille dans son sommeil et murmure quelque chose en arabe. Ses jambes tressautent, comme s'il rêvait qu'il courait, ou détalait comme un lapin.

– Il doit voir un docteur d'urgence, dit Ora.

– Sa famille habite à côté de Tel-Aviv. Ils connaissent le meilleur spécialiste. Il souffre de quelque chose au ventre, précise le chauffeur quand Ora lui pose la question. Il est né comme ça, c'est lié à la digestion, je crois. Il ne peut manger que trois ou quatre aliments, le reste, il le rejette. Et puis il n'est pas tout à fait bien là-haut, ajoute-t-il à contrecœur.

Le petit collé contre son flanc, Ora se raidit.

– Que voulez-vous dire ?

– Dans sa tête. Il est retardé. C'est arrivé d'un coup, il y a trois ans.

– D'un coup ? Ces choses-là n'arrivent pas d'un coup.

Sami pince les lèvres.

– Chez lui, si, apparemment.

Ora regarde par la fenêtre. Elle contemple son reflet dans la vitre, l'enfant pelotonné contre elle. Ils roulent au ralenti. Un signal lumineux indique un barrage, à trois cents mètres de là. Sami remue les lèvres, comme s'il argumentait avec un interlocuteur invisible. « J'avais besoin de ça, ils sont tous sur mon dos, *yekhreb bet' hom*, maudits soient-ils, pour qui ils me prennent... », ronchonne-t-il dans sa barbe.

– Qu'y a-t-il, racontez-moi ? questionne Ora à voix basse.

– Il ne se passe rien, rien du tout.

– Parlez-moi de cet enfant.

– Il n'y a rien à en dire ! s'emporte Sami en tambourinant sur le volant.

L'enfant s'agrippe à elle, il ne respire presque plus.

– On ne peut pas toujours inventer une histoire sur tout et n'importe quoi, Ora ! ajoute Sami d'une voix teintée de mépris.

À mesure qu'il parle, c'est comme s'il se dépouillait de son accent *sabra*, israélien, pour adopter des inflexions plus rauques, étrangères.

– Vous autres, vous inventez toujours des histoires pour en faire un feuilleton à la *téléfision*, ou un film destiné à un de vos *bestivals*, c'est vrai, hein ?

Ora tressaille, comme s'il l'avait giflée.

« Vous autres », « vos *bestivals* », a-t-il craché avec la prononciation des Arabes des Territoires dont il s'est toujours moqué, comme s'il voulait la narguer avec cette parodie du « sale Arabe ».

– Et puis cet enfant est malade, un point c'est tout, reprend-il. Et il est retardé. Pas de quoi en faire un film ! Il n'y a rien de plus à dire. Je suis allé le chercher pour l'emmener chez un médecin, et ensuite je vous dépose là où vous voulez, tout le monde est content et *khalas*, point final.

Ora est devenue écarlate, piquée au vif par ce « vous autres » qu'il lui a craché à la figure, comme s'il la mettait dans le même panier.

– Je veux savoir qui sont les parents de cet enfant, articule-t-elle lentement en détachant chaque syllabe. Et je vous demande de me le dire tout de suite, avant le barrage.

Sami ne réplique rien. Elle devine que son ton tranchant a dû lui mettre les points sur les *i*, lui rappeler une ou deux choses qu'elle n'a jamais dû, ni voulu, formuler explicitement. Le silence retombe. Sa volonté et la sienne se heurtant l'une à l'autre, elle en est consciente.

Sami lâche un long soupir.

– C'est le fils d'une de mes connaissances, un type bien. Il n'a rien à voir avec... vous savez... la sécurité. Vous n'avez aucune raison de vous inquiéter.

Ses épaules s'affaissent. Il se passe une main sur son front dégarni et secoue la tête avec consternation.

– Je ne sais pas ce qui m'arrive, Ora, soupire-t-il. Je suis fatigué. Je vais devenir chèvre, je crois. Vous me faites tourner en bourrique. J'ai besoin de repos, de tranquillité, *ya rabb!*

Ora renverse la tête sur son siège. Le monde devient fou, pense-t-elle. Alors pourquoi pas lui ? À travers ses paupières mi-closes, elle voit Sami loucher nerveusement vers les occupants des véhicules voisins. Les trois voies de l'autoroute se rétrécissent en deux, puis en une seule. On aperçoit la lumière bleue des gyrophares toute proche. Une jeep de la police bloque la chaussée.

– Je réponds quoi, si on m'interroge ? demande-t-elle.

– Que c'est votre fils, mais on ne vous posera aucune question, répond Sami, les yeux fixés devant lui pour éviter de croiser les siens dans le rétroviseur.

Ora hoche la tête. Tel est donc son rôle. Et la raison pour laquelle le garçon porte ce jean et le T-shirt avec le slogan de Shimon Peres. Elle étreint l'enfant, dont la tête retombe mollement contre son épaule. Quand elle lui chuchote son nom à l'oreille, il ouvre les yeux et la considère un moment avant de les refermer en souriant, comme dans un rêve.

– Mettez le chauffage, il grelotte, demande-t-elle à Sami.

Sami s'exécute. Ora étouffe, mais les tremblements de l'enfant se calment un peu. Elle lui éponge le front avec un mouchoir en papier et lui lisse les cheveux de la main. On dirait que son propre corps brûle de fièvre. Environ un an plus tôt, un vieil excentrique originaire du village de Doura s'est retrouvé enfermé dans une chambre froide, à Hébron. Il y a passé près de quarante-huit heures. Il n'est pas mort et a probablement même récupéré ses forces. Depuis ce jour, son existence à elle, sa vie familiale n'ont cessé de se dégrader. Les lumières bleues clignotent dans tous les sens. Elle dénombre six ou sept voitures de patrouille. Des policiers, des officiers, des militaires déambulent un peu partout. Ora transpire à grosses gouttes. Elle tire de son chemisier une amulette *shiviti* suspendue par une chaîne en argent, un pendentif émaillé portant l'inscription : *Je fixe constamment mes regards sur l'Éternel*, qu'elle pose d'un geste délicat, presque furtif, sur le front de l'enfant. Son amie Ariela le lui a offert des années auparavant. « Un peu de syncrétisme n'a jamais nui à personne », avait-elle affirmé alors qu'Ora refusait son cadeau en éclatant de rire. Pourtant, elle se décida à le porter chaque fois qu'Ilan partait en voyage, quand son propre père fut hospitalisé, et dans tous les cas où cela ne pouvait pas faire de mal – « une croyance superstitieuse », expliquait-elle quand on lui posait la question –, elle ne le quitta plus jamais durant le service militaire d'Adam, puis celui d'Ofer. *Je fixe constamment mes regards sur Allah*, murmurat-elle, ne voulant causer du tort à personne et moins encore convertir le petit musulman à son insu.

Les voitures de police se rapprochent de leur file. La route est obstruée de barbelés en zigzag. Les policiers sont sur les dents. Ils dévisagent attentivement les passagers à l'aide de puissantes torches sans cesser de brailler. Plantés sur le bas-côté, des officiers parlent dans leurs téléphones portables. C'est pire que jamais, se dit Ora. Ils ne sont pas aussi nerveux, d'ordinaire. Il n'y a plus qu'une seule voiture devant eux. Ora se penche en avant :

– Sami, il faut que je sache, il est à qui, ce gosse ?

Le chauffeur regarde droit devant lui en soupirant.

– Il n'y a pas de quoi fouetter un chat, vraiment, c'est le fils d'un maçon qui travaille pour moi, un ouvrier des Territoires. Un résident illégal, vous comprenez ? Le petit est dans cet état depuis hier. Il a été malade toute la nuit, et ce matin, il n'a pas arrêté de vomir, il pissait le sang aux toilettes… *yaani*, vous comprenez ?

– Vous n'avez pas essayé de le soigner ?

– Bien sûr que si. Nous avons appelé l'infirmière du village, *yaani*. À cause de sa maladie, elle nous a dit qu'il fallait le conduire d'urgence à l'hôpital. Mais comment voulez-vous faire puisqu'il n'a pas ses papiers ?

Sa voix s'éteint, il grommelle quelque chose, reconstruisant peutêtre des bribes de conversations et de disputes, puis frappe violemment le volant du poing.

Ora se redresse et se passe une main sur la figure pour remettre un semblant d'ordre dans son apparence.

123

– Calmez-vous ! Tout ira bien. Et n'oubliez pas de sourire, surtout !

Un jeune policier, presque un enfant, surgit et se volatilise presque aussitôt derrière le faisceau de la torche qu'il braque sur eux. Ora cille, éblouie par la clarté aveuglante, une vraie torture pour ses rétines fatiguées. Elle sourit largement dans la direction approximative de la lumière. Le policier dessine des cercles rapides de l'autre main pour signifier à Sami de baisser la vitre.

– Tout va bien ? s'enquit-il avec un fort accent russe en passant la tête par la fenêtre pour examiner les passagers.

– Bonsoir, ça roule, Dieu merci ! confirme Sami avec assurance.

– Vous venez d'où ?

– De Beit Zait, répond Ora sans se départir de son sourire.

– Beit Zait ? C'est où ?

– Près de Jérusalem, précise Ora qui, sans regarder Sami, devine à son léger sursaut de surprise qu'il partage son étonnement devant l'ignorance du jeune homme.

– Près de Jérusalem ? répète l'autre, probablement pour se donner le temps de poursuivre son inspection. Et vous allez où ?

– À Tel-Aviv, réplique Ora. Rendre visite à la famille, ajoute-t-elle de son propre chef.

– Le coffre ! lance le policier en s'extirpant du véhicule.

Ils l'entendent fouiller à l'arrière et secouer les deux sacs à dos. Qu'est-ce que Sami peut bien transporter là-dedans ? se demande Ora, remarquant les épaules raides du chauffeur. Des hypothèses diverses et variées se bousculent dans sa tête, telle une scène tirée d'un film déjanté. Elle le sonde du regard pour envisager les différentes possibilités, évaluant, soupesant, éliminant. Un mécanisme inconscient s'enclenche dans son esprit, toute une gamme de réflexes acquis. Avant même qu'elle n'ait le temps de comprendre ce qu'elle est en train de faire. Une fraction de seconde, pas davantage. Comme si elle avait fait un rapide tour du monde avec un flegme imperturbable.

Rien dans la physionomie de Sami ne trahit s'il est ou non conscient de ses états d'âme. Il est vrai qu'il a une grande expérience en cette matière, se rappelle-t-elle. Son corps massif, calé avec raideur dans son siège, un doigt tapotant sur le levier de vitesse.

Le policier à la face de renard, les oreilles rabattues, le visage d'un garçon trop tôt marqué par la vie reparaît à la fenêtre.
– À qui sont ces sacs, m'dame ?
– À moi, répond Ora, le sourire éclatant. Je pars en randonnée demain, en Galilée.

Le jeune officier les toise longuement à tour de rôle, l'enfant et elle, avant de pivoter sur ses talons, un doigt nonchalamment posé sur la vitre du côté d'Ora, probablement pour se concerter avec quelqu'un. Incroyable comme un doigt de rien du tout peut forcer, changer, maîtriser le destin, médite-t-elle. Le doigt fragile de l'arbitraire ! Le policier interpelle l'un de ses chefs, occupé au téléphone. Ora a l'intuition d'éveiller la méfiance. Comme si quelque chose en elle témoignait de sa culpabilité. Le jeune policier se retourne. À ce rythme, elle ne va pas tarder à s'effondrer, c'est sûr.

L'enfant se réveille et cille dans la clarté aveuglante. Ora lui serre l'épaule en souriant. Le petit garçon élève ses bras grêles dans le pinceau lumineux, tel un fœtus nageant dans le liquide amniotique. Ses yeux s'écarquillent en avisant le visage et l'uniforme à travers le halo éblouissant. Il a un haut-le-corps et elle l'enlace plus étroitement. Le policier se baisse sans le lâcher du regard. Le même pli amer, celui de l'abandon, contracte le visage de l'officier et celui de l'enfant. Le rayon de lumière balaye le corps du garçon, éclairant le slogan : *Shimon Peres est mon unique espoir de paix.* Un rictus retrousse les lèvres du policier. Ora est au bord de l'épuisement, comme si elle désespérait de comprendre la suite des événements. Seul le petit cœur de Yazdi, qu'elle sent battre follement sous son bras, l'empêche de perdre pied. Comment a-t-il compris qu'il devait faire profil bas ? se demande-t-elle. Comment parvient-il si admirablement à se contrôler ? On dirait un perdreau pétrifié, se terrant du mieux qu'il peut au cri d'avertissement de sa mère.

Et où ai-je appris à être une maman perdrix ? Une maman perdrix plus vraie que nature ?

Un klaxon retentit derrière eux, puis un autre. Le policier renifle. Un détail le turlupine. Quelque chose cloche. Il est sur le point de poser une autre question quand, dans un exercice de haute voltige, Sami le

devance. « Ne vous en faites pas, mon vieux, elle est une des nôtres »,
affirme-t-il dans un grand éclat de rire en désignant Ora de la tête.
L'autre agite sa torche avec une moue dégoûtée et leur fait signe
de passer. L'interrogatoire n'a duré que quelques minutes, mais Ora
est baignée de sueur, la sienne et celle de l'enfant.

Elle remet le sujet sur le tapis un peu plus tard, quand elle a recouvré
sa voix et que Sami a accéléré pour reprendre l'autoroute Ayalon.

– Un ouvrier en situation irrégulière ? Vous employez des travailleurs des Territoires, maintenant ?

Sami hausse les épaules.

– Comme tout le monde. Les *dafawim* sont moins chers. Parce que
vous croyez que je peux m'offrir un maçon d'Abou Gosh, vous ?

Ora s'installe plus confortablement sur la banquette. Le garçon
l'imite. Elle essuie son visage trempé de sueur, de même que celui
du petit, sans quitter des yeux la fenêtre où elle croit toujours voir
le doigt accusateur du policier pointé vers elle. Elle n'aura jamais le
cran de revivre pareille expérience de sa vie.

– Au fait, qu'avez-vous voulu dire par "une des nôtres" ?
questionne-t-elle.

Sami se lèche les lèvres d'un air réjoui. Ora se doute de ce qui
va suivre : il savoure d'avance la bonne plaisanterie qu'il concocte.
Réprimant un sourire, elle se masse la nuque et remue ses doigts
de pied. On dirait que tous deux remettent de l'ordre dans la maison
saccagée.

– Une des nôtres, ça signifie "même si vous avez l'air d'une gauchiste", explique Sami.

Le jeune garçon se détend et s'assoupit aussitôt. Ora pose sa tête
sur ses genoux, et se renverse sur son siège, soulagée. C'est probablement le seul moment de sérénité qu'elle s'accordera de la journée.

Ayant depuis toujours considéré Sami comme une sorte de lointaine extension d'Ilan et, depuis peu, le seul lien qui la rattache à
son mari, Ora éprouve une bouffée de nostalgie. Non pour la maison
qu'elle loue à Beit Zait depuis leur séparation, ni pour celle de Tsour

Hadassah, que leur a cédée Avram, mais pour le pavillon dont Ilan et elle avaient fait l'acquisition (il leur avait coûté les yeux de la tête) à Ein Karem, une vieille demeure de deux étages entourée de cyprès, aux murs épais conservant la fraîcheur. Elle possédait de vastes fenêtres cintrées pourvues de larges balcons et un carrelage à frise quelque peu branlant. Ora l'avait repérée à l'époque où elle était étudiante. Elle avait eu le coup de foudre au premier regard pour cette villa abandonnée, fermée à double tour. Avram l'encouragea à lui écrire une lettre d'amour : « Ma chère maison sombre et solitaire », commença-t-elle avant de se livrer à des confidences et d'expliquer pour quelles raisons elles étaient faites l'une pour l'autre, en lui promettant de la rendre heureuse. Elle joignit une photo d'elle, l'air réjoui, appuyée sur un vélo, en survêtement orange, ses boucles cuivrées tombant sur ses épaules. Elle l'avait adressée aux propriétaires avec un post-scriptum spécifiant que, si jamais ils se décidaient à vendre, etc. Ce qu'ils firent.

Ilan et elle étaient devenus de plus en plus à l'aise, voire presque riches au fil du temps. Le cabinet d'Ilan était florissant : quitter son emploi vingt ans auparavant pour se consacrer à la propriété intellectuelle avaient apparemment été un pari gagnant. Depuis le milieu des années quatre-vingt, le monde était en pleine effervescence, fourmillant d'idées, de brevets et d'inventions qu'il s'agissait de protéger, et pour cela il fallait connaître sur le bout des doigts et savoir jongler avec la législation et les vides juridiques à l'étranger, les nouvelles applications informatiques, les inventions relatives à la communication, au codage, à la médecine, au génie génétique, aux conventions et traités en vigueur dans l'Organisation mondiale du commerce... Ilan avait toujours une longueur d'avance sur tout le monde. Ils auraient eu largement les moyens de rénover, embellir, construire ou inventer ce qui leur chantait, pourtant Ilan lui laissa le champ libre pour développer, apprivoiser la maison à son idée, de sorte qu'elle lui permit de devenir elle-même, de croître à son rythme, de collectionner les styles les plus disparates. Durant des années trôna dans la cuisine un immense réfrigérateur à porte vitrée, une horreur très fonctionnelle provenant du déstockage d'un fournisseur de matériel frigorifique destiné aux grandes surfaces. Ora se procura les chaises de la salle à manger pour trois fois rien au café Tmol Shilshom, Adam ayant un jour signalé en passant qu'elles étaient très confortables. Le salon aux trois murs tapissés de livres était le repaire obscur d'épais tapis, d'immenses coussins et de meubles clairs en bambou. La table massive de la salle à manger aux pieds en fer forgé, l'orgueil de la maîtresse de maison, autour de laquelle pouvaient s'installer quinze personnes à l'aise, était l'œuvre d'Ofer, une surprise pour le quarante-huitième anniversaire de sa mère. Elle était ronde, afin que personne ne se retrouve assis à un angle, avait décidé son fils. La demeure était sensible aux humeurs de sa propriétaire. Elle secoua sa mélancolie ancestrale avec circonspection, sur la pointe des pieds, étira ses membres, fit craquer ses jointures ankylosées, puis ayant compris qu'Ora l'autorisait de temps en temps à un laisser-aller primesautier, une négligence salutaire, elle s'abandonna à un débraillé confortable au point que, sous un certain éclairage, elle avait l'air presque heureuse. Ilan aussi, soupçonnait Ora, se sentait bien dans ce lieu, où régnait un joyeux fouillis de potaches, et il n'était pas indifférent non plus à son goût à elle, ou plutôt à ses goûts multiples et variés. Et même après que les choses eurent dégénéré entre eux, que leur intimité eut rétréci comme une peau de chagrin, l'attachement de son mari à ce foyer, créé par elle, vibrait toujours en lui, du moins le croyait-elle. Ora reste convaincue que, malgré les positions dans lesquelles Ilan se retranchait depuis un certain temps – son impatience, ses récriminations, ses critiques continuelles à son endroit, quoi qu'elle dise ou fasse, en dépit de ses rebuffades, de l'intérêt poli qu'il lui manifestait, de sa courtoisie de façade, parfois insultante, de ses camouflets plus ou moins cinglants visant à la renier, rejeter leur amour, leur complicité, sans parler du « je n'ai plus rien à faire avec toi » qu'il lui avait lancé à la figure en partant –, il était intimement persuadé qu'elle restait son épouse, son amie et son amante, la meilleure alliée qu'il aurait jamais. Et aujourd'hui, alors qu'ils approchent la cinquantaine et qu'Ilan l'a fuie à l'autre bout de la terre, il leur faut toujours se serrer les coudes, il le sait bien, pour surmonter le traumatisme vécu dans leur jeunesse, quand ils étaient encore des enfants.

Elle se rappelle le visage illuminé d'Ilan – à l'époque, il servait dans le Sinaï avec Avram, ils avaient dix-neuf ans et demi, Ilan rêvait de faire du cinéma et de la musique, tandis qu'Avram était toujours pareil à lui-même – le jour où il lui avait confié à quel point il était ému chaque fois qu'il lisait dans le Livre des Rois comment la grande femme de Sunem priait son mari d'aménager un lieu de repos pour le prophète Élisée : « *Faisons une petite chambre haute en maçonnerie et nous y mettrons pour lui un lit, une table, un siège et un chandelier, et quand il viendra chez nous il logera là* », lui citait Ilan, puisant dans la bible fournie par l'armée.

Ils se trouvaient dans la chambrée d'Ilan, à la base, allongés sur son châlit. Avram était probablement en permission. « *Il n'est pas bon que l'homme soit…* » s'étalait au charbon du bois, au-dessus de son lit vide. Le verset était incomplet, il manquait le dernier mot, « seul ». La tête nichée au creux de l'épaule d'Ilan, Ora l'écouta lire le chapitre en entier, ses longs doigts d'artiste jouant dans ses cheveux.

Elle découvre qu'ils ne se rendent pas au sud de Tel-Aviv, mais à Jaffa, et, en fait d'hôpital, il s'agit d'une école primaire que Sami a le plus grand mal à localiser. Yazdi s'est un peu remis. Le front collé à la vitre, il ne perd pas une miette du spectacle de la rue, tournant fréquemment la tête vers Ora, comme s'il avait du mal à croire que pareilles choses puissent exister. Ils se livrent à un petit jeu dans le dos du chauffeur : chaque fois que l'enfant la regarde, Ora sourit, puis il remet le nez à la fenêtre et, un moment plus tard, il louche dans sa direction par-dessus son épaule. « *Chouf el-bahr !* », regarde la mer, lui enjoint Sami, tandis qu'ils longent la promenade au bord de l'eau. L'enfant sort la tête et les épaules par la fenêtre, mais au-delà du halo des réverbères l'eau n'est qu'une masse noire frangée d'écume. « *Bahr, bahr* », murmure Yazdi en dépliant les doigts. « Tu n'as jamais vu la mer ? » questionne Ora. Il ne répond pas. « Où voulez-vous qu'il voie la mer, celui-là ? s'esclaffe Sami. Sur la promenade du camp de réfugiés ? » La brise charrie des embruns salés. Les narines dilatées, le garçon respire l'air comme pour le goûter. Une expression étrange, presque torturée, se peint sur ses traits, à croire qu'il est incapable de supporter le bonheur.

La maladie lance alors un nouvel assaut. Il secoue la tête et les bras, comme pour se protéger d'une grêle de projectiles. Ora essuie le petit visage en sueur avec des mouchoirs en papier, et, quand le stock s'épuise, elle use d'un chiffon trouvé sous le siège avant. Elle avise également un sac en plastique contenant des sous-vêtements, une paire de chaussettes, un vieux T-shirt Tortues Ninja d'Ofer, dont ont hérité les enfants de Sami, un tournevis avec des lames de rechange et une boule transparente contenant un minuscule dinosaure. L'enfant, mourant de soif, ne cesse de s'humecter les lèvres. La bouteille d'eau est vide, mais Sami rechigne à stopper à une buvette. « Qu'un Arabe se montre dans ce genre d'endroit un jour pareil n'est pas une très bonne idée », commente-t-il sèchement. Peu après, à cause de la conduite nerveuse du chauffeur dans le dédale des petites rues étroites, Yazdi se met à vomir.

Ora sent le corps chétif se contracter, la poitrine secouée de spasmes, mais quand elle presse Sami de s'arrêter, il rétorque que ce n'est pas le moment : une voiture de police est garée sur le trottoir d'en face. Un hoquet particulièrement bruyant à l'arrière le fait changer d'avis. Il appuie sur le champignon comme un possédé, brûlant les feux rouges en quête d'un recoin obscur, un terrain vague, tout en hurlant à Yazdi de se retenir. Il le menace, l'injurie copieusement, lui, son père et son grand-père. Un jet de vomi jaillit de la bouche de l'enfant. Sami crie à Ora d'immobiliser le gosse au sol pour protéger la banquette, mais la tête de Yazdi ballotte en tous sens, telle une baudruche dégonflée, et Ora se retrouve poissée de la pointe de ses chaussures à la racine des cheveux, y compris son pantalon.

Sami avance le bras à la vitesse de l'éclair, il tâtonne dans le vide et touche quelque chose du bout des doigts avant de battre en retraite, écœuré. « Passez-moi sa main ! glapit-il d'une voix féminine, suraiguë. Mettez-la ici ! » ajoute-t-il d'un ton si impérieux que, subjuguée, Ora obéit machinalement avec le vague espoir qu'il connaît la panacée miraculeuse, une recette palestinienne-chamanique, et pose la main frêle du petit garçon dans l'espace en simili bois aménagé entre les sièges avant. Sans même se retourner, Sami y écrase le poing, tel un coup de battoir. Ora pousse un cri, comme si c'était sa propre main, qu'elle tend pour repousser celle de l'enfant. Sami la frappe à l'aveuglette sur le bras.

Ils parviennent à l'école quelques minutes plus tard. Le chauffeur se gare devant la grille verrouillée derrière laquelle les attend un jeune barbu. Émergeant de l'obscurité, ce dernier inspecte les alentours et fait signe à Sami de longer la clôture. Celui-ci obéit et le suit, marchant de l'autre côté des barreaux. Arrivé à l'angle, l'homme franchit une brèche du grillage pour rejoindre Sami avec qui il se concerte à voix basse, l'œil aux aguets. Ora descend de voiture et respire à longs traits l'air humide de la nuit. Son bras gauche l'élance et la douleur va sans nul doute empirer. La lumière des lampadaires lui révèle qu'elle est couverte de vomi, et elle s'efforce de se nettoyer du mieux qu'elle peut. Le barbu saisit Sami par le coude et l'entraîne vers le taxi. Ils considèrent l'enfant étendu sur la banquette, et Sami examine les housses des sièges avec consternation. Ni l'un ni l'autre n'accordent la moindre attention à Ora. À peine le jeune homme a-t-il murmuré quelques mots dans son téléphone portable que trois garçons surgissent de l'obscurité au petit trot. Sans échanger une parole, ils sortent l'enfant du taxi et, toujours courant, le transportent à l'intérieur par une porte latérale. L'un le tient par les épaules et les deux autres par les pieds. Ce n'est pas la première fois qu'ils se livrent à ce manège, soupçonne Ora en les observant. Quant à Yazdi, la tête ballante, les bras inertes, les yeux clos, elle a la vague intuition que ce n'est pas la première fois pour lui non plus.

Elle leur emboîte le pas. Le barbu la dévisage avant de fixer Sami avec insistance. « Vous feriez mieux de rester ici », lui glisse le chauffeur en s'approchant d'elle.

Ora lui lance un regard meurtrier. Sami se le tient pour dit et rejoint l'autre homme à qui il chuchote quelques mots à l'oreille. Il doit le tranquilliser, suppose Ora, peut-être lui dit-il : « Elle est une des nôtres. »

Baignant dans le silence et l'obscurité, l'école n'est éclairée que par la lune et la clarté des réverbères. Sami et le barbu disparaissent dans l'une des pièces. Ora patiente. Une fois ses yeux habitués à l'obscurité, elle s'aperçoit qu'elle se trouve dans un hall desservant plusieurs couloirs. Des jardinières vides sont placées un peu partout et des affiches prônant le calme, l'ordre et la propreté sont accrochées de guingois aux murs. Elle décèle des relents de transpiration et de vestiaire, que domine la puanteur de ses vêtements souillés. Ora se demande comment retrouver Sami et l'enfant, elle n'ose les appeler à haute voix. Elle avance à petits pas prudents, les bras tendus devant elle, jusqu'à ce qu'elle touche un pilier au centre du vestibule, orné de portraits qu'elle n'est pas sûre de reconnaître, peut-être Herzl, Ben Gourion, ou encore le Premier ministre ou le chef d'état-major. Un petit monument fait de rocaille se dresse dans l'angle opposé, sous une immense photo surmontée de lettres en métal noir, représentant probablement Rabin. Contournant lentement le pilier où elle s'appuie d'une main, Ora éprouve le délicieux vertige qui la gagnait, enfant, avec la même sensation de picotement au bout des doigts.

Des silhouettes se dressent devant elle, comme engendrées par ses déplacements, des hommes, des femmes, des enfants vêtus de haillons, silencieux et résignés, couverts de la poussière de l'exil. Ora se fige, terrifiée. Les revoilà, spécule-t-elle. Une fraction de seconde, elle croit que le cauchemar qui la hante devient réalité. Une jeune femme se détache du groupe et vient vers elle. Sami lui propose d'aller nettoyer ses vêtements dans les toilettes, déclare-t-elle en mauvais hébreu.

Ora la suit. Des pas pressés résonnent dans les corridors grouillant d'ombres fugitives. Des formes indistinctes la croisent à la hâte dans un silence presque total. La femme désigne les toilettes des filles. Ora entre. Il ne faut pas allumer la lumière, comprend-elle. Les lieux doivent rester dans le noir. Elle pénètre dans une stalle sans porte et s'assoit sur la lunette pour uriner. Après quoi, elle se mouille le visage et la tête au lavabo, gratte du mieux qu'elle peut les traces de vomissures qui maculent ses habits, puis asperge d'eau froide son bras droit douloureux. Les deux mains posées sur la cuvette en inox, elle ferme les yeux et s'abandonne à la fatigue. L'aiguillon de la peur la transperce de nouveau, comme si elle avait baissé la garde.

Qu'ai-je fait.

J'ai conduit Ofer à la guerre.

Je l'y ai emmené moi-même.
Et si quelque chose lui arrive.
Et si c'était la dernière fois que je l'avais touché
Quand je l'ai embrassé pour lui dire au revoir,
joues, là où la peau est douce et glabre.
Je l'ai accompagné là-bas moi-même.
Je ne l'en ai pas dissuadé. Je n'ai même pas essayé.
J'ai appelé un taxi et nous sommes partis.
Deux heures et demie de trajet, et je n'ai rien tenté.
Je l'ai laissé là-bas.
Je le leur ai confié.
De mes propres mains...

Elle n'ose plus bouger, paralysée, le souffle court. Elle a une intuition, une sorte d'omniscience universelle et empirique.

Fais attention à toi, mon fils, pense-t-elle sans remuer les lèvres, et surveille bien tes arrières.

Ses membres, comme mus par une volonté propre, se mettent à bouger lentement, de manière presque imperceptible. Les épaules, les hanches, une légère torsion de la taille. Ora ne contrôle plus rien. Elle a le sentiment que son corps transmet à Ofer comment se mouvoir pour esquiver pièges et dangers. Ces gesticulations involontaires se prolongent un bon moment, jusqu'à ce que son corps s'apaise et se plie à sa volonté. Ora respire, sachant que tout ira bien désormais. Ah ! soupire-t-elle à l'adresse du reflet de son petit ventre dans le miroir. Parfois, je crois pouvoir me rappeler chaque instant passé avec Ofer depuis sa naissance. En même temps, des pans entiers de son existence semblent m'échapper.

– Mon amie Ariela a eu un enfant prématuré, alors qu'elle était au sixième mois de grossesse, confie Ora à une femme corpulente plutôt âgée, la tête couverte d'un foulard à fleurs, qui vient d'entrer dans les toilettes et se tient discrètement en retrait.

Elle lui lance un regard plein de gentillesse, comme si elle attendait qu'Ora se ressaisisse.

– On lui a fait une piqûre pour tuer le fœtus dans son ventre, reprend Ora à mi-voix. Il était handicapé, trisomique, et par conséquent ses

rents ne se sentaient pas capables de l'élever. Mais le bébé était
né vivant, vous comprenez? Vous comprenez ce que je dis?

La femme hoche la tête.

– Ils avaient apparemment fait une erreur dans le dosage de l'injection, poursuit Ora. Mon amie a demandé à prendre l'enfant comme
s'il était encore en vie. Elle était couchée dans son lit, et son mari
avait fui, car c'était au-dessus de ses forces.

Ora croit discerner un éclair de compréhension et de sympathie
dans le regard de l'autre femme.

– Pendant le quart d'heure où elle l'a tenu dans ses bras, elle n'a
cessé de lui parler, de le caresser – c'était un garçon –, elle a embrassé
chacun de ses doigts jusqu'au bout des ongles. Par la suite, elle a
raconté qu'il avait l'air parfaitement normal, hormis le fait qu'il
était très petit, la peau diaphane, il bougeait, faisait des mimiques,
comme n'importe quel bébé. Il remuait les lèvres et les mains, mais
n'émettait aucun son.

Les bras croisés sur sa poitrine, la femme écoute toujours.

– Il s'est éteint tout doucement, comme une bougie, en silence, sans
faire de chichis, il s'est recroquevillé dans une ultime convulsion, et
voilà. Mon amie se rappelle encore ces moments avec une plus grande
acuité que ses trois autres accouchements, avant et après celui-ci, et
elle a toujours dit que, pendant ce bref laps de temps, elle avait désespérément essayé de lui insuffler la vie et tout son amour, même si, au
fond, c'est elle qui l'a tué, en tout cas, elle en avait pris la décision.

Ora fourrage dans ses cheveux, glisse les doigts sur ses tempes,
puis sur ses joues, tandis que ses lèvres s'entrouvrent dans un cri
silencieux.

La femme incline la tête sans mot dire. Ora s'aperçoit alors qu'elle
est très vieille, le visage couvert de profondes rides et de tatouages.

– Je n'ai aucune raison de me plaindre, ajoute-t-elle dans un
murmure rauque, j'ai porté mon fils pendant vingt et un ans, *wakhad
wa'achrin sana*, bredouille-t-elle dans un arabe scolaire. Seulement,
tout est allé si vite que je n'ai pratiquement pas vu le temps passer,
et maintenant qu'il a fini son service militaire, nous aurions enfin pu
commencer à...

Sa voix se brise, mais elle se reprend très vite.

– Venez, madame, sortons d'ici. Pourriez-vous me conduire auprès de Sami, s'il vous plaît?

Elles ont toutes les peines du monde à le dénicher. La femme ne le connaît pas et elle n'a d'ailleurs pas l'air de comprendre ce qu'Ora lui demande. Pourtant, elle la guide obligeamment d'une pièce à l'autre, le doigt pointé devant elle. Ora scrute les classes obscures. De petits groupes y sont rassemblés, trois personnes dans l'une, cinq dans une autre, des enfants, des adultes, installés à un pupitre d'écolier, conversant à voix basse. Quelques-uns, assis à même le sol, réchauffent leur dîner sur un petit réchaud à gaz, ou dorment tout habillés sur des tables et des chaises alignées les unes contre les autres. Dans une autre salle, Ora avise un homme allongé sur un banc étroit. Plusieurs personnes s'affairent autour de lui en silence. Ailleurs, un individu à genoux bande le pied d'un quidam, assis sur une chaise. Une jeune femme nettoie la plaie d'un gaillard torse nu, le visage grimaçant. Elle distingue des gémissements de douleur étouffés, mêlés de murmures de réconfort. L'air sent l'âcre odeur de la teinture d'iode.

– Et le matin, que se passe-t-il? s'enquiert Ora en regagnant l'entrée.

– Le matin? répète la vieille femme en hébreu avec un grand sourire. Le matin, *kulhum mafich* – tout le monde est parti! précise-t-elle en mimant du geste l'explosion d'une bulle de savon.

Ora finit par retrouver Sami et Yazdi dans l'une des salles de classe, chichement éclairée par la lune. Il y règne un profond silence. Depuis le seuil de la porte, elle observe les petites chaises retournées sur les tables. Un immense cygne de carton-pâte aux ailes déployées portant sur son dos l'inscription *En cygne de réconciliation!* est suspendu à un mur. Chacune de ses plumes représente l'une des parties en conflit: les ashkénazes et les séfarades, la gauche et la droite, les religieux et les laïcs. Plantés non loin de là, Sami et le barbu tiennent conciliabule avec un petit homme trapu d'un certain âge aux cheveux grisonnants. Le chauffeur se borne à hocher la tête dans sa direction, le visage fermé. Son attitude, ses mains qui brassent l'air avec brusquerie ne lui ressemblent guère. Trois petits enfants de deux à quatre ans l'aperçoivent et, sans se démonter, ils se mettent à courir autour d'elle en tirant sur le bas de son pantalon. Ils ne font pratiquement pas de bruit, en petits perdreaux bien dressés qu'ils sont eux aussi, songe Ora, stupéfaite. Elle les suit dans un angle de la pièce, près de la fenêtre. Les mères font cercle autour d'une des leurs. Ora risque un œil par-dessus les têtes et entrevoit une grosse femme assise par terre, le dos contre le mur, ses pieds nus étalés devant elle. Elle donne le sein à Yazdi qui tète, la bouche collée au mamelon, les jambes ballantes. Il porte à présent une chemise à carreaux marron et blanc et un pantalon noir. Son visage est étrangement serein. Avec sa large face farouche, ses pommettes osseuses, masculines, et son opulente poitrine pâle, sa nourrice improvisée ne le quitte pas des yeux. Les autres femmes se pressent autour d'elle, comme hypnotisées. Se haussant sur la pointe des pieds, Ora se glisse parmi elles – elle en a le droit, après tout, elle veut serrer les doigts de l'enfant une dernière fois, en guise d'adieu. Mais quand elle tente de se faufiler discrètement, les autres font écran de leur corps pour l'en empêcher, l'obligeant à reculer.

Une main se pose sur son épaule. Sami. Livide, harassé.

– Allez, on y va.

Ora désigne Yazdi du regard.

– Et lui ?

– Il s'en sortira. Son oncle viendra le chercher.

– Qui est-ce ? demande encore Ora, en montrant la nourrice.

– Une femme. Le docteur lui a demandé de lui donner son lait. Du lait qu'il ne rejettera pas.

– Parce qu'il y a un docteur ici ?

D'un froncement de sourcils, Sami lui indique l'homme aux cheveux argentés.

– Mais que fabrique-t-il dans cette école ? Où sommes-nous à la fin, vous allez me le dire ?

– Ces gens-là viennent de partout pendant la nuit, explique-t-il à contrecœur.

– Comment ça ?

– Parce que, la nuit, c'est un hôpital de clandestins.

– Un hôpital ?

136

– Oui, pour les victimes d'accidents du travail, ou pour ceux qui se font tabasser.

Comme s'il y avait un quota de violences, se dit Ora.

– *Yalla*, on y va ! répète Sami.

– Mais pourquoi ici ? insiste-t-elle.

Sami n'est plus là, et la question reste sans écho. Elle le suit dans le couloir, répugnant à quitter ce lieu bruissant de murmures bienfaisants. Sans parler de Yazdi – pourquoi le nier ? – et des émotions qu'il a ravivées en elle, lorsqu'il s'est blotti contre elle, qu'elle a nettoyé son vomi, joué à faire coucou avec lui et l'a serré dans ses bras pour le consoler du coup de poing que Sami leur a allongé à tous les deux. À croire que ces détails insignifiants ont réveillé en elle un instinct refoulé, qu'elle croyait complètement oublié.

Elle manque de revenir sur ses pas pour revoir la grosse femme donner le sein, le front plissé par la concentration. Poussée par l'instinct maternel, alors que ce n'est même pas son fils, elle lui a gentiment fait comprendre de ne pas mordre.

Des femmes et des enfants lessivent le sol du vestibule. Quelques années plus tôt, se rappelle-t-elle, Sami lui a confié que la logique juive lui échappait totalement : Vous êtes sur notre dos à longueur de journée, vous ne nous quittez pas d'une semelle, vous nous cherchez des poux dans la tête, et, la nuit, vous nous donnez les clés de vos restaurants, de vos stations-service, de vos boulangeries et de vos supermarchés ?

Elle se hâte de le rattraper.

– Dites, et les voisins, ils ne se rendent compte de rien ?

Sami hausse les épaules.

– Ils s'en doutent au bout d'une semaine ou deux, bien sûr.

– Et alors ?

– Alors ? Ils s'en vont ailleurs, c'est tout.

Une fois dehors, Ora jette un dernier regard derrière elle. Peut-on demander l'asile politique à des réfugiés ? Elle se cacherait bien dans cette maison un mois durant, si c'était possible. Elle serait clandestine chez les clandestins et, au moins, elle pourrait se rendre utile.

Ofer, Ofer, où es-tu ? Que fais-tu en ce moment ?

Et s'il tombait sur le jeune frère de cette femme, ou le fils de cet homme-là, sait-on jamais?

Ils regagnent le taxi d'où émergent trois fillettes hilares, armées de chiffons, d'un petit seau et de brosses. Elles restent là, jetant des regards furtifs à Ora en riant de plus belle. Sami inspecte la banquette en soupirant.

Ora s'installe sur le siège avant, à côté du chauffeur qui, au lieu de démarrer, se met à jouer avec un gros trousseau de clés. Ora patiente. Il se tourne péniblement vers elle, gêné par son embonpoint.

– Vous avez peut-être oublié, mais moi, je ne me pardonnerai jamais de vous avoir frappée, bredouille-t-il. J'aimerais pouvoir me couper la main à cause de ce que j'ai fait.

– Démarrez, ordonne-t-elle sèchement, on m'attend.

– Écoutez, j'ai quelque chose à vous demander.

– Quoi?

Ils se regardent en chiens de faïence, tels des animaux attachés de part et d'autre de la clôture. Un visage familier, amical, peut devenir brusquement étranger, au point que vous n'avez plus la moindre envie d'en percer le mystère, de le faire vôtre, médite-t-elle.

Sami déglutit avec peine sans détourner les yeux.

– Je ne voudrais pas que monsieur Ilan l'apprenne.

Un relent de vomi flotte encore dans l'habitacle. Ora songe que les pièces du puzzle s'emboîtent parfaitement les unes aux autres, y compris le «monsieur» dont il gratifie soudain Ilan. Monsieur Ilan et madame Ora. Elle prend son temps. Elle s'y attendait et savait déjà ce qu'elle exigerait en échange. Ilan serait fier de moi, se rengorge-t-elle amèrement.

– Démarrez! ordonne-t-elle.

– Mais que... qu'allez-vous faire...

– Démarrez, je vous dis! répète-t-elle, expérimente une sensation inédite, l'ivresse d'un pouvoir qu'elle n'a jamais encore éprouvée à son égard – le délicieux picotement, la brûlure légère de l'autorité arbitraire. Allons-y. On verra après.

Les premières lueurs du jour viennent les éveiller, encore perdus dans les brumes du rêve, à la lisière d'une prairie. L'herbe ondule à perte de vue dans un camaïeu de vert flamboyant. Ils sont seuls au monde, il n'y a pas âme qui vive, l'odeur originelle monte de la terre, l'air bruit de créatures minuscules, vaporeux et humide, le voile de l'aube se déploie au-dessus de leurs têtes, et ils ont les yeux rieurs d'avant la peur, d'avant eux-mêmes.

Le regard d'Avram s'aiguise. Il avise Ora, étalée sur un gros sac à dos, et, au-delà, un champ, un verger, une montagne. Il bondit sur ses pieds avec une souplesse étonnante.

– Où sommes-nous ?

Ora hausse les épaules.

– Je ne sais pas. Quelque part en Galilée.

Le visage d'Avram s'arrondit de stupeur.

– En Galilée ?! Mais où exactement ?

– Là où il nous a débarqués cette nuit.

Avram se passe la main sur la figure. Il se frotte, se gratte, se tripote, secoue sa grosse tête.

– Qui ça ? Le chauffeur de taxi ? L'Arabe ?

Elle lui tend la main pour qu'il l'aide à se relever, mais il feint de ne pas comprendre.

– Oui, l'Arabe.

– Vous avez crié pendant que je dormais. Tu t'es disputée avec lui, non ?

139

– Laisse tomber, cela n'a plus d'importance.

Ora se met debout à son tour en gémissant, les membres endoloris. Normal, pense-t-elle en se récitant la liste de ses imprudences : descendre quatre étages en portant sur son dos Avram, le trajet cauchemardesque dans le taxi, et enfin l'errance interminable en rase campagne, au beau milieu de la nuit. Elle est tombée à plusieurs reprises en cours de route avant de s'écrouler dans ce champ, où ils ont somnolé à même le sol, sur l'herbe. Ce n'est plus de son âge, songe-t-elle.

– Ce cachet m'a assommé, geint Avram. Du Nembutal, je n'ai pas l'habitude. Je ne pouvais plus bouger.

Tu en as fait assez comme ça, pense Ora.

– Tu n'imagines pas la journée que j'ai passée avec le chauffeur ! ajoute-t-elle à haute voix.

Avram vient juste de mesurer l'ampleur du désastre.

– Mais pourquoi nous a-t-il conduits ici ? Et maintenant, on fait quoi, Ora ? s'exclame-t-il. Son corps semble submergé par une vague de panique.

Ora frotte son pantalon pour ôter la terre et les feuilles mortes sur lesquelles elle s'est assise. Un café serait le bienvenu, songe-t-elle. Un café, un café, se répète-t-elle comme un mantra pour se débarrasser des questions qui se bousculent dans sa tête. Que vais-je faire de lui à présent et qu'est-ce qui m'a pris de l'entraîner ici, d'ailleurs ?

– On s'en va, décide-t-elle sans le regarder.

– De quoi parles-tu, Ora ? On s'en va où ? Que veux-tu dire ?

– Je suggère que nous prenions nos sacs pour marcher un peu, à l'aventure, s'entend-elle déclarer à sa grande surprise. On verra bien.

Avram la fixe avec stupeur.

– Je rentre à la maison, articule-t-il lentement, comme s'il expliquait un simple fait à une handicapée mentale.

Ora charge le sac sur ses épaules en vacillant sous le poids et attend. Avram ne bouge pas. Les poignets de sa chemise s'agitent.

– C'est à toi, dit-elle en désignant le sac bleu.

– À moi ? fait Avram en reculant, comme si le bagage était un animal sur le point de lui sauter traîtreusement à la gorge. Absolument pas, je ne l'ai jamais vu.

– Si, c'est le tien. Allons-y, on parlera en chemin.

– Non, s'entête Avram, la barbe hérissée. Je ne bougerai pas d'ici jusqu'à ce que tu m'expliques…

– Plus tard, coupe-t-elle en se mettant à marcher, les épaules voûtées, à croire que son corps obéit à un marionnettiste malhabile tirant les ficelles. Je te raconterai en route, nous ne pouvons plus rester ici.

– Pourquoi pas?

– Parce que, réplique laconiquement Ora.

Elle est sûre d'avoir raison et que telle est la loi à laquelle elle doit obéir désormais : ne pas rester sur place trop longtemps, ne pas devenir une cible facile – tant pour les hommes que pour les pensées.

Il la regarde s'éloigner avec effarement. Elle va revenir. Elle ne l'abandonnera pas. Elle n'osera pas. Ora poursuit son chemin sans un regard en arrière. Les lèvres d'Avram tremblent de colère et d'humiliation. Il trépigne dans un grincement de dents. Peut-être débite-t-il d'une traite son nom ou *putain-va-te-faire-foutre, pour-qui-elle-se-prend-celle-là, espèce-de-cinglée-va*, ou encore *maman-attends-moi*! Ora ne s'arrête pas. À court d'arguments, Avram hisse le sac sur son épaule gauche et se traîne dans son sillage.

Bordé de peupliers argentés et de fleurs de moutarde en grappes jaunes, odorantes, le sentier passe à travers champs et vergers. C'est vraiment très joli par ici, songe Ora. Elle avance au hasard. Entendant derrière elle un pas pesant, indécis, elle jette un coup d'œil par-dessus son épaule : Avram a l'air affolé, perdu dans l'espace. Il évolue au grand jour comme elle-même dans le noir, et elle se rappelle la lourde silhouette tassée dans son antre obscur, telle qu'elle lui est apparue la veille.

Il vivait dans l'obscurité, avait-elle compris quand il eut ouvert la porte où elle avait frappé à coups redoublés. La sonnette pendouillait hors de son boîtier. Il n'y avait pas de lumière dans l'escalier non plus. Elle avait grimpé à tâtons les quatre étages aux murs lépreux en s'aidant de la rampe en pierre poisseuse, au milieu des relents fétides. Quand il se décida à lui ouvrir, elle ôta ses lunettes, qu'il ne lui connaissait pas, et discerna une masse informe dans le noir, si énorme qu'elle douta que ce fût bien lui – on aurait dit un ours émergeant de sa tanière –, et prononça son nom d'une voix hésitante. «C'est moi», ajouta-t-elle comme il ne répondait pas, cherchant les mots pour tenter de combler le gouffre qui se creusait dans son estomac. Elle avait peur du noir qui régnait dans l'appartement. Elle tendit la main, explora le mur à la recherche de l'interrupteur et, dans le halo jaune sale qui jaillit soudain, ils s'observèrent sans aménité.

Elle était mieux conservée que lui. Ses courtes boucles étaient presque entièrement grises, mais son visage avait gardé une sorte d'innocence souriante – il y était sensible, malgré la torpeur qui lui engourdissait le cerveau – tandis que ses grands yeux bruns le considéraient d'un air interrogateur, plein de gravité. Quelque chose en elle s'était fané, terni, et de fines ridules, pareilles aux empreintes d'un oiseau sur le sable, s'étaient formées autour de ses lèvres. Quelque chose dans sa démarche, ce fier port de tête de jeune pouliche qui n'appartenait qu'à elle, avait changé. Sa bouche généreuse, rieuse, la grande bouche d'Ora semblait à présent amollie, désabusée.

Il s'était dégarni ces trois dernières années, découvrit-elle, il avait le visage bouffi, inexpressif, mangé par une barbe d'une semaine. Ses yeux bleus, où, la bouche sèche, elle se perdait jadis, s'étaient obscurcis, rétrécis, comme enfoncés dans leurs orbites. Il ne bougeait toujours pas, obstruant presque le passage, ses gros bras de pingouin maladroit dressés le long de son corps. «Tu ne me laisses pas entrer?» demanda-t-elle en l'observant, boudiné dans son T-shirt délavé, qui moulait son torse massif, se mordillant les lèvres avec nervosité, la mine grincheuse. Il s'écarta en traînant les pieds sans cesser de bougonner. Dès qu'Ora eut refermé la porte, l'odeur, comme une entité distincte, la prit à la gorge – on aurait dit qu'elle se retrouvait enroulée dans un lourd édredon. Cela sentait les vieilles valises, les fonds de tiroir, la literie mal aérée, les chaussettes oubliées sous le lit et les moutons de poussière.

Ils étaient toujours là – le lourd buffet en polyuréthane écaillé, le tapis usé, tout effiloché, et les horribles fauteuils écarlates au revêtement déchiré depuis trente-cinq ans. Le mobilier de sa mère, son seul bien, qui le suivait partout dans ses pérégrinations.

« Où étais-tu passée ? maugréa Avram. Tu avais dit que tu arriverais dans une heure. »

Alors elle lui lança tout de go sa proposition, d'une voix haut perchée, oppressée, méfiante, maladroite, celle d'une femme n'ignorant pas que ses paroles sont fallacieuses, mais prête à assouvir ses fantasmes quoi qu'il arrive. Il fit la sourde oreille sans même la regarder, la tête baissée dodelinant à contretemps de gauche à droite.

« Attends avant de dire non, plaida-t-elle. Réfléchis encore un peu. »

Il releva le nez et la regarda. Il se mouvait au ralenti. Dans la lumière crue de l'ampoule nue, Ora distingua mieux les outrages du temps.

« Je regrette infiniment, mais je ne peux pas maintenant, objecta-t-il d'une voix pâteuse. Une autre fois, peut-être. »

Elle aurait éclaté de rire, si ce n'avait pas été aussi triste. « Je regrette infiniment », avait-il proféré, comme un mendiant vautré dans les ordures sirotant son thé dans une boîte de conserve, le petit doigt levé.

« Avram, je…

— Ora, non ! »

Cette réponse par monosyllabes était apparemment au-dessus de ses forces. Ou était-ce le fait de prononcer son nom ? Les yeux rougis, il semblait s'engoncer un peu plus dans sa propre chair.

Ora revint à la charge avec une agressivité renouvelée, comme si sa dispute avec Sami lui avait donné des munitions.

« Je ne peux pas t'obliger, mais écoute-moi jusqu'au bout avant de décider. Je me suis sauvée, tu vois ? Je suis incapable de rester là à les attendre.

— Attendre qui ?

— Eux. »

D'un coup d'œil, elle sut qu'il avait compris.

« Tu ne peux pas dormir ici, s'énerva-t-il, il n'y a qu'un lit.

— Il n'est pas question de dormir. Je m'en vais. Je suis venue te chercher. »

Avram hocha longuement la tête avec un petit sourire, à la manière d'un touriste séjournant dans un pays dont les usages lui échappent. Ora se rendit compte qu'il n'avait pas entendu.

« Où est Ilan ? demanda-t-il.

– Je pars quelques jours dans le Nord. Je t'emmène.

– Je ne la reconnais pas. Que lui arrive-t-il ? Qu'est-ce qu'elle… »

Il avait exprimé ses pensées à haute voix, constata Ora, ébahie. Dans le temps, c'était sa tactique favorite : « Ora ne me désire plus, se désespère Avram qui voudrait mourir », disait-il avant de démentir aussitôt en souriant, l'accusant même de lire dans ses pensées. Mais là, c'était différent, troublant, un monologue intérieur, une sorte de hoquet convulsif. Il chercha le fauteuil du regard et s'y affala, la tête renversée en arrière dévoilant son cou rouge et épais, couvert de poils.

« Où est Ilan ? répéta-t-il, suppliant presque.

– Un taxi m'attend en bas. Je veux que tu viennes avec moi.

– Où ça ?

– Je ne sais pas. Dans le Nord. L'essentiel est de ne pas rester ici. »

Il remuait lentement le doigt, comme pour diriger une musique intérieure.

« Et tu vas faire quoi, là-bas ?

– Aucune idée, arrête de poser des questions. J'ai une tente, un sac à dos et des vivres pour quelques jours. Pour toi aussi… Tout est prêt, j'ai même pensé au duvet. Viens avec moi. »

Son visage lunaire, cramoisi, resurgit sur le dossier du fauteuil.

« Pour moi ? bredouilla-t-il. Elle est folle, complètement cinglée. »

Choquée par l'indécence avec laquelle il se mettait à nu devant elle, Ora se blinda :

« Je ne rentrerai chez moi que lorsque cette histoire sera terminée. Allez, on s'en va.

– Qu'est-ce qu'elle croit, qu'il suffit de claquer des doigts pour… »

Il désigna l'appartement et lui-même d'un geste las, lui rappelant les évidences, les circonstances atténuantes.

« Aide-moi ! » chuchota Ora.

Avram ne réagit pas. Il se garda de rétorquer, par exemple, qu'on ne viendrait pas le chercher, lui, qu'ils n'avaient aucune raison de le faire puisqu'il n'était pas concerné. Il n'ajouta pas que c'était son problème à elle, pas le sien. Le silence d'Avram, les accents de sincérité qu'elle croyait y démêler lui faisaient entrevoir une lueur d'espoir.

«Ils ne viendront sans doute pas, avança-t-il sans conviction.

– Avram!» lança-t-elle en guise d'avertissement.

Il respira à fond.

«Et peut-être même qu'il ne lui arrivera rien.»

Elle se pencha vers lui, les yeux dans les yeux, tandis qu'un éclair obscur jaillissait entre eux, le pacte de leur amère désillusion, le pire de tous les mondes possibles.

«Donne-moi deux jours, supplia-t-elle. Tu sais quoi? Une seule journée, et demain je te ramène ici, promis.»

Elle y croyait dur comme fer. Il lui suffirait de surmonter un jour et une nuit, et ensuite, qui sait, peut-être que tout serait fini. Avram et elle pourraient rentrer chacun chez soi. À moins qu'au bout de vingt-quatre heures elle recouvre ses esprits, retourne à la maison et, comme tout le monde, les attende patiemment.

«Eh bien, qu'en dis-tu?»

Il ne répondit pas.

«Aide-moi à affronter les premières heures, Avram, s'il te plaît…»

Il balança la tête et fronça les sourcils, la mine grave, concentrée. Il se rappelait ce qu'elle avait fait pour lui, ce qu'elle avait représenté dans sa vie. «Quel merdeux je suis! murmura-t-il. Même pas capable de lui accorder ce qu'elle me demande, une malheureuse journée… Je dois gagner du temps, raisonna-t-il avec effort. Dans quelques minutes, je ne pourrai plus…» Ora entendit. Elle s'agenouilla à ses pieds, les mains posées sur les accoudoirs de chaque côté du fauteuil. La situation devenait intolérable. Avram détourna la tête. Elle est hystérique, supposa-t-il, et puis sa bouche est bizarre. Ora fit signe que oui, les yeux embués de larmes. «Je voudrais qu'elle s'en aille, qu'elle me laisse tranquille! articula-t-il à voix haute en se tortillant sur son siège. Pourquoi est-elle là?»

Quelque chose émergea des limbes de son esprit. Que voulait-il dire par «dans quelques minutes, je ne pourrai plus…»? s'interrogea Ora.

Avram eut un rictus moqueur. Il entrouvrit à grand-peine ses paupières gonflées, dévoilant ses iris enflammés:

« J'ai pris un cachet. Je vais m'effondrer dans une minute. Jusqu'à demain matin...

– Mais tu savais que j'allais venir !

– Si tu étais arrivée avant... (Sa voix s'épaississait.) Pourquoi as-tu tellement tardé ? »

Ora se rua dans la minuscule salle de bains. La lampe du miroir était grillée. Elle remua les doigts au-dessus du lavabo, comme pour aspirer les filaments de lumière provenant du salon. Les robinets, la bonde et les vis fixant les tablettes au carrelage en céramique rose étaient rongés de rouille. Il n'y avait pratiquement aucun médicament sur les étagères. Ora n'y comprenait plus rien. Avram en consommait des tonnes autrefois, c'était l'un de ses sujets favoris, les rares fois où ils se voyaient avant la mobilisation d'Ofer : Numbon, Zodorm, Bondormin, Hypnodorm... « Des noms à coucher dehors, rouspétait-il, on dirait les sons d'un xylophone pour enfants. » À présent, elle ne découvrit que des antihistaminiques, contre le rhume des foins, supposa-t-elle, des cachets de Diazepam et de Stilnox, surtout des produits naturels destinés à favoriser le sommeil. On dirait qu'il s'est désintoxiqué, tant mieux ! Ora fourra les comprimés dans un sac en plastique trouvé dans le panier à linge, sortit et revint sur ses pas : sur une autre étagère, elle avisa une énorme boucle d'oreille en argent en forme d'éperon, un flacon de déodorant à la vanille et une brosse où s'emmêlait une touffe de cheveux violets.

Jetant un coup d'œil dans le garde-manger bourré de bières vides dans des cartons, elle devina qu'Avram survivait en partie grâce aux bouteilles consignées. De retour au salon, elle le trouva profondément endormi, les membres étalés, la bouche ouverte. Et maintenant ? se demanda-t-elle, les mains sur les hanches. Elle remarqua alors les dessins au fusain sur les murs : des créatures divines, des prophètes, une femme allaitant une grue cendrée aux grands yeux pourvus de longs cils, des bébés pareils à des chevreaux volants, la tête auréolée de fins cheveux. L'un des patriarches avait le visage d'Avram. La femme qui allaitait était en fait une jeune fille aux traits harmonieux, coiffée à l'iroquoise. Une table de travail improvisée – une porte posée sur des tréteaux – occupait l'un des murs. Elle était jonchée d'un invraisemblable bric-à-brac – outils, tubes de colle, clous et vis, boîtes de conserve rouillées, robinets hors d'usage, montres en pièces détachées, plus ou moins désossées, vieux trousseaux de clés, livres écornés... Une odeur infecte lui monta aux narines quand elle ouvrit un album de photos, déchiré et moisi sur les bords. Il était vide, à l'exception des coins adhésifs destinés à fixer les photos, et des légendes écrites en biais par une main inconnue : *Papa et moi* ; *Odessa* ; *Hiver 36* ; *Mamie, maman et Abigaïl (dans le ventre) 1949* ; *Devinez qui est la reine Esther cette année ?*

Avram geignit et ouvrit les yeux pour la découvrir plantée devant lui. « Tu es là ? » Les ongles d'Ora s'enfoncèrent dans ses avant-bras sans qu'il en comprenne la raison. Il secoua la tête. « Demain, reviens demain, il n'y aura pas de problème. »

Elle approcha son visage du sien. Il se mit à transpirer. « Ne me laisse pas tomber ! » lui cria-t-elle à l'oreille. Cette voix se décomposa en syllabes et sons creux. Voyant sa langue remuer dans sa bouche, Ora s'inclina vers lui. « Viens même endormi, même sans connaissance, ne me laisse pas me dépatouiller seule ! »

Il grogna, la bouche entrouverte. Et Ilan ? Pourquoi Ilan n'est-il pas venu avec elle...

Une minute ou une heure après, il n'aurait su le dire, quand il s'efforça de rouvrir les yeux, elle avait disparu. Elle avait capitulé et était sûrement partie, il regretta de ne pas lui avoir demandé de l'aider à se mettre au lit. Il aurait mal au dos le lendemain. Horrifié, il perçut des pas dans sa chambre. Il tenta de se lever pour la mettre dehors, mais ses membres étaient comme des outres pleines d'eau. Apparemment, elle cherchait l'interrupteur, mais il n'y avait pas d'ampoule. J'ai oublié de la remplacer. Je m'en occuperai demain. Encore des pas. Ouf, elle s'en va ! Suivit un long silence. Avram se raidit dans son fauteuil, devinant ce qu'elle regardait. Va-t'en ! Ora s'éclaircit la gorge à une ou deux reprises, elle alluma la lumière du couloir et retourna dans la chambre à coucher, afin de mieux voir sans doute. S'il en avait été capable, il aurait pris ses jambes à son cou.

De nouveau, sa voix et son haleine tiède sur sa figure. « Avram, Avram, Avram... Tu ne peux pas rester seul ici ! » Il décela autre

147

chose dans son intonation. Ce n'était plus de l'effroi, mais une clair-voyance encore plus inquiétante. «Nous devons partir toi et moi, tu n'as pas le choix, suis-je bête, tu n'as pas le choix.» Elle avait raison, il le savait, mais des liens brûlants lui entravaient lentement les che-villes, il les sentait s'enrouler autour de ses genoux et de ses cuisses avec une sollicitude maternelle, l'enveloppant dans un doux cocon d'où, telle une chrysalide, il pourrait s'extraire au cours de la nuit. Depuis quelques années déjà, il ne prenait plus de Nembutal – Neta y veillait – et le résultat était stupéfiant. Ses jambes ne pesaient pas plus lourd qu'une plume. Dans un petit moment, sa laborieuse veille pren-drait fin, et il serait débarrassé de lui-même pour cinq ou six heures.

«Depuis quand portes-tu des chaussettes et des chaussures? s'étonna Ora en se redressant. Allez, donne-moi la main, essaie de te lever.»

Avram soufflait lentement, les yeux clos, le visage déformé par l'effort. Si seulement il parvenait à se concentrer, si elle pouvait se taire un moment. Il y était presque, ce n'était qu'une question de secondes, elle devait le savoir, car elle s'acharnait. Elle le suivait à la trace – comment avait-elle pu pénétrer là d'ailleurs? Elle répétait son nom, le secouait, l'empoignait par les épaules, elle était forte comme un cheval en dépit de son apparente fragilité, jadis, elle le battait au bras de fer. Ne plus penser, oublier, à travers ses cris il sentait enfin un léger vertige le gagner, un profond calme l'attendait là-bas, doux comme la paume d'une main sous un voile de nuages.

Ora se tenait devant l'homme endormi.

On se revoit après trois ans, songea-t-elle. Et dire qu'on ne s'est même pas embrassés! Affaissé dans son fauteuil, le menton sur la poitrine, la barbe hirsute, il ressemblait à un troll, quant à savoir s'il était aimable ou cruel… Un jour – ils avaient vingt et un ans –, il s'était campé tout nu devant elle: «C'est drôle, hein, mais je viens de découvrir que j'ai un œil gentil et un œil méchant.»

«Ça suffit, maintenant tu viens! martela-t-elle au tas de chair avachi. Ce n'est pas seulement pour moi, Avram, c'est pour toi aussi, pas vrai? Tu comprends, n'est-ce pas?»

Il ronflait sans bruit, le front serein. Tout à l'heure, dans la chambre, Ora avait repéré un curieux gribouillis tracé au crayon noir sur le mur, au-dessus du lit. On aurait dit un dessin d'enfant, une voie ferrée ou une barrière démesurée zigzaguant sur toute la largeur du mur, du plafond jusqu'au lit. Les piquets de la clôture étaient reliés en leur milieu par des sortes de baguettes tordues. Ora allongea le cou pour mieux voir : on aurait plutôt dit les longues dents d'un peigne, d'un râteau ou d'un animal préhistorique. Découvrant alors de minuscules chiffres disséminés çà et là, elle comprit qu'il s'agissait de dates. La dernière, presque au niveau de l'oreiller, indiquait celle du jour, suivie d'un point d'exclamation. Plantée là, immobile comme une statue, elle vérifia si chaque ligne verticale était barrée d'un trait horizontal.

Un jet d'eau froide gifla le visage d'Avram. Ses yeux s'écarquillèrent de surprise. «Lève-toi!» fit-elle. Les tempes bourdonnantes, il lécha ses lèvres mouillées et brandit péniblement la main pour se protéger du regard scrutateur qu'elle dardait sur lui. Il avait l'impression d'être un objet, une masse dont elle évaluait la dimension, le poids et le centre de gravité avant de le transporter ailleurs, dans un lieu qu'il n'osait imaginer. Le bout de ses chaussures collé à l'extrémité des siennes, Ora riva les bras ballants d'Avram sur ses épaules, plia les genoux et l'attira à elle dans un cri de douleur et de saisissement, quand il retomba de tout son poids sur son dos. «Mes pauvres reins!» gémit-elle. Elle racla le sol de ses souliers, paniquée à l'idée de s'effondrer sous la poussée. «Viens, on s'en va», grinça-t-elle. Il grogna, la bouche collée à sa nuque, une main au bas de son échine. «Ne t'endors pas, réveille-toi!» coassa-t-elle. Ils avancèrent à l'aveuglette, roulant et tanguant de concert, comme dans une valse d'ivrognes. Puis elle l'expulsa hors de la pièce, tel un énorme bouchon, et claqua la porte derrière elle. En descendant l'escalier obscur, elle dut tâter du pied les marches une à une. «Qu'elle le laisse tranquille!» ronchonna-t-il, ajoutant des considérations de son cru quant à sa santé mentale. Il finit par se taire et se remit à ronfler en lui bavant sur le bras. Ora tenait coincé dans sa bouche le sac en plastique contenant les somnifères et une brosse à dents, ramassée sur la commode, regrettant d'avoir oublié les vêtements de rechange. Les lèvres serrées autour du sachet, elle lui tenait des discours entrecoupés de grognements pour le tenir éveillé, l'extirper du gouffre ténébreux qui l'aspirait, ahanant sous l'effort, les jambes flageolantes. Elle s'y appliquait consciencieusement, rabâchant comme lors d'une rééducation délicate : étirer les quadriceps, contracter les fessiers, assouplir les mollets et les tendons d'Achille, et voilà, tu contrôles la situation – seulement, cela ne fonctionnait pas, il était trop lourd, l'écrasait de son poids, et elle perdait pied. Elle finit par renoncer, se bornant à le freiner dans la mesure du possible, pour éviter qu'ils ne basculent la tête la première. Elle y parvint tant bien que mal, tandis que lui revenaient des souvenirs refoulés au fond de sa mémoire. Elle évoqua certains détails oubliés de leur histoire, à lui, Ilan et elle, lui raconta par bribes le récit de toute une vie, le long des soixante-quatre marches. Parvenue à l'entrée de l'immeuble, elle le traîna jusqu'au taxi sur les dalles disjointes, jonchées d'ordures et de tessons de bouteilles, sous l'œil impassible de Sami qui, assis derrière le pare-brise, ne descendit pas lui prêter main-forte.

Ora s'arrête pour l'attendre, mais Avram s'immobilise. D'un geste, elle désigne l'immense plaine verdoyante, lavée par la rosée, et les montagnes nimbées de mauve, au loin. On dirait que l'air vrombit comme une ruche, déborde d'une vitalité proprement incontrôlable.

Elle indique du doigt un ruban éclatant de blancheur, vers le nord :

– Le mont Hermon, et là, regarde, tu as vu, il y a de l'eau !

– Lâche-moi ! lance Avram en la dépassant, tête baissée.

C'est pourtant bien un ruisseau, songe Ora en riant, tandis qu'il s'éloigne. Toi et moi le long d'un ruisseau, tu te rends compte ?

Pendant des années, malgré ses efforts pour le tirer de son trou et l'entraîner dans des lieux propres à éclairer son esprit et le nourrir de beauté, elle n'avait réussi qu'à obtenir, deux fois par an environ, un morne rendez-vous dans un café qu'il lui indiquait. Cela devait être son choix à lui, il n'y avait pas à discuter, même s'il privilégiait toujours des endroits bruyants, populaires, fabriqués en série – une expression typique de l'Avram de jadis –, à croire qu'il se réjouissait de sa gêne, comme si, par ce biais, il instaurait pour la énième fois une distance avec elle et son ancienne personnalité à lui. Et voilà que – ô surprise ! – ils se retrouvent tous les deux seuls au bord d'un ruisseau planté d'arbres, dans la lumière du jour.

On dirait que le sac d'Ofer a rapetissé sur le dos d'Avram, tel un enfant s'accrochant aux épaules de son père. Ora s'immobilise pour mieux l'observer. Les pupilles dilatées, les yeux brillants, elle sent la caresse des premiers rayons du soleil sur ses ailes meurtries.

Une vapeur odorante s'élève de la terre qui se réchauffe et des énormes bouses fraîches jonchant le sol. De larges flaques, vestiges de la dernière pluie, s'étalent sur le sentier, renvoyant de faibles reflets vers le ciel de l'aube, des grenouilles plongent dans la rivière à leur passage, et il n'y a pas âme qui vive à des kilomètres à la ronde.

Un peu plus tard, ils se heurtent à des barbelés obstruant le chemin.

– C'est fini, hein ? claironne Avram, qui a fait halte pour l'attendre.

Il doit être soulagé que leur périple s'achève si vite, sans douleur, se dit Ora, démoralisée. Et que fabriquent ces barbelés au milieu du chemin ? Qui les a posés là ? Les Parques s'apprêtent à filer son destin, l'accablant de sarcasmes et de remontrances dans une folle sarabande – la faute à sa *bêtise crasse*, sa *dyslexie instrumentale*, son *analphabétisme méthodologique*. Et tandis qu'elle mijote dans son jus, elle aperçoit de minces rouleaux grillagés par terre. Chaussant ses lunettes, indifférente au regard surpris d'Avram, elle remarque que ce pan de la clôture est en fait une étroite barrière et, en cherchant le crochet qui la ferme, elle repère un fil de fer tout rouillé et tordu.

Avram la considère sans lever le petit doigt. Peut-être espère-t-il qu'elle ne parviendra pas à l'ouvrir, à moins que, une fois de plus, il ne soit complètement dépassé par les événements. Mais quand elle lui demande son aide, il y consent de bonne grâce. Elle lui explique ce qu'elle attend de lui – ramasser deux grosses pierres et cogner sur le fil de fer à ses deux extrémités jusqu'à ce qu'il finisse par céder, ou se briser. Avram étudie le crochet et en passe l'attache par-dessus le poteau. Le grillage s'abat à leurs pieds. La voie est libre.

– Il faut refermer derrière nous, observe Ora.

Avram opine.

– Tu veux bien t'en charger ?

On doit sans cesse le mettre en branle, le faire bouger, rumine-t-elle

151

tandis qu'il s'exécute. Comme s'il abdiquait sa volonté pour se reposer sur elle. «*Nu*, c'est l'aveugle guidant le boiteux», lui disait sa mère, se rappelle-t-elle. Un bon moment plus tard, ses pensées vagabondent et elle lui demande s'il sait pour quelle raison on a édifié cette clôture. Avram secoue la tête. Alors elle lui parle du périmètre des pâtures. Elle s'étend longuement sur le sujet, dont elle ignore à peu près tout, sans pouvoir deviner ce qu'il retient en réalité. Il a pourtant l'air de lui prêter la plus grande attention. L'écoute-t-il vraiment ou fait-il semblant?

Elle note sa nervosité grandissante, les coups d'œil inquiets qu'il jette par-dessus son épaule, sursautant au cri des corbeaux. Un moment d'inattention plus tard, elle constate qu'il ne la suit plus, il est resté en arrière, les yeux obstinément baissés. Elle revient sur ses pas et découvre un petit oiseau en décomposition qu'elle ne parvient pas à identifier. Il a le plumage noir, le ventre clair, le regard marron et vitreux. Le cadavre grouille de fourmis, de vers blancs et de mouches. Elle l'appelle par deux fois, avant qu'il ne se ressaisisse et la suive. Combien de temps vais-je encore le traîner avant qu'il ne pète les plombs et me claque dans les doigts? pense-t-elle. Je lui fais vivre un calvaire. Comme à Sami. Que m'arrive-t-il? Je suis la reine des embrouilles.

Le sentier devient plus sinueux et plonge dans la rivière. Ora s'approche du bord et finit par le repérer sur la rive d'en face, zigzaguant gracieusement, en toute innocence. En préparant l'excursion avec Ofer, elle a lu quelque part que, au printemps, «il faut parfois traverser la rivière à gué». Là, il s'agit d'un torrent et il n'y a aucun autre accès en vue. Elle ne peut pas rebrousser chemin non plus – c'est une nouvelle règle de son invention, une ruse pour échapper à ses poursuivants: *ne jamais retourner sur ses pas*. Avram la rejoint et, les bras ballants, il s'abîme dans la contemplation de l'onde verte et scintillante, comme s'il y voyait un gigantesque mystère fourmillant d'indices. Elle mesure son désarroi et s'en irrite. En même temps, elle se reproche sa négligence. Elle aurait dû étudier la marche à suivre en pareilles circonstances avant de se lancer dans l'aventure. Seulement voilà, elle comptait sur Ofer, censé l'accompagner, la guider, édifier des ponts pour elle. Et maintenant, elle se retrouve seule avec Avram. Toute seule.

Elle s'avance plus près du bord en veillant à ne pas glisser. Un grand arbre dépouillé de feuilles se dresse dans l'eau, et elle se penche aussi loin que possible pour arracher une branche. Avram ne bouge pas d'un poil. Les yeux rivés sur les flots, comme hypnotisé, il panique quand la branche se casse et qu'Ora manque de basculer la tête la première. Elle la plante rageusement dans le lit de la rivière, la retire et la plaque contre elle. La trace humide lui parvient à la hanche.

– Tu vas retirer tes chaussures et tes chaussettes, ordonne-t-elle à Avram.

Elle s'assoit à même le sol, ôte ses souliers, les attache par les lacets à une sangle fixée à la partie supérieure de son sac, elle fourre ses chaussettes dans une poche latérale, et retrousse le bas de son pantalon jusqu'aux genoux. Elle lève la tête – la dominant de toute sa petite taille, Avram fixe sur ses mollets le même regard intense que sur l'eau, l'instant d'avant.

– Hou hou! fait-elle doucement, un peu surprise, en écartant les orteils.

Il se détourne, s'accroupit, ôte ses chaussettes et ses chaussures et remonte son pantalon jusqu'aux rotules, découvrant des jarrets à la peau pâle, un peu arqués, étonnamment vigoureux. Des jambes de cavalier, elle n'a pas oublié, les jambes d'un nain déplié, selon la formule qu'il avait forgée un jour. « Hou hou! » lâche-t-il à son tour.

Ora baisse les yeux dans un grand éclat de rire, troublée par l'irruption de l'ancien Avram émergeant de sa torpeur, ou peut-être par sa chair soudain dénudée.

Ils contemplent l'eau, assis côte à côte. Une libellule d'un mauve transparent voltige devant eux, telle une illusion d'optique. Il fut un temps, pense Ora, où j'étais la maîtresse de son corps. Et puis il y a eu l'époque où j'en étais l'infirmière : je le lavais, le nettoyais, l'essuyais, le tondais, le rasais, le pansais, le nourrissais, le drainais, et j'en passe…

Elle lui montre comment arrimer ses chaussures à son sac, avec celles d'Ofer, et lui conseille de vider ses poches pour éviter de mouiller son argent, ses papiers...

Avram hausse les épaules.

– Tu n'as même pas une carte d'identité?

– Pour quoi faire?

Ora s'engage dans l'eau la première, la branche à la main, et pousse un cri, saisie par le froid. Elle serait dans de beaux draps si Avram était entraîné par les flots. Il ne devrait peut-être pas s'y risquer dans l'état où il est, spécule-t-elle. Réflexion faite, elle décide que tout ira bien, étant donné qu'elle n'a pas vraiment le choix. Elle lutte pied à pied contre la violence du courant, qui lui arrive maintenant au nombril, au point qu'elle craint d'être emportée à tout moment. Avram va s'en tirer, décrète-t-elle pour se redonner du courage Tout se passera bien. Tu es sûre? Oui. Pourquoi? Parce que. Durant l'heure écoulée, ces dernières vingt-quatre heures, en fait, sa détermination farouche, désespérée, n'a jamais faibli, et c'est à sa ténacité qu'elle doit d'imposer sa volonté au monde et aux circonstances, il n'y a aucun marchandage ni compromis possibles, elle exige une obéissance aveugle aux nouvelles lois qu'elle ne cesse d'édicter, les mesures à prendre d'urgence – l'une d'elles, non pas la plus essentielle, lui impose l'obligation de se déplacer sans relâche, d'être sans cesse en mouvement. De toute façon, elle est bien obligée de bouger, au risque d'avoir le bas du corps frigorifié dans l'eau glacée.

Elle chemine avec précaution au milieu des graviers, du limon et des algues visqueuses qui s'enroulent autour de ses chevilles. De temps à autre, elle bute sur un petit caillou, un galet. Elle le palpe du bout du pied, se perdant en conjectures, sautant aux conclusions avec une sensation diffuse, tel un petit poisson préhistorique, dans la moelle épinière. Près d'elle, à la surface de l'eau, une mince brindille se tord comme un fouet et s'éloigne en ondulant. Des gouttelettes perlent sur ses lunettes, qu'elle renonce à essuyer. De temps à autre, elle se penche pour baigner son bras gauche contusionné avec un soupir d'aise. Avram la suit. La fraîcheur lui arrache un grognement étouffé. Ora se trouve déjà au milieu de la rivière. L'eau ruisselle autour d'elle, éclaboussant ses cuisses et ses hanches. Un soleil timide lui réchauffe le visage, tandis qu'une pluie d'étincelles irisées fuse devant ses yeux et ses lunettes. Elle flotte, bien à l'abri de sa bulle de verre suspendue dans le temps.

Elle grimpe sur la berge opposée, patauge dans la boue grasse où elle s'enfonce avec un bruit de succion, soulevant des nuées de moucherons à chaque pas. Elle se retrouve enfin au sec et s'affale contre un rocher, son sac sur le dos. Elle se sent plus légère ; tout à l'heure dans l'eau, au milieu de ce que charriait le courant, elle avait la sensation d'être une pierre cognant les parois d'un puits qu'on croyait tari. Elle se souvient alors d'Avram. Il est coincé au milieu du ruisseau, les yeux mi-clos, les traits ravagés par la peur.

Elle rebrousse aussitôt chemin dans la vase noire et gluante, marchant sur ses propres traces, et lui tend la branche, une perche improvisée. La tête rentrée dans les épaules, il n'esquisse pas un geste. Dominant le grondement de l'eau, elle lui crie de ne pas rester là – allez savoir ce qui grouille dans le torrent ? Subjugué, il obéit et s'approche pour saisir l'extrémité de la branche en progressant très lentement. Ora recule avec précaution et finit par s'asseoir, les pieds calés contre un rocher, et le hisse à la force des bras.

– Allez, viens t'asseoir, sèche-toi ! fait-elle, la mine réjouie.

Mais il reste planté dans la boue, transi, l'œil hagard, dans un état catatonique, la rigidité d'un fossile, comme aux pires heures de l'hôpital Tel Hashomer. Ora se précipite. Pourvu qu'il ne rechute pas ! s'inquiète-t-elle, effarée. L'épreuve qu'elle lui inflige risque de le déstabiliser. Ses appréhensions sont apparemment injustifiées : après tout, il la suit depuis une bonne demi-heure sans flancher. Il semble avoir repris du poil de la bête au cours des années, un minimum de densité existentielle (une des devises favorites de l'Avram d'avant), elle n'a plus besoin d'assouplir ses articulations, les unes après les autres – chevilles, genoux, cuisses –, comme elle le faisait alors, quand elle sculptait son corps. Elle l'accompagnait à ses séances de kinésithérapie, dans les salles de musculation, à la piscine, où, assise à l'écart, elle observait, enregistrait et prenait des notes. Elle le forçait à s'entraîner avec elle, en cachette, entre deux soins, les nuits d'insomnie. Neuf mois s'étaient écoulés avant qu'il ne mémorise les

postures qu'elle avait conçues pour lui. « Ma chorégraphe », la sur-
nomma-t-il un jour devant l'un des médecins du service, lui révélant
ainsi qu'un peu de l'Avram d'antan subsistait sous la carapace.

Il pousse un profond soupir et commence à se dégeler, étirant les
bras derrière le dos, les épaules, les coudes, les poignets. Tout fonctionne, se rassure Ora, qui épie du coin de l'œil les gestes amples,
obliques, les grands groupes musculaires. Avram contemple le torrent
d'un œil incrédule. Le sourire confus qu'il lui adresse a conservé
son charme de jadis. Oh, mon amour perdu, mon amour en sursis !
songe-t-elle, le cœur serré. Elle lui renvoie un sourire prudent, fruit
de sa longue expérience acquise au milieu d'une tribu d'hommes :
éviter tout débordement d'enthousiasme.

Elle lui montre où s'asseoir, les pieds sur le rocher afin qu'ils
sèchent plus vite, et lui tend des biscottes, du fromage fondu et deux
pommes qu'elle tire de son sac. Il mastique péniblement, avec application, promenant alentour des yeux méfiants et inquisiteurs, qui
glissent sur elle, s'attardant sur ses pieds minces, rosis par le froid,
avant de se détourner précipitamment.

Il redresse la tête, écartant les bras avec circonspection. On dirait
un énorme bébé dinosaure sortant de l'œuf. Ora surprend le regard
pensif qu'il pose sur l'autre rive. Maintenant qu'il a traversé, se dit-
elle, il vient de comprendre ce qu'il abandonne derrière lui pour
commencer une nouvelle vie.

Elle se met à discourir, histoire de lui changer les idées avant
qu'il ne s'inquiète. Elle lui indique comment gratter la boue séchée
sur ses jambes, et se frotte les pieds pour activer la circulation san-
guine. Après quoi, elle remet ses chaussettes et ses chaussures,
nouant ses lacets comme Ofer le lui avait enseigné – même de loin,
elle sent encore la délicieuse étreinte de ses bras autour d'elle. Doit-
elle confier à Avram que, en lui apprenant à faire un nœud double,
son fils lui a exprimé sa conviction qu'aucune découverte future
ne remplacerait jamais la simple action de nouer des lacets ? « On
pourra inventer n'importe quoi, mais nous continuerons à attacher
nos lacets chaque matin en nous rappelant que nous sommes des
hommes. » Elle avait senti son cœur se gonfler d'orgueil, parce qu'il

avait dit «des hommes» avec beaucoup de naturel et d'humanité.
Elle lui avait cité *Le Chemin jonché de pelures d'oranges* de Nahum
Gutman. Le matin, en enfilant ses chaussures, l'auteur sifflait joyeusement, car il était «heureux de commencer une nouvelle journée».
Ils pensèrent tous deux à grand-père Moshe, son père à elle, qui
dix-sept ans durant avait porté les mêmes souliers. Ils ne s'usaient
pas, parce qu'il avait le pied léger, répétait-il à qui voulait l'entendre.
Ora n'avait pas résisté à l'envie de rapporter à Ofer – il connaissait
sans doute cette histoire, mais tant pis – que, lorsqu'il avait dix-huit
mois environ, en lui mettant ses premières chaussures, elle avait inter-
verti par erreur la gauche et la droite. «Dire que tu avais marché avec
tes petites bottines à l'envers pendant la moitié de la journée, pour
la simple raison que je l'avais décidé! C'est fou comme les parents
ont le pouvoir de déterminer... Attends, je t'ai déjà raconté cette
histoire, non?» Ofer pouffa. «Voyons voir», fit-il en tapotant sur la
calculatrice de son téléphone. Ils avaient souvent des conversations
interminables, ponctuées de fous rires et de taquineries. Il régnait
entre eux une familiarité timide, des regards sondant l'âme. Leur
complicité s'était altérée avec les années, comme le reste. À mesure
que ses deux fils grandissaient, ils se rapprochaient d'Ilan, à croire
qu'ils étaient attirés par un autre champ magnétique obéissant à des
lois et une sensibilité propres, à une certaine imperméabilité plutôt.
Pour sa part, elle s'empêtrait dans les barbelés, trébuchait et se couvrait de ridicule à chaque pas. Cela existait encore, se persuadait-
elle. La connivence qui la liait à Ofer devait couver quelque part, en
latence pendant son service militaire, mais elle renaîtrait à son retour,
peut-être plus étroitement encore. Ora soupire: elle passe son temps à
chercher des signes de vie chez autrui, elle est même devenue experte
en la matière depuis quelques années!

Avram la regarde attacher ses souliers, il veut l'imiter, s'embrouille,
et Ora doit s'asseoir à ses côtés pour lui montrer comment s'y prendre.
Par bonheur, son bain forcé a estompé la forte odeur d'urine de la
veille et elle peut respirer sans suffoquer.

– J'ai fait dans ma culotte, hier, hein? lance-t-il abruptement.

– N'en parlons plus.

157

– C'est arrivé où ?
– Aucune importance.
– Je ne me souviens de rien.
– Tant mieux.

Il la dévisage sans insister. Doit-elle lui raconter ce qui s'est passé l'autre soir avec Sami ? tergiverse Ora.

Le chauffeur attendit qu'elle se traîne jusqu'au taxi avec Avram sur le dos pour daigner sortir de la voiture, irrité et bougonnant. Tous deux unirent leurs efforts pour installer Avram assoupi sur le siège arrière. Ora devina alors que Sami venait de comprendre qu'elle avait rendez-vous avec un homme. Il l'observait depuis plusieurs mois, à sa manière subtile et courtoise, pour découvrir si elle avait un nouvel homme dans sa vie. En fait de nouveau, celui-là était très vieux. Un Avram de seconde main, voire de troisième main. Hors d'haleine, son chemisier tout froissé et trempé de sueur, Ora tenait à peine sur ses jambes flageolantes.

Elle s'assit devant, à côté de Sami.

«Allons-y ! dit-elle.

– Où ça ?»

Elle réfléchit sans le regarder :

«Au fin fond du pays.

– Pour moi, il y a un bail que nous avons touché le fond», grommela-t-il entre ses dents.

Tandis qu'ils roulaient, Ora sentait les regards curieux, hostiles, voire inquiets que Sami lui lançait. Elle ignorait ce qu'il voyait en elle et soupçonnait que quelque chose avait changé. Ils dépassèrent Ramat HaSharon, Herzliya, Netanya et Hadera, prirent la direction de Wadi Ara, longèrent les kibboutz de Gan Shemuel, Ein Shemer, les villages arabes de Kefar Kara, Ar'ara et Umm el Fahm, ils traversèrent l'intersection de Megiddo et de HaSarguel, s'égarèrent dans Afula, qui s'était dotée d'un système de signalisation sophistiqué, digne d'une grande cité, où ils se retrouvèrent trimballés de carrefours en ronds-points, comme sur un ring. Ils finirent par s'échapper, traversèrent Kefar Thabor et Shibli, mirent le cap au nord par la route 65 et, au croisement de Golani, poussèrent par Bu'eina et Eilabun en direction de l'échangeur de Kadarim, alias Nahal Amoud. Voilà des siècles que je ne me suis pas promenée au bord de la rivière, se dit Ora. Si j'étais avec Ofer, je pourrais le convaincre d'y faire un crochet, mais Avram ? Ils empruntèrent ensuite la route 85 jusqu'à la bifurcation d'Amiad. Entre-temps, la colère d'Ora était retombée, comme d'habitude – c'était son côté soupe au lait, elle s'échauffait et se calmait aussi vite, oubliant même souvent la raison de sa mauvaise humeur. Il y avait non loin un petit bistrot sympathique, signala-t-elle à Sami avec un sourire conciliant : « Par beau temps, on peut voir le lac de Tibériade, sans oublier la très jolie patronne qui, elle, est visible tous les jours. » Sami ne réagit pas et refusa la pomme et le chocolat qu'elle lui offrait. Ora s'étira et massa les points douloureux. Elle n'avait pas terminé l'histoire commencée l'après-midi – était-ce vraiment cet après-midi ? – à propos du glaucome dont souffrait son père et qu'il s'était décidé à opérer pour sauver son œil valide. N'en avoir pas achevé le récit la contrariait, même si, au point où elle en était, il n'y avait plus moyen d'adopter le ton juste. Elle se carra dans son siège et ferma les yeux. Ce souvenir la comblait de joie, car il impliquait directement son fils – c'était lui, en effet, qui avait convaincu son grand-père de tenter l'opération. Ofer avait insisté pour le veiller à l'hôpital la nuit suivante, et il avait également tenu à le reconduire chez lui, en compagnie d'Ora. Il avait roulé très prudemment, à la grande fierté de sa mère. Avec des précautions infinies et tendres, il avait aidé le vieil homme à descendre de voiture, traverser l'allée du jardinet et gagner l'entrée de l'immeuble. Le grand-père désigna du doigt la pelouse et les fleurs avec émerveillement. Après quinze années de quasi-cécité, les couleurs s'étaient brouillées dans son cerveau, et les ombres lui paraissaient une réalité tangible. Ofer, qui avait compris, décrypta ce qu'il voyait en lui nommant toute la palette des nuances : le bleu, le jaune, le vert, le mauve. L'aïeul désigna à son tour les différentes plantes de sa main frêle en répétant le nom de chaque couleur après son petit-fils. Il ferait un papa formidable, songea Ora qui les suivait sans en perdre une miette. Une main sur l'épaule, Ofer pilota le vieillard dans l'escalier en prenant soin d'écarter les obstacles. À leur entrée, la grand-mère se sauva dans le garde-manger. Ofer ne s'en formalisa pas et, prenant son grand-père par la main, il le guida devant le buffet où était exposée la photo de ses petits-enfants, qu'il n'avait encore jamais vue. Ils firent ensuite le tour du propriétaire, admirant au passage les meubles achetés ces dernières années. Sa grand-mère refusant toujours de se montrer, Ofer eut l'idée d'entraîner le vieil homme à la cuisine, où ils ouvrirent le réfrigérateur. Ora vit son père tomber en arrêt devant les fruits et légumes. « Quelles jolies couleurs ! De mon temps, cela n'existait pas ! » s'écria-t-il. Chaque découverte était une source d'étonnement renouvelée qu'il partageait avec Ofer, comme s'il voulait lui offrir cette vision originelle, tandis que sa femme se terrait quelque part dans la maison. Le grand-père et son petit-fils se gardèrent d'évoquer le sujet, jusqu'à ce que celle-ci se décide à pointer le nez à la petite lucarne séparant le garde-manger de la salle de bains. Ofer tapota gentiment le dos de son grand-père et fit signe à sa grand-mère de sourire.

Sami alluma la radio. Galei Tsahal, la fréquence de l'armée, diffusait un bulletin spécial : un discours du Premier ministre. « Le gouvernement d'Israël est résolu à briser le culte de la mort de ses ennemis, et en de tels moments, nous devons nous rappeler que, dans la lutte contre un adversaire dénué de scrupules et de moralité, pour protéger nos enfants, nous sommes également en droit de… »

Le chauffeur s'empressa de tourner le bouton et capta une station arabe, où un speaker lisait un communiqué enflammé sur fond de musique militaire. Ora déglutit avec peine. Il n'y avait rien à dire. Sami avait le droit d'écouter ce qui lui chantait, c'était la moindre des choses. Derrière eux, Avram ronflait la bouche ouverte, affalé sur la banquette. Ora rongea son frein, les yeux clos, essayant d'imaginer des teintes douces et harmonieuses qui, un moment plus tard, se muèrent en une troupe d'hommes à la peau basanée, armés jusqu'aux dents, la fixant de leurs regards de flamme et beuglant une marche sanguinaire dont les rythmes saccadés résonnaient jusqu'au tréfonds de son être. Il ne comprend rien, pensa-t-elle. Il est incapable d'imaginer ce que je ressens en ce moment, alors qu'Ofer est là-bas. Elle resta immobile sur son siège, exaspérée par cette musique provocante, récapitulant les événements de la journée sans s'expliquer comment elle avait pu se laisser manipuler par cet homme exaspérant, ce boulet qu'elle avait traîné la moitié de la journée et qui – un comble! – avait eu le toupet de la mêler à ses histoires avec Yazdi et son Palestinien sans papiers, la plongeant dans les affres de la culpabilité. Dire qu'elle s'était bornée à solliciter son aide pour exécuter son modeste plan, et qu'il avait trouvé le moyen de chambouler son programme de fond en comble!

« Éteignez la radio, s'il vous plaît », pria-t-elle avec un calme feint. Sami ne réagit pas. Il osait se rebiffer ? C'était invraisemblable ! Les hommes glapissaient de plus belle avec des hurlements rauques et cadencés. Ora sentit une veine palpiter follement dans son cou.

« Je crois vous avoir demandé d'éteindre ! »

Sami conduisait toujours, le visage fermé, ses grosses mains cramponnées au volant, un petit muscle tressautait au coin de sa bouche Ora s'efforça de se dominer, de prévoir le coup suivant...

Au fond d'elle-même, elle savait qu'il suffirait de lui parler sans ambages, de lui rappeler d'un mot, d'un sourire, le petit rituel qu'ils avaient inventé au cours des années, au milieu des braillements et des roulements de tambours...

« Vous allez éteindre, oui ! » hurla-t-elle de toutes ses forces en frappant des deux mains sur ses cuisses.

Sami sursauta et déglutit, sans esquisser le moindre geste. En voyant ses doigts trembler, Ora faillit renoncer, bouleversée par cette faiblesse, travaillée par le doute et la culpabilité. La gentillesse naturelle, orientale dont la nature l'avait doté ne résisterait pas, elle le pressentait, face à la détermination, la hargne – occidentale –, dont elle-même faisait preuve. Sans oublier la dépendance qui liait le chauffeur à Ilan et la peur qu'il lui inspirait. Ora humecta ses lèvres en feu. Elle avait la gorge sèche, nouée par l'émotion, et l'idée qu'elle finirait par triompher, qu'elle arriverait à ses fins, lui était aussi insupportable que l'envie de le faire plier. Si seulement elle pouvait tout arrêter, effacer cette journée, remettre les compteurs à zéro... Tu perds la tête, ressassa-t-elle, qu'a-t-il fait pour que tu t'amuses à le torturer? Qu'est-ce qu'il t'a fait, hein, à part exister?

C'était vrai, admit-elle volontiers, mais cela la rendait folle de voir qu'il ne cédait pas d'un pouce, pas même par simple politesse! C'était contraire à leurs mœurs, raisonna-t-elle, avec leur sens de l'honneur à la gomme, leurs vexations continuelles, leurs petites chamailleries pour un oui ou un non, leurs vieilles rancunes remontant à la Création. À leurs yeux, tout le monde était nécessairement fautif, coupable de quelque chose!

La musique s'amplifiait, des vagues écumeuses, déferlantes la submergeaient, la prenaient à la gorge, les voix de stentor lui vrillaient le crâne. Alors quelque chose se fêla en elle, un condensé de tristesse, de chagrin, peut-être aussi la terrible déconvenue de leur amitié trahie, déçue, qui leur avait explosé à la figure. Elle s'empourpra, un voile écarlate s'enroula autour de son cou et elle éprouva des envies de meurtre. Sa main s'abattit sur le bouton de la radio qui s'éteignit.

Ils se regardèrent du coin de l'œil, tremblants d'émotion.

«Sami, vous vous rendez compte où nous en sommes?» gémit Ora.

Le trajet se poursuivit dans un silence à faire peur. Laissant Rosh Pinna endormie sur leur gauche, ils dépassèrent Hazor HaGelilit, Ayeleth Hashahar, la réserve de Houla, Yesod Hama'ala et Qiryat Shemona dont les feux orange clignotaient dans la nuit, ils prirent ensuite la route 99 via HaGosherim, Dafna et She'ar Yashuv. En ralentissant aux croisements, Sami se tournait à moitié avec une question muette : Et maintenant, où allons-nous? En guise de réponse, Ora pointait le menton devant elle : Plus loin, au bout du pays.

Peu après le kibboutz Dan, ils entendirent une plainte à l'arrière. Avram, réveillé, respirait lourdement. Ora se retourna. Étendu sur la banquette, il la fixa d'un œil égaré avec un bon sourire un peu contraint.

«J'ai besoin de pisser, annonça-t-il d'une voix lente et grave.

– Ah? On va bientôt s'arrêter, dit Ora.

– Tout de suite!

– Stoppez immédiatement!» commanda-t-elle à Sami, cédant à la panique.

Le chauffeur obéit et se rangea sur le bas-côté. Ora resta assise, les yeux dans le vague. Sami l'observait. Elle ne bougeait pas. «Ora?» insista Avram dans son dos. Elle ne supportait pas l'idée que, dans une minute, elle devrait le soutenir pour descendre de voiture et, si elle ne se trompait pas, déboutonner aussi son pantalon et l'aider à se soulager.

Ora supplia, implora Sami d'un regard presque servile, et, en croisant ses yeux, elle se retrouva piégée dans un interminable labyrinthe plein d'amertume, depuis Joseph Trumpeldor et les émeutes de 1929 et 1936 jusqu'au pénis d'Avram. Elle descendit et fit le tour pour ouvrir la portière arrière. Avram se redressa péniblement en ahanant. «C'est à cause de ce cachet», se justifia-t-il.

«Donne-moi la main», dit-elle. Elle planta ses talons dans le sol et se prépara à encaisser le choc. Sa main resta en l'air. Avram opina, les yeux clos. Ses traits se contractèrent, puis se détendirent, et il sourit. Ora aperçut une grosse tache foncée s'étaler sur son pantalon et le nouveau revêtement léopard de la banquette.

Quelques secondes plus tard, ils se retrouvèrent dehors. Leurs sacs atterrirent par terre, non loin d'eux, et Sami démarra sur les chapeaux de roues en zigzaguant sur la ligne blanche. Il hurlait, vociférait dans la brume nocturne des imprécations contre les juifs, les Arabes, surtout lui-même et son destin. Frappant tour à tour sa tête, sa poitrine et le volant de la Mercedes.

Ils mangent des pruneaux, dont Ora enterre les noyaux dans la vase, espérant qu'un jour deux arbres pousseront là, troncs entremêlés. Ils quittent ce lieu de délices et hissent leurs sacs sur l'épaule, le bleu pour lui, l'orange pour elle. Tout ce que fait Avram prend un temps infini, à croire que chacun de ses mouvements mobilise une à une ses articulations. Quand il se relève, les yeux fixés sur la rivière, une lueur, tel un rayon printanier, éclaire son front comme le reflet lointain d'une pièce d'or. Ora a une idée folle : Et si Ofer était là avec eux ? Elle n'a pu transmettre à Avram que des miettes d'information, puisqu'on lui a défendu de parler d'Ofer, ni de mentionner son nom pendant toutes ces années. L'espace d'un instant, elle croit les voir traverser le cours d'eau bras dessus bras dessous. Ses yeux s'illuminent :

– Allez, on y va !

Ils n'ont pas fait cent pas que, par-delà une colline, le sentier les ramène à la rivière.

Avram s'arrête, vaincu. Cette fois, c'en est trop. Pour moi aussi, se dit Ora. Elle s'assoit, furieuse, retire chaussures et chaussettes, les noue ensemble et retrousse son pantalon. En s'engageant dans l'eau glacée, grossie par la fonte des neiges, elle ne peut réprimer un cri. Immobile sur le bord, Avram est tiraillé par des forces contraires. Au comble du désespoir, il n'en sait pas moins que la berge vers laquelle Ora se dirige constitue le point de départ de leur périple. Ce qui est un gage de stabilité, sans doute parce que c'est la direction de sa maison. Il s'assoit et s'emploie à retirer ses chaussures pour les attacher à son sac à dos, sans un regard pour celles d'Ofer, avant d'entrer dans l'eau froide en serrant les lèvres. Cette fois, il y va carrément, dans une gerbe d'éclaboussures, gagne l'autre rive et s'affale près d'elle. Il s'étrille les pieds pour les sécher avant de remettre chaussettes et souliers. Ora perçoit son soulagement d'avoir réussi à revenir en terrain connu et franchi sain et sauf le torrent. C'est d'ailleurs exactement ce qu'ils font, à trois ou quatre autres reprises – ils ont cessé de compter –, le premier matin de leur voyage en haute Galilée, qu'elle appellerait encore « randonnée », à condition qu'elle l'ait gratifié d'un nom, ou qu'ils aient échangé plus de trois ou quatre phrases dans la journée : « Viens ! », « Donne-moi la main ! », « Fais attention, là ! », « Foutues vaches ! ». Le sentier et la rivière convergent ; à la troisième traversée, ils ne se fatiguent plus à se déchausser, se bornant à patauger dans la vase et à remonter de l'autre côté, jusqu'à ce que l'eau s'évacue de leurs souliers détrempés. S'écartant enfin de l'Hatzbani, le sentier devient plus praticable, un banal chemin de terre sinuant à travers champs, émaillé de flaques de boue et bordé de cyclamens pâles. Avram cesse de regarder à tout moment derrière lui et ne lui demande plus si elle saurait retrouver la direction du retour. Il a compris, semble-t-il, qu'elle n'a aucunement l'intention de repartir en arrière et qu'il est son otage. Il se recroqueville sur lui-même, résigné à revenir à l'état d'une plante, d'un lichen, d'une spore. Une façon de moins souffrir, sans doute, s'imagine Ora. Pourquoi est-ce que je le torture ? se demande-t-elle en le regardant marcher, frêle, abattu, purgeant une peine incompréhensible. Il y a des années qu'il ne fait plus partie de mon existence. Elle n'en éprouve aucune douleur, de l'étonnement, plutôt. Comment se peut-il que la séparation d'avec l'être que je considérais comme ma chair et mon sang, l'âme de mon âme, ne me déchire pas le cœur ? Et qu'est-ce que je fabrique en sa compagnie ? Quelle est cette idée fixe qui m'obsède ? Et alors que sauver un enfant requiert toute mon énergie, pourquoi dois-je m'embarrasser ?

– Ofer… je l'avais oublié…, murmure-t-elle.

Avram pivote brusquement sur ses talons et la rejoint d'un pas incertain.

– Tu vas me dire ce que tu cherches, à la fin ? Je n'ai pas la force de jouer à ces petits jeux.

– Je te l'ai dit.

– Je ne comprends pas.

– Je me suis sauvée.

– Pour quelle raison ?

Elle le fixe sans répondre.

Il déglutit avec peine.

– Où est Ilan ?

– Ilan et moi sommes séparés depuis un an. Un peu moins, en fait. Neuf mois.

Il chancelle, comme si elle l'avait frappé.

– C'est comme ça, ajoute-t-elle.

– Que veux-tu dire ? Séparés de qui ?

– De qui ? De nous ! L'un de l'autre. Voilà.

– Pourquoi ?

– Les gens se séparent. Ça arrive. Allez, on y va !

Il brandit gauchement la main avec l'air obtus d'un écolier un peu niais. Il a le visage torturé sous sa barbe naissante. À l'époque, Ilan et elle, par plaisanterie, affirmaient que, le jour où ils se quitteraient, ils continueraient à feindre d'être ensemble, par égard pour lui.

– Pourquoi faut-il que vous vous sépariez ? Tu peux m'expliquer ? Tout allait bien pendant des années et, du jour au lendemain, vous en avez eu assez, c'est ça ?

Ora n'en revient pas. Il me fait une scène ! Et il rouspète, en plus.

Avram retrouve son sang-froid et se redresse.

– Qui a pris l'initiative ? C'est lui, hein ? À cause d'une autre femme ?

Ora manque de s'étrangler.

– Calme-toi. Nous l'avons décidé ensemble. C'est sans doute mieux ainsi. Et puis de quoi te mêles-tu ? fulmine-t-elle tout de go. Que sais-tu de nous ? Où étais-tu pendant ces trois dernières années ? Où étais-tu pendant trente ans… ?

Il se tasse, interdit, les sourcils froncés, comme s'il n'en avait vraiment aucune idée.

– Je suis désolé. Je… où j'étais?

– Bref, c'est comme ça, poursuit Ora en baissant le ton pour faire oublier son éclat.

– Et toi?

– Moi, quoi?

– Tu es seule?

Elle le regarde en face, s'efforçant vainement de sourire.

– Je… je suis sans lui, oui. Mais pas seule. Je ne me sens pas vraiment seule, non.

Avram se tord les mains, concentrant ses forces pour parer le coup. Ora et Ilan sont séparés. Ilan est seul. Ora est seule. Ora sans Ilan.

– Mais pourquoi? Pourquoi?!

Il est dans tous ses états, lui crie dans la figure, trépigne de rage.

– Arrête de hurler, tu veux!

Il se débarrasse de son sac et lève vers elle des yeux de chiot apeuré.

– Mais comment…? Vous avez toujours été… Non… Reprends depuis le début. Que s'est-il passé?

Ora pose son sac à son tour.

– Ce qui s'est passé? Plein de choses depuis qu'Ofer est à l'armée. Depuis que tu as décidé que tu devais… euh… disparaître de ma vie.

Il se triture nerveusement les doigts, le regard fou. Ora se radoucit.

– Nos vies ont changé. J'ai changé. Ilan aussi. Et la famille. Je ne sais pas par où commencer.

– Où est-il en ce moment?

– En voyage en Amérique du Sud. Il s'est mis en congé du bureau, de tout… J'ignore combien de temps il compte s'absenter. Nous avons rompu tout contact depuis quelque temps.

Elle hésite, ne précise pas qu'Adam a suivi son père. Qu'elle s'est également séparée de son fils aîné. Dont elle a peut-être même divorcé…

– Laisse-moi un peu de temps, Avram. Ma vie est un vrai souk en ce moment. Je n'ai pas trop envie d'en parler.

– D'accord, d'accord! Personne ne nous y oblige!

Il se met debout, effrayé, accablé – on dirait une fourmilière dans laquelle on aurait donné un coup de pied. Autrefois, les retournements de situation, les combinaisons fortuites, explosives, l'excitaient, lui stimulaient le corps et l'esprit, *la fermentation des neurones*, comme il disait. Oh ! soupire-t-elle en silence, l'infinité des possibles. Tu te souviens ? Hein ? C'est toi qui avais inventé tout cela, tu avais établi ces règles pour nous. Jouer à colin-maillard en bas de Manhattan et rouvrir les yeux à Harlem. Tu affirmais que le lion *devait* se coucher près de l'agneau, et on verrait bien ce qui se passerait. Peut-être que, pour une fois dans l'histoire de l'univers, il y aurait une surprise. Ce lion et cet agneau-là se débrouilleraient pour que cela marche, et atteindraient – elle ne se rappelle pas le terme – l'élévation ? Le salut ? Ses mots à lui, un lexique, un dictionnaire, un répertoire, un glossaire, à seize, dix-neuf, vingt-deux ans. Et depuis : le silence, l'extinction des feux.

Ils reprennent leur marche. Côte à côte, lentement, ployant sous la charge. Ora peut presque sentir la nouvelle s'enfoncer dans son crâne, telle une solution s'infiltrant dans une substance dont elle changerait la composition. Petit à petit, il saisit que, pour la première fois en trente-cinq ans, il est réellement seul avec elle, sans Ilan, sans même l'ombre d'Ilan.

Vrai ou pas, elle a du mal à se prononcer. Voilà des mois qu'elle n'arrive pas à trancher, balançant d'un côté, puis de l'autre.

– Et les enfants ? s'enquiert Avram.

Ora ralentit. Il ne veut même pas dire leurs noms.

– *Les enfants* sont grands, maintenant. Ils sont indépendants et capables de décider tout seuls avec qui et où vivre.

Il lui jette un regard en biais. Un bref instant, le voile se déchire et il plonge ses yeux dans les siens. Il la scrute, mesure l'ampleur de sa détresse. L'écran retombe. Malgré le chagrin et la peine, Ora tressaille de bonheur : il y a encore quelqu'un là-dedans.

Ils cheminent jusqu'au soir, faisant de fréquentes haltes pour se reposer, évitant les routes et les hommes. Ils mangent ce qu'Ora a emporté, récoltent des pamplemousses et des oranges oubliés à la cueillette, ramassent par terre des pacanes et des noix, remplissent leurs gourdes aux ruisseaux et aux sources. Avram boit à tout bout de champ, Ora pratiquement pas. Ils vont au hasard, tels des pendules oscillant de droite à gauche. Comprend-il qu'ils errent intentionnellement pour ne pas retrouver le chemin du retour ? s'interroge Ora.

C'est à peine s'ils ouvrent la bouche. Elle tente bien de lui fournir certains détails concernant la séparation, Ilan, elle-même, mais Avram lève une main suppliante, presque implorante – il n'en a pas la force. Plus tard, peut-être. Ce soir ou demain. Plutôt demain...

Il s'épuise. Ora n'est pas davantage coutumière de tels efforts physiques. Il a des ampoules aux pieds et des démangeaisons entre les orteils. Elle lui propose du talc et des pansements, qu'il refuse. L'après-midi, ils sommeillent à l'ombre d'un caroubier, puis poussent un peu plus loin avant de s'accorder une nouvelle pause. Les pensées d'Ora s'égarent. Avram en est sans doute la cause : jadis, il la dynamisait, lui tourneboulait l'esprit, aujourd'hui, on dirait que sa présence l'engourdit, lui aspire son énergie. Au crépuscule, ils s'allongent en bordure d'une noyeraie sur un lit de feuilles et de coquilles sèches, elle contemple le ciel – vide à l'exception de deux hélicoptères bruyants, qui tournicotent au-dessus de leurs têtes depuis des heures, surveillant la frontière, apparemment –, elle pourrait vagabonder ainsi pendant des jours et des jours, un mois même. Pour s'abrutir. Mais qu'en serait-il d'Avram ?

Peut-être n'y verrait-il aucune objection lui non plus et serait-il d'accord pour musarder à ses côtés ? Que sait-elle de lui, de sa vie, de celle avec qui il vit ? Quant à elle, la situation lui convient assez, c'est moins douloureux. Même Ofer se tient coi depuis quelques heures, constate-t-elle avec stupeur. Il n'est pas nécessaire de bavarder à tort et à travers, Avram a peut-être raison. Et que dire, de toute façon ? À l'occasion, elle lui parlera un peu d'Ofer, sur la pointe des pieds – avec de la chance, il sera plus réceptif ici –, quelques petites anecdotes, les plus cocasses... Au moins, il saura qui est Ofer dans les grandes lignes, les têtes de chapitre. Et il apprendra à mieux connaître celui qu'il a contribué à mettre au monde.

Ils montent leurs tentes dans un petit bois planté de pistachiers et de chênes. Ofer lui en a fait la démonstration à la maison, et, à sa grande stupéfaction, elle y parvient presque sans difficulté. Elle s'occupe d'abord de la sienne, puis elle prête main-forte à Avram. Les toiles ne l'attaquent pas par surprise, ne s'enroulent pas autour d'elle et ne l'attirent pas à l'intérieur, telles des plantes carnivores, comme Ofer l'avait présagé. Quand elle a terminé, les petites tentes rondes, l'orange – la sienne – et la bleue, se dressent à trois ou quatre mètres de distance, pareilles à deux bulles, deux minuscules vaisseaux spatiaux, parfaitement étanches et imperméables l'un à l'autre, équipés de fenêtres miniatures et d'un rabat en nylon.

Avram évite une nouvelle fois d'ouvrir le sac d'Ofer. Même les poches extérieures. Inutile de changer de vêtements, lavés et relavés dans le cours d'eau, allègue-t-il. Et il peut s'allonger tout habillé par terre, pas besoin de tapis de sol, et, de toute façon, il ne pourra pas trouver le sommeil, puisque Ora n'a pas apporté ses somnifères, rangés dans le tiroir de sa table de nuit. Les médicaments homéopathiques dénichés dans la salle de bains ne lui appartiennent pas.

– Ils sont à qui alors ? s'enquiert Ora du bout des lèvres.

Avram élude la question.

– Ils ne me font aucun effet.

Ora songe à la femme au déodorant parfumé à la vanille et aux cheveux violets, qui, à en croire ce qu'il lui avait dit au téléphone, ne vit plus avec lui depuis un mois.

À dix-neuf heures, incapables de supporter plus longtemps le silence, chacun gagne sa tente et reste éveillé des heures en somnolant par à-coups. Épuisé, Avram réussit presque à s'endormir grâce aux pilules pour rire, dont il finit par triompher.

Ils se tournent et se retournent sur leur couche inconfortable avec force soupirs et toussotements. Une réalité trop intense les perturbe : dormir en plein air à même le sol plein de trous et de bosses, l'effrayante nouveauté, la présence palpable d'un gros animal mystérieux, l'exaltation suscitée par le scintillement des étoiles, la brise tour à tour tiède, fraîche, humide et instable, pareille à l'haleine d'une bouche invisible. Et le cri des oiseaux nocturnes, le bruissement des feuilles, le vrombissement des moustiques. Ils croient sentir quelque chose leur frôler le visage, les jambes, entendre des pas étouffés dans les buissons. L'appel des chacals, la plainte d'une petite créature, proie innocente. Ora doit s'endormir malgré tout, car, au petit matin, elle est réveillée par trois militaires en uniforme, plantés sur le seuil de sa maison. Deux d'entre eux s'effacent devant leur supérieur, qui frappe à la porte. Le médecin cherche un tranquillisant dans sa sacoche et la femme officier se prépare à rattraper Ora, au cas où elle tournerait de l'œil.

Ora les voit redresser la tête, ils s'éclaircissent la gorge, puis l'officier supérieur lève une main hésitante. Les yeux hypnotisés sur son poing crispé, elle se dit que le temps va s'arrêter, mais l'homme se décide à frapper trois coups énergiques, le nez pointé vers le bout de ses chaussures, et, en attendant que la porte s'ouvre, il repasse son message : *à telle heure, au lieu X, votre fils Ofer, qui exécutait une mission opérationnelle…*

De l'autre côté de la rue, les fenêtres se ferment les unes après les autres, on tire les rideaux, laissant un coin soulevé pour épier dehors, mais la porte reste verrouillée. Baignée d'une sueur froide, les yeux clos, les mains engourdies, Ora parvient à remuer les pieds et tente de se redresser dans son sac de couchage. L'officier tambourine à trois autres reprises avec une répugnance telle qu'il cogne trop fort, à croire qu'il veut enfoncer le battant et se ruer en avant avec son message. La porte résiste, personne ne l'ouvre pour entendre sa déclaration. Il jette un coup d'œil gêné au document qu'il tient à la main, notifiant qu'à tel moment, en un lieu X, votre fils, Ofer, qui exécutait une mission opérationnelle… La femme officier recule d'un pas pour vérifier le numéro de la rue ; c'est le bon. Le médecin regarde par une fenêtre pour voir s'il y a de la lumière ; il n'y en a pas. Deux autres coups plus faibles résonnent, mais la porte reste obstinément close. L'officier s'y appuie de tout son poids, comme s'il envisageait sérieusement de l'enfoncer et de balancer la note à l'intérieur coûte que coûte. Il regarde ses collègues, visiblement ébranlé. Quelque chose cloche dans le rituel, leur volonté pragmatique, professionnelle, logique de communiquer l'information, de s'en débarrasser, de la vomir, et surtout de la transmettre au plus vite à la personne à qui elle est destinée de droit, à savoir qu'à telle heure, en un lieu X, votre fils Ofer, qui exécutait une mission opérationnelle – cette volonté donc se heurte à une force aussi imprévue qu'inébranlable, le refus catégorique d'Ora de la recevoir, de l'intégrer d'une manière ou d'une autre, de reconnaître qu'elle est sienne.

Peinant et ahanant, les deux autres joignent leurs efforts pour enfoncer la porte, s'encourageant mutuellement en silence, ils pèsent de toutes leurs forces contre le panneau, tandis qu'Ora flotte dans les limbes du rêve. Sa tête ballotte en tous sens, elle veut crier, mais aucun son ne sort de sa gorge. Ils n'auraient jamais osé tenter une chose pareille s'ils n'avaient senti la résistance qu'on leur opposait de l'intérieur. Ils enragent. Le malheureux vantail grince, écartelé entre volonté et refus, entre la logique militaire, réfléchie, et son entêtement puéril. Ora se débat dans son duvet. Soudain, elle se fige, ouvre les yeux et regarde par la fenêtre de sa tente – le jour pointe. Elle se passe la main dans ses cheveux trempés, comme lavés avec sa sueur, et se recouche. Son cœur va bientôt s'apaiser, se rassure-t-elle. Il faut qu'elle sorte.

Elle a beau faire, impossible de se relever. Le sac de couchage s'entortille autour de ses jambes comme un énorme emplâtre humide, et elle n'a pas assez d'énergie pour lutter contre ce suaire mouvant qui l'enserre étroitement. Elle doit rester allongée encore un peu, se calmer, rassembler ses forces, fermer les yeux et penser à quelque chose de gai. Mais elle entend le trio manifester son mécontentement. Ils doivent porter la nouvelle tout de suite, dans une heure ou deux, un jour ou deux, quitte à repasser plus tard et se préparer à revivre ce moment difficile. Personne ne pense jamais aux messagers, à la charge affective attachée à leur mission. Seuls les destinataires sont à plaindre. Or les premiers seraient en droit d'être furieux car, aussi affligés et compatissants qu'ils soient, ils subissent une certaine tension – pour ne pas dire une excitation et même une émotion solennelle – en anticipant le moment de communiquer leur message. Car ils ont beau avoir vécu ce moment des dizaines de fois, l'expérience ne saurait être qualifiée de routinière, de même que l'exécution de la peine capitale ne peut être routinière.

Ora se dépêtre de ce maudit sac et se sauve en courant. Une fois dehors, elle s'immobilise, les yeux écarquillés d'horreur. Quelques minutes plus tard, elle remarque Avram assis par terre, non loin, qui la regarde, adossé à un arbre.

Il s'emmitoufle dans son sac de couchage, elle dans son manteau. Ils font du café qu'ils boivent en silence.

– Tu as crié, dit-il.

– J'ai fait un cauchemar.

Il ne lui pose aucune question.

– J'ai dit quoi?

Il se lève et lui parle des étoiles.

– Celle-ci, c'est Vénus, là, la Grande et la Petite Ourse. Tu vois comme la Grande Ourse pointe vers l'étoile Polaire?

Elle l'écoute, un peu blessée, stupéfaite de son enthousiasme, son détachement.

– Regarde, voilà Saturne. L'été, il m'arrive de l'observer de mon lit, avec ses anneaux. Et là-bas, c'est Sirius, l'étoile la plus brillante…

Il disserte longuement. Ora se rappelle un passage de S. Yizhar dans *Convoi de minuit* : « *On ne peut désigner une étoile à quelqu'un sans placer l'autre main sur son épaule* », la phrase qu'Ada et elle préféraient. Eh bien oui, c'était possible.

Ils lèvent le camp et repartent. Ora est nerveuse à l'idée de quitter ce lieu de cauchemar, et la promesse de l'aube dans le ciel – la lumière semble jaillir de deux mains s'ouvrant lentement – la ragaillardit un peu. Nous marchons depuis vingt-quatre heures, et nous sommes toujours ensemble, s'étonne-t-elle. Mais ses pieds deviennent lourds et une douleur sourde irradie tout son corps.

C'est dû à la fatigue, se dit-elle. Elle a à peine dormi depuis deux jours. Ou alors, au soleil – la veille, elle n'a pas mis de chapeau et a négligé de boire suffisamment. Elle espère que ce n'est pas une grippe de printemps intempestive, mais cela ne ressemble pas à une grippe, ni à une insolation. C'est une douleur différente, inconnue, opiniâtre, persistante, brûlante, elle songe même à une bactérie dévoreuse de chair.

Ils s'assoient près d'une maison en ruine pour récupérer. Une partie reste encore debout, le reste se compose d'un tas de pierres éboulées. Ora ferme les yeux et tente de se calmer en respirant à fond et en se massant les tempes, la poitrine, le ventre. Le mal empire, les battements de son cœur l'ébranlent jusqu'au tréfonds, et elle comprend qu'Ofer est la cause de sa souffrance.

Elle le sent dans son ventre, sous son cœur, un point sensible sombre et fébrile. Il bouge, remue, se retourne en elle, lui arrachant un cri d'effroi, tant la violence de son désespoir la bouleverse. Elle repense à la crise de claustrophobie survenue quand il avait environ sept ans, le jour où ils s'étaient retrouvés coincés entre deux étages, dans l'ascenseur qui les menait au bureau d'Ilan. Se sentant piégé, son fils avait crié au secours, hurlant qu'il devait sortir, ne voulait pas mourir. Elle l'avait serré dans ses bras pour le réconforter, mais il s'était dégagé et rué contre les parois, cognant sur la porte, s'égosillant si fort que sa voix s'était cassée, alors il s'en était pris à sa mère, la bourrant de coups de poing et de coups de pied. Son petit visage s'était métamorphosé, Ora ne l'oubliera jamais, non plus que sa déception en constatant – ce n'était pas la première fois – à quel point, sous le vernis de vivacité joyeuse, son enfant était fragile, le plus clair et le plus limpide de ses deux fils – elle l'a toujours vu ainsi : clair et limpide. À l'époque, plaisantant à moitié, Ilan avait déclaré qu'Ofer ne s'engagerait jamais dans les blindés quand il serait mobilisé – il ne supporterait pas d'être enfermé dans un char. Comme tant d'autres, cette prédiction se révéla fausse, Ofer entra bien dans les blindés, se retrouva confiné dans un tank, et il n'y eut aucun problème – du moins pour lui. Ora, quant à elle, faillit suffoquer en pénétrant dans l'habitacle, à l'invitation d'Ofer, lors de la journée portes ouvertes que son bataillon avait organisée pour les familles, à Nebi Musa. Et maintenant elle le sent, elle sent Ofer, comme elle l'avait senti ce jour-là, dans l'ascenseur, terrifié, fou de peur, convaincu que quelque chose se refermait sur lui, le capturait, qu'il n'avait aucun moyen de sortir, plus d'air pour respirer. Ora bondit sur ses pieds et se campe devant Avram :

– Allez, on y va !

Avram n'y comprend rien – ils viennent à peine de s'arrêter –, mais il ne pose aucune question. Ça vaut mieux, qu'aurait-elle pu répondre ?

Ora marche vite, insensible au poids du sac sur son dos, négligeant Avram, qui lui crie de ralentir pour l'attendre. C'est trop dur, intolérable, de marcher à son rythme. Toute la matinée, elle refuse de s'interrompre, même une fois, et s'il se rebelle et s'allonge au milieu du sentier ou sous un arbre, elle décrit des cercles autour de lui, histoire de s'épuiser de fatigue sous le soleil en omettant délibérément de s'hydrater. Mais Ofer résiste, lui infligeant les spasmes douloureux de la fureur. Vers midi, elle l'entend. Non pas des paroles distinctes, mais la musique de sa voix dominant les bruits de la vallée – les bourdonnements, les gazouillements, le chant des criquets, son propre souffle, les grognements d'Avram, le chuintement des arroseurs géants dans les champs, le grondement des tracteurs au loin, ou des petits avions dans le ciel. Sa voix lui parvient étrangement claire, comme s'il marchait à ses côtés, et il lui parle sans prononcer un seul mot – juste sa voix, il en joue pour elle, et de temps à autre elle repère le léger bégaiement attendrissant dont il est affecté, surtout quand il s'énerve : *ch… ch…* Elle ne sait si elle doit répondre ou faire la sourde oreille. Dès l'instant où elle a claqué derrière elle la porte de sa maison de Beit Zayit, elle a été saisie d'une peur très familière : la crainte de ce qu'elle irait imaginer en pensant à lui, de ce qui pourrait lui sortir de la tête et ligoter les mains d'Ofer, lui voiler les yeux au moment où il aurait besoin de toute sa vigilance et de toutes ses forces.

Elle note immédiatement qu'il a changé de tactique, car il se met à répéter *maman*, encore et encore, une centaine de fois, *maman, maman*, sur tous les tons, à différents âges, exaspérant, souriant, lui murmurant des secrets, la tirant par sa robe, *maman, maman*, avec fureur, tout miel, aguicheur, émerveillé, envahissant, goguenard, facétieux, ouvrant les yeux pour la regarder au matin de l'enfance éternelle : *maman ?*

Ou encore dans ses bras, bébé remuant et minuscule, emmailloté dans sa couche, la fixant de ce regard teinté d'ironie, si mûr et tranquille qu'il en devenait gênant, sans doute à cause de la forme de ses yeux qui se dirigeaient – *se dirigent* – l'un vers l'autre en formant un angle aigu, sceptique.

Elle trébuche, le corps penché en avant, les bras tendus, comme pour se frayer un chemin au milieu d'un essaim de frelons invisible. L'impétuosité avec laquelle il a fondu sur elle, tel un raz-de-marée dévastateur, a quelque chose d'inquiétant. Qu'est-ce qui lui prend ? se demande-t-elle vaguement. Pourquoi se repaît-il de sa chair, la tète-t-il avec cette avidité ? Tout son corps palpite, exhalant le nom de son fils, tel un soufflet – mais rien à voir avec l'absence, la nostalgie. Il la déchire de l'intérieur, se démenant comme un enragé, martelant de ses poings les membranes de son corps. Il la veut pour lui seul, inconditionnellement, exige qu'elle s'oublie elle-même pour se consacrer à lui ad vitam aeternam, qu'elle ne cesse de penser à lui, parle de lui sans arrêt à tous ceux qu'elle rencontre, même aux arbres, aux pierres, aux chardons, qu'elle prononce son nom à voix haute ou en silence, encore et encore, qu'elle se souvienne de lui à chaque instant, à chaque seconde, qu'elle ne l'abandonne pas, parce que aujourd'hui il réclame sa présence pour *exister* – et elle comprend alors que c'est la raison de sa férocité. Pourquoi n'a-t-elle pas saisi plus tôt qu'il a besoin d'elle afin de ne pas mourir ? Une main sur son flanc douloureux, elle s'étonne. Est-ce donc cela ? Tout comme il avait eu besoin d'elle le jour de sa naissance ?

– Que t'arrive-t-il ? questionne Avram, hors d'haleine, quand il la rattrape. Qu'est-ce qui te prend ?

Ora baisse la tête.

– Avram, je ne peux pas continuer comme ça.

– Comme quoi ?

– Tu ne veux pas… je ne peux même pas prononcer le nom devant toi, lâche-t-elle comme si un nœud se défaisait en elle. Écoute ! Ce silence me tue et le tue lui aussi, alors décide-toi !

– À propos de quoi ?

– À propos de savoir si tu es vraiment là, avec moi.

Il détourne les yeux. Ora attend. Depuis la naissance d'Ofer, elle n'avait presque jamais évoqué le sujet avec Avram, qui l'écartait d'un revers de main, comme pour chasser une mouche importune chaque fois qu'Ora ne résistait pas à l'envie de lui parler d'Ofer, ou de mentionner son nom, quand ils se retrouvaient. Elle devait le protéger d'Ofer, telle était la condition imposée lors de leurs pathétiques rendez-vous. Se comporter comme s'il n'existait pas. Ora avait encaissé en silence, ravalé sa fierté et sa colère, elle avait pris son mal en patience et se l'était tenu pour dit pendant si longtemps qu'elle avait fini par accepter la frontière infranchissable et arbitraire qu'il lui fixait – au fond, cette démarcation claire, la séparation stricte des pouvoirs lui apportait un certain soulagement : Avram d'un côté, elle de l'autre, et le reste ailleurs. Ces dernières années, elle avait découvert, non sans honte, qu'une autre éventualité l'angoissait davantage que cet état de fait. Pourtant, à chacune de ses rebuffades, elle se sentait insultée au plus profond d'elle-même et devait se rappeler que l'équilibre précaire d'Avram semblait fondé sur une réaction d'autodéfense contre Ofer, contre l'existence même d'Ofer, contre ce qu'il considérait sans aucun doute comme la grande erreur de sa vie. De plus, qu'Ofer puisse être l'erreur de la vie de quelqu'un, pire encore, de celle d'Avram, la submerge d'une nouvelle vague de colère. D'un autre côté – telle est la raison de son désarroi et de sa fureur, ces deux derniers jours –, il y a les signes gravés sur le mur au-dessus de son lit, le décompte des années d'Ofer à l'armée, trois ans, plus de mille lignes, une ligne pour chaque jour, qu'Avram devait barrer le soir d'un trait horizontal. Comment concilier ces deux éléments – l'erreur d'une vie et le compte à rebours –, lequel des deux doit-elle croire ?

– Écoute, je me disais…

– Ora, pas maintenant.

– Alors quand ? Quand ?

Il lui tourne le dos et la précède d'un pas vif. Elle le déteste, le méprise, elle a pitié de lui et prend conscience qu'elle devait être folle d'avoir cru qu'il pourrait l'aider, la soutenir dans cette mauvaise passe. L'idée était délirante, sadique même – lui infliger cette torture, imaginer que, subitement, après vingt et un ans d'éradication et de rupture, Avram accepterait d'entendre parler d'Ofer. Elle le mettra

177

dans le premier car pour Tel-Aviv le lendemain matin, se promet-elle, et, à partir de maintenant, elle ne soufflera plus jamais mot d'Ofer.

Le soir venu, la douleur est si vive qu'elle s'enferme dans sa tente et se met à pleurer en silence, attentive à étouffer ses hoquets. Les contractions – on aurait dit des contractions utérines – intenses et régulières évoluent en une douleur persistante, atroce. Si cela continue, elle devra se précipiter aux urgences, pense-t-elle. Mais que dira-t-elle en arrivant à l'hôpital ? En outre, le médecin de garde s'emploiera à la convaincre de rentrer chez elle au plus vite, et de *les* attendre.

Allongé dans sa tente, Avram, en l'entendant, renonce à prendre un somnifère, pas même les cachets de son amie Neta, car Ora risque d'avoir besoin de lui pendant la nuit. Mais comment l'aider ? Il reste éveillé, immobile, les bras croisés sur la poitrine, les mains sous ses aisselles. Il pourrait demeurer ainsi une éternité, presque sans bouger. Il écoute ses sanglots, ses gémissements interminables, monotones. En Égypte, dans la prison d'Abbasiya, il avait côtoyé un réserviste originaire de Jérusalem, un petit homme maigre, issu d'une famille de juifs de Cochin. Il se lamentait pendant des heures chaque nuit, même s'il n'avait enduré aucune torture ce jour-là. Les autres devenaient fous, à force ; les gardiens égyptiens ne le supportaient pas davantage, mais il ne pouvait pas s'arrêter. Un jour qu'Avram et lui attendaient dans un corridor qu'on les conduise à un interrogatoire, ils avaient échangé quelques mots à travers les sacs qui leur recouvraient la tête. Le gars de Cochin lui avait expliqué qu'il pleurait de jalousie à cause de sa fiancée qui, il le pressentait, lui était infidèle. Elle était depuis toujours amoureuse de son frère aîné, et d'imaginer ce qu'elle était en train de faire le rendait malade. Avram avait éprouvé un singulier respect pour cet homme décharné, prisonnier au cœur de l'enfer, qui parvenait à s'abstraire de la dure réalité – les Égyptiens et leurs supplices horribles – et ne penser qu'à sa douleur personnelle.

Il quitte sans bruit sa tente et s'éloigne pour ne plus l'entendre. À une certaine distance, il s'assoit sous un pistachier et s'efforce de réfléchir. Il en est incapable pendant la journée, avec Ora à ses côtés. Il dresse le réquisitoire de sa conduite pathétique et lâche, plante les doigts dans son visage, son front et ses joues. Aide-la, espèce de fumier, traître que tu es! grommelle-t-il entre ses dents. Mais il sait pertinemment qu'il n'en fera rien, et sa bouche grimace de dégoût.

Chaque fois qu'il se livre à un travail d'introspection, il a du mal à comprendre pourquoi il est encore vivant. Comment se fait-il que la vie s'accroche à lui, le préserve à tout prix? Qu'est-ce qui en lui justifie de tels efforts, un acharnement pareil – à moins qu'il ne soit mû par la rancune?

Il ferme les yeux et tâche de visualiser un enfant. N'importe lequel. À mesure que la date de démobilisation d'Ofer approchait, il lui arrivait de jeter son dévolu sur un garçon de son âge au restaurant où il travaillait, dans la rue, il l'observait à la dérobée, le suivait parfois pendant quelques mètres en essayant de se glisser dans sa peau. Il se laissait aller de plus en plus souvent à ces hallucinations, ces projections-d'Ofer, ces fantômes.

Il règne un profond silence. Le souffle de la brise le caresse, traçant ses sillons à travers l'espace. De temps à autre, un gros oiseau lance un appel, apparemment très proche. Ora dans sa tente écoute, tous les sens aux aguets, comme si quelque chose la frôlait en passant. À leur insu, des milliers de grues se dirigent vers le nord, dans le ciel sombre. Ils entendent un bruissement sonore, invisible, tel le soupir des vagues sur une grève jonchée de coquillages. Adossé à son arbre, les yeux clos, Avram distingue l'ombre d'Ofer, de dos, le portrait d'Ilan jeune – pour une raison obscure, c'est Ilan qui se matérialise, le précédant d'un pas dans les allées de l'horrible base militaire où son père l'obligeait à vivre, signalant d'un clin d'œil les graffitis recouverts de chaux blanche sur les murs des baraquements. Avram tâche de visualiser une version masculine d'Ora adolescente, mais il ne réussit qu'à voir Ora elle-même, élancée, le teint clair, ses boucles rousses tombant jusqu'aux épaules. Il se demande si Ofer est rouquin, comme sa mère par le passé – il n'en reste plus trace aujourd'hui –, et, pour la première fois, il s'interroge sur l'éventualité, au demeurant logique, qu'Ofer le soit. Il est d'ailleurs surpris de jouer sur ces fantasmes, comme jamais auparavant. Alors surgit une image d'Ofer, le sosie d'Avram à vingt et un, dix-sept, quatorze ans. En un éclair, il envisage tous les âges – pour elle, songea-t-il fébrilement, avec une

179

dévotion quasi religieuse, pour elle seule – et un visage rond aux joues rouges, turbulent et déluré, vacille devant ses yeux. Il entrevoit – ce qui ne s'est pas produit depuis des années – un nain bondissant et agile, la chevelure emmêlée telle une torche flamboyante, qui lui adresse un clin d'œil lascif, et ce spectacle le révulse, il se retrouve expulsé hors de lui-même, comme par un videur agressif. Haletant, couvert de sueur, le cœur battant la chamade, il est aussi survolté qu'un gamin nourrissant des fantasmes interdits.

Il tend l'oreille : silence total. Peut-être a-t-elle fini par s'endormir, enfin libérée de ses tourments ? Que s'est-il vraiment produit entre elle et Ilan ? Elle n'a pas dit clairement qu'il était dans son tort. En fait, elle a même précisé le contraire. Et si elle était tombée amoureuse d'un autre ? A-t-elle un homme dans sa vie ? Dans ce cas, pourquoi est-elle seule et a-t-elle choisi de l'emmener, lui ?

Les enfants, les garçons, sont adultes à présent, capables de décider avec qui ils veulent vivre, a-t-elle prétendu, mais il a vu ses lèvres trembler et deviné qu'elle mentait, sans en comprendre toutefois la raison. « Les familles, c'est de l'algèbre pour moi », avait-il expliqué à Neta. Tant de variables, de parenthèses, de multiplications par des puissances, toutes ces complications – il le lui répétait chaque fois qu'elle abordait le sujet –, ce besoin constant d'être *en relation* avec tous les autres membres de cette famille, à n'importe quel moment, de jour comme de nuit, même en rêve. La voyant d'humeur chagrine, repliée sur elle-même, il tentait de l'apaiser : « C'est comme recevoir en permanence des décharges électriques, ou vivre dans un éternel orage. C'est cela que tu veux ? »

Pendant treize ans, il n'avait cessé de lui rabâcher qu'avec lui elle dilapidait sa jeunesse, son avenir, sa beauté, il la bridait, gâchait ses perspectives d'avenir. Elle avait dix-sept ans de moins que lui. « Ma petite fille », l'appelait-il tantôt avec tendresse, tantôt avec chagrin. « Quand tu avais dix ans, lui serinait-il avec une curieuse satisfaction, j'étais mort depuis cinq ans. » « Alors ressuscitons les morts, répliquait-elle, révoltons-nous contre le temps. »

Il se dérobait en prétextant son âge : « Tu es beaucoup plus mûre que moi. » Elle voulait des enfants. Il s'esclaffait, horrifié : « Un seul ne te suffit pas? Il t'en faut une ribambelle?» «Va pour un seul, comme Ibsen, Ionesco et Jean Cocteau qui incarnaient le même *enfant*», lançait-elle, une lueur diabolique dans ses yeux étroits.

Depuis quelques semaines, on aurait dit qu'elle avait compris, car elle avait disparu de la circulation, ne l'avait même pas appelé.

– Où est-elle passée? murmure-t-il en se relevant.

Parfois, quand elle gagnait un peu d'argent – elle vivait d'expédients –, elle s'en allait sans crier gare. Avram le pressentait avant elle: un désir glauque commençait à troubler le contour de son iris, signe d'obscures tractations qu'elle avait perdues – il fallait qu'elle parte. Même les noms des destinations épouvantaient Avram: Géorgie, Mongolie, Tadjikistan. Elle l'appelait de Marrakech ou de Monrovia, au milieu de la nuit pour lui, en plein jour pour elle. «Maintenant, en plus du reste, tu as trois heures de moins que moi!» s'exclamait-il. Avec une insouciance étrange, rêveuse, elle lui racontait alors des expériences à lui hérisser le poil.

Il fait le tour de l'arbre en calculant quand il a eu de ses nouvelles pour la dernière fois. Trois semaines au moins. Davantage? Un mois? Se serait-elle mise en danger? Il se pétrifie en la revoyant danser avec une échelle, posée sur la balustrade de la terrasse sur le toit de l'appartement qu'elle occupe à Jaffa. Cette probabilité le ronge depuis des jours, et l'inquiétude qu'elle lui inspire n'a d'égale que sa profonde confiance en elle, comprend-il. Et il découvre aussi que l'angoisse liée à l'imminente démobilisation d'Ofer lui avait embrumé l'esprit au point qu'il l'avait oubliée.

Il accélère ses circonvolutions autour de l'arbre en se replongeant dans ses supputations. Voilà un mois que le restaurant est fermé pour travaux, ce qui coïncide en gros avec la date de son départ. Depuis, il ne l'a pas vue, n'a pas eu de ses nouvelles ni cherché à la contacter. À quoi a-t-il passé ce temps? Il se rappelle de longues promenades sur la plage. Des bancs publics. Des mendiants. Des pêcheurs. Il se cognait la tête contre le mur pour refouler les vagues de désir qui le submergeaient. Des quantités inhabituelles d'alcool. La gueule de bois. Des doubles doses de somnifères, dès huit heures du soir. Les migraines matinales. Écouter un album en boucle pendant des jours

– Miles Davis, Mantovani, Django Reinhardt. Des heures à fouiller la décharge de Jaffa à la recherche de ferraille, de vieux outils, des moteurs rouillés, de vieilles clés. Plusieurs jours de travail lui avaient procuré quelque argent. Deux fois par semaine, il classait des livres à la bibliothèque universitaire de Rishon LeZiyon. À l'occasion, il servait de cobaye pour des laboratoires pharmaceutiques ou cosmétiques. En présence de scientifiques et de techniciens amicaux et courtois, qui le mesuraient, le pesaient, enregistraient chaque détail, lui remettaient divers papiers à signer et finissaient par lui donner un reçu pour un café et un croissant, il avalait des pilules de couleurs vives et se tartinait de crèmes qui allaient être utilisées ou non. Dans ses rapports, il inventait des effets secondaires physiques et émotionnels que les chimistes n'avaient jamais imaginés.

La dernière semaine, alors qu'approchait la date de démobilisation d'Ofer, il n'avait plus mis les pieds dehors. Il ne parlait plus à personne, ne répondait plus au téléphone, ne mangeait plus. Il devait réduire le plus possible l'espace qu'il occupait dans le monde. Il ne bougeait presque plus de son fauteuil. Recroquevillé sur lui-même, il attendait. Quand il se levait pour aller et venir dans l'appartement, il s'appliquait à ne faire aucun mouvement brusque, pour ne pas glisser, ne pas bousculer le fil arachnéen auquel était suspendu Ofer. Le dernier jour, croyant qu'Ofer en avait terminé, il resta immobile à côté du téléphone en attendant qu'Ora l'appelle et lui annonce que c'était fini. Mais elle n'appela pas. Paralysé, il comprit qu'il était arrivé quelque chose. Les heures s'écoulèrent, la nuit tomba. Persuadé que, si elle ne téléphonait pas sur l'heure, il ne pourrait plus jamais bouger, il rassembla ses dernières forces, composa son numéro et apprit ce qui s'était passé. Il sentit qu'il se pétrifiait d'horreur.

– Mais où étais-je pendant un mois ? gémit-il.

Le son de sa propre voix le fait sursauter.

Il se précipite vers Ora, courant presque, à l'instant précis où elle l'appelle.

Elle serre son manteau autour d'elle.

– Depuis quand es-tu debout ?

– Je ne sais pas. Il y a un moment.

– Où es-tu allé ?

– Nulle part. J'ai marché un peu.

– Tu m'as entendue pleurer ? Je t'ai dérangé ?

– Non, pas du tout, tu peux pleurer si tu veux.

L'aube entrouvre les yeux. Ils regardent en silence la nuit épancher son obscurité.

– Écoute, commence-t-elle, et laisse-moi terminer s'il te plaît ! Je ne peux pas continuer comme ça.

– C'est-à-dire ?

– Avec toi qui ne dis rien.

– En fait, je parle beaucoup, objecte-t-il avec un rire forcé.

Elle reprend sèchement :

– Oui, tu vas être aphone si tu continues, mais je ne supporte plus que tu ne me permettes même pas de parler de lui.

Tu-ne-vas-pas-recommencer, fait Avram d'un geste. Elle prend une profonde inspiration.

– Je sais que ma présence t'est pénible, mais je deviens folle. C'est pire que si j'étais seule, parce que alors, je pourrais au moins parler à haute voix de lui. Or là, c'est impossible, à cause de toi. Je me suis dit... je me suis dit...

Elle marque un temps et contemple le bout de ses doigts. Oui, elle n'a pas le choix.

– On va bientôt rejoindre l'autoroute, et on pourra faire du stop jusqu'à Qiryat Shemona, ensuite je te mettrai dans un car pour Tel-Aviv. Moi, je continuerai un peu plus loin. Qu'en penses-tu ? Tu pourras rentrer seul, tu crois ?

– Tu me prends pour un handicapé ou quoi ?

– Je n'ai jamais dit ça.

– Je ne suis pas handicapé.

– Je sais.

– Il ne s'agit pas de ce que je ne peux pas faire, mais de ce que je ne *veux pas* faire.

M'aider avec Ofer, par exemple, songe-t-elle.

– Et comment vas-tu te débrouiller ? reprend-il.

– Ne t'inquiète pas, je m'en sortirai. Je vais avancer. Je n'ai même pas besoin de marcher beaucoup. Il me suffit de traverser et de retraverser un champ, comme hier, ou avant-hier. Ce n'est pas là où je suis qui compte, mais là où je ne suis pas, tu comprends ?

– Si je comprends ?

– Cela vaudra mieux pour nous deux, ajoute-t-elle tristement, à moitié convaincue.

Comme il ne répond pas, elle poursuit :

– Tu penses peut-être que je peux arrêter, je veux dire, cesser de parler de lui, non, c'est impossible. Je suis incapable de me retenir. Je dois lui donner de la force, il a besoin de moi, je le sens. Je ne t'en veux pas…

Avram rentre la tête dans les épaules. Ne bouge pas, s'intime-t-il, laisse-la parler, ne l'interromps pas !

– Et ce n'est pas seulement à cause de ta mémoire.

Il la fixe d'un regard surpris.

– Toi, tu te souviens de tout, mais moi, j'ai la mémoire comme une passoire, ces derniers temps. Non, ce n'est pas pour cette raison que je voulais que tu m'accompagnes.

La tête d'Avram tombe sur sa poitrine et tout son corps s'incline en avant.

– C'est pour pouvoir parler de lui avec toi, te raconter certains détails, pour que, si quelque chose lui arrivait…

Avram croise les bras et glisse les mains sous ses aisselles. Ne bouge pas. Ne te sauve pas. Laisse-la parler !

– Ce n'était pas prémédité, crois-moi, renifle-t-elle. Tu me connais, je ne prévois rien. Je ne pensais même pas à toi quand tu as appelé, en fait, je t'avais complètement oublié, ce jour-là, à cause de tout ce qui s'est passé. Quand tu as appelé, quand je t'ai entendu, je ne sais pas… j'ai soudain senti que je devais être avec toi, tu saisis ? Avec toi et personne d'autre.

Elle se redresse, les yeux brillants, comme si elle commençait enfin à déchiffrer un code secret.

– J'ai compris qu'il fallait qu'on soit ensemble, tous les deux. Comment t'expliquer, Avram...

Elle s'efforce de parler d'une voix égale, sans trembler. Ni frémir. Elle n'a pas oublié l'allergie d'Ilan et des garçons à ses fréquents débordements.

– Parce que nous sommes sa mère et son père, murmure-t-elle, et si, tous les deux, ensemble, je veux dire, si nous ne faisons pas ce que des parents...

Elle s'arrête. Avram tend démesurément les bras, le corps agité de soubresauts, comme s'il était dévoré par des fourmis. Elle le toise et se met debout.

– D'accord, soupire-t-elle en secouant la tête. Que puis-je encore... Je suis bête. Comment ai-je pu envisager que tu...

Il lui pose une main sur le bras avant de la retirer.

– Non, je pensais justement... que dirais-tu... peut-être pourrait-on continuer un jour de plus, rien qu'un seul, ce n'est pas grand-chose, et ensuite, on verra.

– On verra quoi?

– Je n'en sais rien. Écoute, ce n'est pas comme si... tu sais... comme si je souffrais, hein? Ce n'est pas ce que tu crois... C'est juste que, quand tu me mets la pression, avec lui...

– Avec Ofer. Tu pourrais au moins préciser!

Avram ne réplique mot.

– Tu ne veux même pas le dire?

Il laisse retomber les bras.

Ora retire distraitement ses lunettes, les plie et les glisse dans une poche de son sac à dos. Elle se masse les tempes un moment, comme si elle écoutait un bruit au loin. Tout à coup, elle s'allonge sur le sol qu'elle entreprend de creuser des deux mains, arrachant la terre et les cailloux par poignées, déracinant l'herbe. Avec une rapidité surprenante, Avram bondit sur ses pieds et l'observe intensément. Elle n'a pas l'air de remarquer sa présence. Elle se redresse et se met à marteler le sol de ses talons. Des mottes s'envolent, certaines frappent Avram. La bouche pincée, le regard fixe, sévère, il ne bronche pas. Elle s'agenouille et déloge une pierre tranchante dont elle pilonne

185

le sol à grands coups rapides, en se mordant les lèvres. La peau fine de son visage vire à l'écarlate. Avram se penche et pose un genou à terre, sans la quitter des yeux, les mains à plat sur le sol, doigts écartés tel un coureur sur le point de s'élancer sur la piste.

Le trou s'élargit, de plus en plus profond. Le bras pâle qui tient le caillou se lève et retombe sans interruption. La tête légèrement penchée sur le côté, Avram ressemble à un chien ahuri. Ora s'arrête. En appui sur les bras, elle observe la terre brisée, écrasée, comme si elle n'en croyait pas ses yeux, avant de repartir à l'attaque, ahanant sous l'effort et la rage. Sa nuque est empourprée, en sueur, son léger chemisier lui colle à la peau.

– Ora, murmure prudemment Avram, qu'est-ce que tu fabriques?

Elle cesse de creuser, cherchant des yeux une pierre plus grosse, et, repoussant une mèche rebelle, elle s'essuie le front. Le trou est en forme d'œuf. Elle s'accroupit sur ses talons, saisit la pierre à deux mains et frappe violemment la terre devant elle. Sa tête ballotte à chaque impact entre deux râles. Ses paumes se déchirent. Avram la regarde, l'air hagard, incapable de détacher les yeux de ses doigts meurtris. Cela ne semble guère l'affecter. Au contraire, elle accélère le rythme, toujours grognant, et, un moment plus tard, elle jette la pierre et se met à creuser des deux mains. Elle déterre de petits cailloux, des roches plus grosses qu'elle lance au loin, des mottes humides volent sur ses cuisses et par-dessus sa tête. La figure d'Avram se tend, s'allonge, ses yeux s'agrandissent. Elle ne le remarque pas. Elle semble avoir oublié sa présence. La terre souille son front et ses joues. Ses beaux sourcils en sont couverts, et des sillons poisseux se creusent autour de sa bouche. Elle mesure le petit cratère de sa paume grande ouverte. Elle le nettoie, en aplanit le fond avec des gestes fluides, comme pour étaler la pâte dans un moule.

– Ora, non! souffle Avram, une main sur la bouche, avec un mouvement de recul dicté par la peur – il sait ce qui va suivre.

En trois bonds, Ora s'allonge, le visage caché dans la terre béante.

Elle bredouille quelque chose qu'il ne comprend pas. Ses mains reposent de chaque côté de sa tête, telles des pattes de sauterelle. Ses cheveux courts, noircis de terre et de poussière, ondulent sur sa

186

nuque. D'une voix faible, brisée, elle se répand en gémissements et en lamentations, à croire qu'elle plaide sa cause devant un juge. Un juge cruel et sans cœur, pense Avram, un juge lâche, qui me ressemble. De temps à autre, elle relève la tête, ouvre la bouche pour respirer, sans le regarder, sans rien voir, avant d'enfouir de nouveau le visage dans le sol. Les mouches s'agglutinent, attirées par la sueur. Ses jambes se trémoussent dans son pantalon sale, le corps raidi, comme enchaîné. Avram se met à faire les cent pas sur la surface de la terre.

La lumière du soleil dore la vallée de Houla, à leurs pieds. Les bassins piscicoles scintillent et les pêchers épanouissent leurs fleurs roses dans les vergers. Ora, à plat ventre, raconte une histoire au sein de la terre, goûte les mottes qui ne s'adouciront pas, conserveront à jamais leur fadeur minérale. Des particules se logent entre ses dents, la boue colle à sa langue, à son palais. Elle a la morve au nez, les yeux larmoyants. Elle avale de la terre, s'étrangle, frappe le sol de ses poings. Une idée lui trotte dans la tête, tel un clou fiché dans son crâne : elle doit savoir, elle doit savoir ce qu'il en est. Quand Ofer était bébé, elle goûtait tout ce qu'elle lui préparait, s'assurant que ce n'était ni trop chaud ni trop salé. Debout devant elle, la respiration oppressée, Avram se tord les mains, se mord les poings. Il voudrait l'attraper et la tirer hors du trou, mais il n'ose pas la toucher. Il connaît le goût de la boue dans les yeux, le nez, l'asphyxie, la morsure des jets de terre. L'un d'entre eux, un Noir barbu, était muni d'une pelle, l'autre se servait de ses mains pour ramasser le monticule de terre retiré de la tranchée. Avram l'avait creusée lui-même, ses paumes en portent encore les traces. Il avait demandé qu'on lui permette de les protéger avec ses chaussettes. Ils avaient refusé en ricanant. Il bêchait depuis plus d'une heure, incapable d'imaginer qu'ils allaient le faire. À trois reprises déjà, ils l'avaient obligé à creuser sa propre tombe, et, à la dernière minute, ils avaient éclaté de rire avant de le renvoyer dans sa cellule. Cette fois, même lorsqu'ils lui lièrent les mains dans le dos, lui entravèrent les pieds et le poussèrent au fond en lui ordonnant de s'allonger sans bouger, il refusa d'y croire, peut-être parce qu'ils n'étaient que deux soldats sans grade, des *fellahin*, et qu'en l'absence du *dhabet*, de l'officier, Avram espérait encore

187

qu'ils n'oseraient pas aller jusqu'au bout de leur propre initiative. Il resta sceptique, même après qu'ils eurent entrepris de lui lancer des poignées de terre. Ils commencèrent par lui recouvrir les jambes, très lentement, avec un soin particulier, puis entassèrent la terre sur ses cuisses, son ventre, sa poitrine. Avram se tortillait, renversait la tête en arrière, cherchant du regard le *dhabet* qui ordonnerait d'arrêter cette mascarade, et il fallut que la terre lui bombarde le visage, le front et les paupières – il en sent encore le choc sur la figure, la brûlure dans les yeux, la poussière ruisselant derrière les oreilles –, pour qu'il prenne conscience que, cette fois, ce n'était peut-être plus un simulacre, un degré supérieur de la torture, mais qu'on l'enterrait vivant pour de vrai. Une terreur glacée lui enserra le cœur comme un étau, lui injectant son venin paralysant. Ton temps est fini, tu es fini, dans un instant tu t'en iras, tu ne seras plus. Du sang gicle de ses yeux, de son nez, il se convulse sous les couches de terre, lourde, si lourde, incroyable comme cette terre pèse sur sa poitrine, la bouche close pour l'empêcher de s'infiltrer, les lèvres entrouvertes pour l'inhaler, sa gorge est de terre, ses poumons sont de terre, les orteils tendus pour aspirer, les yeux exorbités, quand un ver translucide se met à ramper lentement, un malheureux petit ver – l'idée que des étrangers, en terre étrangère, répandent de la terre sur son visage, l'enterrent vivant, lui jettent de la terre sur les yeux et la bouche, l'assassinent –, c'est un malentendu, veut-il crier, une erreur, vous ne me connaissez même pas, et il gémit, s'applique à ouvrir les yeux pour absorber une image de plus, la lumière, le ciel, le mur de béton, les faces cruelles et moqueuses, mais ce sont des visages humains, au-dessus de sa tête, sur le côté, quelqu'un prend une photo – le *dhabet*, un officier égyptien maigrichon et court sur pattes, armé d'un gros appareil photo noir, mitraille consciencieusement la mort d'Avram, peut-être en souvenir, pour montrer à sa femme et à ses enfants, de retour chez lui –, et c'est alors qu'Avram capitule et, à cet instant précis, il décide d'abandonner. Il n'avait jamais perdu espoir quand on l'avait isolé dans un cachot pendant trois jours et trois nuits, ni quand un soldat égyptien l'avait débusqué de sa cachette, ni quand ils l'avaient jeté dans un camion et tabassé à coups de poing, de botte et de crosse, ni quand les *fellahin* s'étaient précipités sur le véhicule au cours du trajet pour l'agresser, ni pendant les jours et les nuits d'interrogatoire et de torture, quand on le privait d'eau, de nourriture et de sommeil, qu'on l'abandonnait des heures en plein soleil, qu'on l'enfermait nuit et jour dans une cellule où il pouvait à peine tenir debout, quand on lui arracha un à un les ongles des mains et des pieds, qu'on le suspendit par les poignets au plafond, qu'on lui fouetta la plante des pieds avec une matraque en caout-chouc, qu'on lui attacha des fils électriques aux testicules, aux tétons et à la langue, ni quand il fut violé – il avait toujours réussi à se rac-crocher à quelque chose : la demi-pomme de terre qu'un gardien charitable avait glissée dans sa soupe, un oiseau qu'il entendait, ou imaginait, pépier chaque matin à l'aube, les voix joyeuses de deux enfants, ceux du commandant de la prison peut-être, qui rendirent visite à leur père, ils jacassèrent et jouèrent dans la cour toute une matinée, et surtout il y avait cette ébauche de roman rédigée dans le Sinaï, avant le début de la guerre, avec son intrigue complexe et ses multiples personnages, il ne cessait de revenir sur une action secon-daire qui ne l'avait jamais préoccupé avant d'être détenu en otage, mais l'avait sauvé à maintes et maintes reprises. C'était l'histoire de deux enfants livrés à eux-mêmes trouvant un bébé abandonné. À sa grande surprise, Avram découvrit que, au cours de sa détention, ces personnages imaginaires n'avaient pas pâli, à l'inverse des êtres de chair et de sang, y compris Ora et Ilan, peut-être parce que penser à des personnes vivantes était intolérable, le privait de son instinct de survie, alors que se concentrer sur son récit avait le pouvoir d'activer le sang dans ses veines. Mais là, dans cette cour de prison hideuse cernée d'un mur de béton et entourée de barbelés, et maintenant cet officier malingre qui se penchait sur lui pour capter le dernier instant avant qu'Avram soit enseveli et avalé par la terre, il refusait de vivre dans un monde où pareille chose était possible, où quelqu'un pouvait photographier un enterré vif. Avram lâcha alors prise et mourut.

Il va et vient comme un dément auprès du corps d'Ora, avec force plaintes et hurlements hystériques, il se griffe le visage et la barbe à deux mains, tandis qu'une petite voix intérieure lui chuchote :

Regarde-la, regarde-la bien ! Elle est capable de descendre sous terre, elle n'a pas peur.

En fait, Ora s'est un peu calmée, comme si elle avait appris à respirer dans le sein de la terre. Elle a cessé de se cogner le front et de frapper le sol de ses mains. Tranquillement allongée, elle raconte à la terre ce qui lui passe par la tête, des bêtises, des broutilles, des secrets qu'on dirait à une amie, une voisine aimable.

– Quand il était petit, il n'avait peut-être même pas un an, je me décarcassais à chaque repas pour que son assiette soit jolie à voir, rien n'était trop beau pour lui. Je m'attachais aux saveurs, à l'association des couleurs pour le bonheur des yeux.

Elle se tait. Qu'est-ce qui m'arrive ? pense-t-elle. Je parle de mon fils à la terre ! Et elle se rend compte avec horreur : à moins que je ne la prépare pour lui, de sorte qu'elle sache comment en prendre soin ? La faiblesse l'envahit. Elle manque s'évanouir, geint dans les entrailles de la terre et pendant un moment se change en un pitoyable petit chiot, blotti contre un grand ventre tiède. Elle croit sentir la terre se radoucir, son odeur devenir plus suave, comme si elle exhalait son haleine des profondeurs. Elle la respire, puis confie à la terre qu'il aimait façonner des personnages et des animaux avec sa purée de pommes de terre et son escalope, qu'il refusait ensuite de manger, bien entendu, parce que, comment aurait-il pu ingurgiter un chien, une chèvre, ou une personne ?

Deux mains s'emparent d'elle, la saisissent par la taille pour la sortir du trou. Elle se trouve dans les bras d'Avram. Quelle chance qu'il soit là, se dit-elle. Une minute de plus et elle aurait pu se laisser aspirer par la terre. Une chose sans nom l'attire vers le bas, et elle a failli tomber en poussière. Heureusement qu'il l'a accompagnée, il est si fort ! Il l'arrache d'une simple poussée, la juche sur son épaule et détale.

Il s'immobilise, déboussolé, avant de la reposer sur le sol. Ils se font face. Ora s'effondre, à bout de forces, puis s'assoit en tailleur, le visage maculé de terre. Avram lui tend une bouteille d'eau et s'installe en vis-à-vis. Elle avale une gorgée, recrache de la boue, tousse, les yeux remplis de larmes. Elle s'humecte la bouche et crache encore.

– Je ne sais pas ce qui m'a pris, marmonne-t-elle. Ça m'est venu comme ça.

Elle le dévisage.

– Avram ? Avram ? Je t'ai fait peur ?

Elle verse un peu d'eau dans le creux de sa main et la pose sur le front d'Avram, qui se laisse faire. Puis elle effleure son propre front du bout des doigts et sent les égratignures.

– Ça va, ça va, tout le monde va bien, bredouille-t-elle.

De temps en temps, elle le regarde de biais et voit ses yeux se voiler dans l'obscurité, et elle ne peut pas comprendre. Comment aurait-elle pu comprendre ? Il ne lui a jamais parlé de cet endroit. Elle lui caresse le front d'une main apaisante, avec tendresse, une promesse de bonheur, qu'il accepte, absorbe sans bouger. Seuls ses pouces passent et repassent sur le bout de ses doigts.

– Ça suffit, dit-elle, arrête de te torturer ! On va bientôt arriver à une route. Tu pourras prendre un car et rentrer chez toi. Je n'aurais jamais dû t'entraîner ici.

La douceur de sa voix, sa compassion alertent Avram – le sang déserte son cœur –, ce qu'il redoutait depuis des années s'est produit : Ora désespère de lui. Elle baisse les bras. Elle accepte la désillusion qu'il lui cause. Il laisse échapper un petit rire amer, venimeux.

– Qu'y a-t-il, Avram ?

Il détourne les yeux.

– Ora… tu te souviens de ce que je t'avais confié à mon retour ? murmure-t-il d'une voix enrouée, comme s'il avait la bouche remplie de terre.

Elle secoue vigoureusement la tête.

– Ne dis rien ! N'y pense même pas !

Elle lui prend la main et la serre entre ses paumes sanguinolentes. C'était stupéfiant ! Il n'a pas répugné à la toucher tout à l'heure, de son plein gré, il l'a saisie par la taille pour l'extraire du trou, et a galopé avec elle à travers champs. Leurs corps ont agi comme un seul être de chair. C'est stupéfiant !

– Ne parle pas ! Je n'ai plus d'énergie pour rien.

À son retour de captivité, elle s'était débrouillée pour monter dans l'ambulance qui le conduisait de l'aéroport vers l'hôpital. Il gisait sur un brancard, ensanglanté, ses plaies purulentes. Soudain, ses yeux s'ouvrirent et son regard s'éclaircit. Il l'avait reconnue. Il lui fit signe de s'approcher et, mobilisant ses dernières forces, il murmura : « J'aurais préféré qu'ils me tuent. »

Au détour du sentier, ils entendent quelqu'un chanter. Un homme s'égosille, et d'autres voix l'accompagnent sans grâce ni coordination.

– On se cache derrière les arbres en attendant qu'ils s'en aillent ? suggère Avram.

Ils viennent de se réveiller. Morts de fatigue, ils se sont effondrés dans un fossé où ils ont sombré dans un sommeil de plomb, au beau milieu de la journée. Les marcheurs se sont déjà matérialisés. Avram veut se lever. Ora lui pose la main sur le genou.

– Ne te sauve pas, ils ne font que passer, ils ne nous prêteront aucune attention si on ne les regarde pas.

Avram tourne le dos au sentier, le visage caché dans ses mains.

En tête de la petite procession marche un grand jeune homme, maigre et barbu. Des boucles noires encadrent ses joues et une grande kippa colorée lui couvre la tête. Il danse et chante à plein gosier en gigotant dans tous les sens, suivi par un petit groupe chaotique d'une dizaine d'hommes et de femmes, slalomant main dans la main, la tête dans les nuages, ânonnant vaguement sa mélodie, ou une autre. De temps à autre, ils avancent un pied las, trébuchent, se bousculent. Ils écarquillent les yeux en avisant le couple assis sur le bord du chemin. Sans cesser de brailler et de gesticuler, le meneur remorque la petite troupe à sa suite, et Ora et Avram se retrouvent bientôt entourés de toutes parts. Chaque fois que le barbu lève les bras, les autres l'imitent avec une gaucherie spasmodique, et le cercle se défait puis se reforme. L'homme leur offre un grand sourire, et, sans cesser de chanter et de gesticuler, il se penche vers Ora et lui demande avec douceur, sur le ton de la conversation, si tout va bien. Elle fait non de la tête. Il inspecte sa figure sale et contusionnée, puis se tourne vers Avram, le front barré d'un pli profond. Il regarde autour de lui, comme s'il savait exactement ce qu'il cherchait, songe Ora, et son regard s'arrête sur le trou creusé dans le sol. Elle serre machinalement les jambes.

Il se remet à gambader avec enthousiasme.

– Vous êtes dans la peine, mes amis, profère-t-il.

– Vous pouvez le dire, rétorque Ora d'une petite voix.

– Une peine causée par l'homme, le ciel, ou la terre peut-être ?

– Je ne crois pas vraiment au ciel.

– Et en l'homme, si ?

Séduite par son sourire, Ora répond :

– Un peu moins chaque jour.

Il se redresse et entraîne la petite tribu chancelante autour d'eux. Une main en visière, Ora se protège du soleil et distingue mieux les silhouettes. L'une a les jambes d'une taille curieuse, la tête d'une autre se désarticule bizarrement vers le ciel – c'est peut-être un aveugle, estime-t-elle –, une femme se courbe presque jusqu'au sol, et sa voisine, la bouche béante, la bave aux lèvres, tient par la main un albinos maigrichon qui glousse, les yeux dans le vide. Le cercle pivote lourdement sur son axe. Le jeune homme dynamique se penche de nouveau avec un large sourire :

– Et si vous veniez avec nous ?

Ora regarde Avram qui, la tête baissée, semble ne rien voir, ne rien entendre.

– Non, merci ! répond-elle.

– Pourquoi pas ? Juste un petit moment. Que risquez-vous ?

– Avram ?

Il hausse les épaules comme pour dire : C'est toi qui décides.

– Au fait, interdiction de me donner les dernières nouvelles, vous entendez ? dit-elle abruptement. Pas un mot, compris ?

Pour la première fois, l'homme paraît décontenancé. Ce qu'il lit dans son regard lui fait ravaler sa plaisanterie.

– Et pas de prosélytisme non plus ! ajoute Ora.

– J'essaierai ! acquiesce le jeune homme en riant, mais ne venez pas vous plaindre si vous récoltez un sourire.

– Je n'ai rien contre un sourire.

Il tend la main à Avram, qui l'ignore. Sans cesser ses cabrioles, l'homme aide Ora à hisser son sac à dos et annonce qu'il s'appelle Akiva. Il place Avram au milieu de la file, Ora en queue, et retourne prendre la place du berger de son troupeau un peu toqué.

Avram prend la main de la vieille bossue et du gamin albinos, Ora celle d'une femme chauve, les jambes sillonnées de grosses veines bleues, qui ne cesse de lui demander ce qu'il y a au déjeuner et exige qu'elle lui rende sa marmite de *cholent*. Ils gravissent une colline. Avram se retourne fréquemment pour gratifier Ora d'un regard lourd de sous-entendus, auquel elle répond avec un haussement d'épaules fataliste, comme pour dire : Qu'est-ce que tu veux, je n'en sais fichtrement rien ! Akiva pirouette sur ses talons pour les encourager en braillant d'une voix de fausset. Ils poursuivent le chemin qui monte et descend. Ora et Avram se réfugient dans leur cocon, aveugles à la beauté exubérante du paysage, aux parterres d'euphorbes jaunes, aux orchidées violettes, aux pistachiers térébinthes rouge flamboyant. Ils ne remarquent pas non plus le parfum entêtant que les fleurs de genêt dégagent à la chaleur du jour. Mais pour Ora, il est réconfortant de se laisser guider sans avoir à penser où la mènent ses pas. Quant à Avram, il se dit qu'il pourrait continuer ainsi des jours et des jours, du moment qu'Ora ne souffre plus par sa faute. Quand ils seront seuls, plus tard, il lui concédera, peut-être, la possibilité de lui donner de plus amples détails sur Ofer, si elle y tient. À condition de ne pas aborder le sujet de front, c'est-à-dire de ne pas parler d'Ofer lui-même, mais de manière indirecte, avec délicatesse, pour l'aider à supporter peu à peu cette torture.

Ora redresse la tête, et une joie étrange commence à gargouiller en elle, peut-être parce qu'elle a parlé à la terre – elle en garde encore le goût dans la bouche – ou retrouve la douce euphorie qui l'envahissait toujours après un esclandre à la maison, quand les garçons avaient dépassé les bornes. Encore sous le choc, Ilan et ses deux fils la dévisageaient avec un respect mêlé de crainte, ne sachant qu'inventer pour l'amadouer, tandis qu'elle flottait sur un petit nuage de bonheur. Ou est-ce la sérénité somnambulique que lui insufflent les membres de la petite troupe, en dépit de leur excentricité et de leur déchéance physique ? *De la terre nous avons été tirés.* Elle le sent dans sa chair : de la boue, tout simplement. Elle croit presque entendre la pâte argileuse ramassée à poignées, *splash-splash*, à l'aube des temps, pour la façonner – dommage qu'ils aient raté ses nichons, par avarice, et lui aient fait des cuisses trop grosses, disproportionnées, sans parler de ses fesses qui, cette année, avec ses crises de boulimie désespérées, ont pris une ampleur impressionnante. Quand elle a fini de se dénigrer – Akiva, soit dit en passant, doit la trouver à son goût, à en juger par la petite lueur au fond de ses yeux, qui ne lui a pas échappé –, Ora sourit en pensant à la manière dont avait été modelé Ilan : mince, vigoureux, élancé, délié comme un tendon. Il lui manque cruellement, à cet instant précis, spontanément, toute rancune oubliée, sa chair pénétrant la sienne. Elle éprouve soudain un désir ardent. Elle se secoue et songe à Adam, aux traits délicats de son visage minutieusement sculptés, à ses yeux aux lourdes paupières, sa bouche si expressive. Elle brûle de caresser son corps maigre, un peu voûté, presque par défi, l'ombre au creux de ses joues, sa pomme d'Adam proéminente qui lui donne l'air d'un intellectuel. Sans oublier son Ada, comme toujours, imaginant de quoi elle aurait l'air si elle était encore en vie. Elle repère parfois des femmes qui lui ressemblent dans la rue ; une de ses patientes est son portrait craché, une femme souffrant d'une hernie discale qu'elle a traitée pendant toute une année, accomplissant des miracles. Alors seulement elle ose penser à Ofer, surgissant de la glaise avec sa haute taille, sa force athlétique – pas dans ses premières années, quand il était une petite créature chétive, avec une immense paire d'yeux, des côtes saillantes et des membres grêles comme des allumettes, mais plus tard, adolescent, quand il était sorti de sa chrysalide, si beau, avec son cou épais, ses larges épaules, ses chevilles minces, d'une élégance presque féminine, à l'extrémité de ses jambes puissantes. Elle louche vers Avram, examine son corps, le compare – les similitudes, les différences – et une folle allégresse lui remue les tripes. Il lui vient à l'esprit, incidemment, qu'il ne détonne pas dans le décor, il doit peut-être même se sentir soulagé, car un sourire – exalté ? –, le premier qu'elle lui voit, étire ses lèvres. Brusquement, on dirait que la procession sombre dans le chaos, les mains se désunissent, se lâchent, et Ora voit avec inquiétude la bouche d'Avram s'ouvrir démesurément, son sourire s'élargir, telle une balafre, ses yeux s'illuminer tandis qu'il gesticule en tous sens, balançant des coups de pied, ruant et hennissant comme un cheval.

Au bout d'un moment, il se calme, la tête dans les épaules, et se remet à marcher en traînant la patte, oscillant de droite à gauche. Akiva jette un regard interrogateur à Ora, qui lui fait signe de continuer. Elle s'oblige à avancer, profondément troublée par ce qu'elle a surpris en Avram, ce secret profond qu'il lui a dévoilé, comme si, une fraction de seconde, il s'était risqué sur une autre voie, rédemptrice. On aurait dit une créature difforme, un gamin jouant avec des pièces détachées de lui-même.

Beaucoup plus tard, ils parviennent à un petit *moshav*, dissimulé derrière une colline, au milieu de bosquets. Deux rangées de maisons, auxquelles se greffent des balcons et des entrepôts délabrés, sont flanquées de cages à poules et de silos à grains, séparés par des cours, où s'amoncelle un fatras de caisses, tuyaux, vieux frigos, etc. Les yeux d'Avram brillent à l'idée de ce qu'il pourrait en tirer. Des abris en béton émergent du sol, tels des groins barbouillés de lettres à la craie ou à la peinture et, çà et là, se dressent un tracteur rouillé ou un pick-up sans pneus, juchés sur des parpaings. Quelques bâtisses neuves rutilent au milieu des habitations disparates, des châteaux de pierre hérissés de tourelles, pignons et panneaux, proposant de luxueuses chambres d'hôtes au cœur du charmant paysage de la Galilée, avec jacuzzis et massages shiatsu.

Adultes et enfants sortent des logis à leur arrivée en criant : « Akiva est là ! Akiva est là ! » Le visage du jeune homme s'illumine, et il s'arrête devant plusieurs maisons pour remettre les membres de sa bande à une femme ou à un enfant. Chaque fois, on l'invite à entrer boire ou grignoter quelque chose, le déjeuner sera bientôt prêt, mais il refuse : « *La journée est courte et la tâche est immense.* » Il arpente ainsi l'unique rue du village et, une fois les brebis ramenées au bercail, il se retrouve avec Avram et Ora, que nul n'est venu chercher. Les petits enfants et les adolescents qui les entourent les accablent de questions – qui sont-ils, d'où viennent-ils, sont-ils des touristes ou des juifs? Ils tombent d'accord sur le fait qu'ils sont juifs, bien qu'ashkénazes, tandis que les sacs à dos, les duvets, le visage crasseux et égratigné d'Ora suscitent bien des interrogations. Des chiens galeux et vindicatifs les suivent en aboyant. Tous deux rongent leur frein, impatients de retourner à leur sentier et leur solitude. Ora grille d'amorcer la discussion au sujet d'Ofer, mais Akiva n'est apparemment pas pressé de les laisser partir. Tout en bavardant et en sautillant, il a l'air de chercher comment les aider; entre un salut à un vieillard et une bénédiction hâtive à un bébé, il leur explique que, pour lui, c'est à la fois une *mitsva* et un gagne-pain. Le conseil local a créé pour lui un job sur mesure, «réjouir le cœur des affligés» – c'est ce qui figure sur sa fiche de paye –, et il s'y emploie six jours par semaine. Et même lorsque son salaire a été rogné et divisé par deux, cette année, loin de réduire sa charge de travail, il a rajouté deux heures par jour: «*Car l'on doit multiplier les actes de sainteté, non les diminuer.*» De plus, il se souvient d'Avram, au pub de la rue HaYarkon. À l'époque, ni l'un ni l'autre n'avaient de barbe, et Akiva s'appelait Aviv. Avram avait l'habitude de beugler derrière le bar *Otchi Tchorniya*, «Les Yeux noirs», et des chansons de Paul Robeson. Dans son souvenir, Avram avait une théorie intéressante sur la mémoire des vieux objets; en rassemblant toutes sortes de vieilleries, il était possible de faire ressusciter leurs souvenirs.

– Est-ce que je me trompe?

– C'est bien ça, grommelle Avram, avec un regard furtif vers Ora, qui dresse l'oreille.

Akiva leur apprend, tout en marchant, qu'il est retourné à la foi cinq ans plus tôt. Auparavant, il préparait un doctorat en philosophie à Jérusalem. Schopenhauer était un demi-dieu à ses yeux, l'amour de sa vie – la haine de sa vie, plutôt. Il ricane, une lueur de malice dans ses yeux verts.

– Vous connaissez Schopenhauer? Le voilement de la face divine! La noirceur la plus totale! Et vous deux, où en êtes-vous? Pourquoi tout est si sombre?

– Laissez tomber, fait Ora avec un petit rire. Aucune chance que vous nous remontiez le moral avec une bénédiction ou un entrechat, nous sommes un cas désespéré.

Akiva s'immobilise au milieu de la rue et pivote vers elle, les yeux pétillants au-dessus de ses pommettes hautes. (Un beau gâchis! pense Ora.)

– Remettez donc les pieds sur terre! Parce que vous croyez que c'est simple ici? Il y a des situations capables d'ébranler la foi la plus solide. On pourrait vous raconter des histoires dignes de l'auteur le plus misanthrope du monde, un Bukowski, peut-être, dans un de ses plus mauvais jours, ou un Burroughs en état de manque. Vous faites quoi alors si vous êtes croyant, hein?

Son visage est dénué d'humour. Ses lèvres tremblent, de colère ou de chagrin.

– Avant, reprend-il plus calmement, quand j'étais comme vous, sans doute même plus cynique encore – un dingue de Schopenhauer, vous voyez? –, dans un cas pareil, j'aurais dit: "Dieu se fend la poire!"

Ora fait la moue sans répondre. Tais-toi et écoute! se dit-elle. Quel mal cela peut-il te faire de reprendre des forces, grâce à lui? En as-tu tellement en réserve que tu puisses faire la fine bouche? Elle envisage de sortir son talisman, caché sous son chemisier, pour qu'il constate qu'elle a également une bonne âme juive. Misérable! se réprimande-t-elle. Pauvre cloche! Se peut-il que cet Akiva-là, malgré ses franges rituelles, ses gesticulations, ses divagations théologiques, lui ait troublé l'esprit?

Des deux mains, Akiva efface toute trace de colère sur sa figure et lui sourit.

– Et maintenant, mesdames et messieurs, nous allons chez Ya'ish et Yakut pour leur remonter le moral et peut-être le nôtre aussi.

Une petite femme potelée et rieuse sort à leur rencontre en s'essuyant les mains sur son tablier.

– Oh! On bouillait d'impatience, si vous saviez! Bonjour, Akiva! Bonjour monsieur, madame, quel honneur, comme je suis contente! Mais madame, que vous est-il arrivé? Mon Dieu, vous êtes tombée?

Elle baise les doigts d'Akiva, qui, les yeux clos, pose la main sur sa tête pour la bénir. La maison est sombre, bien qu'on soit en plein midi, deux jeunes garçons traînent une table surmontée d'une chaise pour remplacer l'ampoule du plafond. Ils sautent de joie à leur entrée.

– Akiva a apporté la lumière ! Akiva a apporté la lumière !

En apercevant Ora et Avram, ils se taisent et regardent Akiva comme pour lui demander quoi faire. Il lève les bras et entonne :

– *Hine ma tov ! Qu'il est bon, qu'il est doux à des frères de vivre ensemble !*

On installe en grande pompe Avram dans un fauteuil, et une femme plantureuse conduit Ora à la salle de bains, où elle se lave le visage et les cheveux à grande eau pour se débarrasser de la boue. La femme l'observe avec gentillesse. Elle lui tend une serviette et tamponne ses écorchures avec un coton imbibé de teinture d'iode. C'est bon signe si ça pique, affirme-t-elle, cela tue tous les microbes. Elle ramène Ora dans le séjour, détendue et propre comme un sou neuf.

Dans l'intervalle, de la cuisine en pleine ébullition est arrivé un plateau en argent orné d'une frise de petits poissons, chargé de graines de tournesol, d'amandes, de cacahuètes, de pistaches et de dattes, que suivent des verres de thé dans de délicats porte-verres en argent sur un plat rond en cuivre. La maîtresse de maison invite Ora et Avram à se servir, assurant que le déjeuner ne va pas tarder. Horrifiée, Ora voit débarquer un jeune homme musclé, amputé des deux jambes, se propulsant à une vitesse ahurissante sur ses poings. Akiva précise que les trois garçons de la famille sont sourds-muets de naissance, que telle est la volonté divine.

– Les filles n'ont pas de problème, Dieu soit loué, mais pas les garçons. Une question d'hérédité. Celui-là, Rahamim, le benjamin, a décidé tout petit déjà de vivre avec son handicap. Il a terminé sa scolarité à Kiryat Shmona, il a obtenu d'excellentes notes à ses examens et est devenu comptable dans une usine métallurgique. Un jour, il en a eu assez, et a décidé de voir le monde.

Akiva se tourne vers le jeune homme :

– Pas vrai, Rahamim ? Tu as été un vrai jet-setteur, hein ? Monaco ?

Rahamim désigne ses moignons en mimant le geste horrible de les couper, sans cesser de sourire. Akiva explique que, deux ans plus tôt, à Buenos Aires, Rahamim travaillait dans une carrière, quand il avait été écrasé par une machine.

– Ça ne l'a pas arrêté, dit Akiva en se penchant pour serrer l'invalide dans ses bras. Il a repris le travail la semaine dernière, il est gardien de nuit au *moshav*, dans le hangar où l'on conserve les œufs et, si Dieu le veut (il pose sur Ora un regard que dément son sourire), l'an prochain, on le mariera à une bonne juive.

Cette fois, Akiva ne décline pas immédiatement l'invitation à déjeuner. Il hésite, ferma les yeux, tergiverse en moulinant des bras :

– *Espace tes visites dans la maison de ton ami, car il en aurait bientôt assez de toi et te prendrait en grippe*, murmure-t-il.

Les autres se massent autour de lui.

– Non ! Ils n'en auront pas assez de toi et ne te prendront pas en grippe ! scandent-ils en chœur.

La figure d'Akiva s'éclaire, il lève la main droite et s'adresse à leur hôtesse en chantonnant :

– *Va vite prendre trois mesures de fleur de farine, pétris-la et prépare des gâteaux.*

Les femmes s'égaillent vers la cuisine. Ora devine qu'il a accepté l'invitation parce que cette famille est un peu moins pauvre que les autres et peut en assumer le coût.

Akiva se rend dans la cuisine pour vérifier que l'on ne franchisse pas les bornes. Ora et Avram restent seuls avec les jeunes filles et les petits enfants de la maison. Un ange passe, jusqu'à ce que l'un des garçons, prenant son courage à deux mains, leur demande d'où ils viennent. Elle est de Jérusalem et Avram de Tel-Aviv, répond Ora. Il est originaire de Jérusalem lui aussi, précise-t-elle, et quand il était enfant, il habitait un quartier près du souk. L'image folklorique de la ville ne paraît guère les impressionner. Une fillette menue, la peau très pâle, engoncée dans ses vêtements s'enquiert avec inquiétude :

– Vous n'êtes pas mariés ?

Les autres gloussent et font taire l'impudente.

– Nous sommes amis depuis plus de trente ans, rétorque gentiment Ora.

Un garçon aux minces papillotes coincées derrière les oreilles, ses grands yeux noirs étirés comme ceux d'un cabri, saute sur ses pieds :

– Pourquoi vous n'êtes pas mariés, alors ?

– Comme ça, objecte Ora, résistant à l'envie d'ajouter : Apparemment, nous n'étions pas faits l'un pour l'autre.

Une fille pouffe dans sa main.

– Est-ce que vous avez épousé quelqu'un d'autre ? questionne-t-elle.

Des murmures excités emplissent la pièce quand Ora hoche la tête. Tous les regards se tournent vers la cuisine pour appeler à l'aide Akiva, qui saura certainement comment se comporter en pareille situation.

– Mais je ne vis plus avec lui, ajoute Ora.

– Pourquoi ? veut savoir la gamine. Il a divorcé ?

Ora a du mal à encaisser le coup.

– Oui, dit-elle, avant de souligner : Maintenant, je suis seule, et Avram, là, est mon ami. Nous faisons une randonnée ensemble.

Quelque chose de sirupeux, qui l'a poussée à spécifier tout à l'heure « Jérusalem » et « un quartier près du souk », lui fait alors ajouter : « Dans notre beau pays. »

La fillette mince et pâle insiste, l'air sérieux :

– Et lui, il a une femme ?

Ora regarde Avram, attendant sa réponse. Il se penche et s'absorbe dans la contemplation de ses doigts. Ora songe à la boucle d'oreille en forme d'éperon et aux cheveux violets sur la brosse, dans la salle de bains.

– Non, il est seul aujourd'hui, répond-elle à sa place, voyant qu'il garde le silence.

Avram hoche imperceptiblement la tête et une ombre d'inquiétude voile son regard.

Des hommes et des femmes entrent dans la maison, posent des plats sur la table et apportent des chaises. Le gamin maigrichon aux yeux de cabri bondit sur ses pieds :

– Qu'est-ce qui lui arrive ? Pourquoi il a cet air-là ? Il est malade ? demande-t-il.

– Non, il est triste, corrige Ora.

Tous regardent Avram en opinant, comme s'ils voyaient clair dans son jeu. Ora s'enhardit :

– Son fils est à l'armée, il participe à l'opération qui a lieu en ce moment.

Un murmure de sympathie monte dans la pièce, des bénédictions fusent pour ce soldat en particulier et l'armée en général, et des invectives : «Dieu maudissent les Arabes», «chaque fois qu'on leur donne quelque chose, ils veulent davantage», «ils n'ont qu'une envie, c'est nous tuer, car *Esaü haïssait Jacob*». Ora suggère aimablement qu'on ne parle pas politique. La jeune fille bourrue hausse les sourcils, l'air étonné :

– Politique ? Mais c'est la vérité ! C'est écrit dans la Torah !

– Oui, dit Ora, mais *nous ne voulons pas en discuter aujourd'hui !*

Un silence gêné retombe. Heureusement, Akiva choisit ce moment pour annoncer que le repas sera bientôt prêt. En attendant, ils doivent se réjouir : «*Car celui qui mange sans se réjouir en Hachem, c'est comme s'il mangeait les sacrifices des morts.*»

Il recommence à s'agiter, à chanter et à danser autour de la pièce, tapant dans ses grandes mains au-dessus de sa tête, soulevant dans ses bras un enfant après l'autre. Il saisit un bébé de huit ou neuf mois, brun et potelé, assis sur les genoux d'une jeune fille, et le lance en l'air. Loin d'être effrayé, le bambin éclate d'un rire contagieux qui gagne tout le monde. Avram sourit. Akiva s'en aperçoit et, d'un pas dansant, infiniment gracieux, il s'approche et lui dépose le bébé sur les genoux.

Au milieu de cette joie communicative, Ora croit voir comme une fine pellicule de givre envelopper Avram, qui se pétrifie. Ses mains entourent le bébé sans le toucher. Depuis l'autre bout de la pièce, elle le sent se recroqueviller dans sa coquille pour éviter tout contact.

Fasciné par l'agitation qui règne autour de lui et la danse échevelée d'Akiva, le marmot ne prête aucune attention à la détresse de celui sur qui il a atterri. Son petit corps ondule joyeusement au rythme de la mélodie et des battements de mains, ses bras remuent comme s'il dirigeait le tapage, et sa bouche charnue, un petit cœur rouge parfait, esquisse un sourire radieux, d'une infinie douceur.

Ora ne bouge pas. Avram regarde droit devant lui et paraît ne rien voir. Sa grosse tête avec sa barbe de plusieurs jours contraste sombrement avec le visage lumineux du bébé. La scène a quelque chose de presque intolérable. Ça doit être la première fois depuis sa captivité qu'Avram tient un bébé, devine Ora, si ce n'est pas la première fois de sa vie. Si seulement elle lui avait amené Ofer quand il était bébé ! Elle lui aurait fait la surprise, le lui aurait mis d'autorité dans les mains, en toute confiance, comme Akiva à l'instant ! Malgré ce tableau bien réel, Ora est pourtant incapable d'imaginer Avram avec Ofer dans ses bras. Comment s'est-il débrouillé pour l'obliger à dresser cette barrière infranchissable entre son fils et lui ?

Ce bébé doit être de bonne composition. Il saisit la main d'Avram qui pend, inerte, près de sa cuisse, et tente de l'approcher de sa tête. La jugeant trop lourde, il fait la grimace et s'efforce de soulever l'autre. Au prix de gros efforts, il réussit à s'en emparer et l'agite de droite à gauche, comme une baguette de chef d'orchestre. Il n'a pas compris qu'il tient la main de quelqu'un ni qu'il est assis sur une personne vivante, pensa Ora. Les doigts qu'il entreprend d'étudier, avant de jouer avec, le plongent dans un abîme de perplexité ; il ne s'est toujours pas retourné pour voir à qui appartient cet appendice, et sur les genoux de qui il est si confortablement installé. Il se contente de plier et d'écarter les jointures, de les agiter dans ses menottes comme s'il s'agissait d'un jouet en forme de main, ou d'un gant. De temps à autre, il sourit à Akiva qui se trémousse toujours devant lui, aux femmes, aux jeunes filles entrant et sortant de la cuisine. Après un examen attentif des doigts, des ongles et d'une petite égratignure sur la peau – Ora se rappelle la torture que s'infligeait Avram, ouvrant et serrant interminablement les poings pour raffermir chacun de ses muscles –, le bébé retourne la main d'Avram et explore du doigt la peau douce de sa paume.

Tout le monde s'active à dresser la table et personne, excepté Ora, ne leur prête attention. Le bébé pose les lèvres au creux de la main et émet un mignon petit bruit – *ba-ba-ba*. Il a l'air ravi du son et du chatouillis sur sa bouche. Un son irrésistible lui monte du fond de la gorge, à elle aussi, tandis que sa bouche gazouille en silence *ba-ba-ba*.

203

Le bébé tient la main d'Avram dans ses deux poings et joue avec contre sa bouche rose, il la plaque sur ses joues, son menton, s'en délecte sans se lasser – Avram a la peau incroyablement douce et fine, se souvient Ora –, et, les yeux dans le vague, le petit semble fasciné par l'écho de sa voix, répercuté, ô merveille, au cœur du coquillage qu'il a fabriqué. Dans le brouhaha général, il n'entend que sa voix venant de l'intérieur et du dehors en même temps, comme s'il écoutait la toute première histoire qu'il se raconte. Peut-être se doute-t-il qu'Avram est la bonne personne à qui raconter des histoires, songe Ora. Avram ne bouge pas, respirant à peine pour ne pas déranger le bébé. Au bout d'un moment, il remue légèrement, se redresse un peu sur sa chaise et s'étire. Ora voit ses épaules s'arrondir, s'écarter, et sa lèvre inférieure frémir, détail qu'elle est la seule à remarquer, parce qu'elle a su l'anticiper – elle aimait tant, jadis, le reflet de ses émotions sur sa peau, chacune y laissant sa marque, ou quand il rougissait comme une fille. Elle se demande si elle doit voler à son secours et lui reprendre le bébé, mais elle est incapable de bouger. Du coin de l'œil, elle note qu'Akiva observe la scène et que, malgré ses va-et-vient continuels entre la salle à manger et la cuisine, il n'en perd pas une miette. Il n'a d'ailleurs pas du tout l'air inquiet pour le bébé, ce qui rassure pleinement Ora sur ce point.

Elle s'adosse à son siège et se perd dans l'esprit d'Avram. Il se tourne vers elle et lui adresse un long regard, celui d'un être bien vivant. Ora croit ressentir le souffle du bébé dans sa propre paume, il n'a pas besoin de la toucher pour lui insuffler sa vitalité tiède et moite. Elle referme les doigts sur ce secret brûlant, le baiser du moi intérieur de quelqu'un d'autre, un petit humain dans ses langes. Avram lui fait un discret signe. Elle répond de même ; pour la première fois depuis qu'elle a quitté la maison, en contradiction avec le désespoir qui l'égarait, à peine quelques heures plus tôt, quand elle avait enfoui son visage dans la terre, elle pense que les choses pourraient s'arranger, que peut-être Avram et elle, ensemble, accomplissent ce qui est juste. C'est alors que l'enfant se met à pleurer. Il écarte ses bras potelés et hurle de toutes ses forces, le visage cramoisi, crispé de fureur. Ora se précipite pour le prendre dans ses bras.

Avram murmure quelques mots, qu'elle ne comprend pas, à cause des cris perçants, ou du léger choc qu'elle ressent en touchant l'endroit où Avram le tenait, l'instant d'avant. « Mais prends du recul », croit-elle entendre.

Elle sourit, indécise. Prendre du recul par rapport à qui, à quoi ? Sur ces entrefaites, la mère arrive, les joues rougies par la chaleur des fourneaux, et s'excuse d'avoir abandonné son bébé à Avram.

– On vous a transformé en consigne à bagages ! Encore un peu et il vous appellera papa !

Elle pouffe en comprenant que le petit est déjà passé de bras en bras, monopolisant l'attention générale.

– Pas une minute de tranquillité, avec lui, se plaint-elle avec tendresse. Vous avez faim, papa ?

Avram hoche machinalement la tête, avant de se reprendre et de détourner les yeux. La mère s'installe tout près et fourre adroitement le poupon sous son chemisier.

Ora pense à Ofer, et la terrible douleur de la veille se ravive. Akiva apporte un grand saladier en fredonnant, il louche dans leur direction, comme s'il savait maintenant la raison de leur présence. Ora observe le bébé, dont le petit poing s'ouvre et se referme pendant qu'il tète avec voracité, et elle comprend qu'Ofer, où qu'il soit, est en sécurité. Elle repasse plusieurs fois dans son esprit ce qu'Avram vient de dire, et finit par saisir.

Prends du recul ?

Il acquiesce et regarde ailleurs.

Elle se rassoit et se tord les mains, désorientée, un peu effrayée. Avram lui fait face. La pièce bourdonne comme une ruche. Tous deux regardent quelque chose, ailleurs, hors du temps.

On reste déjeuner ? articule silencieusement Ora.

– Si tu veux, chuchote-t-il, salivant déjà.

– Je ne sais pas... on a débarqué comme ça...

– Bien sûr que vous restez déjeuner ! s'esclaffe la maîtresse de maison qui, comble de malchance, sait lire sur les lèvres. Croyez-vous qu'on va vous laisser repartir comme ça ? C'est un honneur de vous avoir à notre table. Les amis d'Akiva sont les bienvenus chez nous.

Prends du recul, avait-il lancé en manière d'avertissement. Ora ne voit pas de quel *recul* il veut parler – dans l'espace ou dans le temps ? Et puis, de là où il se trouve, qu'entend-il exactement par *recul* ? Elle marche sur ses talons, les yeux rivés sur ses vieilles Converse fatiguées, si peu adaptées à cette randonnée, et elle se défend de lui demander s'il compte enfiler un jour les brodequins d'Ofer, accrochés à son sac à dos. Seraient-ils trop grands, ce qui expliquerait ses réticences ? Avram a de petites mains et de petits pieds – *ses menottes et ses petons*, comme il les appelait, il en avait honte, raison pour laquelle il s'affublait du surnom de Caligula, «petite botte». Autrefois, se rappelle-t-elle, il s'émerveillait de voir que ses seins tenaient parfaitement au creux de ses mains, même si ce n'est sans doute plus le cas après deux enfants et plusieurs amants – pas tant que cela, en définitive. Voyons voir. Qu'y a-t-il à voir ? Elle en connaît le nombre exact, mais une petite voix intérieure, fielleuse, a déjà perfidement commencé à compter sur ses doigts : Ilan, Avram, Eran, l'informaticien, cela fait trois – non, quatre avec Motti, le type qu'elle a ramené un soir à Tsour Hadassah, il y a des années, et qui chantait à tue-tête sous la douche. Quatre, donc. Un tous les dix ans en moyenne, et encore ! Vous parlez d'un exploit, comparé à certaines gamines de seize ans... – mais la question n'est pas là !

L'air autour d'eux est en pleine effervescence. Les buissons grouillent de mouches, abeilles, taons, sauterelles, papillons et scarabées, voletant un peu partout. Chaque molécule de l'univers regorge de vie, médite Ora, et cette profusion lui paraît soudain une menace. Pourquoi le monde si prodigue se soucierait-il qu'un insecte, une feuille, ou un être humain vienne à mourir en cet instant précis ? L'inquiétude lui délie la langue.

D'une voix sourde, monocorde, elle lui parle de la petite amie d'Ofer, sa première. Elle venait de le quitter, et il ne s'en était toujours pas remis.

– Je l'aimais vraiment beaucoup, tu sais, un peu comme si je l'avais adoptée, et elle aussi. Nous étions devenues très proches, ce qui s'est révélé une erreur. Il n'est pas bon d'être trop intime avec les flirts de ses enfants. (Tiens, voilà une information utile ! se dit-elle.) Bref, tout le monde m'avait prévenue, mais j'ai vraiment eu le coup de foudre pour elle – elle s'appelait Talia, au fait. Ce n'était peut-être pas une beauté fatale, mais moi, je la trouvais superbe. Elle avait – elle a, il faut que j'arrête d'en parler au passé, après tout, elle est toujours en vie, pas vrai ? Alors pourquoi est-ce que je… ?

Pendant quelques secondes, seuls résonnent des crissements de pas sur le sentier et le vrombissement de l'air. Je lui parle, s'étonne Ora, j'entre dans les détails sans savoir si je prends un recul suffisant par rapport à Ofer, il me semble que j'ai fait le maximum, et au moins Avram ne s'est pas encore sauvé.

– Le visage de Talia… comment dire… (Les descriptions, ça a toujours été son truc à lui, se souvient-elle)… elle a les traits énergiques d'une femme de caractère, un nez fort reflétant sa riche personnalité, et une grande bouche comme je les aime. Elle a aussi une poitrine opulente, féminine, et des doigts magnifiques.

Avec un petit rire, Ora remue les siens, qu'elle a eu fort beaux, jusqu'à ce que récemment les articulations s'épaississent et perdent un peu de leur souplesse et de leur grâce.

Dans son portefeuille – c'est un secret –, dissimulée derrière une photo d'Ofer et Adam se tenant par les épaules, le jour où Adam avait rejoint l'armée – tous deux avaient les cheveux longs, ceux d'Adam raides et bruns, ceux d'Ofer blonds et légèrement bouclés –, elle conserve une petite photographie de Talia. Elle ne peut se résoudre à s'en séparer et vit dans la hantise qu'Ofer la découvre un jour et se mette en colère. Elle la sort parfois de sa cachette pour la regarder, s'efforçant d'imaginer les enfants qui auraient pu naître d'une union entre Talia et son fils. Il lui arrive de la glisser dans la pochette plastifiée qui, six mois auparavant, contenait la photo d'Ilan, examinant tour à tour les garçons et Talia, comme si cette dernière était sa fille. L'évidence lui saute aux yeux : le scénario paraît possible et parfaitement naturel.

– Elle a les pieds sur terre, avec un peu de cette aigreur propre aux personnes âgées. Elle t'aurait plu, sourit-elle dans le dos d'Avram, mais ne va pas croire qu'elle était… euh… facile à vivre. Mais bon, tu penses bien qu'Ofer ne choisirait jamais une fille trop soumise ! La nuque d'Avram paraît forcir entre ses épaules.

Ils marchent dans le lit d'une rivière, sur une pente que la caillasse rend dangereuse – les garçons l'auraient classée HV : Hyper Vertigineuse. Quand ils commencent à descendre, Avram glisse et se rattrape à un rocher.

– Espérons que c'est juste une déviation du sentier, marmonne Ora.

Le voyant tressaillir, elle croit entendre sa voix nasale déclarer avec un petit rire malicieux : C'est qu'Avram, il aime bien les petites déviations. Mais elle ne perçoit ni l'écho de sa voix, ni même l'ombre d'un sourire, pas la moindre lueur dans ses yeux. Peut-être n'est-il qu'une coquille vide et n'y a-t-il plus personne ? Tu devrais te l'enfoncer dans le crâne une bonne fois pour toutes, se morigène-t-elle.

À présent ils dévalent un escarpement glissant qui les mène au fond d'une gorge. Encore un mot qui aurait autrefois titillé l'imagination d'Avram : *rouge-gorge, soutien-gorge, coupe-gorge*, aurait-il susurré avec délice, histoire de rouler la langue contre le palais… Arrête ! se reprend-elle. Tu vas le laisser tranquille à la fin ? Il n'est plus lui-même. Pourtant, il l'a vraiment écoutée, quand elle lui a parlé d'Ofer. Pour une fois, il ne la repousse pas. Peut-être lui offre-t-il une ouverture, une brèche, dans laquelle elle s'engouffre comme dans un refuge familier, son habitat naturel. Ce n'est pas difficile, elle est devenue experte en la matière après avoir vécu avec deux adolescents à la solide carapace, sans oublier Eran qui lui accorde royalement quatre-vingt-dix minutes de son temps par semaine, au maximum.

– Elle a tout de suite fait partie de la famille, poursuit Ora avec un petit soupir vite réprimé.

La présence de Talia a changé quelque chose, elle dînait chez eux, y passait parfois la nuit, et les suivait même en vacances à l'étranger (j'avais enfin quelqu'un pour m'accompagner aux toilettes quand on s'arrêtait en route, se rappelle-t-elle). Or comment le dire à Avram ?

Comment expliquer à ce solitaire – enfermé dans cet appartement sombre – le subtil glissement qui avait rétabli l'équilibre entre hommes et femmes sous leur toit, et le sentiment qu'elle avait eu de voir enfin, et pour la première fois, la féminité reconnue à sa juste valeur dans la famille ? Comment le lui exposer ? Et que comprendrait-il, de toute façon, dans l'état où il est ? En quoi cela le regarde-t-il, d'ailleurs ? À dire vrai, elle n'est pas prête à confesser à ce quasi-étranger combien elle admirait, enviait même cette jeune fille qui, sans effort apparent, obtenait ce qu'elle-même n'avait jamais songé à exiger des trois hommes de la maison : la reconnaissance de sa féminité, le droit à la différence en tant que femme au milieu de trois hommes, et le fait qu'être femme n'était pas un autre de ses caprices ni un refus pathétique d'affronter la réalité, ce que leur attitude lui donnait souvent à penser. Ora accélère le pas, remuant les lèvres en silence. Une légère migraine lui martèle les tempes, comme devant une feuille d'équations, au lycée. Dieu sait ce que Talia a provoqué par sa seule faculté d'être et de se mouvoir. Ora ricane, agacée. Même Nicotine le chien, paix à son âme, avait un comportement différent en sa présence !

– J'ai été bouleversée quand elle est partie. Tu sais, juste avant que cela se produise, je l'avais flairé. J'ai soupçonné quelque chose avant que les autres ne le remarquent. J'ai constaté qu'elle ne venait plus nous voir dès qu'elle avait un moment de libre. Elle m'évitait, ne trouvait plus le temps de prendre un café avec moi, le matin, ou bavarder sur le balcon, comme avant. Et puis elle s'est mis en tête de ne pas faire son service militaire, préférant passer une année à Londres pour vendre des lunettes de soleil, se constituer un petit pécule, s'inscrire aux Beaux-Arts, voir le monde. Quand elle a dit "voir le monde", j'ai prévenu Ilan qu'il y avait anguille sous roche. À quoi, il s'est borné à dire : "Mais non, elle rêve un peu, c'est tout. Cette fille a la tête sur les épaules, et puis elle aime Ofer. Elle ne retrouvera jamais un garçon comme lui." Mais je n'étais pas tranquille, j'avais le pressentiment qu'elle n'intégrait plus Ofer dans ses projets, ou qu'elle commençait à se lasser de lui, ou que... je ne sais pas, elle en avait fait le tour et Ofer a été totalement pris au dépourvu, il a subi un véritable choc, et je ne suis pas sûre qu'il s'en soit remis.

Ora serre les lèvres. Oui, rien ne t'a échappé avec ton œil de lynx ?
– elle remue le couteau dans la plaie – sauf ce qui se passait dans la
tête d'Ilan. Il en a fait le tour avec toi aussi, hein ?

Elle était si heureuse avant, songe Avram qui l'observe à la dérobée.
Elle riait pour un rien. Il se rappelle ses visites à Bahad 12, la base
où elle effectuait ses classes. Il longeait l'esplanade, soudain gêné
devant ces centaines de filles – la cité des femmes de ses fantasmes
bruissait de soupirs, de gémissements moites et de regards langoureux,
or celle-ci ressemblait davantage à un nid de guêpes railleuses aux
regards obliques à la Cléopâtre – quand, brusquement, une soldate
dégingandée dans un uniforme sac tout fripé, sa casquette posée de
travers sur ses boucles rousses exubérantes, les lèvres rouge cerise,
s'était précipitée vers lui, les jambes légèrement de guingois, bras
écartés, riant de plaisir : « Avram ! Super super génial ! » s'était-elle
époumonée, ameutant le camp par ses cris.

– … parce que je me suis sentie très vexée quand elle est partie,
poursuit Ora. (Avram n'a pas entendu le début de la phrase – au
camp, elle s'était jetée à son cou avec une telle impétuosité, insensible aux œillades sardoniques des autres filles…) Elle ne m'a même
pas appelée pour s'expliquer ou me dire au revoir. Rien. Du jour
au lendemain, elle a disparu de notre vie. En fait, pire que l'insulte,
je souffrais d'imaginer les raisons de leur rupture, pourquoi elle
l'avait quitté. Parce que, tout le temps qu'elle avait passé avec nous,
j'avais appris à me fier à son jugement et à son bon sens, et j'essaie de
comprendre si quelque chose dans le comportement d'Ofer l'a fait
fuir, un détail que je ne perçois pas.

« Peut-être est-ce sa façon de se couper du monde ? murmure-t-elle,
repensant aux bouffées de colère qui, depuis quelque temps, submergeaient son fils, prompt à critiquer et dénigrer tout ce qui n'était pas
l'armée. Même avant son service, il était introverti. *Très* renfermé.
Et Talia l'a aidé à s'ouvrir un peu aux autres, à nous aussi. Il s'est
épanoui grâce à elle.

Je parle, je parle et il ne m'interrompt pas ! s'étonne-t-elle.

Il s'agit d'un garçon qui s'appelle Ofer, rumine Avram, comme
s'il s'évertuait à coller une étiquette indiquant « Ofer » sur une image

210

vague et fugace, qui tente de se dérober pendant qu'Ora discourt. Elle me parle de lui en ce moment. J'écoute l'histoire d'Ofer par la bouche d'Ora. Il me suffit d'entendre. Rien d'autre. Elle va poursuivre son récit, et puis ce sera terminé. Une histoire ne se prolonge pas indéfiniment. Entre-temps, rien ne l'empêche de penser à toutes sortes de choses. Elle continuera à palabrer. C'est seulement une histoire. Un mot après l'autre.

Ora se demande ce qu'elle peut ajouter à propos d'Ofer. Que lui a-t-il pris d'évoquer l'épisode de Talia ? Pourquoi commencer par là ? Décrire Ofer sous son jour le plus défavorable ? Elle doit le mettre en valeur. Remonter à la naissance, tout le monde aime ces récits, c'est bien connu. D'un autre côté – elle guigne Avram du coin de l'œil –, qu'en a-t-il à faire ? L'accouchement risquerait de le terrifier, de le faire fuir et, franchement, il est trop tôt pour se montrer nue et débraillée devant lui. Elle se gardera bien de lui révéler ce qui a précédé l'accouchement, ce matin-là, et qu'elle a choisi d'effacer de sa mémoire. En y repensant, elle se demande comment Ilan et elle avaient pu basculer dans cette folie. Pendant des années, ce souvenir avait été entaché d'effroi et de culpabilité. Comment avait-elle pu se laisser entraîner ? Ne pas protéger Ofer dans son ventre ? Pourquoi n'avait-elle pas eu l'instinct qui doit exister – qui devrait exister – chez toute mère normalement constituée ? Et si Ofer en avait gardé des séquelles ? Peut-être était-ce là l'origine de son asthme ? Ou de ses crises de claustrophobie dans l'ascenseur ? Elle lutte contre ce cauchemar, mais, comme par un fait exprès, les images remontent à la surface, l'étrange flamme dans les yeux d'Ilan, leurs folles étreintes entrecoupées de grognements sauvages, agrippés l'un à l'autre, son ventre rond comme le globe ballotté entre deux bêtes écorchées, luttant dans un accouplement violent.

– On s'assoit deux minutes ? J'ai le tournis.

Ora appuie la tête contre le rocher et avale quelques gorgées d'eau avant de passer la gourde à Avram. Vite, trouver quelque chose de léger et de drôle afin de le faire rire et lui inspirer de l'affection pour Ofer. Voilà, elle a trouvé : Ofer, à trois ans, s'entêtait à aller à la maternelle en costume de cow-boy composé de vingt et une pièces

211

différentes, vêtements et armes compris (ils les avaient comptées un jour), et, une année durant, il avait été rigoureusement interdit d'escamoter un seul accessoire. À ce souvenir, ses yeux brillent et sa migraine s'atténue. C'est exactement le genre de choses qu'elle doit mentionner : de savoureuses tranches de vie, des détails cocasses, rien de trop sérieux ni de compliqué, il suffit de décrire le rituel matinal de cette année-là, Ilan et elle s'agitant autour d'Ofer avec des pistolets en plastique et des cartouchières, Ilan à quatre pattes sous le lit pour dénicher une étoile de shérif ou un bandana rouge. La construction méticuleuse et quotidienne d'un valeureux combattant sur la frêle carcasse du petit Ofer.

Mais pourquoi s'intéresserait-il donc à ces minuscules détails, les mille et un gestes nécessaires à l'éducation d'un enfant, pour en faire une personne ? Il n'aura jamais la patience et, tout bien considéré, ces broutilles sont plutôt assommantes et fastidieuses, pour les hommes surtout, mais aussi pour qui ne connaît pas l'enfant en question, même si, bien sûr, il y a dans le lot certaines anecdotes, disons... savoureuses, propres à rapprocher Avram d'Ofer...

Pour l'amour du ciel, pourquoi chercher à lui plaire, d'abord ? se demande-t-elle avec irritation. La migraine qui lui a accordé un répit repart de plus belle et plante ses griffes à l'endroit habituel, derrière l'oreille gauche. Dois-je lui vendre Ofer ? Me servir de lui pour l'appâter ? Ora bondit sur ses pieds et s'éloigne à vive allure, presque en courant. Comment raconter l'histoire d'une vie ? Il lui faudrait une décennie au moins... Et par où commencer ? Elle qui est incapable de raconter une histoire d'un bout à l'autre sans s'enliser dans d'inutiles digressions et faire un flop magistral – bref, elle n'arrivera jamais à retracer l'existence tout entière d'Ofer. Au risque de découvrir qu'elle n'a pas grand-chose à en dire, justement !

Elle pourrait rapporter quantité d'informations au sujet de son fils. Pourtant, elle craint de résumer l'essentiel en deux ou trois heures, disons dix ou quinze. Elle redoute d'abréger – d'*épuiser* la question. Pourquoi, alors que, il y avait à peine cinq minutes, elle pensait qu'une décennie n'y suffirait pas ? La panique doit lui ratatiner le crâne, c'est probablement la raison du malaise qui la ronge depuis un moment : elle ne le connaît pas vraiment. Elle ne connaît pas son fils, Ofer.

Une veine dans son cou bat à lui faire mal. À quelle vitesse sa petite bulle de joie fragile a-t-elle éclaté ! De quoi va-t-elle bien pouvoir lui parler ? Et surtout, comment décrire une personne, lui redonner vie par de simples mots ? *Des mots tout bêtes*, bonté divine !

Elle se creuse la cervelle. Si elle se tait une minute de plus, Avram croira qu'elle n'a vraiment rien à dire. Mais tout ce qu'elle trouve lui paraît sans intérêt, insignifiant, des anecdotes gentillettes, comme lorsque Ofer avait réhabilité pratiquement seul un petit puits tari près de Har Adar. Il avait rouvert l'aqueduc, fait rejaillir la source et planté un verger autour. Ou encore le lit fabuleux qu'il leur avait fabriqué, à Ilan et elle. Oui, bon, elle peut lui raconter tout cela, et après ? Un puits, un lit – des milliers de garçons sont probablement capables d'en faire autant, et Ofer n'est sans doute ni plus intelligent, gentil et charmant qu'un autre. Et si, malgré ses multiples qualités, son fils n'avait rien d'extraordinaire, aucun don exceptionnel qui le placerait au-dessus de la mêlée ? Ora résiste de toutes ses forces contre cette pensée odieuse, totalement étrangère, obsédante – comment a-t-elle bien pu lui traverser l'esprit ? Ah, si, il y a peut-être le film réalisé dans le cadre de l'atelier cinéma, en classe de seconde. Voilà qui n'est pas banal et plaira sans doute à Avram. Elle jette un regard à sa tête rentrée dans ses épaules : peut-être pas, finalement.

Le film en question avait quelque chose de déroutant, et aujourd'hui, cinq ans plus tard, il la perturbe encore. Tourné en onze minutes avec le caméscope familial, il retraçait une journée ordinaire d'un adolescent ordinaire : la famille, l'école, les copains, la petite amie, un match de basket ou une soirée. Mais personne n'apparaissait jamais à l'écran en chair et en os : on ne voyait que des ombres – des silhouettes marchant seules, deux par deux ou en groupes, assises en classe ou à table, enlacées ou embrassées, un ballon ou une bière à la main. Quand elle avait demandé à Ofer quelle était l'idée sous-jacente du film, et ce qu'il avait voulu exprimer (elle lui avait posé la même question à propos des plâtres moulés à son effigie, qu'il avait exposés à la fête de fin d'année de l'école, ou de la série d'autoportraits inquiétants avec un bec de vautour dessiné au fusain sur chaque photo), il avait haussé les épaules : « Je n'en sais rien, j'ai trouvé que c'était une bonne idée, c'est tout. » Ou encore : « Je voulais photographier quelqu'un, et j'étais seul dans la pièce, alors... » Et si elle insistait – « Arrête de lui prendre la tête ! » lui assenait Ilan après coup –, il l'envoyait promener avec agacement : « Pourquoi chercher une explication à tout ? On a encore le droit de faire des choses sans raison, non ? On n'est pas obligé de tout analyser jusqu'au trognon, quand même ! »

Trois semaines durant, Ora avait suivi le tournage du film, tour à tour chauffeur, traiteur, maquilleuse, sans oublier le ravitaillement en boissons, courant comme un dogue furieux après les acteurs du film, les camarades d'Ofer, qui avaient la fâcheuse tendance à sécher répétitions et prises de vues. Et quand ils daignaient enfin pointer leur nez, ils lui mettaient des bâtons dans les roues avec une arrogance qui la rendait folle. Elle s'éclipsait dès que le ton montait. Ofer était plus petit que les autres, timide et mal intégré à la bande. Ora ne supportait pas de le voir tête basse, découragé, les lèvres tremblantes. Pourtant, il avait tenu bon : il ne s'en laissait pas compter, redressant les épaules jusqu'aux oreilles, un masque de souffrance et d'humiliation plaqué sur le visage, sans céder d'un pouce.

Elle avait joué un rôle dans le film, celui d'un professeur acariâtre fourrant son nez partout. À un moment donné, Ilan passait à moto à l'arrière-plan en agitant la main. Ils avaient eu droit à un mot gentil dans le générique de fin : « Avec le précieux concours de papa et maman, que je remercie de m'avoir gracieusement prêté leurs silhouettes. » Ora se demande si Avram trouverait cette vidéo unique, géniale, ou exceptionnelle – ses termes à lui –, elle l'entendait encore les prononcer, quand il était bouleversé par un film, ou une pièce de théâtre qu'ils venaient de voir en compagnie d'Ilan. « Géant ! », ce mot l'électrisait par-dessus tout, il s'en gargarisait, le caressait du bout de la langue, d'une voix rauque, éperdue d'admiration : « géaaaant ! », avec un geste large, royal, de la main. Il devait avoir vingt ans. Vingt et un, peut-être ? L'âge d'Ofer aujourd'hui, difficile d'imaginer. Et il est encore plus difficile d'imaginer comment elle a pu le supporter, combien il était arrogant et prétentieux, avec sa barbichette ridicule...

Elle continue à marcher, en proie à un âpre conflit intérieur, forcée d'admettre à quel point il est important qu'Avram aime Ofer – oui, qu'il l'aime d'amour, là, maintenant, sans réserve ni critique, à son corps défendant, comme il était tombé amoureux d'*elle*, alors qu'elle n'avait rien de *géant* à l'époque, qu'elle était une épave brisée, malade, hagarde, droguée par les médicaments, saignant jour et nuit – Avram était dans le même état qu'elle. Le moment idéal pour tomber amoureux, se dit-elle en ralentissant le pas. Et il avait peut-être raison quand, des années plus tard, blaguant à propos de sa libido, il prétendait en riant que c'était la seule façon possible pour le *id* d'une *yiddeneh* de rencontrer le *id* d'un *yid*[1]. Brusquement, les forces lui manquent, et elle s'arrête, terrassée par la douleur, le souffle court, hagarde, deux doigts pressés sur son front, entre les yeux. D'où lui viennent de telles idées ? Quelle incongruité !

La voyant vaciller, Avram s'élance pour la rattraper. Il est si fort ! s'étonne-t-elle, les genoux en capilotade. Il l'allonge doucement par terre et lui ôte son sac à dos pour le glisser sous sa tête. Il nettoie le sol des pierres qui l'encombrent, lui retire ses lunettes, verse un peu d'eau au creux de ses mains et lui en frotte le visage. Elle a les yeux fermés, la peau couverte d'une sueur glacée, sa poitrine se soulevant et s'abaissant au rythme de sa respiration laborieuse.

– Tu vois comment l'esprit fonctionne, balbutie-t-elle.

– Chut, ne dis rien !

Elle obéit. Elle aime sentir son inquiétude, ses mains sur son visage, sa voix empreinte d'une autorité tranquille.

– Tu te rappelles la pièce radiophonique dont tu m'avais parlé une fois ? demande-t-elle un peu plus tard, une main mollement posée sur la sienne. L'histoire d'une femme délaissée par son amant, qui lui parle au téléphone sans qu'on entende les réponses. Tu vois ?

– Cocteau. *La Voix humaine.*

– Oui, c'est ça. Cocteau. Quelle mémoire !

Elle sent l'eau sécher peu à peu sur ses joues. Elle embrasse du regard une colline broussailleuse et un pan de ciel incroyablement

1. Allusion à *Portnoy et son complexe*, Paris, Gallimard, p. 126.

215

bleu. Une odeur de sauge lui monte aux narines. La main d'Avram est aussi douce qu'alors – est-ce possible ? Elle ferme les yeux et se demande comment le ressusciter à partir de trois fois rien.

– Tu étais dans ta période française, et tu écrivais pour la radio, reprend-elle. Tu te souviens ? Tu avais ébauché une théorie de la voix humaine. Tu croyais que la radio finirait par l'emporter sur la télévision. Tu avais aménagé un petit studio d'enregistrement à la maison.

Avram sourit.

– Pas à la maison, dans la cabane au fond du jardin. C'était un vrai studio. J'y passais des jours et des nuits à enregistrer, couper, monter, mixer.

– Quand Ilan m'a quittée la première fois, après la naissance d'Adam, je lui téléphonais souvent, je devais ressembler à cette femme, celle de la pièce de Cocteau, pathétique, prête à tout lui pardonner, à essayer de comprendre ses problèmes, que c'était moi, son problème, à ce salaud…

La main d'Avram abandonne son front, elle ouvre les yeux. Il a le visage dur, fermé.

– Il est parti juste après la naissance d'Adam. Tu n'étais pas au courant ?

– Tu ne me l'as jamais dit.

Ora pousse un soupir.

– Tu ne sais vraiment rien. Tu es d'une ignorance crasse quand il s'agit de ma vie.

Avram se redresse, le regard perdu au loin. Un faucon dessine des cercles à l'horizon, au-dessus de sa tête.

– Tu es un parfait étranger, en fait. C'est terrifiant. Je me demande vraiment ce que je fabrique ici avec toi ! crache-t-elle avec amertume. Je m'en irais tout de suite, si je n'avais pas si peur de rentrer chez moi.

De le voir ainsi, debout devant d'elle, lui rappelle un souvenir : Ofer à un an. Allongée sur le lit, elle le posait à plat ventre en équilibre sur la plante de ses pieds, et le soulevait en le retenant par les mains. Il riait aux éclats, ses fins cheveux flottant au vent. Le soleil, qui entrait à flots par la fenêtre derrière lui, nimbait ses oreilles d'un halo orange, vaporeux. Elles étaient un peu décollées, comme aujourd'hui. Elle le fit bouger dans la lumière pour mieux voir les délicats vaisseaux, le doux renflement, les nodosités duveteuses. Elle n'en détachait pas les yeux, comme si elle était sur le point d'apprendre un indicible secret. La physionomie d'Ora avait dû changer, car Ofer cessa de rire pour la considérer gravement, avec une petite moue de vieux sage, presque ironique. Elle admira la merveilleuse finesse de ses membres. Une exquise douceur l'avait envahie. Alors elle le fit lentement tournoyer sur la plante de ses pieds, capturant l'astre tout entier dans l'une de ses oreilles.

De la plaie grande comme le poing s'écoulait un épais liquide purulent. Elle se trouvait si près de la colonne vertébrale que, pendant des mois, les médecins ne parvinrent pas à la guérir. Ce flot incessant avait quelque chose de monstrueux, d'hypnotique, comme si le corps tout entier se moquait du trop-plein de vie qui s'était toujours épanché d'Avram. Pendant des mois, presque un an, cette blessure fut au centre des préoccupations d'Ora et d'Ilan, et d'une cohorte de docteurs. Le mot « blessure » revenait si souvent qu'on aurait dit que la personne d'Avram s'effaçait derrière elle, que cette plaie constituait l'essence de son être, son corps ne servant qu'à fournir les fluides dont elle avait besoin pour survivre.

Pour la centième fois de la journée, Ilan appliqua une compresse de gaze sur la plaie, il la tordit pour l'introduire dans le cratère de chair et en absorber le pus avant de la jeter. Ora, avachie sur une chaise au chevet d'Avram, suivait d'un regard impressionné les mouvements précis d'Ilan – comment se débrouillait-il pour ne pas le faire souffrir ? Plus tard, une fois Avram endormi, elle proposa à Ilan de sortir prendre l'air. Ils déambulèrent entre les petits bâtiments en discutant, comme toujours, de l'état d'Avram, de son opération imminente, de ses difficiles tractations financières avec le ministère de la Défense. Ils s'installèrent sur un banc près du service de radiologie, à bonne distance l'un de l'autre. Ora parlait du problème d'équilibre d'Avram, dont on n'avait pas encore déterminé la cause. «Il faudra aussi s'occuper de son ongle incarné, il va devenir fou à la longue, intervint Ilan. Et j'ai l'impression que la Novalgine lui provoque des diarrhées...» Stop, maintenant, ça suffit, pensa-t-elle. Elle se tourna vers lui, franchit l'espace qui les séparait, et l'embrassa sur la bouche. Il y avait si longtemps qu'ils ne s'étaient touchés qu'Ilan eut un mouvement de recul avant de la serrer timidement dans ses bras. Ils bougeaient avec précaution l'un contre l'autre, comme s'ils étaient hérissés d'éclats de verre, sidérés par l'ardeur qui embrasait leurs corps, à croire qu'ils n'attendaient qu'un geste de réconfort. Ce soir-là, ils rentrèrent chez Avram – depuis son retour du camp où il était interné, ils avaient élu domicile dans sa maison de Tsour Hadassah, qui leur servait de quartier général. Et là, dans l'ancienne chambre d'enfant d'Avram – un écriteau apposé sur la porte proclamait : *Entrée réservée aux malades mentaux* –, ils conçurent Adam sur un matelas de paille posé à même le sol.

Ora ignore quels souvenirs a gardés Avram de cette période, son hospitalisation, l'opération, la rééducation, les enquêtes répétées des agents du Shabak, de la Sécurité générale et du Renseignement militaire, lesquels ne cessaient de le harceler pour savoir si, oui ou non, il avait révélé des informations pendant sa détention. Tout cela le laissait indifférent, dénué de volonté, et pourtant, malgré ses absences, il les épuisait, Ilan et elle, comme l'aurait fait un bébé. Les complications médicales et bureaucratiques auxquelles leur ami était confronté et qu'il leur incombait de gérer n'étaient pas les seules responsables. Le vide de son existence les consumait, les vidait de leur substance vitale. Il avait le don de les transformer en coquilles vides, comme lui.

Pour en revenir à la naissance d'Adam. Avram et Ora se serrent l'un contre l'autre dans une anfractuosité rocheuse surplombant la vallée, environnés par une mer d'acacias et de genêts jaunes qui affolent les abeilles. Les rochers à la parure de lichen s'empourprent au soleil. Ora sent qu'elle peut parler plus librement d'Adam, de sa naissance, *en prenant du recul*.

– J'ai eu un accouchement laborieux, explique-t-elle. Je suis restée trois jours à l'hôpital Hadassah du mont Scopus. Il y avait un défilé incessant de femmes, qui arrivaient et repartaient, et je restais là, comme une baleine échouée. Ilan et moi avions inventé une blague : des femmes stériles auraient eu dix fois le temps d'accoucher avant que je me décide. Un troupeau de médecins et d'internes venait m'examiner, me mesurer dans tous les sens, ils faisaient cercle autour de mon ventre, discutaient par-dessus ma tête pour savoir s'il fallait ou non accélérer les choses, et comment je réagirais à tel ou tel procédé. Finalement, ils me conseillèrent de marcher. D'après eux, le mouvement déclencherait l'accouchement. Et donc, deux ou trois fois par jour, Ilan et moi – avec mon ventre gonflé comme un ballon de baudruche, dans un peignoir d'hôpital – nous promenions bras dessus, bras dessous, sans un mot ou presque. C'était bien, très agréable. Du moins je le croyais.

Prends du recul. Elle sourit intérieurement et repense au soir où Avram et elle s'étaient rencontrés, adolescents. Il décrivait de grands cercles autour de la chambre où elle reposait dans le noir, en quarantaine, tantôt se rapprochant, tantôt s'éloignant, comme s'il mesurait secrètement les distances.

– Après la naissance, Ilan nous a ramenés à la maison, Adam et moi, dans la Mini – tu te souviens, la voiture que mes parents m'avaient achetée quand je suis entrée à l'université ? Pendant ta rééducation, je t'emmenais faire un tour à Tel-Aviv avec.

Elle le regarde en coin et attend, mais il ne réagit pas, à croire que ces virées interminables, hallucinées, n'ont jamais existé. Il avait besoin de cela pour « croire », lui avait-il brièvement expliqué. Rouler dans la ville pendant des heures, regarder les rues, les impasses, les places et les gens, le monde… Le soupçon et le doute gravés dans les plis de son front, au fond de ses yeux. Et la ville qui paraissait se mettre en quatre pour convaincre Avram de son existence, de sa réalité.

– On a installé Adam dans son petit siège rembourré, et Ilan nous a ramenés à la maison comme s'il roulait sur des œufs. Il n'a pas ouvert la bouche. Moi, je n'arrêtais pas de jacasser. J'étais au septième ciel. Tellement heureuse et fière, persuadée que dorénavant, tout allait bien se passer pour nous deux. Il conduisait en silence. Je croyais qu'il se concentrait sur la route. J'avais l'impression que la naissance d'Adam avait transfiguré le monde. On ne le détectait pas à l'œil nu, mais je savais que rien n'était plus pareil, qu'une dimension nouvelle était venue s'ajouter – ne te moque pas – aux êtres et aux choses.

Je ne me suis pas moqué, se dit Avram en renversant la tête en arrière. Il s'efforce de se revoir avec elle dans la petite voiture, tente de se rappeler où il se trouvait lorsque Ora et Ilan avaient eu Adam. Ne te moque pas, l'a-t-elle prié. Rien ne lui est plus étranger en cet instant que le rire.

– J'observais les passants dans la rue, je me souviens, poursuit Ora. Comment pouvaient-ils être aussi stupides et aveugles d'ignorer que tout allait changer? Je ne pouvais pas le confier à Ilan, son silence commençait à me peser, et je n'ai plus rien dit. Impossible d'articuler une syllabe. Je ne pouvais pas. J'étouffais, comme si quelque chose m'étreignait la gorge. Et ce quelque chose, c'était toi.

Avram lui coule un regard en biais, le front braqué vers le ciel.

Ora fléchit les genoux sous le menton.

– Tu étais là, dans la voiture, derrière nous, à côté d'Adam. C'était une sensation insupportable. L'atmosphère est devenue intolérable, et ma joie s'est dégonflée comme un ballon, m'éclaboussant au passage. Ilan a poussé un grand soupir, et quand je lui ai demandé: "Qu'est-ce qu'il y a?", il a obstinément refusé de répondre, et puis il a fini par lâcher qu'il n'avait pas pensé que ce serait aussi difficile. Alors je me suis aperçue à quel point je m'étais fourvoyée, que le retour à la maison avec mon premier bébé ne ressemblait en rien à ce dont j'avais rêvé.

Elle marque une pause.

– Tiens, tu vois, c'est la première fois que j'y repense depuis très longtemps.

Avram reste muet.

– Je continue?

Ce petit signe de tête, ça doit vouloir dire oui, songe-t-elle.

Ilan était de plus en plus nerveux à mesure qu'ils approchaient de la maison, de Tsour Hadassah. Sous un certain angle, il avait le menton fuyant, remarqua-t-elle. Elle avisa les traces de ses doigts sur le volant – lui qui ne transpirait pratiquement jamais ! Il gara la voiture devant le portail rouillé, sortit Adam de son siège, et le lui tendit sans la regarder. Quand elle lui demanda s'il ne désirait pas porter Adam lui-même, pour cette première fois, il répondit « Non, toi ! » et le lui fourra sans ménagement dans les bras.

Elle se remémore le chemin dallé du jardin, la petite maison de guingois aux murs en crépi granuleux, émaillés de ciment. C'était un de ces bungalows des années cinquante, que la mère d'Avram avait hérité d'un oncle resté sans enfant. Tous deux y vivaient depuis qu'Avram avait dix ans. Ora se souvient de la pelouse à l'abandon, envahie d'herbes folles et d'immenses chardons, au cours des années où Ilan et elle se consacraient entièrement à Avram. Dès qu'elle serait remise, s'était-elle promis, elle y conduirait Adam pour lui présenter le figuier et les grévilléas qu'elle aimait tant. Ora croit ressentir encore le pénible déhanchement dû aux points de suture. Elle parle doucement. Avram écoute. Elle le constate mais, curieusement, elle a l'impression de se parler à elle-même.

Ilan enjamba lestement les trois petites marches du perron défoncé, ouvrit la porte, et s'effaça pour les laisser passer, Adam et elle. Sa courtoisie avait quelque chose de glacial, de blessant. Elle franchit exprès le seuil du pied droit et clama : « Bienvenue à la maison, Adam ! » – chaque fois qu'elle disait ou pensait son nom, elle ressentait la caresse secrète d'Ada – et elle le porta endormi dans sa chambre, où l'attendait son berceau. Elle lui fit faire le tour de la pièce, comme pour lui montrer, à travers ses paupières diaphanes l'armoire, la commode avec sa table à langer, la boîte à jouets et les étagères.

Elle avisa une feuille épinglée sur la porte : *Bienvenue ! La direction de l'hôtel vous invite à prendre connaissance du règlement intérieur.*

Elle déposa l'enfant dans son berceau. Il avait l'air minuscule, perdu. Elle le couvrit d'une mince couverture et s'attarda un instant pour le regarder. Quelque chose la gênait dans son dos. Le papier sur la porte semblait grouiller de mots, beaucoup trop de mots. Elle se pencha, caressa la tête tiède d'Adam, et se retourna avec un soupir pour lire la note :

La direction de l'hôtel vous invite à respecter le calme et la tranquillité de tous.

Attention : la propriétaire appartient exclusivement au maître de céans, et l'usage que vous pouvez en faire est limité à sa moitié supérieure !

La direction exige de ses hôtes qu'ils vident les lieux à l'âge de dix-huit ans !

Etc., etc.

Elle croisa les bras sur la poitrine. Elle était lasse d'Ilan et de ses petites plaisanteries. Elle arracha le papier et le froissa rageusement entre ses doigts.

« Ça ne t'amuse pas ? souffla Ilan avec irritation. Je voulais juste… Laisse tomber, ça n'a pas marché. Tu aimerais boire quelque chose ?

– Je veux dormir.

– Et lui ?

– Adam ?

– Oui. On le laisse là ?

– Je n'en sais rien… Tu crois qu'on devrait le prendre dans notre chambre ?

– Je ne sais pas. Imagine qu'il se réveille ici, tout seul, pendant qu'on dort… »

Ils échangèrent un regard perplexe.

Elle essaya d'écouter son instinct, mais n'entendit rien. Elle n'avait plus ni désir, ni discernement, ni opinion. Elle ne savait plus où elle en était. Au plus profond de son cœur, elle avait espéré que la naissance lui apprendrait instantanément tout ce qu'elle avait besoin de savoir. Elle lui insufflerait une connaissance originelle, naturelle, irréfutable. Avec quelle impatience avait-elle attendu ce phénomène pendant sa grossesse, presque autant que l'enfant lui-même, elle en prenait conscience à présent – l'intuition empirique, faculté qu'elle avait perdue depuis des années, depuis la tragédie Avram.

« Viens, Ilan. On le laisse ici. »

Elle avait la douloureuse impression de se décomposer, comme lorsqu'elle quittait l'hôpital et Avram.

« Il n'a pas besoin de dormir avec nous, je t'assure.
– Mais… et s'il pleure ?
– S'il pleure, nous l'entendrons. Ne t'en fais pas, je l'entendrai. »
Ils gagnèrent leur chambre et dormirent deux bonnes heures. Ora se réveilla quelques minutes avant qu'Adam se mette à babiller, et aussitôt elle sentit la plénitude de ses seins. Elle réveilla Ilan pour qu'il aille le chercher. Elle arrangea les oreillers dans son dos et s'installa péniblement. Ilan revint avec Adam, l'air béat.

Elle l'allaita, confondue devant la petitesse de sa tête contre son sein. Il tétait avec énergie et détermination, sans presque la regarder, et elle sentit d'étranges aiguillons de plaisir et de douleur s'enfoncer dans sa chair, lui labourant le corps et l'âme. Ilan les observait, fasciné, on aurait dit que ses traits avaient perdu leur matérialité. Il lui demanda si elle était bien installée, si elle avait soif, si le lait coulait bien. Elle changea de côté et essuya le téton avec un linge. Ilan ne pouvait détacher les yeux de son sein, gonflé comme la lune, strié de veines bleutées, avec une expression de respect craintif qu'elle ne lui connaissait pas. On aurait dit un petit garçon.

« Tu ne veux pas le prendre en photo ? »
Il cligna des yeux comme si elle l'avait arraché à un rêve.
« Non, pas maintenant. La lumière n'est pas terrible.
– À quoi pensais-tu ?
– À rien, à personne. »
Elle crut voir une sorte d'araignée noire glisser sur son visage.
« Plus tard, alors.
– Oui, c'est ça, plus tard. »
Mais même par la suite, il ne prit jamais beaucoup de photos. Parfois il allait chercher l'appareil, retirait le cache de l'objectif, il faisait la mise au point, mais se débrouillait toujours pour trouver à redire de l'éclairage ou de l'angle de champ – « Une autre fois, disait-il, quand Adam aura grandi ».

Avram s'éclaircit la gorge pour rappeler sa présence. Ora lui adresse un sourire surpris.
– Je me suis laissé emporter. Il m'est revenu tout un tas de… On repart si tu veux ?

Il s'installe confortablement, les coudes appuyés au sol, alors qu'il n'a qu'une envie, prendre le large.

– Pas tout de suite, on est bien, ici.

Assis côte à côte, ils contemplent la vallée verdoyante en contrebas. Derrière Avram, dans son ombre, on s'agite en silence. Des fourmis se bousculent le long d'une branche de fenouil sèche pour grignoter la tige et les traces de miel figé, abandonné par les abeilles de l'an dernier. Une orchidée dresse fièrement le mince sceptre de sa tige, violette et aérienne comme un papillon au-dessus de ses racines tubéreuses – l'une se vide quand l'autre s'emplit. Un peu plus loin, dans l'ombre de l'épaule droite d'Avram, une petite ortie blanche très affairée expédie des signaux olfactifs aux insectes qui volettent parmi les plantes environnantes, tout en dressant ses sépales fertiles en vue d'une éventuelle autopollinisation, en cas d'échec.

– Une nuit, reprend Ora, Adam devait avoir un mois, il s'est réveillé parce qu'il avait faim. Ilan s'est levé pour me l'apporter, mais il a quitté la chambre pendant que j'allaitais Adam. C'était curieux. Quand je l'ai appelé, il se trouvait au salon, il m'a répondu qu'il arrivait tout de suite. Je ne voyais pas ce qu'il pouvait bien fabriquer, là-bas dans le noir. Je n'entendais aucun bruit, rien. J'avais l'impression qu'il regardait par la fenêtre, je n'étais pas tranquille.

Des scènes oubliées depuis des années se rejouent dans sa tête, plus claires et plus nettes que jamais. Ora se rend compte qu'elle appréhende autant de lui faire ces confessions que lui de les entendre.

– Quand Adam a eu fini de téter, je l'ai recouché dans son berceau, et puis j'ai vu Ilan planté au milieu du salon. Planté là comme s'il avait oublié où il avait l'intention d'aller. J'ai deviné que quelque chose clochait. Son visage était décomposé. Il m'a regardée comme s'il avait peur de moi, ou envie de me frapper. Les deux, peut-être. Il a dit qu'il n'en pouvait plus, qu'il était au bout du rouleau. Que tu…

Elle avale sa salive.

– Tu es sûr de vouloir entendre la suite ?

Avram grommelle vaguement et se redresse, les mains autour des genoux, la tête sur les bras. Elle patiente. Il tressaille. Il ne se lève pas, ne se sauve pas.

224

– Ilan a dit qu'il pensait à toi sans arrêt et que cela le minait. Il avait l'impression d'être un assassin – *"J'ai tué, et de plus j'ai usurpé"*, a-t-il cité –, il voyait ton visage à travers Adam, il t'imaginait pendant la prise du fort, dans le camp de prisonniers, à l'hôpital.

La nuque d'Avram se contracte.

«Qu'allons-nous faire?» demanda-t-elle à Ilan, qui ne répondit pas. La maison était bien chauffée, et pourtant Ora était glacée. Pieds nus, elle frissonnait dans sa robe de chambre, son lait coulait toujours. Elle réitéra sa question, Ilan rétorqua qu'il n'en savait rien, il ne supportait plus cette situation, il commençait à avoir peur de lui-même.

«Tout à l'heure, quand je te l'ai apporté...

– Ce n'est pas notre faute, bredouilla-t-elle (c'était leur mantra, ces années-là). Nous n'avons pas voulu que cela arrive, ni forcé le destin. C'est arrivé, Ilan, un point c'est tout. C'est terrible, mais c'est comme ça.

– Je sais.

– Et s'il ne s'était pas trouvé dans le fort, tu t'y serais trouvé à sa place.

– Le problème est là, justement, non?

– C'était toi ou lui, il n'y avait pas d'autre solution.»

Elle s'approcha pour le serrer sur son cœur, mais il leva la main.

«Arrête, Ora. On l'a dit et répété jusqu'à plus soif, je n'y suis pour rien, toi non plus, et encore moins Avram, personne ne le souhaitait et pourtant c'est arrivé, et si je n'étais pas un raté, un zéro, je me suiciderais tout de suite.»

Elle s'interrompt. Chacune de ses paroles avait trotté dans sa tête des milliers de fois, avec la voix d'Ilan, et la sienne. Qu'il cesse de débiter des âneries, aurait-elle voulu lui dire, mais elle n'en avait pas la force.

La chaleur monte, mais elle a froid pendant qu'elle se confie à Avram d'une voix tremblante d'émotion. Elle ne voit pas son visage, enfoui au creux de ses bras entourant toujours ses genoux. On dirait qu'il l'écoute depuis les replis les plus secrets de sa chair, telle une bête du fond de sa tanière.

225

« Sans oublier que nous habitons ici, avança Ilan.

– On s'occupe de la maison pendant son absence, c'est tout, objecta Ora.

– C'est ce que je lui répète quand je vais le voir, mais je ne sais pas s'il a compris que nous sommes carrément installés chez lui.

– Dès qu'il sortira de l'hôpital on s'en ira. »

Ilan esquissa une grimace.

« Et maintenant le petit va grandir ici ? »

Ora se dit que si Ilan ne s'approchait pas d'elle et ne la prenait pas dans ses bras sur-le-champ, elle allait tomber et se briser en morceaux.

« Je ne vois pas d'issue ! martela-t-il. Il n'y a aucune chance pour que les choses s'arrangent entre nous un jour ! Imagine que nous vivions ici toute notre vie, que nous ayons un autre enfant, puis un autre et encore un autre, nous avions parlé de quatre, dont un adopté, tu te souviens ? En signe de reconnaissance envers l'humanité, n'est-ce pas ? Et chaque fois qu'on se regardera dans les yeux, on le verra, *lui*. Et pendant ce temps-là, toute notre existence et la sienne, vingt, trente, cinquante ans, il sera là avec nous dans le noir, tu comprends ? »

Ilan se prit la tête dans les mains en poussant des cris inarticulés. Ora prit peur quand il se remit à beugler :

« Un enfant va grandir ici, être un monde à lui tout seul, il aurait pu être le sien, à lui, ce mort-vivant, et tu aurais pu lui appartenir, toi aussi, si seulement…

– Et toi, tu aurais été peut-être un mort-vivant quelque part.

– Tu sais quoi ? »

Elle comprit.

– C'est dur ? souffle Ora à Avram.

– Je t'écoute, reprend-il, ses mâchoires articulant des syllabes saccadées.

– Parce que si c'est trop difficile…

Il lève la tête, le visage comme broyé par une main de fer.

– Ora, tu exprimes à haute voix ce qui n'a cessé de m'obséder l'esprit pendant des années.

L'envie la tenaille de lui prendre la main, d'absorber le trop-plein d'émotion qui déborde, mais elle n'ose pas.

– C'est curieux, tu sais, mais c'est pareil pour moi.

Ses forces l'abandonnèrent. Elle s'effondra sur le canapé. Ilan se campa devant elle et lui annonça qu'il devait partir.

«Pour aller où?

– Je n'en sais rien. Je ne peux pas rester ici.

– Maintenant?»

Soudain, il lui parut immense. On aurait dit qu'il grandissait à n'en plus finir, raide comme un piquet, les yeux étincelants.

«Tu t'en vas et tu me laisses seule avec lui?

– Je ne sers à rien, ici. J'empoisonne l'atmosphère, je me déteste. Et toi aussi, je te déteste. Quand je te vois comme ça, avec cette surabondance, cette plénitude, je ne peux pas te supporter. Et puis, je n'arrive pas à aimer Adam. J'ai beau essayer, rien à faire. Il y a comme un mur de verre entre lui et moi. Lui, son odeur, décidément, je ne le sens pas. Je t'en prie, laisse-moi partir.»

Elle ne répondit pas.

«Je dois réfléchir quelques jours. J'y verrai plus clair après. J'ai besoin d'être seul, Ora. Accorde-moi une semaine, s'il te plaît.

– Et je me débrouille comment, moi, en attendant?

– Je t'aiderai, ne t'inquiète pas. On se téléphonera tous les jours. Je trouverai quelqu'un pour te seconder, une nounou, une baby-sitter, tu seras libre de faire ce que tu veux. Tu pourras même retourner à l'université, ou chercher du travail, si ça te chante, mais laisse-moi partir. Je ne supporterai pas de rester ici ne serait-ce que dix minutes de plus.

– Tu l'as imaginé quand, ce scénario? Nous ne nous sommes pas quittés d'une semelle.»

Ilan se mit à parler à toute vitesse, lui forgeant en un clin d'œil un avenir radieux.

– J'ai vu le petit mécanisme se mettre aussitôt en branle dans sa tête, précise-t-elle à Avram. Tu sais, les petits rouages au fond de ses yeux?

Ilan avait beau être extrêmement brillant, il ne comprenait rien, et elle avait commis une terrible erreur, songea Ora, essayant d'imaginer la réaction de ses parents, leur immense déception.

– Dire qu'ils m'avaient mise en garde contre toi ! dit-elle à Avram. Sans parler de l'admiration sans bornes qu'ils lui vouaient à lui, surtout ma mère. Si tu veux mon avis, elle s'est toujours demandé ce qu'un homme comme lui pouvait bien me trouver.

Avram sourit, le visage enfoui au creux de ses bras. *Hochstapler*, le surnommait la mère d'Ora, un imposteur, un pauvre type avec les poches trouées qui se prenait pour Rothschild.

– Affalée sur le canapé, j'ai tenté d'envisager comment je m'en sortirais, toute seule avec Adam. N'oublie pas que je pouvais à peine bouger, même pas garder les yeux ouverts, encore moins sortir de la maison ! Je me disais que ce n'était pas possible, un vrai cauchemar, que j'allais me réveiller dans un instant. En même temps, je sentais que je le comprenais parfaitement, et je l'enviais. Moi aussi, j'aurais voulu pouvoir m'échapper de moi-même, d'Adam, de toi, de cette fichue situation. Et j'étais triste aussi pour Adam qui dormait tranquillement dans son berceau, ignorant qu'on lui gâchait la vie.

« Je suis restée clouée sur place, sans chercher à refermer ma robe de chambre, indifférente à tout. J'ai entendu Ilan s'agiter dans la chambre. Tu sais comment il est quand il a pris une décision… (ils échangent un sourire, une étincelle dans les yeux, comme un lien ténu) j'entendais les portes du placard et les tiroirs claquer. Il faisait ses valises, et je ne pensais qu'à une chose, que nous allions passer le reste de notre existence à payer les conséquences d'une seule petite minute, d'une stupide coïncidence, pour rien.

Ils détournent la tête en chœur, à croire qu'ils se sont concertés.

« Mets deux bouts de papier, exactement pareils, dans un chapeau, lui avaient enjoint un jour Ilan et Avram, hilares. (Ils l'appelaient depuis leur base militaire, dans le Sinaï.) C'est un tirage au sort. Non, non, tu n'as pas besoin de savoir pourquoi. » Leur rire résonne encore dans ses oreilles. Ils n'ont plus jamais ri de cette façon ensuite. Ils avaient vingt-deux ans, et plus qu'un mois à tirer avant la fin de leur service militaire. Elle-même était étudiante en sciences sociales à Jérusalem, l'avenir s'annonçait prometteur. Elle n'en revenait pas d'avoir eu la chance de trouver sa vocation si jeune. «Non, avait répété Ilan, mieux vaut que tu n'en connaisses pas l'enjeu, tu seras plus objective.» Elle avait tellement insisté qu'ils finirent par céder. «Bon, d'accord, tu as le droit de deviner, mais vite, Ora, il y a un VBT qui nous attend dehors.» (Elle comprit: un transport de troupes? L'un des deux va rentrer à la maison. Lequel? Elle courut chercher un chapeau, une vieille casquette datant de l'armée, et déchira un morceau de papier en deux. Elle exultait: lequel avait-elle envie de voir rentrer le premier?) «Deux papiers identiques, un avec mon nom dessus, et l'autre avec celui du petit gros», insista Ilan impatiemment. Elle entendit Avram derrière lui: «Écris "Ilan" sur l'un, et "Dieu" sur l'autre. Non, attends, précise juste "Son armée".» «Bon, coupa Ilan, assez bavassé. Maintenant, pioche un papier. Ça y est? C'est qui? Tu es sûre?»

Ora soupèse un petit caillou pointu dans sa main et, lentement, méthodiquement, elle en essuie la poussière. Avram est ratatiné sur lui-même, les mains croisées, les jointures blanchies.

– Je continue?

– Quoi? Oui, d'accord.

– Il est revenu se planter devant moi. J'étais trop faible pour me lever. J'avais l'impression d'être emportée par une avalanche. Je n'avais même pas la force de me couvrir. Il ne me regardait pas. Je sentais bien que je le dégoûtais. Je me dégoûtais moi-même. (Elle parle d'une voix brève, saccadée, comme si elle était contrainte de relater chaque événement dans les moindres détails.) Il a dit qu'il allait faire un tour, boire un coup dans un café ouvert toute la nuit, il y en avait un rue Heleni HaMalka, à l'époque, et m'appellerait le lendemain matin. J'ai demandé s'il ne voulait pas dire au revoir à Adam. Il a dit qu'il ne préférait pas. J'aurais dû me lever et me battre, sinon pour moi, du moins pour notre fils, sachant que si je n'agissais pas sur-le-champ, il serait trop tard. Parce que, avec Ilan, ce genre de décision se propage à la vitesse de l'éclair, tu le connais, en quelques secondes il peut reconstruire le monde, un joli petit village avec des

toits rouges et des allées pavées, indestructible. Je me suis complètement trompée ! s'écrie-t-elle, ébahie.

Une fraction de seconde, elle voit Ilan et Adam à bord d'une petite
barque, ramant à l'unisson sur un fleuve vert, au cœur de la jungle.

– Tu te rends compte, tout s'est déroulé à l'envers, le contraire
absolu de ce que je pensais.

– Il a téléphoné le lendemain matin pour signaler qu'il logeait à
l'hôtel et pensait louer un petit appartement. "Pas loin de vous deux",
a-t-il précisé. Tu comprends ? "De vous deux" ! Il s'était à peine passé
quelques heures, et déjà il ne faisait plus partie de la famille. Il ne
faisait même plus partie de moi.

« Il s'est trouvé un studio à Talpiot, le plus loin possible, à l'autre
bout de la ville. Il appelait deux fois par jour, matin et soir, raisonnable, responsable, tu connais. Il me tuait à petit feu. Et moi qui
pleurais au téléphone, le suppliais de revenir. Quelle idiote ! Je me
traînais à ses pieds, et il devait me haïr encore plus avec mes sem-
piternelles jérémiades. Je n'avais pas la force de jouer les héroïnes
face à lui. J'étais devenue une pauvre loque. J'ai quand même réussi
à nourrir Adam et à m'occuper de lui, un vrai miracle ! Ma mère
est venue vivre avec moi, bardée de bonnes intentions, mais en quarante-huit heures j'avais compris son manège, elle n'arrêtait pas
de comparer Adam aux autres bébés, et il était toujours perdant,
évidemment. J'ai fini par appeler mon père pour qu'il vienne la
chercher. Sans lui dire pourquoi, et le pire, c'est qu'il a tout de suite
compris.

« Ensuite, ça a été le tour des amies, qui ont toutes répondu pré-
sentes. Elles faisaient la cuisine et le ménage, avec un tact infini,
mais j'avais l'impression d'avoir de nouveau quatorze ans, que j'étais
entourée d'une bande de filles qui savaient mieux que moi ce dont
j'avais besoin et envie, raison pour laquelle, à l'exception d'Ada, je
me suis toujours mieux entendue avec les garçons.

« Le plus atroce, c'était le venin qu'elles distillaient sur Ilan. Malgré
tout, je le comprenais, je savais être la seule capable de décoder ce

qui se passait. Personne au monde ne l'aurait pu en dehors de nous deux, sauf toi, si tu en avais eu la possibilité à ce moment-là.

Avram hoche la tête sans la regarder.

Ora s'étire et se masse la nuque.

– Aïe. Ce n'est pas facile, tout ça.

– Non, c'est vrai, approuve-t-il en se frottant distraitement le cou à son tour.

Elle s'assure qu'elle peut négliger Ofer encore un petit moment. Un rayon interne jaillit, fouille, sonde, effleure : ventre, cœur, tétons, le petit point sensible au-dessus du nombril, la courbe du cou, la lèvre supérieure, l'œil gauche, le droit. Vite, elle le reconstitue mentalement, comme dans le jeu des points à relier pour découvrir une image, et elle s'aperçoit que oui, tout va bien. Curieusement, Ofer prend de la consistance à mesure qu'elle parle à Avram. Qui l'écoute.

Ils repartent sur l'étroit chemin, à flanc de montagne.

– Adam ne me quittait pas d'une semelle. À la minute où Ilan était parti, il refusait de rester seul. Il s'accrochait à moi comme un petit singe, jour et nuit, et je n'avais pas le courage de le repousser. Je le couchais dans notre lit, la nuit – non, dans mon lit. Enfin le nôtre, à Adam et moi.

« J'ai dormi avec lui pendant près de deux ans, oui, je sais que ce n'est pas bien en théorie, mais je n'avais pas la force de lutter quand il se mettait à hurler, ni de me lever pour le ramener dans sa chambre après la tétée. Le fait est que j'aimais bien qu'il s'endorme contre moi une fois repu, on sombrait ensemble dans le sommeil, c'était réconfortant d'avoir un autre corps, vivant et chaud, dans le lit.

Elle sourit.

– À croire que, après une brève séparation, nous étions revenus à notre état naturel, un corps unique, un organisme plus ou moins autarcique, n'ayant besoin de l'aide de personne.

C'était pareil pour ma mère et moi, songe Avram. Les premières années, juste après qu'il nous a quittés.

Un peu comme ta mère et toi, lui signifie Ora du regard. Je n'ai pas oublié ce que tu m'as dit. Je pensais beaucoup à vous deux, à ce moment-là.

– Ilan téléphonait tous les jours sans faute, et je lui parlais, ou plutôt je l'écoutais. Parfois – comme la femme chez Cocteau, cette pauvre cruche, mais en hébreu – je lui donnais des conseils, comment ôter une tache d'encre, quelle chemise repasser ou non. Je lui rappelais d'aller chez le dentiste, il se plaignait que c'était trop dur sans moi. Si quelqu'un nous avait entendus, il aurait pensé que c'était bobonne en ligne avec son petit mari, parti en voyage d'affaires pour quelques jours.

« Parfois je ne l'entendais pas vraiment, comme on regarde dans le vide, quand il me parlait de ses études. Le professeur de droit pénal l'avait pris sous son aile. L'assistante qui enseignait le droit des contrats lui avait assuré qu'avec de pareils résultats, il pourrait briguer un poste à la Cour suprême. Pendant qu'il évoluait dans un monde de paillettes, mes préoccupations à moi tournaient plutôt autour du caca d'Adam, de ses couches et de mes crevasses aux seins.

– Mais il a abandonné le cinéma, souffle Avram.

– Dès la fin de la guerre.

– Ah bon ?

– Oui, après ton retour.

– Il y tenait tant.

– Justement.

– J'ai toujours cru qu'il serait…

– Non, tu sais comment il peut trancher dans le vif, rétorque-t-elle.

Elle joint le geste à la parole et se sent aussitôt de l'autre côté de la lame.

– À cause de moi ? De ce qui m'est arrivé ?

– Pas seulement. Pour d'autres raisons aussi.

Elle s'immobilise.

– Dis-moi, Avram, comment trouverons-nous le temps d'arriver au bout ? fait-elle, le regard désespéré.

La montagne les domine avec son manteau de forêts. Avram se perd dans les yeux noisette pailletés de vert, où brille une étincelle, encore, encore…

– N'oublie pas, reprend Ora après un moment, que pendant les mois suivant la naissance d'Adam il s'est occupé de toi tout seul.

Il allait te voir à Tel Hashomer, puis dans les maisons de convalescence où tu séjournais, et il me faisait ensuite un rapport détaillé. Le soir, nous palabrions interminablement au téléphone à propos de ton traitement, de tes médicaments, des effets secondaires. Sans oublier ces interrogatoires qui n'en finissaient pas...

– Ah! fait Avram, le regard dans le vague.

– Tu n'as jamais pris de mes nouvelles. Ni demandé où j'étais passée...

Avram inspire un grand coup, redresse les épaules et allonge le pas. Elle a du mal à le suivre.

– Tu n'étais même pas au courant de la naissance d'Adam. Du moins, je le croyais à l'époque.

– Ora?

– Oui?

– Il s'intéressait à Adam?

– À Adam?

Elle a un petit rire.

– Je posais la question, c'est tout.

Elle s'étire, prête à frictionner la vieille blessure.

– Eh bien, au début, il prenait des nouvelles d'Adam tous les jours. Disons qu'il y mettait un point d'honneur. Par la suite, il posait de moins en moins de questions, et je sentais qu'il avait même du mal à prononcer son nom. Et puis un jour, il s'est mis à l'appeler "le petit". Le petit fait bien ses nuits? Il digère bien? Ce genre de choses. Alors, j'ai craqué. Même une mauviette comme moi a ses limites, on dirait.

«Je suis redevenue moi-même à partir du moment où il s'est mis à l'appeler "le petit", enfin je crois. Je l'ai sommé de stopper ses coups de fil, de sortir de ma vie. J'aurais dû m'y décider depuis longtemps. Je suis stupide, que veux-tu? Cette situation tordue s'est éternisée près de trois mois. Tu imagines? Quand j'y repense aujourd'hui...

Ils font halte dans un lieu ombragé surplombant la vallée de Hula. Leurs muscles sont douloureux, pas seulement à cause de l'effort. Avram se laisse tomber par terre, sans même prendre la peine d'enlever son sac à dos. Ora remarque que dès qu'il s'arrête de marcher, de bouger, il se transforme en un gros bloc de pierre, une masse monolithique. Elle darde sur lui un œil d'adolescente : il évite de regarder la vallée qui s'étend en contrebas, la montagne qu'ils franchissent, ni même le ciel au-dessus de leurs têtes. «Il s'est éteint et reste seul, assis dans le noir», avait dit un jour Ilan à propos d'Avram. Même ici, en pleine nature, sa peau claire rougie par le soleil, son corps reste apparemment insensible à la lumière.

À la beauté. Et à Ofer.

Elle essuie énergiquement ses lunettes et souffle dessus à plusieurs reprises. Les frotte avec application. Pour passer ses nerfs.

– Je lui ai raccroché au nez, mais il a rappelé aussitôt. Il a dit qu'il comprenait parfaitement que je l'écarte de ma vie, qu'il le méritait. Mais je ne pouvais pas l'écarter de la responsabilité que nous avions tous deux envers notre deuxième enfant.

– Quoi? Oh.

– Oui, bon.

Alors c'est comme ça qu'ils me voyaient, songe Avram. Il va lui demander de se taire dans une minute ou deux, il le sent. Il ne reste pas de place pour lui dans tout ceci.

– Après quoi, nous avons eu une autre discussion. Complètement surréaliste ! Nous avons convenu de continuer à nous occuper de toi en te cachant la situation, parce qu'une crise entre nous, les parents, était la dernière chose dont tu avais besoin.

Elle rit sans conviction.

À l'âge de treize ans, des années après que son père eut disparu un beau matin, il s'était mis en tête que son vrai père, son géniteur secret, était le poète Alexander Penn, se rappelle soudain Avram. Pendant des semaines, avant de s'endormir, il lisait à mi-voix l'un de ses poèmes : *Le Fils abandonné*.

– Nous nous comportions comme deux parfaits étrangers, Ilan et moi. Non, comme les avocats desdits étrangers, plutôt. D'une manière prosaïque, dont je ne me serais jamais crue capable, avec Ilan ou n'importe qui, d'ailleurs. Nous avons établi un calendrier pour planifier nos tours de garde respectifs auprès de toi. Et nous sommes tombés d'accord pour feindre de filer le parfait amour en ta présence, au moins le temps que tu te rétablisses. Ce ne serait pas bien difficile, vu que, la plupart du temps, tu ne t'intéressais à rien ni à personne. C'est à peine si tu avais conscience de la réalité – ou bien tu voulais le faire croire à tous, pour qu'ils te fichent la paix ? Hein ? Que la cause était perdue d'avance ?

Avram roule des yeux sous ses paupières mi-closes.

– Finalement, tu es arrivé à tes fins, conclut-elle sèchement.

Soudain, au milieu d'une respiration, elle se pétrifie : impossible de se rappeler le visage d'Ofer. Elle saute sur ses pieds et se remet en marche, Avram ronchonnant sur ses talons. Elle regarde droit devant elle, les yeux brûlants comme des cheminées crachant une fumée noire en plein jour mais Ofer se dérobe à sa vue. À mesure qu'elle avance, les traits de son fils se brisent en mille fragments tourbillonnant dans sa tête. Par moments, ils enflent, se déforment, comme si un énorme poing tentait de lacérer la peau de l'intérieur. Ora ne tarde pas à comprendre qu'elle expie une faute inconnue. Est-ce pour poursuivre cette expédition au lieu de rentrer chez elle attendre la terrible nouvelle ? Ou parce qu'elle refuse tout compromis (une blessure superficielle ? Plus grave ? À la jambe ? Au mollet ? À la cheville ? À la main ? À un œil ? Aux deux ? Au pénis ?). À chaque heure du jour ou presque, tapies derrière tout ce qu'elle fait ou dit, venues d'on ne sait où, les pensées se bousculent dans sa tête : On peut mener une vie parfaitement normale avec un seul rein, ou un seul poumon. Penses-y, ne refuse pas d'emblée, ce n'est pas tous les jours qu'on te fera des offres pareilles, et tu risques de regretter de les avoir refusées en bloc. D'autres familles les ont acceptées et s'en portent très bien, enfin relativement. Prends le temps de la réflexion : en cas de brûlure au phosphore, par exemple, il suffit d'une greffe de peau. Aujourd'hui, on sait très bien réparer les dommages cérébraux. Et même s'il te revient à l'état de légume, au moins il sera vivant, et tu pourras t'en occuper, te servir de l'expérience acquise auprès d'Avram quand il était blessé. Tu dois bien peser le pour et le contre. Il aura une vie, des sensations, des émotions. Il y a pire comme marché, vu ta situation.

235

Jour après jour, elle a rejeté ces considérations importunes. Comme en cet instant, tandis qu'elle louvoie habilement entre les écueils, les yeux braqués vers le lointain pour éviter qu'Avram croise son regard de Gorgone. Elle ne marchandera pas. Et elle ne se résoudra jamais non plus à attendre une tragique nouvelle, quelle qu'elle soit. Allez, vas-y. Lance-toi, parle-lui de son fils.

– J'ai commencé une nouvelle existence. Je manquais de volonté, mais j'avais un bébé, lequel ne me laissait pas le choix en débarquant avec la détermination d'un... euh... d'un bébé, persuadé que le monde entier était à ses pieds, moi la première. Nous étions ensemble presque vingt-quatre heures sur vingt-quatre. La première année, je n'avais pas de nourrice, personne, à part quelques amies qui se relayaient deux fois par semaine, quand je partais te rendre visite à Tel-Aviv. Le reste du temps, nous étions en tête à tête, lui et moi, jour et nuit.

Son regard se perd au loin. Il serait vain de chercher à expliquer certaines choses futiles à Avram : les tendres conversations entre Adam et elle pendant la tétée, au coucher, ou au milieu de la nuit, quand le reste du monde dormait et que, à demi assoupis, les yeux dans les yeux, ils apprenaient à s'apprivoiser mutuellement. Les fous rires partagés quand Adam avait le hoquet. Leurs regards soudés l'un à l'autre, dès que s'allongeaient les ombres, au crépuscule. Les interrogations silencieuses dans le regard de l'enfant, voyant pleurer sa mère, et la petite bouche tremblante qu'étiraient les questions qu'il ne savait pas exprimer.

Avram marche à ses côtés en dodelinant de la tête, vrillé sur lui-même tel un point d'interrogation.

– C'était aussi une période merveilleuse. Notre âge d'or à nous. (Nos meilleures années, se dit-elle in petto.) Petit à petit, j'ai appris à le connaître, sourit-elle.

Elle se rappelle les colères de l'enfant quand elle le changeait de sein, le temps que ses lèvres happent l'autre. Il hurlait comme un enragé, le regard plein de fureur, la figure toute rouge d'indignation.

– Et l'humour irrésistible qui transparaissait dans ses yeux, ses

236

jeux, ses taquineries. Personne ne m'avait dit que les bébés avaient un sens de l'humour.

Avram hoche toujours la tête, comme s'il se récitait une leçon fondamentale. Ora comprend en un éclair : Nous nous entraînons, Avram et moi. Nous nous exerçons avec Adam avant d'en arriver à Ofer. Nous éprouvons les mots, nos limites, notre endurance.

– J'avais le cerveau en constante ébullition. On aurait dit que, corps et âme, tout allait de travers. J'étais très malade, affaiblie par des infections, des saignements à répétition. Mais j'éprouvais aussi un extraordinaire sentiment de puissance, une force prodigieuse, ne me demande pas pourquoi. En trois minutes, je passais sans transition des larmes au rire, du désespoir à l'euphorie. Je ne savais pas comment je pourrais résister une heure de plus, quand il avait quarante de fièvre, hurlait dans mes oreilles à deux heures du matin et que le docteur ne répondait pas au téléphone. En même temps, je me sentais capable de tout ! J'aurais pu le saisir entre mes dents par la peau du cou pour le transporter à l'autre bout de la terre. *Terrible comme des troupes sous leurs bannières.*

Le visage d'Avram s'illumine et il sourit. On dirait qu'il répète les mots en silence, pour en goûter la saveur : *Terrible comme des troupes sous leurs bannières.* Ora redresse les épaules, qui s'épanouissent, telle une *hallah* de shabbat que l'on vient de rompre – Avram l'appelait ainsi, parfois, de même que Pure Malt ou Peau d'Âne. Ces surnoms n'avaient aucun sens particulier autrement qu'affectif avec leurs douces sonorités exotiques, comme s'il lui enveloppait les épaules d'un châle précieux, visible pour eux seuls. Il aimait émailler ses phrases, à bon ou à mauvais escient, de buis, jaspe, lice, pignons, pédoncules, ovules. « C'est de l'Avram pur jus ! » s'exclamaient Ora et Ilan, lorsque, dans une conversation, à la radio ou dans un livre, surgissait un mot emblématique de leur ami – marqué de son sceau.

– Et un jour, il m'appelle pour m'informer que son adresse et son numéro de téléphone ont changé, comme si j'étais son officier de réserve. L'appartement de Talpiot était glacial, donc il en louait un autre, boulevard Herzl à Beit Hakerem. "Très bien", dis-je en biffant l'ancien numéro sur le bout de papier aimanté sur le frigo.

237

« Deux mois plus tard, au cours d'une banale conversation à ton sujet, il me donne un autre numéro. "Ah bon ? Tu as changé de téléphone ?" Non, mais depuis trois mois, il y avait des travaux juste devant chez lui, on défonçait la chaussée au marteau-piqueur pour repaver la rue, cela faisait un boucan infernal, de jour comme de nuit, et, tel que tu le connais, il ne supporte pas le bruit... "Et où est-il ton nouveau numéro de téléphone ?" "À Even Sapir, près de l'hôpital Hadassah. J'ai trouvé un joli petit appartement donnant sur une cour." "C'est calme ?" "Comme une tombe." Je rectifie illico le numéro sur le frigo.

« Quelques semaines plus tard, nouveau coup de fil. "Le fils du propriétaire s'est acheté une batterie." Il a tendu le combiné par la fenêtre pour que j'en profite aussi. Apparemment, c'était une très grosse batterie. Un tam-tam, au moins. "Impossible de vivre dans ces conditions." Je renchéris en me dirigeant vers le frigo, un stylo à la main. "J'ai trouvé quelque chose de sympa à Bar Giora", renifle-t-il. Bar Giora ? C'est tout près, me dis-je, juste de l'autre côté de la vallée. Mon estomac s'est contracté, d'excitation ou d'angoisse de le savoir si près ? Une semaine a passé, puis une autre, et toujours le statu quo. Il était là-bas, nous ici, et j'avais l'impression de plus en plus nette qu'il existait un "nous".

« Il a rappelé quelque temps plus tard. "Écoute, je me suis fâché avec le propriétaire, il a deux chiens, des rottweilers, de vrais tueurs. Je déménage encore une fois, et je pensais que tu aimerais le savoir : ce n'est pas loin de chez toi", il pouffe. "C'est plus ou moins à Tsour Hadassah en fait, si tu n'y vois pas d'inconvénient bien entendu." "Dis-moi, Ilan, tu ne serais pas en train de jouer à chaud et froid avec moi, par hasard ?"

Il avait éclaté de rire. Ora en connaissait par cœur le répertoire, et celui-là avait quelque chose de fragile, de pathétique. Une nouvelle preuve de sa force à elle.

— C'est vrai, je t'assure, dit-elle à Avram. Avant, j'étais une vraie lionne et je ne le soupçonnais même pas. Ce qui ne m'empêche pas d'être aussi une carpette, ou une lavette, si tu préfères. Il me manquait tout le temps, et n'importe quoi me faisait penser à lui – quand

Adam tétait par exemple, je me liquéfiais de désir, tu imagines ? (Elle glousse à ce souvenir.) La nuit, je respirais son odeur sur Adam et je me réveillais. Et pendant ce temps, je me répétais qu'il se trouvait à deux mètres à peine, si l'on peut dire.

À ces mots, elle croit entendre les inflexions de sa voix au téléphone, lorsqu'ils vivaient encore ensemble, cassantes, impérieuses. « Ora ! » Quand il prononçait son nom de cette manière, elle ressentait une vague culpabilité – comme un soldat de garde surpris par son supérieur pendant qu'il pique un roupillon dans sa guérite –, il y avait aussi quelque chose de provocant dans sa façon de lui parler, une pointe de taquinerie, excitante, un peu paillarde : « Ora ! » Elle sourit : « Ora ! » Comme s'il énonçait un fait solidement établi dont elle-même ne cessait de douter.

– Alors je me suis dominée et lui ai susurré à l'oreille : "Que se passe-t-il, Ilan ? Tu joues une partie de Monopoly grandeur nature, à louer des chambres dans toutes les rues de la ville ? Mon docte ami se languirait-il de la maison ?" Sans la moindre hésitation, il a répondu que oui, que sa vie ne ressemblait à rien depuis qu'il était parti, il devenait fou. Et je me suis entendu dire : "Reviens, alors", en pensant instantanément : Non ! Je n'ai pas besoin de lui et je ne veux plus de lui ici. Je ne veux pas d'un homme toujours fourré dans mes pattes.

Avram relève brièvement ses lourdes paupières, une étincelle espiègle, vestige du passé, dans les yeux.

– Tiens, tu es réveillé, on dirait ? lance-t-elle avec un grand sourire.

« Il m'arrive de passer devant chez toi, la nuit, lui avait avoué Ilan au téléphone. C'est plus fort que moi… Ça me prend vers une heure, deux heures du matin, je saute du lit comme un zombie, j'enfourche ma moto et file te retrouver. Dans une minute, je te rejoindrai dans ton lit, je te supplierai de me pardonner, d'oublier, d'effacer ma folie. Et puis, à vingt mètres de la maison, la force d'attraction me repousse, toujours au même endroit, comme si les pôles magnétiques s'inversaient. On dirait que quelque chose de physique me refoule : Ouste, du balai, va-t'en, tu n'as rien à faire ici…

– Est-ce vraiment ce qui se passe ?

– Je deviens dingue, Ora, j'ai un enfant et je ne peux pas le voir ?! Tu trouves ça normal ? Et puis il y a toi, l'unique personne avec qui je peux et je veux vivre, la seule capable de me supporter, j'en suis sûr à mille pour cent ! Et moi, qu'est-ce que je fais ? J'ai voulu me sauver, quitter Israël, peut-être finir mes études en Angleterre, changer d'air, mais ce n'est pas possible non plus ! À cause d'Avram ! Je ne sais plus quoi faire, dis-moi ce que je dois faire !»

– Et là, confesse Ora à Avram, j'ai enfin compris que c'était toi la raison pour laquelle il nous avait plaqués, et que tu lui avais peut-être aussi servi de prétexte.

– Un prétexte de quoi ?

Elle ricane :

– De quoi ? Par exemple, sa peur de vivre avec nous, Adam et moi. Ou de vivre, tout court.

– Je ne comprends pas.

– Pfff, crache-t-elle en secouant la tête. Vous deux alors...

– Il avait loué une maison près de l'aire de jeu, tu vois, celle aménagée à l'initiative des familles de Tsour Hadassah, à cent mètres de chez nous à vol d'oiseau. Pendant près de trois semaines, pas un coup de fil. J'avais les nerfs en pelote, et bien sûr Adam le ressentait. Pour le calmer, il fallait le promener dans le quartier pendant des heures, assis dans sa poussette ; c'était le seul moyen. Et quelle que soit la direction où je me dirigeais, je me retrouvais invariablement devant chez Ilan.

Avram marche tête baissée, sans regarder Ora à ses côtés, ni même le paysage. Il imagine la jeune femme déambulant fiévreusement avec sa poussette, et l'entraîne sur les chemins du village où il a grandi, sur la rue en pente formant une boucle avant de bifurquer dans une allée transversale, bordée de maisons et de jardins familiers.

– Un jour, nous nous sommes rencontrés par hasard devant chez lui, au moment où il sortait. Après un bonjour gêné, nous ne savions plus quoi dire. Il m'a regardée comme s'il allait m'allonger là, sur le trottoir – je connaissais bien cette fringale dans ses yeux. Mais

je voulais qu'il s'occupe aussi d'Adam. Il était mal fichu ce jour-là
– enrhumé, ronchon, les yeux chassieux, englués de sommeil. Ilan lui
a jeté un coup d'œil si bref que j'ai cru qu'il n'avait rien remarqué.

« Comme d'habitude, j'avais tort. "C'est lui", s'est-il borné à
déclarer, et puis il a sauté sur sa moto, il a mis le contact et démarré
à pleins gaz, ce qui a réveillé Adam. J'ai compris après son départ
qu'il voulait dire tout à fait autre chose. J'ai rabattu les couvertures
d'Adam afin de mieux l'observer, et, pour la première fois, j'ai
découvert qu'il te ressemblait.

Avram redresse la tête et lui jette un regard surpris.

– Quelque chose dans les yeux, dans l'expression du visage. Ne
me demande pas comment c'est possible. (Elle glousse.) Je devais
penser à toi quand nous l'avons conçu, je ne sais pas. Et, soit dit
en passant, aujourd'hui encore il m'arrive de remarquer une vague
ressemblance entre vous deux.

Avram rit du bout des lèvres et manque de trébucher.

– Comment ça ?

– Il existe une manifestation naturelle qu'on appelle l'induction,
non ?

– C'est un phénomène magnétique, quand un aimant crée un courant
électrique.

– Dis-moi, Avram…

– Oui ?

– Euh… rien… tu n'as pas faim ?

– Non, pas pour le moment.

– Tu veux du café ?

– On continue encore un peu ? Le chemin est bien tracé.

– Oui, c'est vrai.

Elle le dépasse et aspire une goulée d'air pur, les bras écartés.

– La semaine suivante, Ilan a appelé à onze heures et demie du
soir. Je dormais et, sans préambule, il m'a demandé si je ne voyais
pas d'inconvénient à ce qu'il s'installe dans la cabane du jardin.

– Dans la cabane ? s'étrangle Avram.

– Tu sais, l'abri où on range tout le fourbi, là où tu avais ton atelier.

– Oui, mais que…

– J'ai dit d'accord sans réfléchir. Et puis j'ai raccroché, je me souviens, et, assise dans mon lit, j'ai pensé que ce petit jeu du chat et de la souris auquel nous nous livrions depuis deux ans nous ressemblait bien, sans parler de la force d'attraction d'Adam.

– Et de la tienne, renchérit Avram sans la regarder.

– Tu crois ? Je ne sais pas…

Seuls leurs pas sur la terre battue du sentier troublent le silence. Ora savoure l'idée : ma force d'attraction. Elle rit. Elle s'en souvient. Elle n'avait jamais été si puissante qu'à l'époque où elle avait entraîné Ilan à corps perdu à travers toute la ville.

Elle soupire. (Il était parti en Bolivie et au Chili, libre comme l'air, les mains dans les poches, en célibataire.)

– Le lendemain matin, j'ai entrepris de vider la cabane. J'en ai sorti tout un bazar datant de Mathusalem, bref, des monceaux de vieilleries accumulées depuis le début du siècle, apparemment. J'ai trouvé des tas de boîtes contenant les saynètes que tu écrivais pour la radio, des piles de notes et de vieilles bandes audio. J'ai tout gardé, au cas où tu aimerais les récupérer un jour…

– Tu peux les jeter.

– Non, non, pas question. Tu n'auras qu'à le faire toi-même, si tu veux.

– Mais il y a quoi exactement ?

– Des milliers et des milliers de pages manuscrites. De quoi remplir au moins dix cartons. Incroyable ! À croire que tu as passé ta vie à écrire depuis ta naissance.

– Donc, tu as débarrassé l'abri…, reprend Avram après un long silence, le temps de traverser une colline et la moitié d'une vallée.

– J'y ai consacré plusieurs heures, tandis qu'Adam s'ébattait à quatre pattes sur le gazon, tout heureux et nu comme un ver. Peut-être sentait-il qu'il se passait quelque chose ? Je ne lui ai rien expliqué, parce que je ne comprenais rien moi-même. Quand j'ai terminé, je me suis plantée en face du monticule impressionnant qui obstruait l'allée devant la cabane, telle une matrone se réjouissant du travail bien fait, et puis j'ai senti un pincement au cœur – comment s'appelait cette femme déjà dans la pièce de Cocteau ?

– Je ne crois pas qu'elle ait un nom.

– Bien fait !

Avram part d'un gros rire, qui la chatouille agréablement.

– Alors j'ai remis chaque chose à sa place. Adam a dû se dire que sa mère était folle. J'ai entassé ce fatras pêle-mêle à l'intérieur et j'ai eu toutes les peines du monde à refermer la porte d'un coup d'épaule, ensuite j'ai tourné la clé avec le sentiment de m'être épargné une fameuse humiliation.

« Ilan a nettoyé la cabane et y a emménagé quelques jours plus tard, pendant notre absence – Adam et moi passions les fêtes de Souccot chez mes parents à Haïfa. Il a fait installer une kitchenette et une douche, et s'est raccordé à mon réseau d'eau et d'électricité. À mon retour, la nuit, Adam endormi dans mes bras, j'ai aperçu de loin un amas d'ordures et de détritus de toutes sortes au pied de la benne. J'ai traversé l'allée du jardin et j'ai vu de la lumière dans l'appentis. Je n'ai fait ni une ni deux. Que veux-tu que je te dise, Avram ?

« Les jours suivants, je ne sais comment te les décrire. Une véritable torture. Moi ici, lui là-bas, à dix mètres à peine. Dès que la lumière s'allumait chez lui, je me précipitais à la fenêtre, derrière le rideau, dans l'espoir de l'apercevoir. Et quand son téléphone sonnait, je te jure, j'étais tout ouïe, littéralement.

« Le matin, je le voyais filer à l'aube pour éviter, le ciel l'en préserve, de nous croiser, Adam et moi. Il rentrait généralement très tard, remontait l'allée au triple galop, sa sacoche d'étudiant sous le bras, à croire qu'il risquait sa peau. Je n'avais pas la moindre idée de ce qu'il fabriquait à longueur de journée, j'ignorais s'il avait une petite amie, où il traînait après ses cours en attendant qu'Adam et moi soyons couchés. Une chose était sûre : il te rendait visite trois ou quatre fois par semaine, quand ce n'était pas mon tour.

« Tu ne te rappelles probablement pas, mais je faisais des pieds et des mains pour te faire parler de lui, te soutirer la moindre information. Tu te souviens ?

Avram opine.

– Vraiment ?

– Continue. Après, je te…

– J'ai expliqué à Adam qu'un monsieur habitait la cabane. Il a demandé si c'était un ami, et j'ai répondu qu'il était encore trop tôt pour le savoir. Est-ce qu'il était gentil? J'ai dit que oui, dans l'ensemble, à sa manière. Adam a évidemment voulu aller le voir, mais je lui ai expliqué qu'on ne pouvait pas, parce que c'était un monsieur très occupé et qu'il n'était jamais là. Adam était subjugué, l'attrait de la nouveauté, ou peut-être l'idée de ce monsieur qui n'était jamais à la maison. Il m'entraînait là-bas à chacune de nos sorties. Il faisait des dessins qu'il voulait offrir au monsieur de la cabane. Il lançait toujours son ballon vers l'abri. Et il restait là pendant des heures, à caresser la moto d'Ilan de ses petites mains, y compris la chaîne qui l'attachait au portail.

« Je jouais souvent avec lui dans le jardin, à côté de l'abri, je lui donnais son bain dans une grande bassine, dehors, ou alors on pique-niquait sur une couverture étalée sur la pelouse. Il me questionnait à tout bout de champ : Le monsieur peut nous voir? Peut-être qu'on devrait l'inviter? C'est quoi, le nom du monsieur?

« J'ai fini par craquer et, quand je le lui ai dit, il s'est mis à l'appeler : "Ilan, Ilan!"

Ora place ses mains en coupe autour de sa bouche pour illustrer ses dires. Avram ne la quitte pas des yeux.

– Jusque-là, d'instinct, il n'avait jamais appris à dire *papa*, tu vois. Et voilà qu'il répétait consciencieusement "Ilan" à longueur de journée. "Ilan est encore là?" demandait-il en ouvrant les yeux, le matin. En rentrant de la garderie, il voulait savoir si Ilan était rentré du travail. L'après-midi, il sortait sur la véranda du jardin et secouait la balustrade de toutes ses forces en braillant : "Ilan!" cent fois, mille fois, sans interruption, jusqu'à ce que je l'oblige à rentrer, parfois je devais utiliser la force.

« Maintenant que je te le raconte, je me rends compte de ce que je lui ai fait, tu sais.

« Je ne réfléchissais pas, tu saisis?

« Ilan et moi, nous étions…

« Tu dois comprendre…

244

« Nous étions emprisonnés dans un cercle de folie, quelque part.

« Et mon instinct était comme...

« Je ne savais plus où j'en étais, je t'assure.

« C'était comme si je n'existais plus. »

Elle ménage une pause, le temps de sécher ses yeux, de se moucher et d'écarter une idée empoisonnée – c'est peut-être aussi ce qu'Adam lui fait payer aujourd'hui – et reprend :

– Rien à voir avec l'intérêt qu'il portait habituellement aux visiteurs occasionnels – le facteur venu livrer un paquet, auquel il faisait son numéro de charme, s'accrochant à sa jambe et ne voulant plus le lâcher. Il y avait quelque chose chez Ilan – tu sais, sa présence absente, sa complète indifférence envers Adam, quand tout le monde se pâmait devant l'adorable enfant qu'il était – qui le rendait fou. Et c'est encore le cas aujourd'hui.

Elle soupire. Elle revoit Adam entrer en scène, roulant des yeux extasiés, regard de souffrance et de prière mêlé.

– Que veux-tu dire ?

– Il faisait tout pour attirer l'attention d'Ilan.

« Inutile de te préciser que, deux fois par jour au moins, je décidais que la coupe était pleine, il fallait qu'Ilan s'en aille, qu'il prenne ses cliques et ses claques et cesse de tourmenter Adam. En même temps, j'étais incapable de renoncer à cette chance infime de le voir revenir à la maison. J'essayais de me mettre dans la peau d'Ilan entendant Adam hurler sur la véranda. Quelle sorte d'homme était-il pour le supporter sans devenir fou, dis-moi ?

– Oui, concéda Avram d'une voix dure.

– Je pensais aussi que c'était exactement ce qu'il cherchait.

– Quoi donc ? grogna Avram.

– Exactement cette torture.

– Je ne comprends pas.

– Le vis-à-vis, scande-t-elle. *"Ce n'est qu'à distance que tu nous verras, mais tu n'y entreras point."* Quelque chose comme ça. Et crois-moi, ce genre de torture, je ne la...

Remarquant les traits crispés d'Avram, ses yeux chavirés, sa figure transfigurée, Ora s'immobilise et pose une main sur son bras.

– Je suis désolée, Avram, je ne voulais pas… Ne t'en va pas, reste avec moi.

Avram marque un temps d'arrêt, essuie la sueur perlant au-dessus de ses lèvres.

– Je suis là, avec toi, dit-il d'une voix altérée.

– J'ai besoin de toi.

– Je suis là, Ora.

Ils cheminent en silence. On entend la sourde rumeur montant de la route toute proche. Avram en prend conscience à la façon d'un rêveur qui perçoit les premiers signes d'activité de la maisonnée.

– Je le méprisais, poursuit Ora, et j'avais pitié de lui tour à tour, comme on plaint un handicapé. Je le détestais aussi, et il me manquait, je savais qu'il fallait faire quelque chose pour l'arracher de là, à cette malédiction qu'il avait attirée sur lui et sur nous. Mais je n'avais pas la force de lever le petit doigt.

«Pendant ce temps, que tu le saches, Ilan et moi nous parlions au téléphone au moins deux fois par semaine, à ton propos. À peu près chaque mois, tu subissais une nouvelle intervention, les touches finales, si l'on peut dire, une petite opération esthétique, sans parler des tractations interminables avec le ministère de la Défense et la recherche d'un appartement à Tel-Aviv. Je venais te tenir compagnie deux jours par semaine, et Ilan me relayait le reste du temps. Tu ne savais rien de notre vie, du moins nous le pensions. Tu n'étais pas davantage au courant pour notre fils, la séparation, les allées et venues d'Ilan à Jérusalem. Dis-moi…

– Oui?

– Te rappelles-tu quelque chose de cette époque?

– Si je me rappelle? Oui.

Elle s'immobilise de surprise.

– Vraiment?

– Presque tout.

Elle se met à courir pour le rattraper.

– Quoi exactement ? Les traitements, les opérations, les interrogatoires ?

– Ora, je me rappelle cette période, presque jour pour jour.

– Assise à ton chevet…, enchaîne-t-elle aussitôt – c'en est trop, plus qu'elle ne peut en supporter, et effrayant aussi : pas maintenant, plus tard, plus tard – … je te parlais d'Ilan et de moi, comme si rien n'avait changé. Comme si nous avions toujours vingt-deux ans, le jour de ton départ. Comme si nous étions restés figés sur place à attendre ton retour. Au garde-à-vous.

Ils marchent plus vite, presque au pas de course, sans savoir pourquoi.

– Tu ne manifestais pas beaucoup d'intérêt. Tu restais prostré dans ta chambre ou dans le jardin, sans pratiquement ouvrir la bouche. Tu n'avais aucun contact avec les autres soldats blessés, ni avec les infirmières. Tu ne posais aucune question. Je ne savais jamais exactement si tu captais la conversation. Je te parlais de mes études d'assistante sociale, interrompues après ton retour, parce que je n'avais pas la tête à ça. Je papotais à propos de la vie passionnante du campus, te décrivais mon projet avec les jeunes défavorisés, abandonné lui aussi, évidemment, ce qui ne m'empêchait pas de m'étendre à l'infini sur mon organisation, les soutiens obtenus ou pas. Je te décrivais mes négociations avec les kibboutz comme si elles étaient bien réelles. Ma'agan Michael avait accueilli les enfants, mais défendu l'usage de la piscine, Beit Hashita les hébergeait dans des bâtiments vétustes, avec des trous plein les murs, et la veille, je ne savais pas ce qui s'était passé, mais tous les kibboutz avaient exigé le départ des enfants, car ils avaient des poux. Je te racontais ma vie au point où je l'avais laissée. Un peu comme une thérapie, il n'y a aucun mal à ça, non ?

Elle se rappelle : un jour, Avram l'interrompit au milieu d'une phrase : « Comment va ton fils ? »

Elle bredouilla une vague explication d'une voix étranglée, il insista : « Quel âge a-t-il ? Il s'appelle comment ? »

Elle resta sans voix, pêcha son portefeuille dans son sac et en sortit une photo.

Il cilla, un tic nerveux étirait ses lèvres. Elle s'apprêtait à la ranger, quand le bras d'Avram se détendit. Il lui saisit le poignet, le lui tordit avec force, et contempla le cliché en frissonnant.

« Il vous ressemble à tous les deux », finit-il par dire, les yeux exorbités.

Elle ravala ses larmes :

« Avram, je suis désolée. J'ignorais que tu savais.

– La ressemblance est frappante si tu regardes bien. »

Ora éprouva un petit pincement au cœur de joie, n'ayant pour sa part jamais remarqué de similitude entre son fils et elle-même.

« Lui et moi ? Vraiment ?

– Toi et Ilan. »

Elle se dégagea de son étreinte.

« Oh ! Et depuis quand le sais-tu ? »

Il haussa les épaules. Ora fit un rapide calcul : elle avait cessé ses visites dès que sa grossesse avait été visible. Ilan avait pris le relais.

Elle vit rouge :

« Tu pourrais répondre ! Il te l'a dit quand ?

– Ilan ? Il ne m'a rien dit.

– C'est qui alors ? »

Avram la fixa d'un œil inexpressif.

« Je le savais. Depuis le début. »

Elle eut une pensée folle : Il l'avait su en même temps qu'elle.

« Et Ilan ne… il ignore que tu es au courant ? »

Une lueur fugitive s'alluma dans les yeux d'Avram. Sa roublardise d'antan, son amour des coups de théâtre.

Ils avancent depuis quelques minutes sur le bas-côté, surpris et troublés par la circulation. Évitant les routes depuis deux journées, ils trouvent que les voitures roulent à tombeau ouvert, beaucoup trop près. Ils surprennent leur reflet dans le regard des conducteurs : deux réfugiés dépenaillés. Pendant quelques heures, ils ont oublié qu'ils étaient de malheureux fugitifs. Avram traîne les pieds sans cesser de bougonner. Ora a le vague soupçon, absurde mais tenace, que cette voie perdue est reliée, par d'innombrables rues et carrefours, à ses sœurs dans la lointaine Beit Zayit, et qu'une mauvaise nouvelle peut s'infiltrer dans le système nerveux de l'asphalte. Un panneau bleu-blanc-orange, qu'ils ont appris à repérer les jours précédents, les rassure. Il leur indique de tourner à gauche pour franchir un petit pont en béton conduisant à un champ accueillant. Elle est soulagée, et Avram aussi, de fouler de nouveau avec bonheur la terre vivante, couverte d'une végétation élastique et de petits cailloux qui giclent sous leurs semelles.

Leurs dos se redressent et leurs sens sont en éveil. Ora a l'impression que son corps se ranime, telle une bête sauvage. Même la pente raide – un sentier de chèvres zigzaguant dans ce qui paraissait un énorme pierrier – ne les effraie plus guère. D'immenses chênes émergent des rochers, leurs branches plongeant dans l'à-pic. Ora et Avram progressent en silence, concentrés sur le chemin pentu. Ils s'aident mutuellement, veillant à ne pas trébucher sur les rochers rendus glissants par l'eau d'une source.

Plus tard – ni l'un ni l'autre n'ayant de montre, ils perdent la notion du temps, les minutes et les heures s'égrenant par la réfraction de la lumière dans le prisme des jours –, le dos à un tronc d'arbre, Avram s'assoit péniblement, les jambes étendues devant lui, le front légèrement incliné, on dirait qu'il s'est assoupi. La tête posée sur une pierre froide, Ora perçoit le murmure de l'eau, non loin.

– Nous avons beaucoup marché ces derniers temps, observe Avram, sans ouvrir les yeux.

– Je peux à peine remuer les pieds.

– Je n'avais pas marché autant depuis au moins trente ans.

C'est sa voix, se dit-elle. Il me parle. Elle surprend ses yeux braqués sur elle.

– Qu'y a-t-il ? demande-t-elle.

– Rien.

– Qu'est-ce que tu regardes ?

– Toi.

– Qu'est-ce qu'il y a à voir ?

Il détourne la tête sans répondre. Son visage à elle a perdu son attrait, pense-t-elle, comme une promesse non tenue, une de plus.

– Ora ?

– Quoi ?

– En marchant, aujourd'hui, je me suis demandé... à quoi il ressemble ?

– À quoi il ressemble ?

– Oui.

– À quoi ressemble Ofer ?

Avram esquisse une moue contrariée.

– Ce n'est pas une bonne question ?

– Si, si, excellente, au contraire.

Elle secoue la tête pour sécher des larmes intempestives.

– J'ai une petite photo de lui dans mon sac, avec celle d'Adam, si tu...

– Non, non. (Il a l'air paniqué.) Raconte plutôt.

– Seulement avec des mots ? sourit-elle.

– Oui.

Un pépiement insolent résonne allégrement dans une anfractuosité. Un oiseau invisible chante dans le fourré. Tête baissée, Ora et Avram en absorbent la gaieté minuscule, foisonnante de vie et de péripéties. Une palpitante intrigue se déploie devant eux, relatant sans doute les événements de la journée, l'éloge de la nourriture, le récit d'un sauvetage merveilleux et plein de rebondissements des griffes d'un prédateur, le tout ponctué de questions et réponses revenant comme un refrain, un brutal règlement de comptes avec un minable adversaire.

Ora attend que le chant ait baissé d'un ton, que la cantate sacrée redevienne profane.

– En te regardant, il y a cinq minutes, je me suis dit que la démarche d'Ofer avait changé avec le temps, observe Ora.

Avram se penche, attentif.

– Jusqu'à quatre ans, il marchait comme toi, avec le... tu sais, en balançant les bras comme un pingouin.

Avram a l'air vexé.

– Ah bon ? C'est vraiment ma manière de marcher ?

– Tu ne le savais pas ?

250

– Même aujourd'hui ?

– Au fait, pourquoi n'essaierais-tu pas ses chaussures ? Enfile-les, qu'est-ce que tu risques ?

– Non, non, je me sens à l'aise dans les miennes.

– Tu as l'intention de les trimballer sur ton sac jusqu'au bout ?

– Alors, tu dis qu'il marche comme moi ?

– Quand il était petit. À quatre ou cinq ans. Ensuite, il a changé, plusieurs fois. Les enfants imitent ce qu'ils voient, tu sais.

Avram songe au pas souple et conquérant d'Ilan.

– C'est vrai ?

– Et à l'adolescence... tu veux vraiment savoir ?

– Je suis tout ouïe.

– Il était petit et très maigre. Si tu le voyais aujourd'hui, tu ne croirais jamais que c'est le même. Il a fait un bond de géant en largeur et en longueur vers seize ans et demi. Jusque-là, il était... (Elle dessine une silhouette dans l'air, un mince roseau, une brindille.) Il avait des jambes comme des allumettes, à vous fendre le cœur. Et il se baladait partout, tiens, ça me revient, avec d'énormes pataugas, un peu comme celles qui sont accrochées à ton sac. Il les gardait aux pieds du matin au soir.

– Mais pourquoi ?

– Pourquoi ? Tu ne vois pas ?

Bien sûr qu'il le sait, pense-t-elle. Tu ne comprends pas ? Il veut l'entendre de ta bouche, mot pour mot.

– Pour paraître plus grand, il avait sans doute l'impression d'être plus fort, plus massif et viril.

– Oui, murmure Avram.

– Je te répète qu'il était vraiment petit.

– Petit comment ? ricane Avram, sceptique. Petit comment ?

Elle le lui indique du regard : très petit. Minuscule. Avram opine, digérant pour la première fois l'image d'Ofer reflétée dans les yeux d'Ora. Un minus. Tom Pouce. Elle se demande ce qu'il s'est figuré durant toutes ces années.

– Tu ne croyais pas qu'il...

Il se rembrunit et l'interrompt :

251

– Je ne croyais rien du tout.

– Tu n'as jamais essayé d'imaginer ce qu'il…

– Non !

Le silence retombe. On dirait que l'oiseau a lui aussi cessé de chanter. Un tout petit enfant, médite Avram, quelque chose en lui se brise. Un garçon frêle, une ombre qui passe. Je n'aurais pas supporté son chagrin, sa jalousie envers ses camarades. Comment faisait-il à l'école, dans la rue ? Pouvait-on le laisser sortir ? Traverser la rue tout seul. Je n'aurais jamais pu endurer cette torture.

Aime-le, prie mentalement Ora.

– Je ne pensais pas, marmonne Avram, je ne pensais vraiment à rien.

Comment as-tu pu ? s'enquit-elle du regard.

La tête basse, se tournant nerveusement les pouces, les mâchoires crispées, il répond en silence : Je ne sais pas. Ne me pose pas ce genre de question.

– Je t'ai dit qu'il avait grandi d'un coup, reprend-elle. Maintenant, c'est un vrai…

On dirait qu'Avram refuse d'échapper à cette souffrance inédite, tel un serrement de cœur s'achevant par une légère caresse.

Avram, se rappelle-t-elle, était petit, mais costaud, lui aussi. « J'ai l'air d'un nain aujourd'hui, déclara-t-il un jour d'un ton égal à ses camarades de classe. C'est comme ça dans la famille, poursuivit-il avec un gros mensonge. À dix-neuf ans, nous commençons d'un coup à grandir, grandir, grandir, on ne peut plus s'arrêter, par esprit de revanche ! » Il avait éclaté de rire. À la pause dans les vestiaires, un jour, il avait proclamé devant tout le monde que Meir'ke Blutreich n'était plus le gros attitré de la classe, désormais, c'était lui, Avram, statut qu'il n'avait d'ailleurs pas l'intention de partager avec des amateurs à la petite semaine, des frimeurs dont les bras et le ventre n'étaient pas assez mous et flasques.

– Je pense à une chose, marmonne Avram, je ne sais pas s'il…

– Quoi ? Exprime-toi !

– Est-ce qu'il est… euh… roux ?

Ora sourit de soulagement.

– C'était un petit poil-de-carotte quand il est né, j'étais ravie, et Ilan aussi. Mais ses cheveux ont vite blondi au soleil, ils ont même viré au cuivré. Ils sont un peu plus foncés aujourd'hui. Plus ou moins comme ta barbe.

– Ma barbe? s'enthousiasme Avram en lissant les poils durs de son menton.

– Il a des cheveux merveilleux, abondants, épais et bouclés. Dommage qu'il ait la boule à zéro aujourd'hui. Il dit que c'est plus pratique à l'armée, mais peut-être qu'une fois démobilisé, il les laissera repousser...

Elle s'interrompt.

Elle avait beau le mitrailler à coups de flash, Adam coopérait avec un enthousiasme prudent. Ora le photographiait en train de jouer, de dessiner, devant la télévision, au lit sous les couvertures. Elle craignait même de l'empoisonner à la celluloïd.

« C'est pour le monsieur dans l'abri, hein? » demanda-t-il un jour au milieu d'une séance de photos, l'air le plus innocent du monde.

Ora faillit s'étrangler.

« Non, pourquoi crois-tu ça? C'est pour mon ami qui est à l'hô-pital, à Tel-Aviv.

– Ah, fit Adam, déçu, celui que tu vas voir tout le temps?

– Oui. Il a très envie de savoir à quoi tu ressembles. »

Adam, lui, s'en moquait royalement.

Ora apporta à Avram, qui se remettait d'une énième opération, un petit album de photos. Elle les avait soigneusement sélectionnées pour éviter tout ce qui pourrait lui causer le moindre chagrin – sa maison d'enfance à l'arrière-plan, les différentes pièces, le jardin. Il les parcourut sans s'attarder sur aucune en particulier. Sans un sourire, le regard vide. Au bout de quelques pages, il le referma.

« Tu peux le garder, si tu veux.

– Non.

– Je le laisse là, d'accord?

– Il est très mignon, articula-t-il d'une voix épaisse.

– Il est merveilleux. Tu feras sa connaissance un jour.

– Non, non !

– Pas aujourd'hui. Quand tu en auras envie. »

Avram secoua la tête avec véhémence en gesticulant comme un pantin. Sa chaise roulante manqua de chavirer.

« Non, non, non ! »

Ora le rattrapa à bras-le-corps.

« Calme-toi, calme-toi ! »

Une infirmière arriva au pas de course, puis une autre, pour la faire sortir de la chambre. Ora le regarda se débattre de toutes ses forces, qu'il semblait avoir récupérées par magie, comme s'il avait recouvré sa lucidité. On lui administra une piqûre, il s'effondra, complètement engourdi, l'œil hébété.

Elle appela Ilan pour lui raconter l'incident. Pourquoi avait-elle apporté ces photos ? s'emporta-t-il, furieux. N'avait-elle pas deviné le mal qu'elles pourraient faire à Avram ?

« C'est comme torturer un homme mort ! hurla-t-il. Tu vas au cimetière, tu grimpes sur une tombe et tu étales ta vie. »

Mais, le lendemain, Avram demanda à Ilan de lui rapporter l'album.

Ce soir-là, Ora le déposa devant l'abri, frappa à la porte et reprit lentement la direction de la maison. Quelques minutes plus tard, elle se campa à la fenêtre. Ilan promena un regard circulaire avant de ramasser l'album et l'emporter à l'intérieur. Depuis son observatoire, elle feuilleta l'album en même temps que lui, et le vit faire les cent pas à travers les rideaux écartés.

Une fois sa rééducation terminée, Avram refusa de retourner chez lui à Tsour Hadassah. Ilan dénicha un appartement à Tel-Aviv, qu'ils nettoyèrent et aménagèrent à tour de rôle. Au début de l'hiver, un jour de tempête, Ilan conduisit Avram dans son joli logement, où il recommençait une nouvelle existence. Les premières semaines, il bénéficia des services d'un auxiliaire de vie à domicile, envoyé par le ministère de la Défense, qu'il finit par mettre à la porte. Le service de réinsertion lui proposa plusieurs emplois, dont il se lassa, et il ne put en garder aucun. Ora eut plusieurs entretiens avec les assistantes sociales. Elle négocia, défendit son cas, s'évertua à lui trouver un emploi correspondant mieux à sa personnalité et à ses compétences. On lui rétorqua qu'Avram ne voulait pas travailler, qu'il ne s'intéressait à rien. Ora perçut une pointe d'impatience quand on insinua qu'elle prenait ses désirs pour des réalités.

Avram se mit à sortir seul. Elle essayait de le joindre pendant des heures, sans qu'il daigne répondre, alors elle paniquait et appelait Ilan, qui lui répétait : « Laisse-le respirer. »

« Et s'il a fait une bêtise ? »

« Que veux-tu que j'y fasse ? »

Avram se promenait sur la plage, allait au cinéma. Il s'asseyait sur un banc, dans un square, et sympathisait avec des inconnus. Il adoptait des manières et une familiarité immédiates, chaleureuses et vides à la fois. Ilan était impressionné par la vitesse avec laquelle il se remettait. Pour Ora, c'était du bluff. Quand elle venait le voir chez lui, deux fois par semaine, il l'accueillait toujours rasé de frais, « il prend soin de lui », racontait-elle à Ilan. Avram souriait beaucoup, souvent sans raison, et bavardait à tort et à travers. Son vocabulaire s'enrichissait, et chaque fois qu'il proférait les propos de l'Avram d'avant, Ora rosissait de plaisir. Mais elle s'aperçut très vite que les sujets de conversation étaient plutôt limités : on ne parlait pas du passé lointain, ni du passé récent, encore moins de l'avenir. N'existait que le moment présent. L'immédiat.

À cette époque, Ilan et Ora rencontrèrent le psychologue du ministère de la Défense, qui avait suivi Avram depuis son retour de captivité. À leur grande surprise, on leur apprit qu'Avram n'était pas considéré comme « traumatisé ». Si les médecins étaient incapables de déterminer avec précision quel type de commotion il avait subie, ni les perspectives de guérison envisagées, tous s'accordaient sur le fait qu'il ne présentait pas les symptômes d'un état de choc.

« De quoi souffre-t-il alors ? » demanda Ilan stupéfait, prêt à foncer, tête baissée.

Le psychologue soupira.

« C'est difficile à dire. Les signes cliniques sont à la limite. Il est tout à fait possible qu'il aille mieux d'ici quelques semaines, ou quelques mois, mais cela pourrait prendre plus de temps. Notre pronostic – notre hypothèse, plus exactement – c'est que, d'une certaine manière, c'est lui qui contrôle sa convalescence, son taux de rémission, pas consciemment bien sûr...

– Je ne comprends pas ! Vous dites qu'il nous fait marcher ? Qu'il joue la comédie ? »

Le psychologue leva les bras au ciel.

« Mon Dieu, non ! Je – nous, c'est-à-dire le service – pense qu'il préfère revenir à la vie petit à petit. Très graduellement. Je conseillerais de lui faire confiance, considérant qu'il sait sans doute mieux que nous ce qui vaut mieux pour lui. »

Ora posa une main apaisante sur bras d'Ilan.

« Puis-je vous poser une question ? Croyez-vous que notre enfant, à Ilan et moi, ait un rapport, d'une manière ou d'une autre, avec... comment dire...

– Son refus de vivre », grinça Ilan.

Le psychologue détourna la tête.

« C'est une question à laquelle lui seul pourrait vous répondre », conclut-il.

Ilan vivait toujours au fond du jardin, sa présence comme son absence s'effaçaient peu à peu. Ora ne croyait plus qu'il traverserait jamais l'océan entre la cabane et la maison. Une nuit, il lui avoua même au téléphone que c'était apparemment la distance minimale acceptable entre Adam, elle et lui. Elle ne demandait plus ce qu'il voulait dire. Au fond d'elle-même, elle avait renoncé à se battre. Il voulait savoir si elle désirait qu'il s'en aille. Elle n'avait qu'un mot à dire. « Pars, reste, quelle différence ? » répondait Ora.

Elle avait eu un amant épisodique, un certain Motti – accordéoniste divorcé et animateur de soirées karaoké de son état ; son amie Ariela le lui avait présenté. Ora le retrouvait la plupart du temps hors de la maison, par égard pour Adam davantage que pour Ilan. Elle profita de l'absence de son fils, parti trois jours chez ses grands-parents à Haïfa, pour inviter Motti à passer la nuit chez elle. Elle n'ignorait pas que, depuis sa baraque, Ilan pouvait tout voir, ou du moins entendre.

Elle ne cherchait pas à se cacher. Motti n'était pas très doué. Pendant la pénétration, il lui demandait sans arrêt s'il était « déjà là ». Ora n'avait pas envie d'être son *là*. Elle se souvenait du temps où elle était totalement *ici*. Après quoi, lorsque Motti chanta *Où es-tu, mon amour ?* d'une voix de stentor sous la douche, Ora vit la silhouette d'Ilan se profiler en ombre chinoise sur le rideau. Elle n'invita plus jamais Motti chez elle.

Un soir – elle se trouve chez Avram, à Tel-Aviv, et l'aide à préparer une salade en s'assurant du coin de l'œil qu'il se sert correctement du couteau, sans retirer la moitié du concombre avec la peau –, il lui parle d'une infirmière de Tel Hashomer, qui l'avait invité deux fois à sortir. Il avait refusé.

– Pourquoi ?

– Parce que.

– Parce que quoi ?

– Parce que, tu sais.

Soudain, elle se fige, glacée jusqu'aux os.

– Non, je ne sais pas. Que suis-je censée savoir ?

– Parce qu'après le film, elle m'invitera à monter chez elle

– Et qu'y aurait-il de mal à ça ?

– Tu ne comprends pas ?

– Non, je ne comprends pas !

Elle a presque crié. Il continue à découper les légumes en silence. Ora reprend, l'air de rien, en hachant une tomate :

– Elle est gentille ?

– Ça va.

– Elle est jolie ? s'enquiert encore Ora d'une voix tremblante, derrière un masque d'indifférence.

– Physiquement, elle n'est pas mal, et elle a dix-neuf ans à peine.

– Oh… ! Je ne vois pas où serait le problème si tu la raccompagnais chez elle.

– Je ne peux pas ! réplique-t-il, catégorique.

Ora s'empare d'un oignon pour justifier ses yeux larmoyants

– C'est comme ça depuis mon retour. Je n'y arrive pas. Le zizi ramollo.

Ora frémit et sent un vide affreux lui nouer le ventre, comme si l'onde de choc, la plus violente de son drame personnel, le frappait à retardement, après tant d'années.

– As-tu essayé ? murmure-t-elle.

Comment est-il possible que je n'aie rien vu ? se dit-elle. Il ne m'est pas venu à l'idée de le sonder à ce sujet ? J'ai soigné son corps et j'ai négligé *ça* ? *Ça*, avec *lui*, je l'ai oublié.

– J'ai essayé à quatre reprises. C'est un échantillon représentatif, non ? Elle n'en revient pas.

– Avec qui ? Tu as essayé avec qui ?

– La première fois avec la cousine d'un soldat, mon voisin de chambre à l'hôpital. La deuxième, avec une volontaire hollandaise qui travaille ici, répond-il sans embarras. Une autre fois avec une soldate du service de réinsertion, et la dernière, avec une fille rencontrée récemment sur la plage. Pourquoi me regardes-tu comme ça ? Ce n'est pas moi qui les ai draguées ! C'est elles… Il se trouve que le fantasme marche aussi avec les prisonniers de guerre – je n'ai pas d'autre explication.

– Tu ne crois pas que tu leur plaisais ? explose-t-elle avec un pincement de jalousie. Que ton charme est intact, hein ? Peut-être que même les Égyptiens n'ont pas pu…

– Ora, je n'arrive pas à bander ! C'est la catastrophe au lit ! Me branler, ça va encore, mais j'en aurai vite assez. De toute façon, même avec la masturbation j'ai des difficultés, ces derniers temps. Je ne peux pas jouir, quand je suis sous Largactil.

– Mais… avais-tu vraiment envie d'elles ? insiste Ora d'une voix qu'elle ne contrôle plus. Peut-être que non, finalement.

– Bien sûr que j'en avais envie. J'en crevais d'envie même, tu vois ? Je ne parle pas d'amour éternel, juste baiser, c'est tout. Pourquoi est-ce que tu es tellement…

– Ce n'étaient peut-être pas les bonnes personnes, murmure-t-elle, songeant avec chagrin que la bonne personne en question devrait le comprendre lui, avec toutes ses subtilités.

– Elles étaient très bien, ne me cherche pas d'excuses. Parfaites pour ce que…

– Et avec moi ? demande-t-elle, le regard vitreux. Tu coucherais avec moi ?

Une pause.

– Avec toi ?

– … Oui… avec moi.

– Je ne sais pas, bredouille-t-il. Une minute ! Tu es sérieuse ?

– J'ai l'air de plaisanter ?

– Mais comment…

– On s'entendait tellement bien, toi et moi.

– Je ne sais pas. Je ne crois pas qu'avec toi je pourrai jamais…

– Pourquoi pas ? demande-t-elle en appuyant sur la plaie ouverte. À cause du tirage au sort ? Parce que j'ai sorti ton nom du chapeau ?

– Non, non.

– À cause d'Ilan ?

– Non plus.

Elle saisit une autre tomate et entreprend de la débiter en petits morceaux.

– Pourquoi, alors ?

– Je ne peux plus le faire avec toi.

- Tu es sûr ?

Debout devant l'évier, les yeux rivés au mur, les tempes bourdonnantes, ils ne se touchent pas.

– Et Adam ? demande maintenant Avram.

– Adam quoi ?

Il hésite. Que veut-il savoir, au juste ?

– *Adam ?* Voilà autre chose !

– Oui. Pourquoi, c'est interdit ?

Elle éclate de rire.

– Bien sûr que non. Demande-moi ce que tu veux. Nous sommes là pour ça.

– Non, rien, je voulais juste savoir s'il était comme, euh… Tu sais quoi ? Raconte-moi ce que tu veux.

C'est parti ! se dit-elle en s'étirant légèrement.

Ils traversent des taillis de pimprenelles épineuses et de sauge. Ici, les chênes ont la taille de buissons. Des lézards affolés leur filent entre les pieds. Ils marchent côte à côte, cherchant le sentier qui a disparu sous la végétation luxuriante. Ora remarque leurs ombres mouvantes sur les broussailles. Chaque fois qu'Avram balance les bras, on dirait que sa main va venir se poser sur son épaule. Et il suffit à Ora de se déplacer un peu face au soleil pour que l'ombre du bras d'Avram lui enlace la taille.

– Adam était chétif, comme Ofer, il est toujours très mince. Une vraie liane.

Avram embrasse le paysage d'un regard faussement nonchalant, mais, connaissant le dessous des cartes, Ora ne s'en laisse pas compter.

– Ah !

– Enfant, il était plus grand qu'Ofer – n'oublie pas qu'il est de trois ans son aîné. Et quand son frère s'est mis à grandir, les rapports se sont inversés.

– Et maintenant…

– Oui.

– Oui quoi ?

– Ofer est plus grand. De beaucoup.

– À ce point-là ? s'étonne Avram.

– Je te l'ai dit, depuis sa poussée de croissance, il dépasse son frère d'une bonne tête.

– Ça alors…

– Oui.

Avram accélère le pas, mordillant pensivement sa joue.

– Donc, il est plus grand qu'Ilan, si je comprends bien.

– Exactement.

Silence. Ora est presque gênée d'être témoin de la scène.

– Combien mesure Ilan ? Un mètre quatre-vingts ?

– Plus.

Un éclair malicieux brille dans ses yeux.

– Non! Je n'aurais jamais cru qu'il serait comme ça... marmonne-t-il.

– Tu croyais quoi?

Il ouvre les mains dans un geste qui peut aussi bien exprimer une prière qu'une explosion.

– Rien, je n'y pensais d'ailleurs presque jamais..., bredouille-t-il d'une voix quasi inaudible. Chaque fois que j'essayais, je...

Elle résiste à l'envie de lui demander: Qu'est-ce qui t'effraie tant, puisque tu ne crois en rien? Qui protèges-tu à distance, à la condition de tout ignorer à son sujet?

– Quel âge a Adam?

– Un peu plus de vingt-quatre ans.

– Oh! C'est un grand garçon.

– Presque mon âge! ironise Ora, singeant Ilan.

Avram lui offre un sourire poli, quand il finit par comprendre la plaisanterie.

– Et il fait quoi dans la vie?

– Adam? Je te l'ai dit.

– Je n'ai pas... je devais être distrait.

– En ce moment, Adam et son père bourlinguent à travers le monde. En Amérique du Sud, plus précisément. Ilan a pris un an de congé. Ils s'amusent comme des petits fous, ces deux-là, paraît-il. Ils n'ont aucune envie de rentrer.

– Mais Adam..., avance Avram. (Ora suppose que sa langue peine à mémoriser la musique des questions.) Que fait-il en règle générale? Il travaille? Il est encore étudiant?

– Il se cherche. C'est très répandu de nos jours. Et il joue dans un groupe, au fait, je te l'ai dit?

Avram hausse les épaules.

– Je ne me souviens pas. Peut-être. J'étais ailleurs, Ora. Recommence depuis le début.

– C'est un artiste, un artiste dans l'âme! déclare Ora, le visage rayonnant.

Le silence s'épaissit, vibrant d'une question en suspens. Si je pouvais révéler à Avram qu'Ofer a aussi l'âme d'un artiste, tout serait un peu plus facile, pressent Ora.

261

– Un groupe ? Quel groupe ?

Elle agite les mains.

– Hip-hop, je crois. Tu me poses de ces questions ! Il joue avec ses copains depuis la nuit des temps. Ils travaillent à leur premier CD. Ils ont trouvé une maison de disques qui a accepté de les produire. C'est une sorte d'opéra. Je n'y comprends pas grand-chose, c'est très long, trois heures et demie, à propos de l'exil, des réfugiés condamnés à l'errance, un tas de gens...

– Oh...

– Oui.

Les buissons craquent sous leurs pieds.

Ora se souvient d'un détail qu'elle a surpris, un jour qu'Adam téléphonait à un ami.

– Et il y a une femme. Elle avance en tirant un fil derrière elle.

– Un fil ?

– Oui, écarlate. Une bobine qu'elle dévide par terre.

– Pourquoi ?

– Je n'en sais rien.

– Quelle idée ! murmure Avram, les paupières rougies.

– Oui, Adam a de ces idées ! glousse Ora, un peu écœurée par la soudaine excitation d'Avram.

– Comme si la terre se déchirait ? Se déroulait, c'est ça ?

– Peut-être.

– Et cette femme tend un cordon à la terre..

– Oui, une sorte de symbole.

– C'est puissant ! Et les exilés, ils viennent d'où ?

– Les jeunes de son groupe sont très sérieux. Ils ont fait des recherches, lu beaucoup de livres sur Israël, les débuts du sionisme ; ils ont consulté les archives des kibboutz, surfé sur Internet, mené une enquête pour savoir ce que les gens emporteraient s'ils devaient prendre la fuite du jour au lendemain.

Elle n'en sait pas davantage, mais de peur qu'Avram devine son ignorance, elle poursuit :

– Ils écrivent les paroles et la musique eux-mêmes, et ils courent le cachet un peu partout. À propos, ajoute-t-elle avec un sourire forcé,

262

Ofer a fait de la musique, à une époque. Des percussions, des bongos. Mais il a arrêté en classe de seconde pour se consacrer au spectacle de fin d'année – c'est intéressant d'ailleurs, il a réalisé un film.

– Qui sont les exilés ?

– Ofer appartenait à un petit groupe, lui aussi, quand il avait onze ans.

– Les exilés, ils viennent d'où, Ora ?

– D'ici.

Elle désigne les montagnes ocre alentour, les chênes, les caroubiers, les oliviers, les arbustes, les buissons de ronces où ils se prennent les pieds.

– D'ici, répète-t-elle à voix basse, se rappelant les mots qu'Ofer lui a chuchotés à l'oreille devant les caméras de télévision.

– Des exilés d'Israël ? s'alarme Avram.

Ora prend une profonde inspiration et se redresse avec un sourire las.

– Tu sais comment sont les ados. Ils cherchent à surprendre, à choquer à tout prix.

– Tu l'as vu ?

– L'opéra ? Non, je n'en ai pas eu l'occasion.

Avram lui lance un regard surpris.

Elle jette l'éponge et se décide à tout déballer.

– Il ne l'a jamais joué devant moi. Écoute... Adam et moi... bon... Laisse tomber. Il ne me raconte jamais rien, quoi.

Ora tourne le dos à Avram et à sa curiosité importune.

« *The Hornies* », grimace-t-elle. Pourquoi cette fixation sur Adam ? Ofer avait constitué le groupe des « lubriques » avec trois camarades d'école. Quatre batteries, pas de guitare ni de piano. Ils composaient des chansons crues, où « couillon » rimait avec « sale con », se souvient-elle en se massant les bras afin d'y faire circuler le sang. Un jour, ils s'étaient produits devant leurs familles, dans le sous-sol de la maison de l'un des garçons. Ofer était resté sur son quant-à-soi durant presque tout le spectacle – à cet âge-là, il se repliait sur lui-même en présence d'étrangers –, mais de temps à autre, surtout

263

quand fusait un gros mot, il lui jetait le regard de défi d'un jeune coq, qui donnait des palpitations à sa mère.

Vers la fin de la représentation, il se lâcha et tapa sur ses bongos avec une folle allégresse, comme s'il sortait de ses gonds. Les trois autres échangèrent des regards surpris, puis s'empressèrent d'adopter son rythme, et il y eut un vacarme étourdissant, une jungle de grosses caisses, une cacophonie de cris et de barrissements, à trois contre un. Ilan s'agita sur son siège, prêt à se lever et y mettre le holà, mais c'était elle qui avait posé la main sur son bras pour le retenir, elle qui avait toujours du mal à analyser les situations d'entrée de jeu, souffrant d'une véritable dyslexie dès qu'il s'agissait d'appréhender les interactions humaines primaires – n'était-ce pas ce qu'il lui avait jeté à la figure ? la teneur du fameux discours où il lui avait lancé : «Je n'ai plus rien à faire avec toi.» Quelque chose, en effet, avait attiré son attention, une subtile nuance dans le rythme d'Ofer ; le déferlement de violence et de rivalité entre ses trois camarades et lui avait pris un nouveau cours, et elle avait le sentiment (à moins de se tromper, comme d'habitude) qu'Ofer avait le dessus, sans que le reste de la bande en ait pris conscience. Au début, il s'était contenté de reproduire leur sauvagerie simiesque, et puis ses pulsations voilées avaient résonné en écho, à un poil près, et elle en déduisit qu'il les invitait à s'entendre dans une version plus douce, ironique. Il arborait une mine faussement perplexe, le regard oblique, innocent, l'expression d'Avram, et elle eut alors la certitude d'avoir raison : il les tenait sous le charme avec un tact, une habileté insoupçonnés, par des sonorités douces et feutrées, totalement inédites. Auxquelles, incapables de résister, ils répondirent au diapason, entre murmures et chuchotements, engageant un dialogue plein de sous-entendus et de secrets, que seuls des gamins de onze ans étaient à même de comprendre.

Un vent de joie souffla dans la cave. Les parents se regardèrent. Les yeux étincelants, les quatre gamins essuyaient leurs visages dégoulinants de sueur d'un revers de manche, d'un coup de langue, sans interrompre leur conciliabule au rythme des tambours, créant une atmosphère moelleuse, inconnue, formant autour d'elle une

succession de cercles concentriques qui s'élargissaient et se rétré-
cissaient alternativement.

Une minute passa, puis une autre jusqu'à ce que, incapables de
se retenir davantage, les quatre garçons se déchaînent au milieu du
tonnerre et des éclairs, reprenant leur premier morceau à tue-tête.
L'auditoire fit chorus avec enthousiasme. Ofer se recroquevilla sur
lui-même, rassemblant ses forces derrière la porte close, l'air grave
et sérieux, un pli sur son front trahissait les pensées tumultueuses qui
l'agitaient, les joues roses de fierté. Avram, tu es vraiment là, avec
nous! se dit-elle. Ilan posa la main sur sa cuisse. Lui qui ne la touchait presque jamais en public.

– Tu ne peux pas coucher avec moi, lance-t-elle distraitement.

– Je ne peux pas coucher avec toi, soupire-t-il en écho.

– Tu en es incapable.

Elle pose son couteau, immobile devant l'évier.

– J'en suis incapable, fait-il, comme s'il sondait les étranges
inflexions de sa voix.

Elle avance le bras sans le regarder, saisit sa main et l'attire à elle.

– Ora…, souffle-t-il d'une petite voix.

Elle prend le couteau. Il ne résiste pas. Elle hésite, tête basse, l'air
de quêter les conseils d'une personne invisible, de l'ancien Avram?
Puis elle l'entraîne dans la chambre. Il la suit docilement, comme
s'il était privé de volonté, de toute énergie. Elle l'allonge sur le
dos, glisse un oreiller sous sa tête. Le visage tout près du sien, elle
dépose un léger baiser sur ses lèvres, le premier depuis son retour de
captivité, elle s'assoit auprès de lui et patiente, espérant comprendre.

– Tu ne peux pas coucher avec moi, reprend-elle au bout d'un
moment, d'une voix un peu plus ferme.

– Je ne peux pas coucher avec toi, répète-t-il avec une prudence
redoublée.

– Tu ne peux réellement pas coucher avec moi, décrète-t-elle en
déboutonnant son chemisier.

– Je ne peux réellement pas, approuve-t-il, l'air soupçonneux.

265

– Et même si j'enlève mon chemisier, cela ne fera aucune différence.
Impassible, Avram regarde le vêtement tomber à terre.
– Non.
– Même si je retire, disons… ça, poursuit-elle d'un ton neutre, priant
qu'il ne sente pas sa gêne quand elle se débarrasse de son soutien-
gorge – le «piège à nichons», l'avait-il dénommé, un jour –, ça ne
te fera ni chaud ni froid.

Évitant son regard, elle s'empare de sa main et la pose sur son sein
droit, le plus petit, le plus sensible, celui que l'ancien Avram câlinait
toujours en premier, et s'en caresse doucement.

– Absolument…, murmure-t-il en regardant sa main caresser le sein
pur et délicat, et ces mots, «le sein pur et délicat», lui parviennent
de très loin, à travers une sorte d'hébétude.

– Ni même si je…

Elle se lève et fait lentement glisser son pantalon, ondulant des
hanches, se demandant ce qu'elle est en train de faire et devinant
qu'elle le saura lorsqu'elle l'aura accompli.

– Non plus, renchérit-il avec précaution en louchant sur ses longues
jambes pâles.

– Ou même ceci, murmure-t-elle en se dépouillant de son slip, son
corps nu, élancé, soyeux, fièrement campé devant lui. Déshabille-
toi! Non, je vais le faire à ta place. Si tu savais comme je n'ai pas
attendu ce moment!

Elle le déleste de sa chemise et son pantalon. Il a l'air désemparé,
en sous-vêtements.

– Tu ne peux pas coucher avec moi, redit-elle comme si elle se
parlait à elle-même.

Du bout des doigts, elle l'effleure de la poitrine aux orteils, s'attardant
sur ses cicatrices, les points de suture, les escarres. Il ne pipe mot.

– Dis-le! Allez! "Je ne peux pas coucher avec toi", répète après
moi! Reprends avec moi!

Sa poitrine se soulève et se gonfle légèrement.

– Je ne peux pas coucher avec toi.
– Tu en es totalement incapable.
– J'en suis incapable.

– Même si tu le voulais, tu ne serais pas fichu de me baiser.

Il déglutit avec difficulté.

– Même si...

– Même si tu meurs d'envie de sentir mes jambes autour de toi, te serrant, te plaquant contre moi.

Elle s'agenouille au pied du lit et le délivre de son slip. Il laisse échapper un gémissement quand ses doigts s'attardent sur son pénis.

– Et même si ma langue roule et glisse dessus, précise-t-elle avec nonchalance, une complète indifférence.

Elle sent qu'elle a enfin trouvé le ton juste, et, grâce à l'Avram d'avant, elle sait exactement ce qu'elle fait. Elle le gratifie de petits coups de langue et arrondit les lèvres autour de lui.

– Même si ta langue..., grogne Avram.

Il s'étrangle, sa main se lève d'elle-même et vient se presser sur son front.

– Et même si, disons..., susurre-t-elle sans s'arrêter de lécher et de sucer.

– Même si..., couine-t-il.

Il se soulève sur les coudes pour mieux voir Ora à quatre pattes à côté de lui, incapable de détacher ses yeux de son dos blanc et flexible, la courbe de ses fesses, ses seins menus, impertinents, dissimulés sous son bras.

– Et même s'il bande un peu, tout à fait à son insu, bien sûr, ajoute Ora en faisant courir des doigts humides sur son gland.

Elle resserre son étreinte, toujours suçant et mordillant.

– Même s'il..., geint Avram en s'humectant les lèvres.

Sa pomme d'Adam monte et redescend.

– Et même si je l'embrasse, le lèche et le sens brûlant et palpitant au creux de ma main.

– Même si tu le sens brûlant, chevrote Avram.

Un fer incandescent lui embrase les entrailles.

– Et même si, par exemple, je le prends tout entier dans ma bouche, reprend-elle avec un calme qui la surprend.

Elle s'en abstient. Avram gémit et arque les hanches vers elle avec ardeur.

– Et même s'il est somnolent et se met à rêver dans ma bouche, dit-elle en joignant le geste à la parole.

– Même s'il…

Avram renverse la tête, les yeux révulsés, inspirant bruyamment la plénitude qui bruisse entre ses cuisses.

Ora somnole. Allongée sur le dos, la tête tournée de côté, son beau visage respire la sérénité. Près de son oreille, le long d'une tige d'asphodèle, trois punaises rouges progressent en file indienne, brillantes comme de minuscules boucliers vermeils. À ses pieds, tapies derrière un péganion, des chenilles de machaon jaune et noir engraissent à l'ombre de l'arbuste en agitant leurs antennes contre leurs ennemis, réels et imaginaires. Avram l'observe. Caresse son visage des yeux.

– Je me disais…

Elle se réveille en sursaut.

– Pardon ?

– Tu dormais ?

– Aucune importance. Tu disais ?

– Quand tu m'as parlé de ses chaussures, les grandes, là, je me suis demandé si tu te rappelais certains détails.

– Par exemple ?

Il rit nerveusement.

– Tu sais… Ses premiers pas, comment…

– Ses *premiers pas* ?

– Oui, le début…

– Ofer bébé ?

– On a parlé de démarche, alors je me disais…

Elle éclate d'un rire un peu déplaisant, semblant résignée à ce qu'il ne pense jamais à Ofer comme à un être de chair et de sang qui, à un moment donné, s'est mis debout sur ses petites jambes et a commencé à marcher.

– Nous habitions encore à Tsour Hadassah, dit-elle sans lui donner le temps de se raviser. Il avait treize mois, je me rappelle très bien.

Elle s'assoit, se frotte les yeux et bâille à se décrocher la mâchoire, une main sur la bouche. Elle se sent merveilleusement bien après ce petit somme, espérant toutefois qu'elle pourra encore dormir la nuit.

– Désolée… Veux-tu que je te raconte?

Il approuve de la tête.

– Ilan, Adam et moi étions dans la cuisine. C'était un espace très restreint, avant les travaux. Tu veux vraiment…

– Oui, oui, pourquoi tu…

Elle replie ses jambes sous elle. Chaque phrase contient des souvenirs explosifs, des renseignements susceptibles de le blesser. La cuisine un peu sombre, par exemple, son exiguïté, ses odeurs, les taches d'humidité au plafond, le jour où, quand ils étaient jeunes, ils avaient fait l'amour debout contre la porte du garde-manger. Elle s'en veut de lui apprendre qu'ils ont rénové la pièce, comme pour effacer toute trace de sa présence.

– Donc, nous nous trouvions tous les trois dans la cuisine, Ofer jouait sur le tapis du salon. On parlait, on bavardait, c'était le soir. Je préparais le dîner, une omelette, peut-être, Ilan s'occupait probablement des spaghettis. Enfin, je suppose. Et Adam… Je crois qu'on l'asseyait sur une vraie chaise, à l'époque. Oui, bien sûr, il avait quatre ans et demi. Donc, Ofer avait hérité de la chaise haute.

Elle parle lentement en remuant les mains pour illustrer la scène qu'elle revoit, disposant les acteurs et les éléments du décor à leurs places respectives.

– Tout à coup, j'ai pris conscience du calme suspect qui régnait au salon. Tu sais, quand tu as un bébé…

Avram plisse les yeux, non, il ne sait pas, et Ora lui renvoie machinalement un clin d'œil. *Maintenant, tu sais.*

– Quand tu as un bébé, tu as toujours une oreille aux aguets, surtout quand il n'est pas là, juste à côté de toi. Tu perçois des alertes. Une petite toux, un reniflement, un gazouillis, et alors tu… euh… on sait qu'on a la paix pour quelques minutes encore. Je continue?

– Oui.

– Ça t'intéresse?

– Je ne sais pas.

– Tu ne sais pas?

– Non.

– Où en étais-je ?

– Un silence suspect au salon.

– Ah oui.

Elle prend une profonde inspiration et choisit de ne pas relever l'insulte. Au moins il est honnête, se console-t-elle, il dit ce qu'il pense.

– J'ai noté l'absence de signaux. Ilan aussi. Ilan avait cet instinct du je-ne-sais-quoi. Comme un animal.

Avram sait lire entre les lignes : Ilan s'est occupé de notre fils. Ilan a été le bon choix. Pour nous deux. Elle résiste à l'envie de décrire les souvenirs qui lui reviennent soudain en mémoire – Ilan retirant avec les dents une écharde du pied d'Ofer, lui léchant l'œil pour lui ôter une poussière, allongé dans le fauteuil du dentiste, l'enfant étendu sur lui, l'hypnotisant par ses caresses et ses murmures apaisants. «Quand on a fait l'anesthésie à Ofer, j'ai senti ma bouche complètement endormie», lui a-t-il confié par la suite.

– Je me précipite au salon et je vois Ofer de dos, debout au milieu de la pièce. Il est évident qu'il a déjà fait quelques pas.

– Tout seul ?

– Oui. Depuis la table basse – tu te souviens, ce truc en bois qu'on avait trouvé dans un champ tous les trois, un jour, en randonnée, une de ces bobines où on enroule des câbles ?

– Un touret de la compagnie d'électricité…

– Ilan et toi l'aviez roulé jusqu'à la maison.

Avram sourit.

– Ah oui ! Cette table existe toujours ?

– Évidemment ! On l'a emportée à Ein Karem, quand on a déménagé. Ils s'esclaffent de concert.

Ora trace du doigt un trait sur le sol.

– Donc, Ofer s'est déplacé de cette table au grand canapé marron…

Je me rappelle, opine Avram du regard.

– De là, il a marché jusqu'au fauteuil à fleurs.

– J'ai encore son jumeau…

– Oui, je sais. Ensuite, je pense, il a atteint la bibliothèque, celle en briques.

– Rouges…
– Ilan et toi les ramassiez partout.
– Ah! Ma bibliothèque!
Ora frotte ses mains maculées de terre.
– Ce ne sont que des suppositions, tu comprends, je ne suis pas sûre. Quand je suis arrivée, il se tenait à quelques pas de la bibliothèque, et il n'avait plus rien à quoi s'agripper. Il marchait dans le vide.

Dans ses tripes, elle prend conscience de l'importance de ce prodige, la bravoure de son petit astronaute.

– J'ai oublié de respirer. Ilan aussi. Il ne fallait pas lui faire peur. Ofer nous tournait le dos.

Elle sourit, le regard dans le vague, et Avram lorgne dans la même direction. Ilan, elle se rappelle, s'était approché et l'avait serrée dans ses bras, croisés sur son ventre; ils étaient restés ainsi enlacés, oscillant dans une sorte de transe silencieuse.

Un frisson lui parcourt l'échine, la nuque, jusqu'à la racine des cheveux. Elle laisse Avram observer la scène : la pièce qu'il connaît si bien avec ses meubles hétéroclites, Ofer au beau milieu, petit bout de chou en T-shirt orange Winnie l'Ourson.

– Bien sûr, je n'ai pas pu m'empêcher de rire et il a sursauté. Il a voulu se retourner, et il est tombé.

La couche avait amorti le choc. Il s'était retrouvé les quatre fers en l'air sur le tapis. Sa lourde tête se balançant d'avant en arrière. L'humiliation d'avoir été surpris, et le petit visage ébahi se tournant vers Ora, vers sa mère seulement, comme pour lui demander d'interpréter ce qu'il venait de faire.

– Et Adam? s'enquiert Avram de quelque part, très loin.
– Adam? Il était resté dans la cuisine, enfin, je crois.

Elle s'interrompt. Il a remarqué qu'on avait laissé Adam seul, livré à lui-même. Pourquoi s'empresse-t-il toujours de prendre sa défense?

– Il est arrivé au galop en nous entendant rire et battre des mains, Ilan et moi.

Elle revoit le tableau : Adam agrippé aux jambes d'Ilan, la tête penchée pour évaluer l'exploit de son petit frère, les lèvres retroussées en une grimace qui, au fil des années, par le lent processus de sculpture de l'âme dans la chair, deviendrait un trait dominant de sa physionomie.

– La scène a duré à peine trois ou quatre secondes, pas la peine d'en faire un plat. Nous l'avons entouré, câliné, et bien sûr il a voulu se mettre debout. Et dès qu'il a su comment faire, il ne s'est plus arrêté.

Elle lui raconte les couchers difficiles. Il ne cessait de se relever, accroché aux barreaux de son lit, et il restait là jusqu'à ce qu'il s'effondre, épuisé, avant de se remettre debout, même au milieu de la nuit, déboussolé, en larmes, tombant de sommeil. Quand elle changeait ses couches, essayait de l'asseoir sur sa chaise pour les repas, ou l'attachait dans le siège auto, il se tortillait et tricotait de ses petites jambes, comme propulsé par un ressort, à croire que la force de gravité s'inversait.

Ora soupire.

– Tu tiens vraiment à entendre le reste, ou est-ce juste par gentillesse?

Il répond d'un signe de tête oblique qu'elle a du mal à interpréter. Les deux peut-être? Pourquoi pas? C'est déjà quelque chose. Elle ne va pas faire la fine bouche!

– Où en étais-je?

– Il est tombé.

Elle expulse d'un coup l'air de ses poumons avec un gémissement de douloureuse surprise.

– Oh! Ne dis pas ça!

– Je n'ai pas fait gaffe, Ora. Désolé.

– Non, ça va. Lorsque je parle de lui, que tu le saches, il va bien, il est en sécurité.

– Comment ça?

– Je n'en sais rien, je le sens. Il est à l'abri.

– Oui.

– C'est dingue, hein?

– Non.

– Je continue?

– Oui.

– Dis-le avec des mots.
– Continue. Parle-moi encore de lui.
– D'Ofer.
– D'Ofer. Parle-moi d'Ofer.
– On l'a donc aidé à se relever. (Ses yeux papillonnent devant une image qu'elle ne parvient pas à saisir.) Il a dit "Ofer"; il a touché Ofer. Nous l'avons remis sur ses pieds, nous nous sommes éloignés, et puis, les bras écartés, nous l'avons appelé pour qu'il nous rejoigne. Alors il s'est remis à marcher, très lentement, en vacillant...
– Vers qui?
– Pardon?
– Lequel de vous deux?
– Oh...

Elle fouille dans sa mémoire, surprise par la perspicacité toute neuve d'Avram, la détermination qu'il affiche. Comme avant, se dit-elle, quand il voulait coûte que coûte comprendre quelque chose, une idée, une situation, une personne, et qu'il tournait autour au petit trot, aérien, avec ce regard de prédateur.

Alors elle se rappelle:

– Adam. Oui, bien sûr. C'est vers lui qu'il s'est dirigé.

Comment a-t-elle pu oublier? Le petit Ofer, sérieux, résolu, le regard intense, la bouche ouverte, ses petites menottes tendues devant lui. Son corps tanguait, une main serrant le poignet de l'autre, proclamant haut et fort son indépendance, son autosuffisance, tel un système clos. Elle revoit la scène très précisément : Ilan, Adam et elle-même face à lui, à distance les uns des autres, les bras en croix, appelant à grands cris « Ofer, Ofer! Viens là! » entre deux éclats de rire.

Un détail lui avait échappé à l'époque : le moment où Ofer avait dû choisir entre eux pour la première fois, son désarroi quand on l'y avait forcé. Elle ferme les yeux, s'acharnant à deviner ses pensées. Il n'avait pas encore de mots, seulement une sorte de flux intérieur, et pendant qu'Ilan, Adam et elle applaudissaient et se trémoussaient autour de lui, il était écartelé, comme seul un bébé peut l'être. Elle se détourne de sa détresse et son visage s'illumine en songeant au ravissement d'Adam, lorsque Ofer s'était dirigé vers lui. L'étonnement, la joie, la fierté oblitérèrent un instant sa grimace qui se mua en un sourire réjoui ; il n'arrivait pas à croire en sa chance, on l'avait élu, lui ! Un flot d'images, de sons et d'odeurs lui revient : Adam accueillant Ofer, le jour où Ilan et elle l'avaient ramené de l'hôpital, à peine un an plus tôt. Elle doit en parler à Avram, mais pas maintenant, pas encore, elle ne doit pas le submerger. Néanmoins, elle le lui dit.

– Adam a sauté en l'air comme un fou, ses yeux lançaient des éclairs de frayeur, et il s'est tapé sur les joues des deux mains, très fort, en criant : "Je suis content ! Je suis content !"

Par la suite, lorsque Adam s'approchait du berceau d'Ofer, les premiers mois, jaillissaient du tréfonds de son être les mêmes exclamations, des braillements instinctifs, un mélange presque animal d'affection, de jalousie et d'excitation incontrôlable. C'était pareil, ce jour-là, quand Ofer avait titubé vers lui, la première fois où il avait dû choisir. Ou alors était-ce différent ?

– Est-ce que je sais, moi, peut-être que Adam guidait et encourageait son frère dans un langage compréhensible pour eux seuls.

Ofer fit un pas, puis un autre. Il marcha sans tomber et, sans doute grâce aux piaillements de son frère, comme si sa volonté en dépendait, il parvint à garder l'équilibre. Tel un petit avion dans la tempête, guidé par le faisceau lumineux de la tour de contrôle, il rejoignit Adam et s'effondra dans ses bras ; étroitement enlacés, tous deux se roulèrent de rire sur le sol. L'envie la démange de noter ce souvenir pour qu'il ne lui échappe pas les vingt prochaines années. Elle veut décrire la mine sérieuse d'Ofer tandis qu'il marchait, l'excitation bruyante d'Adam, son immense soulagement et, surtout, leurs embrassades de petits chiots. Ce moment scella leur complicité fraternelle, l'instant où Ofer choisit Adam, l'instant où, pour la première fois de sa vie, Adam pensa avoir été choisi. Ora sourit, fascinée par ses enfants emmêlés sur le tapis et elle se dit qu'Ofer avait été très malin, car, en optant pour Adam, il avait su éviter le piège des lourds secrets et des silences enfouis au creux des bras d'Ilan et de sa mère.

– Voilà comment il a marché pour la première fois ! résume-t-elle sommairement, à bout de forces, avec un sourire crispé.

– La deuxième fois.

274

– La deuxième ?
– C'est toi-même qui l'as dit.
– J'ai dit quoi ?
– Que tu ne l'avais pas vu faire ses premiers pas la toute première fois.
– Ah, oui ! C'est vrai. Mais qu'est-ce que ça...
– Rien.

Elle se demande ce que cache cette singulière insistance, une précision historique, ou est-ce une espèce de rivalité avec Ilan et elle, une sorte de «Je ne l'ai pas vécu et vous non plus» ?

– Oui, acquiesce-t-elle, tu as absolument raison.

Ils échangent un regard. Il fait de la surenchère, comprend-elle. Mieux encore : il règle ses comptes. Cette découverte l'effraie mais l'excite à la fois, comme le premier signe d'un réveil, la réceptivité d'un individu déprimé, taciturne, somnolant depuis trop longtemps. Il lui vient à l'esprit que, lorsque Ofer s'était retourné sur le dos, la première fois, il n'y avait personne non plus. Était-ce vrai ? Elle vérifie dans ses souvenirs. Oui. Ilan était allé le voir dans son berceau, un après-midi, et l'avait trouvé tranquillement allongé sur le dos, les yeux rivés sur son mobile en forme d'éléphant bleu. Elle se rappelle chaque détail. À croire qu'on vient de l'opérer de la cataracte qui opacifiait son regard depuis des années. Et quand il s'est assis pour la première fois, il était seul également, songe-t-elle avec une stupéfaction grandissante. Et quand il s'est mis debout pour la première fois...

Elle hésite une fraction de seconde avant de rapporter à Avram les faits bruts, qui désormais lui appartiennent de droit, du moment qu'il s'est décidé à les demander. Il plisse les yeux. Elle peut presque voir les rouages de son cerveau se mettre péniblement en branle.

– En fait, la première fois qu'il s'est retourné, assis, mis debout ou qu'il a marché, il était seul.

– Est-ce que..., murmure Avram en fixant le bout de ses doigts, c'est... inhabituel ?

– Je n'y ai jamais réfléchi. Ni établi la liste des premières étapes. Mais quand Adam s'est assis, s'est mis debout ou a marché pour la première fois, j'étais avec lui. Souviens-toi que je ne l'ai jamais quitté pendant les trois premières années de sa vie. Il rayonnait, lorsqu'il accomplissait une nouvelle performance. Ofer… oui, Ofer est…

– Seul, achève Avram, dont les traits s'adoucissent.

Ora se lève et fonce sur son sac à dos, dans lequel elle fouille frénétiquement. Elle y pêche un épais carnet relié en bleu foncé et trouve un stylo dans une poche latérale. Sans préambule, toujours debout, la tête légèrement inclinée, elle note sur la première page : *Ofer avait une démarche curieuse. Je veux dire que, au début, il avait une drôle de manière de marcher. Dès le départ, il contournait toutes sortes d'obstacles visibles de lui seul, et il était vraiment rigolo à voir. Il évitait un objet imaginaire, ou reculait devant un monstre qui devait le guetter au milieu de la pièce ; rien ne pouvait le convaincre de poser le pied sur telle ou telle dalle. C'est un peu comme regarder un ivrogne (mais un ivrogne méthodique !). Ilan et moi en avons conclu qu'il possède une carte mentale et ne peut faire un pas sans la consulter.*

Ora retourne à sa place, pose le carnet ouvert par terre et s'assoit avec raideur, le regard fixé sur Avram.

– J'ai écrit sur lui.

– Sur qui ?

– Lui.

– Pourquoi ?

– Je n'en sais rien. J'ai juste…

– Mais ce calepin…

– Eh bien quoi ?

– Pourquoi l'as-tu emporté ?

Elle considère les lignes qu'elle vient de tracer. Les mots paraissent se bousculer sur la page, lui faire des signes, l'exhorter à continuer, ne pas s'arrêter.

– Tu peux répéter la question ?

– Pourquoi as-tu trimballé ce carnet jusqu'ici ?

Elle s'étire, soudain épuisée, comme si elle avait rédigé des pages entières.

– Je ne sais pas. Je pensais y consigner les péripéties de notre voyage, à Ofer et à moi. Une sorte de journal, si tu préfères. Quand nous partions en vacances à l'étranger, avec les garçons, nous partagions toujours nos expériences.

C'était elle qui s'en chargeait. Chaque soir, à l'hôtel, au cours des haltes, ou des longs trajets. Ils refusaient de coopérer – Ora tergiverse puis décide de ne rien dire à Avram. Les trois autres se moquaient affectueusement de sa démarche, la trouvant inutile et puérile. Elle insistait : « Si on ne prend pas de notes, on oubliera. » « Mais de quoi veux-tu parler ? Du vieux type sur le bateau qui a vomi sur les chaussures de papa ? Qu'Adam a eu de l'anguille au lieu de l'escalope qu'il avait commandée ? » Elle ne répondait pas. Vous verrez, un jour, vous serez très contents de vous rappeler que nous nous sommes bien amusés, avons beaucoup ri, et formions une famille. Elle s'évertuait à donner le plus de détails possible dans ces journaux de bord. Et si elle n'avait pas envie d'écrire, quand sa main était lasse, ses paupières lourdes, elle imaginait les années à venir, les longues soirées d'hiver en compagnie d'Ilan, autour d'une tasse de vin chaud, tous deux enveloppés dans un plaid écossais, lisant quelques pages de ses notes qu'elle aurait enjolivées de cartes postales, de menus, de tickets d'entrée dans différents sites touristiques ou musées, de billets de théâtre ou de train… Ilan avait tout deviné, bien sûr, y compris le plaid. Elle était toujours si transparente ! « Tu me promets de me tirer une balle dans la tête avant que j'en arrive là, hein ? » Il disait la même chose à propos de tout et n'importe quoi…

Je me suis apaisée avec les années, pendant que ces trois-là se sont blindés, comment cela se fait-il ? rumine-t-elle. Et si Ilan avait raison ? Peut-être est-ce de ma faute s'ils se sont endurcis. Contre moi. Une bonne séance de larmes ne me ferait pas de mal, tiens !

Assis en face d'elle, appuyé à un rocher avec son sac à dos, Avram la dévore des yeux.

Autrefois, quand il la regardait de cette façon, elle mettait son cœur à nu, ne lui dissimulant rien. Lui seul avait le droit de lire en elle à livre ouvert. Pas même Ilan. Elle le laissait – quel mot horrible, « laisser » –, elle laissait Avram regarder en elle, pratiquement depuis le jour de leur rencontre, car elle avait le sentiment, la conviction, qu'il

277

y avait quelque chose en elle, ou quelqu'un, peut-être une Ora plus fidèle à sa véritable nature, plus conforme, moins vague, qu'Avram semblait capable d'atteindre. Il était le seul à vraiment pouvoir la connaître, la bonifier d'un regard, par sa simple présence. Sans lui, elle n'existait pas, tout simplement, elle n'avait pas de vie, et donc elle lui appartenait de droit, en quelque sorte.

C'était vrai quand elle avait seize, dix-neuf, vingt-deux ans, mais aujourd'hui ? Elle détourne brusquement son regard, de crainte qu'il ne la blesse, qu'il ne la punisse ou ne se venge de quelque chose. Et s'il découvrait qu'il n'y a plus rien en elle, que l'ancienne Ora s'est desséchée, éteinte en même temps que ce qui s'est desséché et éteint en lui ?

Assis à même le sol, ils essaient de comprendre, d'assimiler les événements. Les bras autour de ses genoux repliés, Ora réfléchit : elle n'est plus aussi limpide et perméable qu'auparavant ; l'accès de ce territoire secret est interdit, même à elle. C'est l'âge, sans doute, raisonne-t-elle – depuis un certain temps, elle éprouve l'étrange besoin de verbaliser la décrépitude, aspirant au soulagement qui accompagne l'aveu de la défaite. C'est ainsi. On prend congé de soi-même avant les autres, comme pour atténuer le coup fatal.

Plus tard, beaucoup plus tard, Avram se lève, s'étire et construit un feu de bois entouré de pierres. Ses gestes sont plus efficaces, constate Ora, mais, se connaissant, elle redouble de prudence : se pourrait-il qu'elle voie Avram là où il n'y aurait que son ombre ?

Elle étale une vieille serviette par terre, dispose des assiettes et des couverts en plastique, et lui tend deux tomates trop mûres et un concombre. Il y a aussi des biscuits salés, des conserves de maïs et de thon, ainsi qu'un flacon de l'huile d'olive préférée d'Ofer provenant du monastère de Dir Rafat, dont elle voulait faire la surprise à son fils. Elle avait prévu d'autres petits cadeaux pour lui être agréable au cours de leur randonnée. Où est Ofer en ce moment ? Elle ne sait trop si elle doit penser à lui ou le laisser tranquille. En quoi peut-elle lui être utile d'ailleurs ? Le carnet de notes resté ouvert attire son regard. La réponse se trouve peut-être là. Tout y est exposé. Elle voudrait le

fermer, mais en est incapable ; cela reviendrait à étouffer ses mots, les refouler. Elle s'accroupit, tire le coin de la serviette, qu'elle leste d'une pierre, et attire le calepin à elle pour relire ce qu'elle y a noté. À sa grande surprise, elle s'aperçoit qu'en quelques lignes, elle a basculé du passé au présent : « *Ofer avait une démarche curieuse... C'est un peu comme regarder un ivrogne... Ilan et moi en concluons qu'il...* »
Ilan gloserait beaucoup là-dessus.

Avram enflamme une page de journal et la glisse sous les brindilles. Ora se demande de quand il date et détourne les yeux pour ne pas voir les titres. Où en est-on là-bas ? s'interroge-t-elle. Elle referme le carnet et regarde la feuille se consumer. Ils mangent en silence, l'un en face de l'autre. Ou plus exactement, seul Avram mange. Il fait bouillir de l'eau pour des soupes instantanées et en avale deux, l'une après l'autre, prétendant être accro au glutamate. Ora lui pose quelques questions, en passant, sur ses habitudes alimentaires. Fait-il la cuisine ? Quelqu'un lui prépare-t-il ses repas ?

– Parfois. Ça dépend, dit-il.

Son appétit la stupéfie, elle-même ne peut rien avaler. En fait, elle a l'estomac noué, depuis qu'elle a quitté la maison. Elle n'a même pas pu faire honneur au déjeuner offert par la femme rieuse, la mère du bébé. Ce voyage ne comporte pas que des inconvénients, finalement. D'un geste vif, tel un pickpocket faisant ses propres poches, elle saisit le carnet et l'ouvre.

J'ai peur de l'oublier. Son enfance, je veux dire. Il m'arrive souvent de confondre les deux garçons. Avant leur naissance, je présumais qu'une mère savait distinguer entre chacun de ses enfants. Eh bien, ce n'est pas toujours le cas ! À moins que je ne sois pas comme tout le monde. J'ai été stupide, j'aurais dû prendre un carnet pour chacun, où j'aurais enregistré leur évolution et noté les anecdotes. À la naissance d'Adam, j'avais la tête ailleurs, je nageais en pleine confusion depuis le départ d'Ilan. Et quand Ofer est né, ce n'était pas mieux (la situation était de nouveau problématique – à croire qu'à chaque accouchement, il se passait quelque chose). Je pensais que, pendant cette excursion, je pourrais noter quelques petites choses que j'ai gardées à l'esprit, histoire de les immortaliser quelque part.

La rivière coule au loin. Des moucherons bourdonnent, des criquets grésillent follement. Les branches craquent dans le feu, projetant des brandons sur les pages du carnet. Avram se relève pour écarter leurs sacs des flammes. Ses mouvements sont plus assurés, plus déliés, observe-t-elle non sans surprise.

– Du café, Ofra?

– Comment m'as-tu appelée?

Il rit, un peu gêné.

Elle fait chorus, le cœur lourd.

– Alors, tu veux du café?

– Tout à l'heure, d'accord? J'en ai pour une minute.

Il hausse les épaules, termine son dîner et roule le sac de couchage d'Ofer pour s'en faire un oreiller. Il s'étend et, les bras croisés derrière la nuque, fixe du regard les lambeaux de ciel sombre entre les branchages. Ses pensées s'égarent vers la femme au fil rouge arpentant le pays. Il voit un cortège d'exilés. De longues files de marcheurs, tête baissée, venus de partout, des villes et des kibboutz, rejoignent le défilé qui progresse lentement le long de l'épine dorsale de la terre. Du fond de son cachot, à la prison d'Abbasiya, croyant qu'Israël n'existait plus, il se figurait très clairement la scène: les bébés sur les épaules, les lourdes valises, les yeux vides, éteints. La femme au fil rouge le réconforte. On pourrait imaginer, par exemple, songe-t-il en suçant un brin de paille, que dans chaque ville, chaque village, chaque kibboutz, il y avait une personne qui accrocherait en douce son propre fil au sien. Et ainsi, secrètement, une tapisserie recouvrirait tout le pays.

Ora mâchouille le bout de son crayon dont elle se tapote les dents. Troublée par le lapsus sur son prénom, elle revient non sans mal à ses moutons:

La naissance d'Ofer a été normale, sans difficulté, et très rapide, vingt minutes environ après mon arrivée à l'hôpital Hadassah du mont Scopus où Ilan m'avait conduite. Il était environ sept heures du matin. J'avais perdu les eaux une heure plus tôt, dans mon sommeil.

Pas vraiment dans mon sommeil, corrige-t-elle, en louchant en coin vers Avram. Il observe le ciel, perdu dans ses pensées, la paille virevoltant toujours dans sa bouche. *Il s'était passé quelque chose au moment où j'ai perdu les eaux dans le lit. Dès que nous avons compris de quoi il retournait, je veux dire qu'il ne pouvait y avoir d'autre explication en pareilles circonstances, nous n'avons pas perdu une minute. Ilan avait déjà préparé mon sac et le sien, et tout organisé – recommandations écrites, numéros et jetons de téléphone, etc., Ilan semblable à lui-même, quoi. Nous avons appelé Ariela pour qu'elle vienne garder Adam et le conduise à la crèche un peu plus tard dans la matinée. Il dormait à poings fermés et ne s'est rendu compte de rien.*

Ofer est né à sept heures vingt-cinq du matin. L'accouchement a été très facile, très rapide. J'étais à peine arrivée qu'il était là. On n'a pratiquement pas eu le temps de me préparer. On m'a administré un lavement et expédiée aux toilettes. J'ai senti une forte tension dans mon ventre, et, une fois assise sur la cuvette, j'ai compris qu'il sortait! J'ai hurlé. Ilan est accouru aussitôt, il m'a soulevée, m'a déposée sur un brancard dans le couloir, et a appelé une infirmière à grands cris. Ils m'ont poussée tous les deux vers la salle de travail, laquelle d'ailleurs était celle où j'avais eu Adam (la même!) et, trois contractions plus tard, Ofer était là!

Elle se tourne vers Avram, le visage illuminé par un grand sourire. Il lui rend son sourire et lui lance un regard interrogateur.

Ofer pesait trois kilos six cents. Plutôt gros, d'après mon expérience limitée. Adam faisait à peine deux kilos (moins trois grammes!). Ils ont bien changé depuis, ces deux-là.

Voilà. C'est exactement ce qu'elle voulait écrire. Elle prend une profonde inspiration. Ça valait la peine de se coltiner le carnet sur son dos, juste pour ça. Malgré la faim subite qui la tenaille, elle suçote son stylo encore un petit moment en se demandant si elle doit ajouter quelque chose. Elle remue son poignet endolori, une douleur d'écolière : elle n'a pas très souvent l'occasion d'écrire à la main.

La sage-femme s'appelait Fadwa, je crois, ou Nadwa? En tout cas, elle venait de Kefar Raami. Je l'ai revue une ou deux fois pendant les quarante-huit heures que j'ai passées à l'hôpital, et nous avons bavardé un peu. Je voulais savoir qui était cette fille, la première à avoir touché Ofer à sa venue au monde. Célibataire. Forte, féministe, très intelligente et drôle – elle avait le chic pour me faire rire! Ofer avait les pieds légèrement bleus. À sa naissance, il pleura à peine, un léger cri, et ce fut tout. Il avait des yeux immenses! Ceux d'Avram.

Elle allume sa torche pour déchiffrer ce qu'elle vient d'écrire. Doit-elle préciser davantage? Son style lui plaît. Elle devine la réaction d'Ilan, qui aurait effacé les points d'exclamation; mais il n'est guère probable qu'Ilan lise jamais ces lignes.

Et si elle s'étendait quelque peu sur les détails? Des faits, sans fioritures inutiles. Que s'est-il encore passé? Sans savoir pourquoi, elle revient sur la naissance d'Adam, un accouchement long et difficile, pendant lequel elle avait tenté d'amadouer la sage-femme et les infirmières, de les obliger à admirer son courage, à faire son éloge quand elles bavardaient dans la salle de repos, la comparant aux autres mères qui hurlaient, pleuraient, se répandaient en imprécations. Ora songe avec tristesse aux efforts déployés pour se faire bien voir au moment le plus important de sa vie. Les jambes engourdies, elle va s'installer sur un rocher, puis sur un autre, avant de se rasseoir par terre. Pas vraiment les conditions idéales pour écrire son autobiographie, se dit-elle.

Quelques minutes plus tard, on a posé Ofer sur moi, enveloppé dans une couverture d'hôpital. J'aurais préféré un contact peau contre peau. Hormis nous deux, la présence des autres dans la pièce était totalement superflue. Et Avram n'était pas là.

Son regard glisse dans sa direction. Et si elle effaçait les derniers mots? Ofer pourrait lire ce carnet un de ces jours. Et peut-être qu'Ilan et elle vont…

Elle réprime un haut-le-cœur. Pour qui écrit-elle ces lignes? Et pourquoi? Il y en a déjà presque deux pages. Comment en est-elle arrivée là? Allongé sur le dos de l'autre côté du feu, devenu un tas de braises rougeoyantes, Avram fixe toujours le ciel, la barbe en broussaille. Il faudrait s'en occuper, médite-t-elle. Son regard glisse vers lui: à vingt ans – le premier de la bande –, son front commence déjà à se dégarnir, mais à l'époque il arborait une impressionnante tignasse et d'épaisses rouflaquettes lui mangeaient les joues, ce qui le vieillissait et lui donnait – il le lui avait écrit dans une lettre – *la face d'un tenancier à la Dickens, avare, la lippe baveuse.* Comme toujours, la description était juste, et il était inutile de le contrarier. Il inventait des descriptions pittoresques, cruelles et accrocheuses – en particulier quand il s'agissait de son apparence ou de sa personnalité. C'était sa façon à lui – elle vient de le comprendre – d'amener tout le monde à le considérer à travers sa propre vision, et probablement aussi usait-il de ce procédé pour se protéger des regards susceptibles de le blesser vraiment. Ora lui décoche un petit sourire amusé, comme si elle découvre à retardement qu'on lui a joué un tour pendable.

Voire des regards trop tendres, ajoute-t-elle dans son carnet sans réfléchir. Elle lit les mots avec effarement et les biffe d'un trait ferme.

Plus tard, quand les médecins, les sages-femmes, les infirmières et le type qui m'avait recousue sont partis, j'ai retiré la couverture et posé Ofer sur mon sein.

Elle est parcourue d'un frisson brûlant. Que lui rappelle-t-il? Quel souvenir éveille-t-il en elle? *Contre mon sein*, répète-t-elle mentalement. *Avram*, répond son corps avec gourmandise. Il aimait lécher ses joues veloutées, ses tempes, en murmurant «ta tempe est comme une tranche de grenade» ou «comme un duvet très doux». Il la plaquait contre lui en chuchotant rêveusement «la courbe de tes hanches» ou «la soie derrière tes genoux», elle souriait et pensait: C'est fou ce qu'il s'excite avec des mots! Elle ne fut pas longue à comprendre qu'il lui suffisait de surmonter sa timidité et de lui murmurer à l'oreille «comme un duvet très doux», «tout contre mon sein», et autres douceurs, pour que son sexe durcisse aussitôt en elle.

La manière dont Ofer m'a touchée, dès le premier instant, à la minute où il est né, a été la caresse la plus rassurante, la plus délicate et légère que j'aie jamais connue. D'après Ilan, Ofer semblait en paix avec lui-même, en parfaite harmonie avec le monde. Enfant, c'était vrai, mais plus du tout après. Il nous en a fait voir de toutes les couleurs. Dernièrement, par exemple, pendant son service militaire, il nous a mis dans une situation difficile. Enfin moi surtout. Eux trois, en revanche, ont plutôt bien surmonté l'épreuve.

Je ne devrais peut-être pas l'écrire, mais, à cause de la sérénité d'Ofer, du moins au début, je nourrissais l'illusion, une sorte de conviction, que, le concernant, je pouvais entrevoir l'avenir avec certitude (incidemment, Ilan l'admettait aussi : ce n'était pas seulement moi et mon affligeante naïveté). Je croyais donc qu'on pouvait deviner, peu ou prou, quel adulte il deviendrait, comment il se comporterait dans toutes sortes de situations et qu'il ne nous réserverait pas de mauvaises surprises en chemin. (En parlant de surprises, j'ai omis de mentionner qu'en ce moment, je suis en Galilée, au creux d'une vallée, en compagnie de son père Avram (!) allongé non loin de moi (!!) à moitié endormi, ou observant les étoiles.)

Elle inspire à pleins poumons, comme pour se convaincre de sa présence réelle en ce lieu, loin de sa vie ordinaire. Son cœur déborde de gratitude pour l'obscurité bruissante de criquets, pour la nuit qui, pour la première fois depuis son départ, l'accueille en son sein avec une tendre générosité, consentant même à lui fournir un abri au fond de ce ravin isolé, lui offrant même gracieusement les arbres et les buissons dont les effluves capiteux attirent les papillons nocturnes.

Je reviens un peu en arrière, juste après la naissance d'Ofer. Ilan se tenait près de nous et nous regardait avec une expression bizarre. Les yeux brillants de larmes. Je m'en souviens, parce que, pour Adam, il s'était montré froid et rationnel (ce qui aurait dû me mettre la puce à l'oreille, car c'étaient les indices révélateurs du feu qui couvait sous la cendre). Enfin pour Ofer, il a pleuré. J'ai pensé que c'était bon signe, car pendant ma grossesse, j'avais redouté qu'il me quitte encore une fois après la naissance du bébé, et ces larmes m'ont un peu rassurée.

Les lèvres entrouvertes, les narines dilatées, elle poursuit, emportée par son élan : *Ilan, c'est lorsqu'il rit qu'il a l'air triste, souvent même un peu cruel (à cause de son regard lointain) ; quand il pleure, en revanche, on dirait qu'il rit.*

Et je me suis soudain aperçue qu'Ilan et moi étions seuls avec le bébé. Je me rappelle le brusque silence, et j'ai eu peur qu'il plaisante. Ilan, quand il est tendu, il faut toujours qu'il lance une blague,

et ça ne m'aurait pas plu. Je ne voulais pas gâcher nos premiers
moments ensemble.
Ilan a été malin cette fois ; il n'a rien dit.
Il s'est installé à côté de nous sans savoir que faire de ses mains.
Je me suis aperçue qu'il ne touchait pas Ofer. « Il a un regard obser-
vateur », a-t-il dit. Sa remarque, le premier commentaire au sujet
d'Ofer, m'a fait très plaisir. Je ne l'ai jamais oubliée.
J'ai pris la main d'Ilan et l'ai posée sur celle du bébé. J'ai senti
à quel point c'était dur pour lui. Ofer a immédiatement réagi. Tout
son corps s'est raidi. J'ai entrelacé mes doigts avec ceux d'Ilan et,
ensemble, nous avons caressé Ofer de la tête aux pieds. J'avais déjà
décidé de l'appeler Ofer. J'avais envisagé d'autres noms, pendant
ma grossesse, mais dès que je l'ai vu, j'ai su que ça ne collait pas.
Gil, Amir ou Aviv. Trop de « i ». Pour Ofer, il fallait un « o » paisible,
un peu grave (avec la distance, contemplative, observatrice du « e »,
par exemple). J'ai dit à Ilan : « Ofer », et il a approuvé. Je l'aurais
appelé Melchisedech ou Kedorlaome, qu'Ilan aurait été d'accord,
ça ne me plaisait pas, parce que je connais Ilan : la docilité n'est
pas son fort. Et puis, je me méfiais.
« Appelle-le par son nom ! » ai-je demandé. « Ofer », a soufflé Ilan.
« C'est ton papa », ai-je expliqué au bébé. J'ai senti les doigts d'Ilan
se pétrifier dans ma main. Et j'ai pensé : L'histoire se répète, il va se
lever et partir, mû par une sorte de réflexe – me quitter chaque fois que
j'accouche. Les paupières d'Ofer ont papillonné, comme s'il incitait
Ilan à parler. Alors Ilan n'a pas eu le choix : « Écoute, mon vieux,
a-t-il grimacé, je suis ton père, c'est comme ça, un point c'est tout. »

Elle lève les yeux vers Avram avec un sourire distrait, écho d'un
bonheur lointain, et soupire.

– Qu'y a-t-il ? demande Avram.

– C'est bon.

– Quoi donc ?

– D'écrire.

– Il paraît, lâche-t-il en regardant ailleurs.

Et dire qu'il avait écrit toute sa vie, jusqu'à la dernière minute,
jusqu'à ce que les Égyptiens lui arrachent pratiquement le stylo des

mains. De six heures du matin à dix heures du soir, chaque jour ! Et plus que jamais après avoir rencontré Ilan, avec qui il avait noué des liens privilégiés. C'est alors que le moteur avait démarré, il avait enfin rencontré quelqu'un qui le comprenait, le stimulait, quelqu'un à qui se mesurer. Elle songe à l'incroyable productivité d'Avram au cours des six années suivant sa rencontre avec Ilan à l'hôpital – enfin, avec Ilan et elle. Pièces de théâtre, poèmes, nouvelles, sketches, saynètes radiophoniques surtout, qu'Ilan et lui écrivaient et enregistraient sur le vieux magnéto Akai à bobines dans l'appentis de Tsour Hadassah. Elle se rappelle une série – au moins vingt épisodes, Avram adorait les épopées horriblement longues – à propos d'un monde où les humains étaient des enfants le matin, des adultes à midi et des vieillards le soir, et ainsi de suite... Il y en avait une autre décrivant un univers où les humains ne communiquaient réellement que dans leur sommeil, en rêve, et n'en avaient aucun souvenir au réveil. Un de leurs meilleurs feuilletons, à son avis, mettait en scène un fan de jazz, rescapé d'un naufrage ; il débarquait sur une île habitée par une tribu ignorant la musique, ne sachant ni siffler ni fredonner, et le héros de s'employer activement à combler cette lacune. Pour Avram et Ilan, tout était prétexte à inventer un monde. Avram débordait d'idées qu'Ilan s'escrimait à ancrer dans la réalité, il collaborait à l'écriture et ajoutait les « ornementations musicales » au saxophone ou en puisant dans sa discothèque bien fournie. Avram avait l'esprit fertile, un Sambatyon d'idées et d'inventions – « mon âge d'or », l'avait-il désigné un jour, quand le fleuve s'était tari.

Pour son vingtième anniversaire, elle lui avait offert un carnet pour noter ses pensées. Elle en avait assez de le voir retourner la maison, ses poches – et les siennes à elle –, à la recherche désespérée de bouts de papier. Un tourbillon de notes voltigeait continuellement autour de son front, où qu'il aille. Elle griffonna un limerick sur la page de garde : « Il était une fois un jeune homme qui savait écrire / Tel le printemps il s'épanouissait sans faiblir / Jour et nuit, il errait / Imaginait et songeait / Que ce carnet puisse lui servir. » En deux mois, il l'avait rempli et l'avait priée de lui en procurer un autre, ajoutant : « Tu m'inspires ! » Elle avait ri, comme d'habitude : « Un ourson sans cervelle comme moi ? » Qu'elle puisse l'inspirer, elle, c'était vraiment n'importe quoi ! Il savait désormais à quoi ressemblait le rire de Sarah quand, à quatre-vingt-dix ans, on lui avait annoncé qu'elle donnerait naissance à Isaac, avait-il déclaré avec un regard affectueux, précisant qu'elle ne comprenait rien à lui et à l'inspiration. Après cela, l'habitude des carnets était prise. Ora les choisissait de petit format, pour qu'il puisse les glisser dans la poche arrière de son jean. Avram les emportait partout, dormait avec et fourrait au moins un stylo dans chacun des lits où il couchait, afin de noter ses idées nocturnes. Il les voulait tout simples, sans chichis, même s'il appréciait les couleurs et les formes variées. L'essentiel était qu'ils viennent d'elle, avait-il souligné en la regardant avec une gratitude qui l'avait complètement chamboulée. Elle se sentait investie d'une mission, chaque fois qu'elle allait acheter un de ces carnets, elle explorait plusieurs papeteries, d'abord à Haïfa puis, après son service militaire, à Jérusalem, sa ville d'adoption, en quête du calepin qui correspondrait exactement à la période, à ses idées et son humeur du moment. Elle lâche une exclamation involontaire, les jambes serrées, le ventre tourneboulé en repensant à la jubilation avec laquelle il recevait ces carnets : elle aimait le voir soupeser le nouvel objet, le manipuler, le sentir, le feuilleter avec convoitise, tel un joueur de cartes, pour évaluer le nombre de pages – combien de plaisir il allait lui donner. Un plaisir excitant, évident, effronté. Chaque fois qu'il créait un nouveau personnage, il devait le comprendre de l'intérieur, c'était le point de départ, lui avait-il confié un jour – elle ne l'avait jamais oublié. Il lui fallait se vautrer dans la chair de son protagoniste, sa salive, sa semence, son lait, sentir son tissu musculaire et ligamenteux, savoir s'il avait les jambes longues ou courtes, combien de pas lui étaient nécessaires pour traverser telle ou telle pièce, de quelle façon il courait pour attraper le bus, s'il serrait les fesses quand il se regardait dans un miroir, comment il marchait, mangeait, quelle tête il avait en déféquant ou en dansant, s'il jouissait en poussant de grands cris ou de prudes gémissements. Ce qu'il écrivait devait être concret et physique – « Comme ça ! » s'écria-t-il en levant une main, doigts écartés, dans un geste qui, chez tout autre, eût semblé grossier, vulgaire, mais pas chez lui, du moins pas à ce moment-là, on aurait dit plutôt un réceptacle, débordant de ferveur et de passion, comme s'il abritait un sein rond et lourd dans sa paume.

Elle se reproche la souffrance qu'elle lui a causée. Elle se borne à noter deux ou trois bricoles sur la naissance d'Ofer, s'empresse-t-elle d'expliquer. Les faits.

– Pour la postérité, ricane-t-elle.

– Ah, très bien ! fait Avram, rasséréné.

– Tu le penses vraiment ?

Il se redresse sur un coude et attise les braises à l'aide d'une branche.

– Oui, il faut bien les consigner quelque part.

– Dis-moi, as-tu écrit ces dernières années ? demande-t-elle avec prudence.

Avram secoue énergiquement la tête.

– J'en ai fini avec les mots.

– Tu sais, je n'ai pas tenu un journal pour Ofer bébé. Je n'en avais pas la patience, à l'époque, et je m'en suis toujours voulu…

Mais l'aveu qu'elle lui a arraché se répand en elle comme un poison. S'il en a fini avec les mots, comment elle-même ose-t-elle encore écrire ?

– Si l'on ne prend pas immédiatement des notes, on ne se rappelle plus rien, tu vois. En tout cas, moi, c'est comme ça que je fonctionne. D'autant qu'une foule de choses arrivent les premiers mois. L'enfant se transforme pratiquement à chaque minute.

Elle parle à tort et à travers, tous deux le savent, dans l'espoir d'adoucir la confession qu'elle lui a extorquée. Avram regarde le feu, comme hypnotisé. Elle ne perçoit qu'une joue et un œil étincelant. Autrefois, c'était sur le même ton qu'il avait déclaré à Ilan ne plus rien attendre de la vie.

– Par exemple, reprend-elle après un long silence, je me souviens qu'Ofer ne se livrait pas facilement. Il ne nous laissait pas le prendre dans nos bras. Sauf s'il en avait vraiment envie. Et ça n'a pas changé.

Elle repense à ses étreintes maladroites, ces derniers temps, il écartait le buste pour éviter de frôler ses seins, se penchait sous un angle ridicule, Dieu seul savait pourquoi ! Lorsque son pauvre père l'embrassait à l'occasion des rares réunions familiales, quand elle était adolescente, elle aussi se cambrait en arrière pour éviter qu'il ne la touche vraiment, se rappelle-t-elle. Que ne donnerait-elle aujourd'hui pour sentir l'étreinte paternelle, mais c'est trop tard. Peut-être écrira-t-elle quelques lignes là-dessus, pour garder une trace de ce « contact » physique entre son père et elle ?

À quoi bon ? Ora referme le carnet d'un coup sec. Cette histoire pourrait durer indéfiniment. C'est un peu comme tourner en rond, un pinceau dans une main et un seau rempli de chaux dans une autre.

Elle se remet à sucer son stylo.

– Quand Ofer était bébé, il avait des mouvements brusques et désordonnés… Si j'insistais pour lui donner le sein, alors qu'il était rassasié, il se cambrait en arrière et rejetait violemment la tête de côté.

Elle mime la scène, effectuant machinalement le geste de tenir l'enfant, les mains jointes loin de sa poitrine. Avram fixe l'espace vide entre ses bras.

– Il gigotait dans tous les sens, il avait un tempérament bien trempé et volontaire ! Je l'idolâtrais, tu comprends. Comme s'il était omniscient, en quelque sorte, le bébé parfait, tandis que moi… j'étais une mère nulle.

– *Toi ?*

– Laisse tomber. Pas maintenant. On parlait d'Ofer. Tiens, il y a autre chose.

Elle enfouit dans sa mémoire ce « *Toi !* », un cri du cœur. Que doit-elle en conclure ?

– C'était un bébé grimpeur. *Du lierre*, comme le surnommait Ilan.

Les souvenirs délicieux lui reviennent en force, par vagues, pleins de vitalité, insufflant la vie à Ofer, quelque part là-bas.

– Dès que je le prenais sur moi, il me glissait des mains comme une anguille. Il ne pouvait pas rester en place une minute. Il cherchait à se hisser toujours plus haut, sa détermination m'agaçait prodigieusement, on aurait dit qu'il m'utilisait pour atteindre autre chose, quelqu'un d'autre, plus passionnant. Un peu comme toi, ajoute-t-elle en riant, quand tu avais une nouvelle idée en tête.

Avram ne réagit pas

– La manière dont tu partais en chasse, tu te souviens, si je te
racontais avoir rencontré quelqu'un d'intéressant, ou entendu une
conversation dans le bus. Je voyais tes petites cellules grises se mettre
en branle dans ton cerveau, pour examiner si cela pouvait donner une
nouvelle ou un sketch, tu imaginais quel personnage prononcerait
ma phrase, lequel aurait mon rire, ou mes seins.

Pourquoi le torturer ainsi ? se demande-t-elle. Mais elle est incapable de s'arrêter, c'est plus fort qu'elle, comme si la nostalgie que lui
inspire sa présence s'était muée en une hargne étrange, pernicieuse.

– Et le jour où tu m'as demandé de poser nue devant toi pour me
croquer avec des mots. Je me suis installée sous la véranda, face à
l'oued – je n'arrive pas à croire que je l'ai fait –, dehors, tu avais
insisté, tu te rappelles ? Tu affirmais que la lumière était meilleure.
Et j'ai accepté, bien sûr, je faisais tes quatre volontés, à l'époque, à
condition qu'Ilan n'en sache rien, à aucun prix ! Nous jouions à ce
petit jeu, en ce temps-là, ou plutôt c'était le jeu que tu jouais avec
moi, et Ilan, dans tes dimensions parallèles. J'étais là dans le plus
simple appareil, au beau milieu de la terrasse face à l'oued, d'où les
bergers de Hussan et de Wadi Fukin auraient pu surgir d'un moment à
l'autre, tu t'en fichais, tu te moquais de tout quand le besoin d'écrire
te démangeait, dans le feu de l'action.

Tais-toi, pense-t-elle. Pourquoi l'agresser ? Que lui arrive-t-il ? Il
y a prescription là-dessus, non ?

– Moi, je t'assure, j'avais la chair de poule quand tu me dissé-
quais en mots. J'en avais tellement envie – tu avais dû le deviner –,
en même temps, je me sentais exploitée ! Comme si tu pillais mon
sanctuaire intime, ma peau, ma chair, je n'ai jamais osé te l'avouer.
Impossible de te parler dans cet état-là. J'avais même un peu peur
de toi, ajoute-t-elle, effarée. Tu ressemblais à un cannibale, mais
j'aimais quand tu étais incapable de te contrôler, quand tu n'avais
pas le choix. J'adorais ça chez toi !

– Je voulais te croquer de cette façon chaque année, croasse Avram.
Ora cesse de respirer.

– J'étais certain de continuer à le faire encore des années, poursuit-
il d'une voix lasse, distante. Cinquante ans au moins, voilà ce que

je voulais. Je pensais… j'envisageais, une fois par an, de décrire ton corps, ton visage, chaque centimètre, le plus petit changement, mot à mot, durant toute notre vie commune, même si nous n'étions pas ensemble, même si tu continuais à être à lui. Tu serais mon modèle, avec des mots.

Elle replie les jambes sous elle, bouleversée, abasourdie par ce grand déballage.

— Mais je n'en ai eu l'occasion que deux fois : Ora à vingt ans et Ora à vingt et un ans.

Elle ne se ne rappelle pas un tel projet. Peut-être n'en a-t-elle rien su. Il n'est pas toujours capable d'exprimer ses idées. Et il arrivait qu'il ne le veuille pas non plus. D'ordinaire, quand il brûlait de la fièvre créatrice, comme il disait, il ne pouvait exprimer que des fragments de pensées, des bribes de phrases souvent sans queue ni tête. Si elle ne comprenait pas, il se mettait à danser autour d'elle, dans sa chambre, dans la rue, au lit, dans un terrain vague ou un bus. Il se tortillait dans tous les sens avec des grimaces exaspérées, comme s'il étouffait de rage. « Recommence plus lentement », suppliait-elle, l'œil vitreux. Il avait le regard obscurci par le désespoir et la solitude – l'exil – où le condamnaient les doutes d'Ora, sa frilosité, ses ailes coupées. À ces moments-là, il la détestait, sans doute parce que condamné à aimer profondément une femme qui ne pouvait le comprendre instantanément – « à demi-mot, juste par un froncement de sourcils », disait-il, citant Brenner, mais elle n'avait pas lu Brenner. « Le deuil, la désolation et tout ça, c'est trop pour moi », rétorquait-elle. Ce qui ne l'empêchait pas d'être amoureux d'elle, en dépit de Brenner, Melville, Camus, Faulkner, Hawthorne… Il l'aimait, la désirait, la convoitait, s'accrochait à elle comme si sa vie en dépendait. Et de cela aussi elle voulait lui parler au cours de leurs pérégrinations, le lendemain ou le jour suivant. Qu'il lui explique une bonne fois ce qu'il lui trouvait à l'époque, élucide ce petit quelque chose qu'elle possédait alors, pour qu'elle puisse en profiter elle aussi.

Elle a les nerfs à vif. Des pensées éparses fusent dans toutes les directions. Elle déplie ses longues jambes et se lève.

— Y aurait-il des toilettes pour dames, dans le coin ?

Il désigne l'obscurité d'un signe de tête. Munie d'un rouleau de papier, elle s'éloigne. Elle urine, accroupie derrière un buisson. Des gouttes giclent sur son pantalon et ses chaussures. Demain matin, il me faut d'urgence prendre une douche et faire un peu de lessive, se dit-elle. Elle regarde les choses en face : elle ne pourra plus poser nue pour lui vingt-huit autres fois ni surprendre dans son regard comment il la considérait. Ni voir comment les mots qui la décrivaient changeaient d'une année à l'autre, telles des ombres se découpant sur un paysage familier. Vieillir dans ses mots aurait-il été moins douloureux ? Non, aucun doute, c'eût été pire.

Cela fait, adossée à un petit tronc, dans le noir, elle serre ses bras autour de sa poitrine, soudain très seule. Des images accumulées au fil des ans resurgissent du passé : Ora adolescente, Ora soldate, Ora enceinte, Ora et Ilan, Ora avec Ilan, Adam et Ofer, Ora avec Ofer, Ora seule. Ora seule avec toutes les années à venir. Comment la voit-il aujourd'hui ? Des mots cruels se profilent devant ses yeux : sèche, flétrie, les veines apparentes, les verrues, l'embonpoint, ses lèvres, ses seins, la peau flasque, les taches, les rides, la chair, la chair…

Au sein de l'obscurité, elle le distingue à la lueur des braises. Il se lève, tire de son sac à dos deux gobelets qu'il essuie avec un pan de sa chemise. Il remplit d'eau le *finjan* noirci. Il lui prépare du café. Il écarte le carnet pour ne pas le mouiller. Sa main s'attarde sur la reliure bleue qu'il effleure du bout des doigts. Elle croit le voir en évaluer furtivement l'épaisseur avec le pouce.

Au cours des semaines et des jours qui suivirent leurs étreintes dans son appartement, à Tel-Aviv, Avram recommença à décliner – il regardait fixement la fenêtre ou le mur pendant des heures, il se négligeait, ne se lavait plus, ne se rasait plus, ne répondait plus au téléphone. Il prit ses distances avec Ora. Au début, il inventa des prétextes, puis il lui demanda explicitement de ne plus venir. Si elle enfreignait l'interdit, il s'ingéniait à la renvoyer. Il redoutait de se retrouver seul avec elle. Elle s'en inquiétait. Elle pensait constamment à lui, à ce qui s'était produit cette nuit-là. Pendant des semaines, elle fut incapable de faire autre chose. Plus il la fuyait, plus elle s'accrochait. C'était en souvenir du bon vieux temps, lui expliqua-t-elle à maintes et maintes reprises, pour le rassurer. Il la repoussait, la rabrouait, refusait catégoriquement de reparler de cet épisode.

Et puis elle découvrit qu'elle était enceinte. Après avoir tergiversé un mois, elle décida de l'annoncer à Avram. Il se pétrifia. Son visage se ferma et le peu de vivacité qui lui restait s'évanouit instantanément. Puis il lui demanda si elle savait où se faire avorter. Il paierait l'inter-vention avec un prêt du ministère de la Défense, personne n'en saurait rien. Elle refusa net. «De toute façon, c'est trop tard», murmura-t-elle, blessée, le cœur brisé. Dans ce cas, il couperait les ponts avec elle, rétorqua-t-il. Elle argumenta, lui rappelant ce qu'ils représen-taient l'un pour l'autre. Le visage de marbre, il contempla un point au-dessus de sa tête pour ne pas voir son ventre. Prise de vertige, elle tenait à peine debout. S'il continuait une seconde de plus, son corps allait expulser le fœtus, se dit-elle. Quand elle tenta de saisir sa main pour la poser sur son ventre, il émit un cri affreux, le regard étin-celant de rage et de haine. Il ouvrit la porte et la jeta dehors presque de force, à attendre là – lui sembla-t-il – pendant treize ans. Juste avant la bar-mitsva d'Ofer, apparemment sans lien aucun avec cette date, il l'appela un soir et, sans explication ni excuses, lui proposa d'une voix bourrue un rendez-vous à Tel-Aviv.

Lors de cette entrevue, il ne voulut pas entendre parler d'Ofer, d'Adam ou d'Ilan. L'album qu'elle avait préparé pendant des semaines, en sélectionnant soigneusement les photos d'Ofer et de la famille, prises au cours de ces treize dernières années, resta dans son sac. Avram lui parla des pêcheurs et des vagabonds rencontrés au hasard de ses errances sur la plage de Tel-Aviv, du pub où il travaillait depuis peu, d'un bon film d'action qu'il avait vu quatre fois, de sa dépen-dance aux somnifères dont il tentait de s'affranchir. Il lui fit un laïus sur les connotations sociales et les allusions au catholicisme dans tel ou tel jeu vidéo. Elle regardait ses lèvres prononcer des mots qui apparaissaient vides de sens depuis longtemps. Il s'acharnait à lui prouver qu'elle n'avait plus rien à espérer de lui, pensa-t-elle. Ils s'attardèrent près de deux heures, attablés l'un en face de l'autre dans un café bruyant et hideux. Elle s'évada de son corps pour les observer. On aurait dit Winston et Julia, dans *1984*, après le lavage de cerveau qui les avait forcés à se dénoncer mutuellement. À un moment donné, sans raison aucune, Avram se leva, prit congé avec raideur et s'en alla. Elle ne le reverrait pas avant treize autres années, supposa-t-elle, mais, tous les six mois environ, il la conviait à une rencontre tout aussi insipide et déprimante, jusqu'à ce qu'Ofer entreprenne son service militaire. Désormais, il ne la recontacterait plus jusqu'à sa démobilisation, annonça-t-il.

Le lendemain du jour où elle lui avait annoncé sa grossesse – où il l'avait chassée de sa maison et de sa vie –, Ora enfila une robe ample de lin blanc et sortit sur le perron de la maison de Tsour Hadassah, se montrant dans toute sa splendeur. Personne n'était encore au courant de son état – même sa mère n'avait rien remarqué. Ora ignorait si Ilan était là, mais elle eut l'impression d'être observée depuis le fond du jardin.

À neuf heures du soir, après avoir couché Adam, elle alla frapper à la cabane. La porte s'ouvrit aussitôt. Ilan portait le T-shirt vert qu'elle aimait et un jean délavé dont elle lui avait fait cadeau, un jour. Ses pieds nus aux veines saillantes envoyèrent en elle des étincelles. La pièce était monacale : un lit de camp, un bureau, une chaise, une lampe, les murs tapissés de livres. Le regard d'Ilan se plongea dans le sien avant de descendre sur son ventre à la candeur ingénue ; la peau de son crâne se tendit.

« C'est l'œuvre d'Avram », déclara-t-elle. Elle avait l'impression de lui offrir un présent de la part de quelqu'un d'autre. Au fond, c'était peut-être le cas. Ilan restait planté sur le seuil, la mine ahurie, alors usant de l'autorité que lui conférait son nouveau pouvoir, elle l'écarta et entra.

Il s'effondra sur le lit.

« Ça remonte à quand ?

– C'est comme ça que tu vis ? »

Elle glissa un doigt sur les livres d'une étagère.

Droit civil et jurisprudence, Droits collatéraux, lut-elle en lou-chant sur un grand cahier à spirale, posé sur la table, *Droit de la propriété, droit de la famille.* « Ilan, l'éternel l'étudiant », commenta-t-elle, contrariée. Elle avait rêvé qu'ils fréquenteraient l'université ensemble – enfin, tous les trois –, elle aurait passé ses journées avec eux sur le campus de Givat Ram, dans les amphis, à la bibliothèque, sur la pelouse, à la cafétéria... Mais elle avait abandonné ses études au retour d'Avram et doutait de jamais les reprendre. Que pourrait-elle faire aujourd'hui ? Certainement pas une formation de travailleur social. Elle n'aurait plus la force de passer des mois à se battre contre la bureaucratie. Elle ne supportait plus la rigidité, l'arbitraire, la méchanceté – pas depuis la guerre, depuis Avram. Après une année de terrain, elle savait que cela aurait une incidence lors des réunions avec le responsable adjoint de l'aide sociale, à Katamon. D'un autre côté, aucune discipline académique, abstraite, ne l'intéressait. Une activité manuelle, plutôt. Ou physique. Quelque chose de simple, concret, net et précis, sans trop de mots surtout. Elle pourrait enseigner l'éducation physique, qu'elle pratiquait dans sa jeunesse. Ou quelque chose en relation avec les gens, soulager les souffrances d'autrui. Oui, pourquoi pas ? Comme elle s'y était employée avec Avram pendant sa longue hospitalisation. Enfin, on verrait plus tard.

« Pour répondre à ta question, je suis presque au troisième mois, annonça-t-elle avec une curieuse allégresse.

– Tu es sûre qu'il est de lui ?

– Ilan ! »

Il se cacha la figure dans les mains pour digérer la nouvelle. Elle prit soudain conscience de son pouvoir. Considérable. Elle pouvait enfin se détendre. Elle le dévisagea longuement et, pour la première fois, elle faillit le remercier de la bonne idée qu'il avait eue en la quittant. Amusée, elle crut presque voir les pensées se bousculer derrière son front lisse. Ilan pesait toujours le pour et le contre. Le contre surtout.

« Et il en dit quoi ? »

Elle attira l'unique chaise, l'esprit content, et prit ses aises, à croire que ses jambes connaissaient d'instinct la bonne distance dans son état.

« Il ne veut plus me voir. Il insiste pour que j'avorte. »

Ilan bondit sur ses pieds et saisit sa main.

« Non ! »

Elle planta son regard dans le sien, inquiète de la tempête qui y faisait rage. Elle n'y lut rien de rationnel ni de raisonnable, seulement d'obscures ténèbres chaotiques.

« Hé, Ilan ! dit-elle d'une voix douce.

– Garde cet enfant ! Ora, s'il te plaît, ne lui fais pas de mal !

– Il naîtra en avril. »

Ces simples mots lui insufflèrent une force extraordinaire, comme s'ils scellaient un pacte secret entre son corps, le bébé et le temps. Et si c'était une fille ? L'idée la traversa pour la première fois. Bien sûr que ce serait une fille ! Elle eut alors l'intuition soudaine, très claire, d'une fillette s'ébattant joyeusement en elle.

« Ora, que penserais-tu si…, dit Ilan en regardant ses pieds.

– Oui ?

– Je me disais… Ne saute pas au plafond ! Laisse-moi finir !

– Je t'écoute. »

Ilan garda le silence.

« Alors ? insista-t-elle.

– Je voudrais rentrer à la maison. »

Elle n'en revenait pas.

« Tu veux rentrer à la maison ?

– Oui, qu'on revive ensemble, articula-t-il, ses traits durcis contredisant ses paroles.

– Maintenant ?

– Je sais que…

– Avec l'enfant de…

– Tu es d'accord ? »

Ce qu'elle avait réussi à refouler, endiguer pendant toutes ces années déferla comme un raz-de-marée. Elle se mit à pleurer, à hurler, et Ilan l'entoura dans ses bras robustes, et elle se pressa contre son corps souple, vorace. Ils firent l'amour sur le lit de camp défoncé, attentifs à ne pas blesser le petit têtard dans son ventre. Avec son odeur suave, ses grandes mains, son corps sans équivoque qui la voulait, la voulait, la voulait… Oh ! comme ce désir exacerbé lui avait manqué ! Elle répondit par un torrent impétueux qu'elle n'aurait jamais soupçonné chez une femme enceinte.

À l'aube, ils remontèrent main dans la main l'allée menant au bungalow. Ora crut voir le figuier et les bougainvillées s'incliner à leur passage. Ensemble, ils montèrent les marches de béton usées. Une fois à l'intérieur, Ilan lui lâcha le bras et inspecta chaque pièce de sa démarche féline, jetant un coup d'œil dans la chambre d'Adam pour en ressortir aussitôt, trop vite. Un long chemin restait à accomplir, comprit Ora. Ils préparèrent le petit-déjeuner et s'installèrent sous la véranda, emmitouflés dans une couverture, pour regarder le lever du soleil. Le jardin, l'oued, les ombres s'illuminèrent. Personne au monde ne peut comprendre ce qui arrive, songea Ora, seulement nous deux. Et c'est la preuve que nous avons raison.

« C'est le monsieur de la cabane ? » demanda Adam en se réveillant, un peu plus tard.

Ilan lui tendit la main.

« Oui, et toi, tu t'appelles Adam. »

Adam s'accrocha à Ora, la figure enfouie dans sa robe de chambre.

« Je suis très fâché, cracha-t-il, caché derrière la jambe de sa mère.

– Ah, pourquoi ?

– Parce que tu n'es pas venu.

– Oui, je sais, c'était idiot de ma part, mais maintenant, je suis là.

– Tu vas t'en aller ?

– Non, je reste pour toujours. »

Adam réfléchit, appelant à la rescousse sa mère du regard. Ora lui adressa un sourire encourageant.

« Et tu voudras être mon papa ?

– Oui. »

Le visage empourpré, Adam redoubla d'efforts pour tâcher de comprendre. Il finit par pousser un long soupir à fendre le cœur, le soupir d'un vieillard au désespoir.

« Bon, alors tu me fais du chocolat ! » fit-il.

L'après-midi, Ilan partit retrouver Avram à Tel-Aviv. Il revint au bout d'un temps qui parut à Ora une éternité, la mine abattue, le teint cireux. Il l'étreignit étroitement en murmurant que les choses s'arrangeraient peut-être, ou peut-être pas. « Écoute, tout y est passé, répondit-il quand elle lui demanda des précisions. Nous avons envisagé chacune des possibilités. En résumé, il ne veut plus rien avoir à faire avec moi. Ni avec toi non plus. Le chapitre est clos.»

Avram accepterait-il un dernier rendez-vous, au moins quelques minutes, pour qu'ils se disent au revoir? s'enquit-elle.

«Sûrement pas, affirma Ilan avec une pointe d'agacement qu'elle n'apprécia pas. Il n'attend plus rien de la vie, à ce qu'il a dit.

– Non! Tu veux dire qu'il parle de se suicider?

– Je ne crois pas, il n'attend plus rien de la vie, c'est tout.

– Ce n'est pas possible! Il ne peut quand même pas nous tourner le dos et faire une croix sur le passé?»

Ilan poussa un grognement, comme si Ora était entièrement responsable, ou comme s'il enviait Avram d'avoir un prétexte en or pour couper définitivement les ponts avec l'humanité.

«Tu ne comprends pas? Moi si. Très bien.

– Alors pourquoi es-tu revenu dans ce cas? Pourquoi souhaites-tu revenir, hein?»

Il haussa les épaules, les yeux braqués sur son ventre. Ora fulmina intérieurement, mais ne dit rien. Qu'aurait-elle pu ajouter?

Ce soir-là, ils se mirent au lit, lui de son côté, elle du sien, à croire que ce rituel, les gestes familiers, ne s'était pas interrompu depuis des années – prendre une douche, se brosser les dents ensemble dans la salle de bains, le bruit de la chasse d'eau, sa façon bien à lui de s'asseoir sur le lit dans sa glorieuse nudité, le dos tourné. Ilan enfila un pantalon de jogging, s'allongea et s'étira avec un plaisir qu'Ora jugea déplacé. Quand il ne bougea plus, elle lui demanda le plus calmement qu'elle put s'il était revenu à cause d'Avram – elle pointa son ventre du menton – ou parce qu'il l'aimait.

«Je n'ai jamais cessé de t'aimer un seul jour. Comment est-il possible de cesser de t'aimer?

– C'est bel et bien possible. Avram ne m'aime plus, et je ne suis pas sûre de m'aimer moi non plus.

Et elle, qu'éprouvait-elle pour lui? faillit-il lui demander. Il n'en fit rien. Elle comprit entre les lignes et dit qu'elle ne savait pas. Elle n'était pas sûre. Il approuva de la tête, comme s'il savourait la jouissance que lui procurait la blessure de ses paroles. Sa tempe et sa joue, qu'elle avait dans son champ de vision, perdirent leurs couleurs, Ora s'en aperçut et, comme toujours, elle s'étonna de l'importance qu'il lui accordait, alors qu'il refusait obstinément le réconfort de l'admettre.

« La vie, quelle vacherie ! » commenta-t-il.

La voix d'Ora parut provenir du fond d'une mine obscure.

« Voilà des années que je me dis la même chose. Depuis la guerre. Depuis Avram. J'ai l'impression de ramper dans le noir, de creuser la terre de mes ongles. Dis-moi, que s'est-il passé tout à l'heure ? De quoi avez-vous discuté ?

– Il m'a littéralement supplié de le laisser tranquille. D'oublier qu'il existe.

– Oublier Avram ! Bien sûr ! Et vous avez parlé de *ça* ? ajouta-t-elle en désignant son ventre d'un geste.

– Il a failli me cogner dessus quand j'ai essayé. Il a carrément disjoncté. Il devient fou à l'idée d'avoir un enfant sur cette terre. (Quelque chose pour le retenir en ce monde, médita Ora.) Un peu comme s'il se préparait à sortir et que sa manche s'accrochait à un clou de la porte », poursuivit Ilan.

Ora eut subitement l'impression qu'un clou lui transperçait le ventre.

Elle éteignit la lumière et ils restèrent allongés, immobiles, pendant que le bonheur indescriptible de la veille partait en lambeaux, leur laissant dans la bouche le goût métallique d'une perte irrémédiable.

« Je pensais que ça pourrait lui faciliter les choses, le sauver, le réconcilier avec la vie, tu comprends.

– Il ne veut pas entendre parler de cet enfant, ni de près ni de loin, rien de rien, répliqua Ilan, la voix soudain durcie.

– Et toi, tu veux quoi ?

– Toi ! »

Quantité de questions inexprimées se bousculaient dans sa tête. Ilan ne savait peut-être pas à quoi il s'engageait et regretterait sa décision le lendemain. Il y avait quelque chose d'inhabituel dans sa détermination, comme si du métal en fusion brûlait en son tréfonds. Elle se demanda s'il n'acceptait pas mieux la situation précisément parce qu'elle était compliquée. Peut-être en aurait-il été incapable autrement ?

«Je le lui ai promis. Et il m'a supplié…
– À quel propos ?
– De ne rien dire.
– À qui ?
– À personne.
– Même pas à…
– Personne. »

Un secret ? L'idée d'élever un enfant en cachette lui pesait. Comme si l'on tentait d'ériger une cloison transparente et glacée entre elle et la petite créature dans son ventre. Elle avait envie de pleurer, mais n'avait pas de larmes. Les visages de ceux à qui elle devrait mentir sa vie durant défilèrent devant ses yeux. Pour chacun, le mensonge et la duplicité avaient un goût différent. D'autres galeries, des boyaux et des grottes se creusaient au fond du puits. Elle suffoquait.

– Je serais incapable de garder un secret pareil même un seul jour, tu me connais !

Ilan ferma les yeux et revit Avram, son visage qui l'implorait.

– Nous lui devons bien ça, je crois, dit-il.

Mets deux bouts de papier, exactement pareils, dans un chapeau, crut entendre Ora.

Ilan lui entoura du bras les épaules, mais ils gardèrent leurs distances. Ils ne bougeaient pas, les yeux au plafond. La main d'Ilan était sans vie sous sa nuque, chacun sachant que ce qui s'était passé la nuit précédente, dans la cabane, ne se reproduirait plus avant la naissance du bébé. Ni peut-être même après. Ils entendirent Adam claironner des mots sans suite dans son sommeil. Ora sentit un froid glacé au fond de ses orbites, à croire que le secret et les faux-semblants commençaient déjà à la déformer.

Ilan s'assoupit, le souffle égal, sans égratigner l'air. Soulagée, elle se leva sans bruit et se rendit dans la chambre d'Adam. Assise à même le sol, adossée à la commode en face du lit, elle écouta le sommeil agité de son petit garçon, songeant aux trois années où elle l'avait élevé seule, à ce qu'ils représentaient l'un pour l'autre. Elle enroula les bras autour de ses épaules et sentit le sang refluer dans ses veines. Elle y réfléchirait plus tard. Inutile d'essayer de tout élucider cette nuit. Elle se leva, borda Adam et lui caressa le front jusqu'à ce que sa respiration s'apaise. Puis elle retourna se coucher et songea à la petite créature qui allait changer la vie de tout le monde, voire celle d'Avram, par sa simple existence. Elle tombait de sommeil. Sa dernière pensée fut que désormais Ilan et Adam devraient apprendre à être père et fils. Au moment de sombrer, elle sourit : les orteils d'Ilan dépassaient de la couverture.

Les cailloux roulent sous ses pieds dans le noir quand elle émerge des buissons. Avram la regarde foncer sur son carnet en lui faisant signe qu'elle vient de se rappeler quelque chose.

Elle se met à écrire :

Une minute après sa venue au monde, avant même qu'on coupe le cordon ombilical, j'ai fermé les yeux et je t'ai annoncé la nouvelle dans mon cœur : «Mazal tov, Avram, nous avons un fils ! »

Je me suis souvent demandé où tu étais à cet instant précis. Que faisais-tu ? As-tu ressenti quelque chose ? Comment aurais-tu pu ne pas deviner, ignorer, à l'aide d'un septième ou huitième sens, que cela arrivait ?

Elle mordille son stylo, hésite, puis griffonne d'un trait :

J'aimerais savoir s'il est possible de ne rien ressentir du tout, de ne se rendre compte de rien, quand son fils, disons, est blessé, quelque part.

Une vague glacée déferle dans son ventre.

Stop ! Qu'est-ce que je suis en train de faire ? C'est quoi ce gribouillage ? Arrête d'y penser.

De l'écriture automatique, on appelle ça, je crois. Comme un tir automatique dans toutes les directions, ra-ta-ta-ta…

Je crois que je ne t'ai pas encore tout raconté à propos de ce qui a suivi la naissance.

Environ deux heures après l'accouchement, tout le monde était parti, Ilan était allé retrouver Adam. Restée seule avec Ofer, je lui ai parlé. Je lui ai tout raconté. Qui était Avram, ce qu'il représentait à nos yeux, à Ilan et moi…

À présent, le stylo vole sur la feuille, comme si elle hachait des feuilles de salade. Elle se mord les lèvres.

Étonnant comme les choses étaient claires, quand je les lui ai résumées. C'était la première fois (et sans doute la dernière) que j'étais capable de penser à nous de cette façon. Tout cet embrouillamini entre Avram, Ilan et moi se ramenait sans équivoque à un petit enfant, à une histoire très simple.

Avram verse du café dans deux gobelets et lui en tend un. Elle cesse d'écrire et le remercie d'un sourire. De rien, signifie-t-il d'un hochement de tête. Ils émettent le petit toussotement paisible d'un vieux couple pépère. Ora lève distraitement les yeux avant de retourner à ses notes.

J'étais seule avec lui dans la pièce, je lui parlais à l'oreille, de peur qu'un seul mot ne se perde. Comme si je lui administrais l'histoire de sa vie par perfusion. Il écoutait dans un silence total avec ses yeux immenses, le regard écarquillé, tandis que je lui chuchotais des confidences au creux de l'oreille.

Elle sent encore la tiédeur de ce contact virginal sur ses lèvres. Sa bouche contre le délicat coquillage.

Si tu avais été là, si tu nous avais vus, tout aurait été différent. J'en suis certaine. Pour toi aussi. C'est une idée stupide, je le sais, mais il y avait quelque chose dans cette chambre…

Je ne sais même pas comment le formuler. Il y avait là une telle vitalité! Malgré tout, cet imbroglio débordait d'une formidable vitalité, et je savais que si tu avais été avec nous même une petite minute, si tu t'étais assis au bord du lit et avais caressé Ofer, juste le bout de ses orteils, tu aurais été immédiatement guéri et nous serais enfin revenu.

Les mots jaillissent à flots de sa main. C'est une sensation intense, forte, concentrée: quand elle écrit, Ofer est sain et sauf.

Si tu étais venu t'asseoir au bord de mon lit, à l'hôpital, tu aurais pu dire à Ofer ce qu'Ilan lui a expliqué: «Je suis ton père, c'est comme ça, un point c'est tout.» Ça ne lui aurait pas embrouillé les idées. Il serait tout simplement né ainsi, comme un enfant naît avec deux langues différentes, et ne sait même pas qu'il doit faire un effort d'adaptation.

Elle avale une gorgée de café. Il est tiède. Il a refroidi. Elle fait à Avram un sourire encourageant rempli de gratitude, mais il remarque le léger tremblement de ses lèvres et lui retire la timbale, qu'il vide et remplit de café chaud. C'est bon maintenant, délicieux. Elle relit ce qu'elle vient d'écrire par-dessus le bord du godet.

Je lui ai exposé toutes les choses importantes qu'il devait savoir ou entendre une fois dans sa vie – je n'ai pas arrêté de parler, même pendant son sommeil. Je lui ai révélé dans quelles circonstances j'avais rencontré Ilan et Avram, que j'étais plus ou moins amie avec l'un et l'autre depuis le début, la petite amie d'Ilan et la camarade d'Avram (même si à l'occasion je m'embrouillais avec cette répartition). Je lui ai expliqué que j'avais terminé mon service militaire alors qu'ils avaient encore un an à tirer, plus un autre dans l'active, et que j'habitais à Jérusalem, rue de Tibériade, à Nahlaot. J'étais en première année à l'université, j'adorais mes études d'assistante sociale, la vie que je menais. Blotti contre moi, il m'écoutait, les yeux grands ouverts.

Je lui ai aussi parlé du tirage au sort qu'ils avaient demandé, exigé que je fasse, et puis de ce qui s'était passé après la guerre, de l'état d'Avram quand il était revenu de là-bas, des traitement, de l'hospitalisation, des interrogatoires, car, pour une raison obscure, le Shabak était convaincu qu'il avait livré aux Égyptiens des secrets d'État vitaux. Pourquoi lui ? À moins qu'ils ne soient au courant de quelque chose, Avram était imprévisible, l'as des jeux et des volte-face dans une dimension parallèle, lui qui s'évertuait à se faire aimer à tout prix, partout, à prouver à la face du monde qu'il était à part, le meilleur. Peut-être savaient-ils quelque chose ?

Je lui ai dit aussi que nous nous étions occupés d'Avram, il n'avait plus que nous au monde, sa mère était morte quand il faisait ses classes. Je lui ai avoué qu'Ilan et moi avions conçu Adam à l'époque où Avram était encore à l'hôpital, par hasard, presque involontairement. Nous étions tellement je-ne-sais-pas-quoi que nous nous sommes accrochés l'un à l'autre et nous l'avons fait, voilà, comme deux gamins affolés. Et je ne lui ai pas caché non plus qu'Ilan m'avait quittée aussitôt après sa naissance, à cause d'Avram, avait-il prétexté, moi, personnellement, je crois qu'il appréhendait de vivre avec Adam et moi, comme s'il avait peur de ce que nous pourrions lui donner. Rien à voir avec Avram.

Je lui ai aussi parlé de son frère, Adam, pour qu'il apprenne à le connaître, et sache comment se comporter avec lui, cohabiter avec Adam nécessitait un mode d'emploi. Pour finir, je lui ai appris qu'environ deux ans et demi après son frère, je l'avais conçu avec Avram, en précisant que c'était un peu comme « le négatif de la baise », pour citer Avram qui me l'avait soufflé à l'oreille pendant l'acte. Il fallait bien qu'il s'habitue au jargon de son père, non ?

Elle est lancée. Elle n'aurait jamais cru que c'était si bon d'écrire ! Fatigant, plus encore que marcher, mais au moins, quand elle rédige, elle n'a plus besoin de bouger. Son corps le sait intuitivement : quand elle écrit, ou parle d'Ofer, Avram et elle n'ont plus à fuir.

Lorsque j'ai fini de parler, j'ai tapoté du bout du doigt l'arc de Cupidon, le petit creux au-dessus de la lèvre, pour qu'il oublie ce qu'il avait entendu et reparte de zéro, frais et innocent.

Alors il s'est mis à pleurer, pour la première fois depuis sa naissance...

Elle lâche son carnet qui tombe entre ses jambes, en équilibre sur le sol telle une petite tente. Ora a le sentiment que les mots se sauvent pour se faufiler dans les fissures de la terre. Elle retourne le carnet. Elle n'arrive pas à croire que tous ces mots sont sortis de sa plume. Presque quatre pages ! Alors qu'Ilan répète à qui veut l'entendre qu'elle doit composer plusieurs brouillons pour rédiger une malheureuse liste de courses !

– Avram ?

– Hmmmm...

– On dort un peu ?

– Maintenant ? Il est encore tôt.

– Je suis vannée.

– D'accord, si tu veux.

Ils recouvrent les cendres avec de la terre et des cailloux. Avram lave les ustensiles dans la rivière. Ora range les reliefs du repas dans son sac à dos. Ses gestes sont lents, contemplatifs. Elle croit détecter une inflexion oubliée dans la voix d'Avram, mais en se repassant ses dernières paroles, elle pense s'être trompée. La nuit est tiède, nul besoin de monter les tentes. Ils déroulent leurs sacs de couchage de part et d'autre du foyer éteint. Ora est si fatiguée qu'elle s'endort immédiatement. Avram reste longtemps éveillé. Allongé sur le côté, il fixe le carnet sur lequel repose la main d'Ora. Sa belle main aux doigts fuselés.

Elle s'éveille peu après minuit. Son inquiétude pour Ofer la tenaille, tel un diable prêt à jaillir de sa boîte. Une panique folle, bruyante, qui s'empare de son corps et de son esprit : Ofer va mourir ! Ofer est mort ! Elle se redresse, sonnée, braque un regard dément sur Avram, qui ronfle imperturbablement de l'autre côté du feu.

Comment peut-il être insensible à ce qui se passe ?

De la même manière, il ne s'est douté de rien quand Ofer est venu au monde.

Impossible de lui faire confiance. Elle doit faire front seule.

Leur couple nouvellement réuni l'accable, leur morne solitude ici, au bout du monde. À quoi pensait-elle en le traînant jusque-là ? Quelle est cette folie ! Ces coups d'éclat spectaculaires ne lui ressemblent guère. Ils cadrent mieux avec l'ancien Avram qu'avec elle. Elle n'est qu'une usurpatrice, simulant une témérité insensée. Retourne à la maison, à tes fourneaux, en attendant des nouvelles de ton fils, et habitue-toi à vivre sans lui !

Elle s'extirpe du duvet, s'empare du carnet et, dans l'obscurité, elle trace *Ofer Ofer Ofer*, une ligne, deux, douze, en grosses lettres tarabiscotées, prononçant son nom à mi-voix pour le transmettre à Avram, dans l'obscurité. Il dort ? Aucune importance, c'est ce qu'il faut faire, le meilleur antidote au poison qui pourrait bien détruire Ofer à cet instant même. Elle ferme les yeux et l'imagine, procédant par petites touches successives, l'entourant de couches de lumière protectrices. Emmailloté dans la chaleur de son amour, elle le plante, encore et encore, dans la conscience endormie auprès d'elle. Puis à l'aveuglette dans le noir, elle écrit :

Je pense par exemple à la manière dont il a découvert ses pieds quand il était bébé. Il adorait les sucer, les mordiller. Croyait-il mâchouiller quelque chose existant dans le monde, qu'il pouvait voir juste devant ses yeux mais qui lui procurait en même temps des sensations à l'intérieur de lui ? Et tout en mâchonnant, peut-être commençait-il à comprendre les limites du « moi » et du « mien » ?

Et cette impression s'est mise à dégouliner autour du cercle formé entre sa bouche et son pied.

Moi-mien-moi-mien-moi-mien-moi

Comment ai-je pu oublier ce stade fondamental ! Est-ce possible ? Où étais-je ? Si j'essaie de deviner dans quelle partie du corps il se sentait le plus « moi » à ce moment-là, je crois que c'était exactement au centre, dans son zizi.

Je le sens moi aussi, au moment où j'écris. Sauf que, chez moi, c'est très douloureux.

Il y a tellement de « mien » qui n'est plus à moi !

Si j'en avais les moyens, j'écrirais tout un livre sur le moment où Ofer a sucé ses orteils.

Un jour, il devait avoir dix-huit mois, il brûlait de fièvre, peut-être après un vaccin. (Contre quelle maladie déjà ? Était-ce le ROR, le triple vaccin ? Qui pourrait le dire ? Je me rappelle seulement que l'infirmière ne trouvait pas la partie charnue de ses fesses pour l'injection. « Ofer aurait eu besoin d'un anti-triple vaccin », avait pouffé Ilan.) Bref, il s'était réveillé au milieu de la nuit, brûlant de fièvre. Il parlait tout seul et chantait d'une voix aiguë. Nous le veillions, debout à côté de son lit à deux heures du matin, exténués. Nous ne le reconnaissions plus. On aurait dit un ivrogne, et nous avions éclaté d'un rire hystérique, parce que nous le considérions alors avec une certaine distance, je crois, et nous avions le sentiment tous les deux (ensemble, je pense) qu'il nous était encore un peu étranger, venu comme tous les nouveau-nés de quelque part, de l'inconnu.

Étranger, il l'était de fait, puisqu'il appartenait à Avram. Il présentait un plus grand risque d'altérité que n'importe quel autre bébé.

Elle s'interrompt et s'efforce de se relire. Elle parvient à peine à discerner l'encre sur la page.

Quel soulagement quand Ilan l'a pris dans ses bras! «Ce n'est pas gentil de se moquer de toi, pauvre petite chose malade, et peut-être un peu ivre, aussi!» s'est-il écrié. Je lui étais reconnaissante d'avoir dit: «Ce n'est pas gentil de se moquer de toi», plutôt que «de lui». Tout à coup, il avait brisé cette étrangeté qui commençait à se dresser comme un obstacle entre nous. Et c'était son œuvre à lui, pas la mienne.

Sache – elle louche sur Avram endormi –, au cas où tu en aurais douté, qu'il a été un père merveilleux pour les deux garçons. Je pense sincèrement que la paternité est ce qu'il y a de meilleur en lui.

Elle tourne la page et écrit en travers, appuyant sur le stylo au risque de transpercer le papier: *Paternité? Pas conjugalité?*

Elle considère ces trois mots avant de passer à la page suivante.

Ofer ne s'est pas calmé, cette nuit-là. Au contraire, il s'est mis à brailler, à vocaliser littéralement. Nous nous tordions de rire, mais cette fois, c'était différent, à croire que nous nous lâchions un peu, peut-être pour la première fois depuis ma grossesse, et aussi parce qu'il devenait évident qu'Ilan ne nous quitterait plus. Voilà, nous allions enfin commencer notre vie ensemble, désormais une famille normale!

Elle inspire à fond pour reprendre ses esprits.

Tu dors, tu ronfles.

Comment réagirais-tu si je venais m'étendre à côté de toi?

Il y a presque une semaine que je suis partie.

Comment ai-je pu faire une chose pareille? Me sauver en un tel moment? C'est de la folie!

Adam a peut-être raison. Ce n'est pas naturel.

Eh bien non, tu sais quoi? Ce n'est pas du tout mon avis.

Écoute! J'ai éprouvé un tas d'émotions diverses et variées avec les enfants! Je ne sais pas si j'y comprenais quelque chose à l'époque, si tant est que j'aie eu le temps d'y réfléchir. Rétrospectivement, ces années m'apparaissent comme une tempête ininterrompue.

Cette nuit-là, entre deux vocalises, j'ai donné un bain froid à Ofer pour faire baisser la fièvre. Ilan n'en avait pas le courage. Alors je m'y suis collée. C'est une invention diabolique mais efficace. Il suffit de vaincre la peur qui vous saisit à la seconde où il a la respiration coupée. J'ai cru le voir virer au bleu. Ses lèvres tremblaient, il hurlait, alors je lui ai lancé que c'était pour son bien. Il crispait ses doigts sur sa minuscule poitrine, on aurait dit que son cœur s'était arrêté de battre, la violence du choc, et sans doute aussi ma trahison, le faisait violemment tressaillir.

Quand j'ai recommencé à une autre occasion, en présence d'Adam, cette fois, il a hurlé que je torturais Ofer. «Entre dans ce bain toi-même!» a-t-il beuglé. «Tu sais quoi? Tu as raison!» ai-je rétorqué. On s'est amusés comme des petits fous. Adam était un enfant très perspicace.

Elle se prend la tête entre les mains. Anéantie par la douleur, la roue ne peut pas tourner à contresens! Elle s'accroupit et se balance d'avant en arrière. Elle entend un bruissement, un craquement dans son dos: deux hérissons, sans doute un couple, émergent du fourré en file indienne. Le plus petit renifle les pieds nus d'Ora, qui ne bouge pas. Ils trottinent sur leurs petites pattes et disparaissent. «Merci», murmure-t-elle.

Écoute, Avram, à propos d'Ofer. Je ne sais pas si j'ai été une bonne mère pour lui, mais il s'en est plutôt bien sorti, je trouve. Il est certainement le plus stable et le plus solide de mes enfants.

Je manquais de confiance en moi, quand ils étaient jeunes. J'ai fait un tas d'erreurs. J'étais très ignorante.

Tu t'es exclamé «Toi?», quand j'ai dit que je doutais d'avoir été la meilleure mère du monde. Quand j'ai osé détruire ton... ton quoi? Tes illusions sur la famille idéale? Sur la mère parfaite? Est-ce ainsi que tu nous voyais?

S'agissant des choses fondamentales, tu te fourvoies complètement!

Elle lève les yeux. Avram dort paisiblement, roulé en boule, souriant peut-être dans son sommeil.

Je crois que nous formions une famille assez unie, somme toute. La plupart du temps, nous étions même, excuse cette expression, plutôt heureux ensemble. Bien sûr, nous avions nos problèmes, les petits embêtements quotidiens inévitables. («Les familles heureuses sont malheureuses chacune à leur façon», m'avais-tu écrit un jour pendant ton service militaire. Qu'en savais-tu ?) En tout cas, j'affirme haut et fort que, depuis la naissance d'Ofer et jusqu'à cette triste histoire qui s'est passée à Hébron, il y a environ un an, nous étions très bien ensemble.

Et d'une manière étonnante, Ilan et moi en avions conscience, à l'époque. Pas seulement après coup.

Elle glisse un œil dans sa direction. Un pétale de joie égaré, totalement incongru, voltige devant ses yeux.

Nous avons connu vingt bonnes années. Dans ce pays, c'est plutôt culotté, non ? « Une chose pour laquelle les anciens Grecs auraient été punis. » (Je ne me souviens plus dans quel contexte tu l'avais déclaré un jour.)

Nous en avons profité vingt ans. C'est long. Sans oublier les six années de service militaire des garçons (il n'y a eu que cinq jours de battement entre la démobilisation d'Adam et la conscription d'Ofer). Ils ont tous les deux servi dans les Territoires, les pires endroits. Nous avons réussi à passer à travers les gouttes sans y laisser de plumes, entre les guerres, les attaques terroristes, les roquettes, les grenades, les balles, les obus, les bombes, les snipers, les attentats-suicides, les billes d'acier, les pierres, les couteaux, les clous... Le fait est que nous avons mené une petite vie tranquille.

Tu comprends ? Nous menions une existence étriquée qui n'avait rien d'héroïque, à l'écart de la situation, bon sang ! Parce que, comme tu le sais, nous avions déjà donné.

De temps en temps...

Une fois par semaine environ, je me réveillais, angoissée, et chuchotais à Ilan : « Regarde-nous ! On dirait une petite cellule clandestine au cœur de "la situation" ! »

Et c'était vraiment le cas.

Pendant vingt ans.

Vingt bonnes années.

Jusqu'à ce que nous tombions dans le piège.

Ils s'allongent sur un lit de coquelicots et de cyclamens, en sueur, hors d'haleine, après la rude ascension du mont Keren Naphtali. C'est la partie la plus ardue jusque-là, conviennent-ils en dévorant quelques biscuits. Il va bientôt falloir trouver de quoi manger, décident-ils d'un commun accord. Avram se relève pour lui montrer qu'il a bien maigri, ces derniers jours. Et il n'en revient pas non plus de réussir à dormir quatre heures d'affilée sans somnifère, la nuit.

— Tu sais ce que cela signifie ?

— Que ce voyage te fait du bien. Régime, exercice et grand air.

— C'est vrai que je me sens en forme, admet Avram sans chercher à dissimuler sa surprise.

Il le répète encore une fois, comme si, en sécurité dans un abri de fortune, il provoquait un fauve endormi.

Derrière eux se dresse un amas de pierres de taille, vestiges d'un village arabe, voire d'un ancien temple. Avram – qui vient de lire un article sur le sujet – affirme que l'édifice date de l'époque romaine, explication qu'Ora s'empresse d'accepter.

— Tant mieux, parce que j'aurais eu du mal à encaisser les ruines d'un village arabe en ce moment.

Tel l'effet d'un mirage, comme surgi des ruines, elle voit en esprit un tank dévalant une ruelle dans un effroyable vacarme, prêt à écrabouiller une voiture ou défoncer le mur d'une maison d'une minute à l'autre.

– Ça suffit, mon disque dur est saturé! gémit-elle, le visage enfoui dans ses mains.

De grands pistachiers, toutes branches déployées, oscillent pensivement au vent léger. Non loin de là, se profile une petite base militaire entourée de barbelés et hérissée d'antennes. Un superbe soldat éthiopien au corps sculpté dans l'ébène surveille la vallée de Houla, en contrebas, il doit probablement les épier, histoire de pimenter un peu son tour de garde. Ora s'étire de tout son long, offrant son corps à la fraîcheur de la brise. Étalé sur le sol devant elle, en appui sur un bras, Avram fait glisser de la terre entre ses doigts.

– C'est arrivé deux ou trois mois avant ses quatre ans, annonce Ora, à l'heure du repas. À cette époque, j'étais en dernière année de kinésithérapie, et Ilan venait d'ouvrir son cabinet d'avocat. C'était une période dingue. Heureusement, deux jours par semaine, je terminais mes cours plus tôt et je pouvais aller chercher Ofer à la crèche et le faire déjeuner. Ça t'intéresse, tu es sûr?

– Je... eh bien..., s'esclaffe Avram en rougissant.

– Eh bien quoi? Dis-moi!

– J'ai l'impression d'être un espion.

– Ah oui? Bon, alors arrête d'espionner et regarde! Notre vie est un livre ouvert. Ofer m'a demandé ce que je préparais. Je ne sais plus ce que je lui ai répondu – disons du riz et des boulettes de viande.

La bouche d'Avram remue involontairement, comme s'il mastiquait les mots. Il adorait manger, parler de nourriture, *la meilleure amie de l'homme*, se souvient Ora. Elle aurait tant voulu le soigner aux petits oignons, ces dernières années! Lors des repas de famille, des dîners entre amis, les jours de fête, le soir du Seder, elle lui gardait une assiette dans son cœur. Aujourd'hui, elle le tenterait bien avec un plat d'aubergines à la sauce tomate, un couscous à l'agneau, une de ces soupes roboratives et réconfortantes dont elle avait le secret. Dire qu'il ignore quel cordon-bleu elle est devenue! Il ne doit se rappeler que les casseroles brûlées, dans son studio d'étudiante de Nahlaot.

– Ofer m'a demandé comment on confectionnait les boulettes

et j'ai dû répondre que c'étaient simplement des boules de viande. "C'est quoi, la viande ?" a-t-il dit après un temps de réflexion. Avram se redresse, entourant ses genoux de ses bras.

– Ilan s'attendait depuis longtemps à cette question, dès qu'Ofer avait commencé à parler en fait, à la minute où il avait vu quel genre d'enfant il était, je t'assure.

– Que veux-tu dire par "quel genre d'enfant"?

– Patience, j'y arrive.

Quelque chose la turlupine depuis plusieurs minutes. Un détail oublié à la maison? un robinet laissé ouvert? une lumière allumée? l'ordinateur? Et s'il s'agissait d'Ofer? *Court-il un danger en ce moment précis?* Elle écoute au fond d'elle-même, entre les murmures et les conjectures, non, il ne s'agit pas Ofer.

– Ora?

– Où en étais-je?

– Quel genre d'enfant il était.

– Ah oui ! Je lui ai répondu sur le ton de la conversation que c'était de la viande, rien de spécial, tu sais, on en mange presque chaque jour. De la viande, quoi !

Elle le revoit, son petit Ofer tout maigrichon, l'adorable petit garçon qui se dandinait d'un pied sur l'autre, quand il était troublé ou effrayé – elle se lève pour lui montrer. Il tirait sur le lobe de son oreille gauche, comme ceci. Ou il marchait en crabe, allant et venant au pas de course, comme cela.

Avram ne la quitte pas des yeux. Elle revient s'asseoir avec un soupir. Elle se languit tellement de son fils !

– J'ai fourré la tête dans le frigo pour éviter son regard, mais il ne cédait pas. À qui prenait-on cette viande? a-t-il demandé. Je te signale qu'il adorait le bœuf et le poulet, à l'époque. Il ne mangeait pratiquement rien d'autre, il raffolait des boulettes, des escalopes, des hamburgers. Un vrai carnivore, Ilan était très content. Moi aussi, curieusement.

– À quel propos?

– Qu'il aime la viande. Je ne sais pas, une sorte de satisfaction originelle. Tu comprends, non?

– Je suis végétarien maintenant.

– Oh! Je l'ai remarqué, l'autre jour, au *moshav*, tu n'as pas touché à...

– Depuis trois ans.

– Pour quelle raison?

Il fixe le bout de ses doigts avec un profond intérêt.

– L'envie de me purifier, je pense. Il m'est déjà arrivé de ne pas manger de viande pendant quelques années, il y a longtemps, tu te souviens?

Quand il était revenu des geôles égyptiennes. Bien sûr, qu'elle s'en souvient! Il avait envie de vomir chaque fois qu'il passait devant un steak-house ou un kiosque de *shawarma*. Même une mouche cramant sur un piège électrique lui donnait des haut-le-cœur. Elle se rappelle avoir eu la nausée, bien des années plus tard, quand Adam et Ofer expliquèrent en manière de plaisanterie – c'était un dîner de shabbat, avec nappe blanche, *hallah*, bouillon de poule, etc., – la signification du sigle «MBT», d'après eux. Adam avait piloté un char de combat pendant son service militaire et, par la suite, Ofer avait été servant avant de passer chef dans le même tank. Ils se tordaient de rire: «Non, ce n'est pas Main Battle Tank, où as-tu inventé ça? Ça veut dire Machine à Broyer du Troupier...»

– Au bout de quelques années, continue Avram, cinq ou six peut-être, j'ai retrouvé l'appétit et j'ai remangé de tout. Tu sais que j'aime beaucoup la viande moi aussi.

– Oui.

– J'y ai de nouveau renoncé, il y a trois ans environ.

– Trois ans?

– À peu près, oui.

– Une sorte de vœu?

Il lui glisse un regard en coin.

– Un pari, disons.

Le cou d'Ora rougit.

– Tu crois être la seule à en être capable?

– De parier avec le destin, tu veux dire?

Silence. Elle se met à tracer des traits sur le sol avec un bout de bois et les coiffe d'un triangle en guise de toit. Il s'est abstenu de viande pendant trois ans, songe-t-elle, et chaque soir il a biffé une ligne sur le mur de sa chambre. Qu'est-ce que cela signifie ? Qu'essaie-t-il de me faire comprendre ?

– Ofer a réfléchi encore un petit moment, poursuit-elle, et il a fini par demander si la viande qu'on prenait à la vache repoussait.

– Repoussait… ? sourit Avram.

– J'ai sursauté. "Non, ce n'est pas tout à fait comme ça que ça marche", ai-je répondu. Ofer déambulait dans la cuisine à grands pas furieux, et j'ai compris que quelque chose se déclenchait en lui. Il s'est planté devant moi et m'a demandé si la vache avait bobo quand on lui prenait sa viande. Je n'avais pas le choix : j'ai répondu que oui.

Avram écoute de chaque fibre de son être, captivé par la scène. Ora discutant avec l'enfant, ce petit garçon chétif, désemparé, qui déambulait gravement dans la cuisine en tiraillant le lobe de son oreille, fixant sur sa mère un regard impuissant. Avram lève machinalement la main pour se protéger des miettes de cette vie domestique qu'on lui lance sans ménagement à la figure. La cuisine, le frigo ouvert, la table dressée pour deux, les casseroles fumantes sur le feu, la mère, le petit garçon, son désarroi.

– Ensuite il a demandé si on prélevait la viande sur une vache déjà morte pour que ça ne lui fasse pas mal. Il cherchait par tous les moyens à sauver la face, tu comprends, la mienne, mais aussi celle de l'humanité tout entière. Je savais qu'il me fallait forger un pieux mensonge, et que plus tard, quand il aurait grandi, ingéré assez de protéines animales, il serait temps de lui révéler ce que tu appelais "les circonstances de la vie et de la mort". Ilan était furieux à juste titre que je n'aie pas su inventer une explication cohérente. Avec les enfants, il faut savoir arrondir les angles de temps en temps, leur offrir une vision édulcorée du monde, il n'y a pas d'autre solution, et je n'ai jamais pu… je n'ai jamais été très douée pour mentir… Enfin… en dehors de… tu sais…, balbutie-t-elle.

N'osant verbaliser la question, Avram lui lance un regard interrogatif.

– Nous te l'avions promis. Ofer ne sait rien.

Nouveau silence. Ora voudrait ajouter quelque chose, mais après

314

des années de mutisme passées à contracter le muscle de sa conscience elle ne peut pas en parler, même à Avram.

– Comment est-ce possible ? s'étonne-t-il avec un accent de reproche.

– C'est possible, Ilan et moi y sommes bien arrivés.

Une onde de chaleur la submerge au souvenir du pacte du silence qui les lie, fortifié autour du puits béant du secret par la tendresse dont ils débordaient, au bord de ce trou, la prudence dont ils redoublaient pour ne pas y tomber ni trop s'en éloigner, la pensée amère, quoique non dénuée de douceur, que l'histoire de leur vie s'écrivait à l'envers, et que personne au monde, pas même Avram, ne pourrait jamais la déchiffrer. Aujourd'hui encore, même séparés, ils partageaient ce point commun. Définitivement.

Les mâchoires serrées, elle refoule ce qui s'est hasardé à émerger de l'ombre, et, grâce à quelque vingt-deux ans de pratique, elle reprend le bon chemin, la voie droite et simple, dont elle s'est affranchie un instant, gommant les dernières minutes – l'évocation de la singularité absolue, obscure de sa vie.

– Où en étais-je ?

– À la cuisine. Avec Ofer.

– Oui, et bien sûr Ofer était déstabilisé par mon silence. Il tournicotait comme une toupie, parlant tout seul, et je voyais bien qu'il était incapable d'exprimer par des mots ce qu'il soupçonnait. Finalement, jamais je ne l'oublierai, il a baissé la tête et il est resté planté là, tout noué, complètement tordu – d'un mouvement subtil, elle se métamorphose, empruntant les traits de son fils, son regard déchiré qui darde à travers le sien, et Avram le voit, il voit Ofer : Voilà, tu ne l'oublieras plus, tu ne pourras plus vivre sans lui ! –, et il m'a demandé si on tuait les vaches pour prendre leur viande. Que pouvais-je dire ? J'ai répondu que oui.

– Il cavalait comme un fou en hurlant, ajoute-t-elle.

Elle se rappelle la plainte proférée d'une voix méconnaissable, qui n'avait plus rien d'humain. Il se heurtait aux objets, aux meubles, à une paire de chaussures par terre, il galopait en criant, en manipulant tout ce qui lui tombait sous la main, les clés sur la table, les boutons des portes.

– C'était effrayant. On aurait dit une sorte de rituel, je ne sais pas…
comme s'il disait adieu à tout ce qui…

Elle lui sourit avec douceur, attristée par ce qu'elle lui apprend,
ce qu'il ignore encore. Comme si elle le contaminait avec les tracas
que représente l'éducation d'un enfant.

– Ofer a foncé au fond du couloir, jusqu'à la porte de la salle
de bains, tu sais, près du portemanteau. Et là, il s'est mis à hurler :
"Tu l'as tuée ? Tu as tué une vache pour lui voler sa viande ? Dis-moi ?
Oui ? Oui ? Tu as fait ça exprès ?" Alors j'ai compris. Pour la première
fois de ma vie, sans doute, j'ai entrevu ce que signifiait manger des
créatures vivantes, les tuer pour les manger, nous entraîner à ne plus
penser à la cuisse amputée d'un poulet trônant au milieu de l'assiette.
Ofer refusait d'être dupe, tu saisis ? Il était terriblement vulnérable.
Te rends-tu compte de ce que devait éprouver un enfant comme lui
dans ce monde dégueulasse ?

Avram a un mouvement de recul. Il ressent dans ses tripes le frisson
de terreur qui l'avait envahi à l'époque, en apprenant qu'Ora était
enceinte.

Elle prend une gorgée d'eau, s'asperge la figure et lui passe la
gourde, qu'il renverse sans réfléchir sur sa tête.

– Soudain, son visage s'est fermé à double tour, comme ça, reprend-
elle en brandissant son poing serré, il a piqué un sprint dans le couloir
jusqu'à la cuisine et il m'a flanqué un coup de pied. Tu imagines ?
C'était la première fois ! Il m'a frappée à la jambe de toutes ses forces
en beuglant : "Vous êtes comme des loups ! Les gens sont comme des
loups ! Je ne veux plus vivre avec vous !"

– Quoi ?

– Il se débattait en braillant…

– Il a vraiment dit ça ? *Comme des loups ?*

Un petit garçon qui, un an plus tôt, pouvait à peine aligner trois
mots.

– Mais où a-t-il entendu que…

– Il s'est rué sur la porte. Il voulait se sauver, mais elle était verrouillée. Il s'est jeté contre le battant, l'a bourré de coups de pied
et de coups de poing, fou de rage. J'ai senti que s'était déclenché en

316

lui quelque chose d'irrémédiable, pour toute la vie, la première égratignure, tu vois, le premier chagrin.

– Non, je ne vois pas. Explique-moi, murmure Avram en plaquant ses paumes moites sur ses cuisses.

Comment peut-elle l'expliquer ? Et si elle lui parlait de sa vie à lui, de son père, qui un beau jour, quand Avram avait cinq ans, avait disparu pour ne jamais revenir. Saisissant le visage du petit garçon entre ses mains, il l'avait tourné vers la mère d'Avram en lui demandant avec un large sourire si elle pensait vraiment que cet enfant lui ressemblait, s'il était possible qu'une telle créature soit issue d'un homme comme lui, si elle était certaine de l'avoir mis au monde ou si elle ne l'avait pas plutôt expulsé comme un gros caca.

– J'ai souvent pensé que là, dans la cuisine, il avait découvert quelque chose sur nous.

– Qui ça, nous ?

– Nous, les humains. Sur cette chose que vous avons en nous.

– Oui.

Avram fixe le sol, la poussière. *Vous êtes comme les loups. Je ne veux plus vivre avec vous*, rumine-t-il, bouleversé par ces mots tout simples, qu'il a cherchés pendant près de trente ans et que son fils a énoncés à sa place.

Ora se demande ce qui s'est réellement passé dans la cuisine, ce jour-là. Sur quel air, sur quel ton a-t-elle inculqué à Ofer les circonstances de la vie et de la mort ? Était-ce comme elle l'a décrit à Avram ? Elle n'a pas vraiment menti à son fils, mais cherché à adoucir la réalité pour lui en épargner l'horreur, autant que possible. Obscurément, elle se rappelle la manière dont sa propre mère lui avait décrit – elle avait alors six ans –, avec force détails teintés d'indignation et de révolte, les abominations perpétrées par les détenus du camp de concentration où elle avait passé la guerre.

– Je ne sais pas si lui dévoiler ces choses-là… a représenté une part essentielle de son éducation, pour le préparer à la vie, etc., et à quel moment s'est glissée une certaine… comment dire… cruauté ?

– De quoi parles-tu ?

– Une joie malsaine.

– Je ne comprends pas, Ora…

– Peut-être que je supposais implicitement que ce que je lui racontais était aussi, en quelque sorte, sa punition pour avoir rejoint ma petite bande de fêlés? Ou bien le jeu en soi, tu sais, la comédie humaine.

– Oh, ça!

– Oui.

Le silence revient. Avram approuve de la tête, en plissant ses lourdes paupières.

– Et quand j'ai voulu le prendre dans mes bras pour le calmer, il s'est rebiffé et m'a griffée jusqu'au sang. Il a pleuré toute la nuit dans son sommeil, tant ça le brûlait de l'intérieur. Le lendemain matin, il s'est réveillé avec une forte fièvre et a refusé que je le console, il ne nous a pas laissés le toucher avec "nos mains de viande", tu vois, et depuis ce jour-là, pendant douze ans, il n'y a plus jamais touché, évitant même ce qui aurait pu entrer en contact avec de la viande. Ce n'est que vers seize ans, quand il a grandi, mûri, qu'il y est revenu.

– Pourquoi à seize ans?

– Attends, nous n'en sommes pas là! – Il nous reste encore du chemin à parcourir, réfléchit-elle, mais nous débrouillerons les fils au fur et à mesure, ensemble. – Au début, pendant les repas, il refusait de me parler si j'agitais une fourchette qui avait touché du poulet dans sa direction, par exemple. Tu vois jusqu'où… Comme disait Ilan: Ofer appartenait à la branche chiite des végétariens.

Elle éclate de rire.

Elle doit coucher cette époque par écrit. Les batailles d'Ilan contre Ofer, l'inconcevable obstination, l'entêtement de son fils, la faiblesse troublante qui s'emparait d'elle et d'Ilan face à ce garçonnet de quatre ans défendant bec et ongles des principes aussi rigides. Et cette impression que tous deux partageaient: il puisait sa force à une source secrète qui n'était pas de son âge et déroutait ses parents.

– Où est passé mon carnet?

Elle se lève. La sourde angoisse de tout à l'heure monte, monte au point de l'étouffer.

– Où est mon carnet, Avram? Tu n'aurais pas vu où je l'ai rangé par hasard?

Elle se précipite sur son sac à dos, qu'elle fouille vainement. Rien !
Elle pose un regard affolé sur l'autre sac, celui d'Avram, qui se hérisse.

– Et s'il était dans tes affaires ?

– Non, je ne pense pas. Je ne l'ai même pas ouvert, ce sac.

– Ça t'ennuie si je regarde ?

Il hausse les épaules, l'air de dire : Ce n'est pas à moi et ça ne me
concerne pas, se lève et s'écarte de quelques pas.

Ora baisse les fermetures à glissière, détache les crochets, défait
les nœuds et se penche pour examiner le contenu. Il est plus ou
moins dans le même état que lorsqu'elle l'a préparé avec Ofer, à la
maison. Même s'il l'a porté jour après jour sur son dos, Avram s'est
débrouillé pour ne rien déranger.

Le sac bée entre eux. Le T-shirt « Milano » rouge est posé au-dessus
de la pile, exactement tel qu'Ofer l'a emballé. Le carnet n'y est pas,
comprend-elle aussitôt, sans se résoudre toutefois à refermer le bagage.

– Il y a des vêtements propres, là-dedans, déclare-t-elle d'une voix
neutre. Et aussi des chaussettes, des T-shirts, des affaires de toilette.

– Je sens si mauvais que ça ?

– Disons qu'on peut te suivre à la trace.

Il lève le bras pour renifler son aisselle.

– On va finir par trouver une source ou un robinet, tu vas voir,
fait-il, peu convaincu.

On dirait un gamin expliquant au moniteur de la colonie qu'il
regrette infiniment de ne pas pouvoir se doucher avec ses camarades.

Ora inspire à fond, tandis que, comme doués d'une vie propre, ses
doigts papillonnent au-dessus du sac d'Ofer.

– Et puis ses vêtements ne sont pas à ma taille, de toute façon,
objecte-t-il.

– Quelques-uns, si. Les pantalons, sûrement. Ofer est costaud.
D'ailleurs, il n'y a pas que des vêtements à lui, là-dedans, dit-elle
en louchant sur le sac sans oser encore y toucher. Il a emprunté des
T-shirts d'Adam et d'Ilan. Et le *sharwal* qu'il emporte quand il part
dans le Sinaï. Il devrait t'aller, et il est assez large pour ne pas risquer
de t'inoculer la présence d'Ofer.

– Qu'est-ce que les affaires d'Adam et d'Ilan fabriquent ici ?

319

– Je crois qu'il voulait s'entourer de leur présence, pendant la randonnée.

Elle résiste à l'envie de lui révéler que ces trois-là échangeaient également leurs sous-vêtements.

Après une longue hésitation, elle finit par plonger les doigts dans le sac, on dirait qu'elle craint de perturber l'ordre établi par Ofer, puis elle y fourre carrément les deux mains, empoigne des vêtements tiédis par le soleil, effleurant au passage des chaussettes roulées en boule, se glissant dans les poches avec la vélocité d'un pickpocket, tâtant une serviette, une torche, des sandales, des sous-vêtements, des tricots de peau. Ses doigts s'enfoncent fébrilement dans les profondeurs, hors de son champ de vision, raflant tout ce qu'ils trouvent. Elle a la curieuse impression qu'en touchant les habits de son fils, sa carapace en quelque sorte, elle accède à son intimité même, chaude et humide.

Elle incline la tête et enfouit le visage dans le sac. Une odeur de linge propre, confiné, lui emplit les narines. Ils ont préparé leurs bagages ensemble en se rappelant les préparatifs solennels à la veille de la grande bataille dans *Le Vent dans les saules*, qu'Ora lui avait lu trois fois de suite, quand il était petit : *un chemisier pour Taupe et une paire de chaussettes pour Crapaud*. Et si, pendant ces réjouissances, tandis qu'Ora se tordait de rire, son fils avait tout manigancé dans son dos et savait déjà pertinemment qu'il ne l'accompagnerait pas, que c'était une bonne blague ? Comment avait-il pu la mener en bateau de la sorte ? Et pourquoi ? Craignait-il de s'ennuyer une longue semaine en sa compagnie ? Qu'ils n'aient rien à se dire, qu'elle remette sa rupture avec Talia sur le tapis, récrimine contre Adam, tente de le rallier à sa cause contre Ilan – éventualité qu'Ora n'aurait jamais envisagée ! –, voire de le cuisiner une fois de plus à propos d'Hébron ? Oui, grosso modo, ce doit être ça.

Cet inventaire lui soulève le cœur. Un goût acide lui remonte à la gorge. Le visage dans le sac, les mains agrippées de chaque côté, on dirait qu'elle étanche sa soif au puits. Les fines vertèbres flexibles de son cou palpitent sous sa peau, remarque Avram.

Elle sanglote silencieusement, s'apitoyant sur son sort, la ruine de sa famille, de son amour, Ilan, Adam, et maintenant Ofer là-bas, que Dieu nous protège, et l'épave qu'elle est devenue à présent qu'ils ont tous disparu, ou l'ont abandonnée, que reste-t-il de la super maman ? Une chiffe molle, voilà ce qu'elle est ! Une éponge très efficace. Pendant vingt-cinq ans, elle n'a cessé d'essuyer tout ce qui suintait de ses trois hommes, chacun à sa façon, ce qu'ils déversaient au fil des ans, jour après jour, dans le microcosme familial, c'est-à-dire en elle, car plus que chacun séparément ou les trois réunis, le microcosme familial, c'*était* elle qui l'incarnait. Elle a écopé du meilleur et du pire, surtout du pire, se dit-elle avec amertume, se complaisant dans l'autoflagellation, bien que sachant, au fond d'elle-même, qu'elle noircit le tableau, exagère les torts des uns et des autres, y compris les siens, or elle refuse de renoncer à la bile qu'elle vomit dans toutes les directions, la quantité innombrable de toxines et d'acides qu'elle a absorbés, les excréments du corps et de l'âme, les excédents de bagages de l'enfance, l'adolescence et la maturité. Quelqu'un doit bien absorber tout cela, n'est-ce pas ? Elle hoquette au milieu des T-shirts et des chaussettes qui se cramponnent à sa figure, tels de petits chiots consolateurs – toute cette douceur, au toucher, l'odeur de lessive, en dépit de la petite pique qu'elle renferme : féministe à la gomme, le déshonneur du mouvement de libération des femmes, la tache aveugle dans l'éclat du néon émanant des livres que son amie Ariela lui fournit indéfectiblement, ouvrages qui lui tombent des mains dès les premières pages, rédigés par des femmes énergiques, spirituelles, péremptoires, maniant avec maestria des expressions telles que « la dualité du clitoris en tant que signifiant et signifié », ou « le vagin comme espace déterminant encodé par les hommes », ce qui déclenche immédiatement dans son esprit frileux le vrombissement intempestif de machines ou d'appareils ménagers, mixeurs, aspirateurs, lave-vaisselle – des femmes qui perçoivent sa misérable existence comme une insulte contre elles et leur juste combat ! Que le féminisme aille se faire voir ! pense Ora en riant à travers ses larmes. Il était clair, explique-t-elle à un T-shirt qui lui colle obstinément au visage, que sans ces mécanismes de drainage, d'irrigation, de purification et de désalinisation qu'elle avait imaginés et passé des années à peaufiner, sans ses éternelles concessions, sa fierté ravalée, les multiples courbettes, la famille aurait certainement éclaté depuis belle lurette, quoique peut-être pas après tout, qui sait? La question la taraude. Que se serait-il passé si elle ne leur avait pas servi de dépotoir, ou plutôt – moins humiliant, plus sophistiqué et lisse – de paratonnerre? Lequel se serait porté volontaire pour la remplacer dans ce rôle ingrat et épuisant? Les satisfactions qu'il procurait étaient si profondément enfouies au tréfonds de ses entrailles, au-dessus de son ventre, qui se creusait à cette idée, et dont les trois autres ignoraient tout – comment l'auraient-ils pu? Que savaient-ils de la félicité qui coulait dans les interstices de son âme, quand elle parvenait à apaiser, écarter un nouvel orage, saturé d'éclairs de colère, de frustration, de soif de revanche, d'insultes, ou simplement de la douleur passagère de chacun, quel que soit l'âge? Elle pleurniche encore un peu au cœur du linge, mais on dirait que le chagrin s'en est allé avec ses larmes. Elle s'essuie les yeux sur le T-shirt qu'Ofer avait rapporté de sa base, près de Jéricho, où on lisait *Nebi Musa – car l'enfer est en construction*. Elle s'en trouve réconfortée, rafraîchie, ce qui est invariablement le cas après une crise brève et violente, un peu comme après l'amour, une vingtaine de caresses plus tard, c'est l'explosion, sans aucune exception. Maintenant que le nuage est passé, elle a envie de replonger dans le bagage d'Ofer, d'y puiser ses vêtements à pleines mains pour les étaler devant Avram sur les buissons et les rochers, par le fait d'apparaître, en quelque sorte, révélant sa taille, sa stature, sa corpulence… L'excitation la gagne: si elle s'en donnait vraiment la peine – elle n'est pas loin de croire que tout est possible au cours de ce voyage, suspendu à un délicat réseau de serments et de vœux –, elle pourrait le sortir de là, délivrer Ofer des profondeurs du sac, minuscule et si mignon, gigotant dans tous les sens. Elle se contente d'un béret militaire, d'un pantalon de jogging et d'un *sharwal*. Elle nage dans le bonheur, les mains entièrement immergées, pétrissant son enfant dans l'étoffe, tel un boulanger de village plongeant les bras jusqu'aux épaules dans une cuve de pâte. D'un autre côté, cela équivaut à fouiller dans ses affaires – cette idée gâcha son plaisir –, et c'est alors que, relevant le menton, le reste de son visage toujours

enfoui dans des chaussettes de marche douillettes, la mémoire lui revient. Elle regarde Avram d'un air désemparé :
– Écoute, je suis complètement idiote, j'ai laissé le carnet là-bas.
– Où ça ?
– Là où nous avons dormi.
– Comment ça ?
– J'ai écrit quelques lignes, ce matin, avant que tu te réveilles, et je l'ai oublié.
– On y retourne.
– Que veux-tu dire ?
– On repart là-bas.
– C'est loin.
– Et alors ?
– Ce que je peux être bête !
– Ce n'est pas grave, Ora, je t'assure. Nous tournons pratiquement en rond depuis une semaine, de toute façon.

Il a raison. Une onde brûlante la submerge, eux seuls peuvent comprendre l'inanité d'aller de l'avant, revenir en arrière, errer sans but ou s'égarer – l'essentiel étant de bouger, de parler d'Ofer. Ils actionnent les fermetures, les crochets et les cordons et, leurs sacs sur le dos, ils font halte à la base militaire pour remplir leurs gourdes. Le soldat du mirador leur offre deux pains en tranches, légèrement rassis, trois boîtes de thon au maïs et quelques pommes. Ils redescendent la pente abrupte en s'accrochant aux arbres. Ora songe à l'homme croisé ce matin-là, avec son visage mince et intelligent, son teint mat. Qu'a-t-il bien pu penser en les voyant ? Quelle histoire s'est-il racontée à leur propos ? Horrifiée, elle pile si brusquement qu'Avram manque lui rentrer dedans. Et si ce type trouvait le carnet et le lisait ?

Entre deux rochers, se rappelle-t-elle. Elle l'a posé une minute, le temps de plier son sac de couchage, et l'a laissé là. Comment a-t-elle pu l'oublier ?

– Avec un peu de chance, personne ne le trouvera avant nous, s'écrie-t-elle un peu trop fort.

C'était arrivé à l'aube. Ils longeaient le lit du fleuve, quand ils aperçurent une silhouette dévalant la colline. Sans doute était-ce la raison pour laquelle elle avait paru plus grande et élancée qu'en réalité. L'étrange clarté filtrant à travers les pistachiers – une lumière de petit matin poussiéreux et jaunâtre – la nimbait d'un vague halo obscur. Ora s'immobilisa. Le matin, si quelqu'un vient à votre rencontre, le soleil dans le dos, on ne distingue qu'une ombre filiforme à la Giacometti qui se désintègre et se recompose à chaque pas, et l'on peine à savoir s'il s'agit d'un homme ou d'une femme, si elle s'approche ou s'éloigne, raisonna-t-elle. Elle entendit des pierres dégringoler. Avram bondit pour s'interposer entre elle et l'individu, qui afficha un sourire un peu étonné.

Le geste d'Avram la surprit ; elle se figea. Planté devant elle, Avram inspira à fond, la poitrine dilatée, les yeux rivés non sur l'inconnu, mais sur les cailloux qui jonchaient le sol. On aurait dit un chien de garde défendant sa maîtresse avec une loyauté aveugle.

Les deux hommes se firent face. Avram bloquait le chemin. L'autre s'éclaircit la gorge et articula un timide bonjour, auquel Ora répondit sur le même ton.

– Vous arrivez d'en bas ? questionna-t-il.

Elle fit oui de la tête sans le regarder. Elle ne se sentait pas la force de nouer le moindre contact, même superficiel. Elle n'avait qu'une envie, continuer à marcher avec Avram en lui parlant d'Ofer, le reste n'était que diversion et perte d'énergie.

– Au revoir, fit-elle.

Elle s'attendait à ce qu'Avram lui emboîte le pas, mais il ne bougea pas. L'homme se racla de nouveau la gorge.

– Au sommet, vous verrez des fleurs magnifiques, une symphonie de genêts, et des arbres de Judée en pleine floraison.

Ora le considéra avec lassitude. De quoi parlait-il ? C'était quoi, ces fadaises à propos des fleurs ? Il devait avoir à peu près son âge, voire un peu plus, la cinquantaine bien sonnée, bronzé, solide, serein. Elle se vit avec Avram dans son regard. Ils avaient l'air perdus, persécutés, marqués par la tragédie. L'homme replia deux pouces remarquablement longs sous les bretelles de son sac à dos, comme s'il s'apprêtait à le retirer.

– Vous suivez le GR ?

– Pardon ? Quel GR ?

Il désigna le balisage bleu-blanc-orange sur un rocher.

– Le sentier de grande randonnée d'Israël !

Ora n'avait même pas la force de formuler une phrase interrogative.

– C'est-à-dire…

– Oh… je me disais que vous…

– Où mène-t-il ? questionna Ora sans dissimuler son impatience.

Trop de choses à la fois requéraient son attention : le sourire qui fendait son long visage grave ; sa peau olivâtre ; la manière dont Avram faisait toujours écran entre eux, un bloc de granit, un mur humain ; peut-être même le journal *Yedioth* roulé dans une poche de son sac, et les grosses lunettes qu'il portait en sautoir autour du cou, bleues, un peu efféminées, identiques aux siennes – lesquelles étaient rouges –, elles paraissaient totalement incongrues sur sa personne, irritantes au dernier degré. Et pour couronner le tout, voilà que ce modeste sentier qu'Avram et elle empruntaient en solitaire depuis une semaine avait un nom. Quelqu'un l'avait baptisé. C'était comme si, tout à coup, on lui avait dérobé quelque chose.

– Il rejoint Taba en passant par Eilat, et traverse le pays tout entier.

– À partir d'où ?

– Des environs de Tel-Dan, au nord. Je marche depuis une semaine. Je pousse plus loin, sur quelques kilomètres, et puis je reviens sur mes pas. Je tourne en rond, quoi. J'ai du mal à quitter cette région, à cause des fleurs, etc., mais il faut avancer, n'est-ce pas ?

Il lui sourit derechef. À croire que son visage se dévoilait peu à peu devant elle, qu'on le peignait devant ses yeux pour l'adapter à ses facultés de perception, brusquement émoussées.

– Vous avez dormi en bas ?

Il s'entêtait. Pourquoi ne lui fichait-il pas la paix ? Qu'il la laisse poursuivre son chemin à la fin ! Ora ébaucha un sourire désarmé, elle hésitait entre se fâcher – oh, ces drôles de lunettes qu'il arborait, comme une plaisanterie de potache douteuse lancée à la ronde ! – ou

325

succomber à cette douceur, ce flegme naturel qu'elle devinait chez lui.

– Oui, nous nous contentons de… Où est le terminus, avez-vous dit?

– À Eilat.

Des sourcils touffus et une courte tignasse argentée vinrent s'ajouter à son visage.

– Et Jérusalem?

– C'est plus ou moins sur le chemin, mais vous n'êtes pas encore arrivés!

Il souriait entre chaque phrase. Des dents blanches, observa-t-elle, la bouche sombre et charnue, la lèvre inférieure creusée d'une profonde entaille en son milieu. Elle entendit Avram grommeler dans sa barbe. L'homme lui jeta un regard circonspect.

– Avez-vous besoin de quelque chose?

Ora comprit qu'il s'inquiétait pour elle, comme s'il pressentait qu'elle avait des ennuis. Avram la séquestrait peut-être?

Elle redressa la tête et le gratifia de son plus charmant sourire.

– Non, merci, ça va. En fait, nous ne sommes pas bien réveillés, vous voyez?

Elle passa les mains dans ses cheveux pour y remettre un peu d'ordre. Elle avait oublié de les brosser avant de partir. Elle regretta d'avoir pris la décision de ne pas les teindre, l'année précédente. D'un geste vif, elle s'essuya le coin des yeux et vérifia qu'il n'y avait pas une miette oubliée aux commissures de sa bouche.

– J'allais préparer du café. Voulez-vous vous joindre à moi?

Avram refusa d'un grognement. Ora ne dit rien. Elle en aurait volontiers avalé une tasse. Elle était sûre que son café était délicieux, en plus.

– Dites-moi…

– Oui?

– Où sommes-nous?

– Vous ne savez pas où vous vous trouvez? s'étonna l'inconnu avec un nouveau sourire. C'est la rivière Kedesh.

– Kedesh…, murmura-t-elle comme si le nom était magique.

– C'est merveilleux d'être au sein de la nature, n'est-ce pas ?

– Oui, en effet.

Elle renonça à discipliner ses cheveux. À quoi bon ? Elle ne le reverrait jamais plus.

– Et très reposant de fuir les nouvelles, surtout après ce qui s'est passé hier.

Avram poussa une sorte d'aboiement en guise d'avertissement. L'homme recula d'un pas, ses prunelles se ternirent.

Ora posa une main apaisante sur l'épaule d'Avram.

– On ne veut rien savoir, articula-t-il.

– D'accord, concéda l'homme. Vous avez raison. On se fiche des infos, ici.

– Il faut qu'on y aille, dit Ora sans le regarder.

– Vous n'avez besoin de rien, vous êtes sûre ?

Il scrutait son visage. Comme s'il mourait d'envie de poser le doigt, celui qui tenait la bretelle du sac, sur ses lèvres, présuma-t-elle. Elle se défendit de lui demander ce qui s'était passé la veille... s'ils avaient déjà publié les noms.

– Non, merci, tout va très bien, vraiment.

– Comme vous voudrez.

Avram se mit en branle et passa devant l'homme. Ora le suivit, tête baissée.

– Je suis médecin, lui souffla l'inconnu à l'oreille. Si je peux faire quelque chose...

Elle ralentit le pas, convaincue qu'il tentait de lui transmettre un message secret. Peut-être voulait-il lui signifier qu'Ofer avait besoin de soins ?

– Médecin ?

– Pédiatre.

Il avait une voix chaude et plaisante de baryton, le regard sombre, attentif. On aurait dit qu'il se faisait du souci pour elle. Elle réagit à fleur de peau. Il fallait qu'elle échappe à tant de douceur, tout de suite.

– Désolée, mais le moment est mal choisi.

Ils remontèrent la rivière. Avram devant, Ora sur ses talons, elle sentait le regard de l'homme la transpercer, lui brûler le dos. Elle se creusa la tête, tâchant de deviner si les dernières nouvelles étaient vraiment si mauvaises. En tout cas, ce n'était pas terminé et, cette fois, les choses risquaient même de s'éterniser, confirmant son pressentiment : la situation s'envenimait, ne cessait de se détériorer. Dommage qu'il l'observe par-derrière, songea-t-elle sans transition, ce n'était pas vraiment son meilleur profil, nul ne la persuaderait du contraire. Comment pouvait-elle s'attarder à de tels détails en pareil moment ? se gourmanda-t-elle, consternée. Elle progressait le long de la berge d'un pas rageur en repassant cette brève rencontre dans sa tête, comme si la force d'inertie d'Avram avait déteint sur elle, ses gestes, son attitude, freinant sa propension naturelle à lier conversation, non sans coquetterie, avec de sympathiques inconnus. Au dernier coude du chemin, elle ne put résister à l'envie de se retourner avec un soupçon de culpabilité, toute honte bue. Immobile, il l'observait avec attention, la mine sévère, préoccupée. Le masque dur d'Ora s'éclaira d'un sourire incrédule, il hochait la tête, lui sembla-t-il.

Après avoir quitté le lit ombragé de la rivière, ils se retrouvent dans la lumière crue du matin et poursuivent leur route en silence. Ora est déconcertée par l'attitude d'Avram : il s'est dressé entre elle et cet homme, comme pour la préserver à tout prix du monde extérieur et de ses représentants, de la moindre bribe d'information sur ce qui se passait *là-bas*. Et s'il avait voulu se protéger lui aussi ? rumine-t-elle sans trop bien comprendre. Sa dernière lubie, le végétarisme, les jours rayés sur le mur à la tête de son lit, sa voix pleine d'espoir quand il l'avait appelée le jour de la libération d'Ofer – « C'est fini ? L'armée, c'est terminé ? ». À l'époque, elle n'avait pas mesuré avec quelle impatience il avait dû guetter ce moment, avec quelle angoisse il l'avait attendu pendant trois années, jour après jour, biffant une marque après l'autre.

Elle accélère le pas. Le sentier se rétrécit et les buissons de genêts – le nom qu'avait mentionné l'inconnu – sont à hauteur de sa taille, avec leurs fleurs jaunes au parfum délicat. On y voit aussi les petits globes jaune et blanc de la camomille, on dirait un dessin d'enfant, et des cistes, des jacinthes, des becs-de-grue bleu pâle, les vipérines qu'elle aime tant et a à peine remarquées, ces derniers jours – où avait-elle la tête ?

– Regarde ! s'exclame-t-elle en pointant joyeusement le doigt, les poumons dilatés, les yeux écarquillés. Cet arbre de Judée tout rose là-bas, il est magnifique !

Les coussinets jaunes des euphorbes en fleur, les tapis roses des ricoties d'Égypte pointillent la montagne. Ora cueille une branche de genêt, en froisse les pétales et la tend à Avram, qui plonge sa large figure à l'air égaré dans le creux de sa paume. Elle l'imagine hurlant à Ilan qu'il ne veut rien avoir à faire avec eux, qu'il n'attend plus rien de la vie. Il lui traverse l'esprit que, ces trois dernières années, alors qu'Ofer était à l'armée et a fortiori maintenant, *là-bas*, Avram a peut-être compris que si, le ciel nous en préserve, le mince fil le reliant à eux se brisait, il se retrouvera rattaché à la vie par un lien plus solide encore : celui du malheur, qui ne peut se rompre qu'au terme de l'existence. Sur ces entrefaites, Avram éternue à grand bruit, comme pour corroborer l'hypothèse.

– Pardon ! marmonne-t-il en essuyant les gouttes de salive et de pollen sur le front et le bout du nez d'Ora.

Elle lui saisit le poignet et lui crache au visage :

– Tu es un expert, n'est-ce pas ?

– De quoi parles-tu ? grogne-t-il, l'œil méfiant.

– Dans l'art de fuir les mauvaises nouvelles. Tu es mille fois plus entraîné que moi. Tu as passé ta vie à t'exercer, non ?

Elle le regarde au fond des yeux et sait qu'elle a raison. Elle lui prend la main et se met à replier un doigt après l'autre en rythme :

– Fuir la mauvaise nouvelle que représente la vie, un. Fuir la mauvaise nouvelle que représente Ofer, deux. Fuir la mauvaise nouvelle que je représente moi, trois.

Il se mord les lèvres.

– Des bêtises, Ora. C'est de la psychologie de chemin de traverse que tu nous sers là ?

Mais elle a repris du poil de la bête.

– Dis-toi que, parfois, une mauvaise nouvelle est en fait une bonne que tu n'as pas comprise, et aussi qu'une mauvaise nouvelle peut s'avérer bonne et très utile en fin de compte.

Elle lui referme la main sur la branche aux bourgeons jaune soleil.

– Allez, on y va !

À droite du sentier, une haute antenne et un épais grillage signalent un fort hideux. On dirait un poste de police datant du mandat britannique, en béton sale, avec ses miradors et ses murs lugubres percés de meurtrières.

– "Fort Yesha", lit Ora sur un panneau. Un fort, très peu pour moi, on file !

– Mais…, hésite Avram. Le sentier… Regarde ! Il passe par là.

– Il n'y en a pas d'autre ?

Ils regardent à la ronde. Ils distinguent bien une marque rouge, mais l'homme rencontré au bord de la rivière leur a signalé que les balises orange-bleu-blanc les conduiraient à Jérusalem. Ora cille. Tu voulais fuir la maison, non ? s'interroge-t-elle, passablement désorientée. Alors pourquoi, maintenant…

Elle se tourne vers Avram et pose un doigt sur sa poitrine.

– On y va sans lambiner, et pendant ce temps tu me raconteras quelque chose.

– Te raconter quoi ?

– Ce que tu veux. Euh… je ne sais pas… Parle-moi de ton restaurant, par exemple.

Ils marchent à grands pas. Il lui apprend qu'après avoir été licencié du pub, il travaille depuis deux ans dans un restaurant indien au sud de Tel-Aviv. Ils recherchaient un plongeur. Il a refusé, parce que laver la vaisselle lui donnait tout le loisir de méditer, en revanche, il a accepté de nettoyer les sols et de s'occuper du ménage. Dernièrement, la saleté et lui sont comme les deux doigts de la main, sourit-il en joignant le geste à la parole, dans le vain espoir de la distraire du petit bosquet de cyprès, vingt-huit arbres en tout, surmontés d'une plaque nominative en bois à la mémoire de chaque homme tombé là, en avril et mai 1948, alors qu'ils tentaient de prendre le fort aux combattants arabes.

– Je passe l'aspirateur, et je sers de porteur si ce n'est pas trop lourd, bref, je suis l'homme à tout faire. Et puis ce n'est pas mal, là-bas.

Ora dresse l'oreille. Elle n'a pas entendu ce mot dans sa bouche depuis longtemps.

– Pas mal?

– Une bande de jeunes. Très cool

– Continue, continue! murmure-t-elle en dépassant héroïquement une inscription sur laquelle est gravé un poème de Moshe Tabenkin, qu'un guide déclame à voix haute devant un groupe de touristes. Ils doivent tous être sourds! s'irrite Ora en accélérant la cadence. Il aboie carrément, celui-là!

Les montagnes lui renvoient l'écho:

> *Notre enfant était pareil à un pin dans la forêt.*
> *Un figuier aux fruits abondants*
> *Un buisson de myrte aux racines enchevêtrées*
> *Un coquelicot flamboyant...*

– Allez, continue! répète-t-elle. Pourquoi t'arrêtes-tu?

– Le restaurant consiste en une unique grande salle, se hâte de préciser Avram, une sorte de hall très vaste, sans murs à l'intérieur, simplement des piliers. L'immeuble est plutôt décrépit.

Sourcils froncés, il décrit le lieu comme s'il livrait un témoignage de la plus haute importance, exhaustif et précis. Ora lui en est reconnaissante. Son souci du détail la transporte ailleurs, loin de la dalle de marbre, des vingt-huit noms gravés dans la pierre, de la fosse commune. Elle est déjà venue ici lors d'une excursion scolaire, à l'âge de treize ans. Le professeur, en short, avait lu ses notes d'une voix forte: «Nebi Yusha, un simple fort au bord de la route, est devenu un symbole pour tous les temps!» «Tu devrais montrer un peu de respect envers nos soldats morts au combat!» l'avait-il sermonnée, alors qu'il l'avait surprise épluchant en douce une clémentine sur la dalle en marbre. Ah, si elle pouvait redevenir cette gamine écervelée, ignorant tout de la souffrance, pelant étourdiment un fruit sur le marbre! L'inconnu avait confirmé qu'il était salutaire d'oublier un peu l'actualité, surtout après ce qui s'était passé la veille. Un cri enfle dans sa poitrine, cherchant un moyen d'en sortir, tandis qu'Avram, poursuivant sa mission, la conduit dans le quartier des garages, des compagnies de transport et autres salons de massage, au sud de Tel-Aviv. Il l'entraîne dans un escalier tortueux et malpropre. À partir du second étage, les marches sont revêtues d'un tapis, des tableaux ornent les murs, et l'odeur de l'encens emplit l'air. « Entre… », l'invite-t-il. Doudou est mort au même endroit, se rappelle-t-elle tout à coup. Le Doudou de la chanson : *Au Palmach, c'était le meilleur d'entre nous / Notre héros, notre camarade disparu, Doudou.* Elle se creuse la cervelle pour trouver un mot qui rimerait avec Ofer.

– À l'intérieur, des nattes jonchent le sol de la grande salle, meublée de tables basses – la voix d'Avram lui parvient de très loin, de son Inde en miniature. On s'installe sur de gros coussins. En entrant, on aperçoit à l'autre bout de la pièce un fourneau où mijotent d'énormes marmites noircies, vraiment impressionnantes.

Ils laissent le fort derrière eux. Ora se souvient de respirer et lance à Avram un regard de gratitude. Il hausse les épaules.

On dirait que les mots lui reviennent, se dit-elle vaguement.

– Tu vas rire, c'est moi le plus vieux, là-bas.

– Ah bon ! marmonne-t-elle en jetant subrepticement un coup d'œil au fortin, dans son dos. Viens, on va traverser la route ici !

– Si, je t'assure ! pouffe-t-il en haussant les épaules, comme pour s'excuser d'un mauvais tour qu'on lui aurait joué depuis belle lurette, à l'époque où elle avait disparu de sa vie. Le propriétaire a vingt-neuf ans au maximum, le chef dans les vingt-cinq. Les autres aussi. De vrais amours, tous autant qu'ils sont.

Ora se sent flouée. Pourquoi s'emballe-t-il pour ces gamins qu'il connaît à peine ?

– Ils ont fait leurs "études" en Inde. Je suis le seul à ne jamais y avoir mis les pieds, mais j'en connais un bout sur la question, comme si j'y avais vécu. Et puis ils ne virent personne. Le mot "licenciement" est absent de leur vocabulaire.

Ils traversent des haies de figuiers de Barbarie aux baies charnues, dépassent un tombeau imposant coiffé de dômes, d'où surgissent des arbres. Des couvertures et des tapis sont éparpillés sur le sol des vastes salles ouvrant sur la vallée de Houla, de même que des plats vides, sans doute les offrandes apportées par les pèlerins au prophète Yusha – Yehoshua Ben-Nun.

– La majorité de ceux qui travaillent là-bas n'auraient pu trouver d'emploi nulle part ailleurs, ajoute Avram.

Des gens comme lui, pense Ora. Elle s'efforce de se le représenter mentalement dans cet environnement. Le plus vieux, a-t-il dit avec un étonnement sincère, comme si c'était invraisemblable, qu'il ait encore vingt-deux ans et que le reste soit une vaste fumisterie. Elle l'imagine parmi ces gentils jeunes gens, avec sa lenteur pataude, sa grosse tête encadrée de longs cheveux clairsemés pendouillant de chaque côté. Une sorte de professeur déchu, un malheureux proscrit un peu ridicule. Le fait qu'ils ne licencient jamais personne la rassure.

– Et on ne te présente pas l'addition à la fin du repas.

– Comment savoir alors la somme à payer ?

– Tu indiques ce que tu as consommé directement à la caisse.

– Et on te croit sur parole ?

– Oui.

– Et ceux qui trichent ?

– C'est sans doute parce qu'ils n'ont pas le choix.

Une petite lumière se met à clignoter dans la tête d'Ora.

– Tu es sérieux ? Un endroit pareil existe vraiment ?

– Puisque je te le dis !

– On y va tout de suite ?

Il éclate de rire et elle l'imite.

– Les murs sont tapissés de posters géants d'Inde ou du Népal. On les renouvelle de temps à autre. Dans un coin, près des toilettes, trois machines à laver tournent en permanence, elles sont gratuites pour ceux qui en ont besoin. Pendant les repas, des garçons et des filles vont de table en table proposer leurs services – reiki, acupression, shiatsu, réflexologie. Bientôt, quand les travaux seront finis, je m'oc-cuperai des desserts.

– Les desserts, répète docilement Ora.

L'image se précise. Elle le voit se démener en tous sens, débarrasser les tables, vider les ordures, passer l'aspirateur, allumer des bougies et des bâtons d'encens. Ses mouvements vifs et légers la fascinent. «Avram GVS» se présentait-il en ce temps-là à ses nouvelles conquêtes, avec une révérence : gros, vif et souple.

– Et on a la liberté de fumer. Ce qu'on veut. N'importe quoi.

– Toi aussi ?

Elle a un rire nerveux. Le fort a beau être invisible, elle a l'impression qu'ils courent à toutes jambes, que le sentier les entraîne trop vite vers Jérusalem, à la maison où la mauvaise nouvelle doit l'attendre avec le calme tranquille d'un assassin. Une petite flamme se met à vaciller dans son crâne : à son retour, elle trouvera des avis de décès placardés partout dans la rue. Sur les poteaux électriques. Près de l'épicerie. Elle les repérera de loin.

– Continue, raconte, ordonne-t-elle, paniquée, à Avram. Je t'écoute.

– Rien de sérieux, un petit joint de temps en temps, c'est tout, assure-t-il, tandis que sa main cherche machinalement une poche de poitrine inexistante. Parfois aussi un peu de hasch, de l'ecstasy, du LSD, s'il y en a. Rien de conséquent. Et toi ? ajoute-t-il avec un sourire, tu respectes encore le règlement des scouts ?

– J'étais dans les Mahanot Olim, je te signale, pas chez les scouts. Laisse tomber. Ces trucs-là me font peur.

– Ora, tu recommences à courir.

– Moi ? Non, c'est toi !

– Tout à coup tu.   tu te mets à détaler, à croire que tu as le diable aux trousses.

Sur leur gauche, la vallée disparaît dans les brumes de chaleur. Ils virent à l'écarlate en raison de l'effort physique et de la canicule, dégoulinent de sueur, le simple fait de parler est un supplice. Au bord du chemin, au pied d'un olivier, gît un lustre, énorme, grandiose. Avram dénombre vingt et un cristaux intacts, reliés à de minces bras en verre.

Il s'agenouille pour examiner l'objet.

– Qui a pu le déposer ici ? On ne jette pas ce genre de chose, non ?

Dommage qu'on ne puisse l'emporter avec nous. C'est de la bonne qualité.

Il incline la tête en riant. Elle l'interroge d'un haussement de sourcils.

– Regarde bien ! Ça ne te rappelle rien ?

Ora l'observe longuement sans comprendre.

– On dirait une danseuse, tu ne trouves pas ? Une étoile outragée ?

Ora sourit.

– Oui, en effet.

Avram se relève.

– Elle a vraiment la honte au front, non ? Viens voir d'ici, elle est vautrée dans son tutu, je t'assure !

Ora rit aux éclats, le plaisir lui plisse le coin des yeux.

– Et Ofer ? Il en prend ? questionne Avram un peu plus tard.

– Aucune idée. On ne peut jamais savoir, à cet âge. Adam, je suppose que oui, quelquefois.

Ou la plupart du temps, ou alors tout le temps. Comment pourrait-il en être autrement, avec les amis qu'il fréquente, ses yeux injectés de sang, et cette musique d'abrutis, abrutissante ? Bon sang, elle devrait s'écouter ! Elle a pris un sacré coup de vieux sans même s'en apercevoir.

– Dommage que tu n'aies pas emporté un peu d'herbe de chez moi, l'autre jour quand tu m'as kidnappé. Tu aurais aimé, c'est de la bonne.

– Tu en as chez toi ?

Elle lutte pour parler d'un ton mesuré, enjoué, à l'image d'une assistante sociale questionnant un SDF.

– Pour mon usage personnel, qu'est-ce que tu crois ? J'en cultive dans une jardinière, au milieu des pétunias.

– Tu es en manque, en ce moment ?

– Disons que ça m'aurait aidé, surtout les premiers jours.

– Et maintenant ?

– Maintenant, ça va, constate-t-il avec surprise. Je n'ai besoin de rien.

Le visage d'Ora s'éclaire, ses lunettes miroitent de bonheur.

– Vraiment ?

– Mais si j'en avais sous la main, ce ne serait pas de refus, ajoute Avram.

Et voilà ! Il a le chic pour refroidir son enthousiasme et la remettre à sa place. L'espace d'un instant, elle paraît prête à se ruer tête baissée dans la bataille, telle l'héroïne d'une bande dessinée pour enfants.

– Si j'en avais sous la main, ce ne serait pas de refus.

Comme nous nous sommes éloignés l'un de l'autre ! se dit-elle. Toute une vie nous sépare. Elle se le figure dans son restaurant, circulant entre les tables basses, débarrassant les assiettes sales, taquinant les dîneurs, riant à leurs plaisanteries. Pourvu que les jeunes ne se moquent pas de lui ! Qu'ils ne le trouvent pas pitoyable. Elle tente de s'imaginer elle-même, là-bas.

– On retire ses chaussures en entrant, la prévient-il, comme s'il la guidait en pensée.

Elle s'assoit sur un coussin. C'est inconfortable. Elle est trop raide, ne sait que faire de ses mains. Elle sourit vaguement. Elle sent l'imposture à plein nez. Aurait-elle pu vivre avec Avram dans son appartement, partager sa petite vie négligée, étriquée ? Elle imite instinctivement l'accent un peu rauque et guttural de l'homme rencontré près de la rivière. Avec sa chemise à carreaux rouges, on aurait dit que, ce matin-là, quelqu'un l'avait habillé chic avant de l'expédier en randonnée. Elle repense aux lunettes colorées qui pendaient sur sa poitrine. Et si ce n'était pas un manque de goût ni une provocation, ainsi qu'elle l'avait cru, mais un geste d'ordre privé ? Envers une femme ? Elle soupire. Elle se demande si Avram s'est rendu compte de quelque chose.

Et voilà que, sans même le remarquer, ils ont une conversation. Deux personnes qui bavardent en marchant de conserve.

– Sur la base militaire au Sinaï, il y avait un type qui se prénommait Ofer, se rappelle Avram. Ofer Havkin. Un gars spécial. Il allait seul dans le désert, jouait du violon aux oiseaux, dormait dans les grottes. Il n'avait peur de rien. Un esprit libre. Pendant toutes ces années, je pensais qu'Ilan s'en était souvenu quand vous avez opté pour ce nom.

Ora se délecte de ces trois mots : « Un esprit libre ».

– Non, c'est moi qui l'ai choisi en référence au Cantique des Cantiques : *Mon bien-aimé est pareil à un faon – Domeh dodi le' Ofer ayalim*. J'aime sa sonorité – *o-fer*. C'est très doux.

Avram le répète mentalement en imitant les inflexions d'Ora avant de le murmurer avec révérence.

– Je ne pourrai jamais donner un nom à qui que ce soit.

– Quand c'est ton propre enfant, tu le peux.

Les mots lui ont échappé. Le silence retombe.

Le chemin est large et uni. Toutes ces couleurs ! s'extasie Ora. Dire que, pendant près d'une semaine, elle n'a vu le monde qu'en noir, blanc et gris !

– Simple curiosité : vous aviez pensé à d'autres noms ?

– Nous avions envisagé aussi des noms de fille, puisque nous ne savions pas. D'ailleurs, jusqu'à la moitié de ma grossesse, j'étais persuadée que ce serait une fille.

Une nuée d'oiseaux s'envole sous le crâne d'Avram avec un grand bruit d'ailes. Jamais il n'a entrevu cette possibilité : une fille !

– Et quels... Comment pensiez-vous l'appeler ?

– Nous avions songé à Dafna, Ya'ara ou Ruti.

Il se tourne vers elle. Les poches sous ses yeux brillent, il se tient là à ses côtés, débordant de vie, animé du même feu qu'autrefois. Ofer est à l'abri désormais, elle le sent, comme protégé par deux mains en coupe.

– Imagine un peu...

– Une fille, souffle-t-elle. Tout aurait été plus simple, n'est-ce pas ?

Avram bombe le torse et inspire à fond. « Une » fille... cela le remue plus encore que « ma » fille.

Ils sont perdus dans leurs pensées, seuls leurs pas crissant sur les pierres du chemin troublent le silence. Même les cailloux parlent, songe-t-elle. Comment a-t-elle pu ne rien entendre ces jours derniers ? Où avait-elle la tête ?

– Et vous n'aviez pas voulu essayer encore ? s'enhardit-il.

Ilan ne voulait pas, leur vie était assez compliquée comme ça, ils avaient déjà trop d'enfants, explique-t-elle.

Et trop de parents, complète mentalement Avram.

– Et toi ? Tu en avais envie ?

Ora laisse échapper un gémissement douloureux.

– Moi ? Tu es sérieux là ? J'ai souffert toute ma vie de ne pas avoir de fille. Tu comprends… J'ai toujours pensé qu'avec une fille nous aurions formé une vraie famille.

– Mais vous… je veux dire… vous l'étiez, non ?

– Oui. Nous en formions une, absolument, mais j'ai éprouvé ce manque pendant des années. Si j'avais eu une fille, une sœur pour Adam et Ofer, elle leur aurait tant apporté ! Elle les aurait changés. Elle m'aurait donné de la force contre eux, les trois ensemble, et ils auraient peut-être été moins brutaux envers moi.

Avram l'écoute sans comprendre le sens de ses paroles. Que veut-elle dire ?

– J'étais seule, tu vois. Je ne parvenais pas à les attendrir, et ils sont devenus si durs, envers moi surtout, encore plus ces derniers temps. Durs et insensibles. Ofer aussi, ajoute-t-elle avec effort. C'est difficile à expliquer.

– Difficile à expliquer à moi ou en général ?

– En général, mais surtout à toi.

– Essaie quand même !

Il est piqué au vif, c'est bon signe, mais elle ne peut pas l'éclairer, pas encore. Elle l'y amènera lentement. Elle a du mal à lui avouer que même Ofer n'était pas tendre avec elle. Alors elle esquive :

– Je pensais qu'avoir une fille m'aurait peut-être aidée à me rappeler qui j'étais avant. Avant ce qui s'est passé.

– Je me souviens de comment tu étais avant, énonce Avram sans la lâcher du regard.

Chaque fois que l'idée d'une fille lui effleure l'esprit, il sent la lumière lui caresser le visage.

– Écoute… si ça avait été une fille… Je veux dire…

– Je sais.

– Tu sais quoi ?

338

– Je sais, c'est tout.

– Allez, vas-y, dis-le !

– Si ç'avait été une fille, tu serais venu la voir, je me trompe ?

– Je ne sais pas.

– J'en suis sûre. Tu crois que je n'y ai jamais pensé ? Que je n'ai pas prié pour avoir une fille, pendant toute ma grossesse ? Je suis même allée consulter une espèce de magicienne, une voyante – comme le roi Saül, *qui arriva de nuit chez la femme* – dans le quartier boukharien, à Jérusalem, afin qu'elle récite une formule pour que j'accouche d'une fille.

– Tu n'as pas fait ça ?

– Si !

– Mais tu étais déjà enceinte. Qu'aurait-elle pu…

– Et alors ? Il est toujours possible de marchander, non ? Au fait, Ilan aussi désirait une fille.

– Ilan ?

– Oui. J'en suis certaine.

– Il ne te l'a pas dit ?

– Une chape de silence a pesé sur cette grossesse, tu n'imagines pas à quel point. Nous n'en parlions que si Adam nous posait des questions. Ce n'est que par l'intermédiaire d'Adam que nous évoquions le bébé que j'avais dans le ventre, ce qui arriverait à sa naissance.

Avram déglutit avec peine. Il se rappelle l'époque où il restait allongé sur son lit à longueur de journée, paralysé par la terreur que lui inspirait cette grossesse.

Priant qu'elle échoue.

Il projetait avec force détails de se supprimer à la minute où il apprendrait la venue du bébé.

Il comptait les mois et les jours…

Finalement, il ne fit rien.

Même quand il était prisonnier de guerre, et plus encore à son retour, il s'était toujours raccroché, à la dernière minute, à l'opinion de Thalès de Milet, le philosophe grec qu'il admirait dans sa jeunesse. Selon lui, il n'y avait aucune différence entre la vie et la mort. Quand on lui demanda pourquoi, dans ce cas, il ne choisissait pas la mort, Thalès répondit : « Parce qu'il n'y a aucune différence justement. »

Ora se met à rire.

– On l'appelait Zoot. C'est Adam qui avait trouvé ce nom.

– Qui appeliez-vous Zoot ?

– Ofer.

– Je ne comprends pas.

– Quand il était encore dans mon ventre. Une sorte de surnom in utero, tu vois ?

– Non, murmure Avram, vaincu, je ne vois pas. Je ne vois rien. Rien du tout.

Ora pose la main sur son bras.

– Arrête.

– J'arrête quoi ?

– Arrête de te torturer inutilement l'esprit.

– C'est un joli nom, Ofer.

– Typiquement israélien. J'aime bien le "o" et le "e". Comme *horef*, l'hiver, ou *boker*, le matin.

Avram contemple son joli front nimbé de lumière. Ou comme *osher*, le bonheur, se dit-il in petto.

– Et il se prête bien aux diminutifs.

– Tu y as pensé aussi ?

– Ça évoque le mot anglais *offer*, offrir, plein de douceur, d'ouverture d'esprit, de générosité.

– Tu es incroyable !

Elle se retient de lui avouer qu'elle avait également pensé à la sonorité du nom au lit, dans la bouche d'une femme amoureuse. Elle l'avait même testé, se répétant en boucle, *Ofer*, *Ofer*, et la gêne qui l'avait submergée l'avait fait pouffer de rire.

– Je n'avais pas pensé aux surnoms, admet Avram. Ni aux insultes. Tu n'aurais pas voulu qu'il rime avec des insultes, non ?

– Comme Ora mort-aux-rats !

– Ou Ofer en enfer ! renchérit-il, hilare.

– *"Au Palmach, c'était le meilleur d'entre nous / Notre héros, notre camarade disparu, Doudou"*, murmure tristement Ora pour elle-même.

La prairie verte et calme constellée de vaches aux taches noires et blanches se transforme soudain en montagne abrupte. Ils ahanent dans la montée, se cramponnant aux troncs d'arbres épousant la déclivité du terrain. Si elle avait eu une fille, elle aurait corrigé certains de ses propres défauts. Elle s'en ouvre à Avram, mais il ne comprend pas, pas comme elle le souhaiterait, pas comme autrefois, « à demi-mot, par un froncement de sourcils ». Des choses qu'elle avait essayé de rectifier grâce aux garçons, sans jamais y parvenir.

– Lesquels, par exemple ? s'enquiert Avram.

Elle s'embrouille dans ses explications, et repense à Talia, la petite amie d'Ofer, à la réaction des hommes de la maison en sa présence, avec quel plaisir, quel naturel ils donnaient à cette jeune fille ce qu'ils lui refusaient à elle. Récemment, une fois Adam et Ofer devenus adultes, elle s'était aperçue qu'elle n'opérerait sans doute jamais ce changement, cette rédemption grâce à eux. Elle avait mis très longtemps à accepter qu'ils ne l'aideraient pas à résoudre quoi que ce soit.

– Peut-être parce que ce sont des garçons, qu'ils sont ce qu'ils sont. Je n'en sais rien.

Elle s'interrompt et poursuit sa progression, à bout de souffle. Ils étaient peu attentionnés, réfléchit-elle, ni particulièrement généreux non plus, pas comme elle l'aurait souhaité, en tout cas.

– Je ne suis pas parvenue à écrire ce je voulais, déclare-t-elle alors qu'ils redescendent de la montagne à la recherche du carnet oublié. Difficile de transmettre l'essentiel, ni quand j'écris ni quand je te parle. J'aimerais te donner tous les détails sur Ofer, t'en dresser un portrait exhaustif, te raconter l'histoire de sa vie, mais je sais que je ne peux pas, c'est impossible. Il faudrait pourtant, ne serait-ce que pour lui, que j'y parvienne.

Sa voix s'éteint quand elle revoit l'homme aux longues mains noueuses, et ses pouces... les mains d'un ouvrier, pas d'un médecin. Elle l'imagine ouvrant son carnet, feuilletant les pages, s'efforçant de comprendre le sens de l'histoire. Son cœur se met à cogner dans sa poitrine. Et si, en cet instant précis, il était installé sur un rocher avec son carnet sur les genoux, à l'endroit même où elle s'était assise la nuit passée, la seule pierre confortable alentour ? Il comprendrait que la personne qui avait écrit ces lignes était la femme croisée sur le sentier longeant la rivière, avec les cheveux en désordre et la lèvre légèrement paralysée.

— Au début, c'était dur, dit-elle en reprenant le fil de la conversation interrompue un moment auparavant, alors qu'ils gravissaient la montagne. Ilan se battait pour qu'Ofer se remette à manger de la viande, du poisson au moins, les bagarres, les crises pendant les repas... Ilan ressentait comme une insulte personnelle sa décision de devenir végétarien.

— Une insulte ? Pourquoi ?

— Pas la moindre idée, mais c'est comme ça qu'Ilan le prenait.

— Tu veux dire, comme si c'était dirigé contre lui ?

— Contre la virilité, plutôt. Comme si c'était un peu efféminé d'être dégoûté par la viande. Tu ne comprends pas ?

— Si ! assure Avram. Mais je ne l'aurais pas pris comme un affront personnel. Je n'en sais rien. Ou peut-être que si, au fond. (Il écarte les bras avec un rien de grandiloquence, vestige de l'ancien Avram.) Je ne comprends rien aux familles.

— Toi ? Vraiment ?

— Moi ? Que veux-tu dire ?

Ora cille, le bout de son nez vire au rouge.

— Tu es venu au monde, non ? Tu as eu des parents ? Un père ?

Avram ne réagit pas.

— Viens, asseyons-nous une minute, dit-elle en se frottant les cuisses. J'ai des crampes partout. Regarde ! Mes jambes tremblent. La descente est vraiment plus pénible que la montée, je trouve... Jamais je n'oublierai son expression le lendemain du jour où il a compris qu'on tuait des vaches, ni comment il m'a regardée pour lui avoir donné de la viande depuis sa naissance. Quatre années ! Sa stupéfaction parce que j'en mangeais moi aussi. Ilan, bon, il pouvait l'admettre – c'est peut-être ce qu'il se disait, j'essaye de me mettre à sa place –, mais moi ? J'étais capable de tuer pour manger, tu te rends compte? Peut-être redoutait-il que, dans certaines circonstances, j'en vienne à le dévorer, *lui*?

Les pouces d'Avram virevoltent sans trêve sur le bout de ses doigts. Ses lèvres remuent en silence.

– Peut-être voyait-il ses certitudes s'effondrer, ou pire, se croyait-il la victime d'un complot que nous manigancions ensemble contre lui?

– Le transformer en loup-garou par exemple?

Elle lui jette un regard torturé.

– Pourquoi ne me suis-je jamais demandé ce qu'éprouvait un petit garçon de quatre ans découvrant qu'il appartenait à une espèce carnivore?

Avram la sent déchirée et ne sait comment la réconforter.

– Il faut y réfléchir encore, marmonne-t-elle. Je ne dois pas m'arrêter là. Je m'arrête toujours en chemin, parce qu'il y a quelque chose, tu vois, dans cette histoire de végétarisme... Ce n'est pas pour rien que je suis tellement... Par exemple, il a été très déprimé, par la suite, pendant des semaines. Imagine un peu! Un enfant de quatre ans qui refuse de se lever le matin pour aller à l'école parce qu'il a peur qu'un autre enfant le touche avec ses "mains de viande", comme il disait, parce que les autres enfants et la maîtresse l'effraient, qui se tient à l'écart, se méfie de tout le monde. Tu comprends?

– Si je comprends?

– Bien sûr que tu comprends. Je pense que tu l'aurais compris mieux que personne.

– Ah bon?

– Tu comprends les enfants en général. Tu les comprends de l'intérieur.

– Moi? Qu'est-ce que je...

– Mieux que n'importe qui, je te dis, Avram!

Il a un petit rire sarcastique et rougit. Son visage s'éclaire. Ora croit voir s'ouvrir tous les pores de son âme.

– Quand il a enfin accepté de retourner à la maternelle, il s'est évertué à convaincre ses petits camarades de ne plus manger de viande. Il a lancé une intifada à toutes les pauses repas, massacré les sandwiches

343

des autres. Des mamans me téléphonaient pour se plaindre. Un jour, il a découvert que la jeune fille qui lui apprenait la musique était végétarienne elle aussi; il en est tombé fou amoureux. Si tu l'avais vu! Un extraterrestre parmi les humains qui aurait découvert son double au féminin. Il lui offrait des dessins, des cadeaux. Il parlait de Nina à longueur de journée, Nina, Nina... Parfois, il m'appelait Nina moi aussi par erreur. Ou peut-être n'était-ce pas une erreur?

Ils se relèvent sans se presser. Avram se rappelle le récit qu'il a commencé à écrire quand il servait dans le Sinaï, jusqu'au jour où il avait été capturé. L'histoire comportait une intrigue secondaire dont il n'avait découvert la force que plus tard, en prison. Il s'y était jeté à corps perdu pour ne pas perdre pied. Il s'agissait de deux orphelins de sept ans découvrant un bébé abandonné dans un terrain vague. Se débarrasser d'enfants ou de bébés était monnaie courante à l'époque. Le garçon et la fille avaient donc trouvé ce nourrisson qui hurlait de faim. Ils décidèrent que c'était le bébé de Dieu, l'enfant de sa vieillesse; le jugeant encombrant, il s'en était débarrassé dans ce bas monde. Les deux enfants se promirent de l'élever et d'en faire un être différent de son cruel et acariâtre géniteur, afin de modifier de fond en comble ce que, bien avant de se retrouver en prison, Avram appelait *l'infortuné destin*. Entre les tortures et les interrogatoires, chaque fois qu'il trouvait en lui un reste d'énergie, Avram se replongeait dans la vie de ces deux enfants et du bébé. Parfois, surtout la nuit, il parvenait pendant plusieurs minutes à s'identifier complètement avec le nourrisson. Son corps brisé, supplicié, se confondait avec le petit être dans sa plénitude innocente. Il se remémorait, ou s'imaginait, l'époque où il était lui-même nouveau-né, puis petit garçon, quand le monde était clair comme du cristal et tournait bien rond, jusqu'à ce que, un soir, son père se lève de table, renverse la marmite de soupe sur le fourneau et, dans un coup de folie, se mette à les battre presque à mort, sa mère et lui, avant de s'évanouir dans la nature et de disparaître comme s'il n'avait jamais existé.

Avram pose doucement la main sur le bras d'Ora.

– Viens, on va le chercher avant que...

– Chercher quoi?

– Ton carnet !

– Avant que quoi ?

– Je ne sais pas. Avant que quelqu'un d'autre ne le trouve, par exemple. Tu ne voudrais pas que...

Elle le suit. Elle se sent très faible, la gorge sèche. Tout lui revient. Les matins cauchemardesques, les sandwiches purgés, censurés, qu'elle lui préparait – après l'avoir, bien sûr, consciencieusement habillé en cow-boy de pied en cap –, le végétarisme d'une part, la cruauté de l'autre, saisit-elle soudain avec stupéfaction. Elle revoit son fils inspectant son sandwich plutôt deux fois qu'une, l'expression hargneuse d'un douanier plaquée sur la figure ; elle revoit le marchandage sur l'heure à laquelle elle viendrait le chercher à l'école des carnivores, le désespoir avec lequel il se cramponnait à sa taille – elle le conduisait à bicyclette –, à mesure qu'on distinguait les cris joyeux des enfants, ses idées folles – c'est ainsi qu'elle préférait les qualifier alors –, d'après lui, les autres le touchaient exprès, lui crachaient dessus un mélange de postillons et de hot-dogs.

Chaque jour, elle l'abandonnait, scotché à la grille qui creusait des losanges sur ses joues, son petit visage maculé de larmes et de morve, secoué par les sanglots. Elle lui tournait le dos, s'esquivait et l'entendait brailler de plus en plus fort à mesure qu'elle s'éloignait. Si elle avait été incapable de l'aider à quatre ans – témoin impuissant de ce qu'elle sentait se déchaîner en lui –, que peut-elle faire pour lui maintenant, au cours de ce périple stupide, pathétique ? À quoi riment ces bavardages interminables avec Avram, ces tractations absurdes avec le destin ? Elle marche toujours, ses pieds ne lui obéissant qu'à grand-peine. C'est reposant de s'abstraire de la réalité, surtout après ce qui s'est passé hier, lui a dit l'inconnu. Ce qui s'est passé hier. Combien. Qui. A-t-on déjà informé les familles. Fonce à la maison, vite, ils sont sûrement déjà en route.

Elle progresse sans presque regarder où elle met les pieds. Tombant dans le néant infini. Elle est un infime fragment d'humanité. Ofer aussi. Elle ne peut ralentir sa chute une seule seconde. Elle a beau l'avoir mis au monde, être sa mère, même s'il est sorti de son ventre, pour l'heure, ils ne sont que deux grains de poussière flottant, tournoyant à travers l'espace infini, immense et vide. En fin de compte, pressent Ora, tout relève du hasard.

Quelque chose la fait tituber, une sorte de perte d'équilibre, suivie d'un spasme douloureux au niveau de l'aine.

– Attends, ne cours pas !

L'ivresse de la descente grise Avram, semble-t-il, le vent vivifiant lui cingle le visage. Ora s'arrête et s'adosse à un pin dont elle enlace le tronc.

– Que t'arrive-t-il, Ora'leh ?

Ora'leh. Le surnom affectueux lui a échappé. Ils s'entre-regardent.

– Je ne sais pas. Peut-être devrait-on ralentir.

Elle avance à petits pas prudents pour ménager autant que possible son muscle iliaque martyrisé, Avram marche à ses côtés, *Ora'leh* bondissant joyeusement entre eux comme un cabri.

– Parfois je m'imaginais que tu te déguisais, ou que, caché dans une voiture garée non loin du terrain de jeu, tu nous épiais pendant des heures. C'était vrai ?

– Non.

– Pas une seule fois ?

– Non.

– Tu n'as jamais été tenté de savoir de quoi il avait l'air ?

– Non.

– Tu l'as rayé de ta vie d'un trait de plume, comme ça ?

– Arrête, Ora. La question est réglée.

Elle avale une double dose de bile à cause de cette « question réglée » qui, en écho à la fin de non-recevoir d'Ilan, lui revient comme un boomerang dans la figure.

– J'avais souvent une drôle de sensation dans la nuque, une sorte de chatouillis, de picotement, là. Je ne me retournais pas, je m'en empêchais. Je me persuadais avec un calme morbide que tu étais là, près de moi, que tu nous regardais, nous observais. On s'arrête une minute ?

– Encore ?

346

– Écoute, je crois que ce n'est pas une bonne chose de retourner en arrière.

– Tu as de la peine à descendre ?

– *Retourner en arrière*, revenir sur nos pas, ça me fait mal. Je me sens toute tordue, je ne sais pas...

Les bras ballants, Avram attend les instructions. Il est capable d'annihiler toute volonté, raisonne-t-elle. Comme s'il s'évadait hors de lui-même, se protégeait par une carapace inviolable : *il n'attend rien de la vie.*

– Écoute, je crois... je ne peux pas rebrousser chemin.

– Je ne comprends pas.

– Moi non plus.

– Mais ton carnet...

– Avram, revenir sur mes pas me fait souffrir.

Voilà, c'est dit, comme si elle obéissait à une impulsion instinctive, violente. Elle pivote sur ses talons et repart vers le sommet de la montagne : c'est ce qu'il faut faire, aucun doute là-dessus. Avram ne bouge pas. Au bout d'un moment, il soupire et se décide à la suivre en marmonnant dans sa barbe : «Aucune importance ! »

Elle dévale la pente d'un pied soudain plus léger, comme libérée d'un poids – l'inconnu est certainement plongé dans son carnet, assis sur un rocher au bord de la rivière. Cet homme qu'elle ne reverra probablement jamais, aux lèvres pareilles à des prunes mûres fendues en leur milieu, qui l'a suppliée du regard de le laisser l'aider – elle s'en sépare à présent avec un petit pincement au cœur. Elle aurait volontiers bu un café en sa compagnie, mais sa maison l'appelle, impossible de s'en retourner.

– Même avant la naissance d'Ofer, après la guerre, depuis ton retour, en fait, je vivais avec le sentiment que tu me surveillais en permanence.

Elle vient de lui révéler ce qui, toutes ces années, lui a à la fois envenimé et adouci l'existence.

– C'est-à-dire ?

– En pensée... pour de vrai... Je ne sais pas.

Certains jours – bien sûr, elle se gardera de le lui dire, pas main-

347

tenant –, dès qu'elle ouvrait l'œil le matin, dans chacun de ses gestes, chaque rire, qu'elle se trouve dans la rue ou au lit avec Ilan, elle avait l'impression de figurer dans une pièce d'Avram, l'un des sketches déjantés qu'il passait sa vie à écrire ; et elle s'y prêtait davantage pour lui que pour elle-même.

Elle se retourne d'un bloc.

– Qu'y a-t-il à comprendre ? lance-t-elle un poil trop fort. C'est une chose qu'Ilan et moi ressentions à longueur de temps – nous jouions un rôle sur la scène de ton théâtre.

– Je ne vous ai jamais rien demandé, maugrée Avram, furieux.

– Comment aurions-nous pu faire autrement ?

Tous deux remontent le passé jusqu'à un instant précis : deux garçons et une fille, presque des enfants. « Mets deux bouts de papier dans un chapeau. » « On tire au sort ? » « Tu le sauras plus tard. »

– Mais ne t'y trompe pas. Nous menions une existence bien réelle et très pleine, entre les enfants, le travail, les balades, les sorties le soir, les voyages, les amis. (La plénitude de la vie, se souvient-elle avec la voix d'Ilan.) Il y avait de longs intervalles, des années, où nous sentions à peine ton regard dans le dos. Enfin, pas des années. Des semaines, plutôt. Bon, d'accord, un jour par-ci par-là. À l'étranger, par exemple, quand on partait en vacances, c'était plus facile de se libérer de toi. Ce n'est pas tout à fait exact non plus, parce que, même dans les plus beaux sites, les lieux les plus paisibles, je ressentais soudain comme un coup de couteau dans l'échine – non, dans le ventre, là, et Ilan aussi, à la même seconde, toujours. Remarque, ce n'était pas difficile, car à la minute où l'on disait un mot de ton répertoire, par exemple, une de tes plaisanteries, ou une phrase prononcée avec ton inflexion de voix, tu sais... Ou quand Ofer rabattait le col de sa chemise avec tes gestes à toi, quand il préparait la sauce que tu m'avais apprise pour les spaghettis, ou mille et une autres choses, on se regardait et on se demandait où tu étais à ce moment-là, comment tu allais.

– Ora, ralentis ! geint Avram.

Elle ne l'entend pas. Cela aussi fait partie de notre vie, constate-t-elle avec stupéfaction : le vide de ton absence, qui nous emplissait.

Soudain, tout son être se résume au regard qu'elle posait parfois sur Ofer, quand elle scrutait au fond de lui comme à travers un miroir sans tain, là où elle voyait ce qui, pour lui, restait invisible.

Et si c'était pour cela qu'il ne te regardait plus en face ? La raison qui l'avait empêché de t'accompagner en Galilée ?

Impossible de contenir plus longtemps ce qui monte en elle. Elle a atteint ses limites, quelque chose s'effrite, se liquéfie, se détend, se dénoue avec une sorte d'effarement mêlé d'une grande douceur. Telle une guerrière amazone, elle se perche sur un rocher, les mains sur les hanches, et, dominant Avram, le toise d'un regard aigu.

– C'est dingue, tu ne trouves pas ? pouffe-t-elle. Complètement fou, hein ?

– Quoi encore ?

– D'abord, je veux me sauver à l'autre bout de la terre et puis voilà que je ne peux pas me résoudre à m'éloigner davantage de ma maison !

– Alors c'est ça ? Tu t'es sauvée de chez toi ?

– Au début, oui, j'avais mal partout...

– Oh !

Il se masse les hanches, douloureuses à cause du sprint final.

– Une folle t'a kidnappé, c'est ce que tu penses, non ?

Il lève vers elle sa large face, luisante de sueur.

– Et c'est quoi, la rançon ?

– Facile !

Elle s'incline vers lui, les mains sur les genoux, ses seins ronds débordant de l'échancrure de son chemisier.

– La rançon, c'est Ofer.

Ils repartent – elle aime jouer avec les mots : repartir, deux amis partent en excursion, nous voilà partis. Le chemin est aisé, et ils se sentent parfaitement à l'aise, eux aussi ; pour la première fois depuis qu'ils se sont lancés dans cette expédition, ils penchent moins la tête, le nez rivé au sol et sur le bout de leurs chaussures. Le sentier monte et descend, puis se transforme en un chemin gravillonné. Ils franchissent un muret de béton ; les marques se perdent dans d'épais fourrés de chardons verts. Se fiant à leur intuition toute neuve de vieux baroudeurs, ils choisissent de poursuivre hardiment sur quelques centaines de mètres au milieu des hautes tiges épineuses, sans repères ni appui – comme un bébé faisant ses premiers pas, pense Ora. Son inquiétude pour Ofer monte d'un cran. Elle ne l'aide pas en ce moment, pressent-elle, la toile qu'elle tisse autour de lui s'est brusquement relâchée. Toujours aucune trace du sentier. Leurs jambes s'alourdissent. De temps à autre, ils s'arrêtent en regardant alentour, tandis que d'autres paires d'yeux les observent en catimini : un lézard se fige pour les toiser d'un air soupçonneux, un second détale, une sauterelle dans la gueule, un machaon hésite avant de pondre un œuf jaune pâle sur une tige de fenouil. Ces créatures paraissent sentir que quelque chose s'est déréglé dans le rythme général, que quelqu'un s'est fourvoyé. Ils finissent par repérer une balise orange-bleu-blanc sur un rocher. Ils la désignent du doigt en chœur, ravis de cette douce victoire. Avram s'empresse de frotter ses semelles sur le rocher, un mâle marquant son territoire, et chacun de se féliciter d'avoir su passer ses angoisses sous silence pour ne pas inquiéter l'autre outre mesure. Les repères se multipliant à présent, comme pour récompenser les marcheurs d'avoir réussi le test.

– Je me rappelle encore autre chose, commence Ora. Quand nous sommes rentrés de la maternité avec Ofer, je l'ai regardé dormir dans son petit lit. Il était minuscule, avec sa grosse tête, son petit visage fripé et couperosé à cause des efforts qu'il avait fournis pour naître, son poing serré près de sa joue. On aurait dit un boxeur minuscule et furieux, plein d'une rage venue d'ailleurs qu'il aurait transportée jusqu'ici. Et surtout, il avait l'air très seul, comme s'il avait débarqué d'une autre planète, conscient d'une chose : il devait se défendre par ses propres moyens.

« Sur ces entrefaites, Ilan est arrivé. Il m'a entouré les épaules et l'a observé avec moi. C'était très différent du jour où l'on avait ramené Adam à la maison !

Avram les considère un petit moment tous les trois avant de détourner la tête.

– "La direction de l'hôtel exige que ses hôtes vident les lieux à l'âge de dix-huit ans", commente-t-il, citant le panneau qu'Ilan avait apposé à la porte de la chambre d'Adam.

– Ilan m'a confié, reprend Ora, que, lorsqu'il était à l'armée et qu'on l'expédiait sur une nouvelle base, où il ne connaissait et ne voulait connaître personne, il commençait par se dénicher un lit dans un coin et passait les premières heures à dormir, histoire de s'acclimater en douceur pendant son sommeil.

Avram sourit distraitement.

– C'est vrai, confirme-t-il. Un jour, ils ont passé des heures à le chercher sur la base de Tassa. On a cru qu'il avait pris la tangente en cours de route.

Elle avait entraîné Ilan près du berceau où Ofer dormait, les poings crispés, se rappelle Ora. « Et voilà, mon chéri, un autre soldat pour Tsahal ! » s'était-elle exclamée. « D'ici qu'Ofer grandisse, le pays sera en paix ! » s'était empressé de répondre Ilan, comme il se devait.

Qui avait raison ? se demande-t-elle.

Ils cheminent de concert dans un silence méditatif. Leurs pensées se rejoignent. Chaque parole d'Ora trace de fins sillons dans l'esprit d'Avram. Où étais-je quand ils se penchaient sur le berceau d'Ofer ? À quoi m'occupais-je à cet instant ? Parfois, après chaque nouveau traitement, une douleur inédite le réveillait, la nuit. Le visage baigné de sueur, il écoutait son sang vicié circuler dans un organe dont il n'avait jamais encore soupçonné l'existence. Aujourd'hui aussi c'est ce qu'il ressent, seulement sa peur est d'une tout autre nature, larvée et stimulante à la fois, et les sillons semblent dessiner une nouvelle carte.

Soudain, le sac à dos d'Ora ne pèse pas plus lourd qu'une plume, comme si quelqu'un s'était approché à pas de loup pour le soutenir par-derrière. Elle a envie de chanter, crier, danser de joie ! Les confidences qu'elle lui fait ! Celles qu'ils échangent !

– Ora, tu cours trop vite !

Veut-il parler de la vitesse à laquelle elle marche ?

Elle réprime un éclat de rire.

– Tu sais ce qu'Ofer voulait devenir, quand il serait grand ?

Un point d'interrogation plaqué sur le visage, Avram retient son souffle, impressionné par sa propension inconsidérée à se projeter dans l'avenir.

– Il voulait… – elle rit si fort qu'elle a du mal à parler – un emploi où il servirait de cobaye pendant son sommeil.

Tiens, tu souris encore, Avram, pense-t-elle. Attention, ça va te rester! Au fait, moi, j'aime bien quand tu souris, ne t'en prive surtout pas! À la maison, mes trois lascars se montraient plutôt avares sur ce chapitre. Pour se moquer, ils étaient très forts, ça oui, mais les plaisanteries des autres ne les faisaient pas rire, surtout pas les miennes. À croire qu'une sorte d'esprit de corps à la noix leur défendait de les goûter. « Comment veux-tu qu'on trouve ça drôle si tu te mets à rigoler avant tout le monde? » lui avait reproché Ilan un jour.

Tu sais, Ofer a exactement ton rire, on dirait le cri d'un kookaburra à l'envers, manque-t-elle de lui signaler. Elle hésite. Ton rire? Celui que tu avais avant? Elle ne sait comment le formuler. Tu ris encore à en pleurer? À te vautrer par terre en te trémoussant comme un fou? T'arrive-t-il de rire, d'ailleurs? Es-tu encore capable de t'amuser?

Son amie, la jeune fille à qui il avait fait allusion. Est-ce qu'elle le fait rire?

Ils parviennent à un petit lac où ils plongent après quelques hésitations, Ora en sous-vêtements – difficile compromis entre envies et peurs mêlées – et Avram tout habillé. Très vite, il ne garde plus que son pantalon. Elle a la vision fugitive de son corps pâle et luisant, criblé de cicatrices et de blessures, plus corpulent, mais aussi plus solide que dans son souvenir. Nu, il dégage une puissance athlétique surprenante. Lui, bien sûr, comme toujours, privilégie le « corpulent » qui saute aux yeux; la mine chagrine, il pince un bourrelet disgracieux entre ses doigts et l'exhibe en haussant les épaules, l'air de dire c'est-tout-ce-que-j'ai-tu-vois. « Mon Dieu, Ora'leh, quelle magnificence! » s'extasiait-il devant le spectacle de sa nudité, se souvient-elle. Excepté Ada, personne à sa connaissance n'avait jamais employé ce mot, éminemment poétique. Il balançait sa lourde tête au-dessus d'elle, hennissait comme un cheval, rugissait comme un lion, quand il ne beuglait pas, tel le vieux Captain Cat dans *Au bois lacté*, la pièce de Dylan Thomas : « *Laisse-moi faire naufrage entre tes cuisses !* »

Elle se laisse glisser dans l'eau peu profonde et distingue vaguement sa silhouette de grenouille. Une ancienne souffrance refait surface, le souvenir des moments où ce corps massif, chiffonné, négligé, s'enflammait, s'étirait, pareil à un filament incandescent. Elle saisissait son visage entre ses mains et l'obligeait à la regarder dans les yeux, à s'ouvrir le plus possible. Elle le scrutait et contemplait l'infini – il y avait un endroit où elle était totalement, inconditionnellement aimée, acceptée avec reconnaissance et bonheur pour ce qu'elle était.

Fait inédit, Ora était grâce à lui le centre, le pôle d'attraction. Ora – pas Avram, ni Ora-Avram – constituait le lieu où ils faisaient l'amour. Son corps à elle, plus que celui d'Avram, se trouvait à l'intersection de leur passion, et il cherchait toujours à assouvir son plaisir avant le sien. Ce qui la sidérait, parfois jusqu'à l'angoisse – « Je voudrais que tu jouisses à ton tour maintenant », implorait-elle. « Te voir jouir est encore plus jouissif, tu ne le sens pas ? Ça ne se voit pas ? » rétorquait-il entre deux fous rires. Elle le sentait, le voyait, sans bien comprendre. « À quoi ça rime, cet altruisme ? » « Quel altruisme ? C'est de l'égoïsme pur et dur. » Elle souriait, comme à une plaisanterie incompréhensible, s'abandonnait à ses caresses, à sa bouche, pressentant qu'elle touchait là quelque chose d'infiniment complexe dans la personnalité d'Avram, qu'elle devrait s'acharner, lui tirer les vers du nez, si elle voulait vraiment le connaître un jour. Mais ses baisers étaient si doux, sa langue avait le pouvoir de faire trembler l'univers. Elle renonçait, ce n'était jamais le bon moment, de sorte que la question resta en suspens.

Mais si cela avait été l'inverse…

Elle entend Avram sortir de l'eau en menant grand tapage. Dommage, car elle aurait volontiers batifolé un peu avec lui (mais il n'avait pas l'air particulièrement intéressé), et dire qu'elle va devoir se promener nue devant lui ! En tout cas, si l'inverse s'était produit, elle le sait, lui n'aurait pas capitulé, il l'aurait cuisinée sans relâche, accablée de questions, aurait décortiqué chacune de ses réponses, les aurait gardées en mémoire comme autant de trésors et longuement ruminées dans sa tête. Elle se hâte de sortir de l'eau à son tour en se dandinant d'un pied sur l'autre, couvrant de ses mains sa poitrine frigorifiée, quelque peu flétrie aujourd'hui, naturellement – où est passée la serviette, bon sang ! Pourquoi ne l'a-t-elle pas préparée à l'avance ?

Claquant des dents, elle bredouille un remerciement quand Avram la lui passe sans presque la regarder. Elle lui tourne le dos et, en se séchant, se rappelle ses commentaires à propos de ses seins, quand elle avait dix-neuf ans : *elles* étaient parfaites, parce qu'*elles* tenaient entièrement dans ses paumes. Il insistait pour en parler au féminin, refusant d'utiliser le masculin de l'hébreu. « Comment pourrait-il en être autrement ? » s'offusquait-il, point de vue qu'elle avait allégrement adopté. Il s'émerveillait de leur beauté, il n'en avait jamais assez. « Tes magnificences, s'extasiait-il, tes opulentessences », il ne la voyait pas telle qu'elle était, c'était sûr, il était aveugle à ses défauts, et donc, visiblement, il l'aimait. Et elle le lui rendait au centuple pour avoir accordé à ses seins une place dans l'univers avant tout le monde, et la considérer dur comme fer comme une femme, alors qu'elle en doutait encore ! Par la suite, en allaitant ses garçons, elle aurait tant voulu faire jouir Avram de la même façon, qu'il puisse la posséder ainsi, épanouie, plantureuse, telle une corne d'abondance. « Une fontaine jaillissante », se pâmait-il quand ils étaient ensemble.

Elle entreprend de se sécher vigoureusement, à son habitude, s'étrillant jusqu'à ce que sa peau rougisse et fume presque, tandis que ses pensées vagabondent. Elle enveloppe Avram d'un regard brûlant. Auquel il répond par un coup d'œil oblique.

– Qu'y a-t-il ?

Elle se ressaisit, se redresse et bat des paupières, comme pour les rincer de l'œillade moite, incontrôlée qu'elle lui a lancée.

– Bon, maintenant, trop, c'est trop ! s'écrie-t-elle, voyant Avram s'apprêter à remettre sa chemise. On va la laver ici et elle séchera sur ton sac pendant le trajet. À propos de sac, tu vas me faire le plaisir de l'ouvrir tout de suite, s'il te plaît. Trouve-toi un vêtement propre à te mettre sur le dos !

Ils dépassent plusieurs sources naturelles : Ein Garger, Ein Pu'ah et Ein Halav. Du lichen orange pâle moquette les branches des amandiers, le long du sentier. Des têtards s'égaillent quand la tête d'Avram se profile dans l'eau. Ora monologue. De temps à autre, elle glisse un regard vers Avram dont les lèvres bougent, comme s'il voulait graver ses paroles dans sa mémoire. Elle lui raconte les nuits interminables dans le fauteuil à bascule, serrant dans ses bras Ofer malade, brûlant de fièvre, baigné de sueur, secoué de frissons et geignant faiblement. Elle somnolait, se réveillait en même temps que lui, lui parlait doucement, épongeait son petit visage décomposé.

– Je n'aurais jamais pensé qu'on pouvait à ce point ressentir la douleur de quelqu'un, confie-t-elle.

Elle lance un coup d'œil entendu à Avram. Qui mieux que lui, en effet, était capable jadis de se mettre dans la peau d'autrui ?

Elle lui parle de l'allaitement. Des mois durant, Ofer se nourrissait exclusivement de son lait, et tenait avec elle de longues conversations par ses gazouillis et ses jeux de regards. « Un langage si expressif que les mots sont impuissants à exprimer. »

Elle veut qu'il la voie elle aussi, pas seulement Ofer, avec son soutien-gorge taché, les cheveux en bataille, son ventre qui ne dégonflait pas pendant des mois, la détresse où la plongeaient les mystérieuses douleurs dont souffrait le bébé, qui braillait et pleurait sans arrêt. Sans oublier les conseils perfides de sa mère, des voisines bien plus compétentes, des infirmières du lactarium, le bonheur d'aider une autre créature à vivre…

Et les moments – les abîmes – séparant les cris affamés d'Ofer et la seconde où sa bouche engloutissait son téton. Quand il s'égosillait, elle voyait son corps s'affaisser, comme s'il savait qu'il allait mourir. La peur de la mort le submergeait, occupait les espaces vides de nourriture. Il hurlait, piaillait jusqu'à ce que le fluide vital de sa mère l'emplisse à petits bouillons réguliers. Sa figure rayonnait alors de soulagement : il était sauvé, elle l'avait sauvé, elle en avait le pouvoir. Elle qui, chaque fois qu'elle passait de la quatrième à la troisième vitesse, paniquait à l'idée d'avoir enclenché la marche arrière, voilà qu'elle donnait la vie à une autre personne !

Quand il était au creux de ses bras, elle effleurait souvent son visage et son corps du bout des doigts, songeant aux fils ténus, au réseau qui reliait Ofer à Avram, où qu'il se trouve. Elle ne pouvait s'en empêcher, tout en sachant que cela n'avait pas de sens.

La nuit. Ils étaient seuls au monde, enveloppés d'obscurité. Le lait tiède s'écoulait en secret de son corps vers le sien. Une menotte posée sur son sein, le petit doigt rose pointé telle une antenne, les quatre restants gigotant au rythme de la tétée, l'autre main cramponnée à sa robe de chambre, agrippée à une mèche de ses cheveux à lui, ou à son oreille. Il la regardait, les yeux grands ouverts ; elle y plongeait, s'imprimait sur sa rétine. Elle avait l'impression que ses traits se gravaient dans ce cerveau tendre et encore embrumé. Elle vivait un instant d'éternité, une expérience exaltante. Dans les yeux de son petit enfant, elle voyait sa propre image, elle était plus belle que jamais. Il deviendrait quelqu'un de bien, de meilleur qu'elle, elle lui en fit la promesse. Elle réparerait ce que sa mère avait brisé en elle. L'excitation fit gicler un flot de lait sur la bouche et le nez d'Ofer. Qui faillit s'étouffer de surprise et fondit en larmes.

Les bras enroulés autour d'elle, elle marche en pleine tempête. Un flot de sensations oubliées : plénitude et dureté, écoulements transperçant son chemisier en pleine rue, au travail, au café, tellement l'image d'Ofer l'obsédait. « Il me suffisait de penser à lui pour déborder », commente-t-elle en riant. Avram absorbe l'aura de lumière qu'elle irradie. A-t-elle laissé Ilan goûter son lait ? se demande-t-il.

À midi, l'ombre les surprend. Ils progressent dans le lit du Tsivon, une curieuse faille profonde qui leur impose un silence respectueux. Le chemin serpente entre de gros éboulis qu'ils escaladent avec prudence. Autour d'eux, les chênes hissent leurs branches le plus haut possible pour capter la lumière. Du lierre pâle et de longues fougères dégringolent des cimes. Ils foulent un tapis de feuilles sèches qui s'effritent sous leurs pas, au milieu des cyclamens sans sève et des champignons albinos. Il y fait très sombre. «Touche!» dit Ora en posant d'autorité la main d'Avram sur un rocher couvert de mousse verte. C'est doux comme de la fourrure. Ils sont environnés de silence. Pas un seul chant d'oiseau. «Comme une forêt de conte de fées», murmure-t-elle. Avram promène ses regards alentour, les épaules légèrement voûtées, ses doigts remuant sans relâche.

– Ne t'inquiète pas, dit-elle, je vais nous sortir de là.

Il tend le bras.

– Regarde!

Un pinceau de lumière perçant le feuillage éclaire un rocher.

En rentrant, je consulterai un livre sur la Galilée, ou une carte, se promet-il. Je veux reconstituer l'itinéraire que nous avons emprunté. Et si elle était ici avec Ofer à ma place? De quoi lui parlerait-elle? Quel genre d'expérience est-ce de se retrouver seule avec son enfant, dans un lieu pareil? Une aventure périlleuse, sûrement. Ora ne lui permettrait pas de s'emmurer dans le silence. Il sourit. Ils bavarderaient comme des pies, riant aux dépens des rencontres de hasard. Peut-être même se moqueraient-ils de moi, s'ils me croisaient au détour du chemin?

Ils suivent un étroit sentier hérissé de grosses racines rampantes. Les sacs pèsent de plus en plus lourd. Et si Avram et Ofer marchaient tous les deux seuls dans la forêt? se dit Ora. Une randonnée entre hommes.

Tout à coup, comme si une main leur passait devant la figure, ils émergent de l'ombre et se retrouvent en pleine lumière. Un peu plus tard, ils voient une prairie, le versant d'une colline, un verger planté d'arbres à fleurs blanches.

– C'est beau! chuchote-t-elle pour ne pas troubler le silence.

Le chemin, large et roulant, est séparé par une bande herbeuse centrale. On dirait une crinière de cheval, s'amuse Avram.

Ora lui raconte les premières explorations d'Ofer dans la maison, il examinait soigneusement chaque livre sur les rayonnages inférieurs de la bibliothèque, les feuilles des plantes vertes, les casseroles et les couvercles dans les placards du bas de la cuisine. Fragment par fragment», elle rassemble les épisodes de son enfance dont elle se souvient. Le jour où il était tombé de sa chaise, on l'avait transporté aux urgences où il avait écopé de sept points de suture au menton. Un chat l'avait griffé au visage sur le terrain de jeu.

— Il n'a pas de cicatrice, le rassure-t-elle.

Avram effleure furtivement quelques-unes de celles qu'il a aux bras, aux épaules, sur la poitrine et le dos. Une joie singulière l'inonde à l'idée qu'Ofer est entier. Le corps intact.

Apparemment de plus en plus vif et alerte, Avram lui demande quand Ofer a commencé à parler et quel a été son premier mot. «*Abba*», papa, répond Ora. Il comprend de travers :

— Avram ? s'étonne-t-il.

Tous deux rient de sa bévue. Bien entendu, il veut savoir ensuite le premier mot qu'a prononcé Adam.

— *Or*, dit-elle.

Elle devine qu'il ravale la question suivante : « Pas *ima*, maman ? » Au lieu de quoi, il déclare :

— Or, ça ressemble à Ora.

Elle n'y a jamais pensé. Ofer, se souvient-elle, prétendait que ses premiers mots avaient été : « Je veux voir votre chef ! » Elle évoque la lourde commode – celle de la mère d'Avram – qui servait de table à langer, et l'étagère noire bourrée de livres pour enfants. Elle se rappelle plusieurs titres.

— Pluto était un petit chien vivant au kibboutz Megiddo..., déclame-t-elle.

Elle parle aussi à ce parfait ignare d'Avram de Mitz Petel, le lapin préféré des enfants, et de sa bande d'amis, les animaux rigolos. Lui et moi sommes un peu comme la girafe et le lion de l'album, songe-t-elle, le sourire aux lèvres.

Elle essaie d'imaginer le petit Ofer après le bain, propre comme un sou neuf, à l'heure du coucher, la tête posée sur l'épaule d'Avram qui lui raconte une histoire. Ofer a son pyjama vert orné de croissants de lune, mais elle ne distingue pas ce que porte Avram. Elle ne le voit même pas, d'ailleurs. Elle sent seulement sa forte présence et la manière dont Ofer s'abandonne contre lui. Avram aurait probablement organisé des représentations, des spectacles, et inventé une nouvelle histoire, soir après soir. Il se serait lassé de lire la même pendant des semaines, comme l'exigeait Ofer. Elle croit entendre la voix particulière, remplie de mystères, douce et terrifiante à la fois qu'adoptait Ilan quand il lisait un livre aux garçons avant de dormir. Elle se garde de confier à Avram à quel point il aimait ce moment. Il avait beau être débordé au bureau, il n'omettait jamais le rituel du coucher. Elle-même adorait l'écouter, pelotonnée dans le lit entre les deux garçons.

Le chemin est facile et bien tracé. Avram étend les bras, agréablement surpris. Le *sharwal* est vraiment très confortable. Ora a retroussé trois fois les manches pour les ajuster à sa «taille de cacahuète», a-t-il plaisanté. Elle mentionne encore la crèche que fréquentaient Ofer et son premier petit camarade, Yoel, lequel avait déménagé aux États-Unis avec ses parents, l'année suivante. Ofer en avait eu le cœur brisé. «Des anecdotes insignifiantes... », s'excuse-t-elle. D'une histoire à l'autre, mot après mot, Ofer bébé devient de plus en plus concret dans son esprit, lentement sculpté en forme de petit garçon : le nourrisson se transforme en bébé, il change de vêtements, de jouets, de coupe de cheveux. Elle lui montre Ofer s'amusant tout seul, très concentré. Elle lui raconte sa passion pour les figurines miniatures et leurs multiples accessoires. Avec quelle habileté, quelle patience il les rassemblait, les combinait, les emboîtait avant de les séparer et tout recommencer.

«Ce n'est pas un don qu'il a hérité de moi ! » pouffe Avram.

Il a beau protester, elle entend le contraire, remarque-t-elle, attendrie.

Il avait dix-huit mois. Ils étaient en vacances à Dor Beach. Tôt un matin, Ofer s'était réveillé alors qu'Ora, Ilan et Adam dormaient encore, il avait quitté son lit et était sorti du bungalow. Pieds nus, vêtu uniquement d'un T-shirt et de sa couche, il avait traversé la pelouse où, sans doute pour la première fois de sa vie, il était tombé en arrêt devant un immense arroseur rotatif. Il l'avait regardé, émerveillé, gloussant de joie, puis il s'était mis à jouer avec. Il s'approchait à pas feutrés des gerbes d'eau et se sauvait avant de se mouiller les pieds. Réveillée, Ora l'observait, cachée derrière le mur. Il avait l'air si heureux, le bonheur personnifié dans la lumière dorée, réfractée par les gouttes d'eau.

À un moment donné, le tourniquet avait pris Ofer de vitesse. Trempé des pieds à la tête, il était resté pétrifié sous le jet, frissonnant, le visage crispé tourné vers le ciel, agitant ses petits poings.

Elle fait une démonstration à Avram, debout, les yeux clos, les lèvres plissées en une moue tremblante. Un petit humain solitaire sous les éclaboussures qui giclaient de partout, subissant une sentence qu'il ne comprenait pas. Elle s'était précipitée à son secours, mais quelque chose l'avait retenue dans son élan et elle était repartie se cacher. Peut-être l'envie de voir Ofer livré à lui-même, seul au monde, pour une fois?

Ofer se tenait à distance respectable de l'appareil, qu'il contemplait d'un air de dignité offensée, pleurnichant sans bruit et tremblant de tous ses membres. Une nouvelle créature tout à fait merveilleuse lui fit vite oublier l'incident : un vieux cheval boiteux coiffé d'un chapeau de paille percé de deux trous d'où dépassaient ses oreilles. L'animal tirait une carriole où avait pris place un homme, d'un âge vénérable lui aussi, portant également un chapeau de paille. Il venait chaque matin à l'aube vider les poubelles installées sur la plage pour les emporter à la décharge. Tout excité et dégoulinant d'eau, Ofer resta figé, l'œil rond. En le dépassant avec sa charrette, le vieil homme remarqua le bébé et lui offrit un sourire édenté. Alors, soulevant gracieusement son chapeau de paille effrangé, il esquissa un petit salut, celui de la vieillesse à l'enfance en quelque sorte.

Loin de s'effrayer, comme Ora le craignait, Ofer se massa l'estomac dans un éclat de rire cristallin et se tapota la tête des deux mains, sans doute pour mimer le salut du vieil homme.

Puis il emboîta le pas au cheval.

Il marchait sans se retourner, Ora sur ses talons.

– Ce petit bout de dix-huit mois était gonflé à bloc, sans aucune peur.

Une plume légère vibre dans le cœur d'Avram et le précède en voletant. Derrière ses paupières closes, un petit garçon trottine sur une plage déserte, courbant légèrement l'échine, tendu de tout son être vers l'avant.

Surmontée de mouches vrombissantes, une horrible puanteur dans son sillage, la carriole transportait des déchets, des emballages, des filets de pêche hors d'usage et de grands sacs d'ordures. De temps à autre, le vieil homme houspillait sa bête d'une voix lasse en agitant un long fouet. L'enfant les suivait, au bord de l'eau, pendant qu'Ora, dans son dos, contemplait le prodige que constituait pour Ofer ce grand animal décharné. Peut-être croyait-il avoir affaire à une seule et même créature merveilleusement complexe, dotée de deux têtes, quatre jambes, de grandes roues, un harnais de cuir, des chapeaux de paille, un nuage bourdonnant au-dessus ? suppute Ora en racontant l'histoire à Avram. Elle accélère involontairement le pas, entraînée par ses souvenirs – Ofer sur la plage, petite créature hardie, bruissante de promesses, et elle jouant à cache-cache derrière lui, bien inutilement, puisqu'il ne se retourna pas une seule fois. Jusqu'où continuerait-il ? s'interrogea-t-elle. Son attitude parlait pour lui : indéfiniment. Elle vit – même Avram le comprend implicitement – qu'il la quitterait, qu'il s'en irait, comme tous les autres, elle devina la douleur qu'elle éprouverait ce jour-là, l'anticipation de celle qui la déchirait alors à belles dents, sans prévenir.

Ofer se laissa distancer, il s'immobilisa, dit au revoir au cheval et au vieil homme en ouvrant et, refermant le poing, il fit volte-face avec un doux sourire malicieux et lui tendit joyeusement les bras, comme s'il avait toujours su qu'elle était là, qu'il ne pouvait en être autrement. Il se précipita vers Ora en criant : « Mama ! Mama ! Un lapin ! »

– Dans ses livres d'images, les bêtes avec de longues oreilles étaient toujours des lapins, tu vois ?

« Non, un cheval, corrigea-t-elle en le serrant très fort sur son cœur. Dis "cheval" ! »

– C'était la méthode d'Ilan, lui apprend-elle lors d'une énième pause café dans un champ de trèfles pourpres, envahi d'asphodèles jaunes que butinaient des abeilles. Chaque fois qu'il apprenait un mot nouveau à Ofer ou à Adam, il leur demandait de le répéter à haute voix. Ça me portait sur les nerfs. Pourquoi le faisait-il ? Il ne dressait pas des animaux, quand même ! Aujourd'hui, je crois qu'il avait raison, et je l'envie un peu, a posteriori, parce que, de cette façon, il était le premier à assister à leurs progrès.

– En fait, dit Avram après un moment d'hésitation, c'était une idée à moi. Tu le savais, n'est-ce pas ?

– Une idée à toi ?

Il s'empourpre.

– J'avais dit à Ilan, à l'armée, que, si j'avais un enfant, je lui "donnerais" chaque mot nouveau, je le lui offrirais en quelque sorte, comme un pacte entre nous, disons.

– Vraiment ?

– Il... ne te l'a pas dit ?

– Pas que je sache.

– Il a sans doute oublié.

– Oui, peut-être. À moins qu'il n'ait délibérément omis de me le dire, pour ne pas retourner le couteau dans la plaie. Je n'en sais rien. Lui et moi avions inventé certains rituels à ton sujet, des moments privilégiés avec toi, qui passaient surtout par les mots, la manière dont les garçons s'exprimaient aussi, soupire-t-elle, sa lèvre supérieure un peu plus affaissée que d'habitude. À cause de ce qu'il partageait avec toi, tu sais...

– Avec moi ? s'étonne Avram.

– Bien sûr ! Vous étiez tellement bavards, tous les deux, de vrais moulins à paroles, je t'assure, et avec Ilan... Eh ! C'est quoi, ce bruit ?

Quelque chose bouge dans les chardons, non loin de là. On dirait des coups de fouet venant de tous les côtés à la fois. Soudain, une créature les frôle, détale et se pétrifie, hors d'haleine. Avram saute sur ses pieds, déclenchant des aboiements divers et variés, et crie à Ora de se lever. Elle renverse son café dans sa hâte, trébuche et s'affale sur le sol. Avram est campé au-dessus d'elle, immobile, les yeux et la bouche béants sur un cri muet. Des chiens. Venant de partout.

Quand Ora réussit à se mettre debout, elle en compte trois, quatre, cinq. Avram désigne d'un mouvement de tête quelque chose sur la gauche ; elle en dénombre au moins quatre autres, de différentes races, petits et grands, sales, dépenaillés, aboyant rageusement dans leur direction. Avram lui saisit le poignet et l'attire sans ménagement à lui, mais Ora ne comprend toujours pas. Son cerveau a toujours eu du mal à traiter les tenants et les aboutissants de chaque nouvelle situation ! Au lieu de chercher à se défendre, elle a la fâcheuse tendance – le contraire de l'instinct de survie, comme le lui avait fait remarquer un jour Ilan – à s'attacher à des détails mineurs (les aisselles d'Avram sont trempées de sueur ; l'un des chiens a la patte cassée, repliée sous l'abdomen ; les paupières d'Ilan tressautaient quand il lui avait annoncé qu'il la quittait ; l'homme rencontré près de Nahal Kedesh portait deux alliances identiques aux doigts).

Les chiens forment une sorte de triangle, dont un grand chien de chasse noir au large poitrail constitue le sommet, suivi d'un bâtard jaune et courtaud, légèrement en retrait. Le noir aboie à perdre haleine, le jaune gronde très bas, l'air menaçant.

Avram pivote sur ses talons, la respiration asthmatique.

– Mets-toi ici, moi je reste là ! Balance des coups de pied et crie de toutes tes forces !

Elle tente vainement d'obéir, paralysée par une gêne idiote face à Avram, et devant les chiens aussi. Ou la honte de soi, peut-être ? Lui est-il arrivé un jour de crier pour de bon ? De hurler à pleins poumons ? Osera-t-elle jamais ?

Les chiens aboient frénétiquement, le corps secoué d'une fureur aveugle, opiniâtre, les babines retroussées, l'écume à la gueule. Ora les observe, fascinée. Ils s'approchent lentement, leur cercle rétrécit. Avram lui souffle de trouver un bâton, une branche, n'importe quoi, et Ora tâche de se rappeler certaines choses que lui a apprises Adam, ou qu'elle a entendues au hasard de ses conversations avec ses camarades. Entre autres, un gentil garçon, Idan, un musicien très doué, qui avait rejoint l'unité des forces spéciales K-9 de l'armée. Un jour qu'elle les conduisait tous les deux à Césarée, à l'occasion d'un concert, il leur raconta qu'on dressait des chiens à attaquer les « parties dominantes » d'un suspect, la main ou le pied susceptibles de servir à se défendre. Il avait expliqué que là où un chien ordinaire infligeait un rapide coup de dents, un molosse de leur unité – Idan possédait un berger belge qui, d'après lui, développait des facultés instinctives extraordinaires, on pouvait le conditionner comme on voulait – verrouillait sa mâchoire autour d'un bras, une jambe ou un visage. Information sans doute très utile, seulement en l'occurrence, la cible, c'était elle.

– Le noir, surveille-le ! lui intime Avram.

Le grand mâle, le chef, indubitablement, se trouve non loin d'elle et la fixe de ses yeux injectés de sang. Semblable à une masse énorme sur le point de se défaire de son enveloppe canine afin de se réincarner en un animal sauvage et primitif. Au même moment, un autre chien, plus petit, fonce hardiment à travers les buissons droit sur Avram. Ora bondit et se cramponne à son bras, manquant presque de le faire tomber. Il la fusille du regard, on dirait une bête, quoique végétarienne, pacifiste et craintive ! Un gnou, un lama ou un chameau, témoin involontaire d'un massacre. Il décoche un violent coup de pied au chien, qui est projeté en l'air dans un silence terrifiant et s'étale comme un chiffon, la tête bizarrement désarticulée, aussitôt suivi de l'une des chaussures d'Avram.

– Je l'ai tué, murmure Avram, étonné.

Le silence soudain retombe. Les chiens reniflent avec nervosité. Si Avram et elle ne tentent rien, les bêtes se calmeront peut-être, raisonne Ora. Elle pense à son chien bien-aimé, Nicotine, et s'efforce de drainer un peu de sa douceur en ce lieu, de diffuser son odeur familière. Elle regarde autour d'elle. Le champ grouille de roquets. Presque tous ont l'air d'animaux domestiques redevenus sauvages. Ici et là, un collier de couleur surgit d'une fourrure épaisse et sale, une queue en panache frétille encore, suggérant des soins attentifs et beaucoup d'amour en un temps révolu. Tous ont les yeux purulents, couverts de croûtes jaunâtres, au cœur d'une nuée de mouches. Nicotine, son cadeau à Ilan du jour où il avait cessé de fumer, était transparent comme un miroir, une âme sœur, mais ce qui se produit là n'est pas naturel. C'est de la révolte. De la trahison. Immobile, le gros noir évalue la situation. Les autres – y compris Ora et Avram – attendent anxieusement le verdict. Derrière lui, le chien jaune montre les dents. Mais quand Ora le regarde, il déguerpit, la langue pendante, et elle remarque qu'il s'agit d'une femelle.

– Ramasse des pierres, ils vont voir, souffle Avram du coin de la bouche.

– Non, attends !

– Il ne faut pas leur montrer qu'on a peur…

– Ne bouge pas ! Ils s'en iront.

Les chiens inclinent la tête de côté comme s'ils suivaient la conversation.

– Surtout, ne les regarde pas.

Avram baisse les yeux.

Tous deux se font face en silence. Au-dessus de leurs têtes, un couple de faucons se poursuit dans une parade nuptiale en ricanant bruyamment.

Un frisson agite la poitrine du gros chien noir, qui entreprend de décrire un large cercle. Les autres restent figés, tendus, le poil hérissé.

– Zut ! chuchote Avram. On a raté l'occasion.

Le noir avance toujours, traçant une ligne invisible autour d'eux, sans les quitter du regard. Les autres l'imitent, refermant le cercle. Ora cherche des yeux la chienne jaune, qui a repris sa place aux côtés du chien noir. Un beau couple, songe-t-elle avec un curieux pincement de jalousie, de regret pour un rêve oublié.

Soudain, tout s'embrase à nouveau, comme si le mouvement circulaire avait attisé chez les chiens une pulsion primitive. Leurs têtes et leurs corps s'aiguisent. Des loups, des hyènes et des chacals les cernent désormais. Avram colle son dos trempé de sueur contre celui d'Ora. Ils se meuvent ensemble vers l'avant, l'arrière, latéralement. Ils ne forment plus qu'un. Elle croit entendre un feulement rauque. Impossible de savoir s'il émane d'Avram ou d'elle-même.

Les chiens se lancent au petit trot autour d'eux. Ora cherche fiévreusement la chienne jaune. Elle doit la trouver. Elle fait du regard le tour de chaque animal, comme on compte les perles d'un collier. Elle la repère enfin, trottant avec ses comparses ! La gueule de la chienne est aussi figée que celle des autres, ses mâchoires étirées en un rictus découvrant ses canines.

Un éclair gris fuse dans l'herbe, et quelque chose se plante dans le mollet d'Ora, à travers l'étoffe de son pantalon. Sursautant de peur, elle se met à distribuer des coups de pied à l'aveuglette, rencontre un obstacle et croit se déboîter la cheville sous le choc. Un minable petit bâtard glapit et décampe lécher ses blessures un peu plus loin. Avram émet un son distordu, strident, des syllabes inarticulées, incohérentes. Le laborieux échafaudage de son esprit, qu'il avait eu tant de mal à ériger, paraît sur le point de s'écrouler sur le champ de bataille. Il frappe de son bâton au même moment, ouvrant une trouée dans le cercle. Un autre coup fend l'air, suivi d'un bruit révoltant : une carcasse désarticulée se sauve en gémissant, remorquant son arrière-train sur ses pattes de devant. Ora revoit Nicotine, vieux et déglingué, se traînant jusqu'à son panier, les yeux vitreux.

Elle se met à siffler. Pas une mélodie. Un son monotone et mécanique, pareil au bourdonnement d'un appareil ménager détraqué. Les lèvres arrondies, elle siffle encore. Les chiens dressent l'oreille. Avram lui jette un coup d'œil méfiant, la barbe en broussaille, le visage en lame de couteau.

Elle ne s'interrompt pas. Des oreilles sensibles vibrent pour déchiffrer ce signal venu d'un autre monde. Les yeux roulant en tous sens dans leurs orbites, elle tente de produire une stridulation grave, douce, aussi pleine et riche que ses poumons le lui permettent, et de s'y tenir, à la façon des premiers hommes protégeant le feu.

Un bâtard brun efflanqué s'assoit sur ses pattes arrière et se gratte l'oreille, rompant le cercle. Les autres s'écartent. La chienne jaune s'approche pantelante, la démarche incertaine. Un grand chien de Canaan, affligé d'une vilaine plaie ouverte à la cuisse, part en boitillant, puis s'arrête au milieu du champ, les yeux au ciel, l'esprit visiblement ailleurs. Ora croit même le voir bâiller.

Le chien noir secoue la tête et considère les autres avec un profond ennui. Ora module les premières notes de *Ma bien-aimée au cou si pur*, destinées à siffler Nicotine – Ilan et elle adoraient cette rengaine. Le chien noir aboie vers le ciel d'un air absent avant de battre en retraite, la bande à ses trousses. La queue dressée, il se met à galoper, imité par les autres. La chienne jaune traîne la patte. Le groupe semble plus clairsemé, à présent. Ora glisse un œil vers Avram. Il brandit encore son bâton, une branche d'eucalyptus ou de pin. Sa poitrine se gonfle et s'abaisse comme un soufflet.

Elle siffle toujours. Ilan fredonnait souvent leur air favori sous la douche. Étendue dans son lit, elle posait son livre pour mieux l'écouter. Un jour, il l'avait sifflé à voix basse dans le foyer bondé du Théâtre de Jérusalem. L'entendant depuis l'autre bout de la salle, elle était venue à sa rencontre en sifflotant à son tour, jusqu'à ce qu'ils se retrouvent et tombent dans les bras l'un de l'autre.

Avram l'interroge du regard. Elle siffle pour la meute qui s'éloigne. La bouche en cul-de-poule, elle appelle la chienne jaune, qui tourne la tête et ralentit de mauvaise grâce. Ora se penche, les mains sur les genoux.

– Viens! murmure-t-elle.

Les autres s'éloignent, aboyant, se pourchassant, s'affrontant les uns les autres, galopant à travers champ, les oreilles pendantes ou dressées, reformant le groupe. La chienne jaune regarde alternativement Ora et ses congénères. D'un pas indécis, les membres flageolants, elle s'approche. Immobile, Ora siffle doucement, un signal presque imperceptible, pour la guider. Avram abandonne sa massue improvisée. La chienne progresse dans les chardons qui s'agrippent à son poitrail.

Ora met un genou à terre. L'animal s'arrête net, une patte en l'air, ses narines noires dilatées. Ora ramasse une tranche de pain sur la nappe et la lance à la bête, qui recule en grognant.

– Mange! C'est bon.

La chienne baisse ses grands yeux chassieux.

– Avant, tu vivais dans une maison, dit Ora. Tu avais un foyer, des maîtres qui s'occupaient de toi, qui t'aimaient. Tu avais une gamelle de nourriture et un bol d'eau à ta disposition.

Un pas après l'autre, l'échine courbée, la chienne s'approche du pain. Elle ne cesse de gronder, le front plissé, les yeux rivés sur Avram et Ora.

Ne la regarde pas ! murmure Ora.

– C'est toi que je regarde, rétorque Avram, qui détourne la tête, embarrassé.

La bête attrape le pain et le dévore. Ora lui lance un morceau de fromage. Elle le flaire et l'avale. Puis des bouts de saucisson. Des biscuits.

– Viens ! Tu es un bon chien, bon chien, bon chien !

L'animal s'assoit et se lèche les babines. Ora verse de l'eau de sa gourde dans une assiette en plastique qu'elle pose par terre, à bonne distance, avant de regagner sa place. La chienne jaune renifle de loin, réticente à avancer davantage, attirée et rebutée à la fois. Un petit gémissement lui échappe.

– Bois ! Tu as soif.

La chienne se dirige vers l'assiette, l'œil aux aguets. Ses pattes tremblent comme si elle allait s'effondrer d'un moment à l'autre. Elle lape l'eau à grands coups de langue avant de reculer. Ora remplit à nouveau l'assiette sans cesser de lui parler. Elle réitère son geste à deux reprises, jusqu'à ce que la gourde soit vide. La chienne s'assoit à côté de l'assiette, se couche et se met à ronger une pelote de fourrure et de chardon, accrochée à sa patte.

Ora et Avram se décident à échanger un regard.

Ils restent plantés sur place, épuisés et confus, ruisselant d'une sueur d'épouvante nauséabonde, grimaçant un sourire. Ils n'ont pas eu le temps de se revêtir de leur ancienne peau. Avram darde sur elle un regard étonné, reconnaissant, ses yeux bleus papillotent. Ora se remémore leurs étreintes et, l'espace d'un instant, elle se demande bêtement si elle ne doit pas le siffler lui aussi pour qu'*il* la rejoigne. Il s'approche spontanément de trois petits pas et la serre dans ses bras, très fort, comme avant. « Ora, Ora'leh… » La chienne les observe.

Ora recule, elle le considère comme si elle ne l'avait pas vu depuis une éternité, se jette sur lui et se met à le battre à tour de bras, le giflant, le griffant en silence, le souffle court. Surpris, il se protège du mieux qu'il peut, s'évertuant à la ceinturer pour parer l'attaque et éviter qu'elle se blesse, car elle s'est mise à se labourer, se frapper le visage.

– Ora, arrête, arrête !

Il crie, supplie jusqu'à ce qu'il parvienne à la maîtriser, l'enlaçant étroitement pour l'empêcher de se débattre. Elle se démène comme une enragée, cherchant à combler le moindre espace vacant entre eux deux à coups de poing et de pied, écumant de rage. Plus elle résiste, plus il resserre son étreinte, jusqu'à ce qu'ils se fondent l'un dans l'autre, les membres enchevêtrés.

– Espèce de salaud ! grince-t-elle. Tout ce temps… pour nous punir… qui est le plus coupable, hein…

Sa voix meurt et elle finit par s'affaler contre sa poitrine, la tête au creux de son épaule, sidérée, comment a-t-elle pu proférer de telles énormités, et pourquoi maintenant, pourquoi ? Ce n'est pas du tout ce qu'elle voulait lui dire. Sans la lâcher, Avram fait courir sa main sur son dos, par-dessus son T-shirt imbibé de sueur. Elle prend une profonde inspiration et lui murmure quelque chose, comme si elle voulait l'atteindre au tréfonds de son être, à l'image du trou creusé dans la terre, quelques jours plus tôt. Avram comprend qu'elle est en train de prier, pas lui, mais plutôt quelqu'un à l'intérieur de lui, l'implorant de lui ouvrir un passage et de la laisser entrer. Il pétrit le corps d'Ora de ses mains, de son propre corps, de même qu'elle pétrit le sien entre ses doigts, retrouvant des sensations émerveillées. Une fraction de seconde – pas davantage – elle s'abandonne, un peu comme le temps d'une brève débauche. Ses jambes manquent de la lâcher et elle réussit à garder l'équilibre par miracle. Que se passe-t-il ? Que lui arrive-t-il ? Elle renverse la tête dans l'espoir de trouver la réponse au fond des yeux d'Avram, qui la tient étroitement enlacée avec une ancienne-ardeur-toute-neuve, à croire qu'il veut à nouveau la marquer de son empreinte. C'est sa nature. Elle se rappelle soudain leurs parties de jambes en l'air – *des prises mâle et femelle*, disait-il –, il était comme halluciné en elle, un fantasme, tour à tour dur et doux, un somnambule, une lente déambulation où son esprit et son corps, libérés de toute entrave, n'avaient plus rien à voir avec le chasseur traquant sa proie, les sens aux aguets, son état habituel. Dès l'instant où il s'enfonçait en elle, avait-il confessé un jour, il croyait se retrouver au centre d'un cercle et sombrait aussitôt dans un rêve. « Un labyrinthe sous-marin, spécifia-t-il, quand elle lui demanda des précisions. Non, non, ce n'est pas exact ! Disons plutôt un rêve impossible à raconter ni à revivre au réveil. C'est drôle : je ne trouve pas les mots. Je ne trouve pas les mots, *moi*. »

Et bien sûr, dans ce lointain passé, elle devinait les autres filles qu'il voyait à travers ses paupières closes. Elle sentait l'alternance cadencée, dépravée, de ses passions, de ses chimères, tandis qu'il lui faisait l'amour. Quand la jalousie la torturait, elle se disait qu'elle ne pouvait aimer Avram sans aimer son imagination, ses dimensions parallèles, ses milliers de femmes fantasmatiques. Elle se jetait alors sur sa bouche pour lui donner un baiser de son cru – profond, exigeant fougueux – ou se bornait à effleurer de sa langue le bout de la sienne, pour remonter à la source. Un sourire au coin de ses lourdes paupières, Avram avait déjà compris, et son corps se mouvait comme pour dire : Je suis toujours là, avec toi !

Ces années-là, l'espace entre le pied d'Avram et la cheville d'Ora, le nombril de l'une et les cils de l'autre, avait abrité d'innombrables conversations, bavardages et intrigues de toutes sortes. Elle était très jeune, ignorant que l'on pouvait faire l'amour dans les rires. Elle ne savait pas non plus que son corps était aussi insouciant, espiègle et joyeux. La mémoire lui revient, alors qu'elle tient à peine debout, sur le point de s'affaisser contre lui. Depuis des années, elle refoulait ses souvenirs, refusant de se rappeler à quel point ils s'interpénétraient pour ne former qu'une même trame – « Est-ce pourquoi ça s'appelle la *pénétration* ? rigola-t-il un jour. Il ne faut rien gâcher, pas même un millième de caresse, un doigt, une hanche, une paupière, encore moins deux cuisses ou le lobe d'une oreille ». Avec lui, elle était insatiable, jouissait dans un éclat de rire, éclatait de rire en jouissant, en brèves rafales, tandis qu'il se retenait tel un yogi tibétain, mobilisant toutes ses ressources, lui expliquait-il avec un sourire de conspirateur. Depuis les régions les plus éloignées, du bout de ses orteils, de ses coudes, de ses cils, de son cou, *prenant du recul*, jusqu'à ce qu'elle ressente le signal. Alors elle souriait en douce – c'était là, là, sa chair qui s'aiguisait, le flux, la marée haute, toute trace d'humour évanouie pour laisser place à une sorte de gravité, de résolution implacable, ses muscles noués autour d'elle, tel un étau géant, et son essence, son empreinte qui la martelait inlassablement. Elle se rappelle.

La tête d'Avram pesant sur sa poitrine, elle le sent refaire surface, retrouver ses esprits. Lentement, tel un fœtus en suspens, il marmonne :

– Ora'leh, je t'ai fait mal ?

Ici aussi, au milieu de nulle part, il l'étreint, la berce avant de l'écarter doucement. Dommage, elle était prête, à condition qu'il le veuille. Après un bref corps à corps, une minute, pas davantage, elle aurait franchi l'océan du temps. Et lui ? Où est-il ? Que désire-t-il ? Et elle, que sait-elle au juste ? Seulement qu'il la serre dans ses bras, lui caresse délicatement les cheveux et lui demande : « Je t'ai fait mal ? »

Il la lâche, la repousse, comme s'il entrevoyait ce qui a failli advenir, le spectre sur le point de resurgir. Ora tituba, étourdie, et se rattrapa de justesse à son bras.

– Attends, ne pars pas ! Pourquoi te sauves-tu ?

Elle l'enveloppe d'un regard vulnérable, effleure sur son nez une longue égratignure sanglante qu'elle lui a infligée.

– Avram, tu te souviens de nous ? murmure-t-elle.

– Ilan est rentré à la maison, expose Ora. Après nous avoir quittés, Adam et moi, et bourlingué un peu partout à Jérusalem, il est revenu vivre avec nous, à Tsour Hadassah. À peine arrivé, il a été scandalisé par Adam – je veux dire par moi, la manière dont j'avais négligé cet enfant, son éducation, son langage, l'ordre, la discipline, et il avait entrepris d'y remédier. (Elle rit.) Tu comprends ? Pendant presque trois ans, Adam et moi avions plus ou moins été livrés à nous-mêmes, deux bêtes sauvages dans la jungle, sans règle ni loi, et voilà que le missionnaire débarquait ! Tout à coup, nous découvrions que chacun de nos actes était répréhensible, nous vivions librement, sans contrainte, mangions quand nous en avions envie, dormions quand nous étions fatigués, et la maison était un vrai dépotoir.

Elle lève l'index.

– Attends, ce n'est pas fini ! Adam se baladait tout nu n'importe où, il se goinfrait de chocolat, regardait n'importe quoi à la télé et se pointait comme une fleur à la crèche vers onze heures du matin. À son âge avancé, il allait sur le pot quand bon lui chantait. Et en plus, il m'appelait Ora, pas maman !

« Tel que tu connais Ilan, il a pris immédiatement les choses en main. Avec gentillesse, bien sûr, le sourire aux lèvres – il savait qu'il était là à l'essai –, et voilà que, comme par magie, des pendules ont fait leur apparition dans la maison. Une dans la cuisine, une petite dans le salon, un réveil Mickey dans la chambre d'Adam.

Il a établi des jours de corvées : nettoyage, rangement, liquidation du bric-à-brac. Finie la récré ! "Samedi prochain, on va trier les jouets d'Adam, et le samedi suivant, on mettra ta paperasse à jour. Tu as remarqué que la pharmacie dans la salle de bains déborde de partout ?"

Elle a un rire sans joie.

– Ça me plaisait assez, je ne dis pas le contraire. C'était agréable d'avoir un homme à la maison, quelqu'un qui s'employait à éliminer le chaos. Une sorte de purification. Les équipes d'intervention arrivaient. N'oublie pas que j'étais enceinte d'Ofer. Je n'avais guère la force de m'insurger, d'autant que son enthousiasme révélait sa volonté de retourner au bercail et peut-être, cette fois, d'y rester.

Avram marche à ses côtés en remuant les orteils dans les chaussures d'Ofer. Il nage dedans.

– Elles ne m'iront jamais, bougonne-t-il en les enfilant pour la première fois.

– Mais si, mais si ! Tiens, mets ça ! marmonne Ora en tirant de grosses chaussettes du sac.

Avram obéit. Même trop grands, les souliers sont quand même plus confortables que son ancienne paire, dont les semelles étaient si minces qu'il sentait les aspérités du chemin à travers.

– Laisse tes pieds s'étaler, lui conseille Ora. C'est très agréable, tu vas voir !

Il prend ses aises dans l'espace d'Ofer, apprécie la mesure de ses orteils. La plante de ses pieds étudie les empreintes de son fils, les bosses, les creux minuscules, les mystérieux signaux qu'Ora elle-même ignore.

– Et surtout, il a remis Adam sur les rails. Propreté, politesse, discipline, comme je te l'ai dit, sans oublier la rééducation. Je vais t'expliquer. Adam était un enfant plutôt taciturne. Et moi, je n'étais pas particulièrement bavarde, à l'époque. Et je n'avais pas grand monde avec qui parler non plus. Adam et moi restions presque tout le temps en tête à tête à la maison. Au fond, nous menions une petite vie très agréable, vu les circonstances, et parler n'en constituait pas l'essentiel. Nous nous en sortions très bien avec une économie de mots, on se comprenait parfaitement. Je pense aussi... je n'en suis pas sûre...

– Quoi donc ?

– Peut-être avais-je été saturée de paroles à cause de vous deux, Ilan et toi, pendant ces longues années. J'avais besoin de calme.

Avram soupire.

– Votre logorrhée verbale, ce verbiage pompeux, intarissable, les efforts considérables que vous déployiez, constamment.

Deux paons orgueilleux, songe Avram.

– J'avais l'impression d'être sur la touche.

– Toi ? Vraiment ?

Troublé, il ne sait comment lui dire qu'il a toujours cru, au contraire, qu'elle était au centre, leur point focal, que, d'une certaine manière, elle leur permettait d'exister.

– Tu sais... Je ne suis jamais complètement entrée dans votre jeu.

– Mais c'était à cause de toi, pour toi !

– Trop, c'était trop !

Ils poursuivent leur route en silence. La chienne les suit à distance, les oreilles pointées vers l'avant.

– Ilan, reprend-elle après réflexion, n'en revenait pas que le langage d'Adam soit si peu développé. Alors il s'est mis en tête de lui apprendre à parler, tu saisis ? À deux ans trois quarts, il l'a astreint à un entraînement intensif.

– Comment ça ?

– Il lui parlait sans arrêt. En le conduisant à la crèche le matin, il lui décrivait tout ce qu'ils voyaient en chemin. Le soir, il lui demandait de raconter sa journée, lui posant des questions, exigeant des réponses. Il ne le lâchait pas. Un peu comme s'il avait créé un nouveau mouvement : «Le Père contre le silence», limité à un seul membre.

Avram pouffe. Ora rougit de plaisir.

– Il parlait à Ofer en l'habillant, en le couchant, en lui donnant à manger. Les oreilles me sifflaient. La maison bourdonnait comme une ruche. Adam et moi n'avions pas l'habitude. J'ai eu du mal à m'y faire, Adam aussi, j'en suis sûre.

«Il ne pouvait plus se contenter de désigner un objet du doigt en disant "ça". Il y avait le "montant de la porte", la "serrure", les "étagères", la "salière". Je l'entendais en bruit de fond, comme un disque rayé. "Dis *étagère*!" "Étagère." "Dis *sauterelle*!" "Sauterelle." Il avait raison. Je ne prétends pas le contraire. Le monde d'Adam devenait plus riche, plus plein, du moment qu'il était capable de nommer les choses. C'est juste que... je ne sais pas comment dire! Ça! résume-t-elle, l'index pointé entre ses yeux.

Son cœur s'était emballé en constatant la soif d'apprendre d'Adam, qu'elle n'avait pas décelée auparavant. Après une brève période de flottement, on aurait dit qu'il avait compris ce qu'Ilan attendait de lui et, du jour au lendemain, elle s'était retrouvée avec un gamin bavard comme une pie.

Ilan le traitait en adulte, tant dans le choix du vocabulaire que par les inflexions de la voix. C'était frappant: il lui parlait d'égal à égal, sur un ton pragmatique où il n'y avait pas trace du parler bébé dont elle-même usait avec lui. À ses yeux, pratiquement aucun mot n'était trop compliqué: « Dis *association*! » « Association. » « Dis *philosophie*..., *Kilimandjaro*..., *crème brûlée*... »

Ilan lui expliquait les synonymes, dessinant même les mots jumeaux. À trois ans, Adam apprit que la lune pouvait être aussi un croissant, ou un quartier. Que la nuit, on pouvait se retrouver dans l'obscurité, la pénombre, voire les ténèbres. Quelqu'un pouvait sauter, mais également bondir ou pirouetter. (Avram écoute Ora, un curieux sourire s'ébauche en lui, un sourire fier, un peu gêné.) Les comptines étaient prétexte à apprendre la grammaire: « mon enfant », « ton lapin », « ses doigts ».

Ora trouvait parfois le courage de protester:

« Tu le dresses comme un chien savant, on dirait un jouet entre tes mains.

– Pour lui, c'est comme un jeu de Lego, mais avec des mots », répliquait Ilan.

Tu le marques comme on marque son territoire, aurait-elle voulu objecter.

« Il est trop jeune, se borna-t-elle à dire. À son âge, il n'a pas vraiment besoin de connaître les subtilités des pronoms.

– Tu vois bien que ça l'amuse !

– Bien sûr. Il sent que ça te fait plaisir et il s'évertue à te plaire. Il ferait n'importe quoi pour que tu l'aimes. »

Ora ouvre une parenthèse à l'adresse d'Avram :

– Écoute un peu : six mois environ après le retour d'Ilan à la maison, Adam a demandé où était passé l'homme de la cabane.

– Et tu as répondu quoi ?

– Je suis restée sans voix. "Il est parti et il ne reviendra jamais", a affirmé Ilan. Je viens juste de m'en souvenir. De quoi parlait-on ?

Elle était à bout de forces. Sa deuxième grossesse, qui jusque-là se déroulait comme sur des roulettes, devint de plus en plus pénible vers la fin. Elle se sentait éléphantesque, épuisée, horrible.

– Le dernier trimestre, Ofer appuyait sur je ne sais quel nerf qui provoquait d'horribles douleurs chaque fois que je me levais.

Elle avait passé les deux derniers mois pratiquement allongée, au lit ou dans le fauteuil du salon, le souffle court, laborieux – le simple fait de respirer était douloureux. Elle regardait Ilan et Adam nager dans l'effervescence intellectuelle, tandis que, de plus en plus faible, elle se recroquevillait dans la vieille niche familière, qu'elle avait creusée des années plus tôt, avec une sorte de dénigrement morose.

Elle n'avait aucun moyen d'empêcher Ilan et Adam de jouer à longueur de temps avec les synonymes, les rimes, les associations d'idées. Bien sûr, elle n'était pas peu fière quand la puéricultrice s'extasiait devant les fulgurants progrès d'Adam, les deux années de maturité qu'il avait acquis en quelques mois. Son statut à la crèche s'améliora grandement, même si, inexplicablement, son incontinence s'aggrava. Au moins, il était capable de verbaliser ces petits accidents, de sorte qu'il était impossible de se fâcher.

– "J'ai fait pipi !" mime Ora avec une grimace. Il rime à quoi, ce sourire, hein ?

– Je pense que j'aurais sûrement fait pareil, avoue Avram sans la regarder.

– Avec ton fils ? Comme Ilan ?

– Oui.

– Je ne peux pas dire que cette idée ne m'a pas traversé l'esprit.

– C'est-à-dire ?

– Rien.

– Allez, quoi !

– C'était exactement ce qu'il recherchait. Un partenaire comme toi. Pouvoir rivaliser avec quelqu'un d'aussi spirituel et intelligent que toi.

Avram tripote les poils de sa barbe.

– Parce que je n'étais pas à la hauteur d'être un substitut. Du moins pas dans ce domaine. J'en étais incapable, et je n'ai même pas essayé, d'ailleurs.

– Mais pourquoi te sentais-tu obligée de le faire ?

– Ilan en avait besoin. Oh ! Tu ne peux pas savoir à quel point ce que vous partagiez lui manquait ! Combien il se sentait handicapé sans toi !

Avram s'empourpre, et Ora doute soudain d'avoir bien compris. Et si Ilan ne cherchait pas tant à remplacer Avram qu'à *être* Avram ? Bouleversée, elle hâte inconsciemment le pas : peut-être s'évertue-t-il à être le père qu'il imaginait qu'Avram aurait pu être ?

Perdus dans leurs pensées, ils débouchent sur une route sans crier gare. Les balises ont disparu. Ora retourne sur ses pas et revient bredouille. Nous étions si bien sur notre sentier ! songe-t-elle tristement. Et maintenant ? Comment allons-nous faire pour retourner à Jérusalem ?

La route n'est pas très large, la circulation est très dense. Ils se sentent comme des tortues hébétées. Ils battraient volontiers en retraite dans la paisible prairie baignée de lumière, ou à l'ombre de la forêt. Impossible de rebrousser chemin. Ora ne le peut pas, et Avram paraît contaminé par sa détermination à poursuivre plus avant. Ils restent plantés là, déboussolés, regardant à droite et à gauche, renversant la tête en arrière chaque fois qu'un véhicule les dépasse en trombe.

– On ressemble aux soldats japonais émergeant de la forêt trente ans après la fin de la guerre, grince Ora.

– C'est mon cas, je te signale.

La route, et la violence qui en émane, perturbent Avram, elle le voit bien. On dirait que son visage, son corps se sont refermés. La chienne s'est évaporée. Que faire ? Retourner la chercher ? Comment va-t-elle s'y prendre pour lui faire traverser la route avec Avram ?

Ora décide de passer à l'action, convaincue que, dans le cas contraire, la faiblesse d'Avram la gagnera et la paralysera à son tour.

– Amène-toi, on traverse !

Elle le prend par la main. Il demeure prostré, anéanti.

– À mon signal, tu te mets à courir !

Il fait oui de la tête, groggy, les yeux baissés.

– Tu peux courir, hein ?

Soudain, ses traits se convulsent.

– Écoute… Attends une minute !

– Plus tard, plus tard.

– Non, attends ! Ce que tu as dit avant…

– Attention ! Après le camion. Maintenant !

Elle avance de quelques pas, mais la force d'inertie d'Avram la tire en arrière. Elle jette un rapide coup d'œil des deux côtés. Une grosse jeep violet fluo surgit à la sortie du virage et leur fait des appels de phares. Ils sont plantés au milieu de la route – impossible d'avaler, de vomir – et Avram qui ne bouge plus, comme pétrifié. Elle l'appelle, le tire par le bras. Ses lèvres remuent, elle croit qu'il lui parle. La voiture les dépasse en coup de vent dans un concert de klaxons furieux. Ora prie pour que personne n'arrive en sens inverse.

– Écoute-moi ! Écoute-moi ! ne cesse-t-il de marmonner.

– Écouter quoi ? rugit-elle dans son oreille. Qu'as-tu à me dire de si urgent ?

– Je… Je… Qu'est-ce que je voulais te demander… Je ne sais plus…

Un camion fonce sur eux en actionnant sa corne de brume. Ils sont au beau milieu de la chaussée. Ora entraîne Avram pour le mettre à l'abri, et ils se figent sur la ligne blanche. Ils vont mourir là, écrasés comme deux malheureux chacals.

– Personne d'autre ?

– Personne d'autre *quoi* ? De quoi parles-tu, Avram ?

– Le substitut qu'Ilan… qu'il n'a pas…

Au milieu du vacarme, elle perçoit un filet de voix, un peu comme la manche d'un enfant jouant à cache-cache derrière un rideau. Elle considère sa grosse tête ronde brûlée par le soleil, ses toupets de cheveux encadrant sa figure, ses yeux bleus réfractant la lumière, telle une cuillère plongée dans un verre d'eau. Elle finit par comprendre. Elle applique délicatement ses paumes sur son visage, sa barbe hirsute, ses yeux brouillés, effaçant le décor d'une caresse. La route attendra.

– Tu ne devines pas ? Ilan n'a pas eu d'autre ami que toi.
– Moi non plus.
– Ni moi. Maintenant, viens, donne-moi la main, on traverse !

« Je suis en enfer ! annonça-t-il dans une lettre expédiée d'un camp d'entraînement pré-militaire – il avait dix-sept ans. Je suis à la base de Be'er Ora, ainsi nommée en ton honneur, ça ne fait aucun doute. Tu adorerais : on mange du sable, de la graisse à canon, on se jette comme du gibier d'une plate-forme pour atterrir sur une bâche tendue quatre mètres plus bas. Bref, tes passe-temps favoris, non ? Moi ? Je survis en fantasmant à ton sujet, et en m'acharnant vainement à déflorer tes remplaçantes. La nuit dernière, par exemple, j'avais invité dans ma chambre une jeune dame répondant au nom d'Atarah. Rien à voir avec l'amour, tu t'en doutes, mais a) elle avait tout l'air d'une fille publique et b) les exigences de la chair... sous le prétexte (fallacieux !) d'écouter à la radio *Paul Temple* (l'épisode de l'affaire Vandyke). Dans l'intervalle, ils ont décrété que les filles n'avaient plus le droit de se rendre dans les dortoirs des garçons. Du coup, je me suis morfondu dans mon coin, pendant qu'Ilan disparaissait avec une bande de copains, y compris des filles (pour info), et, si tu veux mon avis, ils ont bien dû s'amuser. »

« Ce matin, ma chère, écrivit-il le lendemain, on nous a réveillés à cinq heures et demie pour aller crapahuter sur une montagne, dépierrer, désherber, construire des terrasses. (Moi, tu imagines ? Sans tricot de peau, en plus ?) J'ai manœuvré pour me retrouver le seul garçon parmi sept donzelles, des pimbêches coincées du cul qui se fichaient apparemment pas mal de cette mauvaise herbe d'Avram.

Par hasard, il y avait là Rouhama Levitov (je t'ai déjà parlé d'elle, tu te rappelles, on a eu un flirt plus ou moins raté), j'ai pensé en profiter pour creuser un peu notre relation. En fin de compte, nous nous sommes contentés de bavarder, comme d'habitude (tiens, j'ai inventé un nouveau mot, "blablasser", qu'en penses-tu ?) et elle ne s'est pas gênée pour m'asticoter sur le fait qu'on passait notre temps à ergoter, nous chamailler, rompre, et ainsi de suite, comme un double diagramme. Je lui ai décoché mon regard façon Jean-Paul Belmondo, sans rien dire. J'ai réfléchi que je n'avais jamais de chance avec les filles : il y a toujours quelque chose qui cloche, et même quand j'ai un ticket avec l'une d'elles, il arrive toujours un moment où elle prend peur et se sauve en courant, ou prétend que je vais trop loin. (T'ai-je déjà parlé de Tova G. ? On avait fini à l'horizontale, mais elle a déclaré que j'étais "trop intime" [? ?! !] avant de bondir hors du lit !) Franchement, Ora, j'ignore quel est mon problème avec les filles, et j'aimerais en discuter avec toi un de ces jours, en toute sincérité, et sans la moindre censure. Ton Caligula-les-ampoules-aux-pieds qui file dîner. »

Ora fouilla dans la boîte à chaussures et y pêcha une autre lettre de la même époque. Elle jeta un regard à Avram étendu sur son lit, tout enveloppé de bandages, prisonnier d'une gangue de plâtre, et lut à haute voix :

« Ma *Sheynè Sheyndl*, ma belle. Nouveau cours de chimie sur les réactions d'activation endodermiques et exothermiques. J'ai eu une méga-discussion avec la prof. C'était fantastique ! Elle a bien essayé de sauver la face, mais je l'ai remise à sa place vite fait bien fait. Elle est sortie la queue entre les jambes, les autres jubilaient, et j'ai fait un tour de piste triomphal dans la claaaaasse ! »

Nouveau coup d'œil. Pas de réaction. Deux jours plus tôt, les médecins avaient commencé à le sortir progressivement du coma artificiel où il était plongé. Même à moitié réveillé, il n'ouvrait pas les yeux, ne parlait pas. Pour l'heure, il ronflait, la bouche béante, le visage et les épaules couverts de blessures purulentes, le bras gauche et les deux jambes dans le plâtre – la droite éclissée, suspendue en l'air grâce à un système de poulies –, le corps hérissé de tuyaux.

Depuis plusieurs nuits, elle lui lisait les lettres qu'il lui avait envoyées dans leur jeunesse. Ilan ne croyait pas en l'efficacité de ce traitement, mais elle espérait que les mots d'Avram parviendraient à atteindre sa conscience et l'inciteraient à parler.

Peut-être était-ce effectivement inutile. Elle parcourait les lettres, les messages, sélectionnait une page qu'elle lisait. En général, sa voix s'éteignait au bout de quelques lignes, et elle se mettait à lire des yeux en riant toute seule, amusée par la manière dont Avram, à seize ans et demi, lui racontait ses rendez-vous galants – « t'inquiète, ce ne sont que de pâles avatars de ta personne, jusqu'à ce que tu te décides à lever l'embargo que tu m'as imposé et te donnes à moi corps et âme, y compris les lieux saints » –, les tentatives ratées, les contretemps. Il décrivait en particulier les incidents ridicules, humiliants. Jamais Ora n'avait rencontré quelqu'un d'aussi doué pour rapporter avec autant d'allégresse ses propres échecs, ses carences. Un soir, après une séance de cinéma en compagnie de Hayuta H., il l'avait raccompagnée rue Peterson, où elle habitait. Il l'avait attirée dans un coin sombre et s'était mis à l'œuvre. Quand il avait glissé la main dans sa culotte, Hayuta l'avait immédiatement arrêté : « Non, je suis pourrie. » Avram, qui n'avait rien compris, l'avait regardée avec compassion. Il l'avait consolée, encouragée, dans l'espoir de la tirer de ce mépris de soi, surprenant autant qu'excitant, qu'il n'aurait jamais soupçonné chez la Hayuta enjouée qu'il connaissait. La jeune fille l'écouta bavasser sans mot dire. Surpris de ce silence duquel elle n'était pas coutumière, il crut avoir mis le doigt sur un pur diamant dans cette âme de mondaine cynique. Et quand il se mit à rivaliser avec Gregor Samsa et *Les Frères Karamazov*, elle l'interrompit, hilare, et le mit au parfum.

Il raconta l'épisode avec une précision impitoyable à Ora, qui s'écroula de rire avant de lui répondre qu'elle haïssait cet euphémisme si laid pour parler des menstrues. Quand elle avait ses règles, ajouta-t-elle hardiment – elle avait eu un problème de ce côté pendant quelques années après la mort d'Ada, mais les choses étaient rentrées dans l'ordre –, elle se sentait extrêmement féminine. Qu'elle ait choisi de le lui confier signifiait qu'elle avait enfin tranché, avait-il aussitôt rétorqué : elle ne serait que son *amie*, et lui, une sorte de meilleure amie de sexe masculin. Il avait toujours pensé qu'elle en déciderait ainsi, dès le premier jour, quand ils s'étaient rencontrés à l'hôpital. Il était anéanti. Apparemment, c'était son destin de se contenter des reliefs de son amour, ou de n'importe lequel en général.

La boîte à chaussures contenait des centaines de notes et de lettres d'une écriture serrée, échevelée, révélant parfois une tension exacerbée que même les mots ne pouvaient soulager. Les feuilles étaient couvertes de gribouillis, croquis, flèches, astérisques, annotations diverses et variées. Elles débordaient d'inventions, jeux de mots, calembours et chausse-trappes, destinés à tester sa capacité d'attention. « Hilik & Bilik, Accessoires et Matériel pour rêves et cauchemars », déchiffrait-elle au verso des enveloppes. Ou encore « S. Bubari, Conseiller en pharmacologie pour les troubles du cocuage ». Sur chaque enveloppe, à côté du timbre-poste, il collait son propre cachet, à leur effigie – à lui et Ora, ou bien à Ilan et elle avec leurs trois, cinq, sept futurs enfants. Il découpait des articles drolatiques ou obscènes dans les journaux, recopiait des inscriptions relevées sur des pierres tombales, à Jérusalem (« *Accablé de souffrances*, on dirait qu'ils pensaient à moi, tiens ! »). Il lui envoya un modèle de chapeau d'elfe à pompons rouges, à réaliser avec de la grosse laine à tricoter, ainsi que sa recette personnelle des « oreilles d'Aman », de quiches et de gâteaux, qu'elle n'avait jamais osé essayer car, au premier coup d'œil, elle avait compris que les ingrédients se livraient bataille.

Avram grogna dans son sommeil et remua la bouche. Ora retint son souffle. Il marmonna des paroles incohérentes, gémit et soupira. Elle lui humecta les lèvres avec un gant de toilette, et essuya la sueur de son front. Il se détendit.

Il avait commencé à lui écrire le matin suivant leur dernière nuit de quarantaine. « J'ai l'impression d'avoir été séparé de toi par une opération chirurgicale. Je suis meurtri, couvert de bleus, ravagé de chagrin depuis qu'on t'a arrachée à moi. » À l'arrivée de nouveaux blessés, des soldats, Ora, Ilan et Avram avaient été envoyés dans différents hôpitaux. Il lui écrivit chaque jour pendant trois semaines, avant même de connaître son adresse, et posta les vingt et une premières lettres dans une boîte à chaussures décorée. Après quoi, six années durant, il ne cessa de rédiger des missives de cinq, dix ou vingt pages, remplies de limericks, poèmes, citations et extraits de pièces radiophoniques. Il lui envoyait aussi des télégrammes – des «hurlogrammes» comme il les appelait, des ébauches d'histoires qu'il écrirait un jour, le tout ponctué de notes ornementées et de ratures dévoilant délibérément plus qu'elles ne dissimulaient. Il lui offrait son cœur dans cette correspondance, qu'elle lisait avec une sorte de délectation voyeuse, une certaine tension, les nerfs à vif, dévorée d'une nostalgie presque physique au souvenir d'Ada, mêlée d'un vague sentiment de culpabilité. Les premiers mois, en ouvrant l'enveloppe, elle esquissait un sourire narquois prêt à s'affirmer au coin de ses lèvres – un sourire qui, parfois, au cours de sa lecture, se transformait en spasme de sanglot.

Dans chaque lettre, il glissait un mot à propos d'Ilan. Pour piquer sa curiosité, se torturer? Elle n'aurait su le dire.

«Aujourd'hui, Ora, lut-elle à mi-voix en s'approchant de son visage écorché jusqu'à l'os, je suis consumé de tristesse solitaire, et je déambule, tel le chat de Rudyard Kipling (tu connais?). Le seul avec qui je communie est Ilan, ce bon vieil asexué. Comme tu le sais, on ne parle pratiquement que de filles, ou plutôt, moi j'en parle, surtout de toi, bien sûr. Ilan ne réagit pas, mais son silence me donne à penser que tu ne lui es pas indifférente, bien qu'il soit évident qu'il n'a pas encore accompli à ton égard ce que j'ai appelé, après avoir consulté mon ami Søren Kierkegaard, le "saut de l'amour". D'un autre côté, il s'évertue à jouer les inaccessibles envers le troupeau de jolies filles – les laides aussi d'ailleurs – qui l'assiègent et quémandent ses faveurs (!?). Généralement, c'est moi qui le conseille, vu son manque d'expérience et sa bêtise crasse concernant ses relations avec la gent féminine. Je m'efforce d'être objectif, tel un spectateur parfaitement désintéressé – c'est-à-dire de *toi*. Crois-le ou non, je m'évertue à le convaincre que tu es faite pour lui. Tu te demandes pourquoi? Parce que l'intégrité dicte mes actes. Je vois clairement que, bien que tu sois l'élue de mon cœur, la réciproque n'est pas vraie. C'est l'amère vérité, Ora, la loi de mon amour pour toi. Je ne te causerai que chagrin et soucis, alors, parce que je t'aime profondément, à cause de l'amour total, non égoïste, que je te porte, je dois encourager Ilan à te déclarer sa flamme, lui dessiller les yeux et circoncire son cœur – n'est-ce pas débile de ma part ? Dépêche-toi de me répondre, de peur que je ne sombre dans la mélancolie ! »

Dans le post-scriptum de cette même lettre, il lui racontait allégrement ses aventures compliquées et calamiteuses avec telle ou telle fille qui, comme toujours, n'était qu'un piètre substitut, et uniquement parce que, au fond de son cœur, elle s'acharnait – il en était convaincu – à aimer ce pauvre Ilan, avec sa joie de vivre kafkaïenne, alors qu'il n'avait même pas conscience de son existence, et qu'elle refusait de l'épouser lui, Avram, et d'emménager avec lui dans une chambrette (si possible, avec une soubrette).

Les premiers temps, elle se borna à des réponses laconiques, dont la pusillanimité l'embarrassait un peu. Avram ne se plaignait jamais. Il ne lui tenait pas rancune de lésiner sur le nombre de pages, ni ne lui reprochait l'indigence du contenu. Au contraire : il se montrait toujours enthousiaste et reconnaissant du moindre signe de sa part. Elle gagna en assurance. Elle lui parla, par exemple, de son frère aîné, le marxiste rebelle qui pourrissait la vie de leurs parents et n'en faisait qu'à sa tête, ce qui la rendait furieuse, mais aussi très jalouse. Elle lui confia combien elle se sentait isolée parmi ses camarades, lui confessa son trac avant les compétitions – elle avait pratiquement renoncé à l'athlétisme pour se consacrer à la natation ; passer du sec au mouillé lui faisait un bien fou ; certains jours, elle avait l'impression d'être une torche en feu quand elle entrait dans l'eau. Elle lui parla aussi d'Ada, de leurs joutes épistolaires qui lui manquaient à un point que lui seul était capable de comprendre. De temps à autre – dans chaque lettre, en fait –, elle ne résistait pas à l'envie de le charger, en P.-S., de transmettre son meilleur souvenir à Ilan. Elle avait beau se douter qu'elle le blesserait, impossible de s'en empêcher, c'était au-dessus de ses forces, et, dans la lettre suivante, elle ne pouvait se retenir de lui demander s'il s'en était bien acquitté.

De cette correspondance, de cette nouvelle amitié, de ses peines de cœur lancinantes dont Ilan était la cause, Ora ne souffla mot à personne. Depuis son retour, après son hospitalisation à Jérusalem, elle avait l'intime conviction que ce qui s'était passé là-bas, nuit après nuit, était trop précieux et rare pour être exhibé devant des étrangers, à plus forte raison les échanges qu'elle entretenait aujourd'hui avec eux, le mystère de cette dualité qu'elle ne cherchait même pas à comprendre. Il lui était tombé dessus, tel un éclair, ou un accident, et elle ne pouvait que parer le choc. De jour en jour, cela devenait plus évident, jusqu'à la conforter dans la certitude que les deux garçons lui étaient nécessaires pour vivre. Aussi essentiels que deux anges accomplissant la même mission : Avram, dont la présence lui était aussi indispensable que l'air qu'elle respirait, et Ilan, à la complète absence.

Presque à son insu, écrire à Avram prit la forme d'un journal intime. Ne pouvant lui avouer à quel point Ilan lui manquait, le désir qui la dévorait jour et nuit, elle se rabattait sur d'autres sujets. Elle parlait de plus en plus souvent de ses parents, surtout de sa mère. Elle remplissait des pages et des pages, elle n'aurait jamais imaginé avoir tant de choses à dire sur la question. Quand elle se relisait, elle avait beau être profondément révoltée par sa perfidie, elle était incapable de donner le change, de toute façon elle avait la curieuse impression qu'Avram n'ignorait rien d'elle, même ce qu'elle tentait de lui dissimuler. Elle lui confessa les efforts inouïs qu'elle déployait pour deviner la raison des soudaines colères de sa mère, des griefs non formulés qui se déployaient dans la maison, comme les mailles d'un filet dont on ne pouvait échapper. Elle lui révéla le secret jalousement gardé dans la famille, la clé des crises maternelles : tous les deux ou trois jours, sa mère s'enfermait dans sa chambre pour se flageller cruellement. Ora l'avait découvert par hasard, à l'âge de dix ans, un jour qu'elle s'était cachée, comme souvent, dans le placard des parents. Elle avait vu sa mère se glisser dans la chambre, verrouiller la porte et commencer à se frapper, se griffer au ventre et à la poitrine en criant d'une voix sourde : « Ordure, ordure, même Hitler n'a pas voulu de toi ! » Ora avait immédiatement résolu de fonder une merveilleuse famille. C'était une décision ferme, limpide comme le cristal, pas le genre de fantasmes que nourrissent les petites filles.

Pour elle, c'était un choix de vie. Elle aurait une famille à elle, un mari, des enfants – deux, pas davantage –, et leur maison serait toujours remplie de lumière, jusque dans les coins les plus reculés. Elle en avait une idée très précise : une maison inondée de soleil, sans la moindre zone d'ombre, où son mari, ses deux petits enfants et elle-même nageraient dans le bonheur, la plus grande transparence, afin qu'il n'y ait jamais de surprise *comme celle-là*. À quinze ans, à vingt ans, elle y pensait toujours. Parmi les habitants de la planète, cette foule immense d'étrangers mystérieux et inattendus, il y aurait au moins une, deux, voire trois personnes qu'elle pourrait réellement connaître.

D'une lettre à l'autre, elle prenait peu à peu conscience que les points jusqu'ici demeurés obscurs se clarifiaient quand elle les couchait par écrit. Elle était capable, découvrit-elle non sans surprise, de rédiger lisiblement, avec précision – elle qui se considérait plutôt comme une lectrice, sensible aux grands auteurs –, elle se mit à ressentir le désir, la nécessité d'écrire, l'envie qu'Avram lise ses confessions et lui livre ses commentaires.

« Amitiés à Ilan. »

« Tu es mon premier amour », lui déclara un jour Avram.

Elle fut profondément ébranlée, pendant deux semaines. À la fin, elle répondit qu'elle ne se sentait pas prête. Ils étaient trop jeunes, immatures, elle voulait attendre encore quelques années avant de parler d'amour. Maintenant qu'il l'avait écrit, répondit-il, et l'avait dit à Ilan, il était sûr de ses sentiments pour elle, et elle tenait son destin entre ses mains. Il avait joint une enveloppe timbrée pour la réponse. Ora exigea avec la dernière énergie qu'il n'en reparle plus, parce que cela empoisonnait la beauté, la pureté de leurs relations. Il contra : « A : à mon avis, l'amour est le sentiment le plus sain, le plus merveilleux et le plus pur qui soit. B : je ne peux pas arrêter de parler de mon amour pour toi, mon amour pour toi, mon amour pour toi... » et ainsi de suite à longueur de page.

« CE N'ÉTAIT PAS UN COUP DE FOUDRE, précisa-t-il dans un télégramme expédié quelques heures après la lettre – qui lui parvint une semaine plus tôt –, PARCE QUE JE T'AIMAIS BIEN AVANT STOP AVANT

DE TE CONNAÎTRE STOP JE T'AIMAIS DÉJÀ À L'AUBE DES TEMPS STOP AVANT D'EXISTER STOP PARCE QUE JE NE SUIS DEVENU MOI-MÊME QU'APRÈS T'AVOIR RENCONTRÉE STOP.» Elle répondit brièvement qu'il lui était difficile de continuer à correspondre avec lui pour le moment, ses examens et compétitions lui prenaient tout son temps... Pour preuve, elle agrafa un article du *Maariv Junior* qui rendait compte d'une épreuve de saut en hauteur, à l'Institut Wingate, à laquelle elle avait participé. Il lui réexpédia la lettre avec les cendres de l'article et cessa d'écrire pendant trois semaines. L'attente faillit la rendre folle, et puis il recommença comme si de rien n'était.

« Hier soir, je suis allé à une soirée jazz avec Ilan, qu'il repose en paix ! (Quel prodige ! Cette fois, il t'envoie ses amitiés et n'arrête pas de zieuter ce que j'écris par-dessus mon épaule, tout en affirmant que tu ne l'intéresses pas le moins du monde !) Quoi qu'il en soit, hier soir, nous étions au Foos-Foos. C'était absolument génial, ça a marché du tonnerre avec des gazelles fabuleuses, il y a eu des échanges de regards, mais hélas pas de numéros de téléphone. Au son de la musique, à partir de certaines de mes récentes observations, j'ai élaboré certaines théories très intéressantes au sujet des filles, notamment à ton propos. En fin de compte, je pense que ce n'est pas à moi que tu lieras ton destin, mais à quelqu'un d'autre, Ilan ou un type du même genre, qui, contrairement à moi, ne te chatouillera sûrement pas le nombril avec ses rigolades, ne te fera pas devenir chèvre par ses fines observations, ni frissonner de plaisir jusqu'au tréfonds. Bref, un beau gosse, plus calme, plus stable et surtout plus *intelligible* pour toi que je ne le serai jamais (ta mère l'aimera au premier regard, tu verras !). Oui, oui, perfide Ora, telles sont les pensées qui m'ont agité pendant que je me trouvais dans cette petite grotte humide embaumant le haschich (! !!), entouré d'anges grimpant et descendant les échelles harmoniques de Mel Keller. Où en étais-je... ?

« Ah oui : finalement, tu t'accoupleras pour la vie avec un mâle alpha au physique de jeune premier, la mine sévère, les tempes argentées, incapable de te demander si tu as des papillons dans l'estomac devant un magnifique coucher de soleil, ou en lisant *Les Robinets sciés* de David Avidan, mais ton avenir à ses côtés sera sûr et solide pour toujours et à jamais. Car je soupçonne, déloyale Ora, que dans les profondeurs de ton âme, lumineuse et si belle (que j'adore, inutile de le préciser), existe un minuscule recoin (comme ceux de certaines épiceries, où on entrepose les vieilles conserves) qui est, pardonne-moi, un peu étriqué concernant l'amour. Le véritable amour, veux-je dire. Ce qui influencera probablement ton choix, me condamnant à une souffrance éternelle, là-dessus (la souffrance) je n'ai aucun doute, et l'envisage à présent sur un mode purement philosophique, un état permanent, une sorte de maladie chronique que je subirai jusqu'à la fin de mes jours, ce qui revient à dire que tu peux arrêter de friser l'hystérie chaque fois que j'en parle !

« En revenant du club, j'ai discuté avec Ilan-longues-jambes (ce n'est pas la seule chose qu'il a de long…) et lui ai exposé mon hypothèse sur vous deux. Bien sûr, je me suis lamenté sur mon triste sort, qui m'asservit à une femme méprisant l'offrande de mon amour et m'oblige à me contenter de piètres succédanés le reste de ma vie. Ilan, comme d'habitude, a dit que tu changerais peut-être d'avis, que tu mûrirais, et il a ajouté d'autres consolations stupides du même acabit. Je lui ai expliqué derechef pourquoi, à mon avis, il te correspondait beaucoup mieux que moi, un super mâle comme lui, etc., pour son bien, j'étais prêt à débarrasser le plancher dans ton cœur, auquel je m'accroche encore bec et ongles de la manière la plus pathétique qui soit, mais il a répété que tu n'étais pas son genre, etc., de toute façon, il ne te connaissait pas vraiment et, d'après lui, la nuit que nous avions passée à bavarder à l'hôpital, il était complètement dans les vapes. Je suis loin d'être convaincu, j'ai le sentiment que quelque chose de fort est passé entre vous, cette nuit-là, justement parce qu'il était dans les vapes, et toi aussi, quelque chose s'est effectivement produit, que tu le veuilles ou non, ça me rend malade, comme si vous m'interdisiez l'accès à votre espace privé (où je ne pénétrerai probablement jamais), et, en plus, que toi et moi n'avons pas eu en même temps la révélation de l'amour (car l'amour est bien une révélation ! !) me fait sérieusement flipper, et merde ! lâcha le pauvre Avram, hors de lui, j'y étais presque, le *près-du-but*, tu vois ? On dirait que la fatalité s'acharne sur moi, j'espère en tout cas que ce ne sera pas le fil rouge qui orientera toute ma vie. Ton Avram, accablé de souffrances.»

Ayant fini par surmonter sa lâcheté et l'espèce de paralysie cérébrale qui s'était emparée d'elle, Ora lui annonça avec des mots simples, puis de plus en plus compliqués, qu'elle pensait sincèrement être amoureuse, malheureusement pas de lui, elle espérait qu'il lui pardonnerait, car le cœur a ses raisons que la raison ignore. Elle l'aimait bien, comme un frère, elle l'aimerait toujours, mais, à son avis, il n'avait pas vraiment besoin d'elle – sa main se mit à trembler convulsivement et, à son grand étonnement, le stylo se cabra sur la feuille, tel un cheval tentant de désarçonner son cavalier – car il était mille fois plus calé et intelligent qu'elle, et une fois qu'il se serait fait à cette idée, elle en était convaincue, il aimerait des tas d'autres femmes, qui lui conviendraient beaucoup mieux, alors que son bien-aimé avait besoin d'elle «comme l'air qu'on respire, et dans ce cas, ce n'était pas un cliché, c'était vraiment son sentiment». Cet amour la torturait et lui troublait la raison depuis des mois, presque un an, en fait, parce qu'il était transi et illusoire, elle aurait bien voulu comprendre pourquoi il lui était tombé dessus, etc., etc. Avram lui envoya sur-le-champ un télégramme: «JE LE CONNAIS POINT D'INTERROGATION C'EST ILAN POINT D'INTERROGATION DONNE-MOI SON NOM QUE J'AILLE LE TRUCIDER POINT D'EXCLAMATION.»

Quand, après des semaines d'interrogatoires et de supplications, elle confirma qu'elle était follement amoureuse d'Ilan, il faillit devenir fou. Il fut incapable de manger pendant une semaine. Il ne changea plus de vêtements. Il déambula dans les rues des nuits entières en sanglotant. Il parlait d'Ora à qui voulait l'entendre, expliquant sur un ton posé et réfléchi que la chose était inévitable, voire vitale et souhaitable, en termes d'évolution, d'esthétique, et en bien d'autres sens encore. Bien entendu, il s'empressa de confier ce secret à Ilan. Il ne s'intéressait pas à Ora, confirma celui-ci. Il aurait besoin d'elle «comme de l'air qu'on respire?» se moqua-t-il, quelle idée folle! Était-ce vraiment ce qu'elle avait dit, ce qu'elle avait écrit? demanda-t-il encore à Avram avec une surprise un peu inquiète. Il n'entamerait jamais aucune liaison avec elle, lui assura-t-il.

« Pas de ma propre initiative, en tout cas », ajouta-t-il du bout des lèvres.

Le lendemain matin, pendant la pause, Avram grimpa au sommet du pin géant dans la cour du lycée, il mit ses mains en porte-voix et annonça aux dizaines d'élèves et d'enseignants présents qu'il avait décidé de divorcer de son corps, avec lequel il instaurait dorénavant une séparation totale. Et pour démontrer son indifférence à son nouveau statut de divorcé, il s'élança et alla s'écraser sur le bitume.

« Je t'aime davantage encore maintenant, écrivit-il le lendemain de la main gauche, dans son lit d'hôpital. À la seconde où j'ai sauté, j'ai compris que mon amour pour toi était une loi de la nature, un axiome, un truisme ou, comme diraient nos cousins arabes, *min al-bidayah*. Quel que soit ton état objectif. Que tu me détestes ou vives sur la Lune ou si, Dieu nous en préserve, tu devenais transsexuelle. Je t'aimerai toujours. Irrémédiablement, je n'y peux rien, sauf si je suis tué/pendu/brûlé/noyé, ou tout autre acte qui mettrait fin à ce singulier épisode appelé "La vie d'Avram". »

C'était affreux que tous les deux doivent tellement souffrir d'un amour non partagé, répondit-elle, lui renouvelant l'assurance que, même si elle ne l'aimait pas comme il le souhaitait, elle restait son âme sœur, n'imaginant pas la vie sans lui. Dans chacune de ses missives, elle ne manquait pas de s'enquérir d'Ilan : comment avait-il réagi quand Avram avait sauté de l'arbre ? Était-il venu le voir à l'hôpital ? Malgré elle, contrairement à sa nature profonde, à son sens inné de la mesure, à l'opinion qu'elle avait d'elle-même, elle se lança dans d'interminables conjectures concernant les désirs secrets d'Ilan, ses inhibitions, ses hésitations, demandant encore et encore à Avram pourquoi, à son avis, elle était tombée amoureuse d'Ilan. Après tout, elle ne le connaissait pas, et au cours de l'année qui venait de s'écouler (moins un mois et vingt et un jours), on aurait dit qu'un étranger avait pris le contrôle de son âme et lui dictait ses sentiments. « Très simple, expliqua perfidement Avram. C'est comme une équation à trois degrés : le feu, la rescapée et le pompier. Elle va choisir qui, la rescapée, à ton avis ? »

Avram donnait désormais à Ilan un compte rendu détaillé de chaque lettre d'Ora ; Ilan écoutait en haussant les épaules. « Écris-lui ! suppliait Avram. C'est une vraie torture, je n'en peux plus. » Ora ne l'intéressait pas, il trouvait écœurant qu'elle le poursuive de ses assiduités, répondait invariablement Ilan. Le hic, c'était que les filles ne l'intéressaient pas. Elles avaient beau faire le siège de son cœur, aucune ne l'excitait. De rendez-vous en rendez-vous, d'une douloureuse expérience à l'autre, il devenait de plus en plus triste et renfermé. « Je devrais peut-être devenir homo », proféra-t-il un soir, vautré en compagnie d'Avram sur les gros coussins du Jan, un salon de thé à Ein Karem. C'était dit. Ils restèrent pétrifiés devant ce mot qui planait entre eux depuis longtemps. « Ne t'en fais pas, ajouta sombrement Ilan, tu n'es pas mon genre ! » Dans sa poche, Avram avait glissé le dernier courrier d'Ora dont il n'avait pas encore trouvé le courage de lui parler : « Je me demande parfois s'il n'est pas dans l'état où je me trouvais l'année dernière avant de te rencontrer toi (et lui aussi) à l'hôpital. J'étais comme une somnambule, j'avais peur d'ouvrir les yeux. Aujourd'hui, malgré les rebuffades et la douleur qu'il m'inflige, j'ai l'impression de renaître, et cela en grande partie grâce à toi (surtout grâce à toi). Je souhaite parfois qu'il aime une (autre) fille, je t'assure que c'est vrai, même si j'en serais malade de chagrin. Ou un *garçon* (ne te moque pas, il devrait peut-être le faire, mais il n'ose pas franchir le pas, personnellement, je pense qu'il est un peu amoureux de *toi*, si, si…). Je serais prête à l'accepter d'ailleurs. Pourvu qu'il soit heureux et émerge de cette espèce de torpeur, qui me fiche la frousse. Que ferais-je sans toi, Avram ? »

« À toi, l'épicière du coin… »

Elle se réveilla en sursaut. La chambre était plongée dans le noir (une infirmière avait dû entrer et, la trouvant endormie, éteindre la lumière), à l'exception des résistances incandescentes du radiateur. La dernière lettre reposait sur ses genoux. Ilan avait sans doute raison. Avram n'avait pas bronché quand elle la lui avait lue. Elle n'avait réussi qu'à se faire du mal. Elle remit la lettre dans la boîte

à chaussures, s'étira et suspendit son geste, stupéfaite : Avram avait
ouvert les yeux. Il était réveillé. Elle crut qu'il la regardait.
« Avram ? »
Il cilla.
« J'allume ?
– Non. »
Son cœur s'emballa, quand elle se mit debout.
« Tu veux que je retape le lit ? J'appelle l'infirmière pour qu'elle
change ta perfusion ? Tu as assez chaud ?
– Ora...
– Quoi ? Quoi ? »
Il respirait avec difficulté.
« Que m'est-il arrivé ? »
Elle battit des cils.
« Tout va bien.
– Que m'est-il arrivé ? répéta-t-il.
– Attends une minute ! marmonna-t-elle en gagnant la porte d'une
curieuse démarche chaloupée. Je vais chercher...
– Ora, souffla-t-il avec un tel accent de détresse qu'elle s'arrêta
net et revint sur ses pas en s'essuyant les yeux.
– Avram, Avram..., dit-elle, se délectant à prononcer son nom.
– Qu'est-ce que je fais ici ? »
Elle s'assit près du lit, sa main brassant l'air au-dessus de son
bras plâtré. Sa poitrine s'effondra et un profond soupir s'échappa
de ses lèvres.
« Il y a eu la guerre, tu te rappelles ?
– J'ai été blessé ?
– Oui, si on veut. Il faut te reposer. Ne parle plus.
– Une mine ?
– Non, ce n'était pas...
– J'étais *chez eux* », articula-t-il lentement.
Sa tête retomba et il sombra dans le sommeil.
Elle envisagea de prévenir un médecin qu'Avram avait retrouvé la
parole, ou d'appeler Ilan pour le mettre au courant, mais elle craignait
de le laisser seul, même une minute. Quelque chose lui intimait de

ne pas bouger, de rester auprès de lui afin de le protéger de ce qu'il aurait peur de comprendre à son réveil.

« Il y a quelqu'un d'autre ici ? » couina-t-il un peu plus tard.

Elle s'obligea à sourire.

« Seulement toi et moi. Tu as une chambre individuelle. »

Il digéra l'information.

« Tu veux que j'aille chercher un médecin ? Une infirmière ? Il y a une sonnette au-dessus de...

– Ora.

– Oui.

– Depuis combien de temps suis-je...

– Ici ? Environ deux semaines. Un peu plus. »

Il ferma les yeux et s'efforça vainement de bouger le bras droit. Il tordit le cou pour mieux voir l'enchevêtrement des fils et des tuyaux qui jaillissaient de son corps.

« On t'a administré des... traitements. Tu as également subi une ou deux petites opérations. Tu vas te remettre. D'ici quelques semaines, tu pourras courir...

– Ora..., coupa-t-il, leur épargnant ses faux-semblants.

– Tu veux boire ?

– Je... il y a des choses dont je ne me souviens pas », bafouilla-t-il.

Il avait la voix âpre et pâteuse, effrayante, comme si on l'extrayait d'un tube recourbé.

« La mémoire va te revenir progressivement. D'après les médecins, tu te rappelleras tout. » Sa voix monta d'un cran. Elle parlait vite, avec une bonne humeur forcée. Avram se passa lentement la main sur le visage, effleurant ses dents brisées d'un doigt surpris. « On va t'arranger ça, ne t'en fais pas. » Elle crut entendre un agent immobilier s'évertuant à convaincre un client, hésitant à garder son taudis. « Ils vont aussi te réparer le coude, ajouta-t-elle, et les fractures que tu as aux doigts et aux chevilles. »

Elle se rappela le jour où, adolescent, il avait sauté de la cime du pin, se demandant si le divorce de son corps l'avait aidé à supporter la torture, *là-bas*. Chez lui, il existait toujours quelque part un lien avec les profondeurs, songea-t-elle, tout relevait de la loi fondamentale d'Avram, comme s'il était le catalyseur des événements les plus extraordinaires et des coïncidences les plus troublantes. À moins qu'il n'ait perdu ce don-là aussi ? Comment savoir ce qu'il ne pourrait jamais recouvrer ? Les choses qu'on ne pouvait nommer ni exprimer, et qui ne se révéleraient que petit à petit.

« Ça va s'arranger, tu verras. Ils veulent d'abord traiter les problèmes urgents avant de s'occuper de l'esthétique et de ta bouche, précisa-t-elle avec un petit sourire d'excuse. Ce n'est rien du tout. Simple comme chou. »

Elle avait l'impression qu'il ne l'entendait pas. À croire qu'il s'en moquait royalement. Elle poursuivit son bavardage, incapable de s'arrêter, son esprit divaguait sur ce qu'il pouvait avoir perdu, ce qu'il n'avait plus, qui avait pu être détruit en même temps que lui – les pensées, qu'elle s'était évertuée à refouler au cours des semaines où elle avait veillé à son chevet, revenaient en force. Dire qu'Avram n'avait peut-être encore rien compris et ne se doutait même pas de ce qui l'attendait.

« Quel mois sommes-nous ?
– Janvier.
– Janvier…
– Le 24.
– C'est l'hiver.
– Oui. »

Il rentra en lui-même pour réfléchir, ou dormir, elle n'aurait su le dire. De l'une des chambres, sans doute dans le service des grands brûlés, leur parvenaient des gémissements de souffrance.

« Ora, comment suis-je reparti ?
– En avion. Tu ne t'en souviens pas ?
– Ah oui ?
– Tu es rentré en avion. »

Je n'en peux plus, songea-t-elle, je vais craquer.

« Ora…
– Oui ? »

Ses yeux grands ouverts brillaient d'un étrange éclat glacé.

« Est-ce qu'il y a… est-ce qu'Israël est… ?

394

– Est quoi ?

– Laisse tomber. »

La bouche sèche, elle finit par comprendre.

« Oui. Bien sûr. Tout... tout est comme avant, Avram. Tu ne croyais pas que nous... »

Sa poitrine se soulevait et s'abaissait à un rythme précipité sous les couvertures. Le radiateur, qui s'était éteint, redémarra. Elle observa le bout de ses doigts à vif, dénués d'ongles, certaine que, à cause de ce par quoi il était passé, jamais plus ils ne se retrouveraient. Elle l'avait perdu pour toujours.

Il s'assoupit, d'un sommeil agité, peuplé de cauchemars. C'était insupportable. Il luttait contre un ennemi invisible, puis il se mit à pleurer, à supplier. Elle bondit sur ses pieds et tira de la boîte un bout de papier qu'elle commença à lire à haute voix, sans s'arrêter, comme une prière : « Hier, j'ai accompagné ma mère pour acheter une robe. J'adore lui donner des conseils en matière d'habillement. J'en ai repéré une superbe pour toi chez Schwartz, verte, sans manches, très ajustée, le genre qui moulerait étroitement ta taille mince. Détail essentiel, elle s'ouvrait par une grosse fermeture à glissière dorée du haut en... bas ! » Avram gémit et se tordit de douleur sur son lit. Ora lisait d'une traite, presque en apnée, ces lignes aussi merveilleuses que ridicules qui remontaient le temps, telle la lumière d'une étoile mourante. « En haut, elle était munie d'un grand anneau servant à faire jouer la fermeture, et le plus provocant, c'est qu'elle s'ouvrait sur le devant (!!!), comme dans le film que j'ai vu avec Elke Sommer, quand elle déboutonne sa robe lentement, jusqu'au nombril, nue en gros plan (le public était en extase). Bref, pour 49,75 livres, elle est à toi. »

Les heures s'égrenèrent.

« La guerre, murmura Avram à un moment donné.

– Oui, ne t'inquiète pas », bredouilla Ora en s'éveillant d'un rêve inachevé.

Elle but un peu d'eau et se passa les mains sur le visage.

«Quoi ? souffla Avram.

– La guerre est finie.»

En prononçant ces mots, elle eut l'impression d'appartenir à une vieille lignée de femmes. Comme si elle avait grimpé les échelons. Elle se sentit bête : peut-être s'était-il borné à demander comment la guerre s'était terminée et qui l'avait gagnée. Elle ne put se résoudre à lui apprendre que les vainqueurs, c'étaient eux.

«Depuis combien de temps...

– Tu étais là-bas ? Un peu plus de six semaines.»

Il eut un hoquet de surprise.

«Tu croyais que c'était moins ?

– Non, plus.

– Tu dormais beaucoup à ton retour. Ensuite, on t'a mis sous sédatif une bonne partie du temps.

– Sous sédatif... ?

– Tu prends un tas de médicaments. On va les réduire progressivement bientôt.

– Des médicaments ?»

Terrassé par la fatigue qu'exigeait chaque parole, il se rendormit d'un coup. Il toussait, s'agitait dans son sommeil. Comme s'il se battait contre quelqu'un qui cherchait à l'étrangler.

Les otages étaient descendus de l'avion, certains par leurs propres moyens, les autres avaient eu besoin d'assistance. L'aéroport était noir de monde. Soldats, journalistes, photographes de toute la planète, employés venus en nombre ovationner les otages de retour à la maison. Les ministres et les membres de la Knesset se frayèrent un chemin dans la cohue pour les approcher et leur serrer la main devant les objectifs. Seules les familles avaient reçu la consigne d'attendre à la maison. Ora et Ilan n'étant pas les parents proches ou éloignés d'Avram, ils ne savaient trop quoi faire, et ignoraient d'ailleurs qu'il était blessé. Ils se mêlèrent à la foule. Avram restait invisible. Les otages défilèrent, la tête rasée, des souliers en caoutchouc sans chaussettes aux pieds, en leur jetant un regard vaguement surpris. Un officier de la sécurité pilotait un ex-prisonnier, les yeux bandés, en lisant à haute voix un bout de papier : «Quiconque fournit des informations à l'ennemi est passible de… » Un soldat de haute taille s'appuyant sur une béquille demanda aux journalistes s'il était vrai qu'on avait aussi déclaré la guerre à la Syrie. Ilan s'aperçut que l'on sortait des brancards à l'arrière de l'avion. Saisissant la main d'Ora, il se mit à courir dans cette direction. Personne ne les arrêta. Avram ne se trouvait pas parmi les blessés. Ils échangèrent des regards terrifiés. On débarqua la dernière civière. Une équipe de médecins et d'infirmiers l'entourait, quelqu'un tenait un pied à perfusion où se balançaient une poche de liquide et des tubes. Ora manqua défaillir. La grosse tête qui oscillait de gauche à droite sous un masque à oxygène était aisément reconnaissable. Il était chauve, le sommet du crâne rasé et partiellement bandé, mais le pansement avait glissé, révélant des plaies luisantes, telles des bouches béantes. Elle nota que les brancardiers détournaient la tête et respiraient par à-coups. Ilan les accompagna sans quitter le blessé du regard. À son expression, Ora comprit que c'était grave. Il aida à le transporter dans l'ambulance, et quand il voulut le rejoindre, on le repoussa. Il eut beau crier, protester en moulinant des bras, les soldats l'écartèrent sans ménagement. Ora se campa devant le médecin, un officier d'âge mûr à qui elle déclara sans vergogne : « Je suis sa fiancée ! » Elle grimpa dans l'ambulance et prit place aux côtés d'une infirmière et du docteur. Quand ce dernier lui suggéra de monter devant, elle refusa net. Le chauffeur enclencha la sirène. Les yeux fixés sur l'autoroute, les véhicules et leurs occupants, seuls ou par couple, souvent des familles entières, elle comprit qu'une page de sa vie était tournée. Elle n'avait pas encore vraiment regardé Avram.

L'infirmière lui tendit un masque en tissu pour se protéger de l'odeur et, avec l'aide du médecin, elle entreprit de déshabiller Avram. Sa poitrine, son ventre, ses épaules étaient couverts d'ulcères infectés, de profondes coupures, de contusions et de curieuses lésions aux bords minces. Le téton droit n'était pas à la bonne place. De son doigt ganté, le médecin effleura chaque blessure en dictant à l'infirmière d'un ton neutre : « Fracture ouverte, coups, entaille, œdème, fouet, choc électrique, matraque, brûlure, corde, infection. Effectuer un test pour le palu et la bilharziose. Regardez-moi ça ! Le chirurgien plasticien ne va pas chômer ! »

Ils retournèrent Avram pour inspecter son dos. Ora glissa un œil et vit une masse de chair à vif rouge, jaune, violette. Elle eut un haut-le-cœur. L'odeur était effroyable. Le médecin retint son souffle, ses lunettes s'embuèrent. Il découvrit les fesses d'Avram et prit une profonde inspiration : « Sales bêtes ! » murmura-t-il. Ora regardait par la fenêtre, elle pleurait en silence, les yeux secs. Le médecin découpa le pantalon. Avram avait les jambes brisées à trois endroits. Des bourrelets sanglants de chair tuméfiée qui semblaient grouiller de créatures vivantes encerclaient ses chevilles. Le médecin mima un nœud coulant à l'intention de l'infirmière, et Ora se figura Avram dans une cellule sombre, suspendu par les pieds, la tête ballante. Pendant sa détention, elle avait à peine osé imaginer ce qu'il devait subir. Il appartenait aux renseignements – il détenait un tas d'informations ! Elle avait résolument écarté ces pensées. La nuit, au moment de plonger dans le sommeil, elles remontaient à la surface, mais les somnifères qu'elle avalait chassaient les cauchemars. Comment se faisait-il qu'Ilan et elle n'aient pas une seule fois évoqué les tortures ni leurs conséquences ?

En fait, c'était à peine s'ils parlaient d'Avram, même si, au fil des semaines, il était devenu leur principal sujet de préoccupation. Jour après jour, ils se rendaient au Centre des relations avec les familles des prisonniers de guerre et des portés disparus dans l'espoir de glaner des bribes d'informations, entendre les rumeurs les plus folles, examiner les photos floues des otages, publiées en Israël et à l'étranger, discuter avec les officiers et les employés, du moins ceux qui voulaient bien les écouter ! Lorsqu'ils ne pouvaient s'y transporter, ils téléphonaient pour savoir s'il y avait du neuf. On commençait à les éviter, on les renvoyait d'un service à l'autre, mais ils s'acharnaient – comment faire autrement ? Ils ne savaient plus à quel saint se vouer. S'ils mangeaient, ils se disaient qu'Avram devait mourir de faim, quand on diffusait une de ses chansons préférées à la radio, ils se désolaient qu'il ne puisse l'entendre. Devant un beau paysage, ils songeaient qu'il ne pouvait malheureusement pas l'admirer lui aussi. Voir Avram partout – Ora venait de le comprendre – était le moyen de ne pas penser à ce qui était en train de lui arriver, d'éviter de voir le vrai Avram.

« Ne vous en faites pas, dit le médecin, nous vous le rendrons comme neuf ! »

Ora le regarda sans le voir. Si l'ambulance stoppait, ne serait-ce qu'une seconde, elle ouvrirait la porte et détalerait à toutes jambes. Elle ne pourrait s'en empêcher, elle le savait. Le médecin, qui griffonnait dans un épais carnet, s'interrompit soudain.

« C'est votre petit ami ? »

Elle acquiesça de la tête.

« Il va se remettre. Ils lui en ont fait voir de toutes les couleurs, ces salauds, mais nous sommes plus forts. Dans un an, vous ne le reconnaîtrez pas, vous verrez.

– Et dans sa... ? » bégaya-t-elle.

La question même était une sorte de trahison.

« Dans sa tête ? Ce n'est pas mon rayon. »

Il se rembrunit et retourna à ses notes. Elle adressa une prière muette à l'infirmière, qui se déroba. Ora s'obligea à observer Avram. Alors, dans un élan de ferveur, elle fit le vœu de ne jamais cesser, même un instant, de lui prodiguer sa tendresse, de toujours l'envelopper d'un regard aimant, parce que seule une vie remplie d'amour pourrait peut-être racheter ce qu'il avait enduré. Elle ne pouvait surmonter la nausée, le dégoût que lui inspirait le pauvre visage dépourvu de sourcils ; impossible de faire jaillir la moindre étincelle d'amour dans ses yeux. La vie continue, non ? grinça dans sa tête une petite voix métallique, comme après la mort d'Ada.

L'ambulance filait sur la route, toutes sirènes hurlantes. Les traits d'Avram se crispèrent. Sa tête ballottait de droite et de gauche, comme s'il tentait d'esquiver une gifle, il gémissait avec la voix aiguë d'un jeune garçon. Ora le fixa, hypnotisée. Elle ne lui avait jamais vu cette expression-là. Son Avram, pensait-elle, ne craignait rien ni personne. Il ne connaissait pas la peur. Elle avait toujours cru qu'il était protégé du mal, impensable que l'on s'en prenne à cet homme-là qui arpentait la vie, fendu comme un compas, les bras grands ouverts, la tête curieuse penchée sur le côté, le regard vif, avec son rire pareil au braiment d'un âne. Avram.

Et si c'était la raison pour laquelle on lui avait infligé de tels sévices? On l'avait écrasé, brisé. Pas seulement parce qu'il appartenait aux renseignements!

Avram ouvrit la bouche, grogna et s'étouffa. À quoi pensait-il dans cet instant précis, elle n'en avait aucune idée. Ses doigts remuaient faiblement, comme s'il s'efforçait de lever les mains pour se protéger le visage. La pensée qu'elle n'aurait jamais d'enfant lui traversa l'esprit. Elle refusait d'élever un enfant dans un monde qui permettait de telles horreurs. Avram ouvrit les yeux. Ils étaient rouges et troubles. Elle s'inclina, effarée par la puanteur qu'exhalait sa chair à vif. Il l'aperçut et son regard accrocha le sien. Même le bleu de ses iris avait l'air injecté de sang.

Elle lui frôla l'épaule du bout des doigts, redoutant de lui faire mal, de le toucher.

«Avram, c'est moi, Ora!

– Dommage, murmura-t-il.

– Qu'est-ce qui est dommage? Dis-moi?»

Il s'étrangla, les mots refluant dans ses poumons remplis de liquide.

«Dommage que je ne sois pas mort.»

Les portes de l'ambulance s'ouvrirent sur une mer de visages, des mains tendues, des cris stridents. Ilan était là. Il s'était débrouillé pour devancer l'ambulance. Ilan la flèche, songea-t-elle avec une pointe de rancune, comme s'il avait usurpé ce titre au détriment d'Avram. Ora et Ilan suivirent le brancard dans une baraque convertie en hôpital de campagne. Des dizaines de médecins et d'infirmières se pressaient autour des blessés, prélevant des échantillons de sang, d'urine, de mucus avant de les mettre en culture. Un médecin militaire les remarqua et leur ordonna à grands cris de sortir. Ils obéirent et titubèrent vers un banc où ils s'affalèrent dans les bras l'un de l'autre. Ilan émettait des sons incongrus, pareils à des aboiements rauques. Elle l'empoigna par les cheveux si fort qu'il geignit de douleur.

«Ilan, Ilan, que va-t-il se passer?

– Je reste avec lui jusqu'à ce qu'il guérisse et redevienne comme avant. Je me moque du temps que ça prendra, même des années. Je ne bougerai pas d'ici.»

Elle le lâcha et le regarda. On aurait dit qu'il avait vieilli, le corps alourdi par le poids de l'inquiétude et le chagrin.

«Tu vas rester avec lui? répéta-t-elle, interloquée.

– Qu'est-ce que tu croyais, que j'allais le laisser seul comme ça?»

Eh bien oui, justement! riposta-t-elle mentalement. J'étais certaine d'affronter cette épreuve seule avec lui. Elle retrouva ses esprits:

«Non, non, bien sûr que tu vas rester ici! Je ne sais pas ce que je... Écoute, je ne peux pas faire front toute seule.»

Elle lut la colère et la souffrance dans son regard.

«Pourquoi toute seule?»

Parce qu'il y a toujours une petite part de toi qui est ailleurs, même quand tu es là, rétorqua-t-elle intérieurement.

«Viens, on y retourne. Nous attendrons à la porte jusqu'à ce qu'ils nous laissent entrer.»

Ils regagnèrent côte à côte les baraques bourdonnantes d'activité. Ils ne se touchaient plus depuis un bon moment, depuis la guerre en fait. Et voilà qu'elle brûlait de désir, son envie soudaine était une faim primaire, nue, de planter les dents dans la chair saine et intacte d'Ilan. Elle s'immobilisa et lui saisit le bras qu'elle serra contre elle. Il réagit aussitôt, se pencha et happa ses lèvres dans un baiser passionné, comme s'il voulait pénétrer au plus profond de son être, lui tourneboulant les sens. Au point qu'elle en oublia de s'étonner du fait que, lui d'ordinaire si timide, il l'embrassait sans retenue au vu et au su de tous. Elle le sentit plus vigoureux, plus puissant et solide, c'était quelque chose dans son étreinte, son baiser – il la souleva littéralement de terre et la plaqua contre sa bouche. Le cerveau embrumé, Ora avait l'impression d'être perchée entre ciel et terre par la seule force de ses lèvres. De l'extérieur, songea-t-elle vaguement, on aurait dit qu'Ilan était un ex-otage scellant ses retrouvailles avec sa bien-aimée. Elle s'écarta de lui, le repoussant presque de force, et ils restèrent à se regarder, hors d'haleine.

«Dis-moi», chevrota Avram.

Elle était horrifiée par sa voix, sa respiration saccadée.

«Ora… je dois savoir, reprit-il, les yeux rivés au plafond.

– Que veux-tu savoir?

– Quelque chose… Je ne me rappelle pas.

– Fais un effort!»

Avram s'évertua à bouger sa jambe suspendue en l'air et se gratta frénétiquement sous son plâtre.

«J'ai les idées confuses, lâcha-t-il après une longue pause.

– Que veux-tu dire?

– Toi et moi.

– Oui?

– Comme si j'avais un trou au milieu de… de…

– Dis-moi.

– Qu'est-ce… qu'est-ce que nous sommes…?»

Elle ne s'y attendait pas.

«Oui?»

Elle s'approcha sans doute un peu trop vivement. Il sursauta, les traits convulsés de terreur. Peut-être avait-il cru, dans la pénombre, que quelque chose – une main ou un objet – s'apprêtait à le frapper?

«Qu'est-ce que nous sommes exactement? insista-t-elle à mi-voix.

– Ne te fâche pas! Je ne suis pas vraiment…

– Nous sommes bons amis et nous serons toujours bons amis. Et tu verras, la vie va recommencer!» se crut-elle obligée d'ajouter avec une sorte d'enthousiasme grinçant.

Des mois durant, elle se reprocha cette repartie stupide. Plus tard, elle se dit que c'était peut-être de la prémonition. *La vie va recommencer.* Elle crut presque l'entendre ricaner. Il tourna sa lourde tête avec précaution sur l'oreiller pour mieux l'observer. Par chance, la chambre était noyée dans l'obscurité.

«Ora…

– Oui?

– Nous sommes seuls?

– Oui.

– Ce plâtre va me rendre dingue», ajouta-t-il d'une voix pâteuse.

Ses gestes étaient si lents! Pour elle, Avram personnifiait avant tout le rythme, la vivacité avec laquelle il embrassait la vie.

«J'ai froid.»

Elle étala une troisième couverture sur son lit. Il était secoué de frissons tout en ruisselant de sueur.

«Gratte-moi la jambe, s'il te plaît!»

Elle glissa la main à la jonction entre la peau et le plâtre. Elle eut l'impression que ses doigts plongeaient dans une plaie ouverte. Il gémit et grogna, partagé entre douleur et plaisir.

«Arrête! J'ai mal.»

Elle se rassit.

«Alors, que voulais-tu savoir?

– Ce que nous étions l'un pour l'autre.

– Oh, bien des choses. Un tas de choses diverses et variées. Et ce n'est pas fini, loin de là, tu verras!»

D'une main, comme au ralenti, il tira les couvertures sur sa poitrine, comme pour se protéger de la fausseté qu'il discernait dans sa voix. Après de longues minutes de réflexion, elle vit ses lèvres sèches s'entrouvrir, et devina la suite.

«Et Ilan?

– Ilan... euh... par où commencer? Je ne sais pas ce dont tu te souviens ou pas. Pose-moi des questions!

– J'ai oublié. Seulement des fragments. Au milieu, tout est effacé.

– Tu te rappelles la base où tu te trouvais au Sinaï avec Ilan?

– À Bavel, oui.

– Vous deviez être bientôt démobilisés. Moi, j'avais commencé mes études à Jérusalem.»

Cantonne-toi aux faits, se dit-elle, contente-toi de répondre à ses questions et laisse-le décider ce qu'il est capable d'entendre!

Le silence revint. Le radiateur lançait des étincelles.

Patience, va à son rythme! s'exhorta-t-elle. Il ne veut peut-être même pas en entendre parler, c'est trop tôt.

Avram gisait, immobile, les yeux ouverts. Il n'avait qu'un sourcil, dont il manquait la moitié.

«Vous reveniez du Sinaï une semaine sur deux à tour de rôle, Ilan et toi», crut-elle bon d'ajouter.

Il lui jeta un regard interrogateur.

« Une semaine toi, une semaine lui. L'un des deux devait rester à la base.

– Et l'autre ?

– L'autre partait en permission à Jérusalem.

– Tu habitais à Jérusalem ?

– Oui. (Ne pas s'égarer surtout !) Tu te rappelles maintenant ? »

Il médita un moment.

« Il y avait un géranium.

– Tout juste ! Tu vois, ça te revient ! J'avais une petite chambre à Nahlaot.

– Ah oui ?

– Tu as oublié aussi ?

– Ça va et ça vient.

– Avec les WC à l'extérieur. Et une petite cuisine dans la cour. On préparait à dîner tard le soir. Tu avais même concocté un bouillon de poule sur le réchaud à gaz.

– Où était ma mère ?

– Ta mère ?

– Oui.

– Tu… tu ne sais pas ?

– Elle n'est pas…

– Quand tu faisais tes classes, elle…

– Ah oui, c'est vrai, tu m'as accompagné à l'enterrement. Ilan était là. Il marchait à côté de moi lui aussi. Oui… »

Elle se leva, incapable d'en supporter davantage.

« Tu as faim ? Je peux aller te chercher quelque chose à manger, si tu veux.

– Ora… »

Elle reprit docilement sa place, comme si elle obéissait à un professeur particulièrement sévère.

« Je ne comprends pas.

– Quoi donc !

– Ma bouche ! »

Elle mouilla un gant de toilette et lui humecta les lèvres.

« Pendant la guerre…

404

– Oui ?

– Pourquoi est-ce que je… »

Il s'interrompit. Il va mettre l'histoire du tirage au sort sur le tapis, se dit-elle.

« J'étais descendu sur le canal de Suez, pas Ilan. »

Les souvenirs lui revenaient, elle le sentait. Il se rappelait, mais il n'avait pas le courage de lui poser la question. Elle jeta un regard malheureux par la fenêtre, espérant voir les prémices de l'aube blanchir les vitres.

« Toi et moi, nous représentions quoi l'un pour l'autre au juste ?

– Je te l'ai dit : nous étions amis. Nous… Bon, d'accord, nous étions amants ! lâcha-t-elle tout à trac, le cœur déchiré.

– Et je suis rentré en avion ?

– Pardon ? Oui, en avion, avec les autres.

– Il y en avait d'autres ?

– Beaucoup.

– Combien de temps ?

– Tu es resté là-bas environ…

– Non, toi et moi.

– Un an. »

Il répéta ses paroles, et elle résista à l'envie de lui demander s'il croyait que leur relation avait duré plus longtemps, pour ne pas l'entendre dire que cela lui avait semblé plus court. Il se rendormit et se mit à ronfler. Il semblait ne pouvoir digérer la mémoire de sa vie antérieure que par bribes, une bribe à la fois.

Nous avons réellement fait l'amour, se remémora-t-elle en elle-même. Toi et moi étions vraiment…

Elle prit conscience avec horreur qu'elle en parlait au passé !

Il s'agita, entortillé dans ses couvertures, maudissant le plâtre qui lui comprimait la jambe. Elle entendit tinter contre les barreaux du lit la grosse vis fixant la broche qui maintenait son bras fracturé.

« Ora…

– Oui ?

– Je ne suis pas…

– Pas quoi ?

– Il faut que tu le saches.

– Que je sache quoi ?

– Je ne peux pas… (il chercha ses mots). Je n'aime rien. Plus rien. »
Elle garda le silence.

« Ora ?

– Oui.

– C'est comme ça.

– Oui.

– Plus rien ni personne.

– Oui.

– Je n'ai plus… d'amour.

– Oui.

– Plus une goutte. »

Il gémit faiblement. Quelque chose de son ancienne personnalité sensible et chevaleresque s'efforçait de la protéger, elle le devinait, mais il n'en avait pas la force.

« J'aurais voulu te le dire plus tôt.

– Oui.

– Tout est mort en moi. »

Elle baissa la tête. Comment Avram pouvait-il exister sans amour ? Et qu'était Avram sans amour ? Et elle, que deviendrait-elle sans son amour ?

Pendant la guerre, durant le temps de sa détention, elle n'avait plus éprouvé d'amour pour quiconque, elle non plus. Son sang s'était tari, exactement comme après Ada. Au fond, c'était pratique. Elle vivait selon ses moyens. Mais pourquoi cela lui semblait-il inconcevable chez Avram ?

« Dis-moi…

– Oui.

– Combien de temps avons-nous été…

– Presque un an.

– Et Ilan et toi ?

– Cinq. Depuis l'âge de dix-sept ans, environ, précisa-t-elle avec un petit rire sans joie. C'est toi qui nous avais rapprochés, tu te rappelles ? »

Nous nous trouvions encore à l'hôpital, à l'époque, songea-t-elle non sans surprise. Il y avait encore la guerre !

« De cela, oui, je me souviens. Et aussi que vous sortiez ensemble. Quant à nous, non, ça m'était sorti de la tête. »

Elle eut du mal à encaisser le coup.

« Bien sûr que nous étions…, marmonna-t-il encore. Comment ai-je pu l'oublier ?

– Ça te reviendra petit à petit, tu as le temps.

– Ils m'ont fait des choses, là-bas, je pense.

– Tu vas retrouver la mémoire, affirma-t-elle, l'estomac noué. Cela prendra un moment, mais tu… »

Une infirmière athlétique ouvrit la porte et alluma la lumière.

« Nous allons bien ?

– Oui ! dit Ora en bondissant sur ses pieds, paniquée, avant d'éprouver une sorte d'exaltation fébrile, machinale. Je suis contente de vous voir. J'allais vous appeler. »

Stupéfaite, elle entendit Avram ronfler comme un sonneur. Elle eut du mal à croire qu'il dormait pour de vrai. Elle renonça pourtant à signaler qu'il avait repris conscience. L'infirmière changea la perfusion et le sac d'urine d'Avram, elle étala de la pommade sur le bout de ses doigts et au-dessus des yeux, là où les sourcils avaient été arrachés, après quoi elle le retourna, nettoya les plaies suppurantes qu'il avait dans le dos, refit les pansements et lui administra une bonne dose d'antibiotiques.

« Vous avez besoin de dormir, ma belle », fit-elle à Ora tout en s'activant.

Ora se força à sourire.

« Je rentrerai chez moi tout à l'heure, déclara-t-elle.

– Dites-moi, que représente-t-il exactement pour vous deux, vous et le grand type ? Vous êtes de sa famille ?

– En quelque sorte. Enfin, oui, nous sommes de sa famille. »

Ora prit soudain conscience qu'Ilan changeait de jour en jour, depuis le retour d'Avram. Comme si un regain d'énergie l'animait, le renforçait, dilatait l'espace qu'il occupait. Sa démarche était plus alerte et assurée, au point que c'en était troublant, un peu gênant. Elle constata avec étonnement que ses traits fins étaient comme repassés à l'encre de Chine.

« Je n'ai vu que vous deux ici, ajouta l'infirmière. Il n'a personne d'autre ?

– Non, juste nous.

– Mais quel est votre lien avec lui ? Vous êtes très différents, je trouve. »

Sa tâche achevée, elle restait plantée sur le seuil de la chambre, comme si elle répugnait à repartir.

« En fait, vous ressemblez davantage à l'autre garçon. Comme un frère et une sœur. Vous êtes vraiment parents ?

– C'est une longue histoire.

– La porte », murmura Avram après le départ de l'infirmière.

Ora s'exécuta.

« Et tu sortais avec Ilan…, reprit-il, comme s'il sondait le terrain du pied.

‑ Oui, on peut présenter les choses de cette façon. Tu ne devrais pas te fatiguer !

– Tu l'aimais… Ilan, hein ? »

Ora fit oui de la tête. Curieux que le même mot puisse décrire des sentiments si différents.

« Alors, comment… je veux dire, comment est-ce que tu… aussi… »

Soit il me teste – une singulière idée lui traversa l'esprit –, soit il me joue un de ses tours.

« Je… quoi ?

– Comment est-ce que nous aussi… »

Elle crut distinguer une pâle clarté à la fenêtre. Pourquoi le torturer avec tes valses-hésitations ? se gourmanda-t-elle. De quoi as-tu peur ? Allez, vas-y, raconte-lui ! Rends-lui son passé ! C'est probablement tout ce qui lui reste.

« Écoute, Avram, pendant un an, il n'y a pas si longtemps, au début de la guerre, je sortais avec toi et lui en même temps. »

Il réprima une exclamation de surprise.

« Je ne me souviens de rien ! Tout s'est effacé dans mon crâne !

Il faut que je me rappelle ! Elle sortait avec nous deux en même temps ? Comment a-t-il permis que... »

Il se recroquevilla en lui-même et s'évada quelques minutes, incapable de comprendre ce qui donnait alors sens à sa vie.

« Je suis perdu, Ora. Aide-moi ! »

Il se débattit comme s'il était en proie à un combat intérieur. Elle s'agita à son tour, à l'étroit dans le fourreau de sa peau. Pourquoi cette question ? Il devait bien se rappeler, pourtant. Comment cette année-là, tout ce qu'ils avaient vécu ensemble, avaient-ils pu lui sortir de l'esprit ?

« Avec nous deux ?

– Oui.

– En même temps ? »

Elle redressa la tête.

« Oui.

– Nous le savions ? »

Elle n'en pouvait plus. Toutes ces questions ! Il était tellement amoindri, quelque chose devait être irrémédiablement pollué dans son esprit aussi.

« Lui – Ilan – et moi, nous le savions ? »

Elle réprima un cri.

« Quoi ? Vous saviez quoi ?

– Que tous les deux... que tu sortais avec nous deux en même temps ?

– Que veux-tu que je te dise ? »

La voix d'Avram devint un murmure saccadé.

« On ne savait pas ? »

Elle n'avait plus le choix.

« Si, *toi*, tu le savais.

– Et pas lui ?

– Apparemment non. Je ne sais pas.

– Tu ne le lui as jamais dit ? »

Elle secoua la tête.

« Il ne t'a jamais posé de question ?

– Non.

– Et à moi non plus ?

– Tu ne m'as jamais laissé entendre le contraire.

– Mais il le savait, n'est-ce pas ?

– Ilan est intelligent ! »

Doux euphémisme. Le mot « intelligent » ne signifiait rien. Tous les trois, pendant cette année de silence, avaient vécu quelque chose de colossal, profond, merveilleux. Elle examina le visage tendu d'Avram, devina son inquiétude, l'espèce de marchandage qui se livrait en lui, et elle se rendit compte que, pour le moment, il était incapable d'entrevoir même la partie émergée de l'iceberg.

« Pourtant, nous étions amis ! Ilan et moi ! C'est mon meilleur... comment ai-je pu... »

Elle aurait tout donné pour qu'il se rendorme, qu'il n'ait plus le besoin de comprendre, qu'il ne se retrouve pas ainsi démuni, sans défense.

Il était trop tard. Il avait le regard vitreux, perdu dans l'infini, Ora sentit que la compréhension se faisait dans son esprit, telle une lente explosion.

Au détour du chemin qu'ils viennent de traverser, ils débouchent sur un champ dont la clôture en barbelés est à moitié effondrée, et où les trèfles fleurissent abondamment.

– Hé ! On l'a retrouvée !

Avram désigne joyeusement une grosse pierre de forme arrondie, où la balise orange-bleu-blanc semble cligner de l'œil au soleil. Il perche hardiment le pied sur le rocher et agite le bras en direction du sentier escarpé.

– Une sacrée grimpette ! s'exclame-t-il en suivant le chemin du regard jusqu'au sommet de la montagne, avant de reposer prudemment son pied sur le sol.

– Les montagnes sont aussi un problème pour toi ?

– Les routes n'en sont pas non plus en général, bougonne-t-il. Je ne sais pas ce qui m'a pris, tout à l'heure.

– J'ai vraiment cru qu'on allait se faire écraser.

– Tu m'as sauvé la vie.

– Encore deux ou trois mésaventures pareilles et on sera quittes ?

Un sourire amer apparaît sur ses lèvres, tel un animal rusé surpris en train de voler quelque mets délectable – une pulsation du cœur, peut-être, se demande Ora.

– Et ta chienne, où est-elle passée ?

– *Ma* chienne ? Tiens, elle est à moi, maintenant ?

– D'accord, la nôtre, si tu veux.

Ils retournent sur leurs pas et sifflent au bord de la route. Dominant le brouhaha de la circulation, ils s'égosillent :

– Hé, youhou, le chien ! Viens, mon chien, viens !

Ils écoutent l'écho de leurs voix entremêlées. En aurait-elle eu le courage qu'Ora crierait, une seule fois : *Ofer, Oh-Fer, rentre à la maison !*

Mais l'animal s'est évaporé. C'est peut-être mieux, se félicite Ora. Je ne veux pas m'attacher. Je serais incapable de supporter une autre séparation. C'est quand même dommage, on se serait bien entendues, toutes les deux.

Les flancs escarpés de la montagne sont parsemés d'oliviers, pistachiers et aubépines. L'ascension sollicite leurs mollets et épuise leurs poumons.

– C'est quoi, cette montagne ? articule Avram, hors d'haleine. Je ne sais même pas où nous nous trouvons.

Ora fait halte et respire à fond.

– Tiens, tu veux savoir où nous sommes, maintenant ? C'est nouveau !

– C'est bizarre de marcher à l'aveuglette, non ?

– Il y a une carte dans ton sac à dos.

– On jette un coup d'œil ?

Ils sucent un bonbon au citron, assis par terre. Après une brève hésitation, Avram ouvre la poche droite et, pour la première fois depuis leur départ, il y plonge la main. Il en retire un canif Leatherman, une boîte d'allumettes, des bougies. Une bobine de ficelle. Une crème anti-moustiques. Une lampe de poche. Une seconde torche. Un nécessaire à couture. Un flacon de déodorant, une lotion après-rasage.

411

Une paire de petites jumelles. Il contemple son butin entassé sur le sol. Ora se dit qu'il tente peut-être de reconstituer Ofer à partir de ce bric-à-brac.

– Ofer est très organisé, il ne tient pas de nous, glousse Ora.

Tête contre tête, ils étudient une grande carte plastifiée au 1/50 000ᵉ étalée sur un lit de pimprenelles épineuses.

– Où sommes-nous ?

– Là, peut-être ?

– Non, ce n'est même pas la bonne direction.

Ils regardent de plus près. Leurs doigts se frôlent, se heurtent, se croisent.

– Voilà notre sentier.

– Oui, il est marqué.

– Ah oui, le GR d'Israël, il nous l'a dit.

– Qui ça ? questionne Ora.

– Le type que nous avons rencontré l'autre jour.

– Ah, lui !

– Oui.

Elle remonte le sentier de l'index jusqu'à la frontière.

– Oups ! fait-elle en repliant son doigt. Le Liban.

– À mon avis, c'est plus ou moins là que nous avons démarré.

– Ou bien ici peut-être ? C'est là que nous avons traversé le cours d'eau, tu te souviens ?

– Comment pourrais-je l'oublier !

Elle fait courir son doigt le long des méandres du sentier, celui d'Avram le suivant de près.

– On a zigzagué au bord de la rive, comme ça. On a grimpé ici, là, il y a le pont de bois, et le moulin. C'est ici qu'on a dormi la première nuit, non ? Ou alors là, près de Kfar Youval ? Comment savoir ? Nous n'avons pas remarqué grand-chose les premiers jours, hein ? Nous en étions bien incapables.

– J'étais un vrai zombie, pouffe Avram.

– Là, c'est la carrière de Kfar Giladi, la forêt de Tel Hai, le sentier des sculptures, nous avons déjeuné ici, à Ein Ro'im.

– Je n'ai rien vu du tout.

– Non, en effet. Tu étais trop occupé à me maudire pour t'avoir entraîné ici.

– C'est à peu près là, je pense, que nous avons rencontré Akiva, avant de suivre l'oued vers l'aval?

– Cette partie a été une vraie promenade de santé, tu te rappelles?

– Et là, ce doit être le village arabe.

– Du moins, ce qu'il en reste.

– J'avais vraiment envie d'aller voir, mais tu t'es sauvée en courant.

– Ma vie est suffisamment en ruine comme ça, tu ne crois pas?

– Là, c'est le Kedesh.

– C'est ici que nous avons dormi.

– Ensuite, nous avons remonté le lit de la rivière et rencontré ton type.

– Depuis quand est-ce le mien?

Elle presse le doigt si fort sur la carte que son ongle s'y imprime.

– Le fort Yesha est ici, poursuit-elle, et là, le tombeau du Cheikh, Nebi Yusha.

– Ici, tu vois, nous avons grimpé en direction de Keren Naphtali, et nous sommes redescendus parce que tu avais oublié ton calepin en bas, au bord du Kedesh.

– Ici, c'est l'autre cours d'eau, le Dishon.

– Il a l'air innocent sur la carte. Tiens, regarde les turbines qui nous ont laissés perplexes. Apparemment, il s'agit de la station de pompage régionale d'Ein-Aviv. Au moins, on aura appris quelque chose.

– Voilà le petit lac où nous avons fait trempette.

– On a marché sur cette canalisation pour franchir la rivière.

– J'étais morte de frousse.

– Ah bon? Je n'ai pas remarqué. Tu n'as rien dit.

– C'est tout moi, ça.

– Là, regarde! C'est ta forêt enchantée, le torrent s'appelle le Tsivon.

– Et ici, la prairie aux chiens, j'en suis sûre.

– Et la route que nous avons traversée.

– Oui, la nationale 89.

– Donc, si la route est là, nous sommes…

– Sur le Meron.

– Le *mont* Meron ?

– Regarde !

Chacun braque un doigt respectueux.

– Avram, tu te rends compte de tout le chemin qu'on a parcouru !

Il se lève, croise les bras et fait quelques pas entre les arbres.

Ils replient la carte, hissent leurs sacs sur leur dos et repartent entre les chardons, Avram en tête, Ora peinant à le suivre. Les chaussures lui vont parfaitement, se réjouit-il. Les chaussettes aussi. Avisant une longue branche flexible d'arbousier, il la brise à la bonne taille d'un coup de talon et s'en sert pour grimper. Il suggère à Ora de l'imiter et ne tarit pas d'éloges quant à l'excellent balisage sur ce tronçon du chemin.

– Les repères sont fréquents à intervalles réguliers, comme il se doit, décrète-t-il.

Ora croit même l'entendre fredonner un petit air.

C'est une chance que ce sentier n'en finisse pas, se réjouit-elle, les yeux braqués sur le dos d'Avram. On a le temps de s'habituer aux changements.

– Le Cheval-à-Crinière-Noire. C'était l'un des surnoms dont Ilan gratifiait Adam, quand il avait environ trois ans et demi. Il l'appelait aussi l'Éléphant-à-Trompe-Géante. Tu comprends ?

Avram répète les noms après elle, comme pour les entendre avec la voix d'Ilan.

– Ou l'Âne-qui-Brait-Doucement. Ou le Chat-aux-Sourcils-en-Colère. Ce genre de truc.

– Le Chat-aux-Sourcils-en-Colère ?

– Je t'assure, à croire qu'il procédait à des expériences sur un cobaye humain.

Elle avait vu Adam changer sous ses yeux, se contorsionner en tous sens pour se plier aux désirs d'Ilan. Un jour, il avait peint un chat roux. «Je l'ai coloré en orange, et maintenant j'ajoute un peu de jaune avec mon pinceau.» Elle se força à sourire. Bien sûr, elle était fière de lui, mais à chacun de ses progrès, c'était comme s'il s'éloignait davantage. En le regardant remuer la queue devant Ilan, elle s'interrogeait sur les sentiments qu'elle éprouvait à son égard. Comment avait-il pu lui cacher aussi longtemps cette adoration sans bornes qui s'échappait par tous ses pores? Cette dévotion inconditionnelle, typiquement masculine, par quoi il effaçait les années passées avec elle, dans leur petit paradis pour deux. Bambi et sa maman, qu'ils reposent en paix!

«Mon estomac gargouille!» criait-il, tout joyeux, quand Ilan le faisait tournoyer au-dessus de sa tête. «Oui, tu en as de la chance!» commentait-elle avec un sourire crispé.

Peu après avoir maîtrisé le langage, le langage le maîtrisait, semblait-il. Il énonçait ses pensées à haute voix. Elle ne l'avait pas immédiatement remarqué mais, un jour, elle s'était aperçue qu'une autre fréquence s'était greffée sur la bande sonore assourdissante de leur vie familiale. Il formulait ses pensées, ses souhaits, ses craintes. Et vu qu'il parlait encore de lui à la troisième personne, c'était parfois distrayant. «Adam a faim, faim, faim! Attends un peu! Non, il n'en peut plus d'attendre que maman sorte de la salle de bains. Adam va aller à la cuisine et il va se faire à manger. Qu'est-ce qu'il pourrait mettre dans son omelette? Qu'est-ce qu'il pourrait mettre dans sa femme-lette?»

Il articulait ses pensées dans son lit, après le rituel du coucher. Ora et Ilan écoutaient derrière la porte, un peu gênés: «Adam devrait s'endormir. Peut-être qu'un rêve va venir? Voilà ce qu'on va faire, mon petit nounours: tu vas te coucher tout de suite, et si jamais tu rêves, tu n'as qu'à crier "Adam!". Les rêves ne sont pas vrais, c'est juste un dessin dans ton cerveau, tu comprends, nounours?»

– C'était étrange, un peu embarrassant, commente Ora. Comme si on espionnait son inconscient.

Elle détourne la tête pour éviter de rappeler à Avram ses divagations, la nuit où elle l'avait enlevé, bourré de somnifères. «Elle est folle, complètement cinglée!» avait-il grincé dans sa barbe.

– À quatre ans, Adam reconnaissait les lettres et les signes de ponctuation. Il les avait appris avec une facilité déconcertante, on ne pouvait plus l'arrêter. Il lisait, il écrivait, croyait voir des lettres dans les craquelures d'une vieille savonnette, une croûte de pain, le crépi écaillé d'un mur, au creux d'un drap froissé ou sur les lignes de sa main.

«Tu es qui, dis-moi! commençait Ilan en chatouillant Adam dans son bain.

– Un *pi*rate!

– Quoi encore?

– Une *pi*euvre!

– Et puis?

– Un *pi*ckpochette.

– *Pocket*, corrigea Ilan en souriant. Et quoi d'autre?

– Un *pi*sse-au-lit!»

Des bulles de rire moussèrent dans la salle de bains et éclatèrent au-dessus du lit où elle était couchée.

Et là, en escaladant le mont Meron, elle se demande ce qui la faisait sortir de ses gonds, à l'époque. Que ne donnerait-elle pour se retrouver enceinte d'Ofer, le dos douloureux, épuisée au fond de son lit en train de les écouter rire!

– On se repose une minute? Ce n'est pas une montagne, ça, c'est une échelle!

Elle s'effondre sur le sol. L'effort physique et la nostalgie – c'est plus que son vieux cœur ne peut supporter. Adam est là avec elle, un petit bout de chou âgé de quatre ans, au maximum, gambadant à travers champs. Ses gestes enfantins, son regard curieux, fragile, un peu méfiant. La lumière qu'il irradiait lorsqu'il était content, s'il s'était distingué par une chose ou une autre, quand Ilan le félicitait.

– Je n'arrête pas de parler d'Adam, mais Ofer n'était jamais seul, tu comprends? Il était toujours en compagnie d'Adam, Ilan ou moi. C'est ça, la famille. Tu n'as pas le choix, glousse-t-elle, c'est tout ou rien, tu vois?

Des instantanés, encore et encore: Adam et Ofer bébé faisant la sieste ensemble dans un sac de couchage sur le tapis du salon – un campement indien – tout nus, blottis l'un contre l'autre, leurs cheveux

416

humides collés au front, le bras droit d'Adam plaqué contre le ventre d'Ofer au nombril proéminent. Adam et Ofer, cinq ans et demi et vingt-quatre mois, installant une maison dans un carton, leurs petites bouilles craquantes émergeant d'un hublot qu'elle a découpé selon leurs directives. Ofer et Adam, douze mois et quatre ans et demi, très tôt un matin, dormant nus dans le lit d'Adam ; dans son sommeil, Ofer a fait caca, dont il a consciencieusement, généreusement et amoureusement badigeonné son grand frère. Ofer gonflant les joues pour souffler les trois bougies de son gâteau d'anniversaire et Adam surgissant derrière lui pour terminer le travail d'un seul souffle. Ofer dressé sur ses jambes maigrelettes, s'acharnant à reprendre son éléphant chéri qu'Adam lui a dérobé. « Ofer e'phant ! Ofer e'phant ! » s'époumone-t-il avec une telle énergie qu'Adam, terrifié, le lui a rendu avec une admiration respectueuse, tandis qu'Ora les observe depuis la cuisine.

Grand pique-nique en famille. La scène est si criante de vérité qu'elle pourrait se dérouler ici même, sur la montagne. Adultes et enfants assis en cercle, les yeux braqués sur Ofer, debout au centre. Un petit garçon fluet, le teint clair, avec d'immenses yeux bleus pétillants, une épaisse tignasse dorée. Il s'apprête à raconter la plaisanterie la plus drôle du monde que maman, déclare-t-il à son auditoire, a entendue à sept reprises en se gondolant de rire chaque fois. Et le voilà lancé dans le récit aussi long qu'incompréhensible de deux amis, Questceke-safait et Ousketenest. Il se mélange les pédales, oublie des détails importants qu'il se rappelle ensuite, les yeux plissés de joie. L'auditoire est transporté. Ofer s'interrompt à tout bout de champ pour répéter : « C'est bientôt fini, qu'est-ce que vous allez rire ! »

Pendant ce temps Adam – sept ou huit ans ? –, un enfant maigre, renfermé et sournois, se faufile dans l'assistance selon un code secret, connu de lui seul. Jamais il ne s'attarde, n'autorise personne à le prendre dans ses bras ni à le toucher. Il les regarde tous avidement, tandis qu'ils se concentrent sur Ofer. Il les dépouille à leur insu – un petit chasseur chassé.

Avram écoute Ora. Une mésange pépie dans les buissons. Un peu plus loin, sur un lopin de terre qui a dû brûler peu auparavant, des plants de moutarde repointent leur nez au milieu des herbes folles, qui ont visiblement décidé de proliférer contre vents et marée, et la terre calcinée bourdonne d'abeilles, enfouies au sein des fleurs jaunes.

– Ofer n'a pratiquement pas prononcé une parole jusqu'à trois ans environ. Il ne s'est pas vraiment retranché dans le mutisme, mais il n'a pas fait le moindre effort non plus pour apprendre à parler.

– Euh…, hésite Avram, c'est un peu tard, trois ans, non ?

– Pour commencer à parler, oui, plutôt.

Avram fronce pensivement les sourcils.

– Il possédait les mots de base, formait de courtes phrases fragmentaires – une syllabe par-ci, par-là. Bref, il refusait tout bonnement d'apprendre. Il s'en sortait très bien avec des sourires, du charme et son regard – qu'il tient de toi, ajoute-t-elle spontanément.

Ofer avait même convaincu Ilan, ô surprise, qu'on pouvait très bien vivre sans articuler un seul mot correctement, ou presque.

– C'est Ilan tout craché, tu sais ? remarque-t-elle en haussant un sourcil. Avant la naissance d'Adam, il m'avait avoué être incapable d'aimer un bébé – même son propre fils – avant qu'il ne se mette à parler. Arrive alors Ofer, muet comme un moine jusqu'à trois ans, et tu vois ce qui s'est passé !

Ensemble, Ilan et Ofer creusaient le jardin pour planter des légumes et des fleurs. Ils avaient construit une fourmilière, dont ils s'occupaient assidûment, ils édifiaient des châteaux compliqués en Lego, jouaient pendant des heures avec de la pâte à modeler, ou avec l'impressionnante collection de gommes d'Ofer, confectionnaient des gâteaux…

– Ilan, tu te rends compte ! Ofer adorait tout démonter. Dès qu'il a su se servir de ses dix doigts, il désossait et rassemblait des tas de trucs encore et encore, mille fois de suite – l'arroseur automatique du jardin, le vieux magnétophone à bobines, le transistor, un ventilateur et, bien sûr, les montres. Ilan lui avait enseigné quelques principes de base, des rudiments de menuiserie et d'électricité, sans presque échanger une seule parole. Tu aurais dû entendre les gloussements, les cris de joie qu'ils poussaient ces deux-là ! Et Ilan ! On aurait dit qu'il s'absentait de lui-même.

Avram sourit, une grimace qui pourrait passer pour une expression de bonheur, inhabituelle chez lui. Il l'écoute vraiment, s'avise Ora. Une fois encore, au fond de son cœur, elle l'a toujours su : il ne pourrait ou n'oserait jamais établir un contact direct avec Ofer, mais avec l'histoire de la vie d'Ofer, peut-être que si.

Un Ilan d'un naturel gai et spontané surgit dans l'existence d'Ofer. Un Ilan dont elle aimait bien la personnalité. Il se roulait par terre pour chahuter avec le petit garçon, jouait au foot et à chat dans le salon, ou le jardin, courait autour de la maison, Ofer juché sur ses épaules, en criant à pleins poumons, arpentait le couloir avec l'enfant perché sur le bout de ses orteils, beuglait à l'unisson des rengaines ridicules.

Ils faisaient des grimaces drôles ou effrayantes devant la glace. Ilan collait sa figure à celle d'Ofer, nez contre nez, et le premier qui riait avait perdu. Il disparaissait dans la cuisine pour en ressortir le visage couvert de farine et de ketchup. Ils faisaient les fous dans la baignoire, des batailles d'eau dans de grandes éclaboussures !

– Tu aurais dû voir l'état de la salle de bains quand ils avaient fini. On aurait cru la scène d'un attentat terroriste !

– Et Adam ?

– Adam, oui... (Curieux comme il revient toujours à Adam.) Bien sûr qu'Adam était le bienvenu dans leurs jeux, il n'était pas exclu. C'est compliqué...

Elle croise les bras sur sa poitrine. Quand Adam était là, on aurait dit qu'Ofer et Ilan se retenaient, refrénaient un peu leurs folies, leur exubérance, afin de supporter le bavardage incessant d'Adam, son flot de paroles, qui souvent se transformait en violence physique, une volée de coups de poing et de talon contre les deux autres, sous n'importe quel prétexte, une insulte imaginaire. Il pouvait piquer une colère noire, se jeter par terre, marteler le sol des mains et des pieds, voire de la tête – Ora s'en souvient avec horreur –, pendant qu'Ilan et Ofer s'efforçaient de le calmer, le consoler, le flatter.

– C'était touchant de voir Ofer, du haut de ses deux ans, caresser son frère, s'accroupir près de lui et se pencher pour tenter de le réconforter sans paroles.

«Adam ne pouvait pas comprendre ce qui se passait, c'était trop difficile, et plus il essayait de se rapprocher, plus les deux autres paraissaient s'éloigner. Son angoisse augmentait d'un cran et le volume sonore aussi. Que pouvait-il faire d'autre ? Il n'avait à sa disposition pour exprimer ses désirs qu'un seul outil, celui qu'Ilan lui avait fourni !

Ora secoue la tête, furieuse. Pourquoi n'était-elle pas intervenue ? Elle s'était montrée si faible, immature !

– Je crois qu'il suppliait simplement Ilan de lui revenir, renchérit-elle, de renouveler l'alliance, en quelque sorte. Ilan, je pense, a permis à Ofer d'être lui-même, il l'aimait tel qu'il était. Il avait même renoncé à porter ses jugements cinglants, afin de l'aimer inconditionnellement, sans mesure.

Ce faisant – elle le sait, mais ne peut l'exprimer à haute voix –, il tournait le dos à Adam. Impossible de le présenter autrement. Elle est sûre qu'Avram comprendra exactement ce qui c'est passé. Qu'Avram est capable d'entendre les sons inaudibles et les silences.

Ilan ne le faisait pas exprès, bien sûr. Il n'aurait jamais voulu laisser la situation se détériorer. Il aimait beaucoup Adam. Mais c'était arrivé. Par sa faute. Ora l'avait senti, Adam aussi, et il n'était pas impossible que même le petit Ofer l'ait deviné également. L'attitude d'Ilan n'avait pas de nom, ce glissement furtif, subtil, terrible. À cette époque, l'atmosphère de leur foyer était saturée de cet abus de confiance si profond, si tordu que même à présent, vingt ans plus tard, elle est incapable de lui attribuer un nom précis.

Un matin – Adam avait environ cinq ans –, Ilan lui avait servi un œuf à la coque et des tartines grillées. Adam se pourléchait les lèvres entre chaque bouchée en déclarant : « Tartines câlines. »

C'était leur jeu préféré, avant la naissance d'Ofer, à quoi Ilan rétorquait aussitôt : « Nectarine opaline. »

Adam éclatait de rire et ripostait après réflexion : « La mandarine est dans la cuisine. »

Et tous deux de se tordre de rire.

« Bravo, mais il faut vite t'habiller, si tu ne veux pas être en retard.

– Et te mettre en pétard.

– Dans la manche comme une avalanche, lançait Adam pendant qu'Ilan lui enfilait sa chemise.

– Tu es le meilleur, Adamon!

– Mes chaussettes dans mes souliers, comme mon pied à l'étrier, poursuivait Adam, tandis qu'Ilan lui laçait ses chaussures.

– À ce que je vois, tu as de la ressource.

– Ça coule de source!»

Sur le chemin de l'école, ils longeaient le terrain de jeu de Tsour Hadassah, quand Adam aperçut un orang-outang sur le toboggan et un jaguar sur la balançoire. Ilan, l'esprit ailleurs, marmonna quelque chose comme: «Adam devient poète», à quoi Adam répliqua: «Réputation surfaite.»

À Ora venue chercher Adam le soir, l'institutrice lui apprit en souriant qu'Adam avait vécu une journée très spéciale: il avait parlé en rimes toute la journée, et la contagion avait gagné certains de ses camarades, mais il était indubitablement le plus doué. «Aujourd'hui, l'école bruissait de rimes, elle fourmillait de poètes en herbe, n'est-ce pas, les enfants?»

Adam fronça les sourcils et déclara non sans irritation: «Les garçons et les filles partent en vrille et jouent aux billes.»

Pendant le chemin du retour, sur la bicyclette, il enlaça sa mère plus étroitement qu'à l'ordinaire, répondant à ses questions par des bouts-rimés. Elle lui demanda d'arrêter, sa patience ayant des limites. «Il n'y a plus qu'à accepter», dit-il. Il cherchait à l'énerver, pensa Ora, qui évita de surenchérir.

Il continua à la maison. Ora le menaça de ne plus lui parler jusqu'à ce qu'il change de comportement. «Battement, chuchotement, subitement!» Il regarda *Joli Papillon* à la télévision. Et quand Ora vint le voir, un peu plus tard, elle le trouva penché en avant, les poings crispés sur les cuisses, remuant les lèvres après la tirade de chaque personnage, à qui il répondait en rimes, comprit-elle.

Elle l'emmena en promenade, dans l'espoir qu'une sortie en voiture lui aérerait les neurones et l'aiderait à oublier cette étrange lubie. Près de Mevo Beitar, elle lui montra des couvreurs réparant les tuiles, juchés sur un toit. «Huile, pile, exploit, adroit.» En passant devant l'épicerie, il s'écria «Pâtisserie» après une pause angoissée. Elle freina pour laisser passer un vieux chien poussif. Silence pesant sur le siège arrière. En l'observant dans le rétroviseur, elle le vit remuer les lèvres, au bord des larmes, parce qu'il ne trouvait pas de rime pour «chien». «Bien», lui suggéra-t-elle à mi-voix. Il soupira, soulagé. «Et rien», ajouta-t-il très vite.

«Alors, comment ça s'est passé à l'école aujourd'hui?» s'enquit-elle quand ils se furent réfugiés dans leur repaire secret, près des berges de la rivière Ma'ayanot. «Drôle, frivole, traviole», lâcha-t-il. «Maintenant, tais-toi et écoute ce que j'ai à te dire», dit-elle en posant un doigt sur ses lèvres. «Contredire, interdire», marmonna-t-il en lui jetant un regard apeuré. La tristesse et le désespoir qu'elle lut dans ses yeux l'inquiéta. Il semblait la supplier de garder le silence, que tout le monde se taise et ne produise plus jamais un seul son. Elle le serra très fort dans ses bras. Il se laissa aller avec raideur, la tête enfouie dans son cou. Elle essaya de le calmer, mais si elle avait le malheur de s'oublier à prononcer un mot, il répondait automatiquement par une rime. Elle le ramena à la maison, lui prépara à dîner et lui donna son bain, remarquant que, même si elle observait un silence prudent, il inventait des rimes avec le bruit de l'eau, le claquement d'une porte, l'indicatif annonçant le flash infos à la radio du voisin.

En le réveillant le lendemain matin – en fait, elle avait prié Ilan de s'en charger, mais il avait refusé. «Bonjour, mes petits cœurs!» s'écria-t-elle avec une gaieté forcée en pénétrant dans la chambre des enfants. Elle entendit Adam bredouiller, la bouche contre l'oreiller: «Bambou, hibou!» Les brumes du sommeil qui voilaient ses yeux se dissipèrent, exprimant une indicible terreur. Il se redressa: «Qu'est-ce qui cloche chez moi?» dit-il d'une petite voix. «Qu'est-ce qui est moche en moi? C'est qui le mioche en moi?» ajouta-t-il sans lui laisser le temps de répondre. Il tendit les bras pour qu'elle le prenne contre elle. «Je ne veux plus parler! cria-t-il. Affoler, annuler, articuler.»

Ilan était à la porte, de la mousse à raser sur les joues. Adam le désigna du doigt:

«Frimousse, pamplemousse.

– *Je ne sais plus quoi faire !* souffla Ora à Ilan en français.

– Foncer, coincer ! »

Le soulagement d'Ora fut de courte durée, quand elle comprit qu'il cherchait des rimes avec « français ».

« Que t'arrive-t-il, mon chéri ? demanda Ilan, la mine sévère.

– Cri, pourri, rabougri ! »

Adam soupira et se cacha la figure dans le cou d'Ora, comme pour y chercher refuge.

– Cela a duré environ trois mois, commente Ora. Il cherchait des rimes pour chaque phrase, chaque mot, quoi qu'on lui dise, quoi qu'il entende autour de lui. Une vraie machine. Un robot.

– Et alors, qu'avez-vous fait ?

– On a fait la sourde oreille. Pour ne pas l'énerver. Nous avons feint l'indifférence.

– Tu te rappelles ce film... Nous étions allés le voir tous les trois à Jérusalem.

– Oui, *David et Lisa.* "Que vois-tu quand tu me regardes ?"

– "Je vois une fille qui sent la vanille."

– Trois mois à faire rimer tout et n'importe quoi à la maison, répète Ora, sidérée.

Elle réprime à grand-peine un soupir de tristesse. Elle brûle d'envie de retourner en arrière pour en discuter avec Ilan, essayer de comprendre ce dont souffrait Adam, retourner le problème en tous sens, dans la cuisine, enlacés sur le canapé du salon, devant la télévision muette, ou au cours d'une de leurs promenades vespérales autour du pâté de maisons.

Elle se rappelle brutalement qu'il n'y a plus d'Ilan.

Chaque matin, quand elle ouvre les yeux et avance la main avec précaution à ses côtés, la réalité la frappe au cœur : elle est seule. Sa vie ne rime plus avec rien.

– Du matin au soir, jour après jour, et la nuit aussi, sans arrêt. Et brusquement, plus rien, presque à notre insu, ça lui a passé, comme toutes les autres manies qu'ils ont eues, Ofer et lui. C'est comme ça ! On croit que c'est pour toujours, qu'ils seront désaxés leur vie durant, qu'Adam parlera continuellement en rimes, qu'Ofer dormira éternellement avec une clé à molette sous son lit pour frapper les Arabes quand ils débarqueront, ou portera son costume de cow-boy jusqu'à soixante-dix ans, et puis un jour on remarque que depuis quelque temps ce qui nous rendait fous, nous déprimait depuis des mois, a disparu, *pouf*, comme par enchantement !

– Il voulait frapper les Arabes ?

– C'est une autre histoire. Ton fils avait une imagination débordante.

– Ofer ?

– Oui.

– Mais pourquoi... pourquoi les Arabes ? Il lui est arrivé quelque chose avec...

– Non, non. C'était dans sa tête.

Ils longent l'École d'agriculture du mont Meron. Avram remplit leurs gourdes à une fontaine qui s'élève là. Ora remarque que l'eau déborde du goulot. Le sourire aux lèvres, il reste figé sur place, les yeux fixés sur le bois dont ils viennent d'émerger. Elle suit son regard et aperçoit la chienne jaune débouchant des arbres, pantelante. Ora verse de l'eau dans une assiette, qu'elle pose par terre. « C'est ton bol », lui rappelle-t-elle. Elle la remplit autant de fois que nécessaire. Après avoir acheté à une buvette – seulement lorsque le propriétaire a accepté d'éteindre la radio – trois hot-dogs pour la chienne, des sandwiches et des bonbons pour eux-mêmes, ils reprennent leur ascension. Le haut-parleur de la base militaire toute proche émet des appels destinés aux techniciens, aux chauffeurs, ou aux spécialistes des transmissions. Cette présence massive leur porte sur les nerfs. Ils évitent délibérément les couples de randonneurs croisés sur le sentier. Des gens comme nous, médite Ora avec une pointe de jalousie, à peu près de notre âge, de gentils bourges s'évadant du train-train quotidien le temps d'une journée, pour se ressourcer au sein de la nature, une escapade loin du bureau et des enfants. Ils doivent penser la même chose de nous deux. Au fait, il s'est vraiment inquiété quand j'ai mentionné la peur qu'avait Ofer des Arabes. Quels vieux démons ai-je donc réveillés ?

Ils se rendent à l'observatoire sur les hauteurs du Meron. *Restauré par la famille et les amis du lieutenant Uriel Peretz, que sa mémoire soit bénie, né à Ofira le 2ᵉ jour de Kislev 5737 (1977), mort au Liban le 7ᵉ jour de Kislev 5738 (1998). Il fut éclaireur, soldat, amoureux de la Torah et de son pays*, déchiffre Avram. Ils portent leur regard vers le nord, en direction du Hermon voilé de brume pourpre, la vallée de Houla et la ligne verte des monts Naphtali. Ils se congratulent avec une orgueilleuse modestie, tâchant d'évaluer la distance parcourue. Une vigueur nouvelle, inaccoutumée les anime, l'exercice leur a fortifié les mollets. Quand ils se débarrassent des sacs, il leur semble qu'ils flottent dans l'air.

– On dort ici?

– Il risque de faire froid. Mieux vaut pousser un peu plus loin et redescendre par la piste.

Avram s'étire et secoue les bras.

– J'aimerais d'abord faire le tour du sommet, même s'il ne figure pas sur l'itinéraire.

– Allons-y! Sortons des sentiers battus! approuve-t-elle d'un ton joyeux.

Ils décrivent une boucle autour de la cime, la chienne les précédant, pour une fois. De temps à autre, elle pile pour les attendre, les incitant du regard à la suivre avant de reprendre sa course. Une odeur de terre et de fleurs imprègne l'air. Du lierre grimpe aux troncs, et les flammes écarlates des arbres de Judée jaillissent entre les chênes et les aubépines. De minces branches, tels les doigts d'une main grande ouverte, émergent des racines d'un arbousier massif, dont le bois dépourvu d'écorce, aux couleurs et à la texture presque indécentes, rappelle le corps nu d'une femme.

Ora s'arrête net.

– Il faut que je te dise quelque chose. Il y a longtemps que cela me turlupine. Tu veux bien?

– Ora!

– Quand j'ai dit au revoir à Ofer au point de rassemblement, il y avait une équipe de télévision. On nous a filmés.

– Et?

– Le journaliste lui a demandé s'il avait quelque chose à me dire avant son départ. Alors, avec un grand sourire, Ofer m'a réclamé ses plats préférés, je ne sais plus quoi, et puis il m'a chuchoté quelque chose à l'oreille, devant les caméras et tout.

Avram patiente.

– Il m'a dit que...

Ora prend une profonde inspiration, les lèvres crispées.

– Que si... s'il...

– Oui ? fait Avram pour l'encourager, les membres raidis, prêt à parer le coup.

– Si quelque chose lui arrivait – tu entends ? –, si quelque chose lui arrivait, il voulait qu'on s'en aille.

– Quoi ?

– "Tu me promets que vous quitterez le pays."

– Il a dit ça ?

– Mot pour mot.

– Vous tous ?

– Je suppose. Je n'ai pas eu le temps de...

– Et tu as promis ?

– Je ne crois pas. Je ne sais plus. J'étais sous le choc.

Ils se remettent à marcher, courbant l'échine. « Si je suis tué, a chuchoté Ofer, partez. Fichez le camp, il n'y a rien de bon à attendre ici. »

– Le pire, c'est qu'il ne cédait pas à une impulsion subite. C'était réfléchi. Il avait longuement ruminé dans sa tête.

Avram foule le sol d'un pas lourd.

– Attends, ralentis !

Il s'essuie la figure et le crâne, ruisselants de sueur. Ces quatre mots : *Si je suis tué.* Comment a-t-elle pu les prononcer ? Comment lui étaient-ils sortis de la gorge ?

– À l'époque où Adam était à l'armée, je me rappelle, il voulait qu'en cas de malheur on érige un banc à sa mémoire en face du Sous-Marin.

– Quel sous-marin ?

– Le Sous-Marin Jaune, une discothèque à Talpiot, où il joue parfois avec son groupe.

426

Ils avancent sans prêter attention aux autres randonneurs. Un peu plus tard, ils s'arrêtent près d'un ancien pressoir à vin en pierre, rempli d'eau de pluie, où barbotent des salamandres. Le sol est jonché d'herbes folles mâchonnées par les sangliers. Ils s'assoient en silence, le temps de récupérer.

– Par moments… comment dire… je ne peux pas m'empêcher de penser, pendant que nous marchons, que je fais aussi mes adieux au pays.

– Tu ne le quitteras pas, affirme Avram, horrifié. Tu ne peux pas !

– Je ne peux pas ?

– Viens, on s'en va ! fait-il, les mâchoires serrées, broyant les mots et les pensées.

Il veut lui dire que seulement ici, dans ce paysage, au milieu des pierres, des cyclamens, en hébreu, sous le soleil, elle a un sens. Mais cela lui paraît sentimental et sans fondement, aussi préfère-t-il se taire.

Ora se relève. Ofer a peut-être deviné quelque chose à propos d'Avram. Et s'il voulait lui transmettre un message : Si la même chose m'arrive à moi aussi, la génération suivante, plus rien ne te retient ici ?

– De toute façon, ajoute-t-elle à mi-voix, si je quitte quelque chose, ce ne sera peut-être pas que le pays.

– Ora…

Sa bouche tremble si fort qu'elle doit se mordre les lèvres.

– Oublie ce que j'ai dit : c'est dommage de gâcher ce merveilleux paysage !

Avram se traîne à ses côtés, les jambes de plomb, accablé par un fardeau trop lourd. Une idée lui traverse l'esprit – est-ce pour cette raison qu'elle me parle d'Ofer, afin que quelqu'un se souvienne de lui ?

Ora s'oblige à briser la chape de silence.

– Avram…

– Oui, Ora'leh ?

– Tu sais quoi ?

Distrait de ses sombres pensées, il sourit vaguement. Tu peux me demander ce que tu veux, pense-t-il, le cœur débordant de tendresse.

– Non, quoi ?

– Demain ou après-demain, j'aimerais bien te couper les cheveux.
– Qu'est-ce qu'ils ont, mes cheveux?
– Rien. Une envie comme ça. L'inspiration des hauts sommets, peut-être?
– Je ne sais pas. On verra. J'y penserai.

L'air est pur et vif. Des cistes à fleurs rose et blanc bordent le sentier. Elle passe constamment du coq à l'âne, s'avise-t-il, elle s'éparpille dans toutes les directions.

– Qui te coupe les cheveux, d'ordinaire? insiste-t-elle avec une légèreté de ton soigneusement calculée.
– À une époque, il y a longtemps, j'avais un ami coiffeur sur Ben Yehouda, qui me rendait ce petit service.
– Oh!
– Dernièrement, c'est Neta, tous les six mois environ. Effectivement, j'en aurais bien besoin, ajoute-t-il en passant les doigts dans ses longs cheveux clairsemés, décoiffés par le vent.
– Tu ne sentiras rien. Ça ne fait pas mal, tu sais.

Des cupules de glands craquent sous leurs pieds. Une brise fraîche les environne. Le bosquet est émaillé d'anémones rouge, bleu et violet. Une intimité encore vacillante se rétablit entre eux, cahin-caha.

– Tu sais, dit Ora, depuis avant-hier, dès que nous avons un peu surmonté le choc, quand j'ai senti que tu allais mieux, toi aussi…
– c'était bien avant-hier, n'est-ce pas?
– Oui?
– C'est ça, j'avais noirci quelques feuilles de mon carnet. Depuis ce moment-là, le décor, les fleurs, les rochers, la couleur de la terre, la lumière aux différentes heures du jour – elle fait un grand moulinet du bras –, tout, toi, les histoires que je te raconte, nous deux, cette jacinthe-là – elle désigne la fleur de la tête –, j'essaie de graver tout ce que je vois dans ma mémoire, on ne sait jamais…

Elle esquisse une grimace de clown, Avram reste de marbre.

– Ce pourrait être la dernière fois…
– Il ne lui arrivera rien, Ora, tu verras, il va s'en sortir.
– Tu me le promets?

Avram lève les sourcils.

Elle lui allonge une bourrade sur l'épaule.

– Allez, ne te fais pas prier. Tu ne veux pas rendre une vieille dame heureuse ?

Ils parviennent à un autre observatoire panoramique, dédié à Yosef Bukish, bénie soit sa mémoire, tombé au champ d'honneur le 25 juillet 1997 :

> *Il y a tant de belles choses sur terre*
> *Les fleurs, les animaux, la nature, l'humanité*
> *Qui garde les yeux grands ouverts*
> *Verra chaque jour des merveilles par milliers !*

LEAH GOLDBERG

Souviens-toi ! pense Avram, tandis que son cerveau en ébullition se heurte aux parois de son crâne. Cette tête que tu as vidée, effacée, souillée, que tu as remplie d'ordures, de saletés, va désormais engranger chacun des mots qu'elle prononce, tout ce qu'elle te raconte sur Ofer. C'est le moins que tu puisses faire ! La seule chose que tu as à lui offrir, c'est ta maudite mémoire malade.

– Et s'il était influencé par l'opéra d'Adam ? suggère-t-il avec circonspection, au bout d'un moment.

– Sur l'exil ? Quand tout le monde part ?

– Peut-être.

Ora sent sa poitrine se marbrer de rouge. Elle a envisagé l'hypothèse. Et voilà que lui aussi. La vitesse avec laquelle il apprend à tisser des fils dans sa trame à elle est proprement stupéfiante. Ils titubent un peu. À leurs pieds, s'étalent la réserve naturelle du mont Meron, de vertes terrasses, des forêts et des collines rocheuses. Avram repense à la femme qui déroule une pelote rouge derrière elle. Peut-il s'agir d'un cordon ombilical qui sortirait d'elle et se déploierait à l'infini ? Il imagine des hommes, des femmes, des enfants s'écoulant des villes et villages, des *kibboutzim* et des *moshavim*, chacun raccordant son cordon au sien. Il se figure une tapisserie écarlate recouvrant la vallée en contrebas, elle s'y accroche comme un filet, un fin lacis vermeil luisant au soleil.

– Marcher ainsi a quelque chose de spécial, n'est-ce pas ? observe Avram un peu plus tard.

– Pas mal de choses, en effet ! ironise Ora, perdue dans ses pensées.

– Non, je veux dire, le fait même de marcher, d'aller d'un point à un autre, sans emprunter un raccourci. C'est comme si la piste nous apprenait à aller à son rythme.

– C'est tellement différent de mon quotidien, avec les voitures, le micro-ondes, l'ordinateur, où on peut décongeler un poulet entier en pressant un bouton, ou envoyer instantanément un message à New York. (Elle tend les bras, inspirant l'air vif de la montagne.) Progresser à petits pas me convient parfaitement. Et si on passait notre vie à marcher, marcher sans jamais arriver nulle part ?

S'écartant du chemin, ils tombent sur un petit carré de verdure, riant et frais, où ils s'étalent sur le dos contre la terre tiède, face au soleil. À cette heure de l'après-midi, un bec-de-grue, une fois le travail de pollinisation terminé, laisse choir ses pétales azurés avant de mourir, près de la tête d'Ora. La montagne, sous elle, lui insuffle une énergie tellurique, rocheuse, primitive. La chienne, couchée à distance, se lèche consciencieusement. Avram sort de son sac le bonnet d'Ofer portant l'inscription *Les gars du bataillon Shelah, compagnie C* et s'en couvre la figure. Ora se protège à son tour le visage d'un chapeau. La chaleur la rend somnolente. Un profond silence règne alentour. Un petit scarabée fouille les feuilles mortes des coquelicots, près de ses doigts. Non loin de son genou, un iris se hâte de séduire les successeurs du défunt bec-de-grue en déployant à son tour ses boutons bleus.

– Tout à l'heure, murmure Ora sous son chapeau, quand nous regardions la vallée de Houla depuis l'observatoire, les champs de toutes les couleurs, c'était si beau, je me suis rendu compte que, pour moi, ce pays, c'était toujours comme ça.

– Comme quoi ?

– À chacune de nos retrouvailles, c'est un peu comme un au revoir.

Dissimulé sous son chapeau, Avram revoit la page déchirée d'un journal arabe qu'il avait trouvé dans le seau des latrines de la prison d'Abbasiya. Entre les traînées d'excréments, il avait réussi à déchiffrer un entrefilet relatant l'exécution de plusieurs secrétaires d'État ainsi que de quinze maires de Haïfa et de sa banlieue, sur la grande place de Tel-Aviv. Pendant des jours et des nuits, il était convaincu qu'Israël n'existait plus. Il finit par comprendre la supercherie, mais quelque chose s'était brisé en lui.

Il ouvre grands les yeux et se rappelle les interminables virées en voiture dans les rues de Tel-Aviv, avec Ora et Ilan, après sa sortie de l'hôpital. Tout était bien réel, plein de vie, et, en même temps, on aurait dit une vaste mise en scène.

« D'accord, c'est très joli de dire comme Herzl : *Si vous le voulez, ce ne sera pas une légende*, avait-il objecté à Ora, au cours d'une de ces promenades, mais si on n'en a plus envie ? Si on n'a plus la volonté de vouloir ?

– De vouloir quoi ?

– Que ce ne soit plus une légende. »

Un vol de perdrix s'élève à tire-d'aile d'un bosquet voisin, d'où émerge la chienne, frustrée.

– À ces moments-là, poursuit Ora, je me dis que c'est mon pays, et que je n'ai nulle part où aller. Où pourrais-je vivre, d'ailleurs ? Y a-t-il un autre endroit au monde où tout et n'importe quoi me taperait sur le système comme ici, et puis qui voudrait de moi ? En même temps, je sais qu'il n'a aucune perspective d'avenir, ce pays, aucune. Tu comprends ?

Elle ôte le chapeau de son visage et se redresse, surprise de le découvrir assis sur son séant, occupé à la dévisager.

– Si on réfléchit, si on raisonne en termes de chiffres, de faits et d'histoire, sans se bercer d'illusions, il n'a aucune chance, dit-elle.

Tout à coup, comme dans une mauvaise représentation théâtrale, des douzaines de soldats déboulent au petit trot dans la prairie, sur deux rangs qui se scindent pour contourner Ora et Avram. Leurs T-shirts trempés de sueur proclament *Formation des élèves officiers du RMAT*. Trente ou quarante gaillards, la mine harassée, se traînent

derrière une frêle blondinette qui galope devant eux en chantant une rengaine exaspérante :
– *Tem-em-em-em-em !*
À quoi ils répondent par un rugissement rauque :
– Tous pour notre jolie Rotem !
– *Tem-em-em-em !*
– Tous au combat pour Rotem !

Que répliquer à un gamin de six ans, le petit Ofer maigrichon qui, un matin, pendant que vous l'emmenez à l'école à vélo, vous agrippe la taille et demande avec circonspection : « Maman, qui est contre nous ? » Et tandis que vous vous évertuez à deviner ce qu'il a en tête, il insiste avec impatience : « Qui nous déteste dans le monde ? Quels pays sont contre nous ? » Alors bien sûr, désireuse de préserver sa vision innocente et dépourvue de haine de l'existence, vous lui rétorquez que ceux qui sont contre nous ne nous haïssent pas forcément, que nous sommes juste fâchés avec certains des pays qui nous entourent à propos d'un tas de choses, un peu comme ses petits camarades d'école qui se disputent, ou même se battent, parfois. Ses petites mains crispées autour de votre ventre, il exige les noms des pays ennemis, et il y a une telle détermination dans sa voix, ses genoux pointus s'enfoncent si fort dans votre échine, que vous commencez à les énumérer : « La Syrie, la Jordanie, l'Irak, le Liban. Mais pas l'Égypte – nous sommes en paix avec les Égyptiens ! précisez-vous joyeusement. On s'est beaucoup bagarrés, mais aujourd'hui, nous sommes réconciliés. » S'il savait que c'est à cause de l'Égypte qu'il est venu au monde ! Il exige des éclaircissements, cet enfant a le sens pratique et attache une grande importance aux détails. « Les Égyptiens sont vraiment nos amis ? » « Pas exactement, admettez-vous. Ils ne veulent pas l'être à cent pour cent. » « Ils sont donc contre nous », décrète-t-il sentencieusement. Sans transition, il veut savoir s'il y a d'autres « pays d'Arabes » et ne lâche pas prise avant que vous ne les ayez tous répertoriés : « Arabie Saoudite, Libye, Soudan, Koweït, Yémen. » Vous sentez ses lèvres remuer dans votre dos, comme s'il mémorisait les noms au fur et à mesure, alors vous ajoutez l'Iran – pas vraiment des Arabes, mais pas vraiment des amis non plus. Au bout d'un moment, il demande s'il y en a d'autres, et vous marmonnez : «Maroc, Tunisie, Algérie», puis vous vous rappelez l'Indonésie, la Malaisie, le Pakistan, l'Afghanistan, probablement aussi l'Ouzbékistan et le Kazakhstan – tous ces *stans*-là sonnent lugubrement à vos oreilles. «Nous sommes arrivés à l'école, ma puce!» Et quand vous l'aidez à descendre de bicyclette, on dirait que son corps pèse beaucoup plus lourd.

Les jours suivants, Ofer s'intéressa de très près aux informations. Il interrompait ses jeux pour écouter à la radio le bulletin diffusé toutes les heures, sans oublier le flash chaque demi-heure. À pas feutrés, tel un espion, il se glissait subrepticement devant la porte de la cuisine pour écouter la radio, constamment allumée. Elle voyait son petit visage se tordre dans un mélange de colère et d'épouvante chaque fois qu'il était question d'un Israélien victime d'un attentat. «Tu es triste?» lui demanda-t-elle un jour qu'il sanglotait à fendre l'âme après l'explosion d'une bombe dans un marché de Jérusalem. Il tapa du pied: «Je ne suis pas triste, je suis en colère! Ils tuent les gens! Bientôt, il n'y aura plus personne!» Elle s'efforça de le rassurer: «Nous avons une armée très forte, et il y a de grands pays très puissants qui nous protégeront.» Ofer accueillit cette nouvelle avec scepticisme. Il voulut savoir où se situaient exactement ces fameux pays amis. Ora ouvrit un atlas: «Là, ce sont les États-Unis d'Amérique, par exemple, ici, c'est l'Angleterre, et voilà encore de bons amis à nous, tu vois?» Elle désigna d'un geste large certains États d'Europe en qui, personnellement, elle n'avait guère confiance. Il ouvrit des yeux ronds, confondu par la bêtise crasse de sa mère: «Mais ils sont très loin! Tu as vu combien de pages il y a entre ici et là!»

Quelques jours plus tard, il lui demanda de lui montrer les pays qui étaient «contre nous». Elle rouvrit l'atlas et les inventoria les uns après les autres. «Attends! On est où, nous?» s'enquit-il, plein d'espoir: peut-être ne figuraient-ils pas sur cette page? Elle pointa Israël de l'auriculaire. Un étrange gémissement s'échappa des lèvres d'Ofer. Il s'accrocha à elle de toutes ses forces, se démenant tel un enragé pour se frayer un chemin jusqu'à elle, comme s'il voulait rentrer de nouveau dans son ventre. Elle le serra étroitement contre sa poitrine, le câlina en murmurant des paroles de réconfort. Il ruisselait d'une sueur aigre, celle d'un vieillard. Quand elle réussit à lui relever le menton, la lueur qu'elle décela dans ses yeux lui noua les entrailles.

Les jours suivants, il manifesta un calme inhabituel. Même son frère ne réussit pas à l'égayer. Ilan et Ora firent de leur mieux pour le distraire. Ils tentèrent de l'allécher par la promesse d'un voyage en Hollande pendant l'été, un safari au Kenya – en vain. Il se repliait sur lui-même, déprimé, amorphe. Ora comprit alors que son propre bonheur dépendait de la lumière dont rayonnait son fils.

« Son regard…, dit Ilan. Je n'aime pas ce que je lis dans ses yeux. Ce n'est pas le regard d'un enfant.

– Quand il nous observe ?

– Nous ou n'importe quoi ! Tu n'as pas remarqué ? »

Elle l'avait évidemment remarqué. Mais comme toujours – « tu me connais, confesse-t-elle à Avram tandis qu'ils redescendent du Meron, tu sais comment je me comporte en pareil cas » – elle aimait mieux ne pas y penser, faire l'autruche, ne pas le clamer haut et fort, au cas où tout rentrerait dans l'ordre. Ilan, lui, n'hésiterait pas à l'exprimer, le définir, le formuler en termes clairs et précis, tout deviendrait bien réel, et prendrait une ampleur démesurée.

« C'est comme s'il savait quelque chose que nous n'avons pas encore le courage de…

– Ne t'inquiète pas ! Ça va lui passer. C'est normal de s'angoisser à cet âge.

– Ce n'est pas ça, Ora, je t'assure.

– Tu te souviens quand Adam avait trois ans, il se demandait si les Arabes existaient encore la nuit ?

– Cette fois, c'est différent, Ora. J'ai l'impression que…

– Et si on organisait une journée au ranch qu'il…

– J'ai vraiment l'impression qu'il nous regarde comme…

– Un perroquet ! s'écria Ora, désespérée. Tu te rappelles le jour où il nous a demandé de lui acheter un…

– Comme si nous étions condamnés à mort. »

Par la suite, Ofer exigea des chiffres. Il fut impressionné, voire rassuré d'apprendre qu'Israël était peuplé de quatre millions et demi d'âmes. La proportion lui parut énorme, mais, au bout de deux jours, une nouvelle idée germa dans sa tête. C'était un garçon terriblement rationnel et pragmatique. (Encore un trait qu'il n'a hérité d'aucun de nous deux!)

Il voulait savoir «combien ils étaient contre nous». Il s'entêta jusqu'à ce qu'Ilan lui trouve la population exacte de chaque pays musulman du monde. Ofer enrôla Adam, et ils s'enfermèrent dans leur chambre pour se plonger dans les calculs.

– Que faire d'un gamin qui découvre brutalement la dure réalité de la vie et de la mort? demande Ora à Avram, au moment où ils dépassent une stèle à la mémoire d'un soldat druze.

Sergent Salah Kassem Tafesh, Dieu venge son sang! lit Avram du coin de l'œil – Ora hâte le pas sans s'arrêter. *Tombé au Sud-Liban lors d'un accrochage avec des terroristes, le 16 Nissan 5752, à l'âge de 21 ans. Ton souvenir est gravé dans nos cœurs.*

– Que faire d'un gamin comme lui? répète-t-elle, les lèvres pincées.

Un enfant qui s'achète avec son argent de poche un petit carnet à spirale orange où, chaque jour, il consigne au crayon les chiffres actualisés de la population d'Israël après la dernière attaque terroriste. Pendant le *seder* de Pessah, chez les parents d'Ilan, il fond soudain en larmes parce qu'il ne veut plus être juif, on nous tue tout le temps, on nous déteste, la preuve, les fêtes ne parlent que de ça. Les adultes échangent un regard. «Voilà un argument difficile à réfuter», marmonne un beau-frère. «Ne sois pas paranoïaque!» lance sa femme. Et quand il cite: «*À chaque génération, ils se lèvent contre nous pour nous détruire*», elle rétorque que ce n'est pas scientifiquement prouvé et que nous devrions reconnaître notre responsabilité envers ceux qui «*se lèvent contre nous*». La discussion dégénère toujours en dispute. Ora qui, comme d'habitude, se sauve à la cuisine sous prétexte d'aider à la vaisselle, est stoppée net dans son élan en surprenant le regard d'Ofer braqué sur les adultes qui se querellent, horrifié par leurs doutes, leur naïveté, les yeux embués de larmes brûlantes et prophétiques.

«Regarde-les! avait dit Avram un jour, au cours d'une de leurs longues promenades en voiture dans les rues de Tel-Aviv, après son retour. Les gens marchent dans la rue, ils parlent, ils vocifèrent, ils lisent le journal, ils vont à l'épicerie, ils s'installent au café… – il énuméra pendant plusieurs minutes tout ce qu'il voyait par la fenêtre – pourtant j'ai comme l'impression que c'est du théâtre! Histoire de se prouver que ce lieu est bien réel!

– Tu exagères! avait répondu Ora.

– Je ne sais pas. J'ai peut-être tort, mais je ne pense pas que les Américains ou les Français aient besoin de se prouver en permanence que l'Amérique, la France, ou l'Angleterre existent.

– Je ne comprends pas…

– Ces pays existent sans qu'on ait tout le temps besoin de *vouloir* qu'ils existent. Ici…

– Mais quand j'observe autour de moi, objecta-t-elle d'une voix un peu rauque, haut perchée, tout me semble parfaitement naturel et normal. Un peu dingue, d'accord, mais normal.»

Parce que moi, je l'ai observé d'ailleurs, songea Avram avant de rentrer dans sa carapace.

– Le lendemain, à son réveil, poursuit Ora, Ofer était parvenu à une conclusion et à une solution: désormais, il serait anglais, et tout le monde l'appellerait John, et il ne répondrait plus au nom d'Ofer. "Parce que personne ne *les* tue, et qu'ils n'ont pas d'ennemis, expliqua-t-il. J'ai demandé à la maîtresse, et Adam me l'a confirmé. Le monde entier est ami avec les Anglais." Il a donc décidé de parler anglais, ou plutôt ce qu'il croyait être de l'anglais, une sorte de charabia d'hébreu avec un accent britannique. Pour plus de sûreté, il avait fortifié son lit avec des couches de livres et de jouets, des tranchées de peluches, et la nuit il dormait avec une lourde clé à molette sous son oreiller.

«Un jour que j'ai jeté un œil sur son carnet, j'ai constaté qu'il écrivait partout "Arobes". Quand je lui ai appris que le mot s'orthographiait avec un a, il n'en a pas cru ses oreilles. "Je pensais que c'était A-robes, parce qu'ils n'arrêtent pas de nous dérober des choses." Et puis il a découvert qu'il existait des Arabes israéliens. À ce stade, je ne savais plus si je devais rire ou pleurer ! Il s'est aperçu que ses calculs étaient faux, et qu'il devait retrancher les Arabes israéliens de la population totale.

« Il s'est fâché tout rouge, a trépigné de rage, s'est jeté par terre en hurlant : "Qu'ils s'en aillent ! Qu'ils retournent chez eux ! Pourquoi ils sont venus ici ? Ils n'ont pas un pays à eux ?"

« Et alors il a piqué une crise, un peu comme celle du végétarisme à quatre ans. Il brûlait de fièvre et, pendant presque une semaine, j'ai été dans un état de désespoir total. Une nuit, il a même cru qu'il y avait un Arabe avec lui.

– Dans son corps ? demande Avram, horrifié, en détournant la tête.

D'instinct, Ora sent qu'il lui cache quelque chose.

– Non, dans sa chambre. Il délirait, avait des hallucinations.

Elle en a la chair de poule et se dit qu'il faut faire attention, seulement elle ne sait pas trop pourquoi. On dirait qu'Avram se pétrifie. Son regard de condamné se durcit.

– Tu es sûr que ça va ?

Les yeux d'Avram trahissent la honte, l'épouvante et la culpabilité. Une fraction de seconde, Ora croit comprendre ce qu'elle entrevoit ; l'instant d'après, elle écarte cette idée. Un Arabe dans son corps… Que lui ont-ils fait là-bas ? Pourquoi n'en parle-t-il jamais ?

– Je n'oublierai jamais cette nuit, affirme-t-elle, espérant dissiper l'effroi qui se peint sur la figure de son compagnon. Ilan effectuait sa période de réserve au Liban, dans le secteur oriental. Il est resté absent quatre semaines. Adam dormait avec moi, pour qu'Ofer ne le dérange pas. Adam manquait de patience envers Ofer pendant cet épisode. Il ne voyait pas que son frère avait peur. Imagine un peu : Ofer avait… voyons… six ans, et Adam déjà neuf et demi. On aurait dit qu'il lui reprochait de craquer. Toute la nuit, j'ai veillé Ofer, brûlant de fièvre, abattu. Il croyait toujours voir un Arabe dans la chambre, assis sur le lit d'Adam, dans le placard, sous son propre lit, ou l'épiant par la fenêtre. De la folie ! J'ai fait mon possible pour le calmer, j'ai allumé la lumière, je lui ai apporté une torche électrique, pour lui prouver qu'il n'y avait personne. J'ai aussi tenté de

lui expliquer deux ou trois choses, de remettre les faits en perspective
– moi, la grande spécialiste. Je lui ai tenu une conférence sur l'histoire du conflit au beau milieu de la nuit, tu imagines !

– Et alors ? demande Avram, la mine défaite.

– Rien. On ne pouvait même pas lui parler. Il était dans un tel
état – tu vas rire ! – que j'ai failli appeler Sami le chauffeur, tu sais,
celui qui…

– Oui.

– Pour lui expliquer, comment dire ? Lui démontrer qu'il avait
beau être arabe lui aussi, il n'était pas son ennemi, il ne le détestait
pas, et n'avait pas non plus l'intention de s'approprier sa chambre.

Elle s'interrompt, se rappelant avec amertume le dernier trajet
avec Sami.

– À neuf heures, le lendemain matin, Ofer avait rendez-vous chez
le docteur. À huit heures, après avoir envoyé son frère à l'école, je
l'ai emmitouflé dans son manteau, je l'ai installé dans la voiture et
nous sommes partis, en direction de Latrun.

– Latrun ?

– J'ai le sens pratique.

Le visage dur et fermé, elle avait monté les marches, parcouru
l'allée de gravier, déposé Ofer au centre de l'immense esplanade des
Corps blindés et lui avait enjoint de regarder.

Il avait plissé les yeux à cause du soleil hivernal. Des dizaines
de tanks, anciens et modernes, s'alignaient tout autour, les canons et
les mitrailleuses braqués sur lui. Elle lui prit la main et ils s'approchèrent de l'un des plus gros, un Soviet T-55. Ofer, surexcité, pila
juste devant. Elle lui demanda s'il avait la force de grimper dessus.
« Je peux ? » questionna-t-il, surpris. Elle l'aida à atteindre la tourelle
où elle le rejoignit. Il se redressa en cherchant à reprendre son équilibre et promena un regard effrayé alentour :

« C'est à nous ?

– Oui.

– Tu veux dire, tout ça ?

– Oui, et on en a plein d'autres, des tas. »

Ofer agita les bras au-dessus du demi-cercle de tanks. Certains n'étaient plus en service depuis la Seconde Guerre mondiale, crapauds en métal et tortues en acier, vieux trophées ayant traversé trois guerres au moins. Il demanda à monter sur un autre véhicule, puis un autre, et encore un autre Il toucha les chenilles, les platesformes de tir, les compartiments des moteurs et transmissions, il chevaucha les canons. À dix heures et demie, ils s'attablèrent au restaurant de la station-service de Latrun, où Ofer dévora une énorme salade grecque et une omelette de trois œufs.

– Il était peut-être un peu primitif, mon traitement éclair, mais il a indéniablement marché. De plus, à l'époque, je pensais que ce qui était assez bon pour tout un pays était assez bon pour mon fils.

Au centre d'une clairière, au pied d'un immense chêne solitaire, un homme est étendu sur le sol, la tête sur une pierre, un sac à dos est posé à côté de lui, et le carnet bleu d'Ora dépasse de l'une des poches. Perplexes, ils s'arrêtent à sa hauteur, craignant de le réveiller, mais irrésistiblement attirés par le calepin. Ora ôte ses lunettes et les fourre dans la banane qu'elle porte à la taille. Elle passe rapidement les doigts dans ses cheveux pour y mettre un peu d'ordre. Quelques échanges de regards et froncements de sourcils plus tard, ils n'ont toujours pas compris comment l'homme a réussi à les prendre de vitesse. Ora envie la confiance tranquille avec laquelle il s'abandonne sans défense dans cet espace découvert. Son visage mat, viril, a l'air si vulnérable ! Les lunettes rouges reposent sur sa poitrine, tel un grand papillon attaché à son cou par une cordelette.

Avram indique par gestes à Ora que, si elle est d'accord, il s'en va extirper le carnet de son cocon douillet. Elle tergiverse.

Mais Avram s'approche déjà et, avec l'habileté d'un pickpocket, il le repêche délicatement, avant de signifier à Ora qu'ils ont intérêt à décamper sans tarder s'ils ne veulent pas se perdre en explications oiseuses avec quelqu'un qui, lors de leur première rencontre, avait fâcheusement mentionné les récentes nouvelles.

Ora serre le carnet sur son cœur, s'imprégnant de sa chaleur. L'homme dort toujours. Il ronfle, la bouche entrouverte, produisant des sons légers, doux comme de la laine, bras et jambes nonchalamment écartés. L'épaisse touffe de poils argentés qui émerge du col de sa chemise réveille chez Ora une brusque envie d'y poser la tête, de s'abandonner à ce sommeil profond, contagieux. Elle cède à une impulsion, déchire la dernière page du calepin et griffonne : *J'ai récupéré mon carnet. Au revoir, Ora.* Elle hésite et ajoute son numéro de téléphone, au cas où il réclamerait des éclaircissements. Alors qu'elle se penche pour glisser le message dans le sac, son regard est attiré par les deux alliances jumelles, l'une à l'annulaire, l'autre à l'auriculaire.

Ils détalent en vitesse, enchantés du succès de leur ruse, l'œil pétillant d'une malice enfantine. Tout en marchant, elle feuillette son carnet, étonnée du nombre de pages qu'elle avait noircies cette nuit-là, au bord de la rivière, et les survole avec le regard de l'inconnu.

Ils retrouvent le sentier qui serpente joyeusement dans la descente. La chienne gambade à leurs côtés, parfois les précédant, puis s'immobilise net, sans raison aucune. Assise sur son arrière-train, elle tourne la tête en haussant les sourcils vers Ora, qui l'imite.

– Elle est contente, tu vois ? Elle nous sourit.

Dans la descente, au milieu des éboulis, une question lui taraude l'esprit. Elle n'a pas pu écrire autant en une seule nuit. Quelques mètres plus loin, elle fait halte devant un gigantesque rocher à la mystérieuse forme rectangulaire, tire le calepin de son sac, rechausse ses lunettes et tourne les pages.

– Regarde ! C'est son écriture !

Avram se penche sur la feuille, le front plissé.

– Tu crois ? J'ai l'impression que...

Elle approche le carnet de ses yeux. On dirait son écriture, une version masculine plus exactement : des lettres bien droites, nettes, penchées du même côté.

– Elle ressemble à la mienne à s'y méprendre, convient-elle avec la désagréable impression d'avoir été surprise toute nue.

Elle revient en arrière et doit s'y reprendre à deux, trois fois, avant de retrouver le passage où s'opère le changement d'écriture, à la suite de sa dernière phrase : *On dirait une petite cellule clandestine au cœur de « la situation » ! Et c'était vraiment le cas. Pendant vingt ans.*

Vingt bonnes années. Jusqu'à ce que nous tombions dans le piège. Et immédiatement après – il n'a même pas tourné la page, ni sauté une ligne, quel culot ! – elle se met à lire : *Sur les bords de la rivière de Dishon, j'ai rencontré Gilead, 34 ans, électricien, joueur de djembé à ses heures, originaire d'un* moshav *du Nord. Il vit aujourd'hui à Haïfa. Nostalgique du passé : « Papa était agriculteur (noix de pécan), les mauvaises années, il faisait toutes sortes de petits boulots. À une époque, il collectait des planches dans les décharges des chantiers de construction et les vendait à un Arabe d'un village voisin. »*

– C'est quoi ce truc ? demande-t-elle en enfonçant le carnet dans la poitrine d'Avram. Qu'est-ce que ça veut dire ?

Elle reprend sa lecture d'une voix étranglée :

– *"Le bois, vous voyez – il faut savoir comment le traiter. On ne peut pas simplement l'entreposer quelque part. Il faut entasser les grosses planches sur les grosses, les petites sur les petites, poser des briques au sommet pour éviter qu'elles se gondolent. Mais d'abord, il faut retirer les clous. Je venais avec papa, la nuit, dans la cabane où il gardait son bois..."* Qu'est-ce que c'est ? De quoi parle-t-il ?

Les yeux clos, Avram lui fait signe de poursuivre.

– *"Papa portait un maillot de corps bleu tout troué. On attachait un pied-de-biche à une poignée et, avec un ciseau en métal, on écartait deux planches clouées ensemble, on s'arc-boutait, papa à un bout, moi à l'autre. Une fois les planches séparées, on extrayait les clous avec l'autre côté du marteau. Ça durait des heures, sous l'ampoule nue du plafond. Ça me manque de ne plus travailler avec lui, tous les deux ensemble."*

« Ce n'est pas fini. Écoute. Ça continue : *"Quant aux regrets... c'est plus délicat. Je regrette beaucoup de choses (rire). Je veux dire... Est-ce que les gens se confient à vous comme ça ? Voilà : à un moment donné, j'avais un billet pour partir travailler en Australie dans une ferme de coton. J'avais le visa et tout – et puis j'ai rencontré une fille. J'ai tout annulé. Mais elle en valait la peine. Ce n'est donc qu'un regret mitigé."*

Surexcitée, Ora tourne les pages, les parcourant en diagonale. Elle s'arrête à un passage, qu'elle lit tout bas :

– *"Tamar, ma chérie, quelqu'un a perdu un carnet contenant l'histoire de sa vie. Je suis presque certain d'avoir rencontré cette personne en descendant la rivière. Elle avait l'air mal en point. Peut-être même en danger (elle n'était pas seule). Depuis ce moment-là, je t'ai demandé la marche à suivre, mais tu n'as pas répondu. Ce qui est contraire à tes habitudes, Tami. C'est troublant. Quoi qu'il en soit, je pose les questions que tu avais soulevées à la fin : Qu'est-ce qui nous manque le plus ? Que regrettons-nous ?"*

Ora referme le carnet d'un coup sec.

– C'est qui, ce type ? Qu'est-ce qu'il fait ?

Avram se mure dans le silence.

– Un journaliste qui interviewe des gens au hasard ? Il n'en avait pas l'air.

Un médecin ! il lui avait dit qu'il était pédiatre.

Elle reprend sa lecture :

– *"Près du* moshav *Alma, j'ai rencontré Edna, 39 ans, divorcée, puéricultrice dans un jardin d'enfants à Haïfa : Ce qui me manque le plus ? Mon enfance à Zikhron Ya'aqov. Je suis une Zamarin, c'est mon nom de jeune fille, et je regrette ces jours d'innocence, leur simplicité. Tout était tellement moins compliqué, moins... psychologique ! Vous ne pouvez pas le deviner en me voyant, mais j'ai trois grands fils (rire). Ça ne se voit pas, si ? Je me suis mariée tôt et j'ai divorcé encore plus tôt..."*

Ora est fascinée. Elle compulse fébrilement les feuilles remplies de tristesse et de nostalgie.

– Je ne comprends pas ! murmure-t-elle, désappointée. Il paraissait si... comment dire ? Solide ? Simple ? Secret ? Pas le genre à... harceler les gens avec ce genre de questions.

Avram enfonce le bout de sa chaussure dans le sol sans mot dire.

– Et pourquoi dans *mon* carnet ? Il n'en avait pas d'autre sous la main ou quoi ?

Elle pivote sur ses talons, redresse la tête et se remet à marcher, le carnet pressé contre son cœur. Avram hausse les épaules, jette un coup d'œil derrière lui – personne, l'homme doit toujours dormir – et lui emboîte le pas. Il n'aperçoit pas le sourire d'incrédulité qui s'épanouit sur les lèvres d'Ora.

– Ora...
– Oui?
– Ofer n'a pas l'intention de faire un grand voyage après son service militaire?
– Qu'il le finisse d'abord! répond-elle abruptement avant de reprendre un peu plus tard : En fait si, il en a parlé. En Inde, peut-être.
Avram réprime un sourire et chasse une pensée importune.
– En Inde? Qu'il vienne me voir au restaurant, je pourrai lui apprendre un tas de choses sur l'Inde.
– Il n'a pas encore décidé. Il envisageait de partir avec Adam.
– Ensemble? Ils sont vraiment si...
– Proches, oui. Ce sont les meilleurs amis du monde, ajoute-t-elle fièrement. (Dans ce domaine au moins, elle a réussi : ses deux fils sont des âmes sœurs.)
– Est-ce que c'est... normal?
– Quoi donc?
– Pour deux frères, à cet âge...
– Ils ont toujours été inséparables, presque depuis le début.
– Pourtant, tu m'as dit que... à propos d'Ilan et Ofer...
– Ça a changé. Tout était en constante évolution en ce temps-là. Je n'aurai jamais le temps de tout te raconter.
Autant décrire les flots d'une rivière, peindre une tornade ou les flammes d'un incendie. C'est une *occurrence*, raisonne-t-elle, ravie de se rappeler l'un des mots favoris d'Avram : une famille est une perpétuelle occurrence.
Elle lui montre Adam à six ans, Ofer en a bientôt trois. Adam est étalé sur la pelouse de Tsour Hadassah, les yeux clos. Il est mort. Ofer passe et repasse la porte-moustiquaire, dont le battement réveille Ora de l'une des rares siestes qu'elle s'accorde. Un rapide coup d'œil par la fenêtre lui permet d'apercevoir Ofer apportant des cadeaux à Adam, des offrandes sacrificielles censées le ramener à la vie. Il sort

ses peluches, ses petites voitures, un kaléidoscope, des jeux de société, des billes. Il empile ses livres et vidéos favoris autour d'Adam. Il a l'air grave, inquiet, presque effrayé. Il monte et descend les marches du perron pour disposer ses précieux trésors autour de son frère. Adam ne remue pas un cil. Mais une fois son frère reparti, il soulève légèrement la tête et ouvre un œil pour examiner le dernier présent. Elle entend une respiration saccadée. Ofer remorque sa couverture préférée qu'il étale soigneusement sur les jambes d'Adam. Après quoi, il l'implore du regard et lui dit quelque chose qu'elle n'entend pas. Adam ne bouge toujours pas. Ofer serre les poings, jette un regard circulaire et rentre dans la maison. Adam agite les doigts de pied sous la couverture. Jusqu'où va-t-il pousser la cruauté ? se demande Ora. Littéralement hypnotisée, elle est incapable d'abréger les tourments de son petit garçon. Elle l'entend ahaner derrière la porte close. Il traîne quelque chose de lourd. Il remue des chaises et respire avec peine entre deux grognements. Peu après, son matelas surgit en haut des marches, par-dessus son crâne. Ofer tâte le bord de la première marche du bout du pied. Pétrifiée, Ora retient un fou rire de peur de l'effrayer et de le faire tomber. Adam entrouvre un œil et, avec une admiration mêlée de surprise, il regarde son petit frère transporter pratiquement son propre poids sur sa tête. Ofer descend les marches une à une, oscillant d'avant en arrière sous le lourd fardeau. Il se propulse les jambes tremblantes, pantelant, et finit par s'effondrer sur le matelas à côté d'Adam, qui se redresse sur les coudes et lance à son frère un regard profondément reconnaissant.

Quant à Adam, il ne s'agissait pas tant de cruauté que de mettre Ofer à l'épreuve, tester ses limites, entrevit confusément Ora de son poste d'observation – à l'époque, elle trouvait suffisamment compliqué d'être le petit frère d'Adam.

– Que veux-tu dire ? hasarde Avram.

– Un peu de patience, j'y arrive !

«Alors, tu n'es plus mort ?» demande Ofer. «Je suis vivant», répond Adam, qui bondit sur ses pieds et se met à galoper à travers le jardin, bras écartés, pour le lui prouver, Ofer caracolant sur ses talons, souriant, à bout de forces.

– Ilan a peut-être trahi Adam, mais Ofer jamais, explique Ora.

Un petit gringalet bégayant, qui enchantait tout le monde par son regard, ses grands yeux bleus, ses cheveux dorés, son merveilleux sourire. Il avait sûrement compris qu'il pouvait gagner les cœurs sans effort, par la gentillesse et la lumière qui irradiait de son visage. À l'évidence, il avait déjà noté que, partout où il allait avec Adam, les regards se détournaient immédiatement de son grand frère survolté, insaisissable et horripilant, pour se porter sur lui.

– Imagine un peu pour un gamin la tentation de se faire valoir aux dépens de son frère ! Mais il ne l'a jamais fait. Jamais. Quoi qu'il arrive, il a toujours privilégié Adam.

– Dès ses premiers pas, rappelle généreusement Avram.

– C'est juste. Tu te souviens ?

– Je me souviens de tout.

Il lui enlace les épaules, et ils cheminent, côte à côte... ses parents.

Ils ont neuf et six ans, un grand garçon élancé et son petit frère chétif. Ils jacassent comme des pies, gesticulant, rivalisant d'imagination. Des conversations singulières, complexes, à propos d'orques, de gnomes, de vampires et de zombies.

« Adam, piaille Ofer, je ne comprends pas ! Un loup-garou, c'est quelqu'un qui est né dans une famille de loups ?

– Oui, mais il peut aussi souffrir de lycanthropie », répond très sérieusement Adam.

Confondu, Ofer s'évertue à répéter le mot et s'embrouille. Adam se lance dans une longue explication à propos de la maladie qui transforme les humains, ou les quasi-humains, en humains-animaux. « Dis *lycanthropie* ! » ordonne Adam d'une voix dure. Ofer obéit docilement.

Au lit, dans le noir, ils jacassent toujours : « Est-ce que le dragon vert, qui souffle des nuages de chlore et a trente pour cent de chances d'apprendre à parler, est plus dangereux que le noir, qui vit dans les bas-fonds et les marais salants et crache de l'acide pur ? »

Les bras chargés de linge, Ora tend l'oreille par la porte entrebâillée : « Mort-Fou est une créature qui a complètement perdu la tête.

445

– Vraiment? murmure Ofer révérencieusement.

– J'ai inventé un autre truc, écoute : il peut se transformer en non-mort fou, dans le seul but de donner la mort. Ceux qu'il tue se transforment une semaine plus tard en zombies fous, et ils se promènent partout avec Mort-Fou.

– Mais ils sont réels?

– Laisse-moi finir! Une fois par jour, tous les zombies fous de Mort-Fou se réunissent pour un immense bal de mort folle.

– Mais ce n'est pas vrai, si? s'enroue Ofer.

– C'est moi qui l'ai créé; c'est pourquoi il n'obéit qu'à moi.

– Invente quelque chose pour moi aussi! Un truc contre lui!

– Demain, peut-être.

– Maintenant! Tout de suite! Sinon, je ne dormirai pas de toute la nuit.

– Demain, demain.»

Ora démêle les fils qui forment la trame de leurs voix : la peur, la froide cruauté, l'humble supplication, le pouvoir et le refus de sauver, découlant sans doute de la peur d'être sauvé soi-même. Or tout cela émane aussi d'elle-même, y compris la brutalité d'Adam, qui la hérisse, lui est étrangère, et en même temps, curieusement, l'excite et l'émoustille, comme si elle lui révélait un trait de sa personnalité qu'elle avait toujours occulté. Adam et Ofer déroulant ensemble le tréfonds de son âme en un double écheveau.

«Bonne nuit! dit Adam, qui se met à ronfler comme un sonneur.

– Adam! geint Ofer, ne dors pas, ne dors pas, j'ai peur de Mort-Fou! Je peux venir dans ton lit?»

Adam cesse ses ronflements et improvise pour lui un Skort, un Stark, ou un homme-faucon, dont il décrit les attributs et les prouesses avec force détails. Sa voix prend des inflexions tendres. L'échine parcourue de frissons, Ora sent combien il aime prendre Ofer à bras-le-corps, l'entourer de l'écran protecteur de son imagination, sa seule et unique source de pouvoir. Ce cocon, cette gentillesse, cette compassion, cette protection émanant d'Adam procèdent aussi un peu d'elle-même. Soudain, au milieu du discours d'Adam, elle entend le léger souffle d'Ofer endormi.

Ils complotent sans arrêt. Dans chaque coin de la cour et du jardin, ils installent des pièges anti-androïdes, dans lesquels Ora s'empêtre inévitablement. Ils confectionnent des créatures fantastiques avec du papier de couleur, des baguettes de bois et des clous, construisent des véhicules futuristes dans des boîtes en carton, élaborent des armes sataniques censées anéantir les méchants, voire toute l'humanité, au gré de l'humeur d'Adam. Ils cultivent dans un laboratoire ad hoc des soldats en plastique à l'intérieur de pots en verre hermétiques pleins d'eau, où flottent des pétales de fleurs fanées. Chaque soldat de cette lugubre armée fantôme a un nom, un grade, une biographie détaillée qu'ils connaissent par cœur, et une mission meurtrière dont il devra s'acquitter dès qu'il en recevra l'ordre. Des jours durant, ils construisent des forteresses en carton-pâte destinées aux dragons et autres Tortues Ninja, dressent des plans de bataille pour dinosaures, dessinent des armoiries en noir, jaune et rouge, aux teintes vénéneuses. Là encore, Adam est généralement le concepteur, l'inventeur, le Maître du Donjon, et Ofer l'elfe, le lutin espiègle, l'exécutant dévoué. À sa manière lente et réfléchie, il explique à Adam les limites de ces inventions et fabrique des briques solides pour bâtir les châteaux dans le ciel de son frère.

– Et ce n'est pas tout ! dit Ora qui écoutait et espionnait les garçons chaque fois qu'elle le pouvait. Ofer a beaucoup appris d'Adam, mais il a aussi appris sur lui.

– C'est-à-dire ? questionne Avram.

– Je ne peux pas vraiment l'expliquer, mais je le constatais. Ofer comprenait comment fonctionnait l'esprit d'Adam, qui avait l'esprit d'escalier, jouait avec l'absurde et le paradoxe. Au début, il imitait son frère comme un petit perroquet, et puis il a fini par intégrer le principe. Si Adam évoquait une marche descendant un escalier, Ofer renchérissait par un appartement déménageant une maison, des sous achetant de la monnaie, un sentier partant se promener. Ou bien il énonçait un paradoxe : un roi ordonnant à ses sujets de ne pas obéir. C'était charmant de voir comment Adam façonnait Ofer, tout en lui montrant comment s'y prendre avec lui – un garçon original, sensible et vulnérable. Il a donné à son frère la clé qui permettait de l'ouvrir et, aujourd'hui encore, Ofer est le seul à la détenir.

Son visage s'adoucit et s'illumine. A-t-elle raison de raconter ces choses-là à ce pauvre Avram, est-il vraiment capable de la suivre aussi loin, jusqu'à la courbure de son âme? Avram était fils unique, privé de père depuis sa plus tendre enfance.

– Mais il avait eu Ilan, se reprend-elle aussitôt. Ilan, son frère... Si tu les avais entendus discuter ensemble, des conversations interminables, hallucinantes. Quand j'étais là, je...

Les deux petits visages graves se tournaient vers elle avec la même mimique réprobatrice: «Maman, arrête! Va-t'en! Tu nous gênes.»

L'humiliation se mêlait à la félicité. Sa présence les importunait, ils formaient déjà un «nous». Elle se sentait à la fois coupée en deux et démultipliée.

– J'aurais encore des tas d'anecdotes à te raconter, mais il y en a une qui sort du lot, à propos de nous quatre. Tu me diras quand tu seras fatigué!

– Fatigué? s'esclaffe Avram. J'ai dormi assez longtemps, tu ne crois pas?

– C'était juste avant la bar-mitsva d'Adam. Je ne suis d'ailleurs toujours pas sûre d'avoir compris.

La chienne s'agite en grognant, le poil hérissé. Ora et Avram se retournent comme un seul homme. C'est *lui*, le type au carnet, il me poursuit, pense Ora en un éclair. Mais à quelques mètres de là, non loin d'un framboisier, deux gros sangliers les observent de leurs petits yeux en boutons de bottine. La chienne hurle, s'aplatit presque sur le sol et recule contre la jambe d'Ora. Les sangliers reniflent, les narines dilatées. Le temps est comme suspendu. Un merle siffle dans un arbre. Ora sent son corps vibrer devant une telle bestialité, elle frissonne, une émotion animale la submerge, plus violente encore que lors de l'attaque des chiens. Brusquement, les sangliers battent en retraite avec des grognements furieux, leurs corps épais se mouvant avec agilité dans une sorte de jubilation victorieuse.

«Tu as remarqué ses tics?» demanda Ilan un soir, au lit.

Elle enfouit sa tête dans le creux de son épaule. (Plus tard, Ilan la ferait pivoter, à moitié assoupie, pour se lover contre son dos. Chaque soir, dans un demi-sommeil, elle se revoyait dans les bras de son père, qui la transportait du canapé du salon, où elle s'était endormie, jusque dans sa chambre.)

«Adam? Avec sa bouche?

– Et il se tapote sans arrêt le front entre les yeux avec l'index!

– Maintenant que tu en parles...

– On devrait lui en toucher un mot, tu ne crois pas? Lui poser des questions?

– Non, non, je ne pense pas.

– Tu as raison, ça va lui passer, c'est sûr.»

Deux jours plus tard, elle s'avisa qu'Adam reniflait à tout bout de champ dans le creux de ses mains, on aurait dit qu'il voulait sentir son haleine. Il pirouettait sur lui-même, respirant à petits coups, comme pour expulser une créature invisible. Elle renonça à le signaler à Ilan. À quoi bon l'inquiéter sans raison? On verrait bien le lendemain. Le jour d'après, c'était encore autre chose : chaque fois qu'Adam touchait un objet, il soufflait sur ses doigts, puis sur ses bras jusqu'aux coudes. Il arrondissait les lèvres comme un poisson avant de parler. Elle commençait à trouver un peu suspecte cette créativité débordante, et se rappela ce que lui répétait sa mère : «Les idées noires n'en finissent jamais.» Un jour, au déjeuner, il se leva trois fois de table sous des prétextes variés et se rendit à la salle de bains d'où il revint avec les mains humides. Ora décrivit les symptômes au téléphone à Ilan, qui l'écouta en silence.

«Si on en fait une montagne, ça risque d'empirer. Mieux vaut ne pas bouger, il va se calmer, tu vas voir.»

Elle avait anticipé cette réaction. C'était d'ailleurs la raison pour laquelle elle l'avait appelé.

Le lendemain, elle découvrit qu'Adam soufflait sur telle ou telle partie de son corps chaque fois qu'il la touchait par inadvertance. Cette nouvelle règle qu'il s'imposait le contraignait à accomplir une succession de gestes, ainsi que leurs antidotes, qu'il s'ingéniait à dissimuler. Ora n'était pas dupe. Ilan non plus.

Curieux qu'ils ne l'aient pas emmené consulter, se dit Avram.

«Et si on l'emmenait voir quelqu'un? suggéra Ora à Ilan un soir, au lit.

– Qui?

– Je ne sais pas. Un professionnel, pour qu'il évalue la situation.

– Un psychologue?

– Peut-être. Histoire d'en avoir le cœur net.

– Non, non, ça ne pourrait qu'enfoncer le clou. Il croirait qu'il n'est pas…

– Pas quoi?

– Pas normal.»

Mais ce n'est pas normal, justement! pensa-t-elle.

«On attend encore un peu. Laissons-lui le temps.»

Elle voulut se blottir au creux de son épaule, mais sa tête ne trouva pas sa place. Brûlante, en nage, elle ne rencontrait la paix ni dans son propre corps ni dans celui d'Ilan. Elle se remémora alors une phrase qu'Avram avait prononcée un jour: Si l'on observe quelqu'un, n'importe qui, assez longtemps, on peut deviner les pires extrémités auxquelles il pourra se livrer dans sa vie. Elle ne put fermer l'œil de la nuit.

Le week-end suivant, ils allèrent à la plage de Beit Yannai. À peine arrivé, Adam n'arrêta pas de nettoyer tout et n'importe quoi. Il se rinça les mains un nombre incalculable de fois, récurant son matelas gonflable avec des linges humides, le retournant toutes les cinq minutes pour astiquer derechef «le coin qui a touché la mer».

À la nuit tombée, Ora et Ilan s'installèrent sur des chaises longues. Ofer jouait dans le sable. De l'eau jusqu'à la taille, Adam virevoltait sur lui-même, soufflant dans toutes les directions et effleurant chaque articulation de ses mains et de ses pieds. Un couple âgé – un homme et une femme grands, élancés, le teint hâlé, qui se promenaient bras dessus, bras dessous sur la plage – s'arrêta pour l'observer. De loin, sur un fond de ciel rougeoyant, on aurait dit qu'il exécutait une danse magique, poétique, un enchaînement de mouvements, chacun engendrant l'autre.

« Ils pensent que c'est du taï-chi », chuchota Ilan. Elle allait devenir folle, répondit Ora sur le même ton. Il posa la main sur son bras.

« Attends ! Il va se lasser. Combien de temps crois-tu qu'il va pouvoir continuer comme ça ?

– Il est totalement indifférent aux regards des autres, tu as vu ?

– Oui, ça m'inquiète un peu.

– Un peu ? Adam ? Devant tout le monde ? »

Elle songea au père d'Ilan qui, à la fin de sa vie, à l'hôpital, avait perdu toute pudeur et se déshabillait devant n'importe qui pour montrer tel ou tel endroit de son corps atteint par la tumeur.

« Ofer ne le quitte pas des yeux, tu te rends compte ! reprit Ora.

– Pense un peu à ce qu'il doit ressentir en voyant Adam dans cet état !

– Il t'en a parlé ?

– Ofer ? Non, pas du tout. J'ai tenté de lui tirer les vers du nez ce matin, quand nous étions seuls. Rien. »

Ora se força à sourire.

« Tu sais bien qu'il ne lâchera jamais son frère. »

Adam embrassa le bout de ses doigts et se palpa la taille, les cuisses, les genoux et les chevilles dans l'eau. Il se redressa, pivota sur ses talons et se remit à souffler dans toutes les directions.

« Qu'arrivera-t-il à la rentrée, en septembre ?

– Nous n'y sommes pas encore ! C'est dans deux mois. Ça sera passé d'ici là.

– Et sinon ?

– Mais si !

– *Et si ce n'est pas le cas ?*

– Ce n'est pas possible ! »

Ora replie les genoux sur sa poitrine, retient sa respiration et dévisage longuement Avram. Lequel a des fourmis dans les jambes et ne tient plus en place.

Adam semblait s'éloigner de jour en jour. Ora broyait du noir, elle avait le sentiment que ses sombres pensées couvaient depuis un bout de temps. Pendant la journée, elles s'amoncelaient telles des ombres dans sa tête. La nuit, dans un demi-sommeil, elle s'évertuait à les dissiper jusqu'à tomber d'épuisement, et alors elles s'abattaient sur elle sans pitié. Ilan l'éveillait d'une caresse en la serrant contre lui. Il l'exhortait à respirer lentement, jusqu'à ce qu'elle s'apaise.

« J'ai fait un cauchemar. »

Le visage enfoui contre la poitrine d'Ilan, elle refusa qu'il allume, craignant qu'il ne lise dans ses yeux ce qu'elle avait vu : elle avait croisé Avram dans la rue, tout de blanc vêtu, mortellement pâle. Il lui avait dit d'acheter le journal. Elle avait bien essayé de l'arrêter pour lui demander de ses nouvelles, pourquoi il avait pris ses distances, mais il s'était écarté avec dégoût et lui avait tourné le dos. Un gros titre annonçait qu'Avram prévoyait de faire la grève de la faim devant la maison d'Ora jusqu'à ce qu'elle accepte de lui remettre l'un de ses fils.

Adam avait besoin d'une nouvelle paire de baskets pour la rentrée scolaire, mais Ora repoussait constamment cette corvée. Il la suppliait aussi de l'emmener choisir un cadeau pour Ofer. Deux semaines plus tôt, elle aurait été ravie de l'accompagner – « Et quand on aura terminé, on ira au café, d'accord ? » –, à présent, elle se défilait, avançant de si piètres excuses qu'il finit par comprendre et n'insista pas.

Chaque jour apportait son lot de nouveaux symptômes. Adam haussait précipitamment les épaules et écartait les bras avant de se mettre à parler. Il fermait et ouvrait les poings dès qu'il disait « moi ». La fréquence de ses ablutions augmenta. Au cours d'un seul repas, il pouvait se laver les mains et la bouche cinq à dix fois d'affilée.

« On va appeler quelqu'un ! » décida Ilan, un soir de shabbat, après avoir surveillé Adam toute la journée, y compris pendant les trois repas.

Adam refusa d'en entendre parler, c'était prévisible. Il se roula par terre en hurlant qu'il n'était pas fou et qu'on le laisse tranquille. Ils s'évertuèrent à le convaincre, mais il s'enferma dans sa chambre et tambourina contre la porte pendant un long moment.

«On va attendre un peu, décida Ilan alors qu'ils se tournaient et se retournaient dans leur lit, incapables de trouver le sommeil. Le temps qu'il s'habitue à l'idée.

– Combien de temps? Combien de temps peut-on attendre?

– Disons... une semaine?

– Non, c'est trop. Vingt-quatre heures, quarante-huit au maximum.»

Les jours suivants, elle resta complètement paralysée devant Adam. Son enfant se muait en une série de mécanismes. Au cours des heures qu'elle passait à la maison avec lui – quand elle ne trouvait pas de prétexte pour sortir prendre l'air, absorber comme un élixir les mouvements bien huilés, harmonieux des passants, ravaler son envie en regardant les enfants de son âge profiter librement de leurs vacances – elle voyait sa vie découpée en tranches distinctes, dont les corrélations se distendaient de plus en plus. Il semblait parfois que ses gestes – les «phénomènes» comme Ilan et elle les appelaient – étaient les tendons et les nerfs retenant ensemble les différentes composantes de l'enfant qu'il avait été.

– C'est arrivé sous nos yeux, chez nous, commente-t-elle tant pour Avram que pour elle-même. Il suffisait de tendre le bras pour le toucher, mais il n'y avait rien à saisir. Nos mains se refermaient sur du vide.

– Aha...

– Dis-moi si je t'ennuie.

Il lui jette un regard qui signifie: Arrête de dire des bêtises.

Elle hausse les épaules: Comment veux-tu que je le sache? Après toutes les années de silence que j'ai connues avec toi? objecte-t-elle pour elle-même.

Ils dressent leur bivouac à Ein Yakim, la source de la rivière Amoud, près d'une station de pompage datant du Mandat britannique. Ora dispose les couverts et les provisions sur une nappe étalée par terre. Avram va chercher du bois et édifie un cercle de pierres autour du foyer. La chienne gambade dans le torrent, secoue sa fourrure pour en exprimer l'eau qui retombe en myriades de gouttelettes, et pose sur eux un regard joueur. Avant de manger, ils lavent à la source leurs chaussettes, sous-vêtements et T-shirts, qu'ils étendent ensuite sur les buissons pour les faire sécher au soleil. Avram fouille dans son sac à dos, déniche une large chemise indienne, un *sharwal* propre, et va se changer derrière un buisson.

Le lendemain, alors qu'elle était seule à la maison avec Adam, il lui parla avec fièvre d'un de ses jeux vidéo préférés. Elle tâcha de se concentrer et de partager son enthousiasme, mais la tâche était ardue : à présent, il haletait à la fin de chaque phrase. Il se mordait les joues après certaines lettres – elle crut comprendre qu'il s'agissait des consonnes sifflantes, mais la règle comportait peut-être des exceptions, qui exigeaient leurs pénalités propres. Les phrases interrogatives entraînaient un nouveau tic : la lèvre supérieure se retroussait vers le nez.

Dans la cuisine où ils se trouvaient, elle lutta contre le malin plaisir de tordre la bouche dans une grossière imitation. Du moins saurait-il à quoi il ressemblait. Il comprendrait ce que les autres voyaient, à quel point c'était difficile à supporter. Elle réussit à se contrôler de justesse, se rappelant que telle avait été l'attitude de sa mère après Ada. Elle avait été perturbée elle aussi, présentait des troubles physiques, quoique moins graves.

Devant le regard inquisiteur, clairvoyant d'Adam, elle le serra impulsivement dans ses bras. Voilà des semaines qu'elle s'en abstenait. Il rabrouait tout le monde, et elle n'essayait même plus, rebutée par ce corps étranger. Peut-être avait-elle la vague impression qu'elle ne toucherait pas une peau tiède, mais une carapace épaisse et dure. Elle l'embrassa sur les joues, le front. Quelle idiote elle avait été de l'éviter, de partager ses phobies, alors qu'il avait tant besoin de tendresse ! De fait, comme un raz-de-marée, il émergea soudain de sa coquille, se plaqua contre elle, sa petite tête nichée sur sa poitrine. Elle répondit avec enthousiasme, son pouvoir, sa vitalité lui revenaient, elle le sentait. Dire qu'elle s'était résignée ! Qu'elle avait même envisagé de livrer son enfant entre les mains d'un étranger sans lui apporter cette chaleur si simple, si naturelle ! Elle se jura de lui donner désormais tout ce qu'elle possédait, elle lui dispenserait son pouvoir de guérison, son aptitude à soulager les corps, ses massages relaxants. Comment avait-elle pu les lui refuser si longtemps ? Elle ferma les yeux en serrant les dents pour éviter de tomber dans le piège des larmes. Elle se rappela ce qu'Ilan lui avait expliqué un jour : il manifestait sa tendresse aux garçons un cran plus bas qu'il le souhaitait, parce que, de toute façon, c'était toujours un peu plus que ce qui leur était nécessaire. Ilan et ses théories ! Elle l'embrassa encore sur le front. Il esquissa une moue adorable, voulant dire : Est-ce que je peux en avoir un spécial ?, qui la submergea de joie. Le « spécial » était un vieux rituel entre les garçons et elle. Il y avait des années qu'ils n'en voulaient plus, mais de voir Adam avancer les lèvres de la sorte la fit s'esclaffer de plaisir, non dénué d'embarras – il avait presque treize ans et l'ombre d'une moustache –, mais il en avait tellement envie qu'il n'y avait plus de frein. Il l'embrassa avec élan, d'abord sur la joue droite, puis sur la gauche, le bout du nez et le front. Ora jubilait : elle allait le remettre dans le droit chemin par ses baisers. Il baissa les yeux et sourit, signifiant qu'il en voulait davantage. Il l'embrassa de nouveau sur la joue droite, la gauche, le bout du nez et le front. « À mon tour ! » fit Ora. « Une dernière fois ! » plaida Adam. Il prit son visage dans la coupe de ses mains. Ora sentit sa nuque se raidir. Il lui plaqua des bises sèches, brutales sur la joue droite, la gauche, le bout du nez et le front. Elle voulut s'écarter, mais il resserra l'étau de ses doigts. « Arrête ! Qu'est-ce qui te prend ? » Il esquissa une grimace d'incompréhension, puis de dépit, et ils se firent face un long moment entre la table et l'évier. Adam toucha les commissures de ses lèvres, puis le point au milieu du front avant de souffler sur ses mains, la droite d'abord, puis la gauche, tandis que ses yeux s'emplissaient d'un liquide épais et trouble. Il recula, la surveillant d'un regard méfiant, comme s'il craignait qu'elle ne l'agresse. C'était exactement le regard d'Ofer, le jour où il avait découvert qu'elle mangeait de la viande, se souvint-elle. Le même éclair de compréhension – l'hypothèse de la dévoration – qui était passé entre eux avait traversé le cortex cérébral d'Ofer, pareil à une circonvolution primitive. Comment l'expliquer à Avram ? Cet instant entre une mère et son enfant ? Elle s'y emploie pourtant, jusqu'au moindre détail, pour qu'il sache, qu'il souffre, qu'il le vive, qu'il s'en souvienne. Les yeux d'Adam s'agrandirent au point de lui manger le visage. Il marchait toujours à reculons, la fixant intensément. Avant de sortir, il lui adressa un dernier regard, froidement lucide, qui voulait dire, du moins le comprit-elle ainsi : Tu aurais pu me sauver. Et maintenant, je m'en vais.

Finalement, après force pressions et menaces – le priver de son ordinateur s'avéra très efficace –, ils surmontèrent les résistances d'Adam et l'emmenèrent consulter un psychologue.

Celui-ci les convoqua au bout de trois séances.

«Adam est un garçon intelligent doté d'un énorme potentiel. Il a un caractère bien trempé. Très fort... En fait, poursuivit-il sur un ton moins assuré, il est resté assis là, sur cette chaise, pendant trois heures sans dire un mot.

– Il n'a pas parlé? s'étonna Ora. Et ses tics?

– Pas de tics non plus. Il était immobile comme une statue. Il me regardait sans presque ciller.»

Quand Ilan était adolescent, il avait boycotté toute sa classe, se rappela Ora.

«L'expérience a été éprouvante, analysa le psy. Trois séances entières. J'ai tout essayé, mais il y a en lui une résistance... C'est un bunker, un sphinx, conclut-il, les poings serrés.

– Que suggérez-vous? demanda Ilan sur un ton acerbe.

– On pourrait bien sûr tenter quelques séances de plus, répondit l'homme en évitant de les regarder. Je veux bien essayer, mais je dois dire qu'il y a quelque chose dans l'interaction...

– Expliquez-nous ce que nous devons faire! coupa Ilan – les veines de ses tempes bleuissaient. Je veux que vous me disiez avec des mots simples ce-que-nous-faisons-maintenant!»

Ora, désespérée, vit le visage d'Ilan se fermer comme une porte de prison.

Le psychologue battit des paupières.

«Je ne suis pas certain qu'il existe une solution immédiate. J'essaie

de réfléchir à haute voix avec vous. Cela pourrait éventuellement mieux marcher avec un autre thérapeute ? Une femme, peut-être ?
– Une femme ? dit Ora, qui se sentit visée. Pourquoi donc ? »

Un soir qu'elle classait ses reçus en vue de sa déclaration de revenus car elle devait, tous les deux mois, notifier le salaire perçu à la clinique de physiothérapie – « Mais, en principe, pas les patients que je reçois à domicile », confie-t-elle non sans fierté avec un air de conspiratrice, à Avram (dire qu'il n'a même pas de carte d'identité !) –, Adam lui avait demandé de l'aider à ranger sa chambre. C'était une démarche pour le moins insolite, surtout à ce moment-là – sa chambre était un véritable chantier –, mais elle devait terminer sa déclaration. « Tu tombes mal, ronchonna-t-elle, agacée. Tu ne pouvais pas venir tout à l'heure, quand j'étais libre, non ? Pourquoi moi seule suis-je corvéable à merci dans cette maison ? »

Adam s'éloigna en gesticulant, englué dans ses tics. Ora tenta de se remettre au travail, mais impossible de se concentrer. Elle trouvait affligeant qu'il n'ait pas insisté, qu'il soit reparti sans rien dire, comme s'il savait qu'il ne pouvait gaspiller une once d'énergie.

Tout en calculant son kilométrage et ses notes de frais, elle imaginait Adam se morfondre de désespoir et de solitude dans sa chambre. Elle sentait que sa désintégration la contaminait à son tour et que, bientôt, cela pourrait détruire son couple, toute la famille. Nous sommes si faibles ! se désola-t-elle, regardant d'un œil vide les piles de papiers rangées devant elle. Pourquoi restons-nous paralysés au lieu de nous battre ? On dirait – cette pensée l'accablait – que c'est... voyons ? Une punition ? Pour quoi ?

– Pour *toi*, nous nous étions démenés comme des enragés, annonce-t-elle à Avram.

Avram se raidit, les doigts serrés autour de sa tasse, absorbé par les derniers jeux de lumière sur l'eau.

Ora se leva et se rua dans la chambre d'Adam, en proie à un mauvais pressentiment. Elle le découvrit planté au milieu de la pièce qu'il partageait avec Ofer, entouré d'une montagne de vêtements, jouets dépareillés, cahiers, serviettes, balles, etc. Il était comme pétrifié, le corps légèrement penché en avant.

« Qu'est-ce qui t'arrive, Adam ?

– Je ne sais pas. Je suis coincé.

– Tu as mal au dos ?

– J'ai mal partout. »

Il avait dû faire un faux mouvement, alors qu'il tentait de compartimenter chacun de ses gestes, et se retrouver piégé sur la touche arrêt. Ora le prit dans ses bras, lui frotta le cou et l'échine. Il lui fallut un long moment pour le dégeler, comme avec Avram, autrefois, pendant les séances de rééducation, ou avec ses patients, chez qui elle accomplissait des miracles, restaurant la mémoire corporelle, rejouant la musique gestuelle. Quand Adam finit par se dénouer un peu, elle l'installa sur une chaise et se laissa tomber sur le tapis, à ses pieds.

« Tu souffres encore ?

– Non, ça va mieux.

– Allez, on va s'y mettre tous les deux ! »

Ramassant objets et vêtements, elle les lui tendit pour qu'il les range à leur place. Il s'exécuta, évoluant comme un robot entre placards et étagères avant de revenir vers elle. Elle s'abstint de commenter son comportement, se bornant à l'observer en silence.

Rentré sur ces entrefaites d'une semaine de vacances chez ses grands-parents à Haïfa, Ofer se joignit joyeusement à l'opération. Soudain, on aurait dit que la pièce était inondée de lumière, que les mauvaises pensées battaient en retraite. Même le visage d'Adam s'illumina. Sachant à quel point Ofer était un maniaque de l'ordre et de la propreté, Ora n'en revenait pas qu'il ait laissé Adam transformer la pièce en dépotoir. Depuis un mois il ne lui avait fait aucun reproche. Il était peut-être temps de leur attribuer des chambres séparées. Ils en avaient parlé l'année précédente, mais elle savait ce que cela signifierait pour Adam, et ne doutait pas qu'Ofer refuserait une fois de plus.

Grâce à Ofer, la corvée se transforma en jeu. Ora s'intéressait à chaque chose qu'elle pêchait dans la pile, Adam et Ofer répondaient à ses questions. Tous trois gloussaient de plaisir. Adam esquissait un sourire pincé, les lèvres serrées, ce qui le soumettait à une série de contorsions annulant sans doute les bienfaits du rire. Deux heures durant, assise par terre, Ora tria la culture matérielle de leur enfance. Jeux délaissés depuis des lustres, dessins, devoirs scolaires, cahiers fatigués, piles hors d'usage, vieux bulletins de vote qu'Ora leur avait rapportés de l'isoloir, albums consacrés à des joueurs de football ou des stars de télévision, chaussures de sport éculées, Lego, porte-bonheur divers et variés, boglins et autres monstres hideux qui constituaient leur monde à une certaine époque, armes, fossiles, affiches déchirées, serviettes, chaussettes trouées. Ils refusèrent de se séparer de certains jeux et jouets, s'offusquant à l'idée qu'elle ose suggérer de les donner à des enfants plus jeunes et moins gâtés. Ora découvrit les relations affectives complexes qu'entretenaient ses fils avec un ours en peluche chauve, un serpent en caoutchouc particulièrement répugnant, une petite torche électrique cassée qui leur rappelait des équipées nocturnes qu'elle n'aurait jamais soupçonnées derrière leur porte close, quand elle les croyait couchés.

Peu à peu, en dépit des disputes et du marchandage à propos d'un objet cassé, du T-shirt mité d'une obscure équipe de foot espagnole, la pièce se vida. Ils remplirent d'énormes sacs-poubelles, à donner ou à jeter, qu'ils entassèrent derrière la porte. Adam avait l'air soulagé : ses gestes étaient plus arrondis, presque fluides. Il déambulait dans la pièce sans que ses tics habituels l'empêchent de marcher ou de parler. Pas de virgules ni de points d'interrogation ponctués d'un coup de coude ou de genou. Les rangements terminés, Ora se leva et commanda une pizza. Alors Adam s'approcha pour l'embrasser. Un simple petit baiser ordinaire.

Le répit fut de courte durée.
– Comme dit Ilan : "Le bonheur est toujours prématuré."
– Ce n'est pas d'Ilan, c'est de moi !
– De toi ?
– Mais oui ! Tu as oublié que je répétais toujours…
La chienne relève la tête et fixe Avram, d'un œil surpris. Ora observe

459

la petite tempête qui l'agite. C'est *ça* qui te rend furieux, hein? À cause de ce qu'il t'a emprunté?

– Après cette accalmie, reprend-elle, Adam a recommencé à se laver la bouche et les mains au lavabo; on pouvait presque voir la corde raide sur laquelle il marchait.

Cette fois, c'en était trop. Sur le point d'exploser et de lui jeter toutes ses rancœurs à la figure, Ora lâcha sa part de pizza, abandonna les garçons qui bavardaient comme d'habitude, et s'enferma dans le bureau. Elle s'assit à la table, piquant du nez sur les quittances et les factures.

L'esprit embrumé, elle faillit appeler Ilan pour lui demander de rentrer. Elle voulait qu'il la prenne dans ses bras, avant qu'elle ne s'effondre. Pourquoi perdait-il son temps à travailler, alors que tout s'en allait à vau-l'eau dans cette maison? Il n'était presque jamais là. Il partait tôt le matin, avant le réveil des garçons, et rentrait à minuit, quand ils dormaient déjà. Où es-tu? Comment pouvons-nous être inertes à ce point? Nous désagréger si vite? On dirait qu'une malédiction nous poursuit depuis des années – la revanche de la méchante fée que l'on n'a pas invitée au baptême du bébé – et nous frappe au moment où l'on s'y attend le moins. Elle n'eut pas le courage de décrocher le téléphone.

« On ne traite pas le problème », décréta-t-elle ce soir-là, allongée sur le tapis du salon, épuisée.

Vautré sur le canapé, Ilan balançait ses longues jambes sur un accoudoir. Il avait l'air fragile et exténué.

« Que nous arrive-t-il? Dis-moi! Explique-moi! Pourquoi ne pouvons-nous rien faire?

– Faire quoi, par exemple?

– L'obliger à se soigner, le traîner de force chez un médecin, un psychiatre. Je n'en sais rien. J'ai l'impression d'être tétanisée par la peur, et que tu ne m'aides pas. Où es-tu?»

Il avait l'air terrorisé. Quelque chose dans son visage, son menton, lui rappela soudain l'époque suivant la naissance d'Adam, juste avant qu'il ne prenne la fuite.

« Alors prends rendez-vous avec quelqu'un d'autre ! »

Elle serra le bras d'Ilan.

«Demain, à la première heure. Nous n'avons pas la moindre idée de ce qu'il ressent. Il se sauve quand j'essaie de lui parler. Ce doit être épouvantable pour lui, tu ne crois pas?

– Et pour Ofer aussi. Nous sommes tellement obnubilés par Adam qu'on l'oublie.

– Si c'était un danger, disons, normal, un incendie, une attaque terroriste, quelque chose d'habituel, de logique, je me précipiterais à son secours, non? Je donnerais ma vie pour lui! Mais là...»

Adam émergea de sa chambre pour aller boire dans la cuisine. Depuis le salon obscur, Ora et Ilan le regardèrent se diriger vers le réfrigérateur. Ilan s'éclaircit la gorge au moment où, après bien des efforts, Adam portait la bouteille d'eau à ses lèvres. Il se retourna, surpris.

«Hé, qu'est-ce-que-vous-faites-là? demanda-t-il d'une voix monocorde, anguleuse, bionique.

– Rien, dit Ilan. On se détend. Comment ça va, mon chéri?

– Super bien.»

Adam pivota sur ses talons et regagna sa chambre en levant les genoux comme un automate, une sorte d'imitation mécanique d'un mouvement humain, un bégaiement de l'ancien Adam.

Ora eut une brusque inspiration. Le voile se déchira et elle sut qu'Adam avait eu comme une révélation: la prise de conscience d'un nouveau pouvoir. C'était très clair! Il suffisait de le regarder pour s'en rendre compte: celui de la négation, de la déréliction, du néant qui l'aspirait et le consumait de l'intérieur.

– Voilà ce qu'Adam avait découvert, ce devait être une force incroyable, tu ne crois pas? dit-elle à Avram. La force du *non*, du non-être?

Avram ne bouge pas. Ses mains manquent de broyer sa tasse vide. Au cours des premiers mois suivant son retour – après son hospitalisation et la rééducation –, il arpentait les rues de Tel-Aviv. Il se figurait être une petite abeille noyée dans un immense essaim dont l'économie lui échappait. Et c'était très bien. Il n'avait qu'une mission: être. Il suffisait de se mouvoir, manger, déféquer et dormir. Ailleurs dans la ruche, on accumulait sans doute des émotions, des connaissances, voire une conscience collective. Ou peut-être que non, cela ne se produisait nulle part. De toute façon, il n'était pas concerné. Il n'était qu'une cellule insignifiante, interchangeable et périssable.

Parfois, mais rarement, il changeait radicalement ses habitudes : il parlait tout haut en marchant, exprès, comme s'il était seul au monde, ou comme si l'univers n'était qu'une vue de l'esprit, un produit de son imagination, dont étaient issus ces gamins qui se moquaient de lui, les vieillards qui le montraient du doigt, la voiture qui freina brutalement et pila à quelques centimètres de lui.

Quand Adam eut refermé la porte de sa chambre, Ora se releva et gagna la cuisine. Elle ouvrit le frigo avec les gestes d'Adam, porta la bouteille d'eau à sa bouche, comme il l'avait fait – coude, poignet, doigts –, referma ses lèvres sur le goulot, avala et se projeta dans l'esprit d'Adam. Alors, une fraction de seconde – assez pour toute une vie –, elle sut ce que signifiait ne pas distinguer la ligne, mais seulement les points qui la constituent, l'obscurité entre deux battements de cils, l'abîme entre un instant et le suivant.

– Oui, fait doucement Avram.

Et Ora se dit qu'il a dû oublier de respirer depuis plusieurs minutes.

Elle remit la bouteille dans le frigo en reproduisant les mouvements saccadés de son fils, oubliant Ilan, qui l'observait du canapé, dans le noir. Ici, l'hiatus entre deux pas. Là, le chuintement de la dissociation. C'était de cette manière que son petit Adam avait les yeux grands ouverts sur le monde, distinguant peut-être ce que nul n'avait le droit de voir : qu'il pouvait se désintégrer, retourner à la poussière originelle ; et voir à quel point l'édifice était précaire.

Elle retourna s'asseoir près d'Ilan, qui l'enveloppa de ses bras avec une ardeur singulière, mêlée d'admiration, lui sembla-t-il.

« Alors ? murmura Ilan. Qu'as-tu ressenti ? »

Elle ne répondit pas, craignant de se réveiller, que cela lui échappe, que le lieu où elle avait compris Adam s'efface comme un rêve.

Ora bâille, amusée de voir Avram l'imiter sans le vouloir.

– La suite demain.

Avram aimerait en apprendre davantage, mais il se lève, débarrasse les restes du dîner, rince la vaisselle et déroule son sac de couchage à côté de celui d'Ora. Il s'active en silence. Elle croit voir les pensées et les questions bouillonner sous son front. Demain, demain, se dit-elle. Elle va se soulager derrière des buissons en pensant à Shéhérazade. Ils se déshabillent dos à dos, se glissent dans leurs duvets, immobiles, les yeux ouverts, près des braises du foyer. Avram se relève pour remplir deux gourdes à la rivière et arrose les cendres avant de se recoucher.

À peine le feu éteint, toutes les créatures s'éveillent au bord de la rivière, et un chœur assourdissant de crapauds, d'oiseaux de nuit, de chacals, de renards et de criquets monte dans l'air. Ils poussent des cris plaintifs, stridents, grognent, croassent, pépient, hululent. Ora et Avram sentent le lit de la rivière bruire et s'agiter autour d'eux. Des animaux, petits et grands, détalent près d'eux, au-dessus d'eux, courant ou volant.

– Que se passe-t-il ? chuchote Ora.

– Ils sont devenus fous, on dirait.

Debout sur ses pattes, la chienne s'agite, les yeux luisants dans le noir. Ora voudrait qu'Avram s'allonge auprès d'elle, même s'il se borne à lui tenir la main, à l'apaiser d'une caresse, de sa respiration lente et tranquille, comme Ilan a coutume de le faire – avait –, mais elle préfère se taire. Surtout ne pas le bousculer. De son côté, il ne propose rien non plus. La chienne s'approche à petits pas prudents et se blottit contre elle. Ora tend la main et ébouriffe dans le noir la fourrure frémissante à cause des bruits alentour, ou parce qu'un humain la touche – un premier contact depuis si longtemps. Ora la caresse, la flatte longuement, goûtant avec délice la chaleur de ce nouveau corps, mais, incapable d'en supporter davantage, la chienne s'écarte et repart se coucher un peu plus loin, le regard braqué sur Ora.

Tous trois restent allongés en silence, quelque peu effrayés, jusqu'à ce que cesse le vacarme. Auquel succède le bourdonnement de moustiques gros et gras, qui se jettent effrontément sur le moindre centimètre de peau nue. Avram peste en se donnant de grandes claques. Ora s'enfouit dans son sac de couchage, qu'elle serre autour de son visage, ne ménageant qu'une minuscule ouverture pour respirer, et, se recroquevillant sur elle-même, elle tourne la tête dans sa position préférée, nichée au creux de l'épaule d'Ilan. Alors, de façon subtile, tel le jaillissement d'une petite source, elle se remémore avec nostalgie la maison d'Ein Karem. Elle se languit de leur demeure, des senteurs qui l'imprégnaient, de la lumière changeante selon les heures du jour s'infiltrant par les persiennes, des voix d'Ilan et des garçons résonnant dans l'espace. Elle parcourt chaque pièce, l'une après l'autre.

Quand Ofer refait surface, elle le repousse gentiment, lui assurant que tout va bien, qu'il ne s'inquiète pas, elle fait ce qu'elle a à faire, en attendant il ne doit pas penser à elle, mais prendre soin de lui là-bas, tandis qu'elle veille sur lui, ici.

Quelque mois après la séparation, elle était retournée une dernière fois dans la maison vide. Elle avait ouvert les volets et les fenêtres partout, ainsi que les robinets, arrosé le jardin négligé, roulé les tapis, dépoussiéré, balayé et lavé les sols à grande eau. Elle y avait passé la matinée, sans s'accorder de répit ni boire un verre d'eau. Une fois le ménage terminé, elle avait refermé volets, fenêtres et robinets, coupé l'électricité et elle était repartie.

Au moins, la maison est propre, pensa-t-elle. Elle n'y est pour rien si nous sommes séparés !

– Ora, ils sont pareils ?

La voix Avram la tire de sa somnolence.

– Qui ?

– Les garçons. Aujourd'hui, ils sont pareils ?

– À qui ?

– Non, je veux dire… est-ce qu'ils se ressemblent ? Leur personnalité.

Elle se redresse, se frotte les yeux et le découvre, assis dans son sac de couchage.

– Désolé de t'avoir réveillée !

– Ce n'est pas grave, je ne dormais pas vraiment. Mais qu'est-ce qui te prend tout à coup…

Sa langue tourne avec volupté autour du mot « garçons », qu'il a prononcé, comme s'il acceptait enfin le regard qu'elle porte sur eux,

jusqu'à ses inflexions de voix quand elle pense à eux. Elle le considère avec tendresse. Oncle Avram. Pourquoi pas?
– Si on faisait du thé?
– Tu en veux? demande-t-il en sautant sur ses pieds pour ramasser quelques branches dans le noir.
Elle l'entend trébucher dans les buissons, jurer, glisser sur les pierres mouillées, s'éloigner et revenir. Elle se retient de rire.
– Oui et non, répond-elle, une tasse de thé brûlante lui réchauffant les doigts et le visage. Physiquement, ils sont très différents, je te l'ai dit. En revanche, il ne fait aucun doute qu'ils sont frères. Même si Adam est plus...
– Plus quoi?
Ora s'interrompt. Dans l'état où elle se trouve, et considérant la nature de ses relations avec Adam, elle craint de s'embarquer dans des comparaisons inutiles et injustes entre Adam et Ofer. Comment peut-*elle*...
Elle soupire. La chienne se lève et vient se coucher à ses pieds.
– À quoi penses-tu? demande Avram.
– Une minute!
Elle, dont la mère ne cessait de la comparer à d'autres, y compris devant de parfaits étrangers, et presque toujours à son détriment. *Elle* qui, dès son plus jeune âge, s'était juré, si elle avait des enfants, de ne jamais, jamais...
– Ora? risque Avram. Écoute, nous ne sommes pas obligés de...
– Non, ça va. Attends une petite minute.
Bien sûr, Ilan et elle avaient souvent établi des comparaisons entre les garçons. Comment faire autrement?
– Les premières années, je trouvais intolérable le regard qu'Ilan portait sur les enfants. Lui et ses théories précises, objectives, enfin tu connais...
– Oui, oui, je sais, Ilan et ses crises de rationalisme...
– C'est exactement ça!
Elle caresse la tête de la chienne en riant.
Ses définitions à l'emporte-pièce, par lesquelles il résumait la personnalité d'Adam et d'Ofer, leurs qualités et leurs défauts, semblaient

sceller leur destin de toute éternité, négligeant les changements et le développement inhérents à l'âge. Des années plus tard – elle décide de s'en ouvrir à Avram, il peut comprendre –, oui, il lui avait fallu des années pour apprendre à réfuter ces démonstrations par des arguments non moins valables et pertinents, dans une perspective réaliste, jetant sur eux un autre éclairage, plus nuancé et généreux. Ilan semblait alors soulagé, ravi, d'approuver et d'adopter ses positions. À croire qu'elle le sauvait de quelque chose qu'il portait en lui.

– Pourquoi est-il comme ça, Avram ? Tu peux m'expliquer, toi qui le connais si bien ? (Qui le connais mieux que moi, manque-t-elle d'ajouter.) Pourquoi lutte-t-il en permanence contre lui-même ? Contre sa douceur, sa gentillesse… Pourquoi se sent-il toujours obligé de serrer les poings ?

– Avec moi, il était différent.

– Je sais.

Ils restent silencieux un moment, et les cigales en profitent pour se déchaîner. Ora se demande si, jusqu'à la fin de sa vie, elle sera condamnée à essayer de comprendre Ilan et ses illusions, ou si elle réussira à être enfin elle-même, libre de toute interférence. Loin de la consoler ou de la réjouir, cette idée l'enfonce dans une profonde mélancolie.

Elle se remémore la façon dont Ilan et elle parlaient des garçons… Ces conversations représentaient un aspect très agréable de la vie familiale, et ils ne s'en privaient pas. C'était sans doute grâce à Avram qu'ils en étaient capables, aimait-elle à croire. S'ils ne l'avaient pas rencontré, si, grâce à lui, ils n'étaient pas rompus à cet exercice depuis l'adolescence, ils seraient sans doute restés un peu coincés, gênés aux entournures. Pour cela aussi, elle lui exprimait une reconnaissance muette.

C'était surtout au hasard de leurs pérégrinations nocturnes qu'ils aimaient discuter des garçons, après le rituel du coucher. Et c'est là qu'elle entraîne Avram sans lui demander son avis, dans leur chambre sens dessus dessous pour cause de préparatifs de voyage – une plongée dans la nuit ombreuse et inhospitalière, l'exil qu'elle imposait à chaque enfant, seul dans son petit lit. Après un dernier baiser, un dernier verre d'eau, un dernier pipi, une fois la veilleuse allumée, après une ultime bise à l'ours ou au singe en peluche, après qu'Adam et Ofer avaient cessé leurs bavardages et s'étaient enfin endormis...

Quand ils habitaient encore à Tsour Hadassah, ils montaient le sentier en direction d'Ein Yoel, longeant les vergers de pruniers et de pêchers de Mevo Beitar et les vestiges des cognassiers, noyers, citronniers, amandiers et oliviers des villages arabes disparus – Ora se disait qu'elle devrait au moins chercher leurs noms un de ces jours. Parfois, ils poussaient jusqu'à Ma'ayanot, la rivière et les jardinets, où les villageois de Hussan et de Battir cultivaient aubergines, poivrons, haricots et courgettes. Lors de la première Intifada, ils évitaient de s'y rendre, préférant le chemin du bois de Mazleg.

– À l'automne, on y voit des prairies de crocus et de cyclamens. Fais-moi penser de t'y emmener un jour.

Et quand ils avaient déménagé à Ein Karem, avant même de repérer l'épicerie la plus proche, ils avaient cherché un circuit pas trop capricieux, pas monotone non plus, ni trop isolé ni trop fréquenté, où ils pourraient flâner, bavarder main dans la main, ou s'embrasser si l'envie leur en prenait. Au fil des ans, ils avaient découvert d'autres itinéraires, moins accessibles dans des oueds, au milieu des oliveraies, le long de tombeaux de cheikhs, de maisons en ruine ou d'anciens abris ou guérites. Ils partaient se promener dès qu'ils en avaient le loisir, souvent tôt le matin, une fois les enfants plus âgés et plus autonomes, quand Ofer eut appris à préparer le déjeuner qu'ils emportaient à l'école – de délicieuses omelettes ou des sandwiches – pour lui et son frère.

– Ilan n'a jamais renoncé à leur marche quotidienne, "notre promenade", comme il l'appelait, même s'il était débordé de travail.

Avram écoute et les imagine. Ilan et Ora. Un couple. Ilan doit avoir les tempes grisonnantes à présent, les cheveux d'Ora sont presque entièrement gris. Elle porte des lunettes. Ilan aussi, peut-être ? Ils marchent sur leur sentier secret au même pas, tout près l'un de l'autre. De temps en temps, elle tourne la tête vers lui. Parfois leurs mains se cherchent et s'enlacent. Ils parlent d'une voix douce. Ora rie. Ilan a

trois rides au coin des yeux quand il sourit. Ilan lui manque soudain. Il s'aperçoit avec effarement qu'il ne l'a pas revu depuis vingt et un ans.
– Je pressens presque toujours ce qu'il va dire, reprend Ora. À sa respiration au début d'une phrase, je subodore la tournure de la conversation et les mots qu'il va employer. Cela me ravit de pouvoir deviner ce que chacun pense ! Mais pas Ilan, apparemment. Il n'aime pas savoir ce que j'ai en tête avant même que j'ouvre la bouche, ou ma manière de rire avant de raconter une blague. À moins qu'il n'ait eu envie d'une pause. C'est ce qu'il avait prétexté, en tout cas. Je ne dois pas être facile à vivre, conclut-elle avec un haussement d'épaules. Au fait, j'avais commencé à te raconter autre chose... C'était quoi ? Décidément, je n'ai pas beaucoup de suite dans les idées ! Et puis je n'arrête pas de le critiquer. C'est mal, et ce n'est pas juste non plus, enfin pas toujours. Au fond, il ne le mérite pas.

Ilan et elle sur le sentier à la tombée du soir, découpant la journée en tranches qu'ils dégustent ensemble, les gardant longuement en bouche. Ils comparent leurs impressions, rajoutant une foule de détails à la grande fresque de leur vie, riant d'un rien, s'embrassant, se détachant, se disputant, se consultant sur leurs activités professionnelles respectives. Ilan ne comprenait pas grand-chose à son métier, précise-t-elle à Avram, ce qui n'est pas surprenant. Après tout, masser une cheville foulée ou redresser une épaule déboîtée n'a rien d'excitant. Cependant, elle était déçue qu'il ne soit pas aussi enthousiasmé qu'elle par les petites misères qu'elle entendait en dénouant un dos bloqué, ou pendant des séances de rééducation faciale. Elle, en revanche, était devenue au fil des années son éminence grise, un juré secret, la dernière instance. Au bureau, c'était une source de plaisanteries inépuisable : « Ora n'a pas encore donné son blanc-seing ! », « Ilan attend la décision de la Cour suprême ! ». Elle rougit – heureusement qu'il fait nuit ! –, ajoutant qu'il avait en elle une confiance aveugle, étonnante, dans son instinct, son intuition, sa sagesse (« Je cite », se justifie-t-elle), alors qu'elle-même ne s'intéressait guère aux subtilités légales, tortueuses, de la propriété intellectuelle, aux protocoles de confidentialité, aux contrats de non-concurrence, aux marques déposées d'un système d'irrigation, d'un médicament générique, à la question de savoir quand exactement une idée recelait cet ingrédient mystérieux, insaisissable qu'Ilan aimait appeler, les yeux brillants, *l'étincelle créatrice.* À dire vrai, elle n'avait jamais été attirée par la procédure complexe du dépôt de brevet en Israël, aux États-Unis ou en Europe, ni par les artifices qu'employait Ilan pour convaincre quelque mécène fortuné de financer un jeune médecin de Karmiel, l'inventeur d'une caméra médicale biodégradable dans le sang, ou un biochimiste de Kiryat Gat, ayant découvert un moyen économique de produire du gazole à partir de l'huile.

– Ilan étant Ilan... il aurait pu devenir champion d'échecs, politicien ou conseiller de la Mafia, je t'assure ! Tu n'as pas connu cette facette de sa personnalité, qui s'est révélée après ton départ.

Ils profitaient de leur promenade vespérale pour se partager les tâches du lendemain.

– On ne se battait jamais pour décider qui ferait quoi. Nous formions une équipe du tonnerre, vraiment.

Ils réglaient en quatrième vitesse les problèmes domestiques, les factures, les réparations, l'accompagnement des enfants, les comptes et autres problèmes urgents, tels que trouver une maison de retraite pour sa mère à elle, ou quelle décision prendre à propos de la femme de ménage, paresseuse, menteuse et manipulatrice, que ni l'un ni l'autre n'avait le courage de virer depuis des années – même Ilan la craignait. Leur séparation les avait enfin délivrés de sa tyrannie.

Leurs conversations tournaient principalement autour des enfants, ils s'émerveillaient jour après jour de voir ces garçons s'épanouir comme deux jeunes plantes vigoureuses. Ils citaient tel mot d'Adam, tel exploit d'Ofer, comparaient les changements survenus depuis quelques années, voire quelques semaines, s'extasiaient devant leur spectaculaire métamorphose en si peu de temps. « Mon Dieu, faites qu'ils ne grandissent pas trop vite ! » Des bribes de souvenirs, des détails insignifiants les comblaient de joie, embellis, enjolivés dans leurs mémoires, car chers à leurs cœurs, telle une précieuse offrande à eux seuls réservée.

– Ofer aussi ? intervint Avram. Est-ce qu'Ofer aussi... je veux dire, pour Ilan... Ofer aussi ?

Ora sourit, le visage resplendissant. Avram le distingue dans l'obscurité. Il avale une lampée de thé bouillant, qui lui brûle la langue et le palais. La douleur lui procure un plaisir singulier.

Quand Ilan et elle bavardaient en marchant, ils ressentaient l'élan d'une force vitale, glorieuse, qui emportait leurs enfants et les propulsait vers le futur. La puissance du lien unissant les deux garçons les fascinait. « Ils partageaient un secret ; aujourd'hui encore. » Sans le formuler explicitement, ils sentaient que cet attachement entre Adam et Ofer pourrait bien être l'axe central de leur foyer et probablement le plus fort, le plus solide, le plus vivant de tous les pivots – cachés et visibles – qui les maintenaient ensemble, tous les quatre.

Avram écoute. Souviens-toi, souviens-toi de tout, se répète-t-il.

Tout en marchant, la tête penchée l'un vers l'autre, collés l'un contre l'autre, Ora et Ilan se risquaient à deviner – avec circonspection, pleinement conscients de la fragilité des choses – ce que l'avenir réservait aux garçons, la direction que prendraient leurs existences. Adam et Ofer formeraient-ils encore ce tandem unique et mystérieux ?

Un soir, assise seule, complètement désemparée, dans le bureau d'Ilan, elle fixe sans les voir les manuels de droit sur les étagères. Adam a eu deux séances de thérapie la semaine précédente chez une psychologue, une femme d'un certain âge, très compétente, qui rayonne d'une bienveillance tranquille. Il ne lui a rien dit, et lui a dissimulé les « phénomènes » aussi. Elle n'a pas paru s'en inquiéter. Ce genre de symptômes n'était pas inhabituel à l'âge d'Adam, en période de prépuberté, a-t-elle expliqué à Ora et Ilan, ajoutant qu'elle a décelé dans son regard une certaine solidité. Par acquit de conscience, et pour les rassurer, elle l'envoyait consulter un éminent spécialiste pour des tests neurologiques. Le délai avant le rendez-vous est de trois semaines, Ilan fait des pieds et des mains pour le raccourcir, mais en attendant, Ora se ronge les sangs.

Adam et Ofer, dans la cuisine, sont engagés dans une grande discussion sur les rhinocéros. Comme d'habitude, elle émet à intervalles rapprochés ses ondes maternelles dont elle traite le retour presque inconsciemment. Au bout de quelques minutes, elle prend conscience qu'elle ne les a pas entendus dialoguer de la sorte depuis un bon moment. La voix d'Adam prend des inflexions plus légères, ce soir-là. Il aide même Ofer à réaliser son projet pour le « centre aéré créatif » qu'il fréquente cet été. Il lui fabrique un rhinocéros aquatique doté de deux gros ailerons, un rhino à ski, et un rhino hippie – « C'est une espèce en voie de disparition, affirme-t-il à Ofer. Il peut contempler son reflet dans l'eau pendant des heures. Il y a aussi la rhino Barbie ». Ils se gondolent de rire. « Mais la Barbie est invisible », prévient Adam. « Je vais juste dessiner l'empreinte de ses pas, alors ! » décide Ofer. « Donne ! Je vais le faire. » Leur bavardage se prolonge, tandis qu'Adam exécute allégrement son rituel. Ora perçoit sa respiration entrecoupée, les claquements de lèvres, le robinet ouvert pour un savonnage rapide. La voix fluette d'Ofer la tire de ses réflexions : « Pourquoi tu fais ça ? »

Ora n'est pas sûre de comprendre, mais une lame de fond déferle dans la cuisine, roule jusqu'à sa chaise et l'aspire dans un tourbillon.

« Quoi ?

– Te laver les mains et tout.

– Comme ça. Pour rien.

– Tu es sale ?

– Oui. Non. Tu me gonfles !

– Mais pourquoi ? demande Ofer d'une voix calme et claire, le ton posé qu'elle aimerait adopter en pareilles circonstances.

– Pourquoi quoi ?

– Pourquoi tu es sale ?

– Aucune idée, d'accord ?

– Dis-moi juste un truc !

– Quoi encore ?

– Quand tu... quand tu te laves comme ça, est-ce que tu as les mains propres après ?

– Plus ou moins. Sais pas. Maintenant, ferme-la ! »

Silence. Ora n'ose bouger. Comment Ofer a-t-il pu se retenir d'interroger Adam pendant toutes ces semaines ? Quelque chose dans sa voix, son obstination, lui apprend qu'il avait préparé ses questions à l'avance et soigneusement choisi le moment où son frère serait bien disposé.

«Adam…

– Quoi encore?

– Tu veux bien que moi aussi?

– Toi aussi, quoi?

– Que j'en fasse un à ta place.

– Un quoi?»

La témérité, l'audace d'Ofer l'agacent. Ora ne bouge pas d'un cil. Elle se demande à quel jeu dangereux il joue.

«Un de ceux-là.

– Hé, tu es tombé sur la tête ou quoi? s'exclame Adam avec un rire gêné qui n'échappe pas à Ora.

– Allez, juste un! Qu'est-ce que ça peut te faire?

– Pourquoi?

– Comme ça, tu en auras un de moins à faire.

– *Quoi?*

– Arrête, tu vas mouiller mon dessin!

– Qu'est-ce que tu as dit?

– Que si j'en fais un, tu en auras un de moins à faire.

– T'es dingue, tu sais? Complètement givré. De toute façon, c'est pas tes oignons.

– Qu'est-ce que ça peut te faire? Juste un. Tu me le prêtes quoi!

– Lequel?

– Celui que tu veux. N'importe lequel.»

Ora entend le raclement d'une chaise qu'on repousse, des pas rapides. Elle croit voir Adam gagner le lavabo en tournoyant sur lui-même, roulant des yeux affolés.

«Adam…

– Je vais te flanquer une de ces raclées! Tu vas la fermer, oui!»

Long silence.

«Allez, Adam, juste un!»

Elle perçoit des pas, un bruit sourd, des halètements, des corps roulant par terre, une chaise renversée, des grognements sourds. Ofer

472

se retient de crier pour qu'elle ne vienne pas les séparer et lui mettre des bâtons dans les roues, comprend-elle. Elle se lève.

«Tu abandonnes?

– Laisse-moi le faire une seule fois!

– Qu'est-ce que tu peux être casse-pieds, toi alors! Tu n'as pas de copains ou quoi? Espèce de minus! Pot de colle!

– Juste un, c'est tout, je te jure!»

Ora entend une claque, deux. Ofer pousse un gémissement étouffé. Elle se mord impulsivement les poings.

«Tu as pigé?

– Qu'est-ce que ça peut te faire si j'en fais juste un à chaque fois!»

Adam ricane d'une voix aiguë.

«Tu ne t'en rendras même pas compte», insiste Ofer.

Adam aspire ses lèvres, souffle sur le dos de ses mains et tournicote sur lui-même.

«Non. Je dois les faire tous, je pense. Toute la série.

– Alors je les ferai en même temps que toi.»

L'eau coule. Un lavage hâtif. Des ahanements. Silence. L'eau se remet à couler, un peu plus longtemps, et puis une respiration rythmée, plus forte, plus lente.

«Tu l'as fait? Bon, maintenant, ouste, dégage!

– Tu me laisseras le faire à chaque fois», décrète Ofer avec une détermination stupéfiante.

Elle le voit se ruer hors de la cuisine, la mine grave, concentrée.

Les jours suivants, les deux frères ne se quittent pas d'une semelle. Ils sont enfermés dans leur chambre à longueur de journée, il est impossible de savoir ce qu'ils manigancent. L'oreille collée à la porte, Ora les entend jouer et papoter comme lorsqu'ils avaient sept et quatre ans. À croire qu'ils retombent instinctivement en enfance.

«Combien aujourd'hui? entend-elle Adam demander un matin – ils sont réveillés et chahutent au lit.

– Trois pour moi, trois pour toi, répond Ofer.

– Lesquels ? demande docilement Adam d'une voix qu'elle a peine à reconnaître.

– Tu fais l'eau, les pieds et les rotations, et moi le reste.

– Et la bouche aussi ?

– Non, la bouche, je la fais moi.

– Mais je dois…

– La bouche, c'est moi, un point c'est tout. »

Ora se masse les tempes. Ofer semble avoir une emprise sur Adam. Elle n'a pas d'autre explication. On dirait qu'il s'insinue dans la vie de son frère avec la même persévérance tranquille dont il usait autrefois pour bâtir des châteaux géants en Lego ou démonter de vieux téléviseurs.

« Je n'ai droit à aucun aujourd'hui ? s'enquiert ouvertement Adam au petit-déjeuner, devant leur mère.

– Aucun, tranche Ofer après réflexion. Aujourd'hui, je les fais tous. Tu sais quoi ? se ravise-t-il au bout d'un moment. Tu peux faire la lèvre. Quand tu la replies.

– Et le reste, c'est toi ? insiste Adam d'une voix enfantine et soumise qui horrifie sa mère.

– Oui.

– Tu n'oublieras pas, hein ?

– Non.

– Tu es sûr, Ofer ?

– Je n'ai encore jamais rien oublié. On va dans la chambre. Tu viens ? »

Elle se dépêche de reprendre son poste derrière la porte close. On dirait, explique-t-elle à Avram, que son corps a gardé cette posture en mémoire, du temps où elle espionnait ses parents derrière la cloison de sa chambre, quand elle était petite, s'efforçant de saisir les allusions, les voix et les rires. Des traces d'humanité. Quarante ans ont passé – croit-elle entendre le juge articuler, les lèvres pincées – et qu'a donc accompli madame pendant ces quatre décennies ? J'ai changé de place, monsieur le juge.

« Le flic s'appellera Rapide, déclare Ofer.

– Et le voleur ?

– Typhon.

– D'ac.

– Rapide circule à moto et il possède aussi un aéroglisseur.

– Et le voleur ?

– Le voleur a les cheveux longs et, sur sa chemise, une étoile noire. Il est armé d'un bazooka et d'un pistolet laser.

– D'ac. »

Ora porte la main à son cou. C'est l'un de leurs jeux d'avant. Il y a combien de temps ? Deux ans, trois ? Vautrés sur le tapis, ils inventaient des couples flics-voleurs ou orques-hobbits. Seulement, à l'époque, Adam était le maître et Ofer le béni-oui-oui.

« Arrête ! dit Ofer calmement. Les doigts, c'est moi, aujourd'hui.

– J'ai fait les doigts ?

– Tu n'as pas remarqué.

– Dans ce cas, tu le fais toi aussi.

– Attends ! Tu dois payer une amende, parce que tu m'as volé un tour.

– C'est quoi, l'amende ?

– L'amende... euh... je te prends aussi le truc de l'œil, quand tu serres les paupières et que tu les rouvres d'un coup.

– Mais c'est à moi de le faire, celui-là...

– Ben non, je l'ai pris !

– Il ne me reste rien, alors ?

– Il te reste les mains, les pieds et quand tu souffles. »

Une longue pause.

« Maintenant, j'ajoute un flic au poing de fer, poursuit Ofer comme si de rien n'était. Il s'appelle Mac Boum Boum. Il ouvre sa chemise...

– Pendant combien de temps tu vas prendre les miens ?

– Trois jours, sans compter aujourd'hui.

– Alors, aujourd'hui, je peux encore le faire ?

– Non, aujourd'hui, on ne peut pas, ni toi ni moi.

– C'est possible ?

– Suffit de le décider ! » affirme Ofer sur le ton du Maître du Donjon.

Elle ne saura probablement jamais ce qui s'est réellement produit derrière la porte de la chambre, pendant cette période. Que s'est-il passé, en réalité ? Deux gamins, l'un âgé de presque treize ans, l'autre de neuf à peine, ont passé leurs journées en tête à tête le plus clair du temps, pendant les trois ou quatre semaines de vacances d'été. Ils jouaient sur l'ordinateur, au baby-foot, bavardaient pendant des heures, inventaient des personnages et, de temps à autre, ils se préparaient une *chakchouka* ou des pâtes.

— Et, au fil des semaines, l'un a sauvé l'autre, ne me demande pas comment.

La question de l'autre soir lui revient à l'esprit.
— Tu voulais savoir s'ils se ressemblent ?
— Oui.
— Ofer, je crois, est un peu plus… un peu moins… euh…
— Quoi ?
— C'est difficile ! Voyons voir… Adam est une sorte de… de quoi ? Disons que… C'est drôle comme c'est compliqué de les décrire. Je ne trouve pas les mots justes. (Elle s'interrompt, le temps de reprendre ses esprits.) Adam… je ne parle que de son physique, d'accord ? Enfin, il attire moins l'attention au premier regard. Tu vois ? En revanche, quand tu le connais, c'est un jeune homme très charismatique. Vraiment. Le genre de garçon qui peut…
— De quoi a-t-il l'air ?
— Tu veux que je te le décrive ?
— Tu me connais : j'aime les détails.

Le *détailier* : parent lointain du fourmilier, une sous-espèce presque disparue de l'ordre pileux, survit exclusivement grâce à des détails — c'était ainsi qu'Avram se définissait dans une brochure qu'il avait rédigée en terminale, *L'Encyclopédie de la faune humaine – Promotion 1969*. On y trouvait les portraits merveilleusement illustrés des élèves et des professeurs, répartis en fonction de leur catégorisation zoologique.

— Il est un peu petit, toutes proportions gardées, je te l'ai déjà dit. Il a, comme Ilan, les cheveux très noirs, coiffés avec une raie au milieu, qui ondulent sur l'oreille gauche.

Ora illustre son propos du geste. Ses yeux pétillent comme des étincelles en regardant Avram.

– Qu'y a-t-il?

– Rien.

Elle hausse une épaule provocante. À mesure qu'il revient à la vie – à sa manière taciturne, gauche et absente –, Avram l'hypnotise littéralement, l'amenant à distinguer toutes les nuances et les subtilités, qui déclenchent en elle des ondes brûlantes, ignorées depuis des lustres.

Deux jeunes couples croisent leur chemin. Les femmes les saluent de la tête en les dévisageant avec curiosité. Les hommes discutent d'une voix forte:

– Nous sommes dans les cartes d'identification biométriques intelligentes, explique le plus grand. En ce moment, on travaille sur ce qu'on appelle une SAB. Un Palestinien qui veut entrer n'a plus qu'à passer la main et le visage devant le lecteur biométrique. Tu vois? Aucun contact avec les soldats, pas un mot, rien. Clair et net. CSC – "communication sans contact".

– Et SAB, ça veut dire quoi?

– En fait, ricane l'autre, c'est l'acronyme de "moyen d'accès à la lecture biométrique", mais ça donnait MAL, alors on l'a changé en "système d'accès biométrique".

– On voit son oreille gauche, délicate comme une perle, reprend Ora une fois que le groupe a disparu.

Elle ferme les yeux. Adam. Ses joues un peu rougies sous un soupçon de barbe, souvenir d'enfance. De longues rouflaquettes. Et d'immenses yeux amers.

– On remarque surtout ses yeux. Ils sont grands, comme ceux d'Ofer, mais différents, plus enfoncés et très noirs. En somme, la caractéristique de notre famille, c'est les yeux. Et ses lèvres...

– Ses lèvres?

– Rien, je les trouve très belles, bafouille-t-elle en fixant ses mains. Oui.

– Mais?

– Mais... ici, sur celle du haut, il a une sorte de tic. Pas un tic. Une mimique.

– Quel genre de mimique ?

– Eh bien...

Elle inspire à fond pour se donner une contenance. L'heure a sonné.

– Tu vois ce que j'ai là ?

Il opine en détournant les yeux.

– C'est pareil, mais chez lui, la lèvre remonte un peu.

– Oui.

Cramponnés l'un à l'autre, ils franchissent un petit ruisseau en sautant de pierre en pierre.

– Il y a des tonnes de mouches, aujourd'hui ! dit Avram.

– Ce doit être la chaleur.

– Probablement. Et ce soir, il y en aura davantage.

– Je peux te demander quelque chose ?

– Oui ?

– Ça se voit beaucoup ?

– Non, non.

– Tu n'y as fait aucune allusion.

– Je l'ai à peine remarqué.

– Ce n'était rien, quelque chose au nerf facial. C'est arrivé au milieu de la nuit, environ un mois après le départ d'Ilan. J'étais seule à la maison. J'ai paniqué. C'est horrible, non ?

– Je te l'ai dit : c'est à peine visible.

Elle effleure le coin gauche de sa lèvre supérieure, qu'elle retrousse légèrement.

– J'ai l'impression que mon visage s'affaisse d'un côté.

– On ne voit rien, Ora'leh, je t'assure.

– Je ne sens rien sur deux millimètres à peine. Le reste de la bouche est normal.

– Ah !

– Ça disparaîtra un jour ou l'autre. Je ne resterai pas toute ma vie comme ça.

– Bien sûr.

Ils suivent un étroit sentier bordé de fraisiers et de noyers.

– Dis, Avram !

– Oui ?

UNE FEMME FUYANT L'ANNONCE

– Arrête une minute.

Il obéit, les épaules voûtées.

– Tu me donnes un petit baiser, tu veux bien?

Il s'approche en ronchonnant, raide comme un piquet. Sans la regarder, il la prend dans ses bras et lui plante un baiser sur les lèvres.

Et il s'attarde, il s'attarde.

– Ahh! souffle-t-elle.

Il lâche un soupir étonné.

– Avram.

– Oui?

– Tu as senti quelque chose?

– Non. C'était normal.

– Normal! répète-t-elle en riant.

– Comme avant.

– Tu te rappelles?

– Je me rappelle tout.

– Les baisers m'enivraient, tu te souviens?

– Oui.

– J'étais parfois presque au bord de l'évanouissement.

– Oui.

– Alors tu feras attention en m'embrassant.

– Oui.

– Tu m'aimais si fort, Avram!

Il l'embrasse encore. Ses lèvres sont aussi douces que dans son souvenir. Elle sourit. Les lèvres d'Avram remuent au rythme des siennes.

– Encore une chose...

– Hmm...

– Tu crois qu'on couchera ensemble un jour?

Il la serre contre lui et elle sent sa force. Ce périple leur a fait vraiment du bien, à tous les deux.

Ils poursuivent leur chemin, main dans la main, avant de s'écarter. Un certain malaise s'installe entre eux. La nature s'en mêle et leur joue des tours, étalant des semis d'asters jaunes et de séneçons, émaillant la terre de trèfles pourpres et de lin rose, érigeant des arums rouges

479

aux hampes immenses et parfumées, éparpillant des boutons d'or un peu partout, accrochant des oranges et des citrons aux arbres alentour.

– Marcher, respirer, c'est très excitant, tu ne trouves pas ? observe Ora.

Il éclate d'un rire gêné. Quant à Ora, elle s'embrase jusqu'aux sourcils.

Il connaît Neta depuis treize ans. Elle prétend avoir passé plusieurs soirées au bar du pub où il travaillait, rue HaYarkon. Il la dévorait des yeux, affirme-t-elle. Lui soutient qu'il ne l'avait pas remarquée jusqu'au soir où, prise de vomissements, elle s'est effondrée sur le comptoir. Elle avait dix-neuf ans et pesait trente-sept kilos. Sourd à ses protestations, il l'a portée dans ses bras chez un ami médecin, à Jaffa, en pleine tempête – c'était l'hiver –, aucun taxi n'ayant voulu les prendre. Elle s'est débattue pendant tout le trajet, gesticulant de ses membres maigrelets, le rouant sauvagement de coups, le bombardant des pires insultes. À cours d'inspiration, elle est passée au répertoire d'injures dont sa marâtre abreuvait Cholem Aleichem, dans l'ordre alphabétique : « engeance impure », « furoncle », « lépreux », « requin »… Avram complétait à mi-voix quand elle avait un trou de mémoire. Une fois cette source tarie, elle s'est mise à le pincer méchamment, tout en exposant en termes imagés l'usage qu'elle pourrait faire de sa chair, de sa graisse et de ses os. Là, Avram a levé un sourcil perplexe, et quand elle a annoncé qu'elle serait ravie de le changer en bandes de cire, Avram – qui n'oubliait jamais une ligne – lui a murmuré à l'oreille : « *On croyait généralement que le spermaceti était la liqueur séminale de la baleine du Groenland.* » C'était une phrase qu'Ilan et lui adoraient ressortir dans leur jeunesse, à l'époque où *Moby Dick* constituait pour eux une source de citations particulièrement fertile. Le nœud de vipères entre ses bras s'interrompit net. Elle jeta un regard oblique à ce monstre qui soufflait son haleine chaude sous la pluie battante et remarqua : « Il y a des similitudes entre vous et le livre. »

– Elle avait dix-neuf ans ? s'enquiert Ora.

J'en avais seize quand nous nous sommes rencontrés, se dit-elle in petto.

Avram hausse les épaules :

– Depuis qu'elle est partie de chez elle à seize ans, elle a roulé sa bosse en Israël et un peu partout. C'est une espèce de gitane, une nomade. Elle a loué ce qui ressemble à un appartement pour la première fois, il y a deux mois, par là. À Jaffa. Elle s'embourgeoise, tu vois.

Ora n'a guère envie de s'appesantir sur le sujet.

À son corps défendant, elle apprend encore que Neta a toujours l'air affamée – « pas forcément de nourriture, mais de façon générale, une sorte de faim existentielle », précise Avram en riant – et que ses doigts tremblent presque tout le temps, peut-être à cause de la drogue, ou parce que, sourit Avram, « pour elle, vivre c'est comme être foudroyé par une ligne à haute tension ». Pendant des années, elle a passé tous les étés dans une vieille Simca donnée par un ami. Elle possédait aussi une petite tente, qu'elle plantait là où on ne la chassait pas. À mesure qu'il parle, le prénom de « Neta » trace un cercle de glace dans les entrailles d'Ora, malgré le soleil ardent. D'où vient cette brusque logorrhée verbale ? Pourquoi tient-il tant à fourrer Neta entre eux maintenant ?

– De quoi vit-elle ? (Ne sois pas mesquine, s'enjoint-elle.)

– De choses et d'autres. Ce n'est pas très clair. Elle a des besoins modestes. Elle se contente de peu, tu n'imagines pas. Et elle peint.

Bien sûr, songe Ora, le cœur serré.

– Les dessins aux murs, chez moi, tu vois ? C'est elle.

Ces immenses fresques au fusain complètement déjantées – pourquoi ne l'avait-elle pas questionné plus tôt à ce sujet ? Sans doute parce qu'elle avait deviné la réponse – des prophètes allaitant des chèvres et des agneaux, un vieil homme accroupi au-dessus d'une fillette se métamorphosant en grue, une jeune fille née d'une plaie béante sur le torse d'un dieu-cerf. Et la femme coiffée d'une crête iroquoise, s'agit-il d'un autoportrait de Neta ?

Avram rigole.

– C'était avant, il y a très longtemps. Je n'aimais pas beaucoup, alors maintenant elle porte les cheveux longs jusque-là.

481

– Ah bon ? Au fait, les albums photos vides que j'ai vus chez toi, ils lui appartiennent ?

– Non, ils sont à moi.

– Tu les collectionnes ?

– Je collectionne, je fouille, j'entasse. Des trucs que les gens jettent.

– Tu entasses ?

– Oui, tu sais, je ramasse tout un bric-à-brac.

Ils suivent le chemin escarpé le long de la falaise. Le fleuve est encore invisible, très loin, en contrebas. La chienne ouvre la marche, Ora derrière, Avram sur ses talons, lui parle de ses passe-temps.

– Ce n'est pas grand-chose, un hobby, disons. Les vieux albums de photos dont les gens se débarrassent, par exemple, ou ceux dont les propriétaires sont morts.

Il remplace les clichés d'origine par des portraits d'autres personnes, d'autres familles. Il en colle certains sur de vieilles boîtes en fer-blanc oxydées, ou à la surface poussiéreuse rongée de rouille de vieux moteurs.

– Dernièrement, je m'intéresse beaucoup à la rouille. L'endroit, l'instant, où le fer se corrode.

Tu m'as bien trouvée, alors, pense Ora.

Le sentier s'encaisse de nouveau dans la ravine. Tout excité, Avram mentionne un atlas imprimé en Angleterre en 1943, déniché dans une poubelle.

– Si tu le voyais, tu ne comprendrais rien au monde de cette époque, parce que tous les États ont encore leurs frontières d'avant guerre : les juifs n'ont pas été exterminés, l'Europe n'est pas occupée, il n'y a pas de conflits ; je passe des heures à le feuilleter. Aux coins des différentes cartes, j'ai collé les articles d'un journal russe, *Le Staliniste*, également trouvé dans une décharge, datant aussi de 1943, où la guerre est décrite en détail, avec les cartes des champs de bataille, le bilan des pertes humaines. Quand je mets ces deux objets en contact, Ora... c'est comme si je recevais une décharge électrique.

Le rouge aux joues, Avram lui apprend qu'ils ont certaines activités en commun, Neta et lui. Ils récupèrent les vieilleries qui jonchent les trottoirs en imaginant ce qu'ils pourraient en faire.

– Moi, j'ai l'esprit pratique, se justifie-t-il. Elle est plus téméraire. Sans crier gare, il change de sujet et lui raconte les tribulations et autres avatars que Neta a accomplis dans sa courte existence, ses compétences acquises au cours des ans, ses séjours à l'hôpital, ses aventures, ses liaisons. On dirait la vie d'une femme de soixante-dix ans, se dit Ora.

– Et quel courage elle a, bien plus que moi ! s'enthousiasme-t-il. C'est sans doute la personne la plus téméraire que j'aie rencontrée.

Neta dit qu'elle est pétrie de peurs, se rappelle-t-il avec un rire silencieux. De peurs et de cellulite.

Ora revoit les lignes noires barrées au-dessus du lit, qu'un trait épais relie aux fusains ornant les murs du salon. Soudain, elle y voit clair.

– Avram, elle est au courant ?

– À propos d'Ofer ?

Ora hoche la tête, le cœur battant.

– Oui, je lui ai dit.

Elle avance, bouleversée, les mains tendues. Elle entre dans l'eau, vacillant sur les pierres mouillées. C'est la rivière Amoud, se souvient-elle. Je suis déjà venue ici avec le lycée, au cours d'une randonnée « de la mer à la mer », de la Méditerranée au lac de Tibériade. J'ai l'impression que c'était hier. Comme si hier, j'étais encore adolescente. Elle se frotte les yeux. En face, à flanc de colline, elle aperçoit une famille de damans perchée sur un amas de pierres, au sein de la végétation dense. Sa vision se brouille. Mieux vaut regarder où elle met les pieds. Attention, le chemin remonte le long d'une saillie rocheuse et la rivière forme une cascade, en contrebas, ne tombe pas, tiens-toi à la rampe. Neta est au courant.

La chienne vient se frotter contre sa jambe, comme pour la réconforter. Ora se penche et lui caresse distraitement la tête. Neta est au courant. La bulle du secret a explosé. La bulle scellée, étouffante, où Ora s'est habituée à respirer. Avram lui-même l'a percée. L'air s'engouffre à l'intérieur. Quel soulagement : une nouvelle inspiration, profonde.

– Qu'a-t-elle dit ? demande-t-elle, les jambes flageolantes.

– Ce qu'elle a dit? Que je devrais le voir.

– Oh, vraiment?

– Je voulais te l'annoncer, quand je t'ai appelée, l'autre soir, avant que tu viennes.

– M'annoncer quoi?

– Ça.

– C'est-à-dire?

Elle a l'impression d'étouffer. Elle s'affale presque sur la chienne, enfouissant ses doigts tremblants dans sa fourrure.

– Quand il aurait fini son service militaire…, articule Avram en séparant chaque mot, j'aimerais, à condition qu'Ilan et toi soyez d'accord…

– Quoi? Exprime-toi clairement!

– Peut-être… un jour… le voir.

– Ofer.

– Une seule fois.

– Tu voudrais le voir.

– Même de loin.

– Ah oui?

– Sans lui… Écoute, je ne veux pas me mêler de…

– Et c'est maintenant que tu me le dis?

Il hausse les épaules, et ancre solidement les pieds dans le rocher. Elle finit par comprendre.

– Et quand tu as téléphoné, je t'ai dit qu'il…

– Qu'il rempilait, oui. Et du coup je n'ai pas…

– Oh!

Elle gémit, se prend la tête dans les mains et serre fort, maudissant du fond du cœur cette guerre interminable qui, une fois de plus, a réussi à se frayer un chemin vers son âme. Elle ouvre la bouche, ses lèvres se retroussent, découvrant ses gencives, et de sa gorge jaillit un cri aigu, auquel répond le silence effrayé des oiseaux. La chienne lève la tête, les yeux écarquillés, jusqu'à ce que, incapable de se retenir davantage, elle lance à son tour un hurlement déchirant.

Il ne l'avait pas revue depuis le jour où il l'avait aidée à repeindre son appartement, à Jaffa. Un petit deux-pièces au quatrième étage sans ascenseur avec kitchenette et toit-terrasse. Elle était juchée sur une grande échelle, un joint dans une main, un pinceau dans l'autre, et lui s'était perché sur un escabeau en aluminium. Ses trois chats slalomaient entre les barreaux et les pots de peinture. L'un d'eux souffrait des reins, un autre était débile et le troisième, une réincarnation de la mère de Neta, lui empoisonnait la vie. Avant son arrivée, l'appartement était occupé par des travailleurs chinois, et un mur était constellé de petits clous dont les têtes formaient un motif qu'Avram et elle tentaient de décrypter. Elle portait un débardeur d'homme, grisâtre et plein de trous, pioché dans un sac-poubelle abandonné là par les précédents locataires. «Ma façon à moi d'honorer la mémoire des mille millions», avait-elle déclaré, tandis qu'il s'amusait de la voir accoutrée de la sorte.

— De temps en temps, poursuit-il, elle vient remplir mon frigo, faire le ménage ou m'offrir un relooking. Ça t'intéresse, au moins ?

— Bien sûr. Je t'écoute.

Avec l'argent qu'elle n'avait pas, Neta lui a acheté une chaîne hi-fi dernier cri, ils écoutaient de la musique ensemble. Parfois, elle lui lisait des livres, intégralement.

— Et elle ne crache pas sur la drogue. Elle prend même de la coke et de l'héroïne, mais pour une raison qui m'échappe, elle n'est pas accro.

«Sauf à toi! s'esclaffait-elle, quand Avram lui suggérait de se débarrasser de cette dangereuse addiction à sa personne.

— Je ne t'apporterai rien de constructif.

— Et les illusions, alors? C'est du mou pour le chat?

— Tu es jeune. Tu pourrais avoir des enfants, fonder une famille.

— Tu es la seule personne avec laquelle je veuille fonder une famille.»

Serait-elle tombée amoureuse d'un autre? Cette pensée le fait souffrir bien plus qu'il ne l'aurait cru. Et si elle avait fini par se rendre à ses arguments?

— De quoi parles-tu? questionne Ora.

— Je ne sais pas, répond Avram en accélérant le pas.

Il prend soudain conscience que si Neta ne fait plus partie de sa vie, ni lui de la sienne, il n'aura sans doute plus aucune raison de rentrer chez lui après ce voyage.

– Je suis un peu inquiet. Elle a complètement disparu de la circulation.

– C'est son habitude ?

– C'est déjà arrivé. Elle est comme ça. Elle va et elle vient.

– Tu devrais l'appeler, dès qu'on trouvera un téléphone.

– Oui.

– Elle a peut-être laissé un message.

Il marche à grandes enjambées. S'efforce vainement de se rappeler son numéro de portable. Lui qui se souvient de tout, la moindre ânerie, chaque blague idiote entendue trente ans auparavant, n'importe quelle combinaison de chiffres… À l'armée, il pouvait réciter les numéros de matricule de tous les soldats et officiers présents dans le bunker de transmissions, les numéros de téléphone de tous les généraux, les noms et matricules de toutes les unités, divisions et armées égyptiennes, des chefs de toutes les bases militaires d'Égypte, ainsi que leurs adresses et numéros personnels, parfois les noms de leurs femmes, enfants et maîtresses, sans oublier les codes mensuels de toutes les unités de renseignements du district sud. Et dire que le malheureux numéro de Neta ne lui revient pas !

– Elle est très jeune. Je suis vieux et elle est si jeune, lâche-t-il avec un petit rire triste. C'est un peu comme élever un chien en sachant qu'il mourra avant vous, sauf que dans ce cas, l'animal, c'est moi.

Ora bouche machinalement les oreilles de la chienne avec ses mains.

Il a rencontré le groupe d'amis de Neta. Gentils et gagne-petit, à son image. Des « tasses ébréchées, » comme elle les appelle. Ils sont toujours en bande. Sur les plages du Sinaï, à Netsarim, dans le désert de Judée, dans des ashrams en Inde, des festivals de musique avec drogues et amour libre en France, en Espagne, dans le Néguev.

– La "marche des anges", ça te dit quelque chose ?

– C'est en rapport avec le sport ?

Il embarque Ora aux Pays-Bas ou en Belgique pour un « Rassemblement arc-en-ciel ».

– Tout le monde partage tout, explique-t-il avec enthousiasme, comme s'il y avait lui-même assisté. Chacun met la main à la pâte pour les repas et participe selon ses moyens. La seule chose qui coûte de l'argent, c'est la drogue.

– Je vois.

– Un soir, elle a participé à une marche des anges, reprend Avram avec un sourire qui ne lui est pas destiné, un sourire qu'elle ne lui a pas vu depuis l'adolescence, telle la lueur d'une bougie dans une vieille lanterne poussiéreuse. Irrésistible. On s'aligne sur deux rangées face à face, très près les uns des autres, explique-t-il en mimant avec ses doigts. Généralement, les gens ne se connaissent pas. Ce sont de parfaits étrangers. Quelqu'un s'engage dans ce couloir qu'il parcourt jusqu'au bout, les yeux fermés.

Les deux rangs de batteurs, se rappelle soudain Ora. Il lui en avait si souvent parlé dans un millier de contextes et de digressions, que, semblait-il, le monde entier se résumait à ces deux rangées se faisant face, au milieu desquelles on nous balance à la naissance, où l'on nous bourre de coups de poing, de pied et de griffes, avant de nous éjecter sans ménagement, meurtris et broyés.

– Cette personne, donc, est guidée lentement, doucement, entre les deux rangées ; on la caresse, on la frôle, on l'étreint en lui murmurant à l'oreille : "Tu es belle, parfaite, tu es un ange." Cela continue ainsi jusqu'au fond de ce tunnel, où quelqu'un l'embrasse tendrement, après quoi, elle reprend sa place parmi les donneurs.

– Elle a vécu cette expérience ?

– Attends. D'abord elle est restée plusieurs heures dans le rang, à prodiguer caresses, encouragements, étreintes en prononçant ces paroles qui l'auraient fait pouffer de rire en temps normal. Ce genre de truc ne marche pas avec elle. Écoute, il faut que tu la rencontres un jour, ajoute-t-il sans transition.

– D'accord, à l'occasion. Et ensuite, que s'est-il passé ?

– Quand son tour est venu de recevoir, de s'avancer parmi les donneurs, elle a flanché.

Ora hoche la tête, devinant la suite.

– Elle s'est sauvée dans la forêt jusqu'au lendemain matin.

Elle ne pouvait pas. Elle avait le sentiment qu'elle n'était pas prête.

Ora comprend alors le point commun que partagent Avram et Neta : ils ont tous les deux appris que la main qui caresse peut aussi frapper. Elle serre les bras autour d'elle. Neta éveille en elle des émotions contradictoires. De l'affection, une tendresse maternelle aussi. Et Neta est au courant pour Ofer. Avram le lui a dit.

– Que sait-elle à mon sujet ?

– Elle sait que tu existes.

Ora déglutit avec difficulté, mais finit par expectorer la boule qui lui obstrue la gorge.

– Et tu l'aimes ?

– Est-ce que je sais ? J'aime être avec elle. Elle sait comment me prendre. Elle me laisse le champ libre.

Pas comme moi. Ora pense aux garçons et à leurs reproches.

Trop même, songe Avram. Nettush, où es-tu ?

Après avoir fini la peinture, ils avaient hissé les échelles sur la terrasse et elle lui avait appris à marcher dessus en équilibre.

– Au cours de ses équipées à travers le monde, elle a été artiste de rue. Tantôt avaleuse de sabres, cracheuse de feu, jongleuse, elle suivait des cirques ambulants.

Pareils à deux sauterelles ivres, Avram et Neta s'étaient avancés l'un vers l'autre sous le ciel vespéral, entre le panneau solaire et l'antenne. Alors, prenant son élan, elle avait atterri sur le parapet, et le sang d'Avram s'était figé dans ses veines.

« Qu'est-ce que tu en dis ? avait-elle questionné avec son adorable sourire, empreint de mélancolie. Ça ne sera jamais mieux, non ? On en finit tout de suite ? »

Penché en avant, il se cramponnait à son escabeau, tandis que Neta marchait en crabe sur la balustrade. Derrière elle, il apercevait les toits, le crépuscule rougeoyant et le dôme d'une mosquée.

« Tu es un coriace, Avram, commenta Neta comme pour elle-même. Par exemple, tu ne m'as jamais dit que tu m'aimais. Autant que je me souvienne, je ne t'ai jamais posé la question non plus, mais au moins une fois dans sa vie, une fille a besoin d'entendre son homme prononcer ces mots-là, ou quelque chose d'approchant, même une périphrase. Tu es mesquin. Le mieux que tu puisses faire, c'est un "j'aime ton corps", ou "j'aime être avec toi", ou "j'aime ton cul". Ce genre de pirouette spirituelle. J'aurais déjà dû comprendre depuis longtemps, c'est ça?»

Les pieds de l'échelle raclaient le bord du toit. En un éclair, Avram décida que, s'il lui arrivait malheur, il la suivrait dans le vide.

«Dans ma chambre, murmura-t-elle, il y a un petit livre marron sur la table de nuit, à côté du cendrier. Va le chercher s'il te plaît.»

Avram secoua la tête.

«Vas-y. Je te promets de ne pas bouger avant ton retour. Parole de scout!»

Il descendit de son escabeau à toute allure et fila. Au cours des deux ou trois secondes qu'il passa à l'intérieur, le moindre atome de son corps lui hurlait qu'elle était en train de sauter. Il attrapa le livre et remonta sur la terrasse au galop.

«Maintenant, tu veux bien lire le passage que j'ai souligné?»

Les doigts tremblants, il obéit: «... puisque j'avais mon *être vital*, qui, après la mort de mon grand-père, avait joué un rôle déterminant pour moi, mon "amie vitale" à qui je ne dois pas seulement "beaucoup", mais à qui, à franchement parler, depuis le moment où, il y a trente ans, elle est apparue à mes côtés, je dois plus ou moins tout.» *Le Neveu de Wittgenstein* de Thomas Bernhard, déchiffra-t-il sur la couverture. «Continue, mais avec plus de sentiment», dit-elle.

«Sans elle je ne serais même plus en vie, et je ne serais en tout cas jamais devenu celui que je suis aujourd'hui, si fou et si malheureux, mais heureux aussi, comme toujours.»

Oui, approuva Neta, les yeux clos, concentrée.

«Les initiés savent tout ce qui se cache derrière cette expression: "*être vital*", et d'où je tire depuis plus de trente ans ce que j'ai de force et ce qui me permet à chaque fois de survivre, et que je ne trouve que là, c'est la pure vérité [1].»

«Merci», dit Neta, oscillant toujours sur l'échelle, comme dans un rêve.

1. Gallimard, « Folio », 1985, traduction J.-C. Hémery.

Avram garda le silence. Il se trouvait odieux et abject.

« Tu comprends où est le problème ? »

Il secoua la tête entre le « oui » et le « non ».

« C'est très simple. Tu es mon *être vital*, mais je ne suis pas le tien.

— Neta, tu es...

— Ton être vital, c'est l'autre, cette femme qui t'a fait un enfant et dont tu refuses même de me dire le nom. »

Il rentra la tête dans les épaules sans répondre.

Elle écarta ses cheveux de ses yeux en souriant.

« Ce n'est pas tragique ni très original, tu sais. Ni insurmontable non plus. Le monde est une photo très floue. Je peux vivre avec. Et toi ? »

Il n'avait rien rétorqué. Le peu qu'elle lui demandait, il ne pouvait le lui donner.

Il tendit la main.

« Allez, viens, Neta. »

Elle le fixait d'un regard plein de tendresse et d'espoir.

« Tu vas y penser, promis ?

— D'accord, mais viens maintenant. »

Une nuée d'étourneaux s'envola dans un tourbillon d'ailes. Avram et Neta étaient immobiles, plongés dans leurs pensées.

« Pas encore ?... ce n'est pas le moment ? » balbutia-t-elle, comme si elle répliquait à une voix audible d'elle seule.

Elle fit prestement rouler l'échelle sur le toit.

« Regarde-toi ! dit-elle, surprise. Tu trembles ! Tu as froid dedans ? Dans ton non-cœur ? »

Ora lui reparle d'Adam le lendemain. Elle préférerait revenir sur l'ancien Adam, Adam bébé, les trois années où il n'appartenait qu'à elle. Mais Avram l'interroge sur l'Adam d'aujourd'hui, alors, sans rien dissimuler, elle lui décrit son fils aîné, ses yeux enflammés, injectés de sang, son corps mince un peu voûté, comme amorphe, les mains ballantes, les lèvres retroussées en une moue légèrement narquoise, l'expression d'un léger mépris nihiliste.

La façon dont elle s'exprime, le regard qu'elle pose sur Adam l'étonnent. Elle a fini par adopter le point de vue objectif qu'Ilan a des garçons. Elle apprend à parler une langue étrangère.

Par petites touches, elle dépeint un jeune homme de vingt-quatre ans, vulnérable et coriace à la fois, irradiant une force tranquille qui n'est pas de son âge.

– Je ne comprends pas bien cette détermination qu'il a. C'est insaisissable, un peu... (elle avale sa salive) sombre.

Voilà, c'est dit.

– Son visage n'a rien de particulier, à première vue, en tout cas – le teint pâle, les joues obscurcies par une barbe naissante, les yeux noirs et caves, une pomme d'Adam proéminente – mais, pour moi, il est spécial. Sous certains angles, il est vraiment magnifique. Ces traits se combinent de telle manière que plusieurs strates semblent se superposer. Parfois je trouve ça passionnant à observer.

– Cette force ? Qu'est-ce que tu veux dire ?

– Comment t'expliquer ?... (Elle sait qu'elle doit être précise.) C'est... rien ne le surprend jamais. Oui, c'est exactement cela. Que ce soit joyeux ou triste, terrible ou douloureux, rien ne l'étonne.

Pour la première fois, elle s'aperçoit que sa vision de lui est exacte, et aussi à quel point il est différent d'elle – diamétralement opposé.

– Il a une si grande force, ajoute-t-elle d'une voix éteinte. La force du mépris.

Elle a assisté à deux de ses spectacles. La première fois, il l'a invitée ; la seconde, elle s'est glissée dans la salle à son insu, après qu'il a quitté la maison. Dans la salle violemment illuminée par les stroboscopes, sa fragilité presque morbide plongeait des dizaines de jeunes gens et de jeunes filles, les yeux clos, dans un état proche de la transe.

– Si tu les avais vus. On aurait dit... Je ne sais pas. Les mots me manquent.

Avram contemple un champ de tournesols albinos. Des tournesols albinos lors d'une éclipse solaire.

Ils font halte au sommet du mont Arbel, surplombant la vallée fertile de Kinneret. Le coin foisonne de randonneurs. Un groupe d'écoliers déboule en braillant. Garçons et filles se prennent en photo et galopent en tous sens. Des cars déversent des grappes de touristes, dont les guides s'égosillent à qui mieux mieux. Ora et Avram sont perdus dans leurs pensées. Une brise légère les rafraîchit après cette ascension épuisante. Ils ont à peine parlé dans la montée particulièrement raide, s'aidant des marches creusées dans la pierre et des pitons métalliques fichés dans la roche, se ménageant une pause toutes les trois ou quatre marches pour reprendre souffle. Le chant d'un coq, la cloche d'une école, des voix d'enfants montent du village bédouin en contrebas, au pied de la colline. La falaise, au-dessus d'eux, est criblée de bouches béantes, les grottes où les rebelles galiléens avaient fui Hérode (« J'ai lu quelque chose à ce sujet », déclare Avram). Les soldats d'Hérode s'étaient astucieusement glissés le long de la paroi au moyen de cages et, armés de barres de métal munies de crochets, ils avaient délogé les rebelles de leurs refuges et les avaient précipités dans l'abîme.

Par-delà la montagne et l'agitation humaine, un grand aigle plane dans le ciel bleu, survolant une colonne d'air chaud invisible qui s'élève du fond de la plaine. Avec une aisance extraordinaire, il décrit de larges cercles concentriques, danse dans le cône d'air jusqu'à ce qu'il se volatilise, puis se laisse porter en quête d'un autre courant. Avram et Ora se délectent de son manège avec, pour toile de fond, les montagnes de Galilée et le plateau du Golan, noyés d'une brume mauve, et l'œil bleu du lac de Tibériade. Ora remarque alors une épitaphe à la mémoire du sergent Roy Dror, bénie soit sa mémoire, tué au pied de cette falaise le 18 juin 2002, au cours d'un exercice opérationnel au sein de l'unité spéciale Duvdevan. « *Il tomba doucement comme tombe un arbre. Ça ne fit même pas de bruit, à cause du sable* » (*Le Petit Prince*). Ils sautent sur leurs pieds et se sauvent sur l'autre versant, où ils découvrent un mémorial dédié au sergent Zohar Mintz, tué en 1996 au Sud-Liban. *Il aimait le pays, il est mort pour lui, il nous aimait et nous l'aimions*, déchiffre Ora, les larmes aux yeux. Avram la tire par la main, et, voyant qu'elle ne bouge pas, il insiste et l'entraîne à sa suite.

– Tu me parlais d'Adam.

– Oh, Avram ! Cela va-t-il s'arrêter un jour, dis-moi ? Tous ces morts, on ne sait plus où les mettre.

– Continue l'histoire.

– D'abord, il y a quelque chose que je voulais te dire à propos d'Ofer.

Une impulsion la pousse à propulser Ofer à l'avant de la scène, quand Avram semble trop s'intéresser à Adam.

– Bon, alors, Ofer ? s'exclame-t-il, mais elle sent bien qu'il est toujours préoccupé par l'énigme que représente son frère à ses yeux.

Ils redescendent le flanc sud de la montagne, en direction de Karnei Hittin. Le chemin est bordé de champs de blé gorgés de soleil. Ils dénichent un coin isolé, tel un nid au milieu d'une prairie de lupins mauves. Avram s'allonge sur l'herbe, imité par Ora, la chienne blottie tout contre sa tête. Elle sent le corps chaud, palpitant, de cette créature qui dépend entièrement d'elle. Et si elle rompait la promesse faite à la mort de Nicotine et l'adoptait ?

– Quand Talia a quitté Ofer – à croire que l'abandon est le destin de mes fils ; ils ont hérité certaines choses de moi, finalement… Tu dois savoir une chose : Adam n'a pas réellement eu de petite amie, je veux dire une vraie histoire d'amour, avant qu'Ofer rencontre Talia. Tu te rends compte ? Deux beaux garçons comme eux. Ils sont plutôt séduisants, non ? En tout cas, ils ont commencé leur vie sentimentale assez tard. Rien à voir avec nous au même âge. Toi surtout, tu te rappelles ?

Bien sûr qu'il se rappelle. Elle lit sur son visage qu'il s'est aussitôt projeté dans le passé, à dix-sept, dix-neuf, vingt-deux ans. Il la poursuivait de ses assiduités, ce qui ne l'empêchait pas de flirter avec les filles qu'il rencontrait. Elle n'a jamais compris cette passion, ni comment il pouvait les trouver toutes dignes de son indéfectible amour. Chacune prenait de l'importance dans son cœur, gagnait en beauté et en séduction, même les plus laides et les plus stupides, et plus encore celles qui le méprisaient ou le tourmentaient.

– Tu te souviens…, commence-t-elle.

Mais il hausse les épaules avec embarras. Bien sûr qu'il se souvient. Elle songe aux efforts qu'il déployait pour les charmer, les séduire, il mettait son âme à nu devant elles, il s'humiliait, bafouillait, rougissait, tout en se moquant de lui-même : «Qui suis-je ? Une misérable bactérie issue de la fermentation hormonale.» Et maintenant, trente ans plus tard, il ose encore chicaner :

– C'était parce que tu ne voulais pas de moi. Si tu avais dit "oui" tout de suite, si tu ne m'avais pas torturé pendant cinq longues années avant de céder, je n'aurais pas eu besoin de toutes ces sottises.

Elle se redresse sur ses coudes :

– Je ne voulais pas de toi ?

– Pas comme moi je te voulais. Tu préférais Ilan. Moi, je pimentais la sauce.

– Ce n'est pas vrai. C'est complètement faux, c'était plus compliqué que ça.

– Non, tu ne voulais pas de moi, tu avais peur.

– De quoi, à ton avis ?

– La preuve, tu as fini par me laisser tomber. Admets-le.

Le silence retombe. Ora s'empourpre. Que peut-elle ajouter ? À l'époque, elle était incapable de se l'expliquer à elle-même. Pendant l'année passée avec lui, elle avait eu l'impression qu'il l'envahissait, telle une armée déferlante. Que peut-elle lui dire ? Après tout, elle avait souvent douté que c'était bien *elle* qu'il idolâtrait, que c'était vraiment sur *elle* qu'il déversait cette tempête d'amour. Peut-être était-ce une chimère sur laquelle il avait fantasmé dans le passé, et dont il rêvait encore grâce à son imagination débridée. Et même s'il était tombé amoureux d'elle un jour, dans un moment d'égarement, de panique, quand ils étaient en quarantaine à l'hôpital, au fond de lui, il n'admettrait jamais qu'elle n'était pas faite pour lui. Son étrange esprit chevaleresque, donquichottesque, l'empêcherait de jamais revenir sur son inébranlable conviction. (Mais comment aurait-elle pu lui expliquer à l'époque, alors qu'elle n'avait même pas eu le courage de se l'avouer à elle-même, comme en ce moment ?) Elle avait la sensation d'être un mannequin sur lequel il empilait des vêtements chatoyants, révélant sa sécheresse, sa médiocrité, son étroitesse d'esprit. Pourtant, chaque fois que, accablée, brisée, elle décidait de lui avouer ses véritables sentiments, il se sentait insulté, blessé de

494

constater à quel point elle ne savait rien de lui, se connaissait si peu, et était capable d'abîmer la plus belle chose qu'il ait jamais vécue. Pourquoi a-t-il tendance à tout exagérer ? se demandait-elle. Pourquoi chez lui tout prend de telles proportions ? Alors elle s'en voulait, se rappelant la fille qui avait sauté de son lit parce qu'il s'était permis des privautés avec elle. Son amour, sa passion dévorante envahissaient tout, s'emparaient de son corps et de son âme, tel un gigantesque chiot carnivore, sans qu'il imagine une seconde qu'il la faisait souffrir, lui déchirait le cœur. Et il la fixait parfois avec une telle intensité. Aucun mot ne pouvait décrire ce regard. Pas forcément dans les transports de la passion. C'était plutôt *après*. Il la regardait avec un amour si sincère, si vif, presque dément. Alors, pour se donner une contenance, elle lui pinçait le bout du nez, se mettait à rire ou à faire des grimaces, mais on aurait dit qu'il ne sentait pas sa gêne. Une expression étrange se peignait sur son visage ; il l'implorait, lui demandait quelque chose qu'elle ne comprenait pas, il s'abîmait longuement au fond de ses yeux, pareil à un corps massif et sombre sombrant dans l'eau noire, il disparaissait à mesure qu'il s'infiltrait dans son regard, prenait possession de son âme. Elle fermait les yeux, comme pour l'envelopper de toutes parts, et se protéger en même temps d'elle-même. Elle ne pouvait plus rien voir, et pourtant si, elle voyait son regard s'éteindre, révélant autre chose, quelque chose de squelettique, horrible, infini. Il plongeait en elle, de plus en plus profond, la plaquait étroitement contre lui, si fort qu'elle étouffait presque sous son étreinte, quelquefois il était secoué de frissons, comme s'il avait puisé en elle et absorbé quelque chose qu'il ne tolérait pas. Elle ignorait ce qu'elle lui avait donné, ce qu'elle avait reçu.

– Je ne pouvais pas vivre avec toi, résume-t-elle simplement.

Le soleil se couche et la terre exhale de frais effluves d'entrailles. Ora et Avram sont toujours allongés dans leur nid de verdure, immobiles. Au-dessus de leurs têtes, le ciel du soir décline ses camaïeux de bleus. « *Mets deux bouts de papier dans un chapeau. Non, non, tu n'as pas besoin de savoir pourquoi. Bon d'accord, tu as le droit de deviner, mais vite, Ora, il y a un VBT qui nous attend dehors. Maintenant, pioche un papier. Ça y est ? C'est qui ? Tu es sûre ?* »

495

Son visage s'allonge dans la pénombre. Elle ferme les yeux. *Lequel as-tu pioché? Et lequel voulais-tu piocher? Lequel as-tu choisi pour de bon? Tu es sûre?*

    – Écoute, je n'arrivais plus à respirer. Tu étais trop pour moi.

    – Comment ça, trop? Qu'est-ce qui est trop quand on aime quelqu'un?

    – Adam et Ofer étaient si paresseux qu'il leur a fallu une éternité pour se trouver une petite copine, dit-elle à Avram le lendemain, alors qu'ils traversent la forêt suisse. Ils passaient le plus clair de leur temps ensemble. Ils refusaient de se séparer et ils ont partagé la même chambre jusqu'aux seize ans d'Adam, à peu près. Nous avons alors décidé qu'il était grand temps que chacun ait la sienne propre.

    – Où les avez-vous aménagées?

Ora entend sa voix vaciller et se raidit.

    – Dans… tu sais, en bas, dans le débarras. L'espèce de cave où l'on rangeait la machine à coudre Singer de ta mère, tu te souviens?

    – Vous avez divisé l'espace en deux?

    – Oui, avec une cloison en carreau de plâtre.

    – Ils n'étaient pas trop à l'étroit?

    – Non, c'était bien agencé. Deux chambres, des sortes d'alcôves. Génial pour des ados.

    – Et une salle de bains?

    – Une douche, avec un lavabo.

    – Et l'aération?

    – On a percé deux fenêtres, ou plutôt des hublots. C'était symbolique.

    – Oui, réfléchit-il. Bien sûr.

Une fois les traitements, les opérations et ses multiples séjours à l'hôpital terminés, Avram avait décidé de ne pas retourner dans la maison de sa mère à Tsour Hadassah. Pas même pour une simple visite. Avec l'aide des parents d'Ora, grâce à plusieurs emprunts et à une hypothèque, Ilan et Ora lui avaient racheté la maison, mettant un point d'honneur à la payer plus cher que sa valeur – bien plus cher, se plaisait à rappeler Ilan, chaque fois que le sujet revenait sur le tapis – et ils avaient conclu la transaction en bonne et due forme chez un notaire, un vieil ami d'Avram. Ora – et peut-être aussi Ilan, bien qu'il l'ait toujours nié – ne s'était jamais pardonné leur cruauté, *le long calvaire qu'ils lui avaient infligé* (voilà, elle avait fini par se l'avouer), qui avait pris fin avec leur déménagement à Ein Karem. Pour l'heure, confrontée à son regard malheureux, comme aveuglé, s'efforçant de visualiser les changements et les transformations apportés à ce qui fut autrefois son foyer, elle ne peut s'empêcher de lui débiter la liste de toutes les bonnes raisons qu'elle a sur le bout de sa langue, prêtes à l'emploi : ils étaient animés des meilleures intentions du monde, pour répondre au mieux à ses besoins ; ils voulaient lui éviter d'avoir affaire à d'éventuels acheteurs et autres agents immobiliers ; ils pensaient vraiment qu'il se sentirait mieux en sachant que, d'une certaine manière, la maison restait dans la famille. Oui, mais ils l'avaient quand même rachetée (au prix fort, certes, à un très bon prix, en ce qui le concernait du moins !), et ils y avaient vécu, elle, Ilan, Adam et Ofer.

Souvent, quand personne ne regardait, en passant dans un couloir ou une chambre, elle frôlait le mur, y laissait lentement courir ses doigts. Parfois, comme il aimait le faire autrefois, elle s'installait pour lire en haut des marches menant au jardin, ou sur le rebord de la fenêtre surplombant le wadi. Il y avait les poignées des fenêtres, sur lesquelles elle s'attardait en les ouvrant, comme pour serrer une main fantôme. Il y avait la baignoire et les toilettes, les plafonds écaillés, les placards à l'odeur aigre. Les carreaux saillants ou enfoncés. Le soleil, dardant ses rayons à l'est, le matin, la réchauffait pendant de longues minutes, le petit Ofer dans ses bras, qui la fixait de son regard tranquille. La brise du soir montant de l'oued la berçait, lui caressait la peau, elle l'aspirait à grandes goulées.

– Curieusement, Ofer a eu une petite amie avant Adam.

Ora espère que la nouvelle réjouira Avram. Au lieu de quoi, il se rembrunit et s'enquiert de ce qu'elle entend par ce « curieusement ».

– C'est le cadet. Adam avait probablement besoin qu'Ofer lui ouvre la voie là aussi. Arrivés à l'âge adulte, ils étaient encore incrustés à la maison, jusqu'à ce qu'Adam parte faire son service. Ils ont été séparés par la force des choses et plus rien n'a été pareil. D'un seul coup, Adam a eu des amis, des tas, Ofer, aussi, de son côté. Et puis, il a rencontré Talia. D'un seul coup, en même temps, ils sont partis à la découverte du monde – l'armée a peut-être été une bonne chose, au fond. Mais avant les dix-huit ans d'Adam, avant son service, Ofer et lui étaient inséparables. Je veux dire Adam, Ofer et nous, tous les quatre, ensemble. (Elle fait le geste de bourrer une valise ou un sac de voyage.) Ils avaient beau avoir mille occupations, l'école, l'orchestre d'Adam, nous avions l'impression, Ilan et moi, qu'ils étaient toujours fourrés à la maison, dans le cocon familial, et se suffisaient l'un à l'autre. Je t'ai déjà parlé de ce secret qui les unissait.

Elle dodeline de la tête, les mains crispées sur les sangles de son sac à dos. C'est à peine si elle distingue ce qui l'entoure : les à-pics, les haies de framboisiers, le soleil éblouissant. Et si le lourd, encombrant secret renfermait celui qu'Ofer et Adam avaient concocté, une sorte d'igloo dans la glace ?

– C'était amusant, cette fusion. Ils étaient toujours avec nous, ils nous suivaient partout – "comme des gardes du corps", plaisantait Ilan, mi-figue mi-raisin – en promenade, parfois au cinéma, souvent même chez des amis. (Elle rit sous cape.) Incroyable, hein ? Ils se mettaient dans un coin et s'engageaient dans une grande discussion, comme s'ils ne s'étaient pas vus depuis un an. C'était extraordinaire, je t'assure, inhabituel. Et pourtant, Ilan et moi avons toujours – avions – le sentiment que c'était un peu… comment dire…

L'espace d'un instant, dans le regard vague qu'elle pose devant elle, Avram les voit tous les quatre évoluer dans les pièces de cette maison familière. Quatre silhouettes élancées, nimbées d'un halo verdâtre, diffus, comme à travers des jumelles de vision nocturne, se déplaçant lourdement, cramponnées les unes aux autres. Quand elles se séparent, même brièvement, elles laissent derrière elles un sillage lumineux de filaments gluants, entremêlés les uns aux autres. Il y a une sorte de pesanteur, de tension prudente entre ces quatre-là, constate-t-il non sans surprise, pas de décontraction ni de plaisir. Ils ne dégagent pas cette joie de vivre ensemble qu'il se représentait quand il pensait à eux, quand il se permettait d'y penser, lorsqu'il laissait se répandre dans ses veines, goutte à goutte, le poison de leur vie commune, à tous les quatre.

— Adam n'a pas été jaloux quand Ofer a eu une petite amie ? hasarde-t-il.

— Oui, cela n'a pas été facile. Adam a eu du mal à admettre qu'Ofer ait trouvé une nouvelle âme sœur, et qu'on le mette sur la touche. C'était la première fois depuis la naissance d'Ofer, tu te rends compte ! Ofer et Talia formaient un très joli couple. Il y avait beaucoup de tendresse entre eux. (L'émotion la submerge.) Quand Talia est partie, reprend-elle après une pause, Ofer s'est vautré sur son lit et ne l'a pratiquement pas quitté durant une semaine. Il ne mangeait plus, il avait complètement perdu l'appétit. Il se contentait de boire, surtout de la bière. Des amis venaient le voir – nous ignorions qu'il en avait autant – et de manière totalement improvisée, ils ont fait *shiv'ah* à la maison.

— Ils ont vraiment pris le deuil ?

— Ils s'efforçaient de le consoler, assis autour du lit. Certains partaient, d'autres les remplaçaient. La porte restait ouverte toute la semaine, matin, midi et soir. Il exigeait qu'on lui parle de Talia, que chacun lui raconte les souvenirs qu'il avait d'elle, dans les moindres détails. Inutile de préciser qu'on ne devait pas en dire du mal, il ne voulait entendre que des compliments. C'est un bon jeune homme. (Elle glousse.) Je m'aperçois que je ne t'ai pas raconté grand-chose à son sujet, pas même le début du commencement…

Elle sombre soudain dans une profonde mélancolie. Sommaire, vorace, imprudente. Il y a une éternité qu'elle ne l'a vu, ni ne lui a parlé. La période la plus longue depuis qu'il est né.

— Ils lui jouaient les chansons que Talia aimait, ils regardaient en boucle un de ses films favoris, *My Dinner with André*, engloutissaient des quantités industrielles de cacahuètes soufflées et de gaufrettes au chocolat, ses friandises préférées. Et ainsi de suite pendant une semaine. Bien entendu, il fallait nourrir et abreuver toute la troupe. Tu n'as pas idée des litres de bière que ces gamins pouvaient ingurgiter en une soirée ! Enfin j'imagine que tu en as vu d'autres au pub.

Et si, lors d'une virée à Tel-Aviv, quand ils étaient en permission, Ofer ou Adam, voire les deux ensemble, avaient atterri dans son pub? Avram aurait-il pu les reconnaître d'une façon ou d'une autre? Une intuition? Un pressentiment?

– Ora?

Elle sourit.

– Oui. J'imagine que le bruit avait circulé en ville – comme tout ce qui touchait à Ofer, en fait –, du coup, ayant appris qu'il se passait quelque chose, une sorte de deuil-de-l'amour, si tu veux, de parfaits inconnus débarquaient à la maison. Ils lui racontaient leurs histoires à eux, les peines de cœur, les chagrins inconsolables, les déceptions, les ruptures…

Ora offre son visage au chaud soleil de l'après-midi dont les rayons lissent son front. Elle est redevenue jeune et jolie, comme si l'existence l'avait épargnée. On la dirait prête à prendre un nouveau départ dans la vie, avec sa pure innocence retrouvée.

– D'ailleurs, c'est comme cela qu'Adam a rencontré Libby, celle qui est devenue sa petite amie. On aurait dit un chiot grandi trop vite, un petit animal abandonné, un ourson, qui avait une tête de plus que lui. Les premiers jours, elle est restée prostrée dans un coin à pleurer toutes les larmes de son corps. Et puis, elle s'est ressaisie et a commencé à m'aider pour la nourriture, les boissons, la vaisselle, elle vidait les cendriers, jetait les bouteilles vides. Elle s'épuisait vite et s'endormait n'importe où, dans le premier lit venu. Elle tombait comme une masse. Et voilà comment elle est entrée dans notre vie, à notre insu, petit à petit, pendant notre sommeil. Ils sont ensemble maintenant, Adam et elle. Je crois qu'ils sont heureux.

« Libby a beau ressembler à un bébé chien, elle est très maternelle avec lui, précise-t-elle avec une pointe de tristesse. Je pense qu'il est vraiment bien avec elle. En tout cas, je l'espère.

Elle pousse un profond soupir, trop longtemps contenu, un soupir de faillite totale.

– Écoute, je n'exagérais pas l'autre jour, quand je t'ai dit que je ne sais rien de sa vie actuelle.

500

En l'entendant, la chienne s'arrête et revient au trot. Penchée sur la truffe humide qui se presse contre ses cuisses, Ora parle à Avram par-dessus la tête de l'animal.

– C'est drôle, quand je prononce certains mots, ou que je parle sur un ton différent…

– Si tu éclates de rire…

– Ou si je pleure…

– Elle arrive à fond de train.

– Hier, quand tu chassais les mouches avec une serviette en braillant, tu as remarqué qu'elle était perturbée ? Ça t'a rappelé quoi, ma douce ? dit-elle en grattant affectueusement la tête de la chienne. D'où viens-tu, hein ? (Elle plie un genou, saisit le museau de l'animal entre ses mains, et frotte son nez contre sa truffe.) Que t'est-il arrivé ? Qu'est-ce qu'on t'a fait ?

Avram les observe. La lumière argente la chevelure d'Ora, qui chatoie, emmêlée à la fourrure de la chienne.

– Alors tu n'as plus aucun contact avec lui, avec Adam ? demande Avram lorsqu'ils se remettent en route.

– Il m'a écartée de sa vie.

Avram ne répond rien.

– Il y a eu un incident, reprend-elle. Ce n'était pas lui, mais Ofer, en fait, à l'armée. Une bavure dans son unité à Hébron. Il n'y a pas eu de victime, et Ofer n'était pas responsable, en tout cas il n'était pas le seul. Une vingtaine de soldats étaient impliqués, donc pourquoi lui seul aurait été coupable ? Bref, inutile de s'étendre là-dessus, ce n'est pas le moment. J'ai commis une erreur, je sais, et Adam m'en a beaucoup voulu, parce que je n'ai pas pris la défense de son frère. (Elle inspire à fond et scande, un par un, les mots qui la torturent.) Il me reproche de ne pas l'avoir inconditionnellement soutenu, tu saisis ? Tu comprends l'absurdité de la chose ? Avec Ofer, je me suis réconciliée depuis longtemps. C'est réglé, entre nous… (Elle s'interrompt, le regard fuyant.) Mais, à cause de ses sacro-saints principes, Adam refuse toujours de me pardonner.

Avram ne dit rien. A-t-elle eu raison de lui en parler ? se demande Ora, le cœur battant. Elle aurait dû le faire depuis longtemps. Elle redoute son jugement. Va-t-il penser, comme Adam, qu'elle est une mère indigne?

– Ils s'embrassent? demande Avram.
Ora se secoue, comme dans un rêve.
– Pardon? Tu as dit quelque chose?
– Non, rien.
– Tu m'as demandé s'ils...
– S'embrassaient. Oui. Adam et Ofer.
Elle lui jette un regard reconnaissant.
– Pourquoi cette question?
– Je ne sais pas, j'essaie de les imaginer ensemble, c'est tout.
C'est tout? Elle se réjouit intérieurement: *C'est tout?*

Ils ont marché longtemps. Ils ont fait des provisions au village de Kinneret et visité le cimetière, où ils ont feuilleté quelques pages des poèmes de Rachel, reliés par une chaîne à sa tombe. Après avoir traversé la route de Tibériade-Tsemach, ils ont parcouru des plantations de dattiers, et honoré la mémoire d'une mule nommée Booba, enterrée près du Jourdain, «*qui avait semé, cultivé et labouré avec fidélité la terre de Kinneret dans les années 1920 et 1930*». Ils ont observé des pèlerins originaires du Pérou et du Japon qui se baignaient dans le fleuve, chantaient et dansaient. Ils ont emprunté un chemin qui se faufilait entre l'eau claire du fleuve et un collecteur d'égout aux effluves pestilentiels, avant de s'écarter du Jourdain pour filer vers le Yavnéel. À Ein Petel, ils se sont offert un festin royal à l'ombre des eucalyptus et des lauriers-roses. Le mont Thabor se profilait à l'horizon, il ne faisait pas l'ombre d'un doute qu'ils finiraient par l'atteindre.

La journée est caniculaire. Lorsqu'ils ont bien grillé au soleil, ils piquent une tête dans une source ou vont se rafraîchir sous un irrigateur géant, au milieu d'un champ. Ils s'écorchent les jambes dans les halliers et s'accordent de temps en temps un petit somme dans un coin d'ombre, avant de repartir. Ils se badigeonnent consciencieusement de crème solaire, il s'occupe de la nuque d'Ora, laquelle se charge du nez d'Avram, et ils déplorent de concert que leur peau soit si peu adaptée à ce climat. Tout en marchant, Avram taille pour Ora « le bâton du jour » à l'aide du canif d'Ofer – aujourd'hui, une mince branche de chêne, noueuse et à moitié rongée, peut-être par une chèvre.

– Ce n'est pas très pratique, commente-t-elle après l'avoir essayé, mais il a de la personnalité, alors je le garde... Quand ils étaient adolescents, ils ne s'embrassaient presque jamais, expose-t-elle, une fois qu'ils se sont installés sur un amas de pierres à l'ombre d'un immense térébinthe atlantique sur les hauteurs de Yavnéel.

De là, on jouit d'un panorama spectaculaire sur le lac de Tibériade, le Golan, les collines de Galaad, le Meron, les monts de Samarie, le Guilboa, le Thabor et le Carmel.

Les garçons étaient gênés par leur corps, semblait-il. Elle trouvait cela étrange, d'autant qu'ils partageaient la même chambre et prenaient toujours leur douche ensemble, quand ils étaient petits, mais de là à se toucher, peau contre peau... D'ailleurs, elle ne se rappelle pas les avoir jamais vus se battre. Chahuter oui, bien sûr, bien que pas très souvent, et en grandissant, pratiquement plus du tout.

Elle donnerait cher pour savoir s'ils parlaient de la puberté, de leurs transformations physiques, des filles, de masturbation, de sexualité. Elle pressent que non. La puberté semblait les embarrasser, comme s'il s'agissait d'un intrus, d'une force étrangère qui aurait envahi leur intimité en laissant des cicatrices qu'ils préféraient garder secrètes. Elle s'était souvent demandé – elle avait interrogé Ilan à ce propos bien des fois – quelles erreurs ils avaient bien pu commettre avec les garçons. Peut-être étaient-ils trop avares de manifestations de tendresse devant eux, et ne leur montraient-ils pas assez à quoi ressemblent un homme et une femme amoureux ?

– Je trouve très curieux que les garçons soient si réservés et pudiques là-dessus, dit-elle avec un petit rire forcé. Ce n'est pourtant pas faute de les avoir encouragés à dire des gros mots, à jurer de temps à autre, pourquoi pas ? Ofer jouait le jeu avec jubilation en rougissant jusqu'aux oreilles. Mais à mesure qu'ils grandissaient, surtout en notre présence, ils se l'interdisaient.

503

C'est à cause d'Ilan et de son puritanisme à la noix, songe-t-elle. Toujours droit dans ses bottes, sans un fil qui dépasse, Dieu l'en préserve !

– Parfois j'avais l'impression – tu vas rire – qu'ils pensaient devoir préserver notre innocence, comme si nous étions à côté de la plaque. On y va ? J'ai les nerfs à vif.

La terre est sèche et craquelée, hérissée de pierres, d'une herbe grêle, piétinée, qui déjà repousse. Ici et là, ils veillent à ne pas fouler les humbles fleurs de camomille jaune et blanc qui jonchent le chemin. Les feuilles sèches du printemps précédent, effritées, perforées, translucides, réduites à l'état de squelette végétal. Un sentier rocailleux, ocre jaune, poussiéreux et verruqueux, *sans beauté ni éclat pour attirer nos regards*, semblable à des milliers d'autres, parsemé de brindilles atrophiées et d'épines de pin roussies. Une colonie de fourmis noires transporte quelques débris et la coque brisée d'une graine de tournesol. Ici, un trou de fourmilion, là, du lichen vert-de-gris brode un motif sur des rochers fendillés, une pomme de pin racornie, et parfois le petit tas de déjections noires et luisantes d'un cerf, où les minuscules pelotes brunes et friables laissées par une reine fourmi rentrant de son vol nuptial.

Ora lui prend la main.

– Tu entends ?

Quoi donc ?

– Le chemin. En Israël, les chemins émettent des sons que je n'ai entendus nulle part ailleurs, je t'assure.

Ils avancent, l'oreille tendue : le *rrrsh-rrrsh* des semelles raclant la terre ; le *rrrbb-rrrbb* de l'avant-pied frappant le sol ; le *hhhhs-hhhhs* de la marche ; le *houassh-houassh* du petit trot ; le *rrish-rrash* des cailloux qui roulent et se heurtent ; le *hrappp-hrappp* des pieds écrasant des touffes de pimprenelles épineuses.

– Heureusement qu'ils produisent les gutturales de l'hébreu. Comment pourrait-on les transcrire en anglais ou en italien ? Et si on ne pouvait le faire qu'en hébreu ?

– Tu veux dire que les chemins parlent hébreu ? Que le langage *germerait de la terre* ?

Il s'emballe à l'idée des mots jaillissant de la poussière, rampant hors des crevasses de ce terreau aride et raviné, projetés dans les airs par la fureur du hamsin, parmi les chardons, les ronces et les épines, comme des nuées de criquets ou de sauterelles.

Ora écoute ce flot de paroles. Au fond d'elle-même, un petit poisson fossilisé frétille de la queue et une vaguelette vient lui chatouiller la taille.

– Je me demande comment cela sonne en arabe, ajoute-t-elle. Après tout, ce paysage est aussi le leur, et ils possèdent aussi des consonnes laryngales, ce son qui donne l'impression de s'échapper d'un gosier desséché.

Elle illustre son propos par un raclement de gorge des plus réussis, la chienne dresse les oreilles.

– Tu te rappelles comment on dit "chardons" et "orties" en arabe, on ne te l'a pas appris aux renseignements ?

– Les chars, les avions et les bombes, oui, mais pour une raison que j'ignore, ils ont fait l'impasse sur la faune et la flore.

– Grave erreur, décrète Ora.

Il lui a demandé s'ils s'embrassaient. Elle se souvient d'une sortie au restaurant pour l'anniversaire d'Adam, il n'y a pas si longtemps. Un endroit à la mode, « un peu trop chichiteux à mon goût », dit-elle, dans un des villages perchés sur les collines de Jérusalem, au milieu des champs et des poulaillers vides. Même si Avram a travaillé dans un pub, un restaurant ou Dieu sait quoi, une famille en goguette, pour un ignorant comme lui, c'est du chinois. Elle commence donc par décrire comment ils choisissent un restaurant dans la famille. Adam est difficile à satisfaire, il a des goûts raffinés, donc ils commençaient par appeler le restaurant pour vérifier s'il y trouverait son bonheur. Cela fait, on y va et on s'attable.

– Tu n'imagines pas la complexité de la chose, les pourparlers ; rien n'est simple, chez nous.

Elle parle d'abondance. Avram visualise la scène.

– Ilan cherche d'abord la table idéale : loin des toilettes et des cuisines, sous l'éclairage parfait – ni trop cru, ni trop tamisé –, dans un coin aussi calme que possible, où il peut s'asseoir face à la porte, afin de repérer un éventuel danger qui menacerait les siens ; c'était au plus fort de la vague d'attentats.

– Pour moi, c'est tous les jours pareil, marmonne Avram.

– Adam, lui, veut se placer près du mur, presque caché, dos à la salle, ce qui ne l'empêche pas d'embarrasser ses parents avec ses pantalons déchirés, ses chemises sales et les litres d'alcool qu'il ingurgite. Ofer, lui, est comme moi : il s'en fiche, il est prêt à s'asseoir n'importe où pourvu qu'on lui apporte quelque chose de bon à manger et en quantité.

Ora aime la discrétion, mais il ne lui déplaît pas d'exhiber fièrement ses hommes.

– Une fois tout le monde installé, nous passons la commande, et c'est au tour d'Adam de faire son numéro. La serveuse le range instantanément dans la catégorie des clients "à problèmes", de ceux qui grippent la mécanique bien huilée du métier avec leurs sottes et incessantes récriminations : Surtout pas de crème, plutôt la cuisson au beurre, ne me dites pas qu'il y a de l'aubergine ou de l'avocat dans la sauce ! Sans parler des plaisanteries idiotes d'Ilan. Il ne se rend pas compte, c'est drôle, avec quelle facilité il peut faire chavirer le cœur de cette pauvre fille – de n'importe laquelle, d'ailleurs, quel que soit son âge – lorsqu'il l'inonde de l'éclat arctique de ses yeux verts.

Et puis, il y a la lutte héroïque qu'Ora mène contre son propre regard qui glisse irrésistiblement sur les prix. À chaque nouveau plat, elle se livre à des négociations secrètes entre gourmandise et frugalité – allez, autant boire la coupe jusqu'à la lie : il s'agit bel et bien d'avarice. Voilà, c'est dit. Elle trouve plutôt facile de confesser à Avram ce qu'elle a caché à Ilan pendant tant d'années.

– Où en étais-je ?

– À l'avarice, répond Avram non sans malice.

Un éclair fuse entre eux.

– Tu peux y aller, je l'ai bien cherché.

« Et si on partageait trois entrées ? suggère-t-elle invariablement. On ne finit jamais nos assiettes, de toute façon. » Ils s'ingénient à la contredire, comme s'ils taxaient sa proposition d'offense à leur appétit, et du même coup à leur virilité. Ils finissent immanquablement par commander quatre entrées, et en terminent à peine trois. Adam réclame un apéritif hors de prix – pourquoi faut-il qu'il boive autant? Ilan et elle échangent des regards appuyés. Laisse-le tranquille, qu'il en profite, ce soir, c'est moi qui régale! Et une fois la serveuse repartie à la cuisine avec les commandes, un silence à couper au couteau s'installe sur la tablée. Les trois hommes fixent le bout de leurs doigts, examinent leur fourchette, ou s'absorbent dans une énigme philoso-phique, «un problème abstrait, cosmique», persifle Ora.

Tout ira pour le mieux, elle le sait. Ils s'amusent toujours au restaurant, et les garçons aiment sortir avec les parents. Au bout du compte, ils forment une bonne équipe, tous les quatre. Les plaisan-teries ne tarderont pas à fuser, avec leur cortège de rires et de gestes d'affection. Elle pourra bientôt s'ébattre dans cette douce chaleur, ce moment de latence («rare, bien plus rare que tu peux l'imaginer») où le bonheur total et la famille fusionnent. Mais il y a toujours l'instant détestable, incontournable, tel un droit de passage, un bizutage qu'ils lui imposent avant de s'abandonner à la tendresse. C'est un rituel sadique, une ruse, une conspiration ourdie contre elle seule, du moins le perçoit-elle ainsi; et c'est parce qu'ils sentent à quel point elle a soif de cette tendresse qu'ils serrent les rangs pour l'empêcher d'y goûter ou, en tout cas, ne pas lui faciliter les choses.

– Ne me demande pas pourquoi, c'est à eux qu'il faut poser la question.

Elle les revoit assis devant elle, tous les trois, accaparés par le bout de leurs doigts et leurs fourchettes, tramant leurs petites intrigues, incapables de résister à la tentation, pas même Ilan.

– Il n'était pas comme ça avant, lâche-t-elle malgré elle.

Ilan et elle, avant, étaient... un seul esprit – elle a failli dire «une seule chair» – et, s'il le fallait, ils savaient présenter un front uni aux garçons. Il était son partenaire à part entière, mais ces dernières années («je ne comprends pas pourquoi», s'écrie-t-elle, laissant éclater à retardement sa colère), depuis que les garçons sont grands, quelque chose a déraillé, comme s'il avait décidé de «redevenir ado-lescent à son tour».

En y repensant. il lui semble que, depuis peu, et davantage encore après leur séparation, environ un an plus tôt, elle est confrontée à trois ados rebelles, butés et colériques – la lunette des toilettes, par exemple, relevée en permanence par provocation; et elle aimerait savoir pourquoi elle déclenchait chez eux cette pulsion infantile et stupide, qu'est-ce qui les transformait en trois chatons féroces lorsqu'une pelote de conspiration, ourdie contre elle, roulait à leurs pieds, et pour quelle raison lui incombait-il toujours de briser le silence au restaurant. Et si, un jour, elle participait elle aussi à l'examen détaillé de ses ongles et de sa fourchette? Si elle fredonnait dans sa barbe de bout en bout une chanson sibylline, jusqu'à ce que l'un d'entre eux craque – probablement Ofer; son sens inné de la justice prendrait le dessus, sa générosité naturelle, son besoin de la protéger l'emportant sur son envie d'appartenir à l'autre camp. Aussitôt, son cœur déborde de tendresse. Pourquoi l'entraîner dans ce jeu idiot? Mieux valait qu'elle cède, pas lui.

Et toujours la même idée fixe: si elle avait eu une fille? Une fille les aurait rabibochés avec sa joie de vivre, sa simplicité, son naturel. Qualités qu'Ora possédait jadis et avait perdues. Ora aussi avait été une fille, dans le temps, à bon entendeur! Peut-être pas aussi heureuse et insouciante qu'elle l'aurait voulu, même si elle a essayé de toutes ses forces de devenir cette créature rieuse et insouciante, à l'image de cette enfant qu'elle n'aura jamais. Elle se rappelle trop bien, confie-t-elle à Avram, les silences hostiles qui s'abattaient si souvent entre ses parents. Par quoi sa mère punissait son père de fautes dont il ignorait tout. À l'époque, Ora était l'épingle magique qui faisait le va-et-vient entre son père et sa mère pour ravauder la déchirure menaçant de les engloutir tous les trois.

Ce silence, au restaurant, ne dure pas plus d'une minute. C'est ce que comprend Avram d'après la description décousue que lui en fait Ora, les yeux baissés, même si, pour elle, ces soixante secondes semblent durer une éternité. Chacun sait que quelqu'un doit s'y coller, fendre la glace, mais qui? Qui va commencer? Qui osera se proclamer le plus faible, la carpette, le mou du genou, la bonne pâte? Qui déposera les armes le premier pour énoncer quelque chose, même une bêtise? Hé, les bêtises, c'est son truc, Ora le sait. Un brin de cynisme fera l'affaire. Comme l'histoire de la dame russe gras-souillette qui a partagé son parapluie quelques jours plus tôt, en pleine tempête. Elle ne lui a pas demandé la permission, ne s'est pas excusée, l'a gratifiée d'un grand sourire et a lancé : « On fait un petit bout de chemin ensemble, d'accord ? » Ou la vieille fille arrivée à la clinique avec une cheville foulée qui a donné à Ora, entre deux fous rires, sa recette pour faire lever la pâte : elle la met dans son lit et s'allonge avec sous la couverture, le temps d'une petite sieste, et le tour est joué, la pâte se met à gonfler ! Son répertoire est iné-puisable, ils riraient de bon cœur, se demandant comment la grosse Russe avait repéré le pigeon, elle, même sous l'orage. Ils se moque-raient de la vieille dame et de sa pâte, la taquineraient au sujet de ses autres patients et de son travail en général, qu'ils jugeaient un peu bizarre : « Comment peux-tu tripoter un parfait inconnu ? » La petite flamme qu'elle a allumée se mettrait à danser, à brûler autour de la table, leur procurant une bienfaisante chaleur.

– Tu comprends où je veux en venir ? Tu vois le tableau, ou est-ce que je…

Avram opine, fasciné. Il a peut-être assisté à des scènes similaires dans son pub, ou au restaurant indien. Dans la rue, à la plage ? Et s'il n'avait jamais vraiment renoncé au monde ? Peut-être continue-t-il à observer, scruter, espionner pour rassembler ensuite ces infor-mations au fond de lui. Oui, ce serait bien son genre, un inspecteur recueillant les preuves d'un crime commis à une échelle extraordi-naire : la race humaine.

– Après quoi, tout se passe bien, on rit, on s'envoie des piques, on bavarde. Ils sont tous les trois vifs, spirituels, cyniques et affreu-sement macabres, exactement comme vous l'étiez, Ilan et toi.

Ces mots attristent Avram, peut-être parce qu'il devine ce qu'elle omet de dire : elle avait toujours l'impression que quelque chose lui échappait dans la conversation, qu'un éclair subliminal les traversait, mais qu'elle n'entendait que le grondement du tonnerre qui le suivait.

Quand leur commande arrive, commence le jeu des échanges, ce qu'elle préfère. Les plats, les assiettes, les bols et les cuillers circulent, passent de main en main, les fourchettes piochent chez les uns et les autres ; ils comparent, goûtent, critiquent, partagent. Un voile de générosité ravie s'étale au-dessus de leurs têtes, et c'est alors que survient le vrai moment de félicité, paisible et doux, sa part de bonheur. Elle ne suit plus que d'une oreille la conversation qui la distrairait du principal. Ils se taquinent, plaisantent à propos des plats volant à travers la table comme des soucoupes, de ce que les autres clients du restaurant peuvent penser d'eux. Ou bien ils discutent de l'armée, d'un nouveau CD. Quelle importance ? L'essentiel est là : le giron familial.

« C'est nul, dit Ofer à Adam. On a passé l'été à écraser les mouches à Nebi Musa et, au bout du compte, il se trouve qu'on a tué les plus faibles et créé une nouvelle génération plus résistante, on a participé à la mutation de la race, quoi ! » Ils pouffèrent de rire. Ils ont tous les deux de belles dents, remarqua Ora. Adam décrivit les rats qui grouillaient dans la cuisine de son unité de réserve. Ofer abattit une carte maîtresse : un renard, peut-être enragé, s'était glissé dans le dortoir pendant qu'ils roupillaient et avait volé un gâteau dans un sac à dos. Ils parlaient fort, avec leurs grosses voix graves, comme toujours quand ils racontaient leurs histoires de troupiers.

– Peut-être aussi parce que Ofer avait toujours les oreilles pleines de poussière et de graisse, explique-t-elle à Avram.

Hilares, Ora et Ilan se bourraient de pain aux herbes. Ils jouaient leur rôle : relégués à l'arrière-plan, ils servaient de caisse de résonance où leurs fils clamaient leur maturité et leur indépendance, renvoyant en écho leurs déclarations aux enfants qu'ils étaient, à tout âge, jusqu'à ce qu'ils se mettent à y croire. Puis ils parlèrent d'accidents, avec ou sans gravité. Les sujets revenaient sur le tapis dans un ordre quasi immuable, en un long crescendo, Ora le comprend maintenant. À peine entré dans les blindés, raconta Adam, il avait assisté à la démonstration des risques encourus par le conducteur d'un char coincé dans le débattement latéral du canon. Le commandant avait posé une caisse en bois sur la coque du tank, puis il avait fait pivoter le canon, lequel avait broyé l'emballage, « c'est exactement ce qui pourrait arriver si l'on s'extirpe de la tourelle sans coordination», conclut-il en brandissant l'index sous le nez de son petit frère. Ora en frémit d'horreur.

«Il y a un gars chez nous, renchérit Ofer, un pauvre type, une tache, le souffre-douleur de l'unité, une vraie tête à claques. Il y a environ un mois, pendant un exercice de camouflage, il est tombé du char et son bras a doublé de volume. Du coup, on l'a envoyé se reposer en QD – le "quartier disciplinaire", traduisit Ofer avec réticence devant l'œil interrogateur d'Ora – et là une antenne lui est tombée sur la tête et lui a fracassé le crâne.» Ora et Ilan échangèrent un regard horrifié, tout en sachant qu'ils ne devaient pas commenter cette histoire; le moindre mot, la moindre grimace d'inquiétude récoltait une salve de moqueries («jupe à neuf heures», lancerait Adam pour prévenir Ofer de la présence de leur mère), mais Ofer et Adam s'en aperçurent et, une fois les fondations posées et les parents dûment éclairés sur les dangers divers et variés contre lesquels ils ne pouvaient plus protéger leurs enfants, Ofer annonça sur un ton léger que le kamikaze qui s'était fait exploser avec sa bombe à la gare routière de Tel-Aviv, deux semaines auparavant, tuant quatre civils, avait probablement franchi son barrage routier, c'est-à-dire le check-point que son bataillon était chargé de surveiller.

Savait-on exactement quand le terroriste s'était présenté, et si on tenait son bataillon pour responsable? s'informa Ilan avec un luxe de précautions. Il n'y avait aucun moyen de savoir qui était de garde au moment où il était passé, répondit Ofer, d'autant qu'il était bien possible qu'il ait transporté un nouveau genre d'explosif indétectable à un simple barrage. Ora était épouvantée, incapable de parler. Ilan avala sa salive avec peine. «Inutile de te dire que je suis bien content qu'il se soit fait exploser à Tel-Aviv et pas à côté de toi», observa-t-il. «Mais, papa, c'est mon boulot! se récria Ofer. Je suis justement là pour qu'ils se fassent sauter au barrage et pas à Tel-Aviv.»

Ora? Elle ne se souvient pas de sa réaction. Sa mémoire flanche, impossible de la recouvrer. Elle se rappelle avoir éprouvé une sensation de vacuité, comme une coquille vide. Elle avait quelque chose de coincé entre les dents, peut-être un morceau de pain de seigle aux pignons trempé dans du pesto aux noix. La conversation avait déjà bifurqué sur un soldat, une vague connaissance d'Ofer et d'Adam. À la fin des classes, le jour de la visite des familles, il avait tendu les bras à un couple d'inconnus en braillant : « Maman, papa, vous ne me reconnaissez pas ? » Ofer et Adam, et Ilan aussi, certainement, se tordaient de rire, tandis qu'Ora en restait bouche bée et que les serveuses aux allures de nymphettes virevoltaient autour des tables en murmurant : « Tout va bien ? » Deux semaines plus tôt, un terroriste bardé d'explosifs était passé tout près d'Ofer, posté là pour qu'il se fasse sauter au barrage et pas à Tel-Aviv.

Ofer reprit son sérieux pour raconter à Adam et Ilan l'opération menée à Hébron la semaine précédente. Il n'avait pas le droit de s'étendre, mais il pouvait leur donner une idée. Son bataillon avait été envoyé là-bas dans le cadre d'une campagne de neutralisation, pour éliminer des suspects planqués dans la casbah – Ora ne lui prêtait qu'une oreille distraite ; elle était ailleurs –, ce qui n'était jamais arrivé auparavant, car cela ne faisait pas partie de leurs attributions. Ils avaient réquisitionné un immeuble pour le transformer en poste d'observation, après avoir rassemblé les habitants dans un seul appartement. « On les a très bien traités, d'ailleurs », précisa-t-il en lui glissant un regard en coin, mais elle était déjà loin. Aurait-elle écouté l'histoire qu'elle aurait peut-être pu changer quelque chose. Ou pas. Ensuite – comment la conversation avait-elle dévié ainsi ? Rétrospectivement, au prix d'un effort surhumain, durant des semaines et des mois, elle était parvenue à rassembler les fragments épars et recomposer la trame approximative de cette soirée. Ofer demanda à son frère de lui expliquer un détail concernant la procédure d'arrestation d'un suspect, mais là encore elle n'entendit que des bribes. Tu cries trois fois, en hébreu et en arabe : « Stop ! Qui va là ? » Puis trois fois « Arrêtez ou je tire ! » (Adam) « *Waqaf walla batukhak !* » (Ofer). Ensuite tu armes ton fusil et tu vises à soixante degrés. (Ofer à nouveau ?) Et tu tires. (Adam) La musique de leurs voix, remarqua Ora, était exactement la même que lorsqu'ils révisaient ensemble le contrôle de grammaire d'Adam, Adam le maître, Ofer l'élève.

« Dans le viseur, tu pointes les jambes, oui, au niveau des genoux, tu ne bouges plus, et s'il ne s'arrête pas, tu remontes le canon au centre de la masse corporelle, et tu tires dans l'intention de tuer. »

Ofer admit piteusement qu'il ne sait pas trop ce qu'est cette fameuse « masse ».

« Tu n'as jamais fait de physique à l'école ou quoi ? gronda son frère.

– Si, mais ça se trouve où, la masse, sur quelqu'un ?

– Quand j'étais dans les Territoires, ils nous disaient de viser entre les tétons, ricana Adam.

– À ma dernière séance de tir, dit Ofer, j'ai touché la cible dans l'estomac. "Je t'avais averti de viser les genoux !" a hurlé l'instructeur. "Mais chef, comme ça aussi, il va tomber, non ?" je lui ai répondu. »

Ils éclatèrent de rire. Ofer lança un regard circonspect à sa mère, sachant qu'elle n'appréciait guère ce genre de plaisanterie. Adam, qui ne l'ignorait pas non plus, grimaça un sourire :

« J'en connais qui croient que les Arabes se baladent avec une cible sur le visage, comme à l'exercice. »

Maintenant Ora est de retour parmi eux. La faille temporelle dans son cerveau a été comblée. Elle a subi une sorte de choc électrique lorsque Ofer s'est exclamé : « Mais, papa, c'est mon boulot ! Je suis justement là pour qu'ils se fassent sauter au barrage et pas à Tel-Aviv. » Et elle se remet à rire avec eux, un peu malgré elle, elle veut les imiter, ne supporte plus de rester à l'écart. Quelque chose cloche. Son regard passe désespérément d'Ilan, à Ofer et à Adam. Il y a une odeur bizarre ; elle glousse nerveusement en se demandant s'ils la sentent aussi. Au moment de la décharge électrique, elle a vu quelque chose, une scène réelle, tangible : venu du dehors, un énergumène a sauté sur leur table, a baissé son pantalon et lâché un énorme étron fumant au milieu des assiettes et des verres. Les conversations se sont poursuivies comme si de rien n'était, les nymphettes en tablier voltigeaient toujours autour des convives imperturbables en gazouillant : « Tout va bien ? » Quelque chose lui échappe. Autour d'elle, tout le monde semble avoir suivi un stage accéléré pour apprendre à gérer ce genre de situation, comment réagir quand votre fils vous balance, l'air de rien, quelque chose comme : « Mais, papa, c'est mon boulot ! Je suis justement là pour qu'ils se fassent sauter au barrage et pas à

513

Tel-Aviv. » Elle a dû louper plusieurs séances. L'atmosphère devient soudain irrespirable. Elle finit par comprendre les signes précurseurs, la sueur qui l'inonde. Elle a déjà eu ce genre de crise dans le passé. C'est purement physique, rien de grave, des bouffées de chaleur, les troubles de la ménopause. C'est incontrôlable, comme une petite Intifada dans son corps. Les mêmes symptômes s'étaient manifestés au cours de la cérémonie de fin d'instruction des jeunes recrues, dans la cour carrée de Latrun, pendant que la parade défilait devant le mur recouvert des noms de milliers de morts, tombés au champ d'honneur. Ainsi que lors d'une démonstration de tir à Nebi Musa, à laquelle les parents avaient été conviés, de même qu'à deux ou trois autres occasions – saignements de nez, nausées, crise de larmes hystérique. Ce soir – elle rit jaune –, elle redoute d'avoir la diarrhée et de ne pas arriver aux toilettes à temps. À ce point-là ! Elle s'agrippe à sa chaise, se retient tant qu'elle peut, les traits crispés. Comment se peut-il qu'ils ne remarquent rien ? Son regard las se porte de l'un à l'autre, ils continuent à bavarder. Riez, riez, pense-t-elle. Libérez les tensions accumulées dans la semaine ! Au fond d'elle-même, elle s'effondre totalement. Elle n'est plus qu'une coquille remplie d'eau. Une noix de coco. Et si les autres étaient des acteurs ? Peut-être sa famille a-t-elle été échangée contre une autre ? Son cœur bat à grands coups. Est-il possible que personne n'entende son cœur battre ? La solitude l'étreint. L'isolement de l'enfance. Quelle chaleur ici ! À croire qu'on a allumé tous les fours et fermé toutes les fenêtres. Et quelle odeur infecte ! Elle plaque une main sur sa bouche. Elle étouffe. Elle doit se reprendre, ne rien montrer, surtout. Il ne faut pas saboter cette merveilleuse soirée. Ils passent un si bon moment, tous les trois. Ils s'amusent bien. Elle ne va pas leur gâcher la fête à cause de son corps vieillissant qui fait des siennes. Elle va reprendre ses esprits dans une minute. Ce n'est qu'une question de volonté. Il suffit de ne plus penser au ton sévère, grave, raisonnable qu'il avait pour dire : « Mais, papa, c'est mon boulot ! » Et voilà que, devant les visages hilares d'Ilan, d'Ofer et d'Adam, ça recommence. Mon Dieu, le forcené revient à la charge parmi les délicates libellules, sous l'éclairage tamisé – « Tout va bien ? » – il saute sur la table à pieds joints et lâche une bouse infâme. Un raz-de-marée la submerge ; dans une seconde, son corps ne pourra plus contenir le trop-plein, qui jaillira de sa bouche, de ses yeux, de ses narines, elle se dépêche de verrouiller soigneusement chaque orifice qui pourrait la trahir, la seule chose à laquelle elle pense c'est le soulagement immense, scandaleux, que ce type doit ressentir, les deux pieds solidement plantés sur la table, en s'accroupissant parmi les petites assiettes blanches, les verres délicats, les serviettes, les bouteilles de vin et les piques à asperges, pour évacuer consciencieusement d'énormes selles à la puanteur radioactive. Ora lutte de toutes ses forces pour détourner le regard du centre de la table, de cet énorme monstre nu qui lui sourit de toutes ses dents – il ne sourit pas, il n'est pas là, il n'existe pas, elle va exploser – « Je reviens », chantonne-t-elle gracieusement, les lèvres pincées, avant de filer en quatrième vitesse.

Il y a longtemps, Ofer commençait à servir dans les Territoires (« C'est une parenthèse, précise-t-elle à Avram, rien à voir avec la soirée au restaurant »), alors qu'ils vivaient à Ein Karem, elle avait entendu un bruit étrange provenant des marches menant au jardin, à l'arrière de la maison. Elle se rendit au fond du jardin, où elle trouva Ofer en short et chemise militaires – il était en permission – occupé à tailler une branche avec son canif. Quand elle lui demanda ce qu'il faisait, il haussa un sourcil ironique :

« Ça ressemble à quoi, d'après toi ?

– Un bâton rond. »

Il sourit.

« C'est une matraque. Matraque, je te présente ma mère. Maman, voici Matraque.

– C'est pour quoi faire ?

– Pour frapper les petits renards. »

À Ora qui demandait si l'armée ne lui fournissait pas de quoi se défendre, il répondit :

« Pas des matraques, et les matraques, on en a besoin, c'est l'arme la plus efficace dans notre situation. »

Cela lui faisait peur, lui dit-elle.

« Pourquoi, maman ? Une matraque, c'est un usage minimum de la force. »

Avec un cynisme dont elle n'était pas coutumière, Ora lui demanda s'il existait aussi un acronyme pour cela, UMF par exemple ?

« Maman, c'est dissuasif ! Les matraques préviennent la violence, elles ne la provoquent pas.

– Peut-être, mais laisse-moi quand même te préciser que je n'aime pas beaucoup voir mon fils se fabriquer une matraque. »

Ofer ne répondit pas.

– En général, dit Ora à Avram, il évite ce genre de discussion avec moi. Il déteste ces débats à n'en plus finir, et il a toujours affirmé qu'il se désintéressait de la politique.

Il faisait son boulot, point à la ligne, et quand il en aurait fini, quand tout cela serait derrière lui, il lui avait promis de réfléchir sérieusement à ce qui s'était passé. Il se remit à polir sa massue jusqu'à ce qu'elle soit parfaitement lisse. Ora s'installa en haut des marches, derrière lui, hypnotisée par ses doigts agiles.

– Il a des mains en or. Si tu voyais tout ce qu'il a fabriqué. Une table de salle à manger ronde. Et notre lit aussi.

Ofer enroula un élastique autour d'une extrémité du bâton. Ora descendit l'escalier et demanda si elle pouvait toucher. Pour une raison obscure, elle devait la tâter, savoir ce qu'on ressentait quand elle vous frappait. (« On aurait dit une matière noire, rêche, déplaisante », rapporte-t-elle à Avram, qui avale sa salive, le regard dans le vide.) Ofer ajouta de la toile brune autour de la bande élastique ; sa trique était prête, et c'est alors qu'il fit ce *geste*. Elle montre à Avram comment Ofer frappa trois fois le bâton dans le creux de sa main pour en éprouver la solidité, évaluer sa force cachée. Il joua avec comme si c'était avec une bête sauvage qu'on commençait à dresser.

– Le spectacle d'Ofer fabriquant ce gourdin n'était pas vraiment agréable à regarder. J'ai pensé qu'il fallait te le dire.

Avram opine pour signifier qu'il a intégré cette information aussi.

– Où en étais-je ?

– Aux câlins, et au restaurant.

Il aime l'entendre répéter : «Où en étais-je?» Il lui semble alors voir une jeune fille débraillée, rêveuse et distraite.

– Ah oui! On fêtait l'anniversaire d'Adam, et nous ignorions même s'ils seraient tous les deux à la maison ce shabbat-là. Adam effectuait sa période de réserve dans la vallée du Jourdain et Ofer se trouvait à Hébron, et il n'était pas censé sortir pour le week-end, mais on l'a laissé partir à la dernière minute. Une voiture se rendait justement à Jérusalem, il est arrivé très tard, complètement épuisé. Il a même piqué du nez plusieurs fois pendant le dîner. Il avait eu une semaine difficile, nous l'avons appris ensuite, et il était tellement fatigué qu'il avait du mal à garder les yeux ouverts.

Avram grille d'impatience.

Elle omet avec tact les désordres intestinaux qui l'avaient empêchée d'avaler quoi que ce soit.

– Nous avons passé une soirée très agréable. J'ai demandé qu'on trinque à la santé d'Adam, poursuit-elle, d'une voix crispée, espérant avoir réussi à dépeindre l'état d'épuisement abyssal d'Ofer, lequel constituerait sa ligne de défense dans le long réquisitoire qui suivrait. Nous avons un rituel quand il y a quelque chose à fêter, nous portons toujours un toast.

Elle hésite. Nos réunions de famille, nos petites cérémonies lui feraient-elles du mal? Allez, continue, l'encourage-t-il du regard.

– En temps normal, Adam nous défend de le faire en public, au vu et au su de tout le monde. Sur ce plan, c'est le portrait craché d'Ilan.

Avram sourit.

– Au cas où vous seriez espionnés par des gens qui ont réservé leur table des mois à l'avance pour ne rien manquer du tableau?

– Exactement. Mais ce soir-là, Adam y a consenti, à condition de laisser l'honneur à Ofer. Ilan et moi n'en revenions pas. Je me suis dit que je porterais mon toast plus tard, à un moment où nous serions seuls tous les deux, ou que je le lui écrirais. Je rédigeais toujours des vœux pour son anniversaire, pour tous les trois en fait, parce que je pense, je pensais, que cette date était une occasion de faire le point, récapituler une période, et puis je savais qu'il conservait mes cartes. Hé! nous parlons pour de vrai à présent, tu as remarqué?

– On dirait.

– Il faudrait traverser le pays trois ou quatre fois au moins pour avoir le temps de tout se raconter.

– Ce n'est pas une mauvaise idée.

Ora ne répond rien.

– Où en étais-je? reprend Avram à sa place, un peu plus tard. Au restaurant, le toast d'Ofer, répond-il aussitôt.

– Ah oui, l'anniversaire!

Elle replonge dans ses pensées. Les ultimes moments de bonheur fragile, timide, ce week-end-là. Voilà à quoi elle se consacre depuis des jours, comprend-elle tout d'un coup: l'apologie d'une famille qui a été et ne sera plus jamais.

– La tête dans ses mains, Ofer a réfléchi quelques minutes sans se presser. Il n'a pas la vivacité d'Adam. Il est plus lourd, plus massif, dans ses mouvements, ses paroles, physiquement aussi. Quand on les voit ensemble, on le prend souvent pour l'aîné. En tout cas, c'était très gentil de sa part de répondre sérieusement à la suggestion de son frère. Avant tout, a-t-il commencé, il tenait à dire combien il était heureux d'être le frère d'Adam. Ces dernières années, après le lycée (ils avaient fréquenté le même), et surtout depuis qu'il servait dans le même bataillon que lui, il apprenait à mieux le connaître à travers le regard des autres – enseignants, soldats, officiers. Au début, il trouvait exaspérant qu'on l'appelle Adam par erreur, qu'on ne voie en lui que le petit frère, mais maintenant... "C'est vrai, a dit Ofer de sa voix lente, râpeuse et profonde, on n'arrête pas de me parler de toi pour dire à quel point tu es un type génial, un ami dévoué, un *guy* à l'esprit d'initiative. Ils ont tous tes plaisanteries à la bouche, et chacun dans le bataillon a une anecdote à raconter sur toi: comment tu as aidé l'un, remonté le moral de l'autre..."

– Adam? Tu parles bien d'Adam, n'est-ce pas? dit Avram.

– Oui, nous avons été un peu déroutés par cette nouvelle facette de sa personnalité, nous aussi. Ilan en a même plaisanté en reprochant à Ofer de détruire imprudemment la réputation qu'Adam avait mis des années à se forger à la maison.

« C'est comme le bingo que tu as inventé à l'école et qui porte toujours ton nom, ajouta Ofer.
– De quoi s'agit-il ? demanda Ilan.
– Tu choisis sept mots qu'il est hautement improbable que le prof prononce pendant le cours, comme "pizza", "danseuse du ventre" ou "Esquimau", par exemple. Au début de l'heure, chaque élève les écrit pour ne pas les oublier, et le but du jeu est de poser innocemment des questions au prof, de façon à ce qu'il les dise à son insu. »
Ilan se pencha en avant, l'œil pétillant, les doigts entrelacés.
« Et évidemment, le prof, il ne se doute de rien.
– Évidemment, sourit Adam. Il n'en revient d'ailleurs pas de l'intérêt soudain des élèves pour son cours barbant.
– Oh ! fit Ilan avec admiration. J'ai élevé une vraie vipère ! »
Adam courba la tête avec modestie.
« C'est une étincelle de génie, non ? » commenta Ofer à l'adresse d'Ilan qui opina du chef en lui tapant sur l'épaule.
Ora, qui n'avait pas bien saisi les règles du jeu et n'aimait guère le peu qu'elle en avait compris, attendait avec impatience qu'Ofer reprenne la conversation interrompue.
« Et qui gagne ? s'enquit Ilan.
– Celui qui parvient à faire dire au prof le maximum de mots de la liste. »
Ilan opina.
« D'accord, donne-moi un exemple de stratégie.
– Mais Ofer n'a pas terminé ce qu'il voulait dire à Adam, objecta Ora.
– Une seconde, maman, rétorqua joyeusement ce dernier, c'est super marrant, ce truc. Vas-y, choisis un mot, enjoignit-il à son frère.
– Toi d'abord, rétorqua Adam.
– Je ne veux rien entendre, prévint Ilan en riant. C'est moi le prof ! »
Tête contre tête, les garçons se concertèrent à mi-voix en ricanant.

519

« En histoire, précisa Adam pour corser le tout.

– L'affaire Dreyfus, décida Ilan. Je m'en souviens à peu près. »

Et de se lancer dans le récit détaillé de l'officier français juif accusé de trahison. Ofer et Adam le bombardèrent de questions. Il parla du procès, des pressions exercées sur les avocats et les dreyfusards, de sa condamnation. Les garçons se passionnaient pour les membres de la famille, leurs habitudes alimentaires et vestimentaires. Ilan ne déviait pas de son sujet, évitant tous les pièges. Theodor Herzl assistant à la dégradation publique de Dreyfus. Les questions des garçons fusèrent. Ora se carra sur sa chaise pour mieux les observer. Galvanisés, les trois autres se déchaînèrent. Dreyfus transféré sur l'île du Diable, Émile Zola rédigeant son *J'accuse !*, Esterhazy arrêté et condamné, Dreyfus libéré… Les deux frères s'intéressèrent à Herzl, la publication de *L'État des juifs*, ses rencontres avec le sultan de Turquie et l'empereur Guillaume II d'Allemagne. Penché en avant, très concentré, Ilan s'humectait les lèvres, les yeux brillants. Les garçons salivaient, tels deux louveteaux encerclant un buffle. Ora jouait le jeu, sans trop savoir qui elle souhaitait voir gagner. Son cœur penchait pour les garçons, mais quelque chose dans l'enthousiasme sauvage qui enfiévrait leurs visages la chiffonnait, et elle était émue par les tempes légèrement grisonnantes d'Ilan. Le premier Congrès sioniste se réunissait à Bâle, *Altneuland* voyait le jour, la Grande-Bretagne proposait aux sionistes de coloniser l'Ouganda – « une terre qui aurait des effets bénéfiques sur la santé des Blancs », cita Ilan en rassemblant ses souvenirs de lycée – Adam se demanda comment les choses auraient tourné si les sionistes avaient accepté : l'Afrique tout entière aurait été prise de fièvre et d'une agitation frénétique si les juifs s'y étaient installés et s'étaient mis à tout réorganiser avec leur hyperactivité.

« Ils se seraient trouvés aux prises avec un antisémitisme virulent au bout de soixante petites secondes, renchérit leur père.

– Et après, il aurait fallu qu'on occupe la Tanzanie, le Kenya et la Zambie pour nous préserver de tant de haine ! pouffa Ofer.

– Leur apprendre à aimer Israël et le bouillon de poule, l'essence du judaïsme ! ajouta Adam, mort de rire.

– Sans parler de la carpe farcie, ricana Ilan.
– Bingo !» hurlèrent les garçons en sautant sur leurs pieds.

Les plats de résistance arrivèrent. Ora s'en souvient en détail. Adam avait pris un tournedos, Ilan une cuisse d'oie et Ofer un steak tartare. Son regard était irrésistiblement attiré par la viande crue dans l'assiette de son fils, se rappelle-t-elle. Le petit Ofer végétarien était bien loin. Au cours des semaines et des mois suivants, les nuits d'insomnies et les journées cauchemardesques qu'elle avait passées à ressasser les événements de cette soirée, minute après minute, elle s'était maintes fois demandé à quoi pouvait penser Ofer en l'avalant, ou pendant la partie de bingo, et s'il était possible qu'il ne se souvienne plus de rien – après tout, ils avaient parlé d'occupation, de haine, de prisonniers libérés, de la loi du silence. Comment se pouvait-il qu'un petit signal d'alarme n'ait pas résonné dans son crâne ? Qu'il n'ait pas établi un parallèle, même lointain, entre tout cela et, disons, un vieil homme bâillonné, enfermé dans une chambre froide, dans la cave d'une maison d'Hébron ?

– Il était vraiment épuisé, affirme Ora sans transition. Ses yeux se fermaient et il avait du mal à redresser la tête. Il n'avait pas dormi depuis quarante-huit heures et venait d'engloutir trois bières. Les plaisanteries, la bonne humeur ambiante le maintenaient éveillé.

Il y a eu un moment, du moins le pense-t-elle, où un vague souvenir a paru affleurer à sa conscience. Il a emprunté le portable d'Adam pour appeler son unité. Elle revoit clairement le téléphone dans le creux de sa main. Les sourcils arqués, le front plissé, il luttait contre la fatigue pour saisir une pensée fugitive, au moment où, sur l'écran, une fonction qu'il ne connaissait pas a attiré son attention, et il a demandé des éclaircissements à Adam.

« Ofer, tu n'as pas terminé ton petit discours en l'honneur d'Adam, remarqua Ora.

– Je l'en dispense, fit Adam en s'attaquant à son steak.

– C'est injuste ! Il n'a pratiquement pas commencé !

– Bon, à condition qu'il veuille bien continuer, transigea Adam.
Et sans trémolos, s'il te plaît ! »

Ofer reprit son sérieux. Son visage s'adoucit et se durcit tour à
tour. Ses lèvres charnues, délicatement dessinées, les lèvres d'Avram,
remuèrent. Il posa sa fourchette. Ora intercepta les regards amusés
qu'échangeaient Ilan et Adam : Attention, préparez les mouchoirs !

Ofer poursuivit son speech :

« En fait, je ne sais pas comment je m'en serais sorti si tu ne m'avais
pas tiré d'un tas d'embrouilles dont les parents n'ont même pas idée. »

C'était surprenant. Ora était tout ouïe, de même qu'Ilan.

– Ils nous avaient habitués à l'inverse ; c'était généralement Ofer
qui veillait sur Adam. Voilà qui ouvrait de nouveaux horizons, dont
j'avais toujours espéré l'existence. Tu comprends ce que je veux dire ?

Avram hoche vigoureusement la tête. Sa lèvre inférieure semble
empiéter sur l'autre.

– Adam baissa les yeux, la nuque marbrée de rouge, et j'ai alors
compris qu'Ofer disait la vérité.

Ofer continua :

« Personne au monde ne me connaît comme toi, moi et mes petits
secrets, et tu es le seul qui, depuis la minute où je suis né, a toujours
agi pour mon bien. »

Adam n'émit aucun commentaire, pas la moindre plaisanterie,
comme s'il tenait à ce que les parents l'entendent.

« Et tu es le seul en qui j'ai confiance, il n'y a personne que j'aime
et admire autant que toi. Personne. »

Ora et Ilan baissèrent la tête pour que les garçons ne surprennent
pas leurs regards.

« Même si tu m'agaçais souverainement, surtout quand ça virait au
prêchi-prêcha ou que tu critiquais mes goûts musicaux.

– Guns'n'Roses, ce n'est pas de la musique, glissa Adam. Et Axl
Rose ne sait pas chanter non plus.

– Oui, mais à l'époque, je ne le savais pas, et je t'en ai énormément
voulu de me gâcher le plaisir, jusqu'à ce que je me rende compte que
tu avais raison. Tu vois, tu m'as fait avancer dans tous les domaines.
Et tu m'as évité un tas de problèmes. Et même si tu n'étais pas

particulièrement balèze, et que je ne pouvais pas menacer les gamins qui me tabassaient de leur envoyer mon grand frère leur casser la figure, je savais que je pouvais toujours compter sur toi et que tu ne me laisserais jamais tomber.»

Il rougit, comme s'il venait de prendre la mesure de sa franchise. Un ange passa. Personne n'osait relever les yeux. Ils avaient touché le noyau dur. Ora oublia de respirer, et pria pour qu'Ilan ne glisse pas une de ses plaisanteries habituelles. Que l'un ou l'autre ne se lance pas dans l'un des numéros dont ils avaient le secret.

Les yeux embués de larmes, Ilan l'enveloppa d'un regard reconnaissant et leva son verre dans sa direction.

«*Lehaïm!* dit-il. À nous!

– *Lehaïm!* firent Ofer et Adam en levant leurs verres à leur tour, les yeux fixés sur elle.

– À nous!» répéta Ofer.

Son regard croisa celui de sa mère, sur une nouvelle fréquence, semblait-il. Il sait, songea-t-elle en une fraction de seconde.

– Après quoi, il s'est raidi, comme assommé par son long monologue, sa tête est retombée dans ses mains, comme cela, et alors Adam l'a pressé sur son cœur. Il l'a vraiment étreint contre lui (Avram le voit, il les voit) et même si son frère le dépassait de quelques bons centimètres, il l'a serré dans ses bras, la tête d'Ofer s'inclinait, comme ceci.

Elle revoit sa belle tête, bien proportionnée. À l'époque, il ne la rasait pas encore, et ses mèches éclaircissaient quand il venait de les couper. On aurait dit qu'Adam respirait les cheveux de son frère, comme il en avait l'habitude lorsque Ofer était bébé et qu'elle venait de lui faire un shampooing.

Elle imite le geste, la tête nichée dans le creux de son épaule.

– Ilan et moi les regardions et j'ai eu l'impression... Ilan aussi peut-être, nous n'en avons jamais reparlé...

– Quelle impression?

– Quand ils étaient enlacés, j'ai eu la conviction absolue, jusqu'au tréfonds de mon être, que même lorsque nous ne serions plus là, ils resteraient ensemble, que rien ne les séparerait, qu'ils ne s'éloigneraient

jamais l'un de l'autre, ne deviendraient pas des étrangers, et se sou-
tiendraient toujours en cas de besoin. Ils formeraient une famille, tu
comprends ?

La bouche d'Avram esquisse une grimace douloureuse.

Elle le considère, les yeux pleins de larmes.

– Que va-t-il se passer, Avram ? Que va-t-il se passer s'il...

– Continue à me parler de lui !

Il crie presque.

Sur le trajet du retour, ils étaient tous repus, ramollis, détendus.
Les garçons entonnèrent une chanson idiote des Monty Python où il
était question d'un bûcheron travesti.

Ora nota avec satisfaction cette entorse à leur puritanisme ordinaire,
comme s'ils considéraient que leurs parents étaient enfin devenus
adultes eux aussi. Assis à l'arrière, ils se frappaient les cuisses, le
ventre et le torse en s'époumonant – la large poitrine d'Ofer renvoyait
un écho profond, excitant, pareil à une grosse caisse –, ensuite, ils
discutèrent du pub où ils finiraient la soirée. Comment pouvaient-
ils avoir encore l'énergie de passer la moitié de la nuit à boire, alors
qu'Ofer avait du mal à garder les yeux ouverts ? Ilan leur recom-
manda de ne pas se rendre ensemble au même endroit, leur rappelant
qu'un mois plus tôt, un terroriste bardé d'explosifs avait été arrêté à
l'entrée d'un bar à Jérusalem. La main sur le cœur, ils lui en firent
solennellement la promesse : Ofer irait au pub du *Chahid*, Adam à
la discothèque des *Martyrs du Hezbollah*. « Ensuite on se retrouvera
sur la place des *Soixante-Dix Vierges* et on traînera un peu dans le
centre, dans des endroits fréquentés par des gens au faciès oriental
et aux yeux perçants. »

Le lendemain, dans la cuisine à huit heures du matin, Adam et
Ofer dormaient encore – ils avaient dû rentrer à l'aube –, Ilan et Ora,
baignant dans la douce euphorie de la veille, se disposaient à partir
pour leur promenade quotidienne. Avant de sortir, ils préparèrent le
petit-déjeuner des garçons – une grosse salade, du *jachnun*, des œufs
durs et des tomates hachées menu – afin que tout soit prêt au moment

où ils se lèveraient. Ils s'activèrent en bavardant à mi-voix du dîner d'anniversaire, de ce qu'Ofer avait dit à Adam, de leur étreinte, si inhabituelle. Un coup timide retentit à la porte d'entrée, suivi d'une sonnerie stridente, insolite.

Ilan et Ora se regardèrent. Cela n'avait aucun sens, et pourtant ce genre d'intrusion, à cette heure, un samedi matin, ne pouvait signifier qu'une chose. Ora posa son couteau et dévisagea Ilan, les yeux écarquillés par la panique. Un éclair de terreur folle, presque inhumaine, se cristallisa entre eux. Autour d'eux, le monde ralentit, se pétrifia. De même que la certitude qu'Adam et Ofer cuvaient leur vin dans la pièce voisine – et s'ils n'étaient-ils pas rentrés ? Nous ne les avions pas vus de la nuit, et une nuit entière, c'est très long en Israël. Et s'il s'était passé quelque chose, s'ils avaient été rappelés d'urgence dans leurs unités ? Nous n'avions pas écouté les informations, ni même allumé la radio !

Ora chercha du regard les clés de voiture qu'Adam avait prises la veille au soir. Il lui sembla les voir accrochées au clou, mais peut-être s'agissait-il d'un autre trousseau. Nouvelle sonnerie, insistante. Ils sont à la maison, tous les deux, se rassura-t-elle résolument. Ils dorment. Cela n'a rien à voir avec eux. Impossible. Ils avaient dû oublier d'éteindre les phares de la voiture et un voisin venait les avertir. Ou alors, on avait forcé la portière – cette hypothèse, au moins, elle pouvait l'entendre, elle l'admettait volontiers, même. On tambourina de nouveau à la porte. Ni l'un ni l'autre ne bougea, comme pour dissimuler leur présence.

On aurait dit une répétition générale, à croire qu'ils s'entraînaient contre une menace permanente sans réussir à jouer leurs rôles. Ilan posa une main sur le comptoir de la cuisine. Elle constata à quel point il avait vieilli ces dernières années, depuis que les garçons étaient partis pour l'armée. Elle pouvait lire sur son visage défait, dévasté : la douce illusion dans laquelle ils vivaient venait de voler en éclats. Leur petite cellule clandestine avait explosé. Pendant vingt ans, ils avaient marché au-dessus de l'abîme, sachant qu'il se trouvait là, sous leurs pieds, et maintenant ils tombaient, indéfiniment, la vie était finie. Leur vie d'avant était terminée.

Elle voulut s'approcher de lui pour qu'il la soutienne, la prenne sous son aile, comme il le faisait toujours, mais elle en était incapable. Nouveau coup de sonnette. Ora éprouva une étrange sensation, comme si deux dimensions de la réalité, diamétralement opposées, fusionnaient soudain : dans l'une, Adam et Ofer dormaient à poings fermés dans leurs lits, dans l'autre, on venait leur annoncer la mort de l'un d'eux. Ces dimensions étaient aussi tangibles et réelles l'une que l'autre, et pourtant elles ne se contredisaient pas.

« Qu'est-ce que tu attends pour ouvrir la porte ? maugréa Ilan.

– Mais ils sont tous les deux à la maison, non ? » fit-elle d'une voix méconnaissable.

Il haussa les épaules misérablement, comme pour dire : Et alors, combien de temps crois-tu que nous pourrons les protéger ? Lequel ? s'interrogea-t-elle. À travers le brouillard qui lui obscurcissait l'esprit surgit le souvenir du tirage au sort. *Mets deux bouts de papier dans un chapeau...*

Ora ouvrit la porte et découvrit deux très jeunes policiers militaires en uniforme, l'air mal à l'aise. Elle chercha du regard le médecin qui complète toujours le trio des messagers de mauvaises nouvelles, mais ils étaient seuls. L'un d'eux avait de très longs cils, aussi fournis que les poils d'une brosse. Remarquer des détails aussi insignifiants ne plaidait pas en faveur de son instinct de survie. Dans ce pays, il fallait apprendre à réagir au quart de tour. Son compagnon, la peau vérolée d'acné, tenait à la main un document portant un cachet officiel. Il demanda si Ofer était à la maison.

Le carnet qu'ils ont repris à l'inconnu, près de la rivière Kedesh, contient encore quelques feuillets vierges, qu'Ora s'empresse de couvrir de sa fine écriture :

Les milliers d'instants, d'heures, de jours, les millions de gestes, les innombrables actes, tentatives, erreurs, paroles et pensées, qui constituent un être unique au monde.

Elle lit la phrase à Avram.

– Il va s'en sortir, tu verras. Nous faisons tout pour cela.

– Tu le crois vraiment ?

– Je pense que tu sais exactement ce qu'il faut faire, comme toujours. Montre-moi ça une minute, reprend-il après une pause.

Elle lui tend le calepin. Il s'en saisit avec précaution et relit la phrase tout bas : «*Les milliers de moments, d'heures… les innombrables actes… erreurs… qui constituent un être unique au monde.*» Il pose le carnet sur ses genoux et lève sur Ora un regard teinté d'appréhension.

Elle lui donne un stylo.

– Rajoute une phrase, prie-t-elle sans le regarder. *Un être qui est une cible si vulnérable.* Écris.

Il obtempère.

Elle se souvient :

«On va aborder les parenthèses imbriquées. Tu sais faire ?

– On met d'abord les crochets et ensuite les parenthèses normales, c'est ça ?

– Prenons l'exemple qu'on te donne, là.

– Mais il y a des tonnes de chiffres… Tu ne peux pas faire l'exo à ma place ?

– Tu n'apprendras jamais si tu ne travailles pas seul.

– Pitié pour un pauvre gosse !

– Ça suffit ! Arrête de faire le malin, Ofer, et redresse-toi, tu es pratiquement vautré par terre.

– Je ne sais même pas comment le lire, ce truc !

– Arrête de pleurnicher.

– D'accord.

– Tu ne crois pas que j'ai autre chose à faire que de perdre mon temps avec les parenthèses imbriquées ?

– L'artichaut est cuit ?

– Pas encore. Dans quelques minutes.

– L'odeur me rend dingue.

– Passe au moins un coup d'éponge sur la table si tu veux faire tes devoirs à la cuisine. Tu vas tacher ton cahier. Tu dois réviser jusqu'à quelle page ?

– Cent cinquante. C'est un contrôle super long. Je n'y arriverai jamais.

– On se calme ! Commençons par les équations. Lis-moi celle-là. Allez, et cesse de me regarder comme ça.

– Maaaaiiis…

– Arrête de bêler. Tu vas me lire cette équation, oui ou non ?

– "Quelle est… la différence… entre… $2x$… et… 3 ?"

– Alors, c'est quoi, la différence ? Ne touche pas à ce gâteau !

– Est-ce que je sais ? Je ne comprends même pas la question. Est-ce au moins en hébreu ?

– Allez, commence par l'intérieur.

– Et je fais quoi de ce foutu $2x$?

– Tu le multiplies par 3. Tu multiplies chaque terme par trois. Essaie.

– Et merde, je retombe sur $2x$.

– Recommence sans t'énerver, d'accord ? Et laisse ce gâteau tranquille ! Tu en as déjà mangé la moitié !

– Qu'est-ce que tu veux ! J'ai besoin d'énergie.

– Maintenant résous ton 3 moins $2x$.

– Parce que c'est le mien, maintenant ?

– Oui, c'est le tien ! Moi, j'ai terminé l'école depuis longtemps !

– Sache que mon cerveau est en train de moisir, par ta faute !

– Écoute, Ofer, il n'y a aucune raison pour que tu ne puisses pas résoudre cet exercice.

– Si, une.

– Laquelle ?

– Je suis débile.

– Bien sûr que non.

– Je n'ai pas la partie du cerveau qui résout les équations, alors.

– Tais-toi ! Discuter avec toi, c'est pire qu'avec un avocat ! Tout ça pour quelques misérables petits exercices…

– *Quelques ?* Cent soixante et une pages à peine !

– Tu as déjà fait des choses bien plus compliquées. Tu te souviens des devoirs de la semaine dernière ?

– Mais j'ai réussi à les faire, la semaine dernière !

– Évidemment. Quand tu veux, tu peux. Bon, allez, finissons-en, ensuite on s'attaquera aux problèmes.

– Les problèmes? Génial!»

Ils rient en chœur. Ofer frotte sa tête contre l'épaule de sa mère en ronronnant comme un chat. Ora joue le jeu.

«Au fait, quelqu'un a donné à manger à Nicotine et rincé son bol, aujourd'hui?

– Oui, moi. Gratte-moi encore.»

Elle obéit.

«Maintenant, ton exercice.

– C'est comme ça que tu me remercies?

– Attention! Tu vas trop vite une fois de plus. Tu ne vérifies pas ce que tu fais.

– Pouce, maman, je n'en peux plus. Où est le téléphone?

– Pourquoi as-tu besoin du téléphone?

– Pour appeler les services de protection de l'enfance...

– Très drôle. Concentre-toi: une fois que tu auras compris le principe des coefficients et de la simplification... Pourquoi ris-tu?

– Rien. C'est juste que je ne vois pas ce qu'il y a d'efficient ou de simple là-dedans!»

Tous deux éclatent de rire. Ofer se roule par terre, ses jambes gigotent dans tous les sens.

«Allez, Ofer, fais un effort! On n'avance pas, là.

– Pitié, maman chérie, je suis un pauvre gamin abandonné, innocent et misérable.

– Tu vas te taire, à la fin!

D'accord, d'accord. Je n'ai rien dit.

Maintenant, tais-toi et travaille. Je ne veux plus entendre un seul mot. Suis la séquence.

– Et après, tu me prépares mon artichaut?

– Entendu. Ils sont cuits, maintenant, à mon avis.

– Avec de la mayonnaise et du citron?

– Oui.

– Et... oups... pardon. J'en ai laissé échapper un. Quelle grave erreur!

– Un pet n'est pas une erreur.

– Donc x égale un pet?»

Ils se gondolent de rire.

«Je crois qu'on perd les pédales, tous les deux. Voyons les problèmes.

– Je ne veux pas de problèmes! Je veux une vie tranquille!

– C'est toi qui siffles?

– Non, c'est papa, dans le salon.

– Ilan, s'il te plaît, arrête de siffler. J'essaie...

– Oui, papa, tu nous empêches de nous concentrer!

– Toi, travaille!

– Je te parie qu'il va venir nous faire son numéro pour rigoler...

– C'est ça!

– Il a une ouïe de chat sauvage. Tu as épousé un chat sauvage.

– Ça suffit, arrête de jacasser. Comment vas-tu aborder ce problème?

– Avec la détermination d'un tueur.

– Attention, c'est chaud! Trempe-le dans la sauce, et ne salis pas ton livre.

– "Si on multiplie un nombre par 4 et qu'on ajoute 2 au résultat, on obtient 30." Comment suis-je censé savoir quoi faire?

– Réfléchis: x multiplié par 4, plus 2, est égal à 30.

– Je sais! $4x$ plus 2 égalent 30.

– C'est-à-dire?

– Que $4x$ égalent 28, donc x est égal à 7! Alléluia! Je suis un génie! Un génie!

– Excellent. Souviens-toi de toujours déplacer les éléments. Il faut que tu te retrouves avec x d'un côté, et les chiffres de l'autre.

– Ça commence à m'amuser.

– Bon, un autre. Encore une équation à une inconnue.

– On se demande pourquoi elle se cache, celle-là...

– Tu vas te taire et réfléchir un peu?

– Tu veux le cœur?

– Tu n'aimes pas? Dommage, c'est ce qu'il y a de meilleur!

– Prends-le alors. Un bon cœur juif bien chaud!

– D'accord. Concentre-toi maintenant. On a presque terminé.

– Tu pourrais m'aider aussi en Bible?

– La Bible ? Demande à ton père, c'est son rayon.
– M'ouais... il le croit. »

Quelques jours plus tard, Ilan lui raconta qu'il les avait entendus bavarder dans la cuisine, alors qu'il était allongé sur le canapé avec le journal. Il avait délaissé l'article qu'il était en train de lire pour mieux écouter. Il avait failli se lever pour mettre fin aux jérémiades d'Ofer ! Quel comédien celui-là ! Et il avait trouvé Ora bien trop indulgente à son égard. Quelle idée de lui passer tous ses caprices ! Avec moi, avait-il songé, ça n'aurait pas traîné, la question aurait été réglée en dix minutes. À la réflexion, il s'était dit qu'en intervenant, il risquait de les mettre tous les deux en colère, d'autant qu'ils n'avaient peut-être pas vraiment envie d'interrompre leurs chamailleries. Il avait donc continué à les écouter sans bouger, ressentant – jusqu'au tréfonds de son être – les milliers de gestes, de paroles, de pensées, d'instants, d'erreurs et d'actions, la lente et patiente stratification qui avait façonné, comme une stalagmite, la personne qu'était Ofer entre les mains de sa mère. Lui en aurait été bien incapable, il le savait. Il n'aurait jamais pu rester assis si longtemps avec lui pour encaisser son défaitisme, sa frustration et ses coups de griffes, qu'il n'aurait d'ailleurs pas su esquiver pour aboutir à la solution.
Ils étaient vautrés sur le canapé. Ora l'écoutait, le visage blotti dans son cou. Les doigts d'Ilan caressaient le fin duvet sur sa nuque. La soirée était bien avancée, les garçons se trouvaient dans leur chambre.
« Tu t'impliques activement dans leur éducation, observa-t-elle. Je connais peu de pères qui s'investissent autant dans la vie de leurs enfants.
– Oui, mais quand je t'ai entendue dans la cuisine, je ne sais pas...
– Je veux dire, leur perception des choses, leur sens de l'humour, tout ce qu'ils savent, leur vivacité d'esprit, c'est toi. »
Il chercha sa main et emmêla ses doigts aux siens.
« Peut-être. Je n'en sais rien. Je pense que ça vient de nous, le résultat de la combinaison des deux. Il me semble que, quoi que je leur transmette, ils auraient fini par l'acquérir un jour ou l'autre par

531

la force des choses, grâce à des rencontres, alors que ce que tu leur donnes, toi…»

De son autre main, il mima un geste inhabituel, comme s'il pétrissait de la pâte.

Avram contemple les doigts d'Ora imitant les gestes d'Ilan. Il lui est reconnaissant de le laisser partager ce moment d'intimité avec eux, de malaxer à son tour la pâte douce, maternelle, de leur quotidien.

Ora serra Ilan dans ses bras et cala voluptueusement un genou entre ses jambes. Ils restèrent ainsi enlacés pendant plusieurs minutes. Ilan sourit par-dessus sa tête.

«N'empêche que moi, j'aurais mis un terme à son délire tout de suite.

Ora sourit dans son cou.

– Je n'en doute pas, mon amour.»

Une plainte s'échappa de ses lèvres, elle effleura son pied du sien, pour le réconforter, le rassurer. Allongés dans leur lit, en silence, ils n'avaient pratiquement pas fermé l'œil de la nuit. Quand l'un soupirait, l'autre sentait son estomac se nouer. Cette fois, il lui rendit son geste et colla les orteils contre la plante de ses pieds. Elle gémit doucement, il renifla, elle marmonna quelque chose, il s'éclaircit la gorge, alors elle amorça la périlleuse entreprise de se retourner dans le lit en trimballant son ventre énorme de l'autre côté. Après quoi, elle s'approcha en chaloupant, telle une otarie sur le sable, et nicha la tête sur son épaule :

« Tu ne dors pas ?

– Je ne peux pas, répondit Ilan.

– Tu t'inquiètes ?

– Un peu. Pas toi ? »

Elle ne s'écarta pas du cocon douillet que lui offrait le corps de son époux, mais elle avait l'esprit ailleurs.

« Tu prévois de repartir en douce, c'est ça ?

– Non, bien sûr que non !

– Si tu t'en vas, c'est un adieu sans retour, pas comme l'autre fois, je te préviens. »

De l'autre côté du mur, Adam bredouilla quelque chose dans son sommeil. Ilan songea aux inflexions joyeuses que prenait autrefois la voix d'Ora quand elle l'accueillait ; personne ne lui avait jamais plus manifesté ainsi l'allégresse, l'innocence et la confiance d'un enfant. Il s'en délectait, se sentant alors presque en totale adéquation avec celui qu'il voulait être ; plus encore, il croyait vraiment pouvoir le devenir, du moment qu'Ora le considérait comme tel.

« Je reste, Ora, je n'irai nulle part. Tu as de ces idées ! »

Elle feignit de ne pas l'avoir entendu.

« Si tu recommences ce petit jeu-là, je pourrai l'encaisser, expliqua-t-elle, la voix nouée. Mais pas Adam, ça le démolira, je ne te laisserai pas faire. »

Tout en répétant qu'il resterait, Ilan interrompit ses caresses. Immobile, Ora sentit la distance s'installer entre eux, la main d'Ilan pendait mollement loin d'elle. Touche-la, caresse-la, s'exhorta Ilan. Ora patienta quelque temps avant de se retourner pesamment de l'autre côté.

La vague de terreur suivante les trouva étroitement enlacés, le ventre d'Ilan emboîté dans le dos d'Ora, le visage pressé contre sa nuque.

« J'ai peur de lui, bafouilla-t-il, la bouche dans ses cheveux. Tu comprends ? J'ai peur d'un bébé qui n'est pas encore né.

– Dis-moi pourquoi. Raconte.

– Je ne sais pas. J'ai l'impression qu'il a déjà une personnalité complètement achevée.

– Oui, admit Ora en dissimulant un sourire. J'ai la même impression.

– Et qu'il sait tout.

– À propos de quoi ?

– À propos de moi. De nous. De ce qui s'est passé. »

Elle lui agrippa le bras.

« Tu n'as rien à te reprocher. Tu as toujours cherché le bien d'Avram. »

Il se serra plus fort contre elle.

« J'ai peur de lui, de mes émotions la première fois que je le verrai, j'ai peur qu'il lui ressemble. »

Ou pire encore – que, d'une certaine manière, il leur ressemble à tous les deux. Un mélange d'Ora et d'Avram. Chaque fois qu'il le regarderait, la similitude lui sauterait aux yeux.

Elle pensa à Adam, qui ne tenait ni d'elle, ni d'Ilan. Curieusement, il avait un petit quelque chose d'Avram à certains moments dans son expression, son regard.

« Ora, on devrait lui parler de son père, tu ne crois pas ? Lui apprendre d'où il vient ?

– Je le fais tout le temps.

– Comment ça ?

– Quand je n'arrive pas à dormir.

– Tu lui parles ?

– Oui, en pensée.

– Tu lui parles de quoi ?

– D'Avram, de nous. Pour qu'il sache. »

Il enfouit ses doigts dans ses cheveux et elle rejeta la tête en arrière, tout contre sa paume. Son odeur était plus forte depuis qu'elle était enceinte. Ilan l'adorait, même si elle était légèrement déplaisante, ou peut-être justement pour cette raison, parce qu'elle était brute, naturelle, une senteur de terre, le parfum naturel de son corps. C'est mon foyer, pensa-t-il, le ventre palpitant.

Elle sourit et pressa ses fesses contre lui.

« En classe de première, je crois, je lui ai écrit que même si nous ne formions pas un couple, comme il le désirait, j'avais le sentiment que nous resterions ensemble pour l'éternité, quoi qu'il arrive, c'était certain. Il m'a expédié un télégramme, ses fameux *hurlogrammes*, tu te souviens ? – Ilan gloussa – pour m'annoncer que, depuis qu'il avait reçu ma lettre, il se baladait avec une rose à la boutonnière. "Je me suis marié hier", répondait-il quand on lui en demandait le motif.

– Je me rappelle. Une rose rouge. »

Le silence retomba. Elle lui caressa tendrement le bout des doigts. Depuis le retour d'Avram, elle avait appris que même les ongles n'étaient pas à prendre à la légère.

« Je veux que nous vivions, Ilan.

– Oui.

– Nos vies, je veux dire. La tienne et la mienne.

– Bien sûr que oui.

– Je veux qu'on sorte de ce cercueil !

535

– Oui.

– Tous les deux.

– Oui.

– Je veux dire, toi et moi.

– Oui, naturellement.

– Qu'on commence à exister...

– Ora...

– Tu ne peux pas passer ton temps à te racheter.

– Oui.

– A fortiori pour un crime que nous n'avons pas commis.

– Oui.

– Nous ne sommes pas coupables, Ilan.

– Tu as raison.

– Tu sais que c'est vrai.

– Oui, bien sûr.

– Pourquoi est-ce que je ne te crois pas ?

– Patience. Ça viendra.

– Serre-moi fort, doucement... »

Elle prit sa main et la plaça sur son ventre. Il tenta de la retirer, puis laissa courir ses doigts sur son abdomen, plus haut qu'il n'en avait eu l'intention. Ora ne bougea pas. Elle avait la sensation qu'une poitrine énorme lui avait poussé ses derniers mois, des fruits gigantesques, hippopotamesques ! Ses caresses l'embarrassaient. Sa peau était tendue, douloureuse. S'il appuyait dessus, ses seins exploseraient. Elle ôta sa main pour la replacer sur son ventre.

« Sens-le.

– Ça ?

– Oui.

– C'est vraiment lui ? »

Ses longs doigts s'aventurèrent prudemment sur son ventre. Depuis leur nuit passionnée dans l'abri du jardin, après son retour parmi eux, il n'avait plus été capable de lui faire l'amour. La situation lui convenait, aussi Ora n'avait-elle pas insisté.

« C'est quoi, ça ?

– Un genou, un coude peut-être ? »

Comment vais-je pouvoir l'aimer ? se demanda-t-il, consterné.

Je ne sais pas si j'éprouverai assez d'amour pour lui, songea-t-elle. Adam m'apporte un si grand bonheur, que je ne sais pas s'il y aura assez de place dans mon cœur pour un autre enfant.

« Il bouge...

– Oui. Il m'empêche de dormir.

– C'est un petit dur, hein ? Costaud.

– Il est plein de vie. »

Ils parlaient avec précaution. Pendant les longs mois de sa grossesse, ils avaient omis de se dire ces choses simples. Parfois, par l'intermédiaire d'Adam, ils parlaient du « bébé dans le ventre », s'amusant à imaginer toutes sortes de détails. En tête à tête, ils n'en parlaient presque jamais. Le terme était dépassé depuis neuf jours.

En fait, raisonna Ilan – cette idée le hantait chaque nuit, depuis quelques mois –, il y a un concentré, un condensé d'Avram au lit avec nous, dorénavant, il ne nous quittera plus. Ce n'est pas une ombre, le fantôme qui nous est familier, mais un vrai Avram miniature, bien vivant, avec les gestes d'Avram, sa démarche, peut-être même ses traits.

Ton père, confia Ora au fœtus qui flottait dans son ventre en promenant la main d'Ilan sur sa peau, m'a un jour raconté que, à douze ans, il avait fait le vœu que chaque instant de sa vie soit intéressant, excitant, riche de sens. J'ai essayé de lui expliquer que c'était impossible, qu'aucune existence ne pouvait ne comporter que des apogées, des temps forts. « La mienne oui, tu verras », a-t-il affirmé.

Nous adorions tous les deux le jazz, se souvint Ilan en souriant dans le cou d'Ora. Nous allions écouter Arale'Kaminsky et Mamelo Gaitanopoulos au Bar-Barim, à Tel-Aviv, et ensuite, dans le bus qui nous ramenait à Jérusalem, nous nous mettions toujours au dernier rang et nous soûlions les autres passagers en braillant nos scats pendant tout le trajet, mais on s'en fichait.

J'ai connu ton père à seize ans, pensa Ora. Je vais peut-être découvrir l'enfant qu'il était, maintenant.

Ils parlèrent à Ofer un long moment encore, serrés l'un contre l'autre.

Un jour, il avait environ cinq ans – écrit Ora sur une page blanche du carnet bleu –, *Ofer s'est mis à nous appeler Ora et Ilan à la place de «maman» et «papa». Cela ne me dérangeait pas, me plaisait bien, au contraire, mais Ilan n'appréciait pas. «Pourquoi auriez-vous le droit de m'appeler par mon prénom et pas moi?» raisonnait Ofer. Ilan lui a répondu une chose que je n'ai jamais oubliée. «Il n'y a que deux personnes au monde qui peuvent m'appeler papa. Tu imagines quel plaisir cela me procure? Réfléchis: y a-t-il beaucoup de gens dans l'univers que tu peux appeler papa, toi? Pas vraiment, hein? Et tu voudrais renoncer à ce privilège?» Ofer l'écoutait attentivement, il comprenait, et depuis ce jour, il ne l'a plus jamais appelé autrement que «papa».*

– Qu'est-ce que tu écris? demande Avram en se redressant sur un coude.

– Tu m'as fait peur. Je croyais que tu dormais. Tu me surveilles depuis longtemps?

– Trente, quarante ans.

– Tiens? Je n'avais pas remarqué.

– Alors, tu écris quoi?

Elle lui fait la lecture. Il écoute, sa lourde tête penchée de côté. Il lève les yeux.

– Il me ressemble, physiquement?

– Pardon?

– C'est une question.

– S'il te ressemble?

Alors, pour la première fois, elle lui fait une description fidèle d'Ofer. Son visage rond, bronzé, ouvert, son regard bleu tranquille et pénétrant, ses sourcils si clairs qu'ils sont à peine visibles, comme les siens, dans sa jeunesse. Ses pommettes larges, parsemées de taches de rousseur, et ce léger sourire, un peu ironique, qui vient adoucir la sévérité de son front bombé. Les mots se bousculent dans sa bouche, Avram les avale goulûment. En le voyant remuer les lèvres, elle comprend qu'il mémorise ses paroles, tente de les faire siennes, mais qu'il ne pourra se les approprier vraiment qu'après les avoir couchées sur le papier à son tour.

Sa volubilité l'embarrasse un peu, mais elle est incapable de s'arrêter, car c'est exactement ce qu'il lui faut en cet instant. Elle a besoin de le décrire dans les plus infimes détails, surtout physiques. Elle doit donner un nom à chaque cil, chaque ongle, chaque expression fugace, chaque mouvement de sa bouche ou de ses mains, les ombres qui passent sur son visage aux différentes heures du jour, chacune de ses humeurs, de ses colères, chacun de ses rires, de ses enthousiasmes. Voilà. C'est pour cette raison qu'elle a emmené Avram avec elle. Pour nommer ces choses et lui raconter l'histoire d'Ofer, le récit de sa vie, de son corps et son âme, les péripéties de son existence.

Elle lève l'index.

– Attends. Je viens de penser à quelque chose ? Euh... (Ses doigts virevoltent dans l'air, comme pour y allumer une étincelle. Un détail à ton propos qui m'est revenu tout d'un coup.) Qu'est-ce que c'était ? Ah oui, bien sûr ! (Elle se met à rire.) Tu avais une idée, tu voulais inventer une histoire, à l'armée, juste avant que tu entreprennes d'écrire la nouvelle sur la fin du monde, tu te souviens ?

– À propos de mon corps...

Il sourit, ricane, se dénigre, baisse les bras.

Ora ne se laisse pas démonter.

– Tu voulais écrire une sorte d'autobiographie où chaque chapitre aurait traité d'une partie de ton corps...

– Oui, une *autocorpographie*. C'était idiot...

– Tu m'avais donné à lire le chapitre sur ta langue, tu rappelles ?

Avram agite les mains en signe de protestation.

– Laisse tomber, c'était n'importe quoi.

– C'était horrible, de la pure calomnie, rien d'autobiographique. Vraiment, Avram, si tu as besoin un jour d'un témoin de moralité, évite de te citer.

Il émet un rire déplaisant, factice, comme pour la contenter sans rendre les armes pour autant. Il y a quelque chose du chacal au fond de ses yeux, il peut se montrer tordu et cruel avec lui-même quand ses démons l'habitent, se rappelle-t-elle. Elle a une envie de lui, tout entier, une envie folle, un désir irrésistible, ardent, incandescent.

– Regarde-nous, glisse-t-il. On dirait deux petits vieux.

– L'essentiel, c'est de ne pas vieillir avant de grandir.

Il la fixe intensément, à croire qu'il peut lire dans son esprit. Un regard calme, étrange, qui ne pense pas à mal. Au contraire. On le dirait animé des meilleures intentions, bienveillantes et tendres à son endroit.

– Ora.

– Oui ?

– Je peux venir avec toi ?

– Où ça ?

– Non, laisse tomber.

– Attends ! Tu veux dire…

– Non, sauf si tu…

– Mais tu… attends… maintenant ?

– Non ?

Ora s'échauffe, se tortille dans son duvet.

– Tu veux dire…

Il fait oui des yeux.

– Chez toi ou chez moi ?

Avram rampe hors de son duvet et se lève ; elle ouvre la fermeture éclair et lui tend les bras :

– Viens, viens, ne dis rien, arrive. Je pensais que tu ne me le demanderais jamais.

Il s'effondre pesamment auprès d'elle, leurs corps sont raides, hésitants, engoncés dans trop de couches de vêtements et de maladresse. Leurs mains se cherchent, se touchent, se rétractent et cela ne fonctionne pas, c'est clair. Ce n'est pas ça, c'est une erreur, ils ne devraient pas s'aventurer sur ce terrain, elle redoute ce qui risque d'arriver si elle oublie Ofer ne serait-ce qu'une minute, exposé sans protection, et elle sait exactement ce qui passe dans l'esprit tordu d'Avram : le criminel retourne sur le lieu du crime.

– Ne pense pas ! lui gémit-elle à l'oreille. Ne pense à rien.

Elle lui enserre les tempes de ses doigts, Avram pèse sur elle de tout son poids, sa lourde charpente, sa chair palpitante, il se lance dans un corps à corps avec une force inouïe, comme s'il se débattait pour sortir de lui-même avant d'entrer en elle. Mais elle n'est pas prête.

– Attends, attends ! (Elle détourne la tête pour éviter ses lèvres qui cherchent les siennes.) Attends, tu m'écrases.

Pendant un moment, on dirait deux individus ayant entamé une conversation, chacun s'efforçant de se rappeler non l'identité de l'autre, mais la sienne propre. Et puis, derrière un bouton ouvert, un fermoir dégrafé, les odeurs se libèrent, les langues se goûtent, les doigts s'infiltrent entre une chemise et un pantalon, et soudain la peau tiède, vivante, chair contre chair, la chair dans la chair ; voici une bouche, une bouche avide qui savoure et se laisse déguster ; Avram gémit : sa bouche, sa bouche adorée, et c'est alors qu'il se souvient ; sa langue effleure ses lèvres, s'aventure, tâtonne, hésite. Ora se fige : Ce n'est rien, le rassure-t-elle en silence, deux millimètres ; mais quelque chose semble fané. Il lèche et suce doucement, délicatement. Quelque chose sommeille là, c'est tout, mais c'est chaud, c'est à elle, l'empreinte de sa douleur, et il sent ses pouvoirs thérapeutiques augmenter. C'est elle, avec tout ce qui la constitue à présent.

La chienne gambade alentour, elle jappe, tente d'insinuer sa truffe entre eux, flaire avidement. Ils la repoussent, elle se couche tout près, le dos tourné, l'échine frémissante sous l'insulte. Une main posée au creux des reins, Avram plaque étroitement Ora contre lui.

– Attends, doucement, maintenant, donne-moi ta main, donne.

Ses doigts sur un sein, moins ferme et plus gros que dans le passé. Oui, ils le constatent tous les deux, elle le sait à travers ses gestes.

– Tes adorables seins, lui murmure-t-il à l'oreille.

Elle mêle ses doigts aux siens pour le guider.

– Tu sens ? Tu le sens ?

Tout est plus large, plus épanoui, un corps de femme, « touche, vois comme c'est doux », oui. « Tu es comme du velours, Ora'leh. » « Prends-moi dans ta bouche. » Longue pause. Au paroxysme de la passion, la pensée de Neta traverse l'esprit d'Avram : Où es-tu, Nettush ? Il faut qu'on parle, écoute, nous devons discuter de quelque chose. Et Ora retrouve Ilan un court instant, le contact de ses mains, ses poignets osseux, hâlés, la force qui s'en dégageait. Elle aimait laisser courir ses doigts sur ces poignets solides comme de l'acier trempé, la clé de sa virilité. C'est le moment que choisit le Type, Eran, pour se manifester, avec ses lèvres décolorées par la passion, ses folles exigences, ses caprices extravagants : « Mets ceci, porte cela » – son intrusion est intolérable, comment ose-t-il ? Alors, à sa grande surprise, deux pouces fuselés la caressent, des lèvres pleines, sombres et charnues, pareilles à des prunes mûres – d'où sortent-elles ? Tout son être se tend vers Avram. « Viens, viens ! » Après sa longue errance, Avram obéit aussitôt, elle identifie les signes, la puissante étreinte, le front qui se niche dans son cou, une main lui soutenant tendrement la tête, comme si elle était un bébé – Ora dont la tête doit être protégée –, tandis que l'autre effleure son ventre, se cramponne de ses doigts impatients, elle sourit, cet appétit qu'il ressent pour un ventre féminin, doux, vaste, plein (elle l'éprouvait au bout de ses doigts, avant ; elle aurait presque pu deviner, par ce simple contact sur sa peau, la femme fantasmatique qu'il désirait pour de vrai). Maintenant enfin, elle peut lui en donner un avant-goût, plutôt que le ventre tendu comme un tambour du garçon manqué qu'elle était jadis. Il déborde de reconnaissance, elle le perçoit tout de suite, sa chair rend hommage à son petit ventre, qui sert à quelque chose, au bout du compte ; la bouche d'Avram cherche fiévreusement la sienne ; elle reconnaît là sa fougue, qu'elle aime tant, une vague de nostalgie les submerge. *Nous*, gémit-elle en silence, la louve aux mille mamelles et mille tétons, que Avram tète tous à la fois. Nous y sommes ! se réjouit-elle en se cambrant sous lui. Comme nous l'avons toujours été, cuisse contre cuisse, les pieds entremêlés, les mains aussi, chaque parcelle de nos corps, même les plus lointaines, les coudes, l'arrière des genoux ; une fièvre carnavalesque. Ora lui susurre quelques mots à l'oreille, enroule sa langue autour de la sienne, cette moiteur qui s'échappe d'elle, tous deux s'enflamment ; il la soulève dans ses bras de forgeron, elle renverse la tête, comme décapitée, ensemble, ils écrasent la terre sous son dos, il lui souffle dans le cou, ses dents tout contre l'artère, il grogne, il geint faiblement. « Ne t'arrête pas, ne t'arrête pas », supplie-t-elle. Elle le laisse galoper, mugir, ruer en elle à grands coups de reins ; il est là, avec elle, il n'y a pas d'autre femme, ils sont seuls à présent, « un homme et une femme livrés à eux-mêmes », disait-il, avant. Elle était follement excitée par sa curieuse manière de parler, son langage précieux, sa façon de se démarquer du monde ; d'une seule poussée, il la libérait, l'empêchait de se torturer en pensant à Ilan, « juste un homme et une femme livrés à eux-mêmes ». Aujourd'hui encore, plus rien n'existe hors leur corps, nul souffle hors le leur, ni Ilan, ni Neta, ni Ofer, pas Ofer, pas Ofer, pas Ofer... Si, si ! Il y a un Ofer ! Si Avram et Ora sont ensemble, alors Ofer existe, il existera toujours... Laisse Ofer tranquille maintenant, oublie-le une minute...

Les heures s'égrènent lentement. À croire qu'elles macèrent au fond d'une cave dans les grandes jarres du temps. Ils sommeillent, s'éveillent, recommencent. Ils franchissent de vastes plaines, des déserts, les offenses, les désirs et les regrets. Il ralentit la cadence, il ralentit et s'interrompt à l'instant précis où elle le souhaite, afin de reprendre des forces ensemble. Au cœur de la tempête, dans l'œil du cyclone, palpite un cercle de paix, où ils se réfugient. Avram est serein, peut-être assoupi, volatilisé ? Il durcit en elle ; se rappelant son plongeon vertigineux, elle l'imagine désormais en poisson préhistorique, une créature océanique à moitié fossile qui se trémousse en elle, explore ses profondeurs ; maintenant qu'il est là, il va y rester un petit moment en agitant mollement ses nageoires avant d'atterrir sur le corail de sa chair, le regard halluciné. Elle patiente, et, un moment plus tard, il se remet à bouger très lentement, elle l'imite, les lèvres collées contre son épaule, attentive ; elle se rappelle, son corps épais, lourd, maladroit, la chorégraphie qu'il exécute, son odeur va bientôt changer aussi. Elle esquisse un sourire. Cette odeur appartient à Avram et seulement dans ces moments-là, et il est impossible de la décrire avec des mots.

Elle se met à jouer avec ses boucles sur son cou.

– Un jour, pas maintenant, plus tard, tu écriras quelque chose sur notre périple ?

Allongés nus sous la voûte du ciel nocturne, ils offrent leur corps à la caresse du vent.

543

– J'avais tellement envie que tu m'emplisses, ajoute-t-elle.

La chienne s'est approchée, mais n'a pas encore l'air décidée à céder aux avances d'Ora, qui lui tend sa main libre. Elle se détourne de leurs corps pâles, éclairés par la lune. Quand son regard rencontre le leur, elle se lèche les babines, l'air grognon.

– Qu'y a-t-il? fait-il en émergeant d'un petit somme réparateur. Que disais-tu à propos de notre voyage?

– Je t'offrirai des carnets, comme avant, ce que tu veux, et tu écriras des histoires sur nous.

Avec un rire gêné, il lui effleure la nuque d'un geste un peu agacé.

Elle saisit sa main droite et dépose une pluie de baisers sur ses doigts, l'un après l'autre.

– Sur toi et moi, précise-t-elle gravement. Sur notre randonnée et sur Ofer. Tout ce que je t'ai raconté. Tu as le temps. Je ne suis pas pressée, tu peux prendre un, deux, dix ans, si ça te chante.

Il faudrait un miracle pour que j'écrive un jour quelque chose de plus conséquent qu'une commande au restaurant, se dit Avram.

– Il faut juste que tu te rappelles tout ce que je te raconte. À quoi te servirait une si grosse tête, sinon? Parce que moi, je vais oublier, je le sais, mais toi tu te souviendras de tout, de chaque mot. En définitive, nous accoucherons d'un livre, tu verras.

Elle rit doucement sous les étoiles scintillantes.

– Tu savais qu'Ilan était parti te chercher? murmure-t-elle au creux de son épaule.

– Quand ça?

– À l'époque.

– À la fin de la guerre?

– Non, au début.

– Je ne comprends pas. Que..

– Il a marché jusqu'au Canal..

– C'est invraisemblable!

– Depuis Bavel. Il a quitté la base en douce.

– C'est complètement insensé, ce que tu me racontes là, Ora!

Elle sent son dos se raidir sous ses doigts. Et s'étonne de sa sottise. Au lieu de ronronner de satisfaction comme un chat repu, il avait fallu qu'elle ouvre sa grande bouche !

– Le deuxième ou le troisième jour de la guerre, je ne sais plus.

Avram se redresse, elle sent toujours sa douceur, sa moiteur, en elle :

– C'est impossible, nous avions déjà perdu le Canal.

Il scrute attentivement le visage d'Ora à la recherche d'indices. Elle se sent tout alanguie, étourdie de douceur, encore palpitante des derniers spasmes du plaisir.

– Les Égyptiens étaient partout, Ora. Tu ne sais pas ce que tu dis.

– Quelques fortins tenaient encore, non ?

– Oui, mais comment... Il n'aurait jamais pu les atteindre, les Égyptiens avaient pénétré sur vingt kilomètres à l'intérieur du territoire. Où as-tu pêché cette idée ?

Elle lui tourne le dos et se recroqueville sur elle-même, furieuse. Elle a raté l'occasion de se taire. Et dire qu'elle a tenu sa langue pendant vingt et un ans ! Alors pourquoi maintenant ?

– Ora ?

– Attends une minute.

Pourquoi maintenant après avoir fait l'amour ? Quel démon l'a poussée à tout gâcher ? Le moment est mal choisi. Mais avoir fait l'amour. Cela a été merveilleux, la meilleure chose qu'ils pouvaient faire pour leur fils, se persuade-t-elle.

– Tu n'as pas de regrets, j'espère !

Elle lui fait face et son cœur se serre. Il a la mine défaite, le même regard vide que le jour où ils ont conçu Ofer.

– Je ne regrette rien, marmonne Avram, c'est cette histoire qui m'a tourneboulé.

– Je n'avais pas... je ne pensais pas t'en parler, c'est sorti tout seul.

– Que s'est-il passé exactement ?

– Le deuxième ou le troisième jour, il a quitté Bavel dans un camion-citerne avec un faux ordre de transfert. Parvenu au QG de Tassa, il a fait du stop à bord d'un 4×4, je crois, un correspondant d'une chaîne canadienne ou australienne et son cameraman. Deux vieux baroudeurs de soixante ans complètement défoncés, tu vois le genre ?

545

– Mais à quoi pensait-il ? enrage Avram.

J'y arrive, lui signifie Ora d'un geste.

– La voiture est tombée en panne d'essence au milieu du désert, alors il a continué à pied, en pleine nuit, sans carte et sans eau, seul au milieu de... enfin, tu sais.

– Non, explique-moi, la presse Avram d'une voix blanche.

Elle lui répète mot pour mot ce qu'Ilan lui a confié, vingt et un ans plus tôt. La boucle est bouclée.

Ilan marchait. Se méfiant de la piste, il demeura sur le bas-côté, du sable parfois jusqu'aux genoux. Il se jetait à plat ventre chaque fois qu'il entendait un véhicule approcher. Il avança toute la nuit au milieu des carcasses calcinées de jeeps et de blindés, de tanks fumants et de citernes à fuel percées. Des chars d'assaut égyptiens le dépassèrent à deux reprises. Il entendit l'appel de détresse d'un soldat égyptien, sans doute blessé, mais, craignant un piège, il n'osa approcher. De loin en loin, il apercevait un cadavre à moitié consumé exhibant ses moignons noircis, la tête renversée, la bouche béante. Un hélicoptère carbonisé aux hélices arrachées était fiché dans le flanc d'une dune. Était-il à nous ou à l'ennemi ? Il n'aurait su le dire. Des soldats se trouvaient encore à bord, penchés en avant, l'air attentif. Il passa outre.

– Il a continué à marcher. Il ignorait s'il se dirigeait dans la bonne direction. Tu te demandais à quoi il pensait ? À rien. Il mettait un pied devant l'autre. Parce que tu te trouvais à l'autre bout. Parce que par hasard tu étais là et pas lui. J'aurais peut-être agi de même, et toi aussi, je n'en sais rien.

Parce que c'est exactement de cette manière qu'elle avance en ce moment, un pied devant l'autre, se dit Avram, s'efforçant de réprimer les tremblements qui l'agitent. Elle marche. Cette fois, c'est Ofer qui se trouve à l'autre bout. Elle a décrété que c'était la meilleure façon de le protéger et elle n'en démordra pas.

– Moi non, je ne serais pas parti le chercher, assène-t-il, luttant contre la chape qui menace de s'abattre sur lui et de l'étouffer. Je serais mort de trouille.

– Bien sûr que tu l'aurais fait, c'est exactement le genre de truc dont tu es capable. Une action d'éclat.

Un crime, ajoute-t-elle in petto.

– J'en doute, siffle-t-il, les dents serrées.

– Et je vais te dire encore mieux. S'il était sûr de son coup, c'est probablement à cause de ce qu'il avait appris à ton contact au cours de ces longues années.

Ilan lui avait déballé ses souvenirs d'une seule traite, un matin, au lever du jour. L'enlaçant par-derrière, bras et jambes emmêlés, comme pendant son sommeil, il lui avait déversé toute l'histoire à l'oreille d'une voix hachée. À présent, c'est à son tour de rendre la pareille à Avram. Elle n'avait pas eu l'intention de trahir Ilan, lequel lui avait fait jurer de garder le secret quoi qu'il arrive. Peut-être qu'Ilan n'avait d'ailleurs pas eu l'intention de la mettre dans la confidence, juste avant la naissance d'Ofer. De toute façon, elle en a assez de ces cachotteries. Assez.

Ilan marchait toujours. L'aube pointait. Souvent, il se réfugiait dans des broussailles ou les replis des dunes pour se cacher. Le sable s'infiltrait partout, dans ses yeux, son nez, crissait sous ses dents. Lui, un soldat de liaison, sans ceinturon, muni d'un SKS à court de cartouches, avec une gourde pour seul viatique !

Il s'étendit pour se reposer dans un fossé où il dut s'endormir. À son réveil, il eut la surprise de découvrir la présence à ses côtés d'un jeune binoclard qui lui intima par gestes de se taire. C'était un tankiste de la brigade 401. Son char avait été endommagé et l'équipage tué. Il avait eu la vie sauve en simulant la mort, pendant que les Égyptiens pillaient le blindé. Avec très peu d'eau et une carte déchirée, les deux soldats crapahutèrent en silence, de peur des commandos ennemis, jusqu'au Canal où ils aperçurent un drapeau israélien en loques, flottant sur le toit à moitié défoncé du fort d'Hamama.

Avram promène nerveusement son pouce sur le bout des doigts comme s'il les comptait et les recomptait. Elle radote, ce n'est pas possible, ressasse-t-il inlassablement.

– En tout cas, c'est bel et bien arrivé.

– Écoute, Ora, à quel jeu joues-tu avec moi ?

– Ai-je jamais joué avec toi ?

– Hamama était à un kilomètre du poste où je me trouvais.

– Un kilomètre et demi.

– Comment se fait-il alors qu'il ne m'ait jamais rien dit?

«Tu ne lui as jamais rien dit? avait-elle questionné Ilan, à l'époque.

– Si j'avais réussi, il l'aurait su. J'ai échoué, alors je ne lui ai rien dit.»

Ora n'a pas besoin de le toucher pour savoir ce qu'Avram éprouve. Elle remonte son sac de couchage jusqu'au menton pour couvrir sa nudité.

– Je ne comprends rien, répète Avram – il crie presque –, recommence lentement depuis le début. Que s'est-il passé exactement?

– Bon. Le jour de Kippour, il se trouvait à Bavel. On savait que les positions tombaient les unes après les autres et qu'il y avait de nombreuses victimes. Les rumeurs les plus folles circulaient. Et en écoutant les réseaux de communication des Égyptiens, il avait appris que...

Avram tressaille de surprise.

– Ça veut dire quoi, en "écoutant les réseaux de communication"? Il n'était pas opérateur-radio, mais interprète, que je sache! Qui l'avait autorisé à intercepter les fréquences, hein?

– L'autorisation, il s'en est passé, si tu veux mon avis. Il avait sûrement déniché un émetteur pour balayer lesdites fréquences à ses moments de loisir. Si tu savais le bazar qui régnait les premiers jours!

Avram secoue la tête

– C'est impossible. Je me demande où tu as été chercher tout ça!

Un souvenir lui revient brusquement en mémoire: Ilan adolescent, manipulant son vieux transistor quand il l'invitait chez lui, à la recherche de *L'Heure de jazz*, de Willis Connover, diffusée par la Voix de l'Amérique. Ses yeux verts plissés sous l'effet de la concentration, ses longs doigts tournant délicatement les boutons. Avram se met debout et commence à se rhabiller. Il se sent incapable de poursuivre cette discussion nu comme un ver.

– Pourquoi te relèves-tu?

– Qu'a-t-il entendu sur le réseau? Tu dois me le dire, Ora.

– Attends, j'y arrive, laisse-moi juste...

Avram écarquille les yeux.

– Et moi, il m'a entendu ?

Ora bondit sur ses pieds et se rhabille en vitesse à son tour.

– Arrête de me mettre la pression, je ne supporte pas !

– Mais qu'est-ce qu'il fabriquait ? s'égosille Avram en se tortillant pour enfiler la deuxième jambe de son pantalon. Il cherchait quoi au juste ?

Hurlant à qui mieux mieux, chacun s'escrime avec ses vêtements récalcitrants en se dandinant sur un pied. La chienne, apeurée, s'en mêle.

– Toi ! Voilà ce qu'il cherchait !

– Mais c'est dingue ! Il se prenait pour Rambo ou quoi ?

Ils se rassoient face à face, à bout de souffle.

Avram se relève aussitôt et entreprend de ramasser du bois et des brindilles dans le noir.

– J'ai envie d'un café.

Ils font du feu. La nuit est fraîche, bruissant de mille bruits. Des oiseaux piaillent en rêvant, des grenouilles coassent, des mangoustes grognent. Des aboiements lointains s'élèvent. La chienne tourne en rond, les yeux fixés sur la vallée sombre. Entend-elle sa meute ? se demande Ora. Regrette-t-elle de les avoir suivis ?

– Il a failli être traduit en cour martiale après la guerre, tu sais ? reprend-elle plus posément. Ils ont fini par y renoncer. Compte tenu des circonstances. Du chaos. Bref, ils l'ont laissé tranquille.

– Mais il savait à peine tirer ! Qu'est-ce qui lui est passé par la tête ? Tu ne le lui as pas demandé ?

– Si.

– Et qu'a-t-il répondu ?

– Il voulait qu'on lui tire dessus, justement.

– Quoi ?

– Oui, il cherchait quelqu'un qui lui rende ce service. Pourquoi me regardes-tu comme ça ? Je me borne à te répéter ce qu'il m'a dit.

À dix heures, le lendemain matin, Ilan et le tankiste parvinrent au fort d'Hamama sur les rives du canal de Suez, en face d'Ismaïlia. Ils virent les Égyptiens franchir en masse le Canal et déferler sur la péninsule du Sinaï. Éberlués, ils regardaient la scène inconcevable. «Au fond, ce n'était pas si effrayant, lui confia Ilan, on se serait crus au cinéma.»

Ils agitèrent un T-shirt blanc en direction du garde qui les surveillait du mirador pour qu'il les autorise à entrer. La rafale qui leur répondit les plaqua dans le sable, les bras tendus au-dessus de la tête, beuglant à pleins poumons. La porte s'entrouvrit devant un officier visiblement paniqué, son Uzi pointé vers eux. «Qui êtes-vous?» aboya-t-il. «Nous sommes israéliens», répondirent Ilan et le tankiste. L'officier leur cria de ne pas bouger. «Laissez-nous entrer!» supplièrent-ils. Mais l'autre n'avait pas l'air pressé. «D'où venez-vous?» Ils déclinèrent le numéro de leurs unités respectives. «Non, de quelle ville?» «Jérusalem», répondirent-ils en chœur en échangeant un regard. L'officier digéra l'information, leur réitéra l'ordre de ne pas bouger et se volatilisa. Le sol tremblait sous leurs pieds. Les blindés égyptiens rugissaient dans leurs dos. «Tu fréquentais quel lycée?» souffla Ilan entre ses dents. «Boyer, une classe au-dessous de la tienne», répondit le tankiste. «Tu me connais?» s'exclama Ilan. L'autre sourit. «Comme tout le monde. Tu étais toujours fourré avec le gros aux cheveux longs, celui qui avait sauté de l'arbre.»

Les portes du fort s'ouvrirent sur l'officier qui leur fit signe d'avancer lentement, à genoux, les mains en l'air.

Des spectres aux yeux rouges se massèrent autour d'eux. Des fantômes crasseux, couverts de poussière blanche, affluèrent de partout pour voir les nouveaux venus. On les écouta religieusement raconter ce qu'ils avaient vu en chemin. Le commandant du fort, un officier deux fois plus âgé qu'Ilan, les traits tirés, lui demanda ce qu'il fabriquait dans la zone. On l'avait dépêché de Bavel pour liquider les documents ultrasecrets et les équipements sensibles de Magma, expliqua Ilan sans broncher. Quand pourrait-il s'y rendre?

ajouta-t-il dans la foulée. Les soldats s'entre-regardèrent. L'officier s'éloigna avec une grimace, le tankiste dans son sillage. Un réserviste corpulent, l'œil hébété, vint se planter devant Ilan :

« Magma, tu oublies, fit-il d'une voix traînante. Les gars de là-bas, ils sont foutus. Et même si par miracle il y a un rescapé, les Égyptiens sont en train de les encercler de tous les côtés.

– Et on ne va pas leur prêter main-forte ? s'étonna Ilan. Pourquoi l'aviation ne pilonne pas les Égyptiens ? »

Les autres ricanèrent.

« L'aviation ? Tu parles ! s'exclama le gros. Et Tsahal, c'est pareil ! »

Il y eut quelques grognements approbateurs.

« Tu aurais dû entendre les gars de Hizayon chialer à la radio, intervint un blond au visage noir de suie. L'enfer.

– Ils chialaient ? Pour de vrai ? souffla Ilan, anéanti.

– Ils pleurnichaient en nous maudissant parce qu'on ne venait pas à leur secours, commenta le réserviste. T'inquiète, on va pas tarder à verser toutes les larmes de notre corps, nous aussi.

– On sait exactement comment ça se passe maintenant, chaque étape », expliqua un autre, le bras dans un bandage d'une propreté douteuse.

Un sergent de petite taille, à la peau mate, s'en mêla :

« On entend tout ici, en direct. Jusqu'à la dernière minute, quand ils chient dans leurs frocs.

– On a vécu ça avec plusieurs fortins déjà », renchérit un réserviste court sur pattes.

Ils parlaient d'une voix morne en se coupant la parole les uns les autres. Ilan sentait qu'ils profitaient de sa présence pour se parler à travers lui.

Il alla s'asseoir par terre dans un coin, le regard dans le vague, l'esprit vide. De temps à autre, quelqu'un s'approchait et tentait d'engager la conversation, s'informant sur la guerre, la situation en général. L'infirmier l'obligea à boire et lui ordonna de s'allonger quelques instants sur un brancard. Ilan s'exécuta docilement et s'endormit. Un tremblement de terre et un nuage de poussière le réveillèrent en sursaut. Une alarme retentit quelque part, des pas pressés, des cris de panique résonnèrent dans tous les sens. Quelqu'un lui tendit un casque. Il se leva et erra sans but dans le bunker, vaste fourmilière en pleine débâcle. Il avait l'impression de fonctionner au ralenti dans un film en accéléré et que, s'il décidait de toucher les soldats qui détalaient autour de lui, sa main leur traverserait le corps.

– Ora.
– Oui ?
– Quand t'a-t-il raconté cette histoire ?
– Le jour où Ofer est né.
– Comment ça ? Dans la salle de travail ?
– Non. Nous étions encore à la maison. Juste avant de partir à la maternité, très tôt le matin.
– Il t'a réveillée pour te faire ses confidences ?

Elle cille, cherchant à comprendre pour quelle raison il tient absolument à connaître les détails. On dirait qu'il a retrouvé son sixième sens proverbial.

– Écoute, c'est la première et la dernière fois qu'il m'a raconté cette histoire.
– Comment se fait-il alors que tes souvenirs soient si précis ?

Ora détourne les yeux pour éviter son regard.

– Je n'oublierai jamais ce matin-là. Chaque mot restera gravé dans ma mémoire.

Il n'en restera pas là, elle le sait. Il l'épie, la scrute. Il a une vague idée, mais il ignore encore laquelle.

Le pilonnage cessa. On respira. Chacun ôta son casque et son gilet pare-balles. Quelqu'un prépara du café turc et en offrit une tasse à Ilan. Il se leva et, d'un pas raide, s'en alla trouver le commandant du fort pour lui demander l'autorisation de réintégrer sa base, à Um Hashiba. Des têtes se redressèrent, qui de sa carte, qui de son poste d'écoute. Ils devaient le prendre pour un fou. Et tous de répéter sa question en s'esclaffant. « Tu es complètement à l'ouest, tu sais !

ricanèrent-ils. Tu ne partiras d'ici qu'après avoir avalé ton acte de naissance !» Ilan finit par comprendre dans quel guêpier il s'était fourré.

– Je n'en avais aucune idée, murmure Avram, consterné.

Et tu ne sais encore rien, ajoute Ora in petto.

– On lui fourra un Uzi dans les mains en lui demandant s'il savait s'en servir. Il avait participé à des exercices de tir sur cible six mois auparavant, assura-t-il. On lui rit au nez et on l'installa devant je ne sais plus quel appareil. Un truc pour la vision nocturne...

– AL, un amplificateur de luminance, indique Avram. Il y en avait un à Magma aussi.

– ... et on lui conseilla de reprendre ses esprits, parce que les Égyptiens n'allaient pas tarder à arriver et qu'il était impoli de les recevoir dans cet état. Ils avaient encore le cœur à plaisanter, apparemment.

Quoi qu'il en soit, Ilan ne distingua rien dans cette lunette, dont il ignorait probablement le mode d'emploi. Cette nuit-là, en entendant des vociférations en arabe, tout près de là, le splash d'objets lourds tombant dans l'eau, il comprit que les Égyptiens poursuivaient la traversée du Canal. Un déluge de bombes s'abattait autour d'eux, ébranlant le fortin jusqu'au fondement. Il ne cessait de se répéter : Avram est mort. Mon ami est mort, et son cadavre est à deux pas d'ici. Il avait beau faire, impossible de pénétrer le sens de ces mots. Et il ne ressentait rien non plus, ni chagrin, ni étonnement devant cette absence de chagrin.

Tous les deux sont assis en silence. Leurs cœurs battent plus fort, comme pour rythmer les interrogations informulées. À quoi pensais-tu, Ora, quand nous t'avons demandé de tirer un nom au sort ? Tu n'avais vraiment pas la moindre idée sur la question ? Avais-tu une préférence secrète ? Qui aurais-tu aimé pêcher dans le chapeau ? Et si tu avais eu alors la prémonition de ce qui allait arriver – non, ne pose pas cette question. Mais il doit savoir une fois pour toutes : si tu avais anticipé ce qui allait se passer, quel nom aurais-tu aimé voir sortir ?

Quelqu'un vint relever Ilan à quatre heures du matin. Un obus siffla au-dessus de sa tête au moment où il fonçait vers la casemate. Épouvanté, il courut se réfugier au fond de la tranchée. « Où sont les latrines ? » hurla-t-il à un barbu, tassé dans le trou, tremblant de tous ses membres. «Là où on chie», gémit l'autre. Ilan, qui craignait de faire dans son pantalon d'une minute à l'autre, le baissa aussi sec et, durant quelques bienheureuses minutes, occupé à vider ses intestins, il oublia tout – la guerre, les bombardements, Avram, perdu à jamais.

Le silence le surprit quand il pénétra dans le poste de commandement. Quelqu'un lui signifia d'un geste de monter au poste de vigie et d'observer à l'ouest. Il aperçut un épais tapis blanc et jaune pâle déferlant vers le fort, tel un raz-de-marée balayant le désert.

«C'est eux, lâcha un soldat debout près de lui. Une vingtaine de tanks, les canons pointés sur nous.»

L'attaque commença. Au tir des chars répondit une batterie de mortiers du haut d'un tertre verdoyant, tandis qu'un Sukhoi égyptien surgi de nulle part lâchait ses bombes. Le ciel et la terre se mirent à trembler. Tout ce sur quoi Ilan portait ses regards aussi. Les hommes, les murs de béton, les tables, les appareils de transmission, les armes. On aurait dit que les objets changeaient de forme dans un grondement assourdissant. Une nouvelle crise de coliques obligea Ilan à prendre ses jambes à son cou et il se précipita vers l'abri.

«Le monde est foutu», bredouilla un jeune rouquin en caleçon long qu'il dépassa au pas de course.

C'était peut-être le moment d'expédier des lettres, ou autre chose – à ses parents, Ora, Avram, à qui il n'écrirait plus jamais rien, songea-t-il soudain. Ils ne se passeraient plus de billets en classe, des limericks salaces, des ébauches de saynètes, des citations d'Ephraïm Kishon, des commentaires pseudo-talmudiques de *Fanny Hill*. Plus de refrains rédigés en écriture Rachi pour vanter les charmes des filles de la classe, de longues conversations en langage des signes pendant les cours, au nez et à la barbe des profs. Finies les douces rêveries à propos de l'ultime film israélien, néo-réaliste, qu'Ilan réaliserait sur un scénario d'Avram. Plus de bouts-rimés pleins de sous-entendus égrillards, comme ceux qu'ils s'adressaient depuis les différentes bases où ils avaient été affectés, maculés de taches d'encre là où le censeur zélé en baverait des ronds de chapeau. Sans parler des messages cryptés, dont eux seuls avaient la clé, car inventés à partir de leurs secrets et autres calembours les plus intimes, qu'ils s'envoyaient par téléscripteur militaire. Terminées les aventureuses expéditions dans les nouveaux continents de Bakounine, Kropotkine, Kerouac, Burroughs, sans oublier *Tom Jones* et *Joseph Andrews* de Fielding, *Le Livre de l'humour juif et des mots d'esprit*, de Druyanov. Finis les plaisanteries, les boutades, les reparties, les grivoiseries, les regards entendus, les signes d'une reconnaissance profonde, mystérieuse et sombre, entre deux espions en pays ennemi, rapprochant des enfants solitaires par-delà les fous rires et les larmes.

Voilà. Il n'aurait plus personne avec qui s'enthousiasmer de *L'Agression, une histoire naturelle du mal*, ou *Ainsi parlait Zarathoustra*, qu'ils avaient lus à haute voix dans la vallée de Yafeh Nof, juchés sur un rocher appelé « la défense de l'éléphant ». Avec qui ratiocinerait-il en se glissant par une brèche de la clôture entourant la base, en pleine nuit, à propos des idées de Moshe Kroy, ou des accords de blues cachés dans les chansons des Beatles ? Avec qui adapterait-il et enregistrerait-il ensuite, sur le gros magnétophone Akai, les dialogues indigestes entre Naphta et Settembrini, dans *La Montagne magique* ? Il n'y aurait plus de citations tirées de la poésie sacrée de David Avidan et Yona Wallach, de *Catch 22*, ou d'*Au bois lacté* – chant de louanges à la voix humaine dont Avram connaissait par cœur des passages entiers. Qui d'autre que lui pourrait l'emmener voir le rédacteur en chef du *Yedioth Aharonot*, à Tel-Aviv, stupéfait d'apprendre qu'il avait affaire à deux adolescents, venus lui exposer l'idée mentionnée dans leur courrier – « si vous êtes intéressés, nous nous proposons de venir vous en parler de vive voix » –, à savoir que, une fois par mois, le journal serait entièrement rédigé par des poètes (« toutes les rubriques sans exception, avait déclaré Avram au rédacteur médusé, depuis la première page jusqu'au sport en passant par les petites annonces. Y compris la météo ») ? Avram était le seul avec qui il avait une chance de parvenir à la plénitude d'une existence parallèle et secrète dans les pages enfumées du *Down Beat*, le magazine qu'ils dérobaient chaque mois à la bibliothèque de l'Académie de musique, et grâce auquel ils passaient de longues soirées au Carnegie Hall, au Preservation Hall et dans les autres clubs de La Nouvelle-Orléans, rêvant aux nouveaux albums de jazz, aux livres qu'ils ne pourraient jamais acquérir en Israël, tout en fantasmant sans fin sur leur contenu – *La musique est ma maîtresse* de Duke Ellington les transporta au septième ciel sur la seule base des critiques, des extraits et du titre. Qui l'accompagnerait chez Ginsburg, rue Allenby, pour dénicher la perle rare parmi les instruments d'occasion? Qui lui procurerait, avec l'argent qu'il n'avait pas, les disques de Stan Getz et John Coltrane, et pourrait saisir le message politique du jazz et du blues, que lui-même n'aurait jamais soupçonné seul? Plus personne ne lui jetterait allégrement à la figure «spermato anémique», «bâtard d'Adullamite» ou «vessie ulcéreuse». Qui d'autre pinaillerait avec lui sur les subtilités de l'hébreu et ses emprunts au grec? Et qui, après un joli coup au backgammon, lui lancerait: «Formidable rugissement, ô mon lion!»

Il n'y aurait plus de joutes oratoires acharnées à grand renfort de citations tirées du dictionnaire hébreu-arabe Ayàlon-Shen'ar, qu'ils connaissaient par cœur, et par conséquent, il n'y aurait plus personne pour lancer: «tadahlaza!» – c'est-à-dire «arpenter les couloirs, du parlement, etc.» (le «etc.» était primordial, bien sûr, Ilan ne devait pas l'oublier) – ni lui souffler dans un ascenseur bondé «Nahedah!» – en d'autres termes: «vise un peu les gros nichons de cette nana». Fini leur sabir d'hébreu et d'arabe: il n'appellerait plus les bouteilles *bakabik* pour dire *bakboukim*, les oiseaux *tsapafir* à la place de *tsiporim*, les préservatifs *kanadem* au lieu de *kondomim*, les fesses *aka'ez* pour *akouzim*. Et qui désormais le plongerait dans un chaudron bouillant, lui lancerait «l'appel de la forêt», l'emporterait dans ses griffes à travers la tempête et lui ferait rendre son dernier soupir?

Il retourna au poste de commandement au moment où les chars israéliens encerclaient les tanks égyptiens et incendiaient deux d'entre eux. Les soldats du fortin sautèrent de joie et se congratulèrent les uns les autres. Ils firent de grands gestes de la main en direction de leurs compatriotes et se préparèrent à l'évacuation. Mais quand les blindés israéliens se lancèrent à la poursuite de la division ennemie, les hommes s'immobilisèrent gauchement, les bras tendus, dans le lourd silence venimeux à présent retombé.

Peu après, un soldat égyptien émergea de son tank, les épaules encerclées de flammes. Il sauta du blindé et se mit à courir comme un dératé, les mains en l'air, avant de s'effondrer face contre terre, agité de soubresauts. Il finit par s'effondrer, vaincu, tandis que le feu achevait de le consumer. Quatre VBT égyptiens surgirent aussitôt. Ils débarquèrent des soldats en tenue de camouflage qui se concertèrent, les yeux fixés sur le fortin. Sur ordre du commandant, ceux qui étaient armés se mirent à tirer. Ilan ne demeura pas en reste. Pour la première et unique fois de la guerre. La détonation lui creva les tympans et lui causa des problèmes d'acouphènes persistants. Les Égyptiens réintégrèrent au petit trot leurs véhicules et battirent en retraite. Ilan détacha une gourde d'un ceinturon abandonné et en vida presque tout le contenu à grandes lampées. Il avait les jambes en coton. L'idée qu'il aurait pu tuer quelqu'un de sang-froid avait rompu l'espèce de pellicule qui l'enveloppait depuis qu'il avait entrepris cette aventure.

Le commandant le convoqua. Il se fichait pas mal d'où il venait, déclara-t-il, ajoutant que, dorénavant, il devait obéir à ses instructions. Lesquelles consistaient à se tenir à la disposition des sentinelles. Pendant des heures, Ilan se coltina donc des caisses de munitions, des jerricans d'eau et de fuel, destiné au générateur, sans parler des sandwiches que l'infirmier préparait à la chaîne. Avec l'aide d'un barbu taciturne, il démonta la mitrailleuse polyvalente d'un VBT, qui se trouvait dans la cour, afin de la déployer dans le poste d'observation nord. Il entassa des documents administratifs, des papiers, des rapports d'opérations qu'il brûla sur le terre-plein.

Il fit une pause pour uriner. Une idée lui traversa l'esprit. Il grimpa dans le VBT, ôta le filet de camouflage et examina les différents instruments de pilotage. Il sursauta, comme si on l'avait giflé à toute volée, et fonça trouver l'officier de renseignements. Qu'il traîna jusqu'au blindé pour lui expliquer ce qu'il avait en tête.

L'autre resta interloqué avant d'éclater de rire. Ça allait barder au QG s'il arrivait quoi que ce soit à l'un des appareils, lui promit-il. N'importe comment, dans une heure ou deux, on allait tout arroser d'essence et mettre le feu. « Laissez-moi juste une heure, ce sera suffisant », supplia Ilan. L'officier secoua la tête, les bras croisés sur sa poitrine. Grand et massif, il dépassait Ilan d'une bonne tête. « Nous allons mourir, et vous le savez, déclara calmement Ilan. Alors pourquoi me refusez-vous une malheureuse radio, hein ? » L'autre remit le filet de camouflage à sa place en sifflotant. « Dégagez, vous n'avez rien à faire ici ! » s'énerva-t-il, voyant qu'Ilan ne bougeait pas. « Une demi-heure, montre en main ! » s'obstina ce dernier. L'officier vira à l'écarlate. Il commençait à lui taper sur les nerfs, éructa-t-il. De toute façon, l'émetteur-récepteur de Magma avait été détruit depuis belle lurette, les transmissions étaient coupées. Ilan lui sourit avec douceur et gentillesse. (« Tu sais comment il est quand il a quelque chose en tête », commente Ora à Avram, qui opine.) « Dites-moi, de quels instruments se sert-on dans les forts ? » Désarçonné par cette soudaine volte-face, l'officier marmonna qu'ils avaient probablement quelques PRC-6, dont il ne devait sans doute pas rester grand-chose. Ilan lui demanda alors si cette radio-là, par exemple, pouvait capter la fréquence d'un PRC-6. L'officier repoussa la main d'Ilan posée sur l'appareil, il rajusta le filet et l'avertit que, s'il ne fichait pas le camp sur l'heure, il lui en cuirait. À condition qu'il lui mette un émetteur à sa disposition sur-le-champ, une heure au maximum, il lui pro-mettait, lui jurait, de ne pas révéler aux Égyptiens, lorsqu'ils débar-queraient, qu'il était l'officier de renseignements du fort, rétorqua Ilan sans se départir de son calme ni de son sourire.

« Quoi ? » s'étrangla l'officier. Ilan le plaqua contre le blindé, les mains posées sur la paroi et, le visage à quelques centimètres du sien, il lui répéta mot pour mot sa proposition. L'autre chercha de l'aide du regard, Ilan pouvait presque voir les rouages de son cerveau se mettre en marche, pareils à un simple boulier. « Espèce de cinglé ! souffla-t-il. Un salopard, un espion, un traître, voilà ce que vous êtes ! » Sa voix n'était plus qu'un murmure, preuve qu'il se dégon-flait, comprit Ilan, qui relâcha son étreinte. Ils se firent face. « Vous venez d'où ? reprit l'officier d'une voix enrouée. Et qui êtes-vous au fait ? » Ilan darda sur lui ses prunelles vertes en mimant sans ver-gogne des ongles arrachés et des testicules hérissés d'électrodes.

L'homme gémit en remuant silencieusement les lèvres. La scène ne dura guère plus que quelques secondes. Incapable de supporter cette vision d'horreur, l'officier capitula. Sans mot dire, il retira le filet de camouflage, installa l'appareil sur une petite table en bois à l'extérieur du poste de commandement et tourna les talons. Ilan le retint par le bras :

« Vous êtes sûr que ça peut capter un PEC-6 ? »

– Non, bafouilla l'autre en détournant la tête afin d'éviter son regard, à croire qu'il en craignait le pouvoir hypnotique. Il n'est pas sur la bonne fréquence.

– Alors effectuez les réglages, s'il vous plaît. »

L'officier déglutit avec peine et, à l'aide d'un bout de fil de fer, il raccorda le récepteur à l'unique antenne du fortin encore intacte. Après quoi, il enleva le boîtier à l'aide d'un tournevis et fourragea à l'intérieur pour augmenter la portée de balayage. Là-dessus, il s'en fut sans demander son reste, les bras ballants, le dos de sa chemise trempé de sueur.

Ora continue à parler et Avram s'enveloppe dans son sac de couchage, comme dans un cocon d'où seule jaillit sa figure blême.

– Ora ?

– Oui ?

– Il t'a vraiment raconté tout ça ?

– Oui.

– Le matin où Ofer est né ?

– Je t'ai déjà dit que…

– L'envie l'en a démangé juste avant sa naissance ?

– Je suppose. Tu n'as qu'à le lui demander.

– Donc, si je comprends bien, ça lui a pris comme ça, en buvant son café à la table du petit-déjeuner ?

– Avram, je ne me rappelle pas vraiment.

– Ah bon, je croyais que tu te souvenais des moindres détails.

– Qu'est-ce que ça change ?

– C'est intéressant, tu ne trouves pas ?

– Quoi donc ?

– Qu'il ait été poussé par une impulsion irrésistible le jour de la naissance du bébé. C'est curieux, non ?

– Qu'est-ce qui est curieux ?

– Qu'il ait choisi ce moment précisément...

– Oui, précisément, tu ne comprends pas ?

Avram la dévisage avec attention. Elle ne bronche pas. Ne lui cache rien. Elle lui donne tout : elle-même, et Ilan, et Ofer dans son ventre. Il regarde et voit.

« Allô, allô, allô, allô ! » retentit une voix sépulcrale, brisée par la fatigue et le désespoir. De saisissement, Ilan perdit le signal et tourna avec précaution le bouton des fréquences. Son doigt tremblait si fort qu'il dut le replier et recommencer l'opération avec la jointure de l'index. Voilà deux heures qu'il n'avait pratiquement pas décollé de sa chaise, manipulant les touches avec des gestes minuscules, déliés comme un fil, les yeux rivés sur le champ des signaux : minces tiges vertes surgissant et s'effaçant tour à tour sur le cadran. « Allô, allô, allô », la voix mourut, submergée par les parasites, des ordres depuis Ismaïlia aboyés en arabe à un chef d'escadron équipé de missiles Sagger. Comment l'identifier dans ce chahut indescriptible ? Il avait dû se tromper, se raisonna Ilan. Il reprit méticuleusement ses recherches à travers les réseaux de communication israéliens et égyptiens, jusqu'à ce que, au milieu d'une cacophonie de hurlements hystériques, grondements de moteurs, explosions de bombes, ordres, cris et invectives lancés en hébreu et en arabe, le timbre morne et déprimé s'élève de nouveau : « Allô, allô, répondez, enfoirés que vous êtes ! » Ilan sentit ses cheveux se dresser sur sa tête.

Les deux mains plaquées sur son casque, il entendit mot pour mot : « Espèces d'eunuques scorbutiques, mon esprit viendra vous hanter la nuit ! » Il arracha son casque et se rua au poste de commandement où il fit irruption en plein débriefing. « Il y a un soldat à Magma ! s'égosilla-t-il. Je l'ai entendu à la radio, il est vivant ! »

Le commandant lui lança un regard avant de lui emboîter le pas, sans même lui demander qui l'avait autorisé à installer une écoute secrète. D'une main fébrile, Ilan lui vissa le casque sur le crâne : « Écoutez ! Il est vivant, il est vivant ! » Les poings sur la table, le front plissé, l'officier s'exécuta et son visage s'altéra. Peut-être dois-je lui expliquer que c'est la manière de parler d'Avram, songea Ilan, et qu'il faut le sauver en dépit de sa manière de parler, faillit-il ajouter.

Des années plus tard – confia-t-il à Ora, le matin de la naissance d'Ofer –, il se reprochait encore la gêne que lui avait causée le comportement d'Avram en présence du commandant. Son attitude, sa manière de parler, sa personne même suscitaient toujours un vague embarras, la peur de voir dévoiler un secret dissimulé en chacun, comprit brusquement Ora. « Je dis tout haut ce que tout le monde ne pense pas tout bas », était l'une de ses plaisanteries favorites, se rappela-t-elle. Le commandant ôta le casque et se redressa avec un soupir vite réprimé : « OK, c'est ce gosse, on le connaît, mais on croyait qu'il n'était plus là. Et puis d'abord, qui vous a donné l'autorisation d'installer un poste d'écoute ? »

Ilan n'entendait pas. « Vous étiez au courant et vous ne m'avez rien dit ? » s'étrangla-t-il. L'officier fronça les sourcils. « Parce que j'ai des comptes à vous rendre, peut-être ? Pour qui vous prenez-vous, à la fin ? »

Ilan blêmit, le souffle coupé. Le commandant dut remarquer son désarroi, car il changea de ton.

« Bon, reprenez-vous et asseyez-vous. Nous ne pouvons rien faire pour lui pour le moment. Ilan obéit, en nage, les jambes molles. Le premier et le deuxième jour, il a manqué nous rendre fous, reprit l'officier en consultant sa montre.

– C'est-à-dire ? bredouilla Ilan.

– Il n'arrêtait pas de discourir à tort et à travers, de nous supplier de le sortir de là. Au fait, il est blessé. Il a perdu une main, un pied, je ne sais pas. Bref, ses descriptions étaient si "imagées" que nous avons vite cessé de l'écouter. Et quand il a disparu du réseau, comme tous les autres, nous avons bien sûr pensé que son compte était bon. C'est admirable qu'il ait tenu si longtemps. Quoi qu'il en soit, si jamais l'idée vous a effleuré d'aller le rejoindre, c'est hors de question. Vous pouvez vous l'ôter de l'esprit.

– M'ôter quoi de l'esprit?» balbutia Ilan.

L'officier désigna du menton l'émetteur dans lequel la voix d'Avram chantait à tue-tête *Take the A Train* de Duke Ellington avec un entrain pour le moins surprenant.

Le gradé pivota sur ses talons, mais Ilan le retint par le bras.

«Je ne comprends pas. Ça veut dire quoi: On ne peut rien faire? Il s'agit d'un soldat de Tsahal, non? Alors pourquoi ne pouvez-vous rien pour lui?»

L'officier se dégagea en le fixant d'un œil mauvais. Ils se regardèrent en chiens de faïence, tandis que la voix d'Avram annonçait, en anglais, un concours entre deux orchestres de jazz, un russe et un américain, et priait les auditeurs de lui envoyer une carte postale pour exprimer leur avis.

De petite taille, l'air morose, le commandant avait la figure couverte de poussière blanche.

«Laissez tomber, je vous le répète, dit-il avec douceur. Il n'y a rien à faire pour le moment. Il est cerné par toute l'armée égyptienne, et nous, nous avons zéro force sur le terrain. Écoutez-le, ajouta-t-il à mi-voix, comme s'il craignait qu'Avram ne l'entende. En ce moment, si vous voulez mon avis, le lieu où il se trouve est le cadet de ses soucis.» Comme pour confirmer ses dires, Avram lança un long hululement strident, inquiétant par son étrangeté. Le commandant s'empressa de changer de fréquence. Aussitôt, les grognements d'Avram furent remplacés par le vacarme des ordres fusant en tous sens, les déflagrations, les signaux radar de l'artillerie qui, même pour Ilan, semblaient posséder leur logique propre, une sorte de légitimité en pareilles circonstances.

Ilan se précipita derrière l'officier qui s'éloignait.

«Attendez! Est-ce qu'on lui a parlé?»

L'homme hocha la tête sans ralentir le pas.

«Au début, oui. Son émetteur marchait le premier jour, par la suite, il est tombé en panne et il ne savait apparemment pas comment basculer en mode réception.»

Ilan n'en croyait pas ses oreilles.

« Il ne savait pas ? Comment ça, il ne savait pas ? Il lui suffisait d'écouter, non ? »

Le gradé haussa les épaules.

« L'appareil s'est déglingué, je suppose, ou bien c'est lui. » Brusquement, il s'arrêta et loucha vers Ilan qu'il dévisagea avec attention : « Qu'avez-vous à voir avec ce garçon ? Vous le connaissez ?

– Il vient aussi de Bavel. Service de renseignements. »

Le commandant se renfrogna.

« Mauvais, ça. Je l'ignorais. Je vais devoir en référer en haut lieu.

– Écoutez ! intervint Ilan, profitant de ce regain d'attention. Il ne faut pas qu'il tombe entre les mains des Égyptiens. Il détient un tas d'informations, il a une mémoire phénoménale, nous devons le sortir de là avant qu'ils ne lui tombent dessus... »

Il s'interrompit, regrettant de n'avoir pas su tenir sa langue. Il surprit une lueur fourbe, inquiétante, dans les yeux de son interlocuteur, et comprit qu'il venait peut-être de condamner son ami à mort. Il resta pétrifié, abasourdi par cette révélation. Il voyait déjà un Phantom frappé de l'étoile de David plonger sur Magma pour supprimer la menace tapie entre les ruines. Il rattrapa le commandant et se mit à sautiller autour de lui, derrière lui, devant lui. « Essayez de le sauver ! supplia-t-il. Faites quelque chose ! »

Cette fois, l'officier perdit son sang-froid et, agrippant Ilan par l'épaule, il le secoua sans ménagement.

« S'il appartient aux renseignements, alors pourquoi il ne la ferme pas, hein ? Il est idiot ou quoi ? Il ne sait pas qu'ils écoutent nos réseaux ? Qu'ils peuvent capter le moindre bruit de pet dans le secteur ?

– Mais vous l'avez entendu, plaida Avram au désespoir. Il n'est visiblement plus dans son...

– Je vous ai dit de laisser tomber ! s'égosilla le commandant – une veine se mit à palpiter dans son cou. Libérez la fréquence, remballez la radio dans le VBT et débarrassez-moi le plancher ! »

Il repartit avec de grands moulinets rageurs des bras. Ilan perdit la tête. Il se lança à sa poursuite, le rattrapa et se planta devant lui, les yeux dans les yeux.

« Permettez-moi juste de l'écouter, que je puisse au moins entendre ce qu'il dit.

– Négatif ! cracha l'autre, éberlué par cet incroyable culot. Vous avez trois secondes pour ficher le camp !

– Mais il le faut ! En tout cas, on saura s'il leur révèle quelque chose au sujet de la "Sangsue"…

– Qu'est-ce que vous dites ? »

Ilan se rapprocha encore et lui murmura quelque chose à l'oreille. Le silence plana. Le commandant cilla et, les mains sur les hanches, il fixa un défaut sur la plaque ondulée qui tapissait la tranchée. « Sangsue » ne souffrait ni objection ni contestation.

« Je n'ai pas assez d'hommes, grinça-t-il.

– Je ne suis pas sous vos ordres. »

Chacun recula imperceptiblement.

« Je vous ai assez vus, vous et vos renseignements ! pesta le commandant. Vous nous avez roulés dans la farine et nous allons tous être massacrés par votre faute. Maintenant, faites ce que vous voulez, je m'en lave les mains ! »

« Allô, allô ! Il y a quelqu'un ? questionna la voix, quand Ilan posa les écouteurs encore tièdes sur ses oreilles. Pourquoi jamais personne ne répond… À quoi jouez-vous ? À vous, à vous, à vous, bredouilla Avram, découragé. Saleté d'appareil ! Il marche ? Non ? Comment savoir… Allô ? Bordel de merde ! »

Au bruit, Ilan supposa qu'il venait de cogner sur la radio. Il tira une chaise et s'assit, dos à la porte. Il s'obligea à se calmer et réfléchir calmement. Avram se trouvait dans un fortin distant d'un kilomètre et demi. Selon toute vraisemblance, il était seul, blessé et commençait à délirer. Un opérateur égyptien pouvait le localiser d'un moment à l'autre et expédier des soldats dans la zone.

La logique ne lui valait rien, sinon que d'augmenter encore ses inquiétudes, songea-t-il.

« J'ai besoin d'eau potable et de pansements, marmonna Avram, exténué. Ce truc est dégueulasse, il pue comme un vieux chiffon…

Allô? Allô? Je n'entends rien. Pourquoi m'entendriez-vous, pauvres nouilles? De toute façon, si vous n'entendez pas, vous n'allez pas tarder à la sentir, ma blessure. La gangrène, c'est sûr, et merde!»
Ilan serra inconsciemment les jambes.

Tais-toi! implora-t-il. Va te planquer quelque part et ferme-la!

Silence. Ilan patienta. Le silence se prolongeait. Il poussa un soupir de soulagement. Le silence s'éternisait. Ilan se pencha en avant, les yeux fixés sur l'écran clignotant.

Où es-tu, pourquoi as-tu disparu?

Une autre voix s'infiltra au milieu des grondements de moteurs:
«Plante, ici Pêche. Sommes coincés à Lexicon 42. Il y a des blessés. Demandons opération de récupération.

– Pêche... euh... ici Plante. Bien reçu. Envoyons secours tout de suite. À vous.

– Plante, ici Pêche. Merci. On vous attend. Magnez-vous, c'est le bordel ici.

– Pêche, ici Plante. On s'en occupe, on s'en occupe. Fin.

– Shakespeare, par exemple, est immortel, reprit faiblement la voix d'Avram. Mozart aussi. Voyons, qui d'autre?»

L'index d'Ilan se crispa. Il était incapable de maîtriser ses réactions quand la voix d'Avram lui parvenait. Il sursauta, l'aiguille oscilla et le signal se perdit dans les verts fourrés analogiques. Ilan proféra quelques jurons sonores, puisés dans le riche répertoire d'Avram.

«Socrate est immortel également, je pense. Suis pas très calé sur la question. J'ai commencé à le lire cet été, mais il m'est tombé des mains. Qui encore? Kafka? Peut-être. Picasso, sûrement. De toute façon, les cafards survivront aussi.»

Une voix inconnue s'immisça en arabe dans la fréquence.

«Poste d'observation 16ᵉ division à Bortukal. Ai repéré tank juif endommagé au kilomètre 42. À vous.

– Allô, allô, répondez, enfants de salauds! Collabos! Je vais crever ici? Comment pouvez-vous me laisser mourir?

– Bortukal à poste d'observation. Nous dirigeons vers le tank juif, atteindrons la cible dans cinq minutes, avec l'aide d'Allah.

– Cher auditeurs, reprit Avram d'une voix grotesquement suave qui bouleversa Ilan. Grouillez-vous, car bientôt Avram ne sera plus là pour personne.

– Plante, ici Pêche. Les secours ne sont toujours pas en vue. La situation est critique. À vous.

– Pêche, ici Plante. Ne vous bilez pas, tout est sous contrôle. Les secours arrivent dans sept petites minutes et si besoin est, on vous enverra aussi l'aviation.

– Merci, merci, c'est une idée géniale. Faites fissa. J'ai deux blessés graves. À vous.

– Ici Avram, votre petit chéri, résonna de nouveau la voix. Avram qui vous supplie de venir le secourir avant qu'il ne s'endorme avec ses pères qui, soit dit en passant, refusent catégoriquement de partager sa couche, car ils assimilent sa blessure aux menstrues... »

Un soldat, un Yéménite jovial, se matérialisa à côté d'Ilan.

« J'ai appris que tu as localisé le type de Magma, dit-il. Il recommence à déconner, hein ? On pensait qu'il avait passé l'arme à gauche.

– Tu l'as entendu toi aussi ? »

L'autre ricana. Une lueur démoniaque brilla dans ses yeux à travers la poussière qui maculait sa figure.

« Tout le monde l'a entendu. C'est un fou furieux, ce type. Il nous a insultés, menacés. Pourquoi tu ris ?

– Pour rien. Il vous a vraiment menacés ?

– Même le général Gorodish ne parlerait pas de cette façon à un simple troufion. Bouge-toi que j'entende un peu. (Il se pencha sur la table, s'empara d'un des écouteurs et le colla à son oreille. Il hocha la tête.) Oui, c'est lui, qu'est-ce qu'il tchatche, je le verrais bien à la Knesset, ce zèbre-là.

– Il était toujours comme ça ? s'enquit Ilan, devinant la réponse.

– Non, au début, il était OK. Il avait des couilles en acier. Il faisait gaffe, parlait par allusions, utilisait des noms de codes. Je crois même qu'un jour, il a parlé au chef de brigade de Tassa pour lui transmettre des infos. »

Avram devait manier le jargon militaire avec la même aisance que sa langue maternelle, se dit Ilan. Il l'entendit articuler d'une voix caverneuse : « Négatif... euh... négatif, à vous », jubilant à l'idée des regards incrédules du haut commandement (« Quelqu'un connaît par hasard le gars qui dirige les opérations tout seul à Magma ? »).

« Mais c'est un AN/PRC-6 que tu as là, s'étonna le soldat, un talkie-walkie, quoi ! Tu l'as déniché où, au fait ?

– Quelqu'un me l'a bricolé.

– Ce tas de ferraille, c'est pour les communications intra muros, pas pour la longue portée.

– Tu es opérateur-radio ? »

L'autre désigna ses grandes oreilles en souriant.

« Ça ne se voit pas ?

– Il pourra émettre combien de temps encore ? »

Le soldat marqua une pause et fit la moue.

« Ça dépend.

– De quoi ?

– Des piles qu'il a en stock, et du temps que mettront les autres à piger qu'un des nôtres est vivant. »

Avram en arrière-plan se mit à beugler à gorge déployée : « *Ma souccah est de toute beauté, noyée dans la verdure et brillamment illuminée !* » Le sans-filiste se mit à fredonner à l'unisson en remuant la tête en cadence.

« Écoute-le, il se croit dans *1, rue Sésame*, je te jure. »

Le refrain se mua en gémissement de souffrance. Avram s'éclipsa pendant de longues secondes, tandis qu'Ilan cherchait fébrilement, tripotant le sélecteur de fréquences, tambourinant sur l'appareil, jusqu'à ce qu'il finisse par comprendre que le bourdonnement strident qu'il entendait ne provenait pas de la radio mais était due à l'unique tir qu'il avait effectué, tout à l'heure. Quand il finit par la retrouver, la voix d'Avram avait perdu son enthousiasme un peu effrayant pour se changer en un murmure résigné : « Je ne me rappelle pas, fiche-moi la paix, j'ai le cerveau obtus. Je voulais te dire quelque chose.. mais quoi au juste ? Pourquoi suis-je là ? Qu'est-ce que je fabrique là ? Je n'ai rien à faire ici. »

Épaule contre épaule, oreille contre oreille, Ilan et l'opérateur se penchèrent sur l'appareil.

« Il est obsédé par une nana, tu as entendu ? dit le soldat.

567

– Oui.

– Pauvre type. Il ne peut pas savoir qu'il ne la reverra jamais.

– Et il n'y a rien à bouffer en plus, ronchonna Avram. À part les mouches, des trillions. Foutues bestioles, elles m'ont sucé le sang jusqu'à la dernière goutte. J'ai la fièvre, touche, et il n'y a pas d'eau, et personne ne vient, allô…

– Il est toujours sur *on*, c'est ça son problème », observa l'opérateur-radio.

Il est toujours sur *on*, sourit intérieurement Ilan. Avram aurait adoré.

« Allô, espèces d'eunuques aux couilles molles…, divaguait Avram. (Sa voix était dénuée de passion, comme si des mots creux et vides lui sortaient de la bouche.) Pour l'amour du ciel, on a assez joué, j'ai pigé, vous allez venir me chercher, oui ou non, je veux rentrer à la maison ! »

Le soldat fit la grimace.

« C'est quoi ce trip ? Tu piges quelque chose, toi ?

– Oui, fit Ilan.

– Hé, vous avez un piston dans le commando égyptien ? murmura Avram.

– Bon sang, non seulement il les invite à venir, mais en plus il écarte les cuisses, grinça le sans-filiste.

– Peut-être que votre tante de Przemysl a été à l'école avec la grand-mère d'Akid Khamzi, cette vipère du bataillon 13 ? »

Ilan risqua une dernière tentative :

« On ne pourrait pas lui envoyer une unité pour… »

L'opérateur ôta son écouteur, le vissa à l'oreille d'Ilan, il le dévisagea attentivement, puis se leva.

« C'est quoi ton nom déjà ?

– Ilan.

– OK, alors écoute-moi bien, Johnny. Tu vas me faire le plaisir de m'enlever ce casque immédiatement et te sortir ce type de la tête, *khalas*, ça suffit. Tu l'oublies, il n'a jamais existé.

– Que j'oublie Avram ?

– Oui, une bonne fois pour toutes, ça vaudrait mieux. Attends une minute, tu le connais ?

– C'est un ami.
– Un ami-ami ou juste une vague connaissance ?
– Un ami-ami.
– Bon, je n'ai rien dit alors », marmonna le soldat avant de s'éclipser.

« Scorpion, ici Papillon. Un essaim de Sagger à cinq cents mètres à votre droite. Feu, feu à volonté. À vous.
– Plante, où est l'aviation ? Vous n'arrêtez pas de dire "ils arrivent", "ils sont en route", mais on ne voit toujours rien venir. Ils sont en train de nous massacrer ici ! J'ai un mort et un blessé. À vous, à vous !
– *"Qui vivra et qui mourra, qui à la fin de ses jours, qui prématurément, qui par le feu, qui par l'eau, qui par la guerre, qui par les bêtes sauvages."*
– Allô ! Tu débloques ou quoi ? Yom Kippour, c'était il y a deux jours.
– Au nom d'Allah le Clément et le Miséricordieux, à toutes les unités, la 16e division traverse le Canal comme prévu. Jusqu'ici nous nous enfonçons comme du beurre, et nous remporterons la victoire, *inch'Allah !*
– Chevalier, ici Cerise, pour répondre à votre question, il y a une cinquantaine de survivants çà et là le long de la frontière.
– Plante, ils foncent sur nous, répondez !
– *"Qui sera étranglé, qui sera lapidé, qui connaîtra la tranquillité, qui vivra dans l'agitation, qui dans le calme, qui dans le trouble."*
– *Pilote juif blessé dans les buissons à 253.*
– Voici les ordres : préparez-vous et conservez le silence radio en attendant qu'ils viennent le récupérer, et alors seulement feu à volonté, à vous.
– Et ma mère…, même si vous ne méritez pas que je vous parle d'elle, enfants de salauds que vous êtes, vous qui abandonnez vos frères… »
Ilan serra la radio si fort que ses articulations blanchirent.
« Ma mère…, croassa Avram, elle est morte, disparue comme l'éclair. Elle était toujours… (Il s'étrangla.)… Elle a toujours fait

569

preuve de patience avec moi, je le jure sur ma vie. (Il pouffa.) Sur ma vie, quelle expression sublime ! Sur-ma-vie, vous saisissez ce que ça signifie ? Sur-ma-vie ! *Lehaïm !* »

Une autre pause, ponctuée par un désagréable bruit de friture. Les courbes vertes s'aplatirent, se déformèrent, se brisèrent, avant de se rallonger et se redresser.

« Nous descendions la rue Betsalel en courant, reprit Avram si faiblement qu'Ilan s'affala presque sur l'appareil pour mieux entendre. Quand j'étais petit, nous habitions près du souk... je ne me rappelle pas, me rappelle plus si je vous l'ai déjà dit. Comment se fait-il que je ne me souvienne de rien ? Les visages non plus. Celui d'Ora s'est effacé de ma mémoire... Excepté ses sourcils. La quintessence de sa beauté. »

Sa respiration devenait de plus en plus laborieuse. Ilan devinait qu'il brûlait de fièvre, que sa conscience lui échappait à toute vitesse.

« Avec ma mère, nous dévalions la rue Betsalel jusqu'au parc Sacker. Quelqu'un connaît ? Allô ? »

Ilan opina de la tête.

« Elle me prenait par la main, j'avais dans les cinq ans, et nous piquions un sprint jusqu'en bas de la rue, et puis nous la remontions au galop, jusqu'à ce que j'en aie assez. »

Il émit une sorte de râle et se tut. Le tumulte général cessa. Un silence singulier, terrifiant, retomba alentour, à croire que, sur les deux rives du Canal, chacun était suspendu aux lèvres d'Avram.

« Quand on est petit, vous savez, et qu'un adulte accepte de jouer avec vous, on a toujours peur qu'il se lasse, consulte sa montre ou ait autre chose de plus urgent à faire, non ? »

Si, confirma Ilan.

« Mais pas ma mère. Elle ne se fatiguait jamais avant moi et, quoi qu'il arrive, je savais qu'elle ne s'interromprait jamais la première. »

Il était dans le brouillard, s'exprimant de la voix flûtée, désincarnée d'un enfant. Ilan crut le voir exhiber sa nudité, sans pouvoir s'arrêter.

« C'est quelque chose qui vous insuffle de la force pour toute la vie, quelque chose qui vous rend heureux, hein ? »

Un soldat ultra-orthodoxe, maigre et surexcité, heurta la chaise d'Ilan et le pria de l'aider à emballer les objets religieux du fort. Ses paupières papillotaient et il souriait mécaniquement toutes les cinq minutes. Ilan se leva et s'étira – il n'avait pas décollé depuis plus d'une heure, constata-t-il avec étonnement. Accroupi à côté du soldat, il s'activa à entasser dans une caisse de munitions vide des bibles, des rituels de prières, des kippas, un gobelet de *havdalah* – la bénédiction de fin du shabbat –, un chandelier de Hannouka fourni par l'armée, des bougies de shabbat, et même un cédrat odorant destiné à la fête de Souccot. Le jeune homme saisit le fruit et le respira avec une sorte de dévotion passionnée. Son bébé était né juste après Kippour, confia-t-il d'une voix émue. Le général de brigade en personne lui avait annoncé la nouvelle par radio, mais ne sachant décrypter les codes, il n'avait pas compris le sexe de l'enfant et n'osait questionner le GB pour en avoir le cœur net. Avec l'aide de Dieu, il verrait bientôt son fils ou sa petite fille. Si c'était un garçon, il l'appellerait Shmuel, le prénom du général Gorodish, et au cas où ce serait une fille, Ariela, comme le général Sharon. Des tics nerveux agitaient ses paupières, déformant son visage. Et pendant tout ce temps, dans sa tête, Ilan entendait les appels, les supplications d'Avram, ce qui ne l'empêchait pas de rassurer le soldat, honteux de savourer ces moments volés au lieu d'écouter son ami s'éteindre peu à peu.

Une pluie de bombes s'abattit tout près du fortin. Le soldat huma l'air avec une grimace. « Des armes NBC ! » glapit-il. Il entraîna Ilan vers une grande armoire métallique portant l'inscription *Équipement NBC – N' ouvrir qu' en cas d' urgence.* Il brisa le cadenas avec la crosse de son Uzi, le battant s'écarta, révélant des piles de boîtes en carton vides. Le soldat les considéra un moment, puis il se mit à tempêter et à se frapper la tête à coups de poing en trépignant de rage. Ilan retourna à son poste et recoiffa les écouteurs.

« Alors dans combien de temps le ventre d'Avram va-t-il crever, à votre avis ? Son ventre doux et velu qu'il aimait tant caresser des deux mains ? Son petit bedon qui lui servait de silo et de grenier ?

– Ça suffit ! s'écria Ilan. Tu vas arrêter, oui ?

– Parce que Avram, c'est drôle, avait l'intention de traîner sur cette terre encore quarante ou cinquante ans au minimum, et devenir un sale vieux bonhomme. Il espérait peloter un sein ou une cuisse ici et là, parcourir le vaste monde, dévorer l'espace, donner un rein ou un lobe d'oreille aux malades nécessiteux, se vautrer dans les délices, écrire au moins un livre qui ferait un malheur dans les librairies...»

Ilan secoua la tête. Il retira les écouteurs, sauta sur ses pieds et partit déambuler dans les tranchées jusqu'à un poste d'observation donnant sur l'ancien hôpital d'Ismaïlia. Les jambes étendues sur des sacs de sable, deux réservistes s'y prélassaient, tels les passagers d'une croisière de luxe. Ils avaient combattu dans la guerre des Six-Jours pendant leur service militaire et lui semblaient très vieux. Il n'aurait peut-être jamais leur âge, se dit Ilan avec un complet détachement. La mine réjouie, ils lui certifièrent que la sixième flotte n'allait plus tarder et que, d'ici quelques heures, ces sales Arabes allaient amèrement regretter le jour où ils avaient eu cette riche idée. Après quoi, ils entonnèrent *Nasser attend Rabin* d'une voix de fausset. Ilan renifla l'air et comprit qu'ils étaient ivres – ils s'étaient probablement soûlés à la piquette militaire. Il regarda derrière lui et découvrit quelques bouteilles vides dissimulées entre les sacs de sable.

Il s'éloigna et se perdit dans la contemplation de la mer bleue et des jardins verts d'Ismaïlia. Non loin de là, une interminable procession de jeeps égyptiennes franchissait un pont enjambant le Canal. Une véritable marée d'hommes et de véhicules se répandait près du fortin sans prendre la peine de s'interrompre pour s'en emparer. Ilan songea au *Jour le plus long*, qu'il avait vu deux fois avec Avram. Les éléments de la réalité familière ne s'imbriquaient plus les uns dans les autres, de sorte qu'il cessa de raisonner.

Les bombes pleuvaient toujours, et les filets retenant les blocs de rochers commençaient à se déchirer. Des éclats de pierre fusaient de tous côtés. La couche protectrice du fort s'effritait, l'air était chargé de cendres, de suie et de poussière. Immobile, incapable de tourner ses regards au sud, en direction de Magma, Ilan supposa que la fumée qu'il apercevait du coin de l'œil provenait de l'endroit où se cachait Avram. Y avait-il un moyen de convaincre le commandant d'expédier des hommes à son secours ? Non, c'était peine perdue. Il n'enverrait jamais personne au casse-pipe. Ilan retourna au poste de commandement. Les yeux rouges et larmoyants, il avait du mal à respirer. Il se contenta d'un bref coup d'œil en passant devant la table qui supportait l'émetteur. Il se sentait incapable d'enfiler le casque.

Une atmosphère étouffante régnait dans le bunker. Quelqu'un se souvint de la pompe à air manuelle. On ne constata aucune amélioration notable dans la température, quant au bruit, on aurait dit la plainte lugubre d'un chacal. Un MIG égyptien en flammes plongea vers le sol, tandis que s'ouvrait la corolle blanche d'un parachute. Quelques rares acclamations s'élevèrent des postes de guet, autour de la casemate. Le pilote atterrit sur une berge du Canal et claudiqua tant bien que mal vers le pont. Des soldats égyptiens se jetèrent à son cou, comme s'ils voulaient le protéger des tirs éventuels en provenance du fortin ennemi. Les Israéliens observaient la scène dans un morne silence, non dénué d'envie. Ilan frotta sa figure sale. Durant les milliers d'heures qu'il avait passées à écouter les soldats égyptiens dans le bunker de Bavel, traduisant jour et nuit leurs propos, épiant la routine militaire, les gestes quotidiens, les blagues, les plaisanteries obscènes, les secrets les plus intimes, jamais il n'avait senti, comme aujourd'hui, en les regardant étreindre leur camarade, à quel point ils étaient réels, des créatures vivantes, faites de chair et de sang, dotées d'une âme.

– Moi si, avoue Avram à Ora – il n'avait pas ouvert la bouche depuis de longues minutes. J'étais plus enthousiaste qu'aucun des autres opérateurs de la place, même les plus chevronnés. C'était dingue de pouvoir espionner les conversations des gens en toute liberté. Écouter aux portes, en quelque sorte. (Il se met à rire.) Les secrets militaires, je m'en fichais un peu, tu sais. En revanche, les trucs idiots, les petites magouilles des officiers, les chamailleries, les ragots, les allusions à la vie privée me passionnaient. Il y avait deux sans-filistes de la deuxième armée, des fellahs du delta. En fait, j'ai fini par le comprendre, ils s'aimaient en secret, et les messages officiels qu'ils transmettaient étaient à double sens. Ces choses-là m'amusaient beaucoup.

– La voix humaine ? suggère Ora.

573

Un Phantom F-4 israélien surgit et descendit en piqué sur le fortin qu'il mitrailla de ses deux canons. Tout le monde se figea. Le vrombissement de l'avion emplit l'espace, ébranlant Ilan jusqu'au tréfonds. Un lourd cendrier en verre se mit à valser sur une table, tomba à terre et vola en éclats. Le nez en l'air, les yeux écarquillés à travers ses lunettes miroitantes, le tankiste hiérosolymite, qui avait accompagné Ilan dans la place forte, buvait du café au milieu de la cour. L'appareil vira légèrement dans sa direction et, sous le regard d'Ilan, il le sectionna proprement en diagonale, de l'épaule à la taille, projetant les deux morceaux à chaque extrémité du terre-plein. Ilan se plia en deux pour vomir, imité par d'autres soldats à côté de lui Quelques-uns brandirent le poing, maudissant l'armée de l'air en particulier et Tsahal en général.

Les Égyptiens lâchèrent alors un tapis de missiles antiaériens dont la queue jaune orangé zébrait le ciel de loin en loin. Le Phantom slalomait parmi eux, quand soudain des flammes s'élevèrent de sa queue, et il tomba en vrille dans un panache de fumée noire. Les soldats, qui ne le quittaient pas des yeux, le virent s'écraser au sol sans mot dire. Pas le moindre parachute à l'horizon. Dans le fort, chacun regarda ailleurs. Quelqu'un avait recouvert les restes du tankiste avec deux couvertures, remarqua Ilan, quand il osa risquer un œil dans cette direction.

«Alors, ton pote, tu l'as laissé tomber?» lui lança l'opérateur au teint mat.

Ilan était dans le cirage.

«Le type de Magma. Tu as bien fait d'abandonner.»

Les idées d'Ilan s'éclaircirent et il détala.

«Allô, allô, quelqu'un m'entend? Je suis tout seul ici. Ils ont tué les autres hier, ou le jour d'avant. Une vingtaine de gars, je crois. Je ne les connaissais pas. J'ai débarqué quelques heures avant la panique générale. Ils les ont flingués dans la cour, on les a alignés et trucidés comme des chiens. Certains ont été battus à mort. L'opérateur-radio et moi étions cachés derrière des barils de gazole qui nous avaient dégringolé dessus. On a fait les morts.»

Quelque chose avait changé, observa Ilan. Avram semblait avoir recouvré ses esprits, il parlait comme s'il était sûr que quelqu'un buvait religieusement ses paroles quelque part.

«J'ai entendu les nôtres pleurnicher en suppliant les Égyptiens de leur laisser la vie sauve. Deux types qui récitaient des prières se sont fait zigouiller au beau milieu. Et puis les Égyptiens sont partis et ne sont toujours pas revenus. Ça pilonne sans relâche. Impossible de pénétrer dans le bunker. Il n'en reste plus rien. Les poutres de l'entrée sont complètement tordues, je les vois d'ici.»

Les yeux clos, Ilan s'efforça de se représenter la scène.

«Je me suis retrouvé seul avec le sans-filiste jusqu'au premier soir. Il était étendu à deux mètres de moi, grièvement blessé. Il avait un émetteur sur lui, un autre plus petit posé par terre, et un tas de piles, au moins quatre-vingts. Je le sais parce qu'il n'arrêtait pas de les compter, c'était une véritable obsession. Il était touché à la jambe, et moi, à l'épaule. J'ai reçu l'éclat d'une grenade qui a explosé au moment de l'incendie. Il s'est planté dans ma chair. Je peux le toucher. La plaie ne saigne pas si j'évite de bouger. Ça fait mal, c'est tout. J'ai de la ferraille dans le corps, c'est dingue! Allô! Allô!»

Oui, je t'écoute, chuchota Ilan.

«Bref. Le radio perdait beaucoup de sang. Je ne sais pas comment il s'appelle. Nous évitions de parler pour ne savoir que le strict minimum, au cas où nous serions capturés. Son état empirait, il tremblait de tous ses membres. J'ai essayé de le réconforter, mais il ne m'entendait pas. J'ai réussi à ramper près de lui pour lui poser un garrot à la cuisse. Il avait des hallucinations. Il divaguait. Il croyait que j'étais son fils. Ou sa femme. Comme la radio marchait encore, j'ai parlé à un officier de Tassa, un haut gradé, je pense. Je lui ai expliqué ce qui se passait et ce que l'armée devait faire. Il m'a promis d'envoyer des secours, un hélicoptère pour m'évacuer. Cette nuit-là, l'opérateur est mort, je ne sais pas exactement quand.»

La soudaine lucidité d'Avram le perturbait davantage que ses délires verbaux, jugea Ilan. Comme si son ami s'exposait aux pires dangers, maintenant que l'isolement ne le protégeait plus du sort qui l'attendait.

«Après quoi, j'ai creusé un peu le sol et je me suis retrouvé au fond d'un trou, environ un mètre plus bas, je suis tombé sur le dos, pêle-mêle avec l'émetteur et les piles. Je ne peux même pas m'asseoir, je suis couché avec ce foutu appareil sur le ventre. Impossible qu'on m'entende de là où je suis, je peux à peine bouger d'une cinquantaine de centimètres de chaque côté. J'ai entassé quelques sacs de sable pour laisser pénétrer l'air, mais il fait noir comme les ténèbres d'Égypte...

«Noir comme les ténèbres d'Égypte, tu piges?» répéta-t-il.

Ilan lâcha un petit rire d'encouragement.

«Et j'ai une de ces chiasses! Je ne sais pas comment c'est possible, vu que je n'ai rien mangé ni bu depuis trois jours. Ni dormi non plus, d'ailleurs. Je ne peux pas supporter l'idée de me faire descendre pendant mon sommeil.»

«Mon Dieu, tout mais pas ça!»

Le voilà reparti, se dit Ilan.

«Apparemment, le commando égyptien n'avait pas envie de faire de vieux os dans le coin, mais ils vont revenir terminer le boulot, c'est sûr. Tu ne crois pas? Sais pas. Je pige que dalle. Ils feront d'abord tout sauter, et ils viendront ratisser le terrain ensuite. Une petite bombe, hein? Un grand boum, et terminé! C'est vraiment nul. Incroyable, constamment, je... (Il pouffa.) Non, je te jure, qu'est-ce que je fous ici? Pourquoi moi?»

Ilan se crispa. Il savait qu'il allait parler du tirage au sort.

«Hé, Ora, Ora'leh, où es-tu? Je rêve de caresser ton front, dessiner du bout des doigts tes sourcils, tes lèvres! Tu m'as rendu fou!»

Ilan se bâillonna la bouche des deux mains.

«Écoute, je pense à un truc depuis un bon bout de temps. Une idée de génie. Je ne t'en ai pas encore parlé, ni à Ilan... Allô? Il y a encore quelqu'un dans la galaxie? Allô, l'humanité? Ilan?»

Ilan sursauta d'effroi.

«Ils ont incendié le fort, murmura Avram, paniqué. Les hommes, l'équipement, la cuisine, nos bardas, ce qui leur est tombé sous la main. Ils se sont pointés avec des lance-flammes et ils ont mis le feu partout. Je les entendais. Tout a brûlé. Les mains et la figure me cuisaient. Je suis noir de suie, mes carnets réduits en cendres. Une année de travail partie en fumée. L'année qui vient de s'écouler, mon idée géniale, pfff, il n'en reste rien. Bordel ! Les textes que j'ai écrits à mes moments de liberté, à la base, en perm, sur le trajet du retour, tu as vu dans quel état j'étais cette année ? Sept calepins. Et merde ! Des gros en plus, deux cent vingt pages chacun, toutes mes pensées... »

Sa voix se brisa et il se mit à pleurer, avant de se remettre à parler d'une voix entrecoupée de hoquets. Il était difficile de le suivre. Ilan bondit sur ses pieds et, debout, il écouta Avram sangloter encore un petit moment avant d'arracher son casque et de le jeter au loin.

Les Égyptiens intensifiaient les tirs. Des obus de mortier 240 mm explosaient sans discontinuer. Du haut des miradors, les gardes donnèrent l'alerte : des embarcations au chargement non identifié s'approchaient de la rive, en contrebas du fortin. Une vague de terreur glacée déferla sur les tranchées, les tours d'observation, les abris. Les bateaux se mirent à les bombarder à l'aide de canons à eau, au soulagement général. Les jets nettoyèrent la poussière qui stagnait dans l'air, envahissant tout – les casemates, les gobelets de café, les sinus –, mais au bout d'un moment la base du fortin menaça de s'effondrer. Du sommet des observatoires, les soldats tirèrent sur les assaillants, qu'ils attaquèrent aussi à la grenade. Les bateaux-pompes battirent en retraite, mais la structure du fortin s'était légèrement affaissée sur le côté, pareille à un rictus amer.

Le commandant convoqua ses hommes dans le bunker qui abritait le PC de commandement. Ilan s'assit par terre dans un coin. La voix lancinante, déjantée d'Avram chuchotait toujours dans sa tête, implorant pitié. Les officiers et les soldats s'affalèrent le long des murs en évitant de se regarder. Maintenant que l'épaisse poussière avait été dispersée à grande eau, l'air charriait d'effroyables relents d'excréments, le sédiment tangible de la peur. Recroquevillé près d'Ilan, les yeux clos, un jeune homme aux joues lisses et veloutées, ne paraissant guère avoir plus de quinze ans, marmonnait dévotement, à toute vitesse, des paroles inintelligibles. Ilan lui effleura la jambe et lui demanda de prier pour lui. Il ne priait pas, il n'était absolument pas religieux, il récitait des équations chimiques, rétorqua le garçon sans ouvrir les yeux. Il avait trouvé ce moyen pour déstresser avant le bac, ça marchait à tous les coups. Pourrait-il alors dire des équations pour lui ? demanda Ilan.

Les soldats et les officiers gardaient la tête baissée. Dehors mugissait le désert – un énorme animal blessé se cabrant puis retombant à chaque assaut. Ilan croyait entendre les soldats égyptiens défoncer la porte du fortin à coups de crosse. Leurs voix résonnaient dans son esprit avec une extraordinaire acuité. Puis vinrent une série d'explosions, juste derrière la cloison, et des clameurs de joie au moment où ils s'introduisaient dans la place. Suivirent des clameurs en arabe, des tirs, des hurlements et des supplications en hébreu, qui s'évanouirent peu à peu. Ilan avait un goût métallique dans la bouche – comme si sa mâchoire supérieure était gelée, ankylosée jusqu'à la racine du nez. « Ça ne fera pas mal, ça ne fera pas mal », bredouilla le jeune soldat, les yeux toujours obstinément fermés. Une tache humide s'élargissait sur son pantalon.

Ilan chercha fiévreusement à se rappeler une de ses inventions qui remontait à son enfance : la méthode du bonheur. Comment cela fonctionnait-il déjà ? Il se scindait en différents segments, en zones bien distinctes, et chaque fois qu'il allait mal dans l'une, il se réfugiait dans une autre. Ça ne fonctionnait pas vraiment, mais il avait la sensation de sauter comme s'il était doté d'un siège éjectable personnel susceptible de le propulser temporairement par-delà le divorce de ses parents, le défilé des visiteurs inconnus qu'accueillait sa mère, les horreurs auxquelles se livrait sans vergogne son père avec les soldates qui servaient sous ses ordres, le déménagement forcé de Tel-Aviv à Jérusalem, l'école tant détestée, l'épouvantable ennui – les trois jours et trois nuits passés chaque semaine à la base de transport que commandait son père. Lors d'un tour de garde en compagnie d'Avram sous les antennes du remblai nord de Bavel, il lui avait parlé de sa méthode en se moquant un peu de l'enfant qu'il était alors, non sans remarquer l'espèce de fascination et de répulsion qu'il éveillait chez Avram.

Son ami l'avait regardé comme s'il lui avait révélé un secret à la fois inédit et particulièrement noir. Il l'avait cuisiné au sujet de sa tactique, comment il l'avait inventée, cherchant à en comprendre le mécanisme dans ses moindres détails, les sensations éprouvées à chaque stade du processus. Après l'avoir harcelé sans répit, il avait lancé en riant :

« Tu connais la prochaine étape, hein ?

– Non, c'est quoi ? avait questionné Ilan, un peu perdu.

– Une fois que tu te seras divisé en une multitude de fragments, tu ne pourras plus les reconstituer, tu saisis ? Quelle élégante façon de se suicider ! avait-il ajouté avec un enthousiasme non dénué d'ironie. Ni vu ni connu, en plus ! »

Le téléphone linéaire relié au QG de la division sonna. Une voix familière, retentit au bout du fil. L'homme ne déclina pas son identité, c'était superflu. À la tête d'une division, il s'apprêtait à s'infiltrer dans leur zone pour délivrer les hommes pris au piège dans les fortins, annonçat-il aux soldats. Il y eut des échanges de regards, chacun se mit lentement debout, s'étira et tapa des pieds pour réveiller ses membres engourdis. « Arik va venir », applaudirent les soldats en savourant chaque mot. Ils accélérèrent le pas et s'en furent reprendre leurs positions respectives. Même Ilan ne fit pas exception, se répétant à lui-même, serinant sur tous les tons : Arik va venir. Il va entuber les Égyptiens. Arik nous sauvera, Avram et moi. Un jour, tout ça nous fera bien rigoler.

« N'importe comment, tu ne seras jamais à moi, tu appartiens à Ilan, reprit Avram dès qu'Ilan remit le casque. Tu m'as marqué de ton empreinte. Au premier regard, j'ai su que les autres filles ne seraient jamais qu'un pâle substitut. C'était clair depuis le départ, donc, je n'attends plus rien. Les gens font tout un plat de leur vie… Ce qui m'angoisse, moi, en ce moment, c'est le choc thermique, tu sais, ces satanés lance-flammes. Je n'ai jamais été fan de *chawarma*. Je ne veux pas mourir, Ora. »

Il riait et pleurait à la fois en monologuant, décrivant à Ora chaque centimètre de son corps quand ils faisaient l'amour. Comme d'habitude, chez lui, l'imagination l'emportait sur la réalité.

Ilan n'en perdait pas une miette et ce matin-là, le jour de la naissance d'Ofer, il le raconta par le menu à Ora, pour la première et la dernière fois. Ils n'en reparlèrent plus jamais par la suite. Immobile sur le lit, elle lui tournait le dos et, lové contre son corps, peau contre peau, il lui rapporta chacune des paroles d'Avram. «Il délirait complètement, tu vois.» Ora ne répondit pas. Il patienta sans poser de question. Elle gardait obstinément le silence. Il entreprit de lui ôter son slip. Elle ne réagit pas, ne le repoussa pas, se bornant à balbutier son nom. Alors il la pénétra d'un coup de reins. Lui aurait-il demandé si l'amour avec Avram relevait du pur fantasme, qu'elle lui aurait avoué la vérité. Il s'en abstint. Il bougea en elle. Elle l'accueillit passivement. Soudain, ses sens se réveillèrent, elle prit conscience de ce qu'elle était en train de faire, mais son corps le désirait. Elle pensa à protéger le fœtus dans son ventre, mais la passion l'emporta, tant elle avait faim de lui. Il l'emprisonna dans l'étau de ses jambes et de ses bras. Son souffle brûlant s'accéléra et il lui mordit la nuque, comme s'il voulait la posséder tout entière. Des années plus tard, elle avait encore du mal à croire qu'elle avait fait cela. Son ventre tanguait, et l'enfant qu'Avram y avait planté bougeait en cadence, impatient de venir au monde. Mais pendant quelques instants encore, Ilan et elle n'étaient qu'un homme et une femme livrés à eux-mêmes.

C'est pour que le bébé puisse naître, songea-t-elle, perdue dans les limbes du nirvana où elle flottait, qu'Ilan devienne son père et que nous nous comportions de nouveau l'un envers l'autre comme un homme et une femme.

«Allô, allô? Ici la Voix de Magma libre. C'est la troisième nuit. Ou la quatrième? J'ai perdu la notion du temps. Je suis sorti de ma tanière tout à l'heure. Il régnait un tel silence que j'en ai profité pour me faufiler péniblement dehors, pour la première fois depuis le début des opérations. Je pensais que les combats étaient peut-être terminés et que les Égyptiens avaient regagné l'autre rive. Je devine que ça n'est pas le cas. J'ai l'impression que la bataille se poursuit, du moins à l'endroit où je me trouve, parce qu'en risquant un œil vers le Canal, je les ai vus continuer à le traverser, ça grouillait de partout, c'est inimaginable, quant à nos forces à nous, pas la moindre trace. »

Il semblait avoir recouvré sa lucidité.

« J'ai fouillé la place. Excepté l'opérateur, j'ai découvert trois autres cadavres des nôtres dans le bunker 2, complètement carbonisés. Au début, j'ai cru à des souches, je t'assure, et puis j'ai raisonné que les arbres n'avaient rien à faire ici. Il s'agissait des réservistes de la brigade de Jérusalem. À mon arrivée ici, la veille de Kippour, j'étais directement descendu au niveau de l'eau avec mon carnet. Il y régnait un tel calme que je m'étais dit que les horreurs qu'on nous décrivait à Bavel étaient de la foutaise. Appuyé contre un tonneau qui se trouvait là, je m'étais installé le dos au Canal pour écrire un peu, histoire de m'aider à apprivoiser le milieu, peut-être ? Ces trois énergumènes, qui étaient de garde dans le mirador en surplomb, se sont payé ma tête en me voyant gratter du papier, au point qu'on a failli en venir aux coups. Je le regrette. D'après leur posture, je pense qu'ils ont été exécutés ensemble. On a dû les ligoter les uns aux autres avant de les fusiller. Qu'est-ce que je voulais…

« Tout part à vau-l'eau ici. Des poutrelles métalliques, des rochers, des filets, des Uzi fondus et déformés. Je crois même avoir aperçu un drapeau égyptien flotter sur le fort. J'ai trouvé trois boîtes de pâté, du houmous et du maïs en conserve. Et surtout, deux gourdes d'eau. Je ne toucherai pas à la viande. J'en suis dégoûté jusqu'à la fin de mes jours.

« J'ai rempli deux casques de terre pour enfouir mes besoins naturels. Maintenant que j'ai de quoi manger, je ne vais probablement pas tarder à avoir la chiasse au centuple, ah, ah…

« Bref, j'ai réintégré ma cage en rampant et je me suis allongé dans la position du derviche-qui-se-suce. Si seulement je connaissais le fonctionnement de cette foutue radio, bon sang ! Allô ? Il y a quelqu'un ?

« J'espère que ça ne fera pas mal. J'aimerais pouvoir perdre conscience. Quand j'ai trouvé nos gars tout à l'heure, j'ai essayé de m'étrangler avec mes deux mains, mais je me suis mis à tousser et j'ai eu peur qu'on m'entende.

«Pourvu qu'on ne me torture pas d'abord. Un type comme moi, c'est pain bénit pour eux. Des images n'arrêtent pas de défiler dans ma tête. Merdique, le film!

«Heureusement qu'ils n'ont pas de temps à perdre avec moi!

«Mais combien? Une minute? Trois? Ça va durer longtemps?

«Qu'ils en finissent au plus vite! Une balle dans la tête.

«Non, pas dans la tête.

«Alors où?

«Ça suffit! Qu'est-ce que vous attendez pour rappliquer, ordures que vous êtes? Salopards d'Égyptiens au profil de bas-relief!»

Il se mit à brailler comme un veau. Entendant résonner une paire de claques retentissantes, Ilan conclut qu'Avram se giflait à toute volée.

«Ilan! souffla soudain Avram d'une voix si proche et si douce qu'on aurait dit une banale conversation téléphonique. Tu vas sûrement finir par épouser Ora. Félicitations, vieux! Promets-moi que tu appelleras votre fils Avram, tu m'entends? Mais avec un "h", *Avraham!* le père de toutes les nations! Et vous lui parlerez de moi, hein? Fais gaffe, sinon, mon fantôme viendra te hanter dans ton lit, la nuit, et te blesser le roseau!

«Écoute un peu! (Il éclata de rire.) Un jour, avant l'armée, je suis allé voir Ora, à Haïfa. Sa mère m'a demandé de retirer mes chaussures dans l'entrée, tu la connais, mes chaussettes puaient, je n'en avais pas changé depuis une semaine au moins, tu me connais, elle m'a fait asseoir dans un fauteuil du salon pour me cuisiner, savoir qui j'étais, quelles étaient mes intentions envers sa fille, et j'étais si mal à l'aise à cause de mes chaussettes que je lui ai raconté qu'à dix-sept ans j'avais décidé de devenir un stoïque, ensuite, j'ai eu ma période épicurienne et depuis quelques mois, j'étais un sceptique. Je n'ai pas arrêté de discourir pour la distraire de l'odeur. C'est idiot, je sais, mais j'aimerais que tu racontes cette histoire à Ora et au petit Avraham, pour les faire rire, pourquoi pas.

«J'en ai marre! Qui que vous soyez, vous allez vous radiner, oui ou non?!»

« Sept carnets, Ora, tu te rends compte ? C'était une idée fantastique. Écoute, j'ai réfléchi à une série, pas seulement une pièce de théâtre, mais trois au minimum, d'une heure chacune. Ni plus ni moins. Je vais me lancer dans quelque chose de gigantesque, pour une fois, un peu comme *La Guerre des mondes* de ce vieil Orson. La fin de l'univers, ou quelque chose d'approchant. C'est l'idée, tu vois ? Pas d'invasion d'extraterrestres ni de bombe atomique. Non, plutôt la chute d'une météorite, dont on saura le moment exact où elle va tomber. Le truc justement, c'est de connaître la date de la fin du monde. Chacun sait exactement…

« Ça me tue de ne pas pouvoir te la raconter, reprit-il, la respiration oppressée. Comment vais-je pouvoir écrire sans ta bénédiction, ton enthousiasme ? Écoute, écoute, écoute-moi… »

Avram continuait à parler mais sa respiration était lourde. Quand il faisait part d'une nouvelle idée à Ilan ou Ora, on aurait dit qu'il brûlait de fièvre. Ilan l'imaginait trépignant d'excitation au fond de son trou.

« L'humanité tout entière est avertie que la fin surviendra à cette date précise. Aucun être vivant n'en réchappera, ni les animaux, ni les végétaux. Personne ne survivra, pas de mesure dilatoire, aucune exception, rien du tout. Toute la vie s'évaporera.

« Ils ont brûlé mes sept carnets, ces fils de putes ! s'époumona-t-il, sincèrement scandalisé. Comment ai-je pu me faire couillonner comme ça ?

« Bon, alors, les montres n'indiqueront plus que le temps restant avant l'évaporation finale. Si l'on demande l'heure, cela ne signifie qu'une chose : combien de temps reste-t-il jusqu'à…

« Tu saisis ? Attends, je n'ai pas fini. »

Ilan s'humecta les lèvres. La fébrilité d'Avram était contagieuse. Dans ces moments-là, il rayonnait d'une lumière intérieure qui le rendait presque beau.

« Les musées, par exemple, sortiront leurs fonds des salles et des entrepôts. Toutes les œuvres d'art se retrouveront dans la rue. Figure-toi la Vénus de Milo, *Guernica*, appuyés contre la haie d'une maison

583

à Tel-Aviv, Ashkelon ou Tokyo. L'art à chaque coin de rue, tout ce que l'humanité a peint, sculpté ou créé au fil du temps. Les plus grands maîtres côtoyant les mamies de l'atelier de peinture du centre culturel de Givatayim. Nahum Gutman, Renoir, Zaritsky, Gauguin au coude à coude avec des dessins d'enfants de maternelle. Partout, il y aura des tableaux et des sculptures en argile, métal, pâte à modeler, pierre... Des millions de chefs-d'œuvre de toutes sortes, de tous les âges, depuis l'Égypte ancienne, les Incas en passant par l'Inde, la Renaissance, exhibés dans la rue. Tâche de visualiser la chose. Essaie pour moi. Sur les places, dans les ruelles plus étroites, les zoos, à la plage, partout où porteront les regards, il y aura un trésor artistique, n'importe lequel, une sorte de formidable démocratie de la beauté...

« Et peut-être aussi – qu'en dis-tu ? – un citoyen lambda pourra-t-il emprunter *La Joconde* chez lui pour la nuit ? Ou bien *Le Baiser* ? J'exagère, tu crois ? Attends, attends, ô femme de peu de foi, j'arriverai bien à te convaincre... »

Il sourit et Ilan souffrait, ravagé par la secrète complicité entre Avram et Ora. Il se remémora les traits d'Avram, sa physionomie quand il leur soumettait une nouvelle idée. Son énergie se canalisait dans une étincelle au fond des yeux, une lueur fugitive et, en même temps, sa figure prenait une expression triviale, presque soupçonneuse, comme s'il soupesait dans le creux de sa main quelque marchandise louche, et puis survenait l'irruption : la lueur s'embrasait, un sourire étirait ses lèvres, ses bras s'écartaient largement. « Approche, ô monde, baise-moi fort ! » braillait-il.

« Bon, j'ai un gros problème que je n'ai pas complètement résolu, marmonna Avram, avec une attention un peu distraite. Les gens anéantiront-ils les structures sociales et familiales de leur vie, ou les maintiendront-ils en l'état jusqu'à la dernière minute ? Qu'en penses-tu ? Je me demande aussi si les gens oseront se dire la vérité en face, à cause du temps qui fuit, tu saisis ? Du temps qui leur manquera. »

« En pareille situation, poursuivit-il après une pause, les objets les plus banals, par exemple, l'étiquette d'une conserve de maïs, un stylo, ou même son minuscule ressort, prennent soudain une dimension artistique, non ? La quintessence de la sagesse humaine, de la culture universelle.

« Et merde, je n'ai pas de quoi écrire ! Dire que je me sens inspiré ! J'ai vraiment l'impression d'y être ! »

Ilan sauta sur ses pieds et fonça dans le bunker. Il fourragea dans les tiroirs et finit par dénicher des feuillets distribués par le Rabbinat militaire à l'occasion de Yom Kippour. Imprimés recto verso, ils comportaient une large marge.

« Douce reine Élisabeth », chantonnait Avram dans l'émetteur, tandis qu'Ilan s'empressait de noter.

My queen, My sweet queen !
Puissé-je vous protéger du malheur imminent !
Les rois se meurent lentement, ma reine !
Au son du glas funèbre des cloches,
Avec des carrosses jonchés de fleurs
Attelés à douze paires de chevaux noirs.

Il chantait et soufflait dans l'émetteur. Ilan avait toutes les peines du monde à suivre. La mélodie n'était qu'un bourdonnement confus, une sorte de tirade grandiloquente et pompeuse, dont Ilan se mi· machinalement à composer le support musical.

« Mais… (Ilan aurait parié qu'il brandissait le bras vers le ciel) nous vous tuerons peut-être un peu avant, ô notre bien-aimée reine Élisabeth ! » croassa Avram.

Un serviteur au masque impassible vous présentera une coupe,
afin que nous prenions congé de vous comme il se doit
Nous vous coucherons trois jours avant nous autres
dans un cercueil d'ébène
(ou d'acajou)
Pour que vous ne souffriez pas la honte
d'une mort commune, anonyme
au milieu des hurlements de terreur

des flatuosités nauséabondes que nous pourrions lâcher
en nos derniers moments.
Et aussi, ô ma reine, ma reine
pour que les nobles pensées que vous faites naître en nous
ne nous empêchent pas de périr misérablement
comme nous le méritons.

Avram s'interrompit, laissant ses dernières paroles résonner en écho dans le vide.

Pas mal pour un début, pensa Ilan, quoique un peu trop brechtien, peut-être. Kurt Weil n'est pas loin, et Nissim Aloni probablement aussi.

« Ces passages-là, tu comprends, Ora, j'en avais des dizaines, des centaines dans mes carnets. Et merde ! Comment faire pour les retrouver… ?

« Écoute, je me rappelle une citation qui nous est chère, à Ilan et à moi. Nous était, devrais-je dire, car l'un de nous deux, apparemment moi, hélas, devrait adopter le passé : j'étais, je voulais.. euh… je baisais, j'écrivais… »

Sa voix se brisa et il se remit à gémir doucement.

« C'est une phrase du grand Thomas Mann dans *La Mort à Venise*, poursuivit-il un peu plus tard sur un ton dur et compassé, pâle imitation du débit enjoué et théâtral qui lui était coutumier. C'est génial, juges-en plutôt : le personnage de l'histoire, le vieil écrivain, c'est quoi son nom déjà… Aschenbach, éprouve "une appréhension d'artiste", tu vois ? "La peur de ne pas finir, le souci de penser que l'horloge pourrait s'arrêter avant qu'il se soit réalisé et pleinement donné." Quelque chose comme ça. Je crains, ma chérie, qu'en raison des circonstances, ma mémoire ne défaille, et le reste à l'avenant. Au fait, la pendaison peut provoquer l'éjaculation, c'est connu, mais au lance-flammes, j'ai de sérieux doutes…

« Attends…

« Que faire des prisonniers ? Les libérer sur-le-champ ? Et quid des assassins, des cambrioleurs et des violeurs ? Comment les maintenir en détention en l'état des choses ? Et les condamnés à mort ?

« Et les écoles ? s'interrogea-t-il après un douloureux silence. Je veux dire qu'enseigner, préparer l'avenir quand il n'y en a plus, ça n'a guère de sens. De toute façon, j'imagine que les élèves déserteraient les salles de classe. Ils voudraient vivre la vraie vie. À moins que les adultes n'aient envie de retourner sur les bancs de l'école? Pourquoi pas? Oui, c'est pas mal du tout, pouffa-t-il, très content de lui. Il y a des tas de gens qui souhaitent reconstruire cette période de leur vie.

« Ce chiffon pue, c'est une véritable infection. Heureusement que ça ne saigne plus. J'ai du mal à bouger le bras. Depuis quelques minutes, la douleur atroce est revenue. J'ai beaucoup de fièvre aussi. Je rêve de me déshabiller, mais pas question qu'ils me trouvent nu. Au cas où ça leur donnerait des idées. »

Il haletait comme un chien. Ilan le sentait désireux de s'imprégner du récit, comme si ce simple contact pouvait lui redonner vie.

« Et les enfants se marieront à l'âge de neuf ou dix ans, histoire de leur donner un avant-goût de l'existence. »

Ilan reposa son stylo et frotta ses yeux douloureux. Il se figura Avram étendu sur le dos dans le cocon qu'il s'était aménagé sous terre, alors que l'armée égyptienne se déployait autour de lui. Avram l'invincible!

« On leur donnera un petit studio, aux gosses, pour qu'ils mènent leur vie comme ils l'entendront. Le soir, ils iront se promener dans les parcs. Les adultes se contenteront de les regarder.

« Un tas de détails me viennent à l'esprit en ce moment.

« C'est comme si j'y étais ! »

Il partit soudain d'un grand rire.

« Hé ! si quelqu'un m'écoute, pourriez-vous noter mon idée à propos des enfants, s'il vous plaît? Je n'ai rien pour écrire. C'est vraiment nul ! »

J'écris, grommela Ilan, continue, ne t'arrête pas.

« Les gouvernements décideront peut-être de droguer les populations, par petites doses, à leur insu. Par les canalisations d'eau, peut-être? Mais pourquoi, au fond? Ça me mène à quoi?

« Pour oublier la peur?

« Il faut que j'y réfléchisse. »

Ilan se rappela qu'Avram aimait à répéter que, s'il avait une bonne idée, il serait capable de la malaxer et de la passer au mixeur.

« Le Chinois avait raison, rien ne vaut la proximité d'un lance-flammes pour vous aiguiser l'imagination.

« Les gens se débarrasseront de leurs chiens et de leurs chats.

« Pour quelle raison ? Les animaux sont une consolation, non ?

« Non, réfléchis un peu, dans leur situation, les gens ne peuvent offrir d'amour à qui que ce soit. Leurs réserves sont épuisées.

« C'est l'ère de l'égoïsme forcené, alors ?

« Je ne comprends pas... Tu veux dire que les gens deviendront comme des bêtes sauvages ? Des bandes organisées feront la loi dans les rues ? Le mal absolu ? *Homo homini lupus est ?*

« Non, ce serait trop facile. Trop banal. Je ne veux pas toucher aux valeurs fondamentales. Surtout à la fin. C'est ça, la force du récit. Quoi qu'il arrive, les gens réussiront à conserver... »

Avram marmonnait dans sa barbe, partagé entre l'enthousiasme et l'accablement. Ilan s'efforçait de consigner chaque mot, conscient que personne au monde, pas même Ora pendant l'amour, ne s'était jamais livré à lui de cette façon. Ce faisant, il s'avisa avec une rare acuité qu'il n'était pas un véritable artiste. Pas comme Avram. Pas comme lui.

« Et j'ai oublié de te dire qu'on abandonnera aussi les bébés.

« Oui, oui, d'accord, les parents abandonneront leurs bébés.

« Pourquoi pas ? Mon père est bien parti quand j'avais cinq ans.

« Mince alors, il y a tellement de possibilités ! Un an, mon vieux, je me suis trituré la cervelle pendant un an. Ça ne marchait pas. J'avais l'impression que l'histoire bégayait, prenait un tour impro-bable, un peu tiré par les cheveux, et voilà que maintenant, d'un seul coup... »

Ilan notait fiévreusement, tout en sachant que, s'il s'en sortait vivant, il devrait choisir une autre voie. Ses certitudes étaient ébranlées. Il ne ferait pas de cinéma. Ni de musique non plus. Il n'avait pas l'âme d'un artiste.

« Supposons donc que les femmes mettent leurs enfants au monde en cachette, d'accord ? En pleine nature, dans des décharges, des parkings, et qu'elles s'esquivent ensuite ? Oui, c'est ça… Les parents ne supporteront pas le chagrin.

« Cette partie-là est un peu faiblarde, je trouve.

« Je n'arrive pas à me mettre dans la peau d'un parent. Les parents, les enfants… les familles, c'est pas mon truc.

« Le plus horrible, c'est que les gens auront tout le temps de comprendre ce qui leur arrive.

« D'un autre côté, et d'un autre encore, et encore maintenant – il était réveillé, vivant – c'est le genre de situation propice à réaliser ses rêves, tous ses fantasmes, sans scrupule, tu comprends ? Et sans culpabilité non plus. » Il émit un rire silencieux, triomphant, comme s'il venait enfin de découvrir une flétrissure honteuse, secrète, imprimée sur lui.

Ilan posa la tête sur son bras, se vissa le casque sur les oreilles et griffonna à la hâte.

« Pourquoi pas ? Pourquoi pas ? murmura Avram. Je me suis peut-être laissé emporter. C'est du vent, une fois de plus, dirait Ilan.

« Heureusement que j'ai assez de ballons pour ses piques ! »

Ilan rit aussi, puis grimaça.

« Personne ne se sentira coupable de ses actes. Et pendant un moment, pas très long, un mois au maximum, une semaine peut-être, chacun pourra se réaliser pleinement – exploiter à fond les aptitudes dont son âme, son corps l'ont doté, pas ce que d'autres lui imposent. Et zut, si seulement je pouvais écrire tout ça ! Quelle lumière, quelle lumière éclatante, mon Dieu ! »

Il marqua une pause et soupira.

« Chaque scène, chaque paysage, chaque visage, un homme assis chez lui, le soir, une femme seule au café. Deux personnes devisant à travers champs, un enfant faisant des bulles avec un chewing-gum. Les choses les plus anodines recèlent tant de beautés, et tu les verras toujours, Ora'leh, promets-moi de ne pas passer à côté.

« Dussé-je pénétrer dans la vallée des ténèbres, je ne crains aucun mal, car j'emporte mon histoire, ce précieux viatique.

« Et je dois décider aussi si l'argent aura encore cours…

« Bon, on verra plus tard…

589

«Il n'y aura pas de plus tard, imbécile!

«Allô Israël, la patrie? Tu existes encore?»

Le signal faiblit. Les piles étaient peut-être usées. Ilan trépignait d'impatience.

«Qu'est-ce qu'ils attendent! geignit Avram. Qu'ils viennent et mettent le feu partout au cri de *yet'bach al-yahoud!*»

Il respirait avec difficulté. Ilan ne pouvait plus distinguer s'il était lucide ou s'il déraillait.

Avram sanglotait sans pouvoir se maîtriser.

«Tout va disparaître. Les pensées et les ébauches que je n'aurai pas eu le temps de rédiger, et mes yeux, mes orteils aussi...

«Ilan, trou-du-cul, murmura-t-il à travers ses sanglots, ce scénario est à toi maintenant. Au cas où tu ne me reverrais pas, ou que je revienne dans une urne décorée, tu pourras en faire ce que tu veux. Un film, si ça te chante. Je te connais.»

Il y eut des interférences radio, comme si on déplaçait des objets pesants quelque part derrière Avram.

«À condition que ça commence de cette façon, j'y tiens: extérieur jour, des piétons marchant dans la rue en silence. Il n'y a aucun bruit, pas un cri, ni un murmure. Pas de bande-son. Certains passants sont juchés sur des caisses çà et là – la caméra effectue alors un zoom sur une jeune femme perchée, disons, sur un baquet à lessive qu'elle aura transporté de chez elle. Une bassine rouge. Elle est immobile, les bras serrés autour d'elle. Elle se sourit à elle-même, un petit sourire triste...»

Ilan agrippa les écouteurs. Il crut entendre des voix à l'arrière-plan, dans le dos d'Avram.

«Elle ne prête aucune attention à ceux qui l'entourent. Elle soliloque dans son coin. Et elle sera très jolie, Ilan, tu as compris, hein? Un front pur, tu vois, des sourcils à l'arc parfait, comme je les aime, et une grande bouche sexy, n'oublie pas. Bref, tu vois de qui je veux parler. Et si tu lui proposais le rôle?»

Il n'y avait plus de doute: les Égyptiens avaient envahi la place. Le micro de l'émetteur les avait captés avant qu'Avram ne s'en rende compte.

590

«Elle n'est pas actrice pour un sou, pouffa-t-il. Il lui suffira d'être elle-même, ce qu'elle sait faire mieux que personne, non ? Contente-toi de filmer son visage, son sourire heureux et naïf...»

Le vacarme redoubla. Ilan se mit debout, il tapa rageusement du pied gauche, plaquant à deux mains les écouteurs sur ses tempes.

«Attends..., bredouilla Avram, affolé, je crois qu'il y a quelqu'un... Ne tirez pas, implora-t-il en anglais. Puis en arabe : *Ana bila silah!* Je ne suis pas armé!»

Des cris gutturaux en arabe résonnèrent dans les oreilles d'Ilan. Un soldat égyptien, qui ne semblait pas moins affolé qu'Avram, se mit à brailler. Avram suppliait qu'on lui laisse la vie sauve. Un tir éclata. L'avait-il touché ? Il hurla. Sa voix n'avait plus rien d'humain. Un autre Égyptien accourut et informa ses compagnons de la présence d'un soldat juif. La fréquence bouillonna d'une cacophonie de cris, de coups et de galopades. «Avram ! Avram !» balbutia Ilan en se balançant d'avant en arrière. Les soldats qui passaient par là détournèrent le regard. Une rafale crépita tout près, un claquement sec, puis le silence. Le bruit sourd d'un corps que l'on traîne, des injures lancées en arabe, un rire tonitruant, un nouveau tir. Et puis la radio d'Avram cessa d'émettre.

Après avoir rassemblé ses hommes dans le bunker, le commandant déclara qu'il ne fallait probablement pas compter sur l'arrivée des renforts et qu'ils devraient se débrouiller seuls. Il était prêt à écouter leurs avis. Le débat s'engagea sereinement. Sauver sa peau était un devoir, alléguèrent certains. D'autres craignaient que l'armée, le pays, ne les taxent de couards et de traîtres. On évoqua Masada et Yodfat. Ilan, assis parmi eux, se sentait lâcher prise. Il n'avait plus ni corps ni âme. Le commandant fit le point et déclara qu'il allait immédiatement avertir Arik Sharon de leur départ, la nuit suivante. «Et s'il refuse ?» questionna un soldat. «Dans ce cas, on écopera de cinq ans de prison, mais au moins on sera en vie», rétorqua quelqu'un.

Le téléphone linéaire étant hors service, l'officier usa de l'émetteur-récepteur et demanda à parler au «patron». La situation était désespérée et il avait décidé d'évacuer la place, exposa-t-il. «Très bien, fit Arik après un temps, quittez les lieux, nous essaierons de vous récupérer en chemin. Faites le maximum.» Chacun était suspendu à ses lèvres. Il marqua une pause, on pouvait presque entendre les rouages de son cerveau tourner à vive allure. Il poussa un soupir. «Bon, alors.. euh... au revoir et bonne chance...»

Les soldats ultra-orthodoxes tinrent à réciter la prière du soir, et une poignée de laïques se joignirent à eux. Après quoi, tous se préparèrent au départ, sans oublier de remplir leurs gourdes. Pour ne pas faire de bruit, ils veillèrent à vider leurs poches de leur contenu – menue monnaie, clés, etc. Tout le monde était armé. Outre son Uzi, Ilan se vit attribuer un lance-roquettes. «Un tuyau antichar», lui expliqua-t-on. Ilan ne savait pas s'en servir, mais il n'en souffla mot.

Ils partirent à deux heures du matin. À la lumière de la lune, le bastion avait l'air d'une ruine. Dire que cette enceinte plantée de guingois les avait protégés si longtemps! Difficile à croire! Ilan évita soigneusement de regarder à gauche, dans la direction du fort d'Avram.

Ils progressaient sur deux rangs, à une certaine distance les uns des autres. Le commandant avait pris la tête du groupe d'Ilan, tandis que son adjoint menait l'autre colonne. Un soldat originaire d'Alexandrie se tenait aux côtés du commandant. Ils étaient un détachement égyptien envoyé faire passer un mauvais quart d'heure aux *Yahoud*, avait-il ordre de crier, pour le cas où ils tomberaient sur les troupes égyptiennes. L'homme répétait son rôle, s'efforçant de se mettre dans la peau du personnage. Ilan marchait, tête basse, au milieu de la formation. Les hommes trébuchaient sur le sable, jurant en silence.

Soudain, des cris en arabe fusèrent dans la nuit. Un blindé égyptien surgit tout près, balayant les bas-côtés de la piste de ses phares.

«Nous nous étions égarés dans un stationnement égyptien, raconta Ilan à Ora, ce matin-là. Les sens assouvis, il était toujours enfoui en elle, pétrissant ses épaules à pleines mains. J'ai même marché sur le sac de couchage de quelqu'un.»

Allongée sur le lit, engourdie, Ora sentait palpiter les derniers spasmes de la volupté.

«On ne bougeait plus, on ne respirait plus, poursuivit Ilan. Le tank a passé son chemin. Il ne nous avait pas vus. Trente-trois hommes planqués par terre, et les Égyptiens ne se sont aperçus de rien ! Nous nous sommes relevés et avons filé vers les dunes nous mettre à couvert, loin de la route. Ora sentait son souffle chaud sur sa nuque. Nous avons galopé vers l'est la moitié de la nuit. J'avais toujours mon bazooka et mon Uzi sur le dos. C'était dur, mais je n'avais qu'une idée en tête – survivre. Tout simplement. »

Elle aurait voulu qu'il se retire tout de suite, mais elle était incapable d'articuler une parole.

« Le soleil s'est levé. Nous ne savions plus où nous étions, chez nous ou en territoire ennemi. Ni où se trouvait notre armée, à supposer qu'elle existe toujours. J'ai repéré des traces de pneus dans le sable. Tsahal utilisait des VBTT munis de chaînes, par conséquent, ces empreintes appartenaient à des BTR égyptiens d'origine soviétique. J'ai averti le commandant et nous avons vite changé de direction. Nous avons marché sans relâche jusqu'à un petit wadi surmonté de collines et de mamelons. Là, nous avons fait halte pour nous reposer. Nous étions morts de fatigue. Des tanks brûlaient encore sur les hauteurs. On aurait dit des torches géantes. Nous ignorions à qui ils appartenaient. L'endroit puait la chair cramée, tu ne peux pas savoir, Ora. »

Elle tressaillit et il resserra son étreinte. Elle pouvait à peine respirer. Il lui sembla que le cœur du bébé battait plus vite, et elle se demanda s'il percevait les paroles d'Ilan.

« Par radio, nous avons appris que les nôtres étaient loin et qu'il nous fallait patienter encore. Quelques heures plus tard, on nous a dit de poursuivre jusqu'à une crête. On nous a transmis une carte codée. Nous avons fini par atteindre l'endroit désigné. Pendant ce temps, les Égyptiens nous canardaient d'en haut, sans nous toucher. Un vrai miracle. Les balles sifflaient dans tous les sens, comme au cinéma, tu vois. En arrivant, nous avons découvert que la zone était infestée d'Égyptiens. Nous avons cru que nous étions foutus.

– Je ne peux plus respirer, Ilan…

– Mais une minute plus tard, nos chars leur tombaient dessus. La bataille faisait rage. Ça tirait de partout. Nous, on assistait passivement au spectacle. Tout flambait. Des soldats en proie aux flammes sautaient des tanks. Des hommes mouraient à cause de nous, parce qu'ils étaient venus nous secourir. Nous restions là à regarder la scène en spectateurs. Nous n'éprouvions rien – rien du tout.

– Ilan, tu m'étrangles...

– Ils nous ont crié par radio de balancer des fusées éclairantes afin de signaler notre position. Ce que nous avons fait, et ils nous ont localisés. Un blindé a dévalé le versant de la colline, extrêmement pentu, un vrai mur. Il est parvenu jusqu'à nous. Un char d'assaut M-60 Patton. Un officier a sorti la tête de l'écoutille et nous a fait signe de grimper en vitesse. "Comment faire?" lui a-t-on crié. Par gestes, il nous a intimé de monter sans perdre une minute. "Vous voulez dire nous tous?" "Montez! Montez!" "Vous voulez qu'on monte? Où ça? Comment?" "Vous allez monter, oui ou non?" Nous étions trente-trois, tu te rends compte? Ora? Tu as dit quelque chose?

– Ilan!

– Excuse-moi, je t'ai fait mal?

– Retire-toi, tout de suite!

– Une minute, une seule, s'il te plaît, il faut que je te raconte encore...

– Ilan, ça ne va pas du tout...

– Écoute-moi une toute petite minute. Juste une, Ora, je t'en prie, assena-t-il d'une voix forte. Nous nous sommes hissés à bord. Chacun s'est accroché où il pouvait. Certains se sont juchés sur le trépied de la mitrailleuse, dix hommes étaient massés dans le berceau de la tourelle, moi, j'ai sauté à l'arrière, cramponné à la jambe d'un type, debout au-dessus de moi, quelqu'un s'est agrippé à mes godillots, et le tank s'est mis en branle. En fait, il fonçait en zigzag pour éviter les Sagger, on avait du mal à garder l'équilibre. Je ne pensais qu'à une chose : ne pas tomber, surtout ne pas tomber!»

Cet enfant, qu'est-ce qu'il ne doit pas entendre, alors qu'il n'est pas encore né! se dit Ora.

«Le char bondissait comme un fou, bredouilla Ilan en la serrant convulsivement contre lui. Nos os se brisaient, nous pouvions à peine respirer, il y avait de la poussière partout, des pierres fusaient, il fallait boucher chaque orifice pour vivre, vivre...»

Ora avait de la poussière plein la bouche, les narines, des colonnes de sable jaune. Elle se mit à tousser, suffoquée. On aurait dit que le fœtus se contractait dans son ventre, s'efforçant de pivoter sur lui-même pour tourner le dos.

Assez, assez, supplia-t-elle mentalement, arrête d'empoisonner mon enfant!

«Nous avons parcouru plusieurs kilomètres, littéralement plaqués contre le tank. Et tout à coup, voilà. C'était fini. Nous étions hors de portée des tirs. J'ai eu le plus grand mal à lâcher prise, à desserrer les mains autour de la jambe du type.»

Il se détendit. Sa tête, lourde comme une pierre s'affaissa sur la nuque d'Ora. Il relâcha lentement son étreinte, les doigts écartés devant elle. Elle ne bougea pas. Il se retira. Une minute passa, puis une autre. Il respirait avec peine, blotti contre elle, sans défense, le visage plaqué contre son dos.

Un spasme la secoua.

«Ilan», souffla-t-elle, les tempes battantes, la peau moite de sueur. Son corps cherchait à lui signifier quelque chose. Elle se redressa sur un coude, comme pour mieux écouter. «Ilan, je crois que...

— Ora, qu'est-ce que j'ai fait?» geignit-il, épouvanté.

Elle toucha ses cuisses trempées et porta ses doigts à ses narines.

«Ilan, je crois que ça y est.»

Il s'informe des profondes fissures, lesquelles, à l'époque où il y vivait, lézardaient déjà les murs, surtout dans la cuisine, sans parler des chambres. La maison menaçait-elle toujours de s'effondrer? Comment avaient-ils résolu le problème des linteaux de guingois? Le grand bureau était-il encore dans sa chambre? Jusqu'à ce qu'ils déménagent à Ein Karem, il régnait dans la pièce tel un vieux patriarche, répond Ora. L'armoire n'avait pas bougé non plus.

– Nous avons pratiquement tout laissé en l'état. Excepté la cuisine, comme je te l'ai dit, et le sous-sol, qui servait d'atelier de couture et que nous avons transformé une fois les garçons devenus grands.

Le chemin grimpe fort, et il fait très chaud en dépit de l'heure matinale. L'ascension du mont Thabor est sans doute la plus rude qu'ils aient effectuée. Parfois, il leur arrive de marcher à reculons, le dos au versant.

– C'est pour détendre les quadriceps et solliciter un peu ces deux-là (Ora empoigne à pleines mains la partie charnue de son individu), le grand et le moyen fessier, tu vois? Il faut bien qu'ils fassent leur boulot, eux aussi.

Alors qu'ils marchent à rebours, face à Kefar Tavor et la vallée de Yavnéel, déployés à leurs pieds, ils passent le bungalow en revue, une pièce après l'autre. Avram s'enquiert du sol défoncé au milieu du couloir, de la petite marche incongrue pour accéder à la chambre à coucher, des tuyaux tarabiscotés, dont certains n'étaient même pas

596

isolés. Il se rappelle le moindre défaut, chaque malfaçon, comme s'il n'avait jamais cessé d'y habiter. Il veut également savoir si le regard au sous-sol est toujours engorgé quand il pleut.

– C'était le domaine d'Ofer, précise Ora. En cas d'inondation, c'est lui qui s'y collait, armé de serpillières, de seaux et de chiffons. Par la suite, il s'est procuré un matériel plus perfectionné – une petite pompe, en l'occurrence un moteur et deux tuyaux, tu aurais dû voir ça ! En tout cas, il a réglé une question épineuse qui, je pense, remontait à la construction de la maison. Et il nous a aussi fabriqué un lit, ajoute-t-elle, devinant intuitivement qu'elle ferait mieux de se taire. Mais ils étaient de joyeuse humeur, alors autant en profiter.

– Il l'a vraiment fabriqué lui-même ?

Elle s'arrête pour reprendre haleine, appuyée à un pin à l'oblique téméraire.

– Oui, quand il était en première, ou en terminale, peut-être ? Je ne sais plus. Au fait, je me rappelle aussi que…, glisse-t-elle en douce, ayant remarqué une pointe de souffrance dans sa voix au moment où il lui a posé la question.

Et elle lui raconte que, vers l'âge de trois ans, Ofer avait l'habitude de déclarer : « Maman, j'ai quelque chose à te dire… » « Je t'écoute », répondait-elle, et elle attendait patiemment qu'il se décide, le regard fixé sur un coin de la pièce. Il prenait une profonde inspiration et, l'air solennel, la voix rauque d'excitation, il lâchait : « Et alors… »

– Et alors quoi ? fait Avram après un temps.

Elle part d'un grand éclat de rire qui résonne dans la vallée.

– Tu n'as rien compris !

– Oh ! s'exclame-t-il, la mine piteuse, c'est la fin de l'histoire ?

– Et alors, et alors… c'est l'essentiel des contes, non ?

Avram se penche en avant, les mains sur les genoux pour reprendre sa respiration.

– C'est encore plus court que la plus brève de mes nouvelles.

– Laquelle, je ne me souviens pas ?

– "Le jour de ma naissance, ma vie changea du tout au tout."

– Et alors…, soupire Ora.

– Et alors, il vous a fabriqué un lit.

597

– Au départ, il l'avait prévu pour lui.

Elle l'entendait tourner en rond dans la maison au beau milieu de la nuit. Quelque chose le chiffonnait. Il avait très envie de bâtir un lit, mais impossible de choisir le modèle, ce qui lui donnait des insomnies, expliqua-t-il. Excellente initiative, songea Ora : son lit d'enfant était branlant, il grinçait et menaçait de s'écrouler sous sa grande carcasse d'adolescent. «J'ai des tas d'idées, sauf que je n'arrive pas à me décider», ajouta Ofer. Il souffla fébrilement dans ses mains. Il répéta qu'il ne pouvait pas dormir. Il s'était réveillé plusieurs nuits de suite, sachant qu'il devait construire ce lit mais il le voyait dans ses pensées de façon vague et confuse.

Il faisait les cent pas en se mordillant les lèvres, ses doigts tambourinant rapidement. Il s'interrompit soudain et se redressa, le visage transfiguré. Il traversa la pièce, faillit emboutir sa mère dans sa hâte, attrapa une feuille de papier qui traînait sur la table, dénicha un crayon, improvisa une règle et là, à trois heures du matin, il traça une esquisse de son lit à grands traits.

Ora jeta un regard par-dessus son épaule. Les lignes jaillissaient de ses mains, comme si elles en étaient le prolongement naturel. Il soliloquait sotto voce, plongé dans un débat intérieur animé. Devant ses yeux ébahis, Ora vit émerger un lit à baldaquin. Ofer froissa le papier entre ses doigts. «Trop chic, trop élégant», marmonna-t-il avec humeur. Il voulait un lit de paysan. Il prit une nouvelle feuille et se remit à griffonner – ses mains étaient si belles, observa-t-elle, à la fois fortes et délicates, avec un grain de beauté en forme de triangle au creux du poignet.

«J'aimerais un cadre en bois, ici, tu vois ?

– Je peux t'aider, proposa joyeusement Ora. On ira à Binyamina, là où j'ai acheté ça.»

Elle désigna du geste les marmites, les poêles et la guirlande de piments séchés, accrochées à l'étagère au-dessus de l'évier.

«Tu m'accompagneras ?

– Bien sûr, et nous passerons le reste de la journée à Zikhron Ya'aqov.

– Et je voudrais des troncs d'eucalyptus. Quatre, pour les pieds

598

– Pourquoi de l'eucalyptus ? »

Il parut surpris. « Parce que j'aime la couleur, quelle question ! Et au-dessus de la tête de lit, il y aura un arc de cercle métallique, comme ça, tu vois », ajouta-t-il en joignant habilement le geste à la parole.

– Ofer a passé près de dix mois à fabriquer ce lit, raconte Ora à Avram. Il s'était lié d'amitié avec le forgeron d'Ein Naqquba, il allait le voir à l'œuvre dans son atelier pendant des heures. Parfois, quand je l'y conduisais en voiture, il me montrait l'avancée des travaux.

Elle s'empare d'une brindille et dessine par terre :

– Voilà le demi-cercle en métal à la tête du lit. La couronne glorieuse.

Avram ne la quitte pas des yeux.

– Très joli, approuve-t-il en remâchant ses paroles – *une couronne au-dessus de leurs têtes.*

Ils se reposent un peu avant le sommet, parmi les chênes et les pins, après une halte à la petite épicerie du village bédouin de Shibli. Ils y ont trouvé des croquettes pour chien, et pas de radio marchant à plein volume. Pour l'heure, ils avalent un petit-déjeuner roboratif, arrosé de café frais et fort. Le vent sèche leur sueur, ils jouissent du panorama que leur offre la vallée de Jezréel, un damier de champs ocre, jaunes et verts jusqu'aux montagnes de Galaad, les collines de Manassé et la crête du Carmel, à l'horizon.

Ora baisse le regard sur la chienne, couchée à leurs pieds, la queue tournée dans leur direction.

– Regarde-la ! Elle est comme ça depuis que nous avons fait l'amour.

Avram lui jette une pomme de pin qui atterrit près de sa patte. L'animal détourne résolument la tête.

– Tu es jalouse, hein ? demande-t-il.

Ora se lève, elle lui caresse les bajoues et frotte son nez contre sa truffe.

– Qu'est-ce qui t'arrive ? Tu nous en veux ? C'est ton copain, le chien noir, qui te manque, hein ? C'est vrai que c'est un beau morceau. Mais tu en trouveras un autre à Beit Zayit, j'en suis sûre.

La chienne se lève, leur tourne le dos et va se coucher un peu plus loin.

– Tu as vu ? s'écrie Ora, sidérée.

– Bon, alors, ce lit ? insiste Avram, ému de la voir si bouleversée. On en était à l'arc de cercle, non ?

Ofer lui avait expliqué : « Au début, j'ai fabriqué deux arceaux identiques réunis en leur centre par une baguette. C'était du plus bel effet et ça marchait techniquement parlant, mais je n'aimais pas du tout, la structure détonnait avec le reste. » Ora ne comprenait pas tous les détails, mais elle aimait l'écouter et le regarder décrire son projet. « Du coup, j'en ai refait un autre, d'un seul tenant, cette fois, que j'ai l'intention d'orner de feuilles en métal, ce qui promet d'être super compliqué, mais c'est comme ça, pas moyen de faire autrement, tu vois ? »

Elle voyait.

– Après avoir nettoyé et rebouché avec du vernis les trous creusés par les vers dans le bois, il a foré chacun des troncs selon un angle à quatre-vingt-dix degrés. Le bois était dur, résistant, poursuit Ora, mais Ofer a de la force là, il tient de toi, souligne-t-elle en tapotant le gras du bras d'Avram avec un plaisir non dissimulé. Quelques semaines de labeur acharné plus tard, il a décidé d'acheter une scie à métaux avec son propre argent – il s'est débrouillé seul, refusant notre aide, excepté pour les trajets en voiture. Mais ça ne correspondait pas avec ce qu'il avait en tête, aussi s'est-il procuré une lame spéciale, agressive, spécifie-t-elle d'un air entendu, afin de creuser des galeries dans chacun des troncs. Attends (elle anticipe la question qu'il a sur le bout de la langue), il a également façonné les petites feuilles en métal destinées à décorer la tête du lit. De minuscules feuilles de rosier, vingt et une exactement, superbes, avec leurs épines.

Les yeux plissés par la concentration, Avram l'écoute en se frottant distraitement les bras.

– Il a exécuté chaque sépale dans les moindres détails avec une infinie délicatesse, c'était du plus bel effet, tu aurais adoré ! Quant au cadre, il avait beau être en bois massif, on aurait dit des lignes mouvantes (ses mains esquissent des contours arrondis imaginaires, il lui semble qu'Ofer se trouve parmi eux, trapu, fort et tendre). Je n'ai jamais vu un lit pareil.

Il avait quelque chose de vivant, pense-t-elle, même les pièces en métal semblaient s'animer.

— Et quand Ofer l'a terminé, il a décidé de nous l'offrir.

— Après tous ces efforts ?

— Nous ne pouvions pas accepter, nous avons tenté de le raisonner : "Un lit pareil, tu t'es donné tellement de mal, tu dois le garder pour toi !"

— Mais il est têtu comme une mule, sourit Avram.

— Je ne sais pas ce qui s'est passé. Peut-être qu'une fois le lit terminé, il s'est senti un peu effrayé ? Il est vrai qu'il était particulièrement grand, ce lit, gigantesque, même.

Elle se garde d'évoquer ses dimensions exactes, le nombre de personnes qui pourraient y dormir à l'aise, etc. Qu'est-ce qui lui a pris d'aborder ce chapitre ? se demande-t-elle en frottant l'une contre l'autre ses mains maculées de terre. Il lui faut vite changer de sujet.

— Bref, il a rétorqué qu'il s'en fabriquerait un autre le jour où il se marierait. "Pour le moment, vous allez m'en acheter un neuf", a-t-il conclu. Fin de l'histoire. Un simple détail anecdotique. Pour ton information. On y va, tu veux ?

Ils se remettent en route, contournent le mamelon de la montagne, évitant les églises et le monastère érigés au sommet, avant de redescendre en direction de Shibli. Une buse tournoie dans le ciel, et quelques flocons de laine s'accrochent à un chardon. En entendant ses congénères aboyer, la chienne vient se frotter contre les jambes d'Ora qui, pas rancunière pour deux sous, se baisse pour caresser sa fourrure dorée.

— Alors c'est fini ? On fait la paix ? Tu me pardonnes ? Tu joues un peu la diva, on te l'a déjà dit ?

Elles marchent côte à côte, Ora grondant et flattant tout à la fois la chienne qui, la queue en faucille, gambade avec entrain autour d'eux. Les yeux vrillés sur le dos d'Avram, Ora repense à la nuit précédente et à la prochaine. Ses sourcils n'ont pas la douceur du velours, comme dans ses souvenirs, a-t-elle découvert la veille. Et il a les lobes charnus et les oreilles décollées qu'Ofer est le seul à avoir dans la famille et dont Ilan et Adam ne cessent de se moquer.

601

D'ailleurs, son fils ne laisse jamais personne les toucher, pas même elle, mais à présent elle sait de quoi il retourne. Cinq ans, se rappelle-t-elle. Ilan et elle ont étrenné le lit à peine cinq ans auparavant. Ilan craignait qu'il grince. Il est descendu au salon, à l'étage au-dessous, et s'est égosillé : « Vas-y ! » Alors elle s'est mise à sauter dessus en riant comme une folle, au point qu'elle a failli tomber dans les pommes (quoi qu'il en soit, en bas, on n'avait pas entendu le moindre couinement).

— Il me plaît bien, déclare soudain Avram.

— Qui ?

Avram hausse les épaules avec une moue de surprise.

— Il est tellement, euh...

— Oui ?

— Je ne sais pas...

Ses mains esquissent Ofer, sculptent cette matière vivante, dense, solide et virile, comme pour le pétrir dans une étreinte imaginaire. S'il lui disait à présent qu'il l'aime, elle en serait moins chavirée.

— Même s'il n'est pas...

Elle s'interrompt.

— Pas quoi ?

— S'il n'est pas... je ne sais pas... un artiste ?

— Un artiste ? Quel est le rapport ?

— Rien, peu importe, laisse tomber ! Attends ! Je ne t'ai même pas dit... Oh ! Je n'en reviens pas. (Elle s'empare de sa main et la pose sur sa poitrine.) Touche, tu sens ? La manière dont tu as dit... tu sais... que tu l'aimes bien, alors qu'il y a encore tant de choses que je ne t'ai pas racontées sur lui !

Elle secoue la tête en riant.

— Il a sauvé un puits, tu sais ? Enfin, j'en rajoute un peu.

— Pourquoi dis-tu ça ? riposte Avram, un peu mortifié.

— Je frime, quoi ! Tu ne trouves pas ?

— Absolument pas. Tu me parles de lui, c'est tout.

Elle accélère le pas pour le dépasser, bras écartés. L'air est si pur qu'elle a du mal à respirer.

— Ils ont trouvé un puits, Ofer et Adam. Au cours d'une randonnée,

UNE FEMME FUYANT L'ANNONCE

au pied du mont Adar, près de Beit Neqofa, ils sont tombés sur un petit puits complètement obturé par la boue et les pierres, au point qu'il ne donnait presque plus d'eau, à peine un filet. Ofer a décidé de le restaurer. Il s'y rendait dès qu'il revenait en permission, pendant une année – tu m'entends ? Adam l'accompagnait quelquefois. Il ne s'investissait pas aussi activement dans le projet, mais il répugnait à laisser son frère seul là-bas, près de la frontière. Alors ils y allaient ensemble.

Chaque fois qu'elle dit « ensemble », une onde de chaleur se propage au creux de ses reins, constate Avram.

– Ils ont dégagé les rochers et les cailloux, la terre, la boue, la vase, les racines, qui bloquaient la source.

Ora irradie de bonheur en parlant, comme si Ofer emplissait sa vie, certaine à présent que tout ira pour le mieux, que son invraisemblable stratagème pourrait bien réussir.

– Quand ils ont eu tout nettoyé, ils ont creusé une petite fosse de rétention d'un mètre et demi de profondeur environ. Nous y avons passé pas mal de temps nous aussi, car nous craignions pour leur sécurité. On partait le samedi en emportant de quoi manger. Leurs amis venaient aussi, et certains des nôtres aussi. Il faudra que je t'y conduise un jour. Un immense mûrier ombrage le bassin. Ofer était le maître d'œuvre, et nous exécutions ses ordres.

– Mais comment savait-il ce qu'il fallait faire ?

– Il a construit une maquette, à la maison, avec l'aide d'Ilan.

Elle se rappelle l'enthousiasme contagieux qui les animait, la maison bourrée de croquis et de calculs sur la quantité d'eau, l'angle d'écoulement, le volume, les expériences et les simulations à n'en plus finir.

– Finalement, tu sais, il n'y a qu'à...

– Il n'y a qu'à ?

– Construire. Renforcer les parois avec du béton, du plâtre. Toutes les étapes. Il faut un plâtre particulier. Ilan en a transporté une tonne et demie, et du sable aussi, dans sa voiture. Je te signale qu'il n'aurait sacrifié son Land Cruiser pour personne d'autre qu'Ofer. Ensuite, il a planté des arbres fruitiers. On l'a aidé. Nous avons opté pour un prunier, un citronnier, un grenadier et un amandier, plus quelques oliviers, c'est devenu une vraie petite oasis, et le puits fonctionne toujours.

Elle écarte les bras, la démarche légère. Elle a tant à dire !

Ils laissent Shibli derrière eux. La piste traverse des champs et des plantations, des sentiers secrets, bordés d'un écran de verdure luxuriante. Ora se traîne, accablée d'un poids obscur, une douleur diffuse. Le mince espoir qu'elle nourrissait s'est envolé. Il lui paraît vain et trompeur, à présent.

Avram songe à Ofer, là-bas. Il tente de l'imaginer, de visualiser les rues et les venelles, mais son esprit est en proie à une lutte continuelle dans une salle déserte où il ne pénètre jamais. Avram possède cinq salles, aussi vides et ténébreuses les unes que les autres. Dans chacune se joue une pièce différente sans interruption – du matin au soir. Le spectacle doit continuer. Les sons lui parviennent lointains et assourdis, mais il n'entre pas.

La peur s'insinue dans le cœur d'Ora à chaque pas. Et si elle se trompait ? Et si elle prenait les choses à l'envers ? Et si, à mesure qu'elle racontait ses histoires à Avram, les chances de survie de son fils s'amenuisaient ?

– Je me demande ce qu'il sera devenu à son retour, lâche-t-elle d'une voix étranglée.

– Oui, acquiesce Avram, j'y pensais justement.

– Je n'arrive pas à me figurer ce qu'il voit ni à quoi il s'occupe là-bas.

– Moi non plus.

– Il sera peut-être changé, quand il reviendra.

Ils poursuivent leur route, courbés en deux, comme s'ils traînaient quelque lourd fardeau.

Et si Ofer était immunisé ? médite-t-elle. Peut-être que, après l'épisode d'Hébron, il est capable de tout supporter. Comment savoir ? Que sais-je vraiment de lui ? Il est probablement mieux armé que moi.

Si j'avais tenu ma langue, j'aurais peut-être encore une famille à l'heure qu'il est, raisonne-t-elle. Ilan, Adam et Ofer ne s'étaient pourtant pas privés de la mettre en garde ! Ils lui avaient envoyé des milliers de petits signaux pour lui signifier qu'il y avait des situations, des questions qu'il valait mieux garder sous silence. Mettre dans sa poche avec son mouchoir dessus. Inutile de claironner ses états d'âme sur tous les toits, non ? Elle ne l'avait compris que beaucoup plus tard : ils étaient toujours sur le pied de guerre, prêts à faire face à n'importe quelle situation – *n'importe laquelle*. Et ils savaient anticiper la gravité de la « situation ». Et il n'était pas difficile de présumer après tout, puisque Adam et Ofer servaient dans l'armée depuis six ans – trois ans chacun –, entre les patrouilles, les checkpoints, les traques, les embuscades, les perquisitions nocturnes, les répressions de manifestations, qu'il était impossible qu'une « situation » *ne* se produise pas tôt ou tard. Cette sagesse virile, horripilante, lui tapait sur les nerfs. D'autant que les trois autres étaient équipés de pied en cap, alors qu'elle déambulait nue comme une petite fille. « Hé, Dorothy, réveille-toi, nous ne sommes plus à Haïfa ! » lui lança Adam au cours d'une scène. Quel en était l'objet déjà ? Ofer, ou quoi d'autre ? Impossible de se rappeler ! Quand elle finit par comprendre ce qu'il insinuait, ils étaient passés à autre chose. Avec quelle maestria ils changeaient de sujet, tels des tricheurs professionnels distribuant les cartes, dès qu'elle avait la mauvaise idée d'aborder ses propres problèmes. Elle se demande ce qu'Avram en dirait.

Avram vérifie chaque salle : cinq, comme les doigts d'une main. À une époque, il y en avait beaucoup plus, mais, au fil des ans, il a réussi à en éliminer la plupart au prix de gros efforts. Il ne parvient pas à les faire fonctionner simultanément. C'est au-dessus de ses forces. Il passe et repasse devant la rangée de portes closes en comptant sur les doigts des deux mains – pour plus de sûreté –, l'oreille tendue pour entendre les sons étouffés provenant de l'intérieur, le texte des pièces qui sont jouées en continu, jour et nuit, depuis vingt-six ans, sans qu'elles perdent jamais de leur fraîcheur. Il saisit une réplique çà et là ; il lui suffit d'un mot pour reconnaître à quel moment de l'intrigue ils se trouvent. Si seulement il pouvait les fermer pour de bon, éteindre définitivement les lumières. D'un autre côté, il est terrifié à l'idée du silence qui s'installera alors : un son creux, le mugissement du vent dans un abîme sans fond.

Il recompte discrètement sur ses doigts à l'aide du pouce. Il doit le faire à intervalles réguliers, à chaque heure au moins ; c'est sa mission, l'entretien de routine. Il y a la représentation de la guerre, de 'après-guerre, l'hospitalisation et les opérations, les interrogatoires menés par la sécurité militaire israélienne, le Shabak, le ministère de la Défense et la direction du Renseignement militaire, celle d'Ilan, Ora et leurs enfants et, bien entendu, celle du camp des prisonniers de guerre, à Abbasiya, qu'il aurait dû mentionner avant les autres, dans la salle 1. C'est par là qu'il aurait dû débuter, mauvais signe. Penser à Ofer en train de se battre a dû le perturber. Pas bon du tout.

Il se remet à compter sur ses doigts. Le pouce, c'est bien sûr la prison, qu'il doit se garder d'offenser, et à qui il faudra naturellement faire une petite offrande pour expier sa faute, l'offense impardonnable, l'humiliation cuisante, cruelle qu'il vient de lui infliger. Le deuxième, c'est la guerre. L'hôpital et les traitements arrivent en troisième plan. Les interrogatoires en Israël en quatrième. Ora, Ilan et leur petite famille en dernier.

Pour faire bonne mesure, il fourre la main dans sa poche, il se pince, tord le gras de la cuisse entre le pouce et l'annulaire, y enfonce les ongles comme dans un corps étranger – comment as-tu pu oublier de commencer par la prison ! Tout en marchant, il supplie à genoux le Dr Achraf, son tortionnaire, le grand moustachu aux mains veinées, terrifiantes. Ça n'arrive presque jamais, plaide-t-il, ou si rarement ! Ça ne se reproduira pas. Et du fond de sa chair meurtrie : Ah, tu te décides enfin à parler, tu as compris ton erreur ! L'humidité transperce l'étoffe, imprégnant ses doigts.

Ora lui tient la tête dans les mains.

– Avram ! s'égosille-t-elle comme dans un puits sec. Avram !

Il la fixe, le regard vide. Il n'est plus là. Il arpente fiévreusement les salles sombres.

– Avram, Avram !

Affolée, elle lutte de toutes ses forces sans désemparer. Elle en a le pouvoir. À contrecœur, il refait surface dans ses pupilles en souriant, tristement docile.

— Il revenait en permission à peu près toutes les trois semaines, reprend Ora.

Elle se jetait à son cou dès qu'il franchissait la porte, se collait littéralement contre lui, se rappelant à temps de détacher sa poitrine, sentant les poils soyeux de sa barbe lui caresser les joues. Esquivant le métal froid de l'arme en bandoulière, ses doigts tâtonnaient en quête d'un espace neutre sur son dos, un endroit qui n'appartenait pas à l'armée, un lieu réservé à sa main. Les yeux clos, elle remerciait qui de droit – disposée même à se réconcilier avec Dieu – pour l'avoir retrouvé sain et sauf une fois encore. Elle dégrisait lorsqu'elle se voyait gratifiée de trois bourrades rapides dans le dos, un geste amical d'homme à homme. Au rythme de ce *tac-tac-tac*, il l'embrassait tout en délimitant les frontières. Mais, rompue à l'exercice, elle noyait vite son amertume sous des cris de joie : « Montre-toi un peu ! Laisse-moi te regarder ! Tu es tout bronzé, tu as pris un coup de soleil, tu ne mets pas assez de crème. D'où elle vient, cette égratignure ? Comment peux-tu transporter tout ce barda ? Ne me dis pas que les autres se coltinent un sac aussi lourd ? » Il marmonnait une vague réponse et elle résistait à l'envie de lui rappeler qu'à l'école déjà, il avait la fâcheuse habitude d'emporter la maison sur ses épaules. Elle aurait dû se douter qu'il finirait dans les blindés.

Il se débarrassait de son Glilon dont il attachait le chargeur par un gros élastique kaki. On aurait dit un géant, comme si leur demeure était devenue trop petite pour lui. Sa tête rasée et son front bombé lui donnaient l'air si menaçant qu'elle était tentée de lui tendre ses papiers, comme à un check-point. « Tu dois avoir faim ! dit-elle avec entrain, la gorge sèche. Pourquoi n'as-tu pas prévenu que tu rentrerais pour le déjeuner ? On croyait que tu n'arriverais que cet après-midi. Tu aurais pu appeler en chemin, pour que j'aie le temps de te décongeler un steak ! »

— Je ne me suis toujours pas habituée à le voir remanger de la viande, commente-t-elle pour Avram. Vers seize ans, il a changé d'avis. Qu'il ait renoncé au végétarisme a été plus difficile *pour moi* que pour lui, tu comprends ?

– Parce qu'être végétarien, c'est... quoi ? C'est spécial ? C'est affirmer son caractère ?

– Oui, je suppose. Et c'est aussi une sorte d'hygiène. Note bien que je n'ai pas dit pureté, parce que Ofer, même végétarien, était toujours... (Elle hésite. Doit-elle le lui révéler ? Le peut-elle ? En a-t-elle le droit ?) un peu *physique* (du moins avait-elle réussi à ne pas dire "charnel"), et j'avais le sentiment qu'une partie de sa maturation devait l'amener à prendre de toutes ses forces cette direction, à l'opposé du végétarisme, une sorte d'anti. Je raconte n'importe quoi, bredouille-t-elle avec un petit rire gêné.

– Anti quoi ?

– Je n'en sais rien. Peut-être plutôt *qui*.

– Anti qui ?

– Je l'ignore... (mais elle a sa petite idée) la délicatesse, peut-être ? La fragilité ?

– Adam ? suggère Avram.

– Je ne sais pas. Peut-être. C'est comme s'il avait décidé d'être aussi... euh... rigide que possible ? Viril. Les deux pieds fermement ancrés dans le sol, et même un peu, délibérément, physique ?

La chaleur s'intensifie, ils cheminent dans un silence complice. Les confidences qui ne seront pas échangées tout de suite le seront ce soir, demain, voire dans quelques années. Quoi qu'il en soit, ce sera dit un jour ou l'autre. Ils gravissent le mont Devorah et s'allongent pour la sieste dans un coin d'herbe ombragé. Ils sommeillent presque deux heures, épuisés par l'effort. À leur réveil, ils se retrouvent au milieu de familles venues passer la journée en ce lieu surplombant le mont Thabor et le Guilboa, Nazareth et la vallée de Jezréel. De la musique arabe s'élève à plein volume des voitures, des effluves âcres montent des barbecues, des femmes découpent habilement viandes et légumes, confectionnent des *kibbeh* sur des tréteaux de bois. Des bébés rient et babillent joyeusement, des hommes fument la chicha dans des vases bouillonnants, une bande de jeunes vise à coups de pierres des bouteilles, qui se fracassent les unes après les autres. Ora et Avram bondissent sur leurs pieds, stupéfaits du cauchemar où le sommeil les a plongés. Avec la curieuse sensation d'avoir baissé la garde, ils se hâtent de rassembler sacs et bâtons avant de fendre la foule sans ajouter un mot. Ils s'éclipsent discrètement, comme la chienne, la queue entre les pattes, et s'engagent sur le sentier en direction du village arabe voisin, tandis que l'appel du muezzin résonne alentour. Avram se rappelle celui qu'il accompagnait du fond de sa cellule, à Abbasiya, composant des paroles en hébreu pour coller à la mélopée.

Le soleil déclinant empourpre la terre de ses derniers rayons.

– Il va bientôt faire nuit. On devrait chercher où dormir, suggère Avram.

Les balises de la piste sont effacées, à moins qu'on ne les ait intentionnellement retirées, voire mal orientées.

– C'est grandiose ici ! s'extasie Ora, d'une voix embarrassée, comme si elle contemplait un paysage destiné à quelqu'un d'autre.

Le sentier, qui n'est peut-être déjà plus à eux – les aurait-on aiguillés dans une autre direction ? –, serpente entre les oliveraies et les vergers, le long d'un cours d'eau. Lui revient en mémoire le souvenir lancinant de Sami conduisant Ofer au point de rassemblement, Yazdi effondré dans ses bras, la femme qui l'allaitait, l'hôpital clandestin où, accroupies par terre, des familles préparaient à manger sur de petits réchauds à gaz. Et l'homme agenouillé, bandant le pied d'un blessé, assis sur une chaise devant lui.

Comment n'avait-elle pas compris ce qu'éprouvait Sami devant tous ces gens mutilés, humiliés ? Elle l'appellera pour s'excuser dès son retour, se promet-elle. Elle lui décrira en détail dans quel état d'esprit elle se trouvait, ce jour-là, et le sommera de lui pardonner. En cas de refus, elle lui expliquera très simplement qu'il le faut, car s'ils sont incapables de se réconcilier après une seule dispute, cela veut dire qu'il n'y a aucune chance pour que le plus grand conflit se résolve un jour. Ses lèvres remuent avec animation, comme pour anticiper sa discussion avec Sami. Avram hausse les sourcils en avisant derrière un rocher un jeune berger qui les observe, au sommet de la colline. Se voyant repéré, il met les mains en porte-voix autour de sa bouche et appelle en arabe un autre pâtre, perché sur une mule ou un cheval, au sommet d'une autre colline. Lequel en hèle un troisième qui surgit sur un autre coteau. Ora et Avram hâtent le pas, tandis que les jeunes gens s'apostrophent à grands cris. Avram traduit à mi-voix :

– Qui c'est ?

– Aucune idée.

– Des touristes ?

– Des juifs.

– Regarde leurs chaussures, c'est sûrement des juifs.

– Qu'est-ce qu'ils fabriquent là ?

– Sais pas. Peut-être qu'ils se baladent.

– Des juifs qui se baladent ici ?

La question du berger à cheval reste sans réponse. Pendant que les maîtres s'égosillent, leurs bêtes aboient, imitées par la chienne jaune qui gronde sourdement. Ora la presse contre sa jambe dans l'espoir de la calmer.

L'un des garçons se met à chanter avec des vocalises. Les autres lui répondent en écho du haut de leur perchoir. Ils devraient se dépêcher, lui glisse Avram à l'oreille. On dirait une romance, une chanson d'amour, ou des couplets obscènes la visant, se dit Ora. Ils s'élancent au pas de course sur l'étroit chemin, entre les collines qui se resserrent jusqu'à former un tas d'éboulis obstruant le passage. Au pied des rochers, se prélassent sur une grande natte étalée par terre trois gaillards corpulents qui les dévisagent d'un œil impassible.

– *Shalom !* jette Ora, hors d'haleine.

– *Shalom !* répondent les trois hommes.

Des tranches de pastèque et un plateau de cuivre supportant trois tasses de café jonchent le tapis. Un *finjan* chauffe sur un réchaud à pétrole.

– Nous faisons une randonnée, explique Ora.

– *Sahtein*, à la bonne vôtre ! déclare le plus âgé dont le visage massif s'orne d'une épaisse moustache jaunie.

– C'est très beau par ici, murmure-t-elle en manière d'excuse.

L'homme les invite à s'asseoir.

610

– *Tafaddalou*, je vous en prie ! dit-il en leur tendant un bol de pistaches.

– Où sommes-nous ? questionne Ora en se servant involontairement une pleine poignée.

– À Ein Mahel, répond l'homme. Là-haut, c'est Nazareth, le stade. D'où venez-vous ?

Ora le renseigne. De surprise, les hommes se redressent sur leur séant.

– De si loin ? Vous êtes... *ya'ani...* des athlètes ?

– Non, s'esclaffe Ora. Pas du tout. C'est un hasard.

– Du café ?

Ora glisse un regard vers Avram qui acquiesce. Ils se débarrassent de leurs sacs à dos. Ora pêche un paquet de biscuits achetés le matin à Shibli, et des gaufrettes provenant de Kinneret. L'homme leur offre de la pastèque.

– Surtout, ne nous donnez pas les nouvelles ! s'écrie impulsivement Ora.

– Pourquoi ? demande l'autre en remuant le café dans le *finjan*.

– Pour rien ! Nous désirons juste faire un break.

Il verse le café dans de petites tasses. L'homme taciturne assis à côté de lui, les bras comme des massues, keffieh et *agal* sur la tête, propose à Avram une bouffée de son narguilé. Avram accepte. Un adolescent, sans doute l'un des bergers qui les observaient du haut des collines, arrive au galop sur son cheval. C'est le petit-fils du plus âgé. Son grand-père l'embrasse sur le front et le présente à ses hôtes.

– Il s'appelle Ali Habib-Allah. Il est chanteur. Il a passé le premier tour d'un concours qu'on va montrer à votre télévision ! précise le grand-père en gratifiant le garçon d'une tape affectueuse sur le dos.

– Voulez-vous répondre à deux questions, s'il vous plaît ? demande Ora avec une témérité dont elle est la première surprise.

Le grand-père pivote lourdement vers elle.

– Des questions ? Quel genre ?

– Oh, rien. Nous faisons... En fait, nous n'avons pas vraiment commencé, nous songions à... Nous avons croisé quelqu'un qui mène une sorte d'enquête, tente-t-elle d'expliquer avec un petit rire nerveux

611

sans regarder Avram. Nous avons pensé, j'ai pensé, que chaque fois que nous rencontrerions quelqu'un, nous lui poserions deux questions. Deux petites questions.

Avram la dévisage d'un œil ahuri.

– Quelles questions ? demande Ali, le jeune homme, rouge d'excitation.

– C'est pour un journal ou… ? ajoute le grand-père sans cesser de remuer le café, montant et baissant la flamme sous le pot.

– Non, non, c'est personnel, juste pour nous. Un souvenir de voyage, précise-t-elle avec un clin d'œil à Avram.

– Allez-y ! dit le petit-fils, affalé sur la natte.

– Vous permettez que je note vos réponses ? fait Ora en sortant son carnet bleu. Sinon, je ne retiendrai rien.

Son stylo à la main, elle dévisage tour à tour le vieil homme et le plus jeune. Des questions très brèves, ajoute-t-elle, prête à battre en retraite, à se recroqueviller dans un coin, à remettre l'interrogatoire à plus tard. Elle a dans la bouche le goût métallique d'une bévue qu'elle est sur le point de commettre. Tous les yeux sont braqués sur elle, impossible de reculer.

– Bon, alors, voici la première : qu'est-ce que vous préférez…

– Finalement, j'aime mieux pas, coupe le grand-père avec un sourire en posant lourdement la main sur l'échine de son petit-fils, le chanteur. Encore un peu de pastèque ?

– Toutes les trois semaines environ, il revenait en permission, poursuit Ora le lendemain, reprenant le fil de la conversation entamée au mont Devorah, l'après-midi précédent.

À peine avait-il franchi le seuil qu'elle se ruait sur lui, s'accrochait à lui avec une faim dévorante. Son barda encombrant bloquait l'entrée. Elle essayait de le déloger à deux mains, puis y renonçait. « *Yalla !* Allez, d'abord, va défaire ton sac. Mets tout dans la machine à laver. Je vais te décongeler des boulettes. On gardera le steak pour ce soir. J'ai une nouvelle recette de sauce bolognaise dont tu me diras des nouvelles – papa l'adore, j'espère que tu aimeras aussi – et il y a

UNE FEMME FUYANT L'ANNONCE

des légumes farcis, je te prépare une bonne salade. On fera un festin, ce soir. Ilan! Ofer est là!»

Elle va se réfugier dans la cuisine, débordant d'une joie animale. Si elle pouvait, elle le lécherait partout – aujourd'hui encore, à son âge –, gratterait ce qui adhère à sa peau, restituerait les parfums d'enfance qui lui chatouillent encore les narines, le palais, les papilles. Elle absorbe les ondes brûlantes qu'il irradie, tandis que, sans bouger d'un cheveu, Ofer s'éloigne d'elle, elle le sent, elle savait que cela se produirait : il se barricade par la même torsion de l'âme dont sont coutumiers Ilan et Adam, ses hommes qui n'ont cessé de claquer la porte à ses débordements, laissant sa tendresse battre de l'aile au-dehors, vaciller, virer aussitôt à la caricature.

Mais elle ne va pas s'abandonner au désespoir. Pas maintenant. Ilan sort de son bureau, ôte ses lunettes et serre Ofer dans ses bras avec un élan mesuré. Il fait attention. Joue contre joue. «Arrête de grandir!» gronde-t-il. Ofer lâche un rire las. Ilan et Ora évoluent autour de lui avec une joie prudente.

«Quoi de neuf au front?

– Pas grand-chose. Et comment ça va à la maison?

– Pas mal. Tu vas t'en rendre compte bien assez tôt.

– Pourquoi, il est arrivé quelque chose?

– Qu'est-ce qui pourrait bien arriver? C'est toujours pareil.

– Tu veux prendre une douche?

– Non, après.»

Il rechigne à l'idée de retirer son uniforme puant et la crasse qui lui colle à la peau. C'est comme une protection, devine Ora. Trois semaines sur le terrain, les patrouilles, les tanks à réparer, les check-points, les embuscades. Il dégage une odeur forte. Il a les doigts rêches, couverts d'entailles, les ongles noirs. Ses lèvres ont l'air de saigner en permanence. Son regard se perd dans le vide. Elle voit la maison par ses yeux. La propreté, la symétrie des tapis et des tableaux, les bibelots. Il a du mal à croire qu'un tel raffinement existe dans ce monde, dirait-on. Tant de douceur lui est presque insupportable. Quant à Ilan, elle comprend dans un éclair la manière dont il se découvre désormais à travers les yeux d'Ofer, son urbanité nonchalante, démilitarisée presque criminelle. Les bras croisés sur la poitrine, le menton en avant, Ilan marmonne entre ses dents.

Ofer est assis à la table de la cuisine, la tête dans les mains, les yeux mi-clos. Une conversation à bâtons rompus s'engage entre eux trois, des bribes de phrases que personne n'écoute, afin de donner à Ofer quelques minutes pour s'adapter, reconnecter le monde dont il vient avec celui-ci, à moins qu'il ne veuille les séparer l'un de l'autre ?

Ora se doute qu'Ilan et elle-même ne peuvent imaginer l'effort à fournir pour effacer, ou du moins mettre entre parenthèses, l'autre monde, afin d'atterrir à la maison sans se blesser au passage, explique-t-elle à Avram. Cette idée doit traverser l'esprit d'Ilan au même moment, car ils échangent un regard. Ils affichent toujours un sourire radieux mais, quelque part au fond de leurs yeux, ils s'évitent, tels les complices d'un crime.

Ofer se lève, frotte vigoureusement son crâne rasé, et se met à déambuler entre la cuisine et la salle à manger. Ilan et Ora l'épient du coin de l'œil. Il n'est pas là, c'est évident. Il emprunte un chemin différent, imprimé dans son cerveau. Ils s'absorbent dans la préparation du repas – couper le pain, faire chauffer l'huile dans la poêle. Ilan allume la radio, le bulletin de la mi-journée emplit la pièce. Ofer se reprend et revient à table, comme si de rien n'était. Une jeune soldate raconte au journaliste que, ce matin-là, elle a attrapé un Palestinien de dix-sept ans, qui tentait de passer des explosifs dans son pantalon au checkpoint de Jalameh. C'est son anniversaire aujourd'hui. Dix-neuf ans. « Joyeux anniversaire ! » s'écrie le journaliste. « Cool ! fait la jeune fille. Je n'aurais jamais pensé avoir un si beau cadeau aujourd'hui ! »

Ofer écoute. Jalameh ne se trouve plus dans son secteur. Il y a servi dix-huit mois plus tôt environ. Il aurait pu découvrir ces explosifs lui-même. Ou pas. C'était son boulot que les terroristes se fassent exploser au barrage et pas au milieu des civils. Ora retient son souffle. Elle sent quelque chose venir. Elle se récite les noms de tous les points de contrôle et des positions qu'il a gardés. Hizmeh, Halhul, Al Jab'ah, des noms si laids ! En arabe ! Cette langue pleine de borborygmes, de grognements, de raclements de gorge. Pourquoi Ilan et Avram s'étaient-ils tellement emballés pour ça, au lycée et à l'armée ?

Elle s'excite toute seule : Je veux dire… presque chaque mot de cette langue a un rapport avec une tragédie ou une catastrophe, non ? Elle pousse Ilan du coude : « Regarde un peu comment tu les émines, ces légumes ! Tu sais bien qu'il aime la salade coupée menu ? Va plutôt mettre la table, s'il te plaît ! » Ilan lève docilement les mains en souriant pendant qu'Ora s'attaque aux légumes. Elle saisit un couteau bien aiguisé et le fait tournoyer en l'air avant de l'abattre violemment pour découper Abd al-Qader al-Husseini avec Haj Amin al-Husseini et Choukairy et Nimeiri et l'ayatollah Khomeini et Nashashibi et Arafat et le Hamas et Mahmoud Abbas et leurs casbahs et Khadafi et les Scud et Izz ad-Din al-Qassam et les roquettes Qassam et Kafr Qasem et Gamal Abdel Nasser. Elle les massacre tous sans discernement : les katiouchas, les intifadas, les brigades des Martyrs, les saints martyrs, les opprimés, Abou Jilda et Abou Jihad, Jebalia et Jabaliyya, Jénine, Zarnuga et Marouane Barghouti aussi. Dieu sait où ça se trouve ? Si au moins ils pouvaient avoir des noms normaux ! Un peu plus jolis ! Elle brandit fiévreusement son couteau et découpe en rondelles Khan Yunis, Cheikh Munis, Deir Yassin et Cheikh Yassin, Saddam Hussein et al-Qawuqji. Ils ne m'attirent que des ennuis, ronchonne-t-elle entre ses dents. Et Sabra et Chatila, al-Qods et la Nakba, le jihad, les *chahîds* et *Allahou Akbar*, et Khaled Mashal, Hafez al-Assad, Kozo Okamoto ? Elle les écrase sans discrimination comme un nid de frelons, sans oublier Baruch Goldstein, Yigal Amir, et, mue par une soudaine inspiration, elle ajoute Golda, Begin, Shamir, Sharon, Bibi, Barak, Rabin et Shimon Peres par-dessus le marché – au fond, ils ont tous du sang sur les mains, n'est-ce pas ? Se sont-ils vraiment démenés pour lui offrir cinq minutes de tranquillité ? Ces gens qui lui ont gâché la vie, qui ne cessent de lui mobiliser un autre de ses enfants, chaque jour que Dieu fait ! Remarquant le regard d'Ofer et d'Ilan, elle s'interrompt et essuie la sueur de son front d'un revers de main : « Quoi ? Qu'y a-t-il ? » aboie-t-elle, comme s'ils étaient coupables eux aussi. « Ce n'est rien, ne vous en faites pas, ajoute-t-elle, rassérénée. J'ai un petit problème qui me tracasse. » Elle ajoute une généreuse rasade d'huile d'olive, du sel et du poivre, presse un citron et pose devant Ofer un kaléidoscope de couleurs et de parfums dans un joli saladier. « Voilà, Ofer'ke ! Une salade arabe, comme tu aimes. »

Ofer hausse les sourcils, sa manière d'exprimer son opinion sur son petit numéro. Il continue à se mouvoir très lentement. Son regard se pose sur le journal, posé sur la table, et se fixe sur une caricature qu'il ne comprend pas, ignorant le contexte. « Quoi de neuf cette semaine ? » questionne-t-il. Ilan lui dresse un rapide compte rendu, pendant qu'Ofer feuillette rapidement le journal. Il ne se sent pas concerné, entrevoit Ora. Ce pays, qu'il défend, ne l'intéresse pas vraiment. Elle s'en doutait depuis un moment, comme si le lien entre l'extérieur, où il passe le plus clair de son temps, et l'intérieur, ici, était rompu. « Et la page sport ? » réclame-t-il. Ilan extirpe la feuille de la pile des journaux à jeter. Ofer s'y plonge aussitôt. Est-ce qu'il écoute les nouvelles là-bas, suit-il ce qui se passe dans le pays ? questionne Ora sur la pointe des pieds. Il hausse les épaules d'un air las teinté d'amertume : ces discussions, la droite, la gauche, c'est pareil. Qui s'en soucie ?

Il se lève, s'accroupit, défait les bretelles de son sac et entreprend de le vider. Son crâne est fascinant : large, puissant, solide. Une structure complexe d'os lourds et matures ! Quand avaient-ils eu le temps de se développer, et comment cette tête avait-elle pu sortir de son ventre ? Le sac libère de puissants effluves de chaussettes sales. Ora et Ilan échangent un sourire gêné. L'odeur en dit long. En se concentrant, si elle démêle chaque filament, on saura avec précision ce qu'Ofer a traversé ces dernières semaines.

Comme s'il devinait ses pensées, il lève sur elle ses grands yeux cernés de bistre. On dirait qu'il est redevenu un petit garçon qui demande à sa maman de deviner ce qui lui arrive.

« Qu'y a-t-il, Ofer'ke ? demande-t-elle, un peu perturbée par ce qui se cache derrière son regard.

– Rien », répond-il comme d'habitude, avec un sourire fatigué.

Oh dis-moi d'où viens-tu, mon enfant, mon enfant ? fredonne-t-elle pour elle-même. *Je suis allé à Halhul et dans la casbah d'Hébron. Qu'y as-tu fait, mon enfant, mon enfant ? Je me suis posté en embuscade et j'ai tiré deux balles en caoutchouc sur des gosses qui jetaient des pierres.*

« Ne leur tire jamais dessus ! l'avait-elle supplié il y a environ un an, avant que tout arrive, peut-être un mois plus tôt.

– Et je suis censé faire quoi, alors ? » avait-il ironisé. Il s'était mis à sautiller autour d'elle, torse nu, la peau rougie, brandissant un T-shirt crasseux avec des bonds de matador esquivant le taureau. De temps à autre, il se penchait pour lui déposer un petit baiser sur le front ou la joue.

« Tu as une autre idée, maman ? Ils font courir un danger aux automobilistes qui circulent par là.

– Contente-toi de leur faire peur ! dit-elle d'un ton sentencieux, comme si elle exposait une nouvelle théorie de la guerre. Tu peux leur flanquer une paire de claques, leur casser la figure, n'importe quoi, sauf tirer !

– On vise les pieds ! avait-il expliqué sur le ton de supériorité amusée d'Adam et d'Ilan, l'expression qu'adoptent à la télévision les experts militaires, les ministres et les généraux. Et ne t'en fais pas pour eux. Le pire qui puisse leur arriver avec une balle en caoutchouc, c'est un bras ou une jambe cassée.

– Et si tu rates ta cible et lui crèves un œil ?

– Il y aura un gamin de moins qui jettera des pierres. Je vais te donner un exemple : un de nos gars a tiré sur trois gosses qui caillassaient le bunker, cette semaine – *bang-bang-bang*, il leur a cassé la jambe, une à chacun avec beaucoup d'élégance. Ils ne sont pas près de revenir, ces mioches, crois-moi.

– Oui, mais leurs frères le feront, leurs amis et, dans quelques années, leurs enfants aussi !

– On devrait peut-être tirer plus haut pour qu'ils n'aient pas d'enfants ? » suggéra Adam en surgissant à l'improviste, discret comme une ombre.

Les deux frères ricanèrent bêtement et Ofer glissa un coup d'œil contrit à Ora.

Elle le prit par la main et l'entraîna dans le bureau d'Ilan pour lui parler entre quatre yeux.

«Bon! Je veux que tu me promettes de ne jamais tirer délibérément sur quelqu'un.»

Ofer la dévisagea, les yeux voilés par la colère.

«Maman, *khalas*, arrête! Qu'est-ce que tu... J'ai des instructions, des ordres!»

Elle frappa du pied.

«Non! Jamais, tu m'entends? Jamais tu ne tireras pour blesser quelqu'un! Tu n'as qu'à viser le ciel, la terre, n'importe où, mais pas un être humain!

– Et s'il a un cocktail Molotov? S'il est armé, hein?»

Ils avaient déjà eu mille fois ce genre de discussion. Ou était-ce avec Adam, la première année de son service militaire? Elle connaissait tous les arguments, Ofer aussi. Elle s'était juré de tenir sa langue, ou du moins d'être très prudente, craignant qu'au moment le plus critique de la bataille, s'il était attaqué par surprise, ou tombait dans une embuscade, ses mots lui reviennent à l'esprit et lui fassent rater son coup, retardant ses réactions d'un quart de seconde.

«Si tu es en danger, d'accord. Dans ce cas, tu tentes de sauver ta peau par tous les moyens. Ça ne se discute pas. Mais c'est le seul cas!

– Et comment saurais-je si je suis en danger? objecta-t-il, un grand sourire aux lèvres, les bras croisés sur sa poitrine, affichant la décontraction d'Ilan. Je devrais demander au type de remplir une déclaration d'intention, peut-être?»

Elle se sentit piégée, nauséeuse, comme toujours quand il – quand quiconque – jouait avec elle, exploitait sa maladresse proverbiale, son manque d'à-propos.

«Coucou, maman, réveille-toi! C'est la guerre là-bas. Et puis, je ne savais pas que tu les aimais à ce point-là...

– Mes états d'âme n'ont rien à voir dans l'histoire! Et je ne discute pas non plus du bien-fondé de notre présence, je te signale!

– On peut se tirer et les laisser s'entre-tuer, si tu veux mon avis. Mais pour le moment, maman, vu que je suis malheureusement coincé là-bas, que veux-tu que je fasse, dis-moi? Que j'attende qu'ils viennent m'enculer?»

Jamais il ne lui avait parlé sur ce ton. Il bouillait de fureur. Elle avait le moral dans les chaussettes. Elle devait trouver l'argument massue pour lui clouer le bec ! Les mains sur ses oreilles, sa bouche s'ouvrit sur un cri muet. Attends voir ! Elle soupira, s'efforçant de rassembler ses idées. Elle allait vite se ressaisir et clarifier les choses pour exprimer le fond de sa pensée. Aligner les mots dans le droit fil, très simplement.

« Écoute, Ofer ! Je ne suis pas plus intelligente que toi (c'était vrai), ni plus vertueuse non plus (elle trouvait effrayant ce mot auquel elle ne comprenait goutte, contrairement au reste du monde, semblait-il), mais j'ai – c'est un fait ! (elle s'égosillait peut-être un peu trop fort) – *j'ai plus d'expérience que toi !* (Vraiment ? Soudain, le raisonnement ne tenait plus : est-ce vraiment le cas ? Avec ce qu'il a enduré à l'armée ? Tout ce qu'il a vu et fait, ce qu'il affronte chaque jour ?) Et je sais une autre chose que tu ne peux pas connaître, c'est… »

– C'est quoi ? Quoi ? »

Elle détecta une étincelle amusée dans ses yeux et se jura de ne pas réagir. Elle devait se concentrer sur l'essentiel : sauver son enfant dans ce monde de brutes.

« Dans cinq ans – non, pas cinq : un an ! D'ici un an, quand tu en sortiras, tu considéreras la situation avec d'autres yeux. Attends ! Je ne parle pas de justice ou d'injustice. Je dis qu'un jour, tu regarderas en arrière (héroïque, elle ignora ses reniflements et le sourire moqueur qui étirait ses lèvres), et tu me remercieras ! assena-t-elle, butée (elle était un peu coincée, ils le savaient tous les deux. Coincée et en quête désespérée de l'argument choc qui lui échappait). Et tu me remercieras un jour, tu verras.

– Si je suis encore en vie pour te remercier.

– Je te défends de dire ça ! hurla-t-elle, le rouge aux joues. Je ne supporte pas tes plaisanteries, comme si tu ne le savais pas ! »

Celles de son père, ni l'un ni l'autre ne l'ignoraient.

Des larmes de rage lui montèrent aux yeux. Elle avait sur le bout de la langue une repartie ingénieuse, rationnelle, fondée, mais, comme toujours, elle lui échappa, elle perdit le fil. Elle se borna à lui agripper le bras en le suppliant du regard : ultime argument qui équivalait à un appel à la pitié, voire à la compassion.

619

«Promets-moi, Ofer, que tu ne tenteras jamais de blesser quelqu'un intentionnellement!»

Il secoua la tête et haussa les épaules en souriant.

«Impossible, maman. C'est la guerre.»

Ils se regardèrent, effrayés par la distance qui se creusait entre eux. Un souvenir lui revint en mémoire : la même douche glacée, presque trente ans auparavant, quand on lui avait enlevé Avram, nationalisé sa propre vie. L'histoire se répétait : une fois de plus, ce pays piétinait lourdement de sa botte ferrée un lieu où l'État n'avait rien à faire.

«D'accord, maman, ça suffit. Qu'est-ce qui te prend? Je blague. Arrête!»

Il la serra dans ses bras et elle fondit. Comment résister à cette étreinte, de sa propre initiative qui plus est? Elle se plaqua contre lui, jusqu'à ce qu'elle perçoive les signaux mécaniques dans son dos : *tac-tac-tac*.

Pendant toute cette discussion, dit-elle à Avram, sans le regarder, elle avait dans sa manche un argument choc qu'elle s'était bien gardée d'avancer et n'exposerait jamais. Ce qui la faisait réellement enrager, ce n'étaient ni les yeux ni les jambes d'un petit Palestinien, mais la certitude absolue qu'Ofer était incapable de faire sciemment du tort à quelqu'un car, si cela se produisait, même pour les meilleures raisons du monde, même s'il se retrouvait nez à nez avec un kamikaze, son existence en serait bouleversée. Voilà. Tout simplement. C'était irréfutable. Sa vie ne serait plus jamais la même.

Elle recula d'un pas pour mieux le voir : ce corps vigoureux, ce crâne, elle n'était plus sûre de rien.

Pour l'heure, dans la cuisine, il leur avoue, la bouche pincée, qu'il ne s'est pas changé ni douché depuis une semaine. Ora et Ilan ont du mal à comprendre les mots qui passent sur ses lèvres presque immobiles. Ilan gagne discrètement le balcon, ferme une fenêtre, ouvre une porte, histoire de rester seul un petit moment. Penchée sur la pile poisseuse tombée du sac d'Ofer, Ora ramasse une brassée d'uniformes, de chaussettes raides de crasse, un ceinturon, des T-shirts et des sous-vêtements. En se redressant, elle voit tomber des poches du sable, une balle et un ticket de bus froissé. Elle fourre le tout dans le lave-linge sur le cycle intensif, et éprouve un certain soulagement en entendant la machine ronronner et le tambour tourner, comme si elle avait entamé la domestication de cet étranger.

Il s'installe à la table dressée pour lui, la tête dans le journal, incapable de parler. Il n'a pas dormi depuis plus de trente heures. Il y a eu beaucoup de mouvement, cette semaine, il leur racontera plus tard.

« Oui, bien sûr, acquiescent-ils précipitamment.

– L'essentiel c'est que tu sois là, renchérit Ora. On a failli devenir fous à force d'attendre.

– Ta mère a squatté la cuisine toute la matinée.

– Ton père exagère, comme toujours. Je n'ai pas eu le temps de préparer quoi que ce soit, sauf les brownies, heureusement !

– Tu parles ! soupire Ilan, laissant Ofer arbitrer le débat. Elle a fait des courses hier après-midi. Elle a volé l'épicier, dévalisé le boucher. Au fait, comment est la soupe, là-bas ?

– Meilleure. On a un nouveau cuistot et plus un seul rat dans la cuisine.

– Tu es avec le même groupe ?

– Plus ou moins. Quelques nouvelles têtes d'un autre bataillon, mais ils sont sympas.

– Tout le monde est en permission, ce week-end ?

– S'il te plaît, papa, on verra plus tard. Je suis claqué. »

Un silence gêné retombe. Ilan presse des oranges, tandis qu'Ora réchauffe les boulettes. Un garçon étrange à l'odeur étrange est assis à la table de la cuisine. Les fils qu'il dévide derrière lui le rattachent à un lieu qu'ils ont du mal à imaginer. Ilan expose quelque chose à Ora. Les détails de la transaction qu'il négocie depuis deux ans entre un fonds de capital-risque canadien et deux jeunes de Beersheba qui ont inventé un moyen d'empêcher la conduite en état d'ivresse. C'était prêt pour la signature, l'accord était presque conclu, quand, à la dernière minute, en sortant leurs stylos...

Les mots ne l'atteignent pas. Elle est incapable de donner la réplique dans cette pièce où les personnages sont réels. Elle connaît son texte, mais la scène où se joue l'intrigue – la coquille du silence las, déprimé d'Ofer – embrouille et gâche tout. Ilan finit par se taire.

Debout devant l'évier, Ora ferme les yeux, le temps de réciter sa prière habituelle – pas à un Dieu transcendant, au contraire. Fondamentalement païenne, elle se contente de divinités mineures, d'icônes quotidiennes, de petits miracles : si elle a trois feux verts de suite, si elle rentre la lessive avant la pluie, si le teinturier ne trouve pas le billet de cent shekels oublié dans sa veste, alors… Sans parler, bien sûr, de ses marchandages continuels avec le destin. On emboutit son pare-chocs arrière ? Excellent : Ofer vient de gagner une semaine d'immunité ! Un malade refuse de payer une dette de deux mille shekels ? Pénitence ! Deux mille points pour Ofer sont enregistrés quelque part.

Pour briser le silence pesant : une nouvelle salve de propos futiles.

« Où est l'oignon qui restait de la salade ?

– Tu en as besoin ?

– Je pensais le mélanger aux boulettes.

– Ajoute du poivre noir ! Il aime le poivre noir, n'est-ce pas, Ofer ?

– Oui, mais pas trop. Notre cuisinier est marocain et sa *chakchouka* m'incendie la bouche.

– Tu manges de la *chakchouka* ?

– Trois fois par jour. »

Le fil s'épaissit en douce, tisse sa toile, Adam appelle pour avertir qu'il sera là dans deux minutes, le temps d'acheter le journal et des amuse-gueule ; interdiction de se mettre à table sans lui. Tous trois échangent des regards amusés : Adam les dirige par télécommande. Ilan et Ora évoquent ce qui a changé depuis le départ d'Ofer.

– Il s'impliquait dans tout ce qui se passait à la maison ! explique-t-elle à Avram non loin de Tsippori, sur un sentier qui traverse un champ fourmillant de chenilles laineuses brun orangé, s'agitant dans leur cocon de soie ; la prairie entière a l'air de danser. Il s'intéressait au meuble qu'on envisageait d'acheter, exigeait qu'on le prévienne si un appareil était cassé, s'informait du coût de la réparation et du professionnalisme du dépanneur. Il nous a fait jurer que jamais, au grand jamais, nous ne jetterions un ustensile brisé, pas même les pièces détachées, avant qu'il ne les ait examinées. À son départ à l'armée, il nous a même demandé d'attendre ses permissions pour les réparations mineures – l'électricité, la plomberie, les canalisations bouchées, les volets cassés, l'entretien de la cour, bien sûr.

À présent, on dirait que les questions matérielles le rebutent, ne le concernent plus.

La table est mise et le repas prêt. Ilan dit quelque chose qui parvient à faire surgir l'ombre d'un sourire sur le visage d'Ofer, sourire que les parents attisent comme une braise incandescente. Ofer leur raconte qu'ils ont une chatte et deux chatons dans le bunker. Il a décidé d'adopter la mère, ajoute-t-il en rougissant.

«Pour avoir un petit quelque chose de maternel là-bas, vous voyez?» confesse-t-il avec un petit rire embarrassé.

Ora se penche sur les vapeurs qui s'échappent de la poêle. Adam rentre enfin. «C'est froid!» se plaint-elle.

Pourtant, c'est encore brûlant. Les garçons se donnent l'accolade, leurs voix, leurs rires se mêlent – un son comparable à nul autre.

– Parfois ici, pendant notre voyage, je rêve que je les entends rire tous les deux, dit-elle à Avram.

À la vue d'Adam, le visage d'Ofer s'illumine, il ne le quitte pas des yeux, comme s'il venait de comprendre qu'il était à la maison, qu'il se réveillait de trois semaines de sommeil. Alors les autres se réveillent aussi! Tous les quatre reviennent à la vie, y compris la cuisine, telle une bonne vieille machine, elle s'active en toile de fond, bourdonne de ses pistons et de ses roues invisibles qui tournent en cliquetant. Écoute la bande sonore! se dit-elle. Fais-lui confiance! Ce sont les accords les plus mélodieux : une marmite qui bouillonne, le frigo qui ronronne, une cuillère heurtant une assiette, le robinet qui coule, la radio diffusant une publicité idiote, ta voix et celle d'Ilan, les bavardages de tes enfants, leurs rires – je veux que cela ne s'arrête jamais! De la buanderie parvient le grondement rythmé de la machine à laver, où s'insinue un bruit de ferraille ; sans doute une boucle de ceinture, ou une vis oubliée dans une poche, mais, espère

Ora, pas une autre balle perdue, qui va soudain exploser et nous propulser dans le troisième acte.

Un jour, l'année d'avant, elle demanda à la secrétaire de sa clinique d'annuler son dernier rendez-vous. La journée avait été longue après une nuit blanche

– Les problèmes avaient déjà commencé à la maison, révèle-t-elle à Avram. (Il l'écoute, tendu, il y a quelque chose dans sa voix.)

Elle avait pensé faire un saut dans une boutique d'Emek Refaim s'offrir un foulard ou des lunettes de soleil pour se remonter le moral. Elle se dirigea par la rue de Jaffa vers le parking où elle garait sa voiture. Il régnait un calme étrange, un silence inquiétant. Elle faillit rebrousser chemin et retourner à la clinique, mais elle continua à marcher, non sans remarquer que les piétons accéléraient le pas en évitant de se regarder. Un instant plus tard, elle se mit à les imiter, tête baissée, jetant de temps à autre des œillades furtives alentour. Il s'agissait surtout de repérer quelqu'un portant un paquet volumineux, un gros sac, ou présentant des signes de nervosité. Tout le monde lui parut suspect pour une raison ou une autre, et elle réfléchit que la réciproque devait être vraie. Et si elle leur signalait qu'elle ne représentait aucun danger ? Que, en ce qui la concernait du moins, ce n'était pas la peine de se ronger les sangs ni d'avoir des palpitations ? À la réflexion, mieux valait ne pas révéler ce genre d'information à la légère. Elle redressa l'échine et s'obligea à regarder les passants en face. Ce faisant, elle décela chez presque chacun un indice révélateur d'une possibilité latente : d'être un meurtrier ou une victime, voire les deux.

Où avait-elle appris ces gestes et ces regards ? Les coups d'œil fébriles par-dessus son épaule, les pieds qui semblaient repérer leur chemin et se diriger spontanément ? Elle acquit de nouvelles connaissances sur elle-même, tels les symptômes d'une maladie sur le point de se déclarer. Ceux qui l'entouraient, même les enfants, semblaient se déplacer en cadence au rythme d'un sifflet audible par leurs seuls corps, et auquel eux-mêmes étaient sourds. Elle accéléra, le souffle court. Comment allait-elle se sortir de ce mauvais pas ? Avisant un abribus, elle s'effondra sur le siège en plastique. S'asseoir sur le plastique jaune et lisse, ce qui ne lui était pas arrivé depuis des années, constituait en soi un aveu de défaite. Elle se détendit, le temps de reprendre haleine. Dans une minute, elle allait se lever et repartir. Elle se souvint que, au début de la première vague d'attentats-suicides – Adam était à l'armée –, Ilan, accompagné d'Ofer, s'était mis en quête d'un parcours parfaitement sûr afin d'effectuer à pied le trajet de l'école, située en ville, à l'arrêt où le garçon prenait le bus pour rentrer à la maison. Le premier itinéraire était trop proche du lieu où un terroriste s'était fait sauter, dans le bus 18, avec vingt passagers. Quand Ilan suggéra à Ofer de passer par la rue piétonne Ben Yehouda, son fils lui rappela la triple explosion qui avait eu lieu ici même, tuant cinq personnes et en blessant cent soixante-dix autres. Ilan tenta de tracer un circuit un peu plus long, contournant Mahane Yehouda par-derrière pour déboucher près du marché, mais Ofer lui fit remarquer que c'était exactement à cet endroit qu'un double attentat-suicide s'était produit : quinze morts et dix-sept blessés. De toute façon, ajouta-t-il, tous les bus reliant le centre-ville à Ein Karem passaient par la gare routière, où il y avait eu un autre attentat – dans le bus 18, encore une fois –, vingt-cinq morts et quarante-trois blessés.

Ils avaient sillonné le quartier en tous sens. Tandis qu'elle raconte l'histoire à Avram, il lui vient l'horrible pensée qu'Ofer avait conservé le carnet orange à spirale où il notait le nombre de morts et de blessés – les rues et ruelles où il n'y avait pas encore eu d'attentat semblaient si prédestinées et vulnérables qu'Ilan se demanda comment rien ne s'y était encore produit. Il avait fini par baisser les bras. Il s'était arrêté net au beau milieu d'une rue et lui avait déclaré : « Tu sais quoi, Oferiko ? Tu n'as qu'à marcher aussi vite que tu peux. Même courir, si tu veux ! »

Jamais il n'oublierait – il l'avoua un plus tard à Ora – le regard dont Ofer l'avait gratifié.

Ora était plongée dans ses pensées, quand un bus stoppa devant elle. La porte s'ouvrit, elle se leva machinalement et monta à bord. Elle n'avait aucune idée du prix du ticket ni de la direction empruntée par le véhicule. D'une main hésitante, elle tendit un billet de cinquante shekels au chauffeur qui grommela qu'il préférait de la monnaie. Elle fouilla vainement dans son sac. Il pesta entre ses dents, lui rendit une poignée de pièces et l'incita à avancer dans la travée. Elle remarqua que les passagers étaient presque tous âgés, les traits tirés, l'air sinistre. Certains revenaient du marché, leurs volumineux cabas coincés entre leurs pieds. Il y avait aussi quelques lycéens en uniforme, étrangement silencieux. Ora les considéra avec un étonnement mêlé de compassion. Elle voulut faire demi-tour et redescendre («Je n'avais pas l'intention de prendre ce bus!» dit-elle à Avram), mais quelqu'un la poussa vers le fond. Comme il n'y avait pas de place assise, elle resta debout, cramponnée à la barre du plafond, la joue posée sur son bras. Elle observa la ville qui défilait par la fenêtre. Qu'est-ce que je fais là? se demanda-t-elle. Je n'ai aucune raison d'y être. Ils passèrent devant les boutiques hétéroclites de la rue de Jaffa, le restaurant Sbarro, la place de Sion, où un réfrigérateur piégé avait explosé en 1975, causant la mort, entre autres, du fils de l'artiste Naphtali Bezem, qu'elle avait connu à l'armée. Bezem avait-il pu se remettre à peindre après la mort de son fils? se demanda-t-elle. À l'arrêt de l'YMCA, quelques sièges se libérèrent. Elle s'assit et décida de débarquer à l'arrêt suivant. Mais elle ne bougea pas, lorsque le bus longea le jardin de la Cloche de la Liberté et emprunta la rue Emek Refaim. Maintenant, tu vas descendre prendre un café, se dit-elle presque à haute voix, quand il arriva à la hauteur du Café Hillel. Elle poursuivit sa route.

Curieusement, on aurait entendu une mouche voler. Comme elle, la plupart des voyageurs regardaient par la fenêtre, pour ne pas voir les autres. Chaque fois que le bus s'arrêtait à une station, tous tendaient le cou pour scruter ceux qui montaient. Les nouveaux arrivants, à leur tour, les dévisageaient en plissant les yeux. Un rapide échange de regards, une fraction de seconde, suffisait pour accomplir la tâche incroyablement complexe du tri et du catalogage. Ora resta dans le bus au-delà de Katamon et du centre commercial de Malha. Au terminus, le chauffeur la fixa dans son rétroviseur: «Madame, on ne va pas plus loin!» claironna-t-il. Ora demanda s'il y avait un bus en sens inverse. « Oui, là-bas, dit-il en désignant la ligne 18. Mais vous avez intérêt à vous presser, parce qu'il va bientôt démarrer ! Je klaxonne pour qu'il vous attende. »

Elle monta dans le véhicule vide et, l'espace d'un instant, elle crut voir le bus éventré, fracassé, ensanglanté. Elle se demanda quelle était la place la plus sûre. Aurait-elle osé qu'elle aurait interrogé le conducteur. Elle s'évertua à se rappeler les nombreux reportages qu'elle avait entendus sur les attentats à la bombe dans les autobus, sans pouvoir décider si la plupart s'étaient produits dès la montée du terroriste, auquel cas, bien sûr, cela se passerait à l'avant, ou s'il avait avancé plus loin et attendu de se trouver au milieu de l'allée, entouré par la foule des passagers, pour lancer *Allahou akbar* et presser le bouton. Elle choisit de s'installer au fond, refusant d'envisager l'idée que l'explosif et la mitraille s'arrêteraient en plein vol avant de l'atteindre. Au bout d'une minute, elle se sentit trop seule et avança d'un rang. Cet infime changement scellerait-il son destin ? s'inquiéta-t-elle en croisant le regard inquisiteur du chauffeur dans le rétroviseur.

– Peut-être croyait-il que j'étais une kamikaze ! explique-t-elle à Avram.

Au bout d'une heure de trajet, elle n'en pouvait plus, mais refusait de baisser la garde. Ses paupières se fermaient et elle luttait contre l'envie de s'assoupir quelques minutes, la tête contre la vitre. Dernièrement, elle avait l'impression d'être une enfant découvrant trop tôt les secrets des adultes. La semaine précédente, alors qu'elle était attablée, un matin, au Café Moment – l'endroit n'était ni bondé ni vraiment désert non plus –, une femme de petite taille, corpulente, vêtue d'un lourd manteau était entrée, un bébé emmitouflé dans une couverture blotti contre son épaule. Elle n'était pas très jeune – dans les quarante-cinq ans –, ce qui éveilla immédiatement les soupçons. « Ce n'est pas un bébé ! » Les murmures s'élevèrent dans l'affolement général. Tout le monde bondit sur ses pieds avec un grand fracas de chaises renversées, d'assiettes et de verres brisés, et chacun se précipita vers la sortie. Effarée, la femme au manteau observa la scène sans comprendre qu'elle en était la cause. Elle choisit une table et installa le bébé sur ses genoux. Incapable de bouger, fascinée, Ora

la regarda défaire la couverture, déboutonner un petit manteau violet
et sourire en gazouillant à la petite bouille toute ronde et somnolente
qui pointa le bout de son nez.

Le lendemain après-midi – poursuit Ora, tandis qu'ils grimpent vers
l'observatoire Reish Lakish, sur les traces des anciens Sages d'Israël,
par une belle journée, chaude et lumineuse; le sentier relativement
plat serpente parmi les chênes et les caroubiers; des vaches grasses
paissent au loin –, elle pria une nouvelle fois la secrétaire d'annuler le
dernier rendez-vous, et prit le bus 18 jusqu'au terminus. Comme elle
disposait de quelques heures et n'avait aucune envie de se retrouver
seule à la maison, elle le reprit en sens inverse jusqu'au bout, à Kiryat
HaYovel, où elle monta dans un autre bus qui la ramena au centre-
ville. Elle descendit et déambula un moment à pas lents, observant
la rue qui se reflétait dans les vitrines, dévisageant les passants.

Le matin suivant, avant son premier patient, elle emprunta la ligne 18
à la gare routière et, cette fois, elle s'assit à l'avant. Tous les trois ou
quatre arrêts, elle descendait et changeait de bus, traversant parfois
la rue pour repartir dans l'autre sens. À chaque trajet, elle choisissait
une place différente, tel un pion dans un jeu d'échecs imaginaire.
S'apercevant qu'elle était en retard pour son troisième rendez-vous,
elle craignit que le directeur de la clinique ne la convoque à nouveau
pour exiger des explications, mais elle repoussa vite cette pensée à
plus tard, quand elle aurait fait le plein d'énergie. De fatigue, à peine
assise, elle piquait du nez et somnolait quelques minutes. De temps à
autre, elle entrouvrait les yeux et fixait les autres passagers à travers
un brouillard. Le brouhaha des conversations, des appels télépho-
niques traversait son cerveau engourdi. Si personne ne montait à
une station, on aurait dit que le bus poussait un ouf de soulagement,
et les passagers, de parfaits étrangers, s'adressaient alors la parole.
Assis près d'elle, un vieillard, un gros homme bardé de médailles de
l'Armée rouge, sortit une épaisse enveloppe brune d'un filet à provisions et lui montra la radio de ses reins, où l'on distinguait une tumeur.
À travers le film, Ora aperçut deux gardes-frontières éthiopiens qui

vérifiaient les papiers d'un jeune homme, peut-être un Arabe, ou pas. Il bourrait le trottoir de coups de pied.

Ils font halte pour souffler, les mains à la taille. Pourquoi avoir cavalé ainsi ? s'interrogent-ils du regard. Quelque chose leur chatouille les talons, leur plante des échardes dans le cœur. Après un rapide coup d'œil à la superbe vallée de Netofa, ils traversent en vitesse une forêt de pistachiers, de chênes et de bouleaux. Ora marche en silence, les yeux fixés sur le sol. Avram, qui l'observe discrètement, se rembrunit à chaque pas.

– Regarde ! murmure-t-elle, le doigt tendu.

Sur le chemin, à leurs pieds, surgit une série de hiéroglyphes, un fouillis de lignes qui s'entrecroisent dans toutes les directions avant de se reformer en un bouquet d'escargots, accroché à une branche d'arbuste.

La deuxième semaine, certains chauffeurs la reconnaissaient déjà. N'ayant rien à lui reprocher, ils l'évacuèrent de leur esprit pour se concentrer sur l'essentiel. Elle identifia bientôt les habitués, savait à quelle station ils montaient, où ils descendaient. S'ils parlaient dans leur téléphone portable, ou avec leur voisin, elle apprenait à connaître leurs maladies, les membres de leurs familles, leurs opinions politiques. Un vieux couple en particulier attira son attention. L'homme était grand et mince, la femme toute menue, ratatinée, presque transparente. Lorsqu'elle était assise, ses pieds ne touchaient pas le sol. Elle avait une mauvaise toux grasse, et l'homme examinait avec inquiétude ses mouchoirs avant de les remplacer par des propres. Ora se réveillait quand ils montaient, à l'arrêt du marché. Comme elle, ils descendaient au terminus et, à sa grande surprise, ils prenaient presque toujours le bus qui repartait dans l'autre sens, et sortaient à l'autre tête de ligne, sur le trottoir opposé. Elle ne parvenait pas à trouver un sens à leur périple.

Jour après jour, trois ou quatre semaines d'affilée, Ora sillonna la ville dans le bus 18 pendant près d'une heure. Ses angoisses se dissipaient alors, découvrit-elle. La plupart du temps, elle ne pensait à rien, se bornant à se transbahuter d'un arrêt à l'autre. Elle s'habitua aux secousses, aux crissements des freins, aux nids-de-poule, à la radio de bord, bloquée sur les fréquences religieuses beuglant leurs exhortations à tue-tête. Ilan ne lui demandait jamais à quoi elle passait ses loisirs ; elle pouvait donc lui cacher ses activités. Parfois, au dîner, elle le regardait en silence et ses yeux lui criaient : Comment peux-tu ne pas deviner où je suis, ce que je fais ? Comment peux-tu me laisser continuer ?

– C'est à ce moment-là que l'incident impliquant Ofer s'est produit, dit-elle énigmatiquement à Avram, silencieux depuis un bon moment. Nous avons vécu un mois d'enfer sous le feu croisé des interrogatoires et des enquêtes du bataillon et de la brigade, si tu savais !

Elle soupire et avale sa salive avec difficulté. L'heure est venue de tout lui dire. Il doit l'entendre, pour savoir, juger par lui-même.

À l'époque, Ora avait l'impression qu'Ofer, Ilan et Adam ressentaient chacun de ses mots, chaque regard, jusqu'à ses silences, comme une provocation, le prétexte d'une dispute. Dans le bus, elle profitait d'un répit, loin d'eux, loin d'elle-même aussi, de son étrange propension à les agresser sans arrêt par ses questions mesquines, immuables, lesquelles commençaient à la rendre folle. Elles jaillissaient comme des éructations acides, chaque fois qu'elle évoquait ce qui s'était passé là-bas, quand elle entendait l'indicatif du flash infos, ou simplement dès qu'elle songeait à Ofer.

– On aurait dit que je ne pouvais penser à lui sans me rappeler d'abord cette histoire

– Que s'est-il passe exactement ? questionne Avram.

Elle écoute une voix intérieure, comme si la réponse allait enfin remonter du fond d'elle-même. Avram agrippe des deux mains les sangles de son sac à dos

Un jour, Ora quitta la clinique, s'excusa vaguement auprès d'un couple dans la salle d'attente et sauta dans le bus 18 pour un petit tour rapide. Il approchait du dépôt de Mekasher, quand on entendit une violente explosion. Il y eut un instant de silence abyssal. Le visage des passagers s'affaissa, devint de la bouillie. Une épouvantable puanteur d'excréments emplit l'air, Ora était trempée d'une sueur glacée. Les voyageurs se mirent à hurler, jurer, pleurer, supplier le machiniste de les laisser sortir. Il stoppa au milieu de la rue et ouvrit les portes. Les passagers se déversèrent au-dehors en se bousculant à coups de pied et de poing pour passer devant. Le chauffeur regarda dans le rétroviseur : « Vous restez tous là ? » Ora se retourna pour voir à qui il parlait et vit le vieux couple – ils étaient serrés l'un contre l'autre, la tête minuscule, presque chauve de la femme, enfouie dans le corps de l'homme, penché sur elle, lui caressant l'épaule. Comment décrire leur expression ? Un mélange de commotion et de panique, d'immense déception aussi. La radio bouleversa immédiatement sa programmation – « Permettez-moi tout d'abord d'exprimer mes condoléances et de souhaiter une prompte guérison aux blessés. Je suis de tout cœur avec les familles des victimes », déclarèrent à tour de rôle les ministres et les experts en sécurité. L'explosion s'était produite dans un bus roulant dans l'autre sens, près de la place Davidka, que le véhicule d'Ora avait traversée à peine quelques instants auparavant. Les ambulances s'élançaient déjà vers les hôpitaux de Sha'arei-Tsedek et de Hadassah.

Le lendemain matin, des soldats et des policiers étaient postés à chaque arrêt de bus, et les rares passagers se montraient plus nerveux, irritables et méfiants que d'ordinaire. Il y eut des cris de colère contre ceux qui poussaient dans une file d'attente, écrasaient des orteils ou percutaient quelqu'un. Les gens s'égosillaient dans leurs portables, à croire qu'ils utilisaient leurs téléphones comme des tubes à oxygène les reliant au monde extérieur. Le silence retomba au moment où le bus passa devant le lieu de l'attentat. À travers la vitre, elle aperçut un orthodoxe barbu, un volontaire de l'unité d'identification des victimes, perché au sommet d'un arbre : à l'aide d'un linge et de pinces, il retirait délicatement quelque chose d'une branche avant de le déposer dans un sac en plastique. Un groupe d'enfants d'une école maternelle s'engouffra à Beit Hakerem ; quelques-uns tenaient des ballons multicolores. Ils couraient dans l'allée en riant et en jacassant ; tous les regards étaient fixés sur les ballons, comme hypnotisés. L'un d'eux finit par éclater, fatalement, et même s'il était évident qu'il s'agissait d'un ballon, des cris de panique fusèrent et quelques enfants fondirent en larmes. Gênés, exténués, les voyageurs évitaient de se regarder.

Si, au hasard de ces trajets en boucle, elle tombait sur une connaissance, elle serait incapable d'expliquer sa présence à bord, se disait souvent Ora. C'est vraiment ridicule ! Imagine un peu ce qu'Ilan et les garçons éprouveraient, s'il t'arrivait quelque chose, ou si Ofer pensait – Dieu nous en préserve ! – que c'est de sa faute ? Ou que tu as provoqué le destin à cause de lui. Et pourtant, tous les jours, trois ou quatre semaines durant, rouge de honte, dans un état second, avec un sentiment de totale impuissance, elle ne pouvait s'empêcher de quitter la maison ou son travail pour gagner l'arrêt le plus proche. Elle attendait à l'écart – tout le monde d'ailleurs veillait à garder ses distances –, puis grimpait dans le bus. Elle repérait un siège libre vers le milieu de l'allée et cherchait du regard le vieux couple, qui semblait guetter son arrivée et lui adressait un signe de tête, avec des airs tristes de conspirateurs. Elle s'installait et, la tête contre la fenêtre, elle somnolait parfois, descendait quelques arrêts plus loin ou parcourait la ligne d'un bout à l'autre. Elle ne savait jamais d'avance le temps qu'elle passerait à bord, de même qu'elle était incapable de se lever et de débarquer avant le moment où – sans raison apparente – elle éprouverait une sorte de soulagement, une libération, comme si l'effet d'une substance qu'on lui avait injectée diminuait. Alors seulement elle pouvait sortir et reprendre ses occupations habituelles.

Le temps passant, elle était mieux à même d'évoquer l'image de ce singulier vieillard qui avait dansé, ri et gambadé, nu comme au jour de sa naissance, devant les soldats, lesquels avaient fini par le libérer de la chambre froide, dans une cave d'Hébron, où ils l'avaient enfermé.

– Le propriétaire de l'immeuble était un riche boucher, explique-t-elle à Avram, qui ne comprend toujours rien, haletant, roulant des yeux. Les soldats étaient horriblement mal à l'aise en évoquant cette sarabande endiablée, comme si c'était l'aspect le plus insupportable de l'incident, se souvient-elle.

Il s'était ridiculisé, lui avait raconté un soldat, qui avait dormi chez eux la veille de l'une des enquêtes. Ce jeune homme s'appelait Dvir, un kibboutznik de Kefar Szold. Deux mètres, dégingandé, bégayant, genre adolescent attardé. Ora les avait conduits, Ofer et lui, au quartier général de la brigade...

– Une minute, Ora! coupe Avram, les joues blêmes. Je ne te suis pas. Qui est ce vieil homme?

Silence. Épuisés, tous deux s'affalent au bord d'un plan d'eau envahi de nénuphars jaunes.

– L'armée a pris ce cas au sérieux, répond-elle.

La chienne saute dans l'eau, les éclaboussant au passage pour les inciter à la rejoindre. Assis côte à côte, repliés sur eux-mêmes, ils ne la remarquent même pas.

Ofer avait eu beau la supplier de ne plus en parler, du moins en public, Ora n'avait pu s'empêcher d'interroger Dvir: «Comment avez-vous pu oublier qu'il était là?»

– Je n'en sais rien, répondit Dvir en haussant ses larges épaules. Tout le monde a dû croire que quelqu'un d'autre s'en était occupé.»

Ofer renifla avec colère. Ora se jura de tenir sa langue, elle ne dirait plus un mot. Elle se concentra sur la route, les sourcils froncés, les épaules remontées presque jusqu'aux oreilles. «Mais comment avez-vous pu oublier cet homme? laissa-t-elle échapper quelques instants plus tard. Expliquez-moi comment on peut oublier un être humain dans un frigo pendant deux jours!»

Avram émet un grognement de douleur et de surprise – le bruit d'un corps lancé dans le vide s'écrasant sur le sol.

Dvir jeta à Ofer un regard suppliant. Ofer se renfrogna sans rien dire. Ora en avait conscience, mais elle était incapable de se contenir. «Qu'est-ce que je peux vous dire, Ora? C'était mal, évidemment. Ça nous ronge de l'intérieur, tous autant que nous sommes, mais vous devez comprendre qu'on ne savait plus où donner de la tête, et puis les contrôles non-stop aux check-points, ça vous pompe. En plus, on nous avait confié une mission à laquelle on ne connaissait rien, surveiller des familles pendant quarante-huit heures dans une seule pièce avec un unique WC, les gosses, les vieux, les braille-ments, les pleurs, les gémissements – déjà qu'on perdait la boule, on devait en même temps surveiller la rue et la zone dangereuse, couvrir

633

nos tireurs d'élite, vérifier que les Hamasniks n'avaient pas piégé la porte d'entrée de l'immeuble –, alors il faut croire que le type, il est passé à la trappe.»

Ora se mordit les lèvres en rassemblant son courage : «Dvir, je n'arrive pas à comprendre comment des types...

– Maman!» s'exclama Ofer.

Un cri coupant comme la lame d'un couteau. Le reste du trajet s'effectua en silence. Une fois arrivés au quartier général, Ofer refusa qu'elle attende le résultat de l'enquête préliminaire, comme elle en avait eu l'intention. «Tu rentres à la maison tout de suite!» décréta-t-il.

Ora lança un regard suppliant à ce gaillard athlétique au crâne rasé, au regard si pur, son enfant. Les yeux embués de larmes, elle faillit reposer la question. «Maman, écoute-moi bien! Je te le dis pour la dernière fois. Lâche-moi! *Lâche-moi!*» énonça Ofer avec un calme terrifiant.

Il avait des yeux d'acier, des lèvres en fil de fer, le crâne pareil à une boule de feu glacé. Ora recula devant sa force, sa dureté, devant l'étranger qu'il était devenu. Il lui tourna le dos et s'éloigna sans même la laisser l'embrasser.

Elle repartit, folle de douleur, elle avait le plus grand mal à distinguer la route. Une méchante pluie poussiéreuse se mit à tomber, et, pour couronner le tout, un essuie-glace de sa Fiat Punto ne fonctionnait pas. Quand Ilan téléphona, elle ne put prononcer deux mots sans hurler la question, alors bien sûr, il perdit patience à son tour – un miracle qu'il n'ait pas craqué avant –, il en avait assez, lui assena-t-il, il était fatigué de sa vertu moralisatrice, et elle ne devait pas oublier non plus qu'en ce moment Ofer avait besoin d'elle, de son soutien inconditionnel.

«Mon soutien pour quoi? beugla-t-elle. Mon soutien pour quoi?» Pour *qui*? aurait-elle voulu crier. Elle n'était plus très sûre.

Ilan s'adoucit. «Pour ton fils. Tu es sa mère, non? La seule mère qu'il a, il a besoin de toi sans réserve, tu peux le comprendre? Tu es sa mère, pas une Mère pour la Paix, d'accord?»

Quel rapport? se demanda Ora, abasourdie. Qu'avait-elle à voir avec les Mères pour la Paix? Ces gauchistes et leur prétendue neutralité objective? Elle ne les aimait pas! Cette idée de venir harceler les soldats dans leur mission était révoltante et injuste. Comment pouvait-on en vouloir à ces gamins, coincés aux check-points pendant trois ans? Pourquoi, au contraire, n'allaient-elles pas manifester dans les bases militaires, ou devant la Knesset? Elles lui inspiraient une sorte d'effroi grognon, avec leur aplomb déconcertant, leur irrévérence, quand elles apostrophaient des officiers aux barrages ou débattaient avec des hauts gradés à la télévision. Sinon du respect, elles pourraient au moins manifester leur gratitude, même un tout petit peu, à l'égard de ceux qui faisaient le sale boulot et payaient les pots cassés à notre place, les conséquences de cette occupation de merde, pour notre sécurité. Tandis qu'elle soliloquait de la sorte, Ilan poursuivait son discours lénifiant: «Oui, il y a eu une bavure. C'est vraiment terrible, je suis d'accord avec toi. Mais ce n'est pas Ofer qu'il faut blâmer, enfonce-toi ça dans la tête. Il y avait vingt soldats dans l'immeuble et autour. *Vingt*. Tu ne peux pas tout lui mettre sur le dos. Il ne commandait pas. Il n'est même pas officier. Pourquoi devrait-il être plus vertueux que les autres?

– Tu as raison, murmura-t-elle. À cent pour cent, mais...»

Derechef, la question jaillit malgré elle! C'était le même scénario depuis des semaines. Elle ne contrôlait plus rien, comme si son corps fabriquait de lui-même le composant toxique qu'elle éructait à intervalles réguliers. Ilan, lui, se maîtrisait. Comment parvenaient-ils tous à conserver leur flegme, alors qu'elle pétait les plombs? Parfois, elle les soupçonnait tous les trois de se dominer justement parce qu'elle s'effondrait et que, par une économie domestique mystérieuse et complexe, elle provoquait cette honteuse débâcle *à leur place*, voire pour leur bien. Le jeudi, vers quatre heures trente du matin, lui rappela Ilan pour la énième fois, neuf heures après que le vieil homme avait été enfermé dans la pièce – «avait été enfermé»; elle remarqua que tous trois s'étaient mis à user du passif: «avait été enfermé», «avait été laissé», «avait été oublié» –, Ofer avait effectivement questionné son chef au sujet du vieil homme. On lui avait répondu que Nir, le commandant de la compagnie, avait dû charger quelqu'un de s'en occuper. À six heures, ce soir-là, il avait interrogé Tom. Le sergent des opérations lui avait affirmé par walkie-talkie qu'il était impensable que personne n'ait fait sortir ce type.

– Il n'avait pas insisté, conclut Ora.

Ilan ne dit rien. Il avait fini par oublier, avait reconnu Ofer, il avait d'autres chats à fouetter. Il arrive un moment où on ne pose plus de questions, parce qu'on redoute la réponse, médite Ora.

La tête rentrée dans ses épaules, Avram écoute. On ne voit plus ses yeux.

Ilan prit une profonde inspiration : « Que veux-tu, Ora ? Jusqu'à présent, dans chacune des enquêtes, l'armée a même innocenté Nir et Tom, à cause de la confusion générale.

– Je ne veux rien du tout, et j'espère qu'ils blanchiront tout le monde. Mais explique-moi pourquoi, pendant ces deux jours, Ofer n'a pas pensé à aller vérifier lui-même… »

Ils avaient eu cette discussion jusqu'à plus soif au cours du dernier mois, échangeant encore et encore des répliques de plus en plus désespérées. « Bon, maintenant ça suffit ! cria Ilan. Écoute-toi ! Qu'est-ce qui te prend ? Tu es devenue folle ! » Il lui raccrocha au nez. Quelques minutes plus tard, il rappela pour s'excuser. C'était la première fois qu'il le faisait, et jamais encore, il ne s'était emporté de cette façon. « Tu m'exaspères avec cette histoire ! » ajouta-t-il d'une voix lasse. Elle perçut l'appel du pied, sa volonté de réconciliation, il avait raison, ils devaient affronter cette épreuve ensemble. Si on ne gérait pas la situation rationnellement, avec sang-froid, l'affaire pourrait dégénérer et aller en cour martiale, au lieu d'une enquête circonscrite au bataillon et à la brigade. Auquel cas, les médias s'en empareraient, comme Ilan le lui avait souvent rappelé, ces salauds de journalistes saisiraient la première occasion pour remuer la boue. Il n'y avait pas eu mort d'homme, se répétait Ora, personne n'avait été blessé, ni n'était mort de faim, grâce aux vaches, aux moutons et aux chèvres suspendus aux crochets. Le vieux Palestinien avait réussi à retirer le bâillon qu'on lui avait fourré dans la bouche pour l'empêcher de crier. En outre, en raison des nombreuses coupures de courant imposées par l'armée dans la zone de tir, l'homme n'avait pas eu froid ! En fait, il avait même dû cuire – on l'avait fait bouillir, puis congeler, avant de le dégeler et recommencer le cycle, comme le lui avaient appris les camarades d'Ofer avec qui elle avait pu parler. Nu, puant, couvert du sang des animaux, il avait roulé hors du frigo quand on était enfin venu le délivrer. Au même moment, Ofer se trouvait à la maison.

– Ce vendredi-là, à dix-huit heures, on lui avait accordé une permission, précise-t-elle à Avram. Tu comprends ? Il n'était même pas là

Quand ils ont ouvert la porte, l'homme s'est tordu sur le trottoir, pris de convulsions, comme s'il exécutait une danse bizarre, allongé par terre, se cognant la tête sur le pavé. Il désignait les soldats, puis sa poitrine avec des ricanements hideux, comme si, pendant les deux jours où il avait été enfermé, on lui avait répété une bonne grosse blague, et qu'il allait se ressaisir tout de suite pour la leur raconter. On lui a ordonné de se relever. Il a refusé – il ne pouvait probablement pas tenir debout. Il se tortillait à leurs pieds, se cognait la tête sur le trottoir avec son rire hystérique. Ora résista à l'envie de dire aux amis d'Ofer, ou à Ilan et Adam, ou à Ofer lui-même, ce qui la démangeait : que, peut-être, la folie était la seule façon pour un Palestinien de se délivrer des contrôles, des autorisations et autres fouilles corporelles. Mais ces pensées lui étaient étrangères, comme si son cerveau les avait fabriquées malgré elle. Elle se demanda ce qui adviendrait si elle-même était sujette à ces crises, une sorte de syndrome gauchiste de Tourette ? Elle se reprit aussitôt. Elle devait au contraire être profondément reconnaissante à Ilan d'apporter son soutien à Ofer. Il avait étudié l'affaire en détail, reconstitué avec lui les événements minute par minute au cours de ces deux journées, et l'avait soigneusement briefé avant chaque interrogatoire. Il avait également contacté deux ou trois personnes influentes de sa connaissance, à l'armée et ailleurs, tirant habilement les ficelles pour que l'affaire soit classée au plus vite et se limite à une enquête interne à la brigade. Ora se jura dorénavant de se taire. Tout n'était pas encore perdu, et maintenant qu'elle avait exprimé le fond de sa pensée, elle reprendrait naturellement sa place dans la famille pour redevenir maman ourse protégeant ses petits. Elle ne pouvait jeter de l'huile sur le feu un jour de plus, c'était évident. Des fissures apparaissaient un peu partout; chaque fois qu'elle regardait Ilan, elle savait qu'il éprouvait la même chose, que, comme elle, il était inquiet et paralysé devant ce qui leur arrivait.

Avram l'écoute, les bras serrés autour de son torse. Il sent le froid l'envahir en dépit des eaux bleues de la rivière Tsippori chatoyant de mille feux – un cachot glacé, le front qui cogne contre la pierre. Les lèvres décolorées, Ora lui décrit les nuits blanches qu'Ilan et elle passaient à cette époque, allongés côte à côte en silence. Ils avaient l'impression que leur famille se délitait à une vitesse stupéfiante, comme soumise à une force destructrice – en embuscade depuis des années, elle les assaillait avec une fureur incompréhensible, une sorte de joie vengeresse.

Avram secoue la tête, le visage tordu de douleur. Non, non!

Un peu de calme et de sérénité pourraient limiter les dégâts, se disait-elle en conduisant, pendant qu'Ilan essayait de la raisonner. Tout dépendait d'elle, il suffirait d'un mot gentil, de renoncer à ce poison dévorant. «Comment a-t-il pu oublier? Un homme dans la chambre froide! hurla-t-elle dans le téléphone en martelant le volant de ses poings. (Avram tressaille, comme si elle l'avait frappé.) Une nuit, un jour, une autre nuit et un autre jour – comment a-t-il pu oublier? Il a une mémoire d'éléphant! Il se souvient d'un robinet qui fuit, un bouton de porte à réparer. Un garçon responsable comme lui, qui oublie un être humain toute une nuit et un jour et encore une nuit...

– Mais pourquoi t'acharnes-tu sur lui?» soupira douloureusement Ilan.

Elle crut avoir enfin réussi à percer l'armure. «Est-ce qu'*il* a pris l'initiative? marmonna Ilan entre ses dents. L'a-t-*il* voulu? A-t-*il* décidé de mettre cet homme dans le frigo?» Ora remarqua deux voitures de police qui lui signalaient de s'arrêter sur le bas-côté. De frayeur, elle accéléra. Dieu seul savait quelle infraction elle avait commise! Elle avait récupéré son permis à peine quelques semaines plus tôt, après six mois de suspension.

«Dois-je te rappeler qu'ils menaient une opération de grande envergure? poursuivit Ilan. On recherchait des suspects, ça canardait dans tous les sens, Ofer n'avait pas fermé l'œil depuis quarante-huit heures. C'est un pur hasard si on avait confié à ses camarades et lui une mission pour laquelle ils n'étaient pas préparés. Quel est vraiment le motif de cette dispute ?

– Mais il se trouvait dans le même immeuble, trois étages plus haut, il mangeait, buvait, montait et descendait l'escalier ! » Elle serra le bas-côté boueux sans ralentir, espérant distancer ses poursuivants. Elle finit par stopper quand les voitures la talonnèrent. « Et il a discuté par radio au moins vingt fois avec Nir et Tom, argumenta-t-elle. Il a eu vingt occasions de leur demander s'ils avaient relâché le vieil homme. Et qu'a-t-il fait ? »

Ilan ne répondit pas.

« Dis-moi, Ilan, il a fait quoi, notre fils ? » rugit-elle.

Ilan retint son souffle pour ne pas exploser à nouveau.

Trois policiers sortirent des deux véhicules et s'approchèrent. L'un parlait dans son walkie-talkie.

« Tu sais qu'il avait l'intention d'aller voir ? » plaça Ilan.

Elle gloussa – un rire inconnu, déplaisant.

« L'intention, oui, bien sûr ! Pendant deux jours entiers, il a eu l'intention de descendre, et, au moment où il en avait le plus l'intention, on est venu lui dire qu'une voiture partait pour Jérusalem, hein ? Et puis nous sommes tous allés au restaurant, d'accord ? Et il a oublié, c'est ça ? » La tête dans les mains, elle partit d'un rire incrédule, comme si, pour la première fois, elle venait de découvrir toutes les facettes de l'histoire. « Et pendant la soirée au restaurant, il ne s'est souvenu de rien ! Oh là là ! Désolé, ça m'est sorti de l'esprit ! Et ça ne te fait pas bondir ? glapit-elle en gonflant les veines de son cou. Dis-moi, Ilan, ça ne te rend pas dingue ?

– Ora, tu débloques complètement ! » commenta Ilan du ton raisonnable qu'il adoptait quand il l'observait avec une stupéfaction amusée à la suite d'une dispute, tandis qu'elle se complaisait dans son chagrin, les obscénités qu'elle vomissait. « Et fais attention au volant dans l'état où tu es, s'il te plaît ! » ajouta-t-il de sa voix de juriste.

Ora verrouilla les portes de sa Punto, sourde aux coups frappés à la fenêtre, aux visages pressés contre la vitre. Un policier passa un doigt accusateur sur le pare-brise souillé de pluie boueuse. Ora posa le front sur le volant : « Mais il s'agit d'Ofer, tu ne comprends pas, Ilan ? C'est à *nous* que ça arrive. C'est notre Ofer. Comment a-t-il pu faire ça ? *Comment ?* »

À cinq heures trente du matin, au pied du mont Carmel, Ora et Avram se détachent l'un de l'autre. Il s'emploie à plier les tentes et les duvets, ramasse les deux sacs à dos, pendant qu'Ora s'apprête à aller aux provisions à l'épicerie voisine.

– Nous ne nous sommes pas quittés depuis longtemps, n'est-ce pas? fait-elle en le serrant dans ses bras.

– Veux-tu que je t'accompagne?

– Non, surveille nos affaires en attendant. J'arrive tout de suite.

– D'accord, je ne bouge pas.

– Je reviens vite…, répète-t-elle, indécise. J'ai comme une appréhension, je ne sais pas pourquoi, murmure-t-elle tout contre sa poitrine.

– Peut-être parce que, une fois la civilisation retrouvée, tu auras envie d'y retourner?

Ora éprouve un vague malaise. Un caillot obstiné s'est formé dans son corps, pareil aux vestiges d'un rêve non digéré. Elle écarte les bras et repousse Avram pour mieux le voir, le graver dans sa mémoire.

– On dirait que j'ai raté ta coupe de cheveux. Je vais m'occuper de ta mèche aujourd'hui.

Il tortille la boucle rebelle entre ses doigts.

– Tu me laisseras te raser?

– Ah oui?

– Je ne sais pas… Je n'aime pas trop ta barbe.

– Oh, ça

641

– Oui, ça.

– D'accord.

– Je me bornerai peut-être à l'égaliser, la tailler un peu, je vais réfléchir.

– Tu trouves que je ne me suis pas déjà assez taillé comme ça?

Ils se regardent en souriant, une étincelle au fond des yeux.

– Achète du sel et du poivre. Et aussi de l'huile, il n'en reste presque plus.

– Il faut des piles neuves pour la torche, non?

– Et du chocolat. J'ai envie de sucré.

– Autre chose, mon chéri?

Une main caressante se promène sur le bout des doigts dans leurs cœurs. Avram hausse les épaules.

– Je me suis habitué à toi.

– Attention, tu pourrais devenir accro.

– Que va-t-il se passer, Ora?

Elle lui pose un doigt sur la bouche.

– On termine notre petite virée, et après, on verra.

Elle l'embrasse sur chaque paupière et tourne les talons. La chienne considère Ora et Avram à tour de rôle, perplexe sur l'attitude à adopter – suivre l'une ou rester avec l'autre.

– Ora, une seconde!

Elle s'arrête.

– Je suis bien avec toi, murmure-t-il hâtivement, les yeux baissés. Je veux que tu le saches.

– Répète-le-moi! Je ne me lasse pas de l'entendre.

– La manière dont tu me permets d'être avec toi, avec Ofer, avec vous tous…, explique-t-il, les yeux rougis. Tu n'imagines pas quel cadeau tu m'offres.

– Je me contente de te rendre ce qui t'appartient.

Ils tombent dans les bras l'un de l'autre. Plus grande que lui, elle doit légèrement écarter les pieds. Il en a toujours été ainsi. Elle se rappelle obscurément que, quand elle se préparait à lui rendre visite à Tel-Aviv, au cours des années où il acceptait de la voir, c'était comme si Ofer le devinait. Il s'agitait, se renfrognait, avait parfois une poussée de fièvre, à croire qu'il tentait de saboter leur rencontre. Quand elle rentrait, il la reniflait, comme un petit animal, et lui demandait des comptes. Entre autres, ruse transparente, il lui demandait toujours si Ilan savait où elle était allée.

Avram la serre contre lui, les deux mains au creux de ses reins. Il n'y a rien de tel que les grands fessiers et les petits fessiers, marmonne-t-il.

– Fais bien attention dans le magasin, ajoute-t-il, les lèvres dans le creux de ses cheveux.

Tous deux décodent le non-dit : Ne parle pas à tort et à travers. Si la radio est allumée, demande qu'on l'éteigne Et évite les journaux comme la peste. Surtout les gros titres.

Elle s'éloigne, se retournant de temps à autre pour lui adresser un signe digne d'une star de cinéma et lui envoyer un baiser. Il sourit, les mains à la taille dans son ample *sharwal* blanc, la chienne assise gravement à ses pieds. Il est beau, constate Ora. Sa nouvelle coupe et les vêtements d'Ofer lui vont bien, il y a quelque chose de rafraîchissant dans son attitude ouverte, sa façon de sourire. Il revit, réfléchit-elle à haute voix. Cette randonnée l'a ranimé. Et moi ? Quelle place aurai-je dans sa vie à la fin de notre périple – en admettant que j'en aie une ?

Au fait, pourquoi la chienne n'est-elle pas venue avec moi ? songe-t-elle, vaguement troublée. À peine a-t-elle formulé cette pensée qu'Avram se penche et tapote l'arrière-train de l'animal pour l'inciter à courir la rejoindre.

Une heure plus tard, Ora déballe en silence les victuailles achetées au supermarché de Kefar Hassidim – les emballages en plastique portent l'inscription *Strictement glatt casher* – et, le geste vif et précis, elle les répartit entre leurs deux sacs : biscuits sucrés et salés, conserves, sachets de soupe.

– Il s'est passé quelque chose, Ora'leh ?

– Non, pourquoi ?

– Je ne sais pas. Tu as l'air…

– Ça va très bien.

Avram s'humecte les lèvres.

– D'accord, d'accord... Ora...

– Qu'y a-t-il?

– Tu as écouté la radio, là-bas? Tu as lu un journal?

– Non, il n'y avait pas de radio, et je n'ai pas lu les journaux non plus. Allez, on y va! J'en ai assez de cet endroit.

Ils hissent les sacs sur leurs épaules et, une fois dépassée l'aire de jeu du kibboutz Yagur, ils s'engagent sur un sentier balisé en rouge, puis un autre jalonné de bleu, menant à la rivière du Serpent, récemment rebaptisée Ma'apilim, où ils entreprennent de gravir la montagne. Le jour, encore noyé de brume, prend tout son temps pour blanchir le ciel. L'ascension devient vite pénible, et hommes et bête s'essoufflent rapidement.

– Une minute! insiste Avram, haletant derrière elle. Quelqu'un t'aurait dit quelque chose, là-bas?

– Personne ne m'a rien dit.

Elle court presque sur la pente. Des cailloux se détachent sous ses talons. Avram renonce à essuyer la sueur de son front. Sans le regarder, Ora fait halte, tel un point d'exclamation tordu sur une marche rocheuse en surplomb. Entre les chênes et les vapeurs laiteuses du matin se profilent la vallée de Zevulun, les faubourgs de Haïfa et le carrefour Yagur qui commencent à s'animer. Dans la baie, les deux cheminées de la raffinerie émettent des volutes de fumée blanche, s'incurvant paresseusement et se mêlant à la brume. Avram aimerait tenter quelque chose pour calmer la sourde irritation qu'il sent gronder en elle. Mais quoi! Des véhicules aux carrosseries étincelantes filent sur les voies menant à l'embranchement. Un train déclenche en cadence des gerbes d'étincelles à l'horizon. Sur la montagne, en revanche, seuls le klaxon d'un camion, la sirène obstinée d'une ambulance brisent de loin en loin le silence.

– Eh bien voilà, c'est comme ça que je vis! s'écrie-t-il avec franchise, ou est-ce une timide tentative de corruption?

– Comment? grince-t-elle.

– Comme ça. En observateur.

– Il serait temps que tu t'impliques un peu, non? rétorque-t-elle en repartant.

– Quoi ? Attends…

– Écoute, Ofer va bien.

Avram se précipite sur ses talons, surexcité.

– Comment le sais-tu ?

– J'ai appelé la maison depuis l'épicerie pour écouter mes messages à distance.

– On peut le faire ?

– Bien sûr qu'on peut, et plus encore !

– Et ? Il a laissé un message ?

– Douze.

Elle se rue en avant, tranchante comme un rasoir. Des fils d'araignée frôlent son visage. Elle les écarte d'un poing furieux. Le fantôme d'une adolescente maussade se devine à ses gestes.

– Jusqu'à hier soir, au moins, il allait bien. Il a laissé le dernier message à vingt-trois heures quinze.

Elle consulte sa montre. Avram lève les yeux pour situer le soleil. Tous deux le savent. Vingt-trois heures quinze, c'est très bien, mais, pour l'heure, aussi dépourvu de signification que le quotidien de la veille. À peine a-t-il déposé son message qu'un sablier s'est retourné quelque part, le temps est reparti de zéro, sans que l'espoir l'emporte sur la peur.

– Pourquoi ne l'as-tu pas appelé sur son portable ?

– Lui ? (Elle secoue la tête avec un petit rire nerveux.) Non, pas question ! (Elle pivote à demi, telle une biche face au chasseur, le regard navré.) Tu ne comprends pas ? Tu n'as toujours pas saisi que je ne peux pas, en aucun cas, jusqu'à ce qu'il rentre à la maison ?

Le sentier devient de plus en plus ardu. Ofer est soudain tout proche, sa voix résonne encore aux oreilles d'Ora, médite Avram, déboussolé. Même ses vêtements, qu'il a empruntés, bruissent comme si l'esprit de leur propriétaire soufflait à travers eux.

– Et il a dit quoi ?

– Un tas de choses. Des plaisanteries. Ofer tel qu'en lui-même, tu vois ?

– Oui, sourit Avram.

– Ça veut dire quoi "oui" ? Que sais-tu de lui ?

– Ce que tu m'as raconté, rétorque Avram, stupéfait.

– Oui, des histoires. Des histoires, il y en a plein.

Il se renferme dans sa coquille. Quelque chose s'est passé, c'est évident. Quelque chose de mauvais.

Des tiges de sauge pourpre et blanche, des silènes roses, des renoncules relayant les coquelicots fanés s'étalent à perdre de vue. Les aiguilles de pin se givrent de perles de rosée. Des cloches tintent : un troupeau passe tout près, les agneaux tremblant sur leurs pattes malingres, les brebis pleines dont le ventre oscille au ras du sol. Le regard furieux que lance Ora à Avram, les yeux fixés sur les pis des bêtes, le désarçonne, comme s'il était pris sur le fait.

Ils poursuivent leur route, à bout de souffle, peinant sur le sentier abrupt. Avram est inquiet, presque effrayé. Après une nuit d'amour passionné, leurs corps avaient apparemment repris confiance, à croire qu'ils ne seraient plus séparés dans les années à venir. Ils avaient fait l'amour, dormi, bavardé, somnolé, refait l'amour, plaisanté et encore fait l'amour. Neta était venue, repartie, elle s'était penchée sur eux, puis évaporée, il s'était servi de son corps pour parler d'elle à Ora. Un état de quiétude bienheureuse s'était emparé de lui, il lui semblait les voir ensemble, le berçant doucement dans leurs bras. Ensuite, allongé à ses côtés, il avait senti le bonheur retourner peu à peu, comme le sang dans un membre engourdi.

– Il y a une chose que je n'aurais jamais imaginée, affirma-t-il au cours de la nuit, la tête d'Ora posée sur sa poitrine.

– Hummm ?

– On peut vivre toute sa vie sans but.

Elle se redressa sur un coude pour le dévisager.

– C'est ainsi que tu vois la tienne ? Sans but ?

– Autrefois, quand j'étais encore ce cher disparu, si j'avais su que tel était le sort qui m'attendait, une existence dénuée de sens, je me serais flingué sur-le-champ. Aujourd'hui, je sais que ce n'est pas si terrible. Que, en tout cas, c'est possible – j'en suis la preuve vivante.

– C'est-à-dire ? Explique-moi ! Ça signifie quoi une vie sans but ?

– Que... rien ne te blesse vraiment, rien ne te rend réellement heureux. Tu vis parce que tu vis. Parce que tu n'es pas mort.

Elle résista à l'envie de lui demander ce qu'il éprouverait si quelque chose arrivait à Ofer.

– Tout passe devant toi, poursuivit-il. C'est ainsi depuis la nuit des temps.

– Tout?

– Il n'y a pas de désir.

Elle plaqua ses hanches sur les siennes.

– Même quand tu es avec moi, comme ceci?

– Bon, d'accord, il y a des moments…, concéda-t-il en souriant.

Elle se retourna et s'allongea sur lui. Ils bougèrent lentement l'un contre l'autre. Elle se cambra un peu et s'ouvrit à lui, mais il ne la pénétra pas. Il était bien, il voulait parler.

– Je me disais que…

Elle s'immobilisa : quelque chose sur son visage, dans sa voix…

– Admettons que… si tu as un enfant, c'est un but dans la vie, non? Une chose qui mérite qu'on se lève le matin, non?

– Quoi? Oui, en général. Oui.

– En général? Pas toujours? Pas tout le temps?

Ora repensa à certains matins de l'année écoulée.

– Non, pas toujours. Pas tout le temps.

– Vraiment? s'étonna Avram. Je croyais…

Ils retombèrent dans le silence, leurs corps remuant avec précaution l'un contre l'autre. Il enroula son pied autour de la jambe d'Ora, sa main lui caressant la nuque.

– Je peux te dire un truc bizarre?

– Dis-moi un truc bizarre, souffla-t-elle en se collant étroitement contre lui.

– En revenant de là-bas, tu vois? Quand j'ai commencé à comprendre ce qui m'était arrivé, tu sais, tout ça… (il esquissa un vague geste de la main) je me suis aperçu que, même quand je l'avais – je veux dire, le désir, un but dans la vie –, je reculais, je savais que ce n'était qu'un emprunt. Provisoire. Que ça ne durerait que le temps que la vérité se dévoile.

– Et quelle est la vérité? demanda-t-elle en pensant à la Marche des Anges, aux deux rangées de batteurs. L'injustice du destin.

– Que ça ne m'appartenait pas, déclara froidement Avram en se redressant pour la fixer avec intensité. Ou que je ne le méritais pas, précisa-t-il, comme un accusé confessant un crime horrible à la fin d'un interrogatoire de routine.

Une idée traversa l'esprit d'Ora : Et s'il avait un enfant ?

– Que s'est-il passé ? demanda Avram.

– Serre-moi fort.

S'il avait un enfant, le sien propre, qu'il élèverait. Comment n'avait-elle pas pensé qu'il pourrait être père un jour...

– Ora, que t'arrive-t-il ?

– Serre-moi très fort, ne me quitte pas, chuchota-t-elle dans son cou. Tu resteras avec moi jusqu'à la maison, n'est-ce pas ?

– Bien sûr. Nous sommes ensemble, qu'est-ce que tu...

– Et on sera ensemble pour toujours ?

Elle venait de se rappeler un fragment de phrase, la promesse qu'il lui avait faite par télégramme pour son vingtième anniversaire.

– Jusqu'à ce que la mort nous unisse, ajouta-t-il sans hésiter.

À cet instant, Avram sentit qu'Ofer était en danger. C'était une sensation inédite : quelque chose de sombre et de froid qui lui transperçait le cœur. La douleur était intolérable. Il étreignit Ora de toutes ses forces. Tous deux se figèrent.

– Tu l'as senti ? murmura-t-elle à son oreille. Tu l'as senti, dis ?

Avram soupira dans ses cheveux, le corps baigné de sueur.

Elle pesa sur lui de tout son poids, le happa en elle.

Pense à lui. Pense à lui en moi.

Ils ondulèrent lentement, soudés l'un à l'autre comme dans l'œil d'un cyclone.

– Pense à lui, pense à lui ! hurla-t-elle.

– Écoute ! dit-elle, furieuse, quelques heures plus tard sur le sentier menant de Yagur au sommet du mont Carmel. Il m'a laissé un message hier. Ofer. "Je vais bien, les mauvais, beaucoup moins bien."

– A-t-il demandé où tu étais, où tu avais disparu, comment tu allais ?

– Bien sûr, plusieurs fois. C'est un grand anxieux devant l'Éternel. Il doit toujours être au courant de tout ! (Elle voudrait se retenir, mais les mots sortent d'eux-mêmes, il faut qu'il sache, qu'il se souvienne.) Depuis l'enfance, il éprouve le besoin compulsif de savoir précisément où se trouve chacun d'entre nous, de nous avoir à l'œil. À croire qu'il se prend pour le ciment de la famille...

Elle s'interrompt et se rappelle que, tout petit déjà, Ofer paniquait chaque fois que la plus petite dispute éclatait entre Ilan et elle. Il s'agitait en tous sens, les poussait l'un vers l'autre, les forçait à se rabibocher. Comment a-t-il pu alors devenir la cause de leur rupture ? Elle prend un nouvel élan et se précipite en avant, fendant l'air de son front. Ilan lui aurait-il laissé un message lui aussi ? se demande Avram. Ou bien Adam... qui lui aurait dit des paroles blessantes ?

L'air craintif, la queue basse, la chienne se frotte contre lui comme pour lui insuffler du courage, et se garer de la furie d'Ora.

– Qu'est-ce que tu as dit déjà ? "Je vais bien, les mauvais..."

– "Les mauvais beaucoup moins bien."

Avram répète ces mots en silence, savourant l'arrogance de la jeunesse, et...

– À Pruszkow, ils ne disaient rien de tel, complète Ora.

Avram lève les mains :

– Je ne peux jamais gagner avec toi ! Tu sais tout.

La flatterie tombe à plat. Elle relève le menton et s'éloigne à grandes enjambées.

Dans le journal de bord des interprètes de Bavel, il tenait une chronique « Notre bonne ville de Pruszkow », où il rédigeait ses commentaires avec les voix chevrotantes et grincheuses de Tsishkè, Khomek et Fishel-Frekh, les habitants du *shtetl*. Un MiG 21 égyptien transféré de Zakazik à Louxor, un Tupolev immobilisé au sol en raison d'une avarie du gouvernail, des rations militaires distribuées aux membres des commandos – le moindre incident était prétexte aux commentaires mesquins, défaitistes et revêches des trois vieux Pruszkowites inventés par Avram. Il ne cessa de détailler et d'enrichir ces personnages, jusqu'à ce que le commandant de la base découvre « la résistance juive », comme disait Avram, et le condamne à une semaine de garde de nuit sur l'esplanade, devant le drapeau, histoire de renforcer ses convictions nationalistes.

Il tente d'exploiter les bons souvenirs dans l'espoir de la ramener à de meilleures dispositions.

– Ora...

– Quoi? Qu'est-ce qu'il y a? grogne-t-elle, au bord des larmes, sans se retourner.

Ses épaules tremblent, ou est-ce le fruit de son imagination?

– Y avait-il d'autres messages?

– Quelques-uns, sans importance.

– D'Ilan aussi?

– Oui, il a daigné appeler, ton ami. Il a fini par apprendre ce qui se passait ici et, tout à coup, il est terriblement inquiet de la situation en Israël, et même de ma disparition. Tu te rends compte?

– Mais comment a-t-il su que tu...

– Ofer le lui a dit.

Avram patiente. Il devine qu'il y a autre chose.

– Il rentre avec Adam dans quelques jours. Il ne sait pas quand ils auront un vol. Ils sont en Bolivie, dans je ne sais quel désert de sel. (Elle renifle avec rage.) Il doit y en avoir assez là-bas pour raviver toutes mes blessures!

– Et Adam?

– Adam?

– Il t'a laissé un message lui aussi?

Elle s'arrête pile, stupéfaite, comme si elle n'en croyait pas ses oreilles!

– Ora?

«Adam te dit bonjour», lui a transmis Ilan. Elle était tellement concentrée sur elle-même, sur ce qu'elle était en train de faire, que cela lui est sorti de l'esprit. «Adam te dit bonjour!» Elle a complètement oublié. Adam a parfaitement raison. Une mère indigne.

– Ora, que s'est-il passé?

Elle repart, courant presque.

– Rien, laisse tomber. Il n'y avait rien d'important chez moi.

– Chez toi?

– Arrête un peu! C'est un interrogatoire ou quoi? Laisse-moi tranquille, d'accord?

– D'accord, murmure-t-il, la gorge serrée.

Une nuée de moucherons les enveloppe, les obligeant à respirer un bon bout de temps par le nez sans parler. Avram remarque un arbre aux racines découvertes, environnées de mottes de terre humide: des sangliers sont passés par là, la nuit précédente.

Plus tard, ils parviennent à un gros rocher noir sur lequel est gravée l'inscription: *Nadav*. À côté, sur une autre pierre, on lit: *Bosquet planté à la mémoire du capitaine Nadav Klein. Tombé pendant la guerre d'usure dans la vallée du Jourdain, le 27 Sivan 5729. 12 juillet 1969.* De l'autre côté du sentier, parmi les aiguilles et les pommes de pin, une stèle et une plaque: *En mémoire du sergent-chef Menahem Hollander, fils de Hannah et Moshe, Haïfa, Kefar Hassidim. Tombé pendant la guerre du Kippour, à la bataille de Taoz, le 13 Tishri 5734, à l'âge de 23 ans.*

Un peu plus loin, un immense bas-relief en béton représente toute la région du Canal en 1973, indiquant *Les Positions de nos forces* – y compris Magma, minuscule –, et à travers les longues feuilles dentelées d'un buisson de cactus, ils distinguent les statues dorées d'une gazelle, d'un lion, et un monument portant les noms de huit soldats tombés au cours de la bataille sur les rives du canal de Suez, le 23 mai 1970. Ora vérifie du coin de l'œil si Avram tient le coup, s'il est capable de traverser cette haie de souvenirs sans flancher, mais il ne semble concerné que par elle, alors elle se demande comment le lui dire, par où commencer.

Elle marche trop vite pour qu'il la suive. La chienne s'arrête de temps à autre, hors d'haleine, et pose sur Avram un regard interrogateur. Il hausse les épaules: Je n'y comprends rien moi non plus. À partir de la route d'Usafia, en face de «*Shouk Youssouf*, fruits et légumes», ils bifurquent pour suivre un sentier qui traverse un petit bois de pins. C'est une vraie décharge – ordures, pneus, meubles, vieux journaux, téléviseurs cassés, des dizaines de bouteilles en plastique vides.

– Ils le font exprès, persifle Ora. Je t'assure, c'est leur vengeance tordue à notre égard.

– De qui parles-tu ?

– D'eux ! fait-elle avec un grand geste de la main. Tu sais très bien qui.

– Mais ils polluent chez eux ! C'est leur village.

– Non, non, dans les maisons, tout est impeccable, nickel. Je les connais. Mais dehors, ça appartient à l'État, aux juifs, et ils ont comme l'obligation d'en faire un dépotoir. Cela fait probablement partie de leur jihad. Regarde-moi ça !

Elle donne un coup de pied dans une bouteille vide, la rate et manque de tomber les quatre fers en l'air.

– Usafia est un village druze, avance prudemment Avram, qui n'est probablement pas soumis au jihad. Au pied du mont Arbel, au bord du lac de Tibériade et de l'Ammud, nous avons vu des tas d'ordures, des ordures tout à fait juives, je te signale.

– Non, non, c'est leur manière à eux de protester, tu ne comprends pas ? Parce qu'ils n'ont pas les tripes de se révolter vraiment. Je les respecterais davantage s'ils s'en prenaient ouvertement à nous, je t'assure.

Elle n'est pas bien, Avram le sent, elle leur met tout sur le dos. On dirait même qu'elle enlaidit.

– Et toi, tu ne ressens ni colère ni haine envers eux après ce que tu as enduré là-bas ?

Avram se concentre. Le vieil homme dans la chambre froide lui revient en mémoire, étendu nu sur le trottoir, se cognant la tête, se contorsionnant devant les soldats.

– Tu as besoin de réfléchir ? Moi personnellement, si quelqu'un m'avait fait le quart de ce qu'ils t'ont fait subir, je les poursuivrais jusqu'au fin fond de la terre. J'engagerais des mercenaires pour me venger, même maintenant.

– Non, répond-il.

Il revoit ses tortionnaires, le Dr VBT surtout, le lieutenant-colonel avec ses petits yeux rusés, son hébreu fleuri à vous soulever le cœur, ses mains qui l'avaient mis en pièces. Et les geôliers d'Abbasiya ; ils le frappaient à la moindre occasion, le martyrisaient plus que n'importe qui, comme s'il y avait en lui quelque chose qui les rendait fous.

Les deux sbires qui l'avaient enterré vivant, le type qui prenait des photos, un peu en retrait, et les deux hommes qu'on avait fait venir de l'extérieur – Achraf lui avait appris qu'on les avait transportés tout exprès par camion, des violeurs condamnés à mort, venus de la prison d'Alexandrie –, même eux, il ne parvient plus à les détester. Quand il y pense, il n'éprouve qu'un morne désespoir, une tristesse à l'état brut pour avoir eu le malheur de se trouver là, d'avoir vu ce qu'il a vu.

On dirait que, pour se débarrasser des immondices, le chemin forme un brusque coude sur la gauche, et les recrache dans la rivière Cheik avant de plonger dans le ventre de la terre. Ils doivent prendre garde où ils posent les pieds : les pierres sont glissantes, mouillées de rosée, et le sentier jonché de racines noueuses. Le soleil qui danse à travers le feuillage se brise en fragments de lumière.

Adam m'a dit bonjour ! ressasse-t-elle. Comment cela se fait-il ? Qu'est-ce qui lui est passé par la tête ?

Chênes, pistachiers et pins, vénérables vieillards aux branches enguirlandées de lierre, s'inclinent sur les deux rives du cours d'eau. Çà et là surgit un arbousier, un énorme pin gît sur le sol, environné des cadavres de ses pommes de pin, son tronc évidé blanchissant au beau milieu de la piste. Dans un bel ensemble, Avram et Ora détournent pudiquement les yeux.

Près d'un réservoir à sec débordant de gigantesques roseaux flétris, deux garçons de haute taille, la tête ébouriffée, marchent à contresens. L'un porte des dreadlocks sombres, la tête de l'autre est hérissée de boucles blondes. Tous deux sont coiffés d'une petite kippa. Ils ont un visage avenant et transportent de gros sacs à dos, surmontés de duvets soigneusement roulés. Ora et Avram sont devenus experts en la matière. Ils se bornent le plus souvent à un rapide salut, les yeux baissés, le temps que les intrus aient décampé. Cette fois, Ora affiche un large sourire avant de retirer son sac à dos.

– D'où venez-vous, jeunes gens ?

Ils échangent un regard un peu surpris, mais son attitude chaleureuse les rassure.

653

– Une petite pause café, ça vous dit ? J'ai même des biscuits. Cacher, ajoute-t-elle pieusement en glissant un œil sur leurs couvre-chefs.

Elle bavarde, plaisante, leur offrant sa chaleur maternelle, non dénuée de séduction. Ils acceptent son invitation, même si à peine une heure plus tôt, sur le mont Shokef, ils ont pris le café avec un médecin de Jérusalem, lequel leur a posé un tas de questions bizarres et a noté leurs réponses dans un carnet. Ora se crispe.

À sa demande, non sans hésitation, ils lui répètent les confidences du docteur, « il prépare un café sensationnel, ce type ! » fait remarquer le brun. Il se trouve que son épouse et lui avaient planifié cette randonnée depuis des années, d'un bout à l'autre de la piste, du nord jusqu'à Taba, presque mille kilomètres, mais elle était tombée malade et décédée trois ans plus tôt – les garçons se coupent la parole, excités par ce récit et peut-être aussi par le regard captivé d'Ora. Avant de mourir, sa femme lui avait fait jurer qu'il entreprendrait ce périple, même seul, s'esclaffe le garçon aux boucles blondes. « Elle avait prévu d'autres choses qu'il pourrait faire en chemin, et… » Le brun interrompt son compagnon : « Elle a même eu l'idée qu'il devrait poser deux questions à chaque rencontre. » Ce n'est que maintenant, dirait-on, en la racontant, que les deux garçons prennent la vraie dimension de l'histoire.

Ora sourit, elle n'écoute que d'une oreille. Elle essaie d'imaginer cette femme. Elle devait être ravissante, d'une beauté mûre, radieuse, spirituelle et sensuelle à la fois, avec une longue chevelure couleur de miel. Grâce à cette étrangère, elle parvient presque à oublier ses propres problèmes – Tami, Tamar, l'avait-il appelée, Tamyusha. Sur son lit de douleur, celle-ci avait programmé « d'autres choses » pour son mari. Ou quelqu'*un* d'autre, songe-t-elle. Elle ne peut qu'admirer la finesse de cette femme qui connaissait si bien son mari (franchement, la chemise qu'il portait ressemblait à la nappe d'une trattoria italienne) qu'elle l'avait pourvu de deux questions auxquelles aucune femme ne pouvait résister.

Les deux garçons rassemblent des branchages et des herbes sèches, allument un feu et placent un *finjan* noirci sur les braises avant d'offrir leur collection de feuilles de thé. Ora sort toutes sortes de victuailles de son sac – «Comme du chapeau d'un magicien!» ironise-t-elle, réjouie par sa corne d'abondance. Non sans inquiétude, Avram la regarde étaler les victuailles achetées à la supérette, un peu plus tôt dans la matinée. Boîtes de houmous, *labaneh*, olives vertes fendues, quelques pitas, encore tièdes et moelleuses. Elle les exhorte à goûter à tout; ils ne se font pas prier. Il y a longtemps qu'ils n'ont pas fait pareil festin, bredouillent-ils, la bouche pleine. Ils se vantent de leur frugalité pendant ce voyage, de la rigueur avec laquelle ils se sont organisés, pendant qu'ils s'en donnent à cœur joie sous son œil attendri. Avram, lui, ne se sent pas à sa place.

Ils échangent leurs points de vue sur la piste en partant du sud ou du nord. Conseils et informations fusent à propos des surprises et des obstacles que leur réserve le chemin. Ora se félicite d'avoir inscrit son numéro de téléphone sur le petit mot d'excuse qu'elle a laissé à l'inconnu. S'il appelle, elle pourra toujours lui restituer les pages qu'il a remplies dans son carnet.

Avram finit par se dégeler. Après tout, le sentier lui appartient à lui aussi et, à sa grande surprise, il partage l'esprit de camaraderie des randonneurs. Et peut-être que, comme Ora, il apprécie le bel appétit des garçons, le fait qu'ils trouvent tout naturel d'être leurs invités, en quelque sorte. Ainsi va le monde : de pauvres gamins, sobres et ascétiques par nécessité, devraient de temps à autre profiter de la générosité de riches adultes qu'ils pourraient rencontrer sur leur chemin, dans ce cas précis, un couple amical, de respectable apparence – en dépit du *sharwal* trop ample d'Avram et de ses cheveux noués en catogan –, un homme et une femme plus très jeunes ni vieux non plus, pourvus de grands enfants, voire un ou deux petits-enfants, ayant décidé de faire une pause dans leur vie bien remplie pour partir à l'aventure. Avram leur narre avec animation l'ascension du Thabor, le passage câblé pour monter au sommet de l'Arbel. Lui aussi a des conseils et des recommandations de son cru. Mais dès qu'il ouvre la bouche, Ora le coiffe au poteau et insiste pour raconter à sa place l'histoire, qu'elle enjolive quelque peu. Comme pour prouver à tout prix qu'elle sait divertir les jeunes, parler leur langage. Avram ronge son frein en la regardant copiner avec enthousiasme, aussi maladroite qu'un coup de coude dans les côtes, comportement étrange, discordant, jusqu'à ce qu'il comprenne qu'elle agit de la sorte pour le contrarier, elle est toujours furieuse contre lui, Dieu sait pourquoi, et a décidé de l'exclure, pas à pas, du petit cercle qu'elle forme avec les deux garçons.

Il se retire donc, s'éteint et se recroqueville en lui-même, dans le noir.

Les jeunes, qui vivent dans l'implantation de Teqoa, ne soupçonnent rien de la bataille silencieuse qui se livre tout près d'eux. Ils se pâment devant les merveilles vues sur la route d'Eilat – le Tsin au crépuscule, les jonquilles dans les fontaines de Nahal Ashkelon, les bouquetins à Ein Avdat –, Avram et elle pensent s'arrêter à Jérusalem, explique Ora.

– Un jour peut-être, dit-elle, le regard perdu au loin, nous explorerons la partie sud de la piste, jusqu'à Eilat et Taba.

Les garçons pestent contre les zones d'exercices de tir au Néguev, obligeant la piste à s'éloigner des oueds et des montagnes pour longer la route. Ils enjoignent Ora et Avram de se méfier des sloughis, les lévriers des Bédouins – « Ils ont des tonnes de chiens, ces gens-là, vous aurez intérêt à protéger le vôtre ». La conversation tourne en rond, quand Avram éprouve une curieuse sensation. Levant les yeux, il surprend le regard torturé, hébété d'Ora, on dirait qu'elle découvre en lui quelque chose d'inédit, d'extrêmement douloureux. Il passe distraitement la main sur son visage, comme pour chasser une poussière.

Au cours de la conversation, ils apprennent que Jérusalem n'est plus qu'à une dizaine de jours de marche.

– Ça risque de vous prendre un peu plus longtemps, affirment les garçons.

– Et vous accélérerez sûrement à la fin, pouffe le frisé. À partir de Sha'ar HaGai, vous sentirez l'écurie.

Ora et Avram échangent un regard inquiet. Dix jours seulement ? Et ensuite ? Et après ?

– Ora, attends, tu vas trop vite !

– C'est mon rythme, je n'y peux rien.

Voilà des heures qu'elle mène un train d'enfer en grinçant des dents. Avram et la chienne se traînent derrière, n'osant trop s'approcher. Elle ne s'arrête que lorsqu'elle ne peut plus mettre un pied devant l'autre, et s'effondre comme une masse.

Ils dépassent la vallée d'Alon, le mont Shokef, des asphodèles, des cyclamens, des coquelicots. Soudain, ils aperçoivent la mer. Ora, qui l'adore et attend ce moment depuis le début du voyage, ne ralentit pas, ne pointe même pas un doigt excité devant elle. Elle poursuit son chemin, les lèvres serrées, ahanant sous l'effort. Avram titube à sa suite. L'ascension du mont Carmel est plus ardue que celle des montagnes de Galilée, les sentiers plus cailouteux, encombrés de troncs d'arbres et envahis de buissons épineux. Mésanges et geais planent au-dessus de leurs têtes en s'interpellant à grands cris. Ils escortent les marcheurs un long moment, comme s'ils se les refilaient les uns aux autres. À la tombée du jour, ils s'arrêtent devant un énorme pin au beau milieu du sentier, fendu sur toute sa longueur. La lumière du couchant le nimbe d'une incroyable lueur pourpre, qui se répand à travers les fines aiguilles.

Ils admirent ces braises incandescentes avant de se remettre en marche.

Avram éprouve lui aussi une sorte de malaise dès qu'il reste immobile, même quelques minutes. L'inquiétude commence à le ronger. Une peur nouvelle. Quand on rejoindra la route, on prendra peut-être un bus, se dit-il. Ou un taxi.

Les ruines de Rakit, les grottes de Yeshach, un à-pic vertigineux au-dessus d'eux. Ils entament la descente entre d'énormes rochers en s'accrochant aux racines des arbres, aux interstices. Combien de fois Avram doit-il revenir sur ses pas pour porter la chienne, qui renâcle à s'engouffrer dans les failles ! À la nuit tombée, ils marchent encore, tant qu'ils peuvent distinguer le sentier et les balises. Ensuite, ils s'assoupissent d'un sommeil agité et se réveillent au milieu de la nuit, comme les premiers jours de leur voyage, car la terre bourdonne et bruisse sous eux. Ils s'installent près du feu qu'Avram a allumé pour siroter du thé. Le silence lourd de sous-entendus est terrifiant. Les yeux clos, Ora visualise la ruelle menant à sa maison de Beit Zayit. Elle voit le portail du jardin, les marches du perron. Elle entend Ilan lui redire qu'Adam lui passe le bonjour. Elle a discerné la frayeur du fils dans la voix du père. Sa compassion. Pourquoi se tracasse-t-il pour elle tout à coup? Pourquoi a-t-il pitié d'elle? Elle saute sur ses pieds et entreprend de rassembler la vaisselle qu'elle jette en vrac dans son sac.

Ils se remettent en route dans l'obscurité, à la clarté de la lune. Le ciel s'éclaire peu à peu. Ils n'ont pas échangé un mot depuis des heures. On dirait qu'ils foncent pour rattraper Ofer à temps, raisonne Avram, comme on se précipite au secours d'un survivant dans les ruines d'un immeuble, quand chaque seconde compte. Son silence est mauvais signe, se dit-il. Elle ne parle pas d'Ofer. C'est maintenant qu'on devrait le faire, qu'elle devrait le faire. Il faut que nous parlions de lui.

Il se met donc à monologuer en silence, se répétant les histoires d'Ofer, les anecdotes qu'Ora lui a racontées, les détails, les bons moments, mot pour mot.

Il bondit pour la dépasser et lui barrer la route.

– Dis-moi s'il va bien! beugle-t-il sous le soleil aveuglant. Que lui est-il arrivé? Tu ne me caches pas quelque chose? Regarde-moi!

Tous deux ont du mal à respirer.

– Je n'ai pas de nouvelles depuis avant-hier soir. À ce moment-là, il allait bien.

Son visage a perdu sa dureté. On dirait qu'il s'est passé quelque chose durant l'heure écoulée, quelque part entre le thé et le lever du soleil. Elle n'est plus qu'une loque lamentable, effondrée, vaincue après une longue bataille.

– Qu'est-ce qui ne va pas, alors? Que se passe-t-il depuis hier? Qu'est-ce que j'ai fait?

– C'est ta petite amie

Les couleurs désertent les joues d Avram.

– Neta? Que lui arrive-t-il?

Ora lui lance un long regard malheureux sans répondre.

– Elle va bien? Dis-moi?

– Elle va bien. Ta petite amie va très bien.

– Et...?

– Elle a l'air sympathique, tu sais. Drôle.

– Tu lui as parlé?

– Non.

– Comment alors...

Ora s'écarte du sentier, pénètre dans les fourrés où elle s'empêtre dans les chardons et les épines, et trébuche, Avram derrière elle. Elle grimpe sur un talus d'éboulis grisâtres où il la suit. Ils se retrouvent au fond d'un petit cratère, dans la lumière glauque, comme si le soleil avait déserté les lieux.

Ora s'effondre sur un rocher, le visage enfoui dans ses mains.

– Écoute! J'ai fait quelque chose... C'est mal, je sais, j'ai appelé ton appartement. J'ai écouté les messages.

– Mon appartement? Attends une minute! Tu peux faire ça aussi?

– Oui.

– Comment?

– Il y a un mot de passe donné par défaut par le fabricant. Ce n'est pas si compliqué.

– Pourquoi?

– Je ne sais pas...

– Je ne comprends pas. Attends...

– Avram, je l'ai fait, c'est tout. Je n'ai pas pu m'en empêcher. J'ai d'abord appelé chez moi, et ensuite j'ai composé machinalement ton numéro.

La chienne vient se nicher entre eux. Ora enlace le corps chaud et rebondi de l'animal.

– Je ne sais pas ce qui m'a pris. Écoute, j'ai tellement... honte!

– Mais que s'est-il passé? Elle s'est fait du mal?

– Je voulais juste l'entendre, savoir qui elle est. Je n'ai pas pensé...

– Ora! s'égosille-t-il. Elle a dit quoi?

– Tu as plusieurs messages. Dix, dont neuf de Neta. Il y en a un du restaurant, de ton patron. Les travaux se terminent la semaine prochaine et il veut que tu reprennes le travail. Il t'aime vraiment beaucoup, Avram, on le sent dans sa voix. Ils vont organiser une pendaison de crémaillère et ils…

– Et Neta ? Tu vas me le dire à la fin ?

– Assieds-toi ! Je ne peux pas te parler si tu restes debout comme ça.

Les yeux fixés sur les rochers gris, on dirait qu'Avram n'écoute pas. Ce lieu a quelque chose d'oppressant.

Ora pose sa joue sur l'échine de la chienne.

– Alors voilà, elle a cherché à te joindre il y a une semaine et demie environ, peut-être plus. Elle voulait que tu la rappelles immédiatement. Elle a retéléphoné plusieurs fois encore et elle a demandé… Non, elle a juste prononcé ton nom. "Avram ?" "Avram, tu es là ?" "Avram, réponds-moi !" Ce genre de choses.

Avram s'agenouille devant elle. Sa tête est soudain trop lourde à porter. La chienne – Ora toujours penchée sur elle – tourne vers lui son doux regard sombre.

– Et puis il y a eu un message où elle disait… – Ora avale péniblement sa salive, son visage revêt une expression de surprise enfantine – qu'elle avait quelque chose d'important à t'apprendre, et puis… Voyons, oui, le dernier message date d'avant-hier soir. Au moment précis où Ofer m'a laissé le sien, ajoute-t-elle avec un rire nerveux.

Avram est plié en deux, recroquevillé sur lui-même, se préparant à accuser le coup – il ne se laissera pas prendre par surprise.

– "Avram, c'est Neta ! reprend Ora d'une voix blanche, les yeux fixés au loin. Je suis à Nouéba, tu n'es pas rentré chez toi depuis des lustres et tu ne rappelles pas ceux qui t'aiment…"

Avram hoche la tête, reconnaissant Neta par la voix d'Ora.

Ora poursuit, imperturbable, comme une marionnette de ventriloque.

– "Il y a quelque temps, j'ai cru être un peu enceinte, mais je n'ai pas eu le courage de te le dire, et je suis venue ici pour réfléchir à ce que je devais faire, mettre de l'ordre dans mes idées, et finalement, bien sûr, je ne le suis pas, comme d'habitude, c'était une fausse alerte, tu n'as donc pas à t'inquiéter, mon amour." Et il y a eu un bip.

– Quoi ? Je ne comprends pas. Qu'est-ce que tu as dit ?

– Qu'est-ce que tu ne comprends pas ? lance Ora en sortant de sa transe pour aiguiser à nouveau ses couteaux. Qu'y a-t-il à comprendre ? Je parle une langue étrangère ? Tu connais le mot "enceinte" ? "fausse alerte" ? Et "mon amour", tu sais ce que ça veut dire ?

Il en reste bouche bée, pétrifié de surprise.

Ora s'écarte vivement et commence à se balancer d'avant en arrière. Arrête ! Pourquoi l'agresses-tu ? Que t'a-t-il fait ? Mais elle ne peut s'en empêcher, se complaisant à tirer de son ventre ce fil en fusion qu'elle se met à dérouler jusqu'à ce qu'il disparaisse complètement – si seulement elle le pouvait ! Pauvre Neta – *et finalement, bien sûr, je ne le suis pas, comme d'habitude, c'était une fausse alerte –*, voilà comment Avram et Neta se parlent, comprend-elle subitement, la mélodie de leurs échanges, le côté ludique, exactement comme elle bataillait avec Ilan, et Ilan avec les garçons, aujourd'hui encore, lançant ces reparties promptes, vives et spirituelles dont elle n'est plus capable, et ne l'a jamais été d'ailleurs. *Fausse alerte*, avait gloussé Neta. Se rend-il compte à quel point elle l'aime, combien elle souffre ?

– Je ne comprends toujours pas pourquoi tu es en colère, bougonne-t-il.

Elle renverse la tête pour vomir une bonne dose de dérision sulfureuse.

– En colère ? Pourquoi ? Au contraire, je devrais être contente, non ?

– De quoi ?

– De la simple possibilité que tu puisses avoir un enfant, un jour, explique-t-elle gravement, avec un pragmatisme somnambulique.

– Mais je n'ai pas d'enfant. Excepté Ofer, je n'en ai pas d'autre.

– Mais tu en auras peut-être un jour. Pourquoi pas ? Les hommes de ton âge le peuvent encore.

Dans un sursaut de lucidité, elle manque tomber dans ses bras pour s'excuser de la folie qui s'est emparée d'elle, de sa mesquinerie, de sa bassesse d'âme. Il serait fabuleux qu'il ait un enfant, quel merveilleux père il serait, à plein temps, voilà ce qu'elle voudrait lui dire. Pourtant, une autre épée à double tranchant tournoie en elle, elle tressaille de stupeur :

– Et si tu avais une fille ? Avram, tu auras une fille !

Il se lève d'un bond et se campe devant elle :

– De quoi parles-tu ? Neta a dit qu'elle ne l'était pas, qu'elle s'était trompée.

Il tend les bras pour l'enlacer, mais Ora s'échappe et va se réfugier dans le creux d'un rocher, les mains sur sa bouche, comme si elle suçait son doigt ou pour étouffer un cri.

Il s'accroupit près d'elle.

– Viens, on repart ! fait-il, scandant chaque mot avec assurance. On va marcher jusque chez toi, je t'accompagnerai là où tu voudras. Rien n'a changé, Ora, lève-toi !

– Pour quoi faire ? murmure-t-elle, anéantie.

– Qu'est-ce que tu veux dire ?

Elle a du mal à retenir ses larmes.

– Mais tu vas avoir une fille !

– Il n'y a pas de fille. Qu'est-ce qui te prend ?

– C'est très clair, je viens de comprendre.

– Je n'ai qu'Ofer. Écoute : toi et moi, nous avons Ofer.

– Comment ça, tu as Ofer ? renifle-t-elle dans ses mains, les yeux dans le vague. Tu ne le connais pas, tu n'as jamais voulu le voir. Qui est-il pour toi ? Des mots, c'est tout.

De désespoir, il se met à la secouer comme un prunier, au point que sa tête ballotte d'avant en arrière.

– Non, non. Tu sais que ce n'est plus vrai.

– Mais je n'ai dit que des mots.

– Ora, tu n'aurais pas…

– Quoi ?

– Une photo de lui ?

Elle le dévisage longuement, comme si ses paroles n'avaient aucun sens, puis elle fouille dans son sac où elle pêche un petit portefeuille marron. Elle l'ouvre sans regarder et le tend à Avram. Une pochette en plastique renferme un cliché des deux garçons se tenant par les épaules. Elle a été prise le matin du départ d'Adam à l'armée. Tous deux ont les cheveux longs. Ofer, jeune et mince, s'appuie sur son aîné, qu'il enveloppe des bras et du regard. Avram étudie la photo, le visage bourré de tics incontrôlables.

Elle pose la main sur celle d'Avram tenant la photo, qu'elle tient en équilibre.

– Avram! chuchote-t-elle.

– Quel beau garçon!

Les yeux fermés, Ora croit voir les badauds postés de chaque côté de la rue menant à sa maison. Certains ont envahi le jardin, d'autres patientent sur les marches, devant la porte. Les yeux baissés, ils attendent en silence qu'elle passe devant eux pour entrer chez elle.

Afin que cela puisse commencer.

– Parle-moi. Parle-moi de lui, souffle-t-elle.

– Que veux-tu que je te dise?

– Ce qu'il représente pour toi.

Elle récupère le portefeuille et le range dans son sac. Curieusement, elle ne supporte pas d'exposer la photo à la lumière. Il n'ose résister, alors qu'il aimerait prendre son temps, la contempler encore et encore.

– Ora...

– Dis-moi ce qu'il représente pour toi, insiste-t-elle.

Avram ressent le besoin urgent de quitter cet endroit, cet étrange petit cratère obscur au relief escarpé. En face, une tache de vert, baignée de soleil, s'étire entre deux rochers déchiquetés, mais ici, c'est le règne de l'ombre opaque.

Je ne t'entends pas, proteste-t-elle.

Pour commencer... pour commencer, c'est ton fils. C'est la première chose que je sais de lui, la première chose qui me vient à l'esprit.

– Oui.

– Voilà ce que je me répète à son sujet: il est à toi, il possède ta lumière, ta bonté, ce que tu lui as toujours donné, toute sa vie, comme tu sais si bien le faire. Ton exubérance, ton amour, ta générosité, toujours. Et c'est cela qui le protégera où qu'il se trouve, y compris là-bas.

– Vraiment?

– Mais oui.

Avram détourne les yeux et la serre contre lui. Elle grelotte de froid, sans force, respirant à peine.

– Parle-moi encore. J'ai besoin que tu me dises.

– Et tu me permets de le soutenir avec toi. C'est ça. C'est ce que je vois. Oui.

Les traits d'Ora s'éloignent et se brouillent. On dirait qu'elle s'endort, les yeux ouverts, dans ses bras. Il aimerait la réveiller, lui insuffler la vie. Mais il y a quelque chose en elle, son regard vide, sa bouche béante…

– Comme si…, s'évertue Avram, comme si tu t'efforçais de l'emporter avec toi quelque part, seule, mais qu'il soit trop lourd pour toi. Et il dort tout le temps, hein ?

Ora acquiesce, comprend sans comprendre. Elle remue faiblement les doigts à l'aveuglette sur le bras d'Avram, triturant machinalement l'ourlet de sa manche.

– C'est comme être anesthésié, bafouille Avram. Je ne sais pas pourquoi, je ne saisis pas très bien. Et tu t'avances vers moi et me demandes de t'aider.

– Oui.

– Toi et moi devons l'emmener quelque part. Je ne sais pas où. Je ne me figure pas bien pourquoi. Et nous le tenons ensemble, entre nous, tout le temps. C'est comme s'il avait besoin de nous deux pour l'emmener là-bas, non ?

– Oui.

– Nous sommes les seuls à pouvoir le faire.

– Où ?

– Je ne sais pas.

– Qu'est-ce qu'il y a, là-bas ?

– Aucune idée.

– Et comment est-ce là-bas ? susurre Ora. C'est bien ?

– Je l'ignore.

– Tu es en train de me dire que tu as fait un rêve ? Tu as rêvé de lui ?

– C'est ce que je vois ! répète Avram faiblement.

– Et de quoi s'agit-il ?

– On le tient tous les deux.

– Oui ?

664

– Il marche entre nous.

– Oui, bon.

– Il dort. Il a les yeux fermés. Un de ses bras est posé sur le tien, l'autre sur le mien.

– Je ne comprends pas.

Avram s'ébroue.

– On repart, Ora.

– Ça ne va pas, gémit-elle. Il doit être éveillé tout le temps. Pourquoi dort-il ?

– Il a posé la tête sur ton épaule.

– Mais pourquoi dort-il ? s'exclame Ora d'une voix brisée.

Avram ferme les yeux pour ne plus rien voir. Quand il les rouvre, Ora le considère d'un air horrifié, les traits crispés.

– Et si nous avions tort ? Nous nous sommes peut-être fourvoyés depuis le début. Ce sentier, la randonnée…

– Non, ce n'est pas vrai ! Ne dis pas ça ! Nous allons nous remettre à marcher, à parler de lui…

– Et si c'était le contraire de ce que je croyais ?

– Comment ça, le contraire ?

Elle écarte lentement les mains.

– Je pensais qu'en parlant de lui, tout le temps, on pourrait le protéger ensemble, hein ?

– Oui, oui, c'est ça, Ora, tu verras…

– Mais peut-être est-ce l'inverse !

– Quoi ? Qu'est-ce qui est l'inverse ?

Pantelante, elle se cramponne à son bras.

– Je veux que tu me promettes.

– Oui, ce que tu veux.

– Que tu te souviendras de tout.

– Oui, tu le sais bien.

– Depuis le début, depuis que nous nous connaissons, quand nous étions gamins, la guerre, les circonstances de notre rencontre en quarantaine, à l'hôpital, la deuxième guerre, ce qui t'est arrivé, Ilan, moi, ce qui s'est passé ensuite, d'accord ?

– Oui, c'est d'accord.

665

Elle saisit son visage entre ses mains
— Et Adam, et Ofer. Promets-moi, regarde-moi dans les yeux ! Tu t'en souviendras, hein ?
— De tout.
— Et si Ofer...
Ora ralentit, le regard vitreux. Une nouvelle ride, verticale, profonde, opaque, se creuse entre ses yeux.
— Et s'il...
— N'y pense pas ! ordonne Avram en l'empoignant par les épaules.
Elle continue à parler, il n'écoute plus. Il la tient serrée contre lui, lui embrasse le visage, mais elle ne s'abandonne pas à lui ni à ses baisers, ne lui offrant que la coquille vide d'elle-même.
— Tu te souviendras. Tu te souviendras d'Ofer, tu te rappelleras sa vie, *toute* sa vie, n'est-ce pas ?

Ils restent longtemps là, dissimulés au fond du petit cratère, étroitement enlacés, tels les rescapés d'une tempête. Les sons reviennent peu à peu à la surface. Le bourdonnement d'une abeille, le pépiement ténu d'un oiseau, les voix des ouvriers sur un chantier, quelque part au fond de la vallée.

Puis Ora s'arrache à ses bras et va s'étendre sur une corniche rocheuse. Elle se tourne sur le côté, les genoux repliés sur le ventre, la joue contre sa paume. Elle a les yeux grands ouverts, mais ne voit rien. Assis près d'elle, Avram fait courir ses mains sur son corps, ses doigts semblent à peine l'effleurer. Une brise légère exhale un parfum de *za'atar*, de pimprenelles épineuses, et les doux effluves du chèvrefeuille. Sous le dos d'Ora, s'étale la pierre fraîche, la montagne énorme, solide, infinie. Que la croûte terrestre est mince !

Décembre 2007

J'ai commencé à écrire ce livre en mai 2003, six mois avant la fin du service militaire de mon fils aîné, Yonatan, un an et demi avant que son cadet, Uri, ne s'enrôle à son tour. Tous deux ont servi dans les blindés.

Uri connaissait bien l'intrigue et les protagonistes. Chaque fois que nous parlions au téléphone et quand il rentrait en permission, il n'omettait jamais de s'enquérir de la progression de mon roman, le destin des personnages (« Qu'est-ce que tu leur as encore concocté, cette semaine ? » était sa question rituelle.) Il a passé presque tout son service dans les territoires occupés, en patrouille, en faction, en embuscade, au sommet d'un mirador, et il partageait volontiers ses expériences avec moi.

À l'époque, j'avais le sentiment – je formais le souhait, plutôt – que les pages que je rédigeais le protégeraient.

Le 12 août 2006, aux dernières heures de la deuxième guerre du Liban, Uri est tombé au Sud-Liban. Son tank a été touché par une roquette alors qu'il tentait de sauver un autre blindé. Avec Uri, tous les membres de son équipage ont été tués : Benayah Rein, Adam Goren et Alex Bonimovitch.

Après la semaine de deuil, je me suis remis à écrire. Le roman était presque achevé. Ce qui a changé surtout, c'est l'écho de la réalité dans lequel la version finale a vu le jour.

DAVID GROSSMAN

La traductrice remercie Colette Allouche, spécialiste de la lexicographie hébraïque moderne, Dorith Daliot, mère de soldat, et Jessica Cohen.

L'éditrice remercie Edna Degon pour son aide.

Du même auteur

J'écoute avec mon corps
deux nouvelles, 2005

Dans la peau de Gisela
Politique et création littéraire
2008